馬二先生游西湖

沈璩枝刺绣糊口

中国古典小说普及文库

儒林外史

[清]吴敬梓 著

岳麓书社·长沙

王冕畫荷

范进中举

出版说明

“学而优则仕”是古代学子的人生理想,可当谋取功名利禄成为唯一的生活目标时,当整个社会以考取功名为唯一评判标准时,当以八股取士的科举制度陷于僵化境地时,不少读书人就走上了与考试死磕的不归路。在这条道路上,他们或因功名而癫狂,或因富贵而变善为恶,他们灵魂堕落、人性扭曲,和精于世故的旁观者一起,展现出种种病态和丑行。这就是清代小说《儒林外史》为我们描绘的一幅令人触目惊心的文人生活图景。

在形形色色的文人中,匡超人是一个极为典型的代表。他出身农村,沦落杭州,在马二先生的资助下回到家中,任劳任怨地侍奉重病的父亲,因此被知县李本瑛提携为秀才。可当李本瑛被人诬告后,匡超人却因怕受牵连而躲去杭州,在那里与一帮沽名钓誉的假名士往来,互相吹捧,品性渐失。之后,他和市井恶棍潘三一起为非作歹,谋取不义之财,并在潘三的帮扶下购房娶妻。在已升为给事中的李本瑛的帮助下得中秀才后,匡超人便露出了狠毒、虚伪的嘴脸:逼迫妻子郑氏回乡,却在京城娶了李本瑛才貌出众的外甥女,致使郑氏忧郁而死;潘三被捕入狱后,他却翻脸无情,弃之不理;考取教习后吹嘘自己为“先儒”,被牛布衣更正后依然强词夺理……

是什么使匡超人渐渐泯灭了良知,由原来勤劳善良、事亲至孝的向上青年,堕落为忘恩负义、阴险狡诈的势利小人?吴敬梓的讽刺之笔直指重八股、轻品行的科举制度和唯利是图的社会风气,这种一针见血的睿智,缘于作者极为坎坷的人生经历。当家产被族人侵占、不得已搬出家乡全椒时,吴敬梓已看透了世间的人情冷暖,认识到所谓的亲情、血缘、教养,在金钱面前不堪一击。但是,吴敬梓并未因此沉沦厌世，而是用冷静、敏锐的目光洞察着周围的人与事，通过对病态文人及其周围各色人士的刻画，以诙谐、嘲讽等多种笔调上演一出出悲喜剧，彻底暴露出明清科举制度的腐朽和世态的炎凉。与此同时，怀揣知识分子责任感的他，也通过对一些正面人物的塑造，如虞育德、迟衡山、庄绍光及带有自己身影的杜少卿等，让世人看到一丝光亮，看到还有那么一些人在为恢复传统、弘扬善意、重拾文人尊严而努力。

《儒林外史》自嘉庆八年(1803)卧闲草堂本(五十六回)刊刻问世以来，广受赞誉。鲁迅称其文"戚而能谐，婉而多讽，于是说部中乃始有足称讽刺之书"，而最值得称道的是其"无一贬辞，而情伪毕露"的表现手法。(《中国小说史略》)作者通过摹写人物前后截然相反的言行，让读者看清他们的虚伪面目和势利嘴脸。比如，头发花白的周进终于及第后，"不是亲的也来认亲，不相与的也来认相与"；昔日嘲弄他的秀才，冒称是他的学生；把他从学馆辞退的薛家集，甚至在观音庵里供奉起他的长生禄位。这在引人发笑的同时，不免令人唏嘘：读书人不管出身、年龄、才学、德行、能力如何，只要一朝得中，社会地位和身价就会水涨船高。在以八股取士的科举制度下，无论是局中人还是局外人，都会因中与不中而疯狂，因为科举及第而获得的功名富贵，是一场永不停息的全民盛宴。

目　录

第一回　说楔子敷陈大义　借名流隐括全文

“人生南北多歧路。将相神仙,也要凡人做。百代兴亡朝复暮,江风吹倒前朝树。　功名富贵无凭据。费尽心情,总把流光误。浊酒三杯沉醉去,水流花谢知何处。”这一首词也是个老生常谈,不过说人生富贵功名是身外之物。但世人一见了功名便舍着性命去求他,及至到手之后味同嚼蜡。自古及今,那一个是看得破的?

虽然如此说,元朝末年也曾出了一个嵚崎磊落的人。

这人姓王名冕,在诸暨县乡村里住。七岁上死了父亲,他母亲做些针指供给他到村学堂里去读书。看看三个年头,王冕已是十岁了。母亲唤他到面前来说道:“儿阿,不是我有心要耽误你。只因你父亲亡后,我一个寡妇人家,只有出去的,没有进来的,年岁不好,柴米又贵,这几件旧衣服和些旧家伙,当的当了,卖的卖了。只靠着我替人家做些针指生活寻来的钱,如何供得你读书?如今没奈何,把你雇在间壁人家放牛,每月可以得他几钱银子,你又有现成饭吃,只在明日就要去了。”王冕道:“娘说的是。我在学堂里坐着,心里也闷,不如往他家放牛倒快活些。假如我要读书,依旧可以带几本去读。”当夜商议定了。第二日母亲同他到间壁秦老家。秦老留着他母子两个吃了早饭,牵出一条水牛来交与王冕,指着门外道:“就在我这大门过去两箭之地便是七泖湖,湖边一带绿草,各家的牛都在那里打睡。又有几十棵合抱的垂杨树,十分阴凉。牛要渴了就在湖边上饮水。小哥,你只在这一带顽耍,不必远去。我老汉每日两餐小菜饭是不少的,每日早上还折两个钱与你买点心吃。只是百事勤谨些,休嫌怠慢。”他母亲谢了扰要回家去,王冕送出门来。母亲替他理理衣服,口里说道:“你在此须要小心,休惹人说不是。早出晚归,免我悬望。”王冕应诺,母亲含着两眼眼泪去了。

王冕自此只在秦家放牛,每到黄昏,回家跟着母亲歇宿。或遇秦家煮些腌鱼腊肉给他吃,他便拿块荷叶包了来家递与母亲。每日点心钱,他也不买了吃,聚到一两个月,便偷个空走到村学堂里,见那闯学堂的书客,就买几本旧书。日逐把牛拴了,坐在柳阴树下看。

弹指又过了三四年。王冕看书,心下也着实明白了。那日正是黄梅时候,天气烦躁,王冕放牛倦了,在绿草地上坐着。须臾,浓云密布。一阵大雨过了,那黑云边上镶着白云,渐渐散去,透出一派日光来,照耀得满湖通红。湖边上山,青一块,紫一块,绿一块。树枝上都像水洗过一番的,尤其绿得可爱。湖里有十来枝荷花,苞子上清水滴滴,荷叶上水珠滚来滚去。王冕看了一回,心里想道:"古人说'人在画图中',其实不错,可惜我这里没有一个画工,把这荷花画他几枝,也觉有趣。"又心里想道:"天下那有个学不会的事,我何不自画他几枝?"

正存想间,只见远远的一个夯汉挑了一担食盒来。手里提着一瓶酒,食盒上挂着一块毡条,来到柳树下,将毡铺了,食盒打开。那边走过三个人来,头带方巾,一个穿宝蓝夹纱直裰,两人穿元色直裰,都有四五十岁光景,手摇白纸扇缓步而来。那穿宝蓝直裰的是个胖子,来到树下,尊那穿元色的一个胡子坐在上面,那一个瘦子坐在对席。他想是主人了,坐在下面把酒来斟。吃了一回,那胖子开口道:"危老先生回来了,新买了住宅,比京里钟楼街的房子还大些,值得二千两银子。因老先生要买,房主人让了几十两银卖了,图个名望体面。前月初十搬家,太尊、县父母都亲自到门来贺,留着吃酒到二三更天。街上的人那一个不敬!"那瘦子道:"县尊是壬午举人,乃危老先生门生,这是该来贺的。"那胖子道:"敝亲家也是危老先生门生,而今在河南做知县。前日小婿来家,带二斤干鹿肉来见惠,这一盘就是了。这一回小婿再去,托敝亲家写一封字来,去晋谒晋谒危老先生。他若肯下乡回拜,也免得这些乡户人家放了驴和猪在你我田里吃粮食。"那瘦子道:"危老先生要算一个学者了。"那胡子说道:"听见前日出京时,皇上亲自送出城外,携着手走了十几步;危老先生再三打躬辞了,方才上轿回去。看这光景,莫不是就要做官?"三人你一句,我一句,说个不了。王冕见天色晚了,牵了牛回去。

自此，积聚的钱不买书了，托人向城里买些胭脂铅粉之类，学画荷花。初时，画得不好。画到三个月之后，那荷花精神、颜色无一不像，只多着一张纸，就像是湖里长的，又像才从湖里摘下来贴在纸上的。乡间人见画得好，也有拿钱来买的。王冕得了钱，买些好东好西孝敬母亲。一传两，两传三，诸暨一县都晓得是一个画没骨花卉的名笔，争着来买。

到了十七八岁，不在秦家了，每日画几笔画，读古人的诗文，渐渐不愁衣食，母亲心里欢喜。这王冕天性聪明，年纪不满二十岁，就把那天文、地理、经史上的大学问无一不贯通。但他性情不同，既不求官爵，又不交纳朋友，终日闭户读书。又在《楚辞图》上看见画的屈原衣冠，他便自造一顶极高的帽子、一件极阔的衣服。遇着花明柳媚的时节，把一乘牛车载了母亲，他便戴了高帽，穿了阔衣，执着鞭子，口里唱着歌曲，在乡村镇上以及湖边到处顽耍，惹的乡下孩子们，三五成群跟着他笑，他也不放在意下。

只有隔壁秦老，虽然务农，却是个有意思的人，因自小看见他长大，如此不俗，所以敬他爱他，时时和他亲热，邀在草堂里坐着说话儿。一日正和秦老坐着，只见外边走进一个人来，头带瓦楞帽，身穿青布衣服。秦老迎接，叙礼坐下。这个姓翟，是诸暨县一个头役，又是买办。因秦老的儿子秦大汉拜在他名下，叫他干爷，所以时常下乡来看亲家。秦老慌忙叫儿子烹茶、杀鸡、煮肉款留他，就要王冕相陪。彼此道过姓名，那翟买办道："这位王相公可就是会画没骨花的么?"秦老道："便是了。亲家你怎得知道?"翟买办道："县里人那个不晓得！因前日本县老爷吩咐要画二十四幅花卉册页送上司，此事交在我身上。我闻有王相公的大名，故此一径来寻亲家。今日有缘遇着王相公，是必费心大笔画一画，在下半个月后下乡来取，老爷少不得还有几两润笔的银子，一并送来。"秦老在旁，着实撺掇。王冕屈不过秦老的情，只得应诺了。回家用心用意画了二十四幅花卉，都题了诗在上面。翟头役禀过了本官，那知县时仁发出二十四两银子来。翟买办扣克了十二两，只拿十二两银子送与王冕，将册页取去。

时知县又办了几样礼物送与危素，作候问之礼。危素受了礼物，只把这本册页看了又看,爱玩不忍释手。次日备了一席酒,请时知县来家致谢。当下寒暄已毕,酒过数巡,危素道:“前日承老父台所惠册页花卉,还是古人的呢?还是现在人画的?”时知县不敢隐瞒,便道:“这就是门生治下一个乡下农民,叫做王冕,年纪也不甚大。想是才学画几笔,难入老师的法眼。”危素叹道:“我学生出门久了,故乡有如此贤士,竟坐不知,可为惭愧。此兄不但才高,胸中见识,大是不同,将来名位不在你我之下。不知老父台可以约他来此相会一会么?”时知县道:“这个何难?门生出去即遣人相约。他听见老师相爱,自然喜出望外了。”说罢辞了危素,回到衙门,差翟买办持个侍生帖子去约王冕。

翟买办飞奔下乡到秦老家,邀王冕过来,一五一十向他说了。王冕笑道:“却是起动头翁,上复县主老爷,说王冕乃一介农夫,不敢求见,这尊帖也不敢领。”翟买办变了脸道:“老爷将帖请人,谁敢不去!况这件事原是我照顾你的,不然,老爷如何得知你会画花?论理,见过老爷,还该重重的谢我一谢才是。如何走到这里,茶也不见你一杯,却是推三阻四不肯去见,是何道理?叫我如何去回复得老爷!难道老爷一县之主叫不动一个百姓么?”王冕道:“头翁你有所不知。假如我为了事,老爷拿票子传我,我怎敢不去!如今将帖来请,原是不逼迫我的意思了。我不愿去,老爷也可以相谅。”翟买办道:“你这都说的是甚么话?票子传着倒要去,帖子请着倒不去,这不是不识抬举了!”秦老劝道:“王相公也罢,老爷拿帖子请你,自然是好意。你同亲家去走一回罢!自古道,‘灭门的知县’,你和他拗些甚么?”王冕道:“秦老爹,头翁不知,你是听见我说过的。不见那段干木、泄柳的故事么?我是不愿去的。”翟买办道:“你这是难题目与我做!叫拿甚么话去回老爷?”秦老道:“这个果然也是两难。若要去时,王相公又不肯;若要不去,亲家又难回话。我如今倒有一法:亲家回县里,不要说王相公不肯,只说他抱病在家,不能就来,一两日间好了就到。”翟买办道:“害病,就要取四邻的甘结!”彼此争论了一番。秦老整治晚饭与他吃了,又暗叫了王冕出去问母亲秤了三钱二分银子,送与翟买办做差钱。方才应诺去了,回复知县。

知县心里想道:“这小厮那里害甚么病!想是翟家这奴才走下乡,狐假虎威,着实恐吓了他一场。他从来不曾见过官府的人,害怕不敢来了。老师既把这个人托我,我若不把他就叫了来见老师,也惹得老师笑我做事疲软,我不如竟自己下乡去拜他。他看见赏他脸面,断不是难为他的意思,自然大着胆见我。我就便带了他来见老师,却不是办事勤敏?”又想道:“一个堂堂县令屈尊去拜一个乡民,惹得衙役们笑话。”又想道:“老师前日口气甚是敬他。老师敬他十分,我就该敬他一百分。况且屈尊敬贤,将来志书上,少不得称赞一篇,这是万古千年不朽的勾当,有甚么做不得?”当下定了主意。次早传齐轿夫,也不用全副执事,只带八个红黑帽夜役军牢,翟买办扶着轿子,一直下乡来。

乡里人听见锣响,一个个扶老携幼挨挤了看。轿子来到王冕门首,只见七八间草屋,一扇白板门紧紧关着。翟买办抢上几步忙去敲门。敲了一会,里面一个婆婆拄着拐杖出来说道:“不在家了,从清早晨牵牛出去饮水,尚未回来。”翟买办道:“老爷亲自在这里传你家儿子说话,怎的慢条斯理?快快说在那里,我好去传!”那婆婆道:“其实不在家了,不知在那里。”说毕,关着门进去了。

说话之间,知县轿子已到。翟买办跪在轿前禀道:“小的传王冕,不在家里。请老爷龙驾到公馆里略坐一坐,小的再去传。”扶着轿子过王冕屋后来。屋后横七竖八几棱窄田埂,远远的一面大塘,塘边都栽满了榆树、桑树。塘边那一望无际的几顷田地;又有一座山,虽不甚大,却青葱,树木堆满山上。约有一里多路,彼此叫呼还听得见。知县正走着,远远的有个牧童倒骑水牯牛从山嘴边转了过来。翟买办赶将上去,问道:“秦小二汉,你看见你隔壁的王老大牵了牛在那里饮水哩?”小二道:“王大叔么?他在二十里路外王家集亲家家吃酒去了。这牛就是他的,央及我替他赶了来家。”翟买办如此这般禀了知县。知县变着脸道:“既然如此,不必进公馆了!即回衙门去罢!”时知县此时心中十分恼怒,本要立即差人拿了王冕来责惩一番,又想恐怕危老师说他暴躁,且忍口气回去,慢慢向老师说明此人不中抬举,再处置他也不迟。知县去了。

王冕并不曾远行,即时走了来家。秦老过来抱怨他道:"你方才也太执意了!他是一县之主,你怎的这样怠慢他?"王冕道:"老爹请坐,我告诉你:时知县倚着危素的势要在这里酷虐小民,无所不为。这样的人,我为甚么要相与他?但他这一番回去,必定向危素说。危素老羞变怒,恐要和我计较起来。我如今辞别老爹,收拾行李到别处去躲避几时。只是母亲在家放心不下。"母亲道:"我儿,你历年卖诗卖画,我也积聚下三五十两银子,柴米不愁没有。我虽年老,又无疾病,你自放心出去躲避些时不妨。你又不曾犯罪,难道官府来拿你的母亲去不成!"秦老道:"这也说得有理。况你埋没在这乡村镇上,虽有才学,谁人是识得你的?此番到大邦去处,或者走出些遇合来也不可知。你尊堂家下大小事故,一切都在我老汉身上,替你扶持便了。"王冕拜谢了秦老。秦老又走回家去,取了些酒肴来替王冕送行,吃了半夜酒回去。次日五更,王冕起来收拾行李。吃了早饭,恰好秦老也到。王冕拜辞了母亲,又拜了秦老两拜。母子洒泪分手。王冕穿上麻鞋,背上行李。秦老手提一个小白灯笼,直送出村口洒泪而别。秦老手拿灯笼,站着看着他走,走的望不着了,方才回去。

王冕一路风餐露宿,九十里大站,七十里小站,一径来到山东济南府地方。这山东虽是近北省分,这会城却也人物富庶,房舍稠密。王冕到了此处,盘费用尽了,只得租个小庵门面屋卖卜测字,也画两张没骨的花卉贴在那里,卖与过往的人。每日问卜卖画,倒也挤个不开。

弹指间,过了半年光景。济南府里有几个俗财主也爱王冕的画,时常要买,又自己不来,遣几个粗夯小厮,动不动大呼小叫,闹的王冕不得安稳。王冕心不耐烦,就画了一条大牛贴在那里,又题几句诗在上含着讥刺,也怕从此有口舌,正思量搬移一个地方。那日清早才坐在那里,只见许多男女,啼啼哭哭,在街上过。也有挑着锅的,也有箩担内挑着孩子的,一个个面黄肌瘦,衣裳褴褛,过去一阵,又是一阵,把街上都塞满了;也有坐在地上就化钱的。问其所以,都是黄河沿上的州县被河水决了,田庐房舍尽行漂没。这是些逃荒的百姓,官府又不管,只得四散觅食。王冕见此光景过意不去,叹了一口气道:"河水北流，天下自此将大乱了。我还在这里做甚么？”

将些散碎银子收拾好了，拴束行李仍旧回家。入了浙江境，才打听得危素已还朝了，时知县也升任去了。因此放心回家，拜见母亲。看见母亲康健如常，心中欢喜。母亲又向他说秦老许多好处。他慌忙打开行李，取出一匹茧绸、一包耿饼，拿过去拜谢了秦老。秦老又备酒与他洗尘。自此，王冕依旧吟诗作画，奉养母亲。

又过了六年，母亲老病卧床。王冕百方延医调治，总不见效。一日母亲吩咐王冕道：“我眼见得不济事了。但这几年来，人都在我耳根前说，你的学问有了，该劝你出去做官。做官怕不是荣宗耀祖的事。我看见这些做官的，都不得有甚好收场。况你的性情高傲，倘若弄出祸来，反为不美。我儿可听我的遗言：将来娶妻生子，守着我的坟墓，不要出去做官。我死了，口眼也闭。”王冕哭着应诺。他母亲淹淹一息归天去了。王冕擗踊哀号，哭得那邻舍之人，无不落泪。又亏秦老一力帮衬，制备衣衾棺椁。王冕负土成坟，三年苫块，不必细说。

到了服阕之后，不过一年有余，天下就大乱了。方国珍据了浙江，张士诚据了苏州，陈友谅据了湖广，都是些草窃的英雄。只有太祖皇帝，起兵滁阳，得了金陵，立为吴王，乃是王者之师。提兵破了方国珍，号令全浙，乡村镇市并无骚扰。

一日日中时分，王冕正从母亲坟上拜扫回来，只见十几骑马，竟投他村里来。为头一人，头戴武巾，身穿团花战袍，白净面皮，三绺髭须，真有龙凤之表！那人到门首下了马，向王冕施礼道：“动问一声，那里是王冕先生家？”王冕道：“小人王冕，这里便是寒舍。”那人喜道：“如此甚妙，特来晋谒。”吩咐从人都下了马屯在外边，把马都系在湖边柳树上。那人独和王冕携手进到屋里，分宾主施礼坐下。王冕道：“不敢拜问尊官尊姓大名？因甚降临这乡僻所在？”那人道：“我姓朱，先在江南起兵，号滁阳王，而今据有金陵，称为吴王的便是。因平方国珍到此，特来拜访先生。”王冕道：“乡民肉眼不识，原来就是王爷。但乡民一介愚人，怎敢劳王爷贵步？”吴王道：“孤是一个粗卤汉子，今得见先生儒者气像，不觉功利之见顿消。孤在江南，即慕大名。今来拜访,要先生指示:浙人久反之后,何以能服其心?”王冕道:“大王是高明远见的,不消乡民多说。若以仁义服人,何人不服,岂但浙江?若以兵力服人,浙人虽弱,恐亦义不受辱,不见方国珍么?”吴王叹息,点头称善。两人促膝谈到日暮。那些从者都带有干粮。王冕自到厨下烙了一斤面饼,炒了一盘韭菜,自捧出来陪着。吴王吃了,称谢教诲,上马去了。这日,秦老进城回来问及此事,王冕也不曾说就是吴王,只说是军中一个将官,向年在山东相识的,故此来看我一看。说着就罢了。

不数年间,吴王削平祸乱,定鼎应天,天下一统,建国号大明,年号洪武。乡村人各各安居乐业。到了洪武四年,秦老又进城里,回来向王冕道:“危老爷已自问了罪发在和州去了。我带了一本邸抄来与你看。”王冕接过来看,才晓得危素归降之后,妄自尊大,在太祖面前,自称老臣。太祖大怒,发往和州守余阙墓去了。此一条之后,便是礼部议定取士之法:三年一科,用“五经”“四书”、八股文。王冕指与秦老看,道:“这个法却定的不好!将来读书人既有此一条荣身之路,把那文行出处,都看得轻了。”说着,天色晚了下来。

此时正是初夏,天时乍热。秦老在打麦场上放下一张桌子,两人小饮。须臾东方月上,照耀得如同万顷玻璃一般。那些眠鸥宿鹭,阒然无声。王冕左手持杯,右手指着天上的星,向秦老道:“你看,贯索犯文昌,一代文人有厄!”话犹未了,忽然起一阵怪风刮的树木都飕飕的响,水面上的禽鸟,格格惊起了许多。王冕同秦老吓的将衣袖蒙了脸。少顷,风声略定。睁眼看时,只见天上纷纷有百十个小星,都坠向东南角上去了。王冕道:“天可怜见,降下这一伙星君去维持文运,我们是不及见了!”当夜收拾家伙,各自歇息。

自此以后,时常有人传说:朝廷行文到浙江布政司,要征聘王冕出来做官。初时不在意里,后来渐渐说的多了。王冕并不通知秦老,私自收拾,连夜逃往会稽山中。半年之后,朝廷果然遣一员官捧着诏书,带领许多人,将着彩缎表里来到秦老门首,见秦老八十多岁,须鬓皓然,手扶拄杖。那官与他施礼。秦老让到草堂坐下。那官问道:“王冕先生就在这庄上么?而今皇恩授他咨议参军之职,下官特地捧诏而来。”秦老道:“他虽是这里人,只是久矣不知去向了。”秦老献过了茶,领那官员走到王冕家。推开了门,见蟏蛸满室,蓬蒿满径,知是果然去得很久了。那官咨嗟叹息了一回,仍旧捧诏回旨去了。

王冕隐居在会稽山中,并不自言姓名。后来得病去世,山邻敛些钱财葬于会稽山下。是年秦老亦寿终于家。可笑近来文人学士,说着王冕,都称他做王参军。究竟王冕何曾做过一日官?所以表白一番。这不过是个楔子,下面还有正文。

第二回　王孝廉村学识同科　周蒙师暮年登上第

话说山东兖州府汶上县有个乡村,叫做薛家集。这集上有百十来人家,都是务农为业。村口一个观音庵,殿宇三间之外,另还有十几间空房子,后门临着水次。这庵是十方的香火,只得一个和尚住持。集上人家,凡有公事就在这庵里来同议。

那时成化末年,正是天下繁富的时候。新年正月初八日,集上人约齐了都到庵里来,议闹龙灯之事。到了早饭时候,为头的申祥甫,带了七八个人走了进来,在殿上拜了佛。和尚走来,与诸位见节,都还过了礼。申祥甫发作和尚道:"和尚,你新年新岁,也该把菩萨面前香烛点勤些!阿弥陀佛受了十方的钱钞也要消受。"又叫:"诸位都来看看,这琉璃灯内只得半琉璃油!"指着内中一个穿齐整些的老翁,说道:"不论别人,只这一位荀老爹,三十晚上,还送了五十斤油与你。白白给你炒菜吃,全不敬佛!"和尚陪着小心,等他发作过了,拿一把铅壶,撮了一把苦丁茶叶,倒满了水,在火上燎的滚热,送与众位吃。荀老爹先开口道:"今年龙灯上庙,我们户下各家,须出多少银子?"申祥甫道:"且住,等我亲家来一同商议。"正说着,外边走进一个人来,两只红眼边,一副锅铁脸,几根黄胡子,歪戴着瓦楞帽,身上青布衣服,就如油篓一般,手里拿着一根赶驴的鞭子,走进门来和众人拱一拱手,一屁股就坐在上席。这人姓夏,乃薛家集上旧年新参的总甲。夏总甲坐在上席,先吩咐和尚道:"和尚,把我的驴牵在后园槽上,卸了鞍子,将些草喂的饱饱的。我议完了事,还要到县门口黄老爹家吃年酒去哩。"吩咐过了和尚,把腿跷起一只来,自己拿拳头在腰上只管捶。捶着说道:"俺如今,倒不如你们务农的快活了。想这新年大节,老爷衙门里三班六房,那一位不送帖子来,我怎好不去贺节?每日骑着这个驴上县下乡,跑得昏头晕脑。打紧又被这瞎眼的忘八在路上打个前失,把我跌了下来,跌的腰胯生疼。"申祥甫道："新年初三，我备了个豆腐饭邀请亲家，想是有事不得来了。"夏总甲道："你还说哩！从新年这七八日，何曾得一个闲？恨不得长出两张嘴来还吃不退。就像今日请我的黄老爹，他就是老爷面前站得起来的班头。他抬举我，我若不到，不惹他怪！"申祥甫道："西班黄老爹，我听见说，他从年里头就是老爷差出去了。他家又无兄弟、儿子，却是谁做主人？"夏总甲道："你又不知道了。今日的酒，是快班李老爹请。李老爹家房子褊窄，所以把席摆在黄老爹家大厅上。"

说了半日，才讲到龙灯上。夏总甲道："这样事，俺如今也有些不耐烦管了。从前，年年是我做头，众人写了功德，赖着不拿出来，不知累俺赔了多少。况今年老爷衙门里，头班、二班、西班、快班，家家都兴龙灯，我料想看个不了，那得功夫来看乡里这条把灯！但你们说了一场，我也少不得搭个分子，任凭你们那一位做头。像这荀老爹，田地又广，粮食又多，叫他多出些。你们各家照分子派。这事就舞起来了。"众人不敢违拗，当下，捺着姓荀的出了一半，其余众户也派了，共二三两银子，写在纸上。和尚捧出茶盘：云片糕、红枣，和些瓜子、豆腐干、栗子、杂色糖，摆了两桌，尊夏老爹坐在首席，斟上茶来。

申祥甫又说："孩子又大了，今年要请一个先生，就是这观音庵里做个学堂。"众人道："俺们也有好几家孩子要上学。只这申老爹的令郎，就是夏老爹的令婿，夏老爹时刻有县主老爷的牌票，也要人认得字。只是这个先生须是要城里去请才好。"夏总甲道："先生倒有一个。你道是谁？就是咱衙门里户总科提控顾老相公家请的一位先生，姓周，官名叫做周进，年纪六十多岁，前任老爷取过他个头名，却还不曾中过学。顾老相公请他在家里三个年头，他家顾小舍人去年就中了学，和咱镇上梅三相一齐中的。那日从学里师爷家迎了回来，小舍人头上戴着方巾，身上披着大红绸，骑着老爷棚子里的马，大吹大打来到家门口。俺合衙门的人都拦着街递酒。落后，请将周先生来，顾老相公亲自奉他三杯，尊在首席。点了一本戏，是梁灏八十岁中状元的故事。顾老相公为这戏，心里还不大欢喜。落后，戏文内唱到梁灏的学生却是十七八岁就中了状元，顾老相公知道是替他儿子发兆，方才喜了。你们若要先生，俺替你把周先生请来。"众人都说是好。吃完了茶,和尚又下了一斤牛肉面吃了,各自散讫。次日,夏总甲果然替周先生说了,每年馆金十二两银子,每日二分银子在和尚家代饭。约定灯节后下乡,正月二十开馆。

到了十六日,众人将分子送到申祥甫家备酒饭,请了集上新进学的梅三相做陪客。那梅玖戴着新方巾老早到了。直到巳牌时候周先生才来。听得门外狗叫,申祥甫走出去迎了进来。众人看周进时,头戴一顶旧毡帽,身穿元色绸旧直裰,那右边袖子同后边坐处都破了,脚下一双旧大红绸鞋,黑瘦面皮,花白胡子。申祥甫拱进堂屋,梅玖方才慢慢的立起来和他相见。周进就问:"此位相公是谁?"众人道:"这是我们集上在庠的梅相公。"周进听了,谦让不肯僭梅玖作揖。梅玖道:"今日之事不同。"周进再三不肯。众人道:"论年纪也是周先生长,先生请老实些罢!"梅玖回过头来向众人道:"你众位是不知道我们学校规矩,老友是从来不同小友序齿的。只是今日不同,还是周长兄请上。"

原来明朝士大夫称儒学生员叫做朋友,称童生是小友。比如童生进了学,不怕十几岁也称为老友。若是不进学,就到八十岁也还称小友。就如女儿嫁人的:嫁时称为新娘,后来称呼奶奶、太太,就不叫新娘了。若是嫁与人家做妾,就到头发白了还要唤做新娘。闲话休题。

周进因他说这样话,倒不同他让了,竟僭着他作了揖。众人都作过揖坐下。只有周、梅二位的茶杯里,有两枚生红枣,其余都是清茶。吃过了茶,摆两张桌子杯箸,尊周先生首席,梅相公二席,众人序齿坐下,斟上酒来。周进接酒在手,向众谢了扰,一饮而尽。随即每桌摆上八九个碗,乃是猪头肉、公鸡、鲤鱼、肚、肺、肝、肠之类,叫一声"请!"一齐举箸,却如风卷残云一般早去了一半。

看那周先生时,一箸也不曾下。申祥甫道:"今日先生为甚么不用肴馔?却不是上门怪人?"拣好的递了过来。周进拦住道:"实不相瞒,我学生是长斋。"众人道:"这个倒失于打点。却不知先生因甚吃斋?"周进道:"只因当年先母病重,在观音菩萨位下许的。如今也吃过十几年了。"梅玖道:"我因先生吃斋,倒想起一个笑话,是前日在城里我那案伯顾老相公家,听见他说的。有个做先生的一字至七字诗。"众人都停了箸,听他念诗。他便念道:"呆,秀才,吃长斋,胡须满腮,经书不揭开,纸笔自己安排,明年不请我自来。"念罢说道:"像我这周长兄如此大才,呆是不呆的了。"又掩着口道:"'秀才'指日就是,那'吃长斋,胡须满腮',竟被他说一个着!"说罢,哈哈大笑。众人一齐笑起来。周进不好意思。申祥甫连忙斟一杯酒道:"梅三相该敬一杯。顾老相公家西席就是周先生了。"梅玖道:"我不知道,该罚!该罚!但这个话不是为周长兄,他说明了是个秀才。但这吃斋也是好事。先年,俺有一个母舅,一口长斋。后来进了学,老师送了丁祭的胙肉来,外祖母道:'丁祭肉若是不吃,圣人就要计较了,大则降灾,小则害病。'只得就开了斋。俺这周长兄,只到今年秋祭少不得有胙肉送来,不怕你不开哩。"众人说他发的利市好,同斟一杯,送与周先生预贺,把周先生脸上羞的红一块白一块。只得承谢众人将酒接在手里。厨下捧出汤点来,一大盘实心馒头,一盘油煎的扛子火烧。众人道:"这点心是素的,先生用几个。"周进怕汤不洁净,讨了茶来吃点心。

内中一人问申祥甫道:"你亲家今日在那里?何不来陪先生坐坐?"申祥甫道:"他到快班李老爹家吃酒去了。"又一个人道:"李老爹这几年在新任老爷手里,着实跑起来了,怕不一年要寻千把银子。只是他老人家好赌,不如西班黄老爹,当初也在这些事里顽耍,这几年成了正果,家里房子,盖的像天宫一般,好不热闹!"荀老爹向申祥甫道:"你亲家自从当了门户,时运也算走顺风。再过两年,只怕也要弄到黄老爹的意思哩。"申祥甫道:"他也要算停当的了。若想到黄老爹的地步,只怕还要做几年的梦。"

梅相公正吃着火烧,接口道:"做梦倒也有些准哩。"因问周进道:"长兄这些年考校,可曾得个甚么梦兆?"周进道:"倒也没有。"梅玖道:"就是侥幸的这一年,正月初一日,我梦见在一个极高的山上,天上的日头不差不错,端端正正掉了下来压在我头上,惊出一身的汗。醒了摸一摸头就像还有些热。彼时不知甚么原故。如今想来,好不有准!"于是点心吃完,又斟了一巡酒。直到上灯时候,梅相公同众人别了回去。申祥甫拿出一副蓝布被褥,送周先生到观音庵歇宿,向和尚说定,馆地就在后门里这两间屋内。

直到开馆那日,申祥甫同着众人领了学生来,七长八短几个孩子,拜见先生。众人各自散了。周进上位教书。晚间,学生家去,把各家贽见拆开来看,只有荀家是一钱银子,另有八分银子代茶;其余也有三分的,也有四分的,也有十来个钱的,合拢了不够一个月饭食。周进一总包了,交与和尚收着再算。那些孩子,就像蠢牛一般,一时照顾不到,就溜到外边去打瓦踢球,每日淘气不了。周进只得捺定性子坐着教导。

不觉两个多月,天气渐暖。周进吃过午饭开了后门出来,河沿上望望。虽是乡村地方,河边却也有几树桃花柳树,红红绿绿,间杂好看。看了一回,只见蒙蒙的细雨,下将起来。周进见下雨,转入门内,望着雨下在河里,烟笼远树,景致更妙。这雨越下越大,却见上流头,一只船冒雨而来。那船本不甚大,又是芦席篷,所以怕雨。将近河岸,看时:中舱坐着一个人,船尾坐着两个从人,船头上放着一担食盒。将到岸边,那人连呼船家泊船,带领从人走上岸来。

周进看那人时,头戴方巾,身穿宝蓝缎直裰,脚下粉底皂靴,三绺髭须,约有三十多岁光景。走到门口,与周进举一举手一直进来。自己口里说道:"原来是个学堂。"周进跟了进来作揖,那人还了个半礼道:"你想就是先生了。"周进道:"正是。"那人问从者道:"和尚怎的不见?"说着,和尚忙走了出来,道:"原来是王大爷。请坐!僧人去烹茶来。"向着周进道:"这王大爷,就是前科新中的。先生陪了坐着,我去拿茶。"那王举人也不谦让,从人摆了一条凳子,就在上首坐了。周进下面相陪。王举人道:"你这位先生贵姓?"周进知他是个举人,便自称道:"晚生姓周。"王举人道:"去年在谁家作馆?"周进道:"在县门口顾老相公家。"王举人道:"足下莫不是就在我白老师手里曾考过一个案首的?说这几年在顾二哥家做馆,不差,不差。"周进道:"俺这顾东家,老先生也是相与的?"王举人道:"顾二哥是俺户下册书,又是拜盟的好弟兄。"

须臾和尚献上茶来吃了。周进道:"老先生的朱卷,是晚生熟读过的,后面两大股文章尤其精妙。”王举人道:“那两股文章,不是俺作的。”周进道:“老先生又过谦了。却是谁作的呢?”王举人道:“虽不是我作的,却也不是人作的。那时头场初九日,天色将晚,第一篇文章还不曾做完,自己心里疑惑,说:‘我平日笔下最快,今日如何迟了?’正想不出来,不觉磕睡上来,伏着号板打一个盹,只见五个青脸的人,跳进号来。中间一人,手里拿着一枝大笔把俺头上点了一点,就跳出去了。随即一个戴纱帽红袍金带的人,揭帘子进来,把俺拍了一下,说道:‘王公请起!’那时弟吓了一跳,通身冷汗。醒转来,拿笔在手,不知不觉写了出来。可见贡院里鬼神是有的。弟也曾把这话,回禀过大主考座师,座师就道弟该有鼎元之分。”

正说得热闹,一个小学生送仿来批。周进叫他搁着。王举人道:“不妨,你只管去批仿。俺还有别的事。”周进只得上位批仿。王举人吩咐家人道:“天已黑了,雨又不住,你们把船上的食盒挑了上来,叫和尚拿升米做饭。船家叫他伺候着,明日早走。”向周进道:“我方才上坟回来,不想遇着雨,耽搁一夜。”说着就猛然回头,一眼看见那小学生的仿纸上的名字是荀玫。不觉就吃了一惊,一会儿咂嘴弄唇的,脸上做出许多怪物像。周进又不好问他,批完了仿依旧陪他坐着。他就问道:“方才这小学生几岁了?”周进道:“他才七岁。”王举人道:“是今年才开蒙?这名字是你替他起的?”周进道:“这名字不是晚生起的。开蒙的时候,他父亲央及集上新进梅朋友替他起名。梅朋友说,自己的名字叫做‘玖’,也替他起个‘王’旁的名字发发兆,将来好同他一样的意思。”王举人笑道:“说起来竟是一场笑话。弟今年正月初一日梦见看会试榜,弟中在上面,是不消说了,那第三名也是汶上人,叫做荀玫。弟正疑惑:我县里没有这一个姓荀的孝廉。谁知竟同着这个小学生的名字。难道和他同榜不成!”说罢,就哈哈大笑起来,道:“可见梦作不得准。况且功名大事总以文章为主,那里有甚么鬼神!”周进道:“老先生,梦也竟有准的。前日晚生初来,会着集上梅朋友。他说,也是正月初一日,他梦见一个大红日头落在他头上,他这年就飞黄腾达的。”王举人道:“这话更作不得准了。比如他进过学,就有日头落在他头上,像我这发过的,不该连天都掉下来,是俺顶着的了?”

彼此说着闲话,掌上灯烛,管家捧上酒饭,鸡、鱼、鸭、肉,堆满春台。王举人也不让周进,自己坐着吃了,收下碗去。落后,和尚送出周进的饭来,一碟老菜叶,一壶热水。周进也吃了。叫了安置,各自歇宿。

次早,天色已晴。王举人起来洗了脸,穿好衣服,拱一拱手,上船去了。撒了一地的鸡骨头、鸭翅膀、鱼刺、瓜子壳,周进昏头昏脑,扫了一早晨。

自这一番之后,一薛家集的人,都晓得荀家孩子是县里王举人的进士同年,传为笑话。这些同学的孩子赶着他,就不叫荀玫了,都叫他“荀进士”。各家父兄听见这话都各不平,偏要在荀老翁跟前恭喜,说他是个封翁太老爷,把个荀老爹气得有口难分。申祥甫背地里又向众人道:“那里是王举人亲口说这番话?这就是周先生看见我这一集上,只有荀家有几个钱,捏造出这话来奉承他,图他个逢时遇节,他家多送两个盒子。俺前日听见说,荀家炒了些面筋、豆腐干送在庵里,又送了几回馒头、火烧,就是这些原故了。”众人都不喜欢。以此周进安身不牢,因是碍着夏总甲的面皮不好辞他,将就混了一年。后来,夏总甲也嫌他呆头呆脑,不知道常来承谢,由着众人,把周进辞了来家。

那年却失了馆,在家日食艰难。一日,他姊丈金有余来看他,劝道:“老舅,莫怪我说你。这读书求功名的事料想也是难了。人生世上,难得的是这碗现成饭,只管‘稂不稂莠不莠’的到几时?我如今同了几个大本钱的人,到省城去买货,差一个记帐的人,你不如同我们去走走。你又孤身一人,在客伙内,还是少了你吃的、穿的?”周进听了这话,自己想:“瘫子掉在井里——捞起也是坐。有甚亏负我?”随即应允了。金有余择个吉日,同一伙客人起身,来到省城杂货行里住下。

周进无事,闲着街上走走,看见纷纷的工匠,都说是修理贡院。周进跟到贡院门口想挨进去看,被看门的大鞭子打了出来。晚间,向姐夫说要去看看。金有余只得用了几个小钱,一伙客人也都同了去看,又央及行主人领着。行主人走进头门,用了钱的并无拦阻。到了龙门下,行主人指道:“周客人,这是相公们进的门了。”进去两边号房门,行主人指道:“这是天字号了。你自进去看看。”周进一进了号,见两块号板,摆的齐齐整整,不觉眼睛里一阵酸酸的,长叹一声,一头撞在号板上,直僵僵不省人事。只因这一死,有分教:累年蹭蹬,忽然际会风云;终岁凄凉,竟得高悬月旦。未知周进性命如何,且听下回分解。

第三回　周学道校士拔真才　胡屠户行凶闹捷报

话说周进在省城要看贡院，金有余见他真切，只得用几个小钱同他去看，不想才到天字号就撞死在地下。众人多慌了，只道一时中了恶。行主人道："想是这贡院里久没有人到，阴气重了，故此周客人中了恶。"金有余道："贤东，我扶着他。你且去到做工的那里借口开水来灌他一灌。"行主人应诺，取了水来，三四个客人一齐扶着灌了下去。喉咙里咯咯的响了一声，吐出一口稠涎来。众人道："好了！"扶着立了起来。周进看着号板又是一头撞将去。这回不死了，放声大哭起来。众人劝着不住。金有余道："你看这不是疯了么？好好到贡院来耍，你家又不死了人，为甚么这样号啕痛哭是的？"周进也不听见，只管伏着号板哭个不住。一号哭过，又哭到二号、三号，满地打滚，哭了又哭，哭的众人心里都凄惨起来。金有余见不是事，同行主人一左一右架着他的膀子。他那里肯起来，哭了一阵，又是一阵，直哭到口里吐出鲜血来。

众人七手八脚，将他扛抬了出来，贡院前一个茶棚子里坐下，劝他吃了一碗茶。犹自索鼻涕，弹眼泪，伤心不止。内中一个客人道："周客人有甚心事？为甚到了这里这等大哭起来？却是哭得利害。"金有余道："列位老客有所不知。我这舍舅本来原不是生意人。因他苦读了几十年的书，秀才也不曾做得一个，今日看这贡院就不觉伤心起来。"只因这一句话，道着周进的真心事，于是不顾众人，又放声大哭起来。又一个客人道："论这事只该怪我们金老客。周相公既是斯文人，为甚么带他出来做这样的事？"金有余道："也只为赤贫之士，又无馆做，没奈何上了这一条路。"又一个客人道："看令舅这个光景，毕竟胸中才学是好的。因没有人识得他，所以受屈到此田地。"金有余道："他才学是有的，怎奈时运不济！"那客人道："监生也可以进场。周相公既有才学，何不捐他一个监进场？中了，也不枉了今日这一番心事。”金有余道：“我也是这般想，只是那里有这一注银子！”此时周进哭的住了。那客人道：“这也不难。现放着我这几个弟兄在此，每人拿出几十两银子，借与周相公纳监进场。若中了做官，那在我们这几两银子！就是周相公不还，我们走江湖的人那里不破掉了几两银子！何况这是好事。你众位意下如何？”众人一齐道：“君子成人之美。”又道：“见义不为，是为无勇。俺们有甚么不肯！只不知周相公可肯俯就？”周进道：“若得如此，便是重生父母，我周进变驴变马也要报效！”爬到地下，就磕了几个头。众人还下礼去。金有余也称谢了众人。又吃了几碗茶，周进再不哭了，同众人说说笑笑回到行里。

次日，四位客人果然备了二百两银子交与金有余。一切多的使费，都是金有余包办。周进又谢了众人和金有余。行主人替周进备一席酒请了众位。金有余将着银子上了藩库，讨出库收来。

正值宗师来省录遗，周进就录了个贡监首卷。到了八月初八日进头场，见了自己哭的所在，不觉喜出望外。自古道，“人逢喜事精神爽”，那七篇文字做的花团锦簇一般。出了场，仍旧住在行里。金有余同那几个客人还不曾买完了货。直到放榜那日，巍然中了。

众人各各欢喜，一齐回到汶上县。拜县父母、学师，典史拿晚生帖子上门来贺。汶上县的人，不是亲的也来认亲，不相与的也来认相与。忙了个把月。申祥甫听见这事，在薛家集敛了分子，买了四只鸡、五十个蛋和些炒米、欢团之类，亲自上县来贺喜。周进留他吃了酒饭去。荀老爹贺礼是不消说了。

看看上京会试，盘费、衣服，都是金有余替他设处。到京会试又中了进士，殿在三甲，授了部属。

荏苒三年，升了御史，钦点广东学道。这周学道虽也请了几个看文章的相公，却自心里想道：“我在这里面吃苦久了，如今自己当权，须要把卷子都要细细看过，不可听着幕客，屈了真才。”主意定了，到广州上了任。

次日，行香挂牌。先考了两场生员。第三场是南海、番禺两县童生。周学道坐在堂上，见那些童生纷纷进来，也有小的，也有老的，仪表端正的，獐头鼠目的，衣冠齐楚的，蓝缕破烂的。落后点进一个童生来，面黄肌瘦，花白胡须，头上戴一顶破毡帽。广东虽是地气温暖，这时已是十二月上旬，那童生还穿着麻布直裰，冻得乞乞缩缩，接了卷子下去归号。周学道看在心里，封门进去。出来放头牌的时节坐在上面，只见那穿麻布的童生上来交卷。那衣服因是朽烂了，在号里又扯破了几块。周学道看看自己身上，绯袍金带，何等辉煌！因翻一翻点名册，问那童生道："你就是范进？"范进跪下道："童生就是。"学道道："你今年多少年纪了？"范进道："童生册上，写的是三十岁，童生实年五十四岁。"学道道："你考过多少回数了？"范进道："童生二十岁应考，到今考过二十余次。"学道道："如何总不进学？"范进道："总因童生文字荒谬，所以各位大老爷不曾赏取。"周学道道："这也未必尽然。你且出去，卷子待本道细细看。"范进磕头下去了。

那时天色尚早，并无童生交卷。周学道将范进卷子用心用意看了一遍，心里不喜道："这样的文字，都说的是些甚么话！怪不得不进学！"丢过一边不看了。又坐了一会还不见一个人来交卷，心里又想道："何不把范进的卷子再看一遍？倘有一线之明，也可怜他苦志。"从头至尾又看了一遍，觉得有些意思。

正要再看看，却有一个童生来交卷。那童生跪下道："求大老爷面试！"学道和颜道："你的文字已在这里了，又面试些甚么？"那童生道："童生诗词歌赋都会，求大老爷出题面试！"学道变了脸道："'当今天子重文章，足下何须讲汉唐？'像你做童生的人只该用心做文章，那些杂览学他做甚么？况且本道奉旨到此衡文，难道是来此同你谈杂学的么？看你这样务名而不务实，那正务自然荒废，都是些粗心浮气的说话，看不得了。左右的，赶了出去！"一声吩咐过了，两旁走过几个如狼似虎的公人，把那童生叉着膊子，一路跟头叉到大门外。周学道虽然赶他出去，却也把卷子取来看看。那童生叫做魏好古，文字也还清通。学道道："把他低低的进了学罢。"因取过笔来在卷子尾上，点了一点，做个记认。

又取过范进卷子来看。看罢，不觉叹息道："这样文字连我看一两遍也不能解，直到三遍之后，才晓得是天地间之至文，真乃一字一珠！可见世上糊涂试官，不知屈煞了多少英才！”忙取笔细细圈点，卷面上加了三圈，即填了第一名。又把魏好古的卷子取过来，填了第二十名。将各卷汇齐带了进去。发出案来，范进是第一。谒见那日，着实赞扬了一回。点到二十名，魏好古上去，又勉励了几句“用心举业，休学杂览”的话，鼓吹送了出去。

次日起马，范进独自送在三十里之外，轿前打恭。周学道又叫到跟前说道：“龙头属老成。本道看你的文字，火候到了，即在此科一定发达。我复命之后，在京专候。”范进又磕头谢了，起来立着。学道轿子一拥而去。范进立着，直望见门枪影子抹过前山，看不见了方才回到下处，谢了房主人。他家离城还有四十五里路，连夜回来拜见母亲。

家里住着一间草屋，一厦披子，门外是个茅草棚。正屋是母亲住着，妻子住在披房里。他妻子乃是集上胡屠户的女儿。范进进学回家，母亲、妻子俱各欢喜。正待烧锅做饭，只见他丈人胡屠户，手里拿着一副大肠和一瓶酒走了进来。范进向他作揖，坐下。胡屠户道：“我自倒运，把个女儿嫁与你这现世宝穷鬼。历年以来不知累了我多少。如今，不知因我积了甚么德带挈你中了个相公，我所以带个酒来贺你。”范进唯唯连声，叫浑家把肠子煮了，烫起酒来，在茅草棚下坐着。母亲自和媳妇在厨下造饭。胡屠户又吩咐女婿道：“你如今既中了相公，凡事要立起个体统来。比如我这行事里，都是些正经有脸面的人，又是你的长亲，你怎敢在我们跟前妆大？若是家门口这些做田的、扒粪的，不过是平头百姓。你若同他拱手作揖，平起平坐，这就是坏了学校规矩，连我脸上都无光了。你是个烂忠厚没用的人，所以，这些话我不得不教导你，免得惹人笑话。”范进道：“岳父见教的是。”胡屠户又道：“亲家母也来这里坐着吃饭。老人家每日小菜饭，想也难过。我女孩儿也吃些，自从进了你家门，这十几年不知猪油可曾吃过两三回哩！可怜！可怜！”说罢，婆媳两个都来坐着吃了饭。吃到日西时分，胡屠户吃的醺醺的。这里母子两个千恩万谢。屠户横披了衣服，腆着肚子去了。

次日，范进少不得拜拜乡邻。魏好古又约了一班同案的朋友彼此来往。因是乡试年，做了几个文会。

不觉到了六月尽间，这些同案的人约范进去乡试。范进因没有盘费，走去同丈人商议，被胡屠户一口啐在脸上，骂了一个狗血喷头，道："不要失了你的时了！你自己只觉得中了一个相公，就癞虾蟆想吃起天鹅肉来！我听见人说，就是中相公时也不是你的文章，还是宗师看见你老，不过意，舍与你的。如今痴心就想中起老爷来！这些中老爷的，都是天上的文曲星！你不看见城里张府上那些老爷，都是万贯家私，一个个方面大耳？像你这尖嘴猴腮，也该撒抛尿自己照照！不三不四，就想天鹅屁吃！趁早收了这心！明年在我们行事里，替你寻一个馆，每年寻几两银子养活你那老不死的老娘和你老婆是正经。你问我借盘缠，我一天杀一个猪，还赚不得钱把银子，都把与你去丢在水里，叫我一家老小嗑西北风！"一顿夹七夹八骂的范进摸门不着。辞了丈人回来，自心里想："宗师说我火候已到，自古无场外的举人，如不进去考他一考，如何甘心！"因向几个同案商议，瞒着丈人到城里乡试。出了场即便回家。家里已是饿了两三天。被胡屠户知道，又骂了一顿。

到出榜那日，家里没有早饭米。母亲吩咐范进道："我有一只生蛋的母鸡，你快拿集上去卖了，买几升米来，煮餐粥吃。我已是饿的两眼都看不见了。"范进慌忙抱了鸡走出门去。才去不到两个时候，只听得一片声的锣响，三匹马闯将来。那三个人下了马，把马拴在茅草棚上，一片声叫道："快请范老爷出来，恭喜高中了！"母亲不知是甚事，吓得躲在屋里，听见中了，方敢伸出头来说道："诸位请坐，小儿方才出去了。"那些报录人道："原来是老太太。"大家簇拥着要喜钱。正在吵闹，又是几匹马，二报、三报到了，挤了一屋的人，茅草棚地下都坐满了。邻居都来了，挤着看。老太太没奈何，只得央及一个邻居去寻他儿子。

那邻居飞奔到集上，一地里寻不见，直寻到集东头，见范进抱着鸡，手里插个草标，一步一踱的东张西望，在那里寻人买。邻居道："范相公，快些回去！你恭喜中了举人，报喜人挤了一屋里。"范进道是哄他，只装不听见，低着头往前走。邻居见他不理，走上来就要夺他手里的鸡。范进道:“你夺我的鸡怎的？你又不买!”邻居道:“你中了举了,叫你家去打发报子哩!”范进道:“高邻,你晓得我今日没有米,要卖这鸡去救命,为甚么拿这话来混我？我又不同你顽,你自回去罢,莫误了我卖鸡!”邻居见他不信,劈手把鸡夺了掼在地下,一把拉了回来。报录人见了道:“好了,新贵人回来了!”正要拥着他说话。

范进三两步走进屋里来,见中间报帖已经升挂起来,上写道:“捷报贵府老爷范讳进,高中广东乡试第七名亚元。京报连登黄甲。”范进不看便罢,看了一遍,又念一遍,自己把两手拍了一下,笑了一声道:“噫！好了！我中了!”说着往后一交跌倒,牙关咬紧不省人事。老太太慌了,慌将几口开水灌了过来。他爬将起来又拍着手大笑道:“噫！好！我中了!”笑着,不由分说就往门外飞跑,把报录人和邻居都吓了一跳。走出大门不多路,一脚踹在塘里,挣起来头发都跌散了,两手黄泥,淋淋漓漓一身的水,众人拉他不住,拍着笑着,一直走到集上去了。众人大眼望小眼,一齐道:“原来新贵人欢喜疯了。”

老太太哭道:“怎生这样苦命的事！中了一个甚么举人就得了这个拙病！这一疯了几时才得好?”娘子胡氏道:“早上好好出去,怎的就得了这样的病！却是如何是好?”众邻居劝道:“老太太不要心慌！我们而今且派两个人,跟定了范老爷。这里众人家里拿些鸡、蛋、酒、米,且管待了报子上的老爹们,再为商酌。”当下众邻居有拿鸡蛋来的,有拿白酒来的,也有背了斗米来的,也有捉两只鸡来的。娘子哭哭啼啼在厨下收拾齐了,拿在草棚下。邻居又搬些桌凳,请报录的坐着吃酒,商议:“他这疯了如何是好?”报录的内中有一个人道:“在下倒有一个主意,不知可以行得行不得?”众人问:“如何主意?”那人道:“范老爷平日可有最怕的人？他只因欢喜狠了,痰涌上来迷了心窍。如今只消他怕的这个人来打他一个嘴巴,说:‘这报录的话都是哄你,你并不曾中。’他吃这一吓,把痰吐了出来,就明白了。”众邻都拍手道:“这个主意,好得紧！妙得紧！范老爷怕的,莫过于肉案子上胡老爹。好了！快寻胡老爹来！他想是还不知道,在集上卖肉哩。”又一个人道：“在集上卖肉，他倒好知道了。他从五更鼓就往东头集上迎猪，还不曾回来。快些迎着去寻他！”

一个人飞奔去迎，走到半路遇着胡屠户来，后面跟着一个烧汤的二汉，提着七八斤肉、四五千钱，正来贺喜。进门见了老太太，老太太大哭着告诉了一番。胡屠户诧异道：“难道这等没福？”外边人一片声请胡老爹说话。胡屠户把肉和钱交与女儿走了出来。众人如此这般同他商议。胡屠户作难道：“虽然是我女婿，如今却做了老爷，就是天上的星宿。天上的星宿是打不得的！我听得斋公们说，打了天上的星宿，阎王就要拿去打一百铁棍，发在十八层地狱永不得翻身。我却是不敢做这样的事！”邻居内一个尖酸人说道：“罢么！胡老爹，你每日杀猪的营生，白刀子进去，红刀子出来，阎王也不知叫判官在簿子上记了你几千条铁棍。就是添上这一百棍，也打甚么要紧？只恐把铁棍子打完了，也算不到这笔帐上来，或者你救好了女婿的病，阎王叙功，从地狱里把你提上第十七层来也不可知。”报录的人道：“不要只管讲笑话。胡老爹，这个事须是这般，你没奈何权变一权变。”屠户被众人局不过，只得连斟两碗酒喝了壮一壮胆，把方才这些小心收起，将平日的凶恶样子拿出来，卷一卷那油晃晃的衣袖，走上集去。众邻居五六个都跟着走。老太太赶出来叫道：“亲家，你只可吓他一吓，却不要把他打伤了！”众邻居道：“这自然，何消吩咐。”说着，一直去了。来到集上，见范进正在一个庙门口站着，散着头发，满脸污泥，鞋都跑掉了一只，兀自拍着掌，口里叫道：“中了！中了！”胡屠户凶神似的走到跟前，说道：“该死的畜生！你中了甚么？”一个嘴巴打将去。众人和邻居见这模样忍不住的笑。不想胡屠户，虽然大着胆子打了一下，心里到底还是怕的，那手早颤起来不敢打到第二下。范进因这一个嘴巴却也打晕了，昏倒于地。众邻居一齐上前替他抹胸口，捶背心。舞了半日，渐渐喘息过来，眼睛明亮，不疯了。众人扶起，借庙门口一个外科郎中“跳驼子”板凳上坐着。胡屠户站在一边，不觉那只手隐隐的疼将起来。自己看时，把个巴掌仰着再也湾不过来。自己心里懊恼道：“果然，天上文曲星是打不得的，而今菩萨计较起来了。”想一想，更疼的狠了，连忙问郎中讨了个膏药贴着。

范进看了众人，说道："我怎么坐在这里？"又道："我这半日，昏昏沉沉如在梦里一般。"众邻居道："老爷，恭喜高中了。适才欢喜的有些引动了痰，方才吐出几口痰来，好了。快请回家去打发报录人！"范进说道："是了，我也记得是中的第七名。"范进一面自绾了头发，一面问郎中借了一盆水洗洗脸。一个邻居早把那一只鞋寻了来替他穿上。见丈人在跟前，恐怕又要来骂。胡屠户上前道："贤婿老爷，方才不是我敢大胆，是你老太太的主意，央我来劝你的。"邻居内一个人道："胡老爹方才这个嘴巴打的亲切。少顷范老爷洗脸，还要洗下半盆猪油来。"又一个道："老爹，你这手，明日杀不得猪了。"胡屠户道："我那里还杀猪！有我这贤婿，还怕后半世靠不着也怎的？我每常说，我的这个贤婿，才学又高，品貌又好。就是城里头那张府、周府这些老爷，也没有我女婿这样一个体面的相貌。你们不知道，得罪你们说，我小老这一双眼睛却是认得人的。想着先年，我小女在家里长到三十多岁，多少有钱的富户要和我结亲！我自己觉得，女儿像有些福气的，毕竟要嫁与个老爷，今日果然不错！"说罢，哈哈大笑。众人都笑起来。看着范进洗了脸，郎中又拿茶来吃了，一同回家。范举人先走，屠户和邻居跟在后面。屠户见女婿衣裳后襟滚皱了许多，一路低着头替他扯了几十回。

到了家门，屠户高声叫道："老爷回府了！"老太太迎着出来，见儿子不疯，喜从天降。众人问报录的，已是家里把屠户送来的几千钱打发他们去了。范进拜了母亲，也拜谢丈人。胡屠户再三不安道："些须几个钱，不够你赏人。"范进又谢了邻居。

正待坐下，早看见一个体面的管家，手里拿着一个大红全帖飞跑了进来道："张老爷来拜新中的范老爷。"说毕，轿子已是到了门口。胡屠户忙躲进女儿房里不敢出来。邻居各自散了。范进迎了出去，只见那张乡绅下了轿进来，头戴纱帽，身穿葵花色员领，金带、皂靴。他是举人出身，做过一任知县的，别号静斋，同范进让了进来，到堂屋内平磕了头，分宾主坐下。张乡绅先攀谈道："世先生同在桑梓，一向有失亲近。"范进道："晚生久仰老先生，只是无缘，不曾拜会。"张乡绅道："适才看见题名录，贵房师高要县汤公，就是先祖的门生。

我和你是亲切的世弟兄。”范进道:“晚生侥幸,实是有愧。却幸得出老先生门下,可为欣喜。”张乡绅四面将眼睛望了一望,说道:“世先生果是清贫。”随在跟的家人手里,拿过一封银子来说道:“弟却也无以为敬,谨具贺仪五十两,世先生权且收着。这华居其实住不得,将来当事拜往俱不甚便。弟有空房一所就在东门大街上,三进三间,虽不轩敞,也还干净,就送与世先生。搬到那里去住,早晚也好请教些。”范进再三推辞,张乡绅急了,道:“你我年谊世好,就如至亲骨肉一般。若要如此,就是见外了。”范进方才把银子收下,作揖谢了。又说了一会,打躬作别。胡屠户直等他上了轿才敢走出堂屋来。

范进即将这银子交与浑家,打开看,一封一封雪白的细丝锭子。即便包了两锭,叫胡屠户进来,递与他道:“方才费老爹的心拿了五千钱来。这六两多银子,老爹拿了去。”屠户把银子攥在手里紧紧的,把拳头舒过来道:“这个你且收着。我原是贺你的,怎好又拿了回去?”范进道:“眼见得我这里还有这几两银子,若用完了再来问老爹讨来用。”屠户连忙把拳头缩了回去往腰里揣,口里说道:“也罢,你而今相与了这个张老爷,何愁没有银子用?他家里的银子,说起来比皇帝家还多些哩!他家就是我卖肉的主顾,一年就是无事,肉也要用四五千斤,银子何足为奇!”又转回头来,望着女儿说道:“我早上拿了钱来,你那该死行瘟的兄弟还不肯。我说:‘姑老爷今非昔比,少不得有人把银子送上门来给他用,只怕姑老爷还不希罕。’今日果不其然!如今拿了银子家去,骂这死砍头短命的奴才!”说了一会,千恩万谢,低着头笑迷迷的去了。

自此以后果然有许多人来奉承他:有送田产的,有人送店房的,还有那些破落户,两口子来投身为仆图荫庇的。到两三个月,范进家奴仆、丫鬟都有了,钱、米是不消说了。

张乡绅家又来催着搬家。搬到新房子里,唱戏、摆酒、请客,一连三日。到第四日上,老太太起来吃过点心,走到第三进房子内,见范进的娘子胡氏家常戴着银丝䯼髻,此时是十月中旬,天气尚暖,穿着天青缎套,官绿的缎裙,督率着家人、媳妇、丫鬟,洗碗盏杯箸。老太太看了,说道:“你们嫂嫂、姑娘们要仔细些!这都是别人家的东西不要弄坏了。”家人、媳妇道：“老太太，那里是别人的！都是你老人家的。”老太太笑道：“我家怎的有这些东西？”丫鬟和媳妇一齐都说道：“怎么不是！岂但这些东西是，连我们这些人和这房子，都是你老太太家的。”老太太听了，把细磁碗盏和银镶的杯盘逐件看了一遍，哈哈大笑道：“这都是我的了！”大笑一声往后便跌倒。忽然痰涌上来不省人事。只因这一番，有分教：会试举人，变作秋风之客；多事贡生，长为兴讼之人。不知老太太性命如何，且听下回分解。

第四回　荐亡斋和尚吃官司　打秋风乡绅遭横事

话说老太太见这些家伙什物都是自己的,不觉欢喜,痰迷心窍,昏绝于地。家人、媳妇和丫鬟、娘子都慌了,快请老爷进来。范举人三步作一步走来看时,连叫母亲不应,忙将老太太抬放床上,请了医生来。医生说:“老太太这病是中了脏,不可治了。”连请了几个医生,都是如此说。范举人越发慌了。夫妻两个守着哭泣,一面制备后事。挨到黄昏时分,老太太淹淹一息归天去了。合家忙了一夜。

次日,请将阴阳徐先生来,写了七单。老太太是犯三七,到期该请僧人追荐。大门上挂了白布球,新贴的厅联,都用白纸糊了。合城绅衿都来吊唁。请了同案的魏好古,穿着衣巾在前厅陪客。胡老爹上不得台盘,只好在厨房里或女儿房里,帮着量白布、秤肉,乱窜。

到得二七过了,范举人念旧,拿了几两银子交与胡屠户,托他仍旧到集上庵里,请平日相与的和尚做揽头,请大寺八众僧人来念经、拜梁皇忏、放焰口,追荐老太太升天。屠户拿着银子一直走到集上庵里滕和尚家,恰好大寺里僧官慧敏也在那里坐着。僧官因有田在左近,所以常在这庵里起坐。滕和尚请屠户坐下,言及:“前日新中的范老爷得病在小庵里,那日贫僧不在家,不曾候得。多亏门口卖药的陈先生烧了些茶水,替我做个主人。”胡屠户道:“正是。我也多谢他的膏药。今日不在这里?”滕和尚道:“今日不曾来。”又问道:“范老爷那病随即就好了,却不想又有老太太这一变。胡老爹这几十天,想总是在那里忙,不见来集上做生意。”胡屠户道:“可不是么?自从亲家母不幸去世,合城乡绅那一个不到他家来!就是我主顾张老爷、周老爷在那里司宾,大长日子坐着无聊,只拉着我说闲话,陪着吃酒吃饭。见了客来又要打躬作揖,累个不了。我是个闲散惯了的人,不耐烦作这些事!欲待躲着些,难道是怕小婿怪?惹绅衿老爷们看乔了,说道:‘要至亲做甚么呢?’”说罢,又如此这般把请僧人做斋的话说了。和尚听了,屁滚尿流,慌忙烧茶、下面。就在胡老爹面前转托僧官去约僧众,并备香烛、纸马、写疏等事。胡屠户吃过面去。

僧官接了银子才待进城,走不到一里多路,只听得后边一个人叫道:“慧老爷,为甚么这些时不到庄上来走走?”僧官忙回过头来看时,是佃户何美之。何美之道:“你老人家这些时,这等财忙！因甚事总不来走走?”僧官道:“不是,我也要来。只因城里张大房里,想我屋后那一块田,又不肯出价钱,我几次回断了他。若到庄上来,他家那佃户又走过来嘴嘴舌舌缠个不清。我在寺里,他有人来寻,我只回他出门去了。”何美之道:“这也不妨。想不想由他,肯不肯由你。今日无事,且到庄上去坐坐。况且,老爷前日煮过的那半只火腿吊在灶上,已经走油了,做的酒也熟了,不如消缴了他罢。今日就在庄上歇了去,怕怎的?”和尚被他说的口里流涎,那脚由不得自己跟着他走到庄上。何美之叫浑家煮了一只母鸡,把火腿切了,酒舀出来烫着。和尚走热了,坐在天井内把衣服脱了一件,敞着怀,腆着个肚子,走出黑津津一头一脸的肥油。须臾整理停当,何美之捧出盘子,浑家拎着酒,放在桌子上摆下。和尚上坐,浑家下陪,何美之打横,把酒来斟。吃着,说起三五日内,要往范府替老太太做斋。何美之浑家说道:“范家老奶奶,我们自小看见他的,是个和气不过的老人家。只有他媳妇儿是庄南头胡屠户的女儿,一双红镶边的眼睛,一窝子黄头发,那日在这里住,鞋也没有一双,夏天靸着个蒲窝子,歪腿烂脚的。而今弄两件尸皮子穿起来,听见说做了夫人,好不体面！你说那里看人去!”

正吃得兴头,听得外面敲门甚凶,何美之道:“是谁?”和尚道:“美之,你去看一看!”何美之才开了门,七八个人一齐拥了进来,看见女人、和尚一桌子坐着,齐说道:“好快活！和尚、妇人大青天白日调情！好僧官老爷！知法犯法!”何美之喝道:“休胡说！这是我田主人!”众人一顿骂道:“田主人？连你婆子都有主儿了!”不由分说,拿条草绳把和尚精赤条条同妇人一绳捆了,将个杠子穿心抬着,连何美之也带了,来到南海县前一个关帝庙前戏台底下。和尚同妇人拴做一处,候知县出堂报状。众人押着何美之出去,和尚悄悄叫他报与范府。范举人因母亲做佛事,和尚被人拴了,忍耐不得,随即拿帖子向知县说了。知县差班头将和尚解放,女人着交美之领了家去,一班光棍带着,明日早堂发落。众人慌了,求张乡绅帖子在知县处说情。知县准了,早堂带进,骂了几句,扯一个淡赶了出去。和尚同众人,倒在衙门口用了几十两银子。

僧官先去范府谢了,次日方带领僧众来铺结坛场、挂佛像,两边十殿阎君。吃了开经面,打动铙、钹、叮当,念了一卷经。摆上早斋来。八众僧人,连司宾的魏相公,共九位,坐了两席。

才吃着,长班报有客到。魏相公丢了碗,出去迎接进来,便是张、周两位乡绅,乌纱帽,浅色员领,粉底皂靴。魏相公陪着一直拱到灵前去了。内中一个和尚向僧官道:"方才进去的,就是张大房里静斋老爷。他和你是田邻,你也该过去问讯一声才是。"僧官道:"也罢了。张家是甚么有意思的人!想起我前日这一番是非,那里是甚么光棍!就是他的佃户商议定了,做鬼做神来弄送我。不过要簸掉我几两银子,好把屋后的那一块田卖与他。使心用心,反害了自身!落后,县里老爷要打他庄户,一般也慌了,腆着脸拿帖子去说,惹的县主不喜欢。"又道:"他没脊骨的事多哩!就像周三房里,做过巢县家的大姑娘是他的外甥女儿。三房里曾托我说媒。我替他讲,西乡里封大户家好不有钱!张家硬主张着许与方才这穷不了的小魏相公,因他进个学,又说他会作个甚么诗词。前日替这里作了一个荐亡的疏,我拿了给人看,说是倒别了三个字。像这都是作孽!眼见得二姑娘也要许人家了,又不知撮弄与个甚么人!"说着,听见靴底响,众和尚挤挤眼,僧官就不言语了。两位乡绅出来同和尚拱一拱手,魏相公送了出去。众和尚吃完了斋,洗了脸和手,吹打拜忏,行香放灯,施食散花,跑五方,整整闹了三昼夜方才散了。

光阴弹指,七七之期已过,范举人出门谢了孝。一日张静斋来候问,还有话说。范举人叫请在灵前一个小书房里坐下,穿着衰绖出来相见,先谢了丧事里诸凡相助的话。张静斋道:"老伯母的大事,我们做子侄的,理应效劳。想老伯母这样大寿归天也罢了,只是误了世先生此番会试。看来想是祖茔安葬了,可曾定有日期?"范举人道:

"今年山向不利,只好来秋举行,但费用尚在不敷。"张静斋屈指一算:"铭旌是用周学台的衔。墓志托魏朋友将就做一篇,却是用谁的名?其余殡仪、桌席、执事、吹打,以及杂用、饭食、破土、谢风水之类,须三百多银子。"正算着,捧出饭来吃了。张静斋又道:"三载居庐自是正理。但世先生为安葬大事也要到外边设法使用,似乎不必拘拘。现今高发之后,并不曾到贵老师处一候。高要地方肥美,或可秋风一二。弟意也要去候蔽世叔,何不相约同行?一路上舟车之费,弟自当措办,不须世先生费心。"范举人道:"极承老先生厚爱,只不知大礼上可行得?"张静斋道:"礼有经,亦有权。想没有甚么行不得处。"范举人又谢了。

张静斋约定日期,雇齐夫马,带了从人,取路往高要县进发,于路上商量说:"此来,一者见老师;二来老太夫人墓志,就要借汤公的官衔名字。"

不一日进了高要城。那日知县下乡相验去了。二位不好进衙门,只得在一个关帝庙里坐下。那庙正修大殿,有县里工房在内监工。工房听见县主的相与到了,慌忙迎到里面客位内坐着,摆上九个茶盘来。工房坐在下席执壶斟茶。吃了一回,外面走进一个人来,方巾阔服,粉底皂靴,蜜蜂眼,高鼻梁,落腮胡子。那人一进了门就叫把茶盘子撤了。然后与二位叙礼坐下,动问那一位是张老先生,那一位是范老先生。二人各自道了姓名。那人道:"贱姓严,舍下就在咫尺。去岁,宗师案临,幸叨岁荐,与我这汤父母是极好的相与。二位老先生,想都是年家故旧?"二位各道了年谊师生,严贡生不胜钦敬。工房告过失陪,那边去了。

严家家人掇了一个食盒来,又提了一瓶酒桌上放下。揭开盒盖,九个盘子都是鸡、鸭、糟鱼、火腿之类。严贡生请二位老先生上席,斟酒奉过来说道:"本该请二位老先生降临寒舍,一来蜗居恐怕亵尊,二来就要进衙门去,恐怕关防有碍,故此备个粗碟就在此处谈谈。休嫌轻慢!"二位接了酒道:"尚未奉谒,倒先取扰。"严贡生道:"不敢!不敢!"立着要候干一杯。二位恐怕脸红,不敢多用,吃了半杯放下。严贡生道:"汤父母为人廉静慈祥,真乃一县之福!"张静斋道:"是。

敝世叔也还有些善政么?”严贡生道:“老先生,人生万事都是个缘法,真个勉强不来的。汤父母到任的那日,敝处阖县绅衿公搭了一个彩棚,在十里牌迎接。弟站在彩棚门口。须臾锣、旗、伞、扇、吹手、夜役,一队一队都过去了。轿子将近,远远望见老父母两朵高眉毛,一个大鼻梁,方面大耳,我心里就晓得是一位岂弟君子。却又出奇,几十人在那里同接,老父母轿子里两只眼,只看着小弟一个人。那时,有个朋友同小弟并站着,他把眼望一望老父母,又把眼望一望小弟,悄悄问我:‘先年可曾认得这位父母?’小弟从实说:‘不曾认得。’他就痴心,只道父母看的是他,忙抢上几步,意思要老父母问他甚么。不想老父母下了轿同众人打躬,倒把眼望了别处,才晓得从前不是看他,把他羞的要不的。次日小弟到衙门去谒见,老父母方才下学回来,诸事忙作一团,却连忙丢了,叫请小弟进去,换了两遍茶,就像相与过几十年的一般。”张乡绅道:“总因老先生为人有品望,所以敝世叔相敬。近来自然时时请教。”严贡生道:“后来倒也不常进去。实不相瞒,小弟只是一个为人率真,在乡里之间从不晓得占人寸丝半粟的便宜,所以历来的父母官都蒙相爱。汤父母容易不大喜会客,却也凡事心照,就如前月县考,把二小儿取在第十名,叫了进去,细细问他从的先生是那个?又问他可曾定过亲事?着实关切!”范举人道:“我这老师看文章是法眼。既然赏鉴令郎,一定是英才,可贺!”严贡生道:“岂敢!岂敢!”又道:“我这高要是广东出名县分。一岁之中,钱粮耗羡,花、布、牛、驴、渔、船、田、房税不下万金。”又自拿手在桌上画着,低声说道:“像汤父母这个做法不过八千金。前任潘父母做的时节实有万金。他还有些枝叶,还用着我们几个要紧的人。”说着,恐怕有人听见,把头别转来望着门外。

一个蓬头赤足的小厮走了进来,望着他道:“老爷,家里请你回去!”严贡生道:“回去做甚么?”小厮道:“早上关的那口猪,那人来讨了,在家里吵哩。”严贡生道:“他要猪,拿钱来!”小厮道:“他说猪是他的。”严贡生道:“我知道了。你先去罢,我就来。”那小厮又不肯去。张、范二位道:“既然府上有事,老先生竟请回罢!”严贡生道:“二位老先生有所不知,这口猪原是舍下的。”才说得一句,听见锣响，一齐立起身来说道："回衙了。"

二位整一整衣帽，叫管家拿着帖子，向贡生谢了扰，一直来到宅门口，投进帖子去。知县汤奉接了帖子：一个写"世侄张师陆"，一个写"门生范进"。自心里沉吟道："张世兄屡次来打秋风，甚是可厌！但这回同我新中的门生来见，不好回他。"吩咐快请。两人进来，先是静斋见过，范进上来叙师生之礼。汤知县再三谦让，奉坐吃茶，同静斋叙了些阔别的话，又把范进的文章称赞了一番。问道："因何不去会试？"范进方才说道："先母见背，遵制丁忧。"汤知县大惊，忙叫换去了吉服，拱进后堂，摆上酒来。席上燕窝、鸡、鸭，此外，就是广东出的柔鱼、苦瓜，也做两碗。知县安了席坐下，用的都是银镶杯箸。范进退前缩后的不举杯箸，知县不解其故。静斋笑道："世先生因遵制，想是不用这个杯箸。"知县忙叫换去，换了一个磁杯、一双象牙箸来。范进又不肯举。静斋道："这个箸也不用。"随即，换了一双白颜色竹子的来方才罢了。知县疑惑他居丧如此尽礼，倘或不用荤酒，却是不曾备办。落后，看见他在燕窝碗里，拣了一个大虾元子送在嘴里，方才放心。因说道："却是得罪的紧。我这敝教酒席没有什么吃得，只这几样小菜，权且用个便饭。敝教只是个牛羊肉，又恐贵教老爷们不用，所以不敢上席。现今奉旨禁宰耕牛，上司行来牌票甚紧，衙门里都也莫得吃。"掌上烛来，将牌拿出来看着。

一个贴身的小厮，在知县耳跟前悄悄说了几句话。知县起身向二位道："外边有个书办回话，弟去一去就来。"去了一时，只听得吩咐道："且放在那里。"回来又入席坐下，说了失陪。向张静斋道："张世兄，你是做过官的。这件事正该商之于你，就是断牛肉的话。方才，有几个教亲共备了五十斤牛肉，请出一位老师夫来求我，说是要断尽了，他们就没有饭吃，求我略松宽些，叫做瞒上不瞒下。送五十斤牛肉在这里与我，却是受得受不得？"张静斋道："老世叔，这话断断使不得的了！你我做官的人，只知有皇上，那知有教亲？想起洪武年间，刘老先生……"汤知县道："那个刘老先生？"静斋道："讳基的了。他是洪武三年开科的进士，'天下有道'三句中的第五名。"范进插口道："想是第三名？"静斋道："是第五名。那墨卷是弟读过的。

后来入了翰林。洪武私行到他家,就如'雪夜访普'的一般。恰好江南张王送了他一坛小菜,当面打开看都是些瓜子金。洪武圣上恼了,说道:他以为天下事,都靠着你们书生!到第二日,把刘老先生贬为青田县知县,又用毒药赐死了。这个如何了得!"知县见他说的口若悬河,又是本朝确切典故,不由得不信。问道:"这事如何处置?"张静斋道:"依小侄愚见,世叔就在这事上出个大名。今晚叫他伺候。明日早堂,将这老师夫拿进来打他几十个板子,取一面大枷枷了,把牛肉堆在枷上,出一张告示在旁,申明他大胆之处。上司访知,见世叔一丝不苟,升迁就在指日。"知县点头道:"十分有理。"当下席终,留二位在书房住了。

次日早堂,头一起,带进来是一个偷鸡的积贼。知县怒道:"你这奴才,在我手里犯过几次,总不改业。打也不怕,今日如何是好?"因取过朱笔来,在他脸上写了"偷鸡贼"三个字。取一面枷枷了,把他偷的鸡,头向后,尾向前,捆在他头上,枷了出去。才出得县门那鸡屁股里啯喇的一声,屙出一抛稀屎来,从额颅上淌到鼻子上,胡子沾成一片,滴到枷上。两边看的人多笑。第二起,叫将老师夫上来,大骂一顿"大胆狗奴",重责三十板。取一面大枷,把那五十斤牛肉,都堆在枷上,脸和颈子箍的紧紧的,只剩得两个眼睛,在县前示众。天气又热,枷到第二日,牛肉生蛆,第三日呜呼死了。

众回子心里不伏,一时聚众数百人鸣锣罢市,闹到县前来,说道:"我们就是不该送牛肉来,也不该有死罪!这都是南海县的光棍张师陆的主意!我们闹进衙门去,揪他出来一顿打死,派出一个人来偿命!"不因这一闹,有分教:贡生兴讼,潜踪私来省城;乡绅结亲,谒贵竟游京国。未知众回子吵闹如何,且听下回分解。

第五回　王秀才议立偏房　严监生疾终正寝

话说众回子因汤知县枷死了老师夫，闹将起来，将县衙门围的水泄不通，口口声声只要揪出张静斋来打死。知县大惊，细细在衙门里追问，才晓得是门子透风。知县道："我至不济，到底是一县之主。他敢怎的我？设或闹了进来看见张世兄，就有些开交不得了。如今须是设法，先把张世兄弄出去，离了这个地方上才好。"忙唤了几个心腹的衙役进来商议。幸得衙门后身紧靠着北城，几个衙役先溜到城外，用绳子把张、范二位系了出去。换了蓝布衣服、草帽、草鞋，寻一条小路，忙忙如丧家之狗，急急如漏网之鱼，连夜找路回省城去了。

这里学师、典史，俱出来安民，说了许多好话。众回子渐渐的散了。汤知县把这情由细细写了个禀帖，禀知按察司。按察司行文书檄了知县去。汤奉见了按察司，摘去纱帽，只管磕头。按察司道："论起来，这件事，你汤老爷也忒孟浪了些！不过枷责就罢了，何必将牛肉堆在枷上？这个成何刑法？但此刁风也不可长。我这里少不得拿几个为头的来，尽法处置，你且回衙门去办事！凡事须要斟酌些，不可任性！"汤知县又磕头说道："这事是卑职不是。蒙大老爷保全，真乃天地父母之恩，此后知过必改。但大老爷审断明白了，这几个为头的人，还求大老爷发下卑县发落，赏卑职一个脸面。"按察司也应承了。知县叩谢出来回到高要。过了些时，果然把五个为头的回子，问成奸民挟制官府，依律枷责，发来本县发落。知县看了来文，挂出牌去。次日早晨大摇大摆出堂，将回子发落了。

正要退堂，见两个人进来喊冤，知县叫带上来问。一个叫做王小二，是贡生严大位的紧邻。去年三月内严贡生家一口才生下来的小猪走到他家去，他慌送回严家。严家说，猪到人家，再寻回来，最不利市。押着出了八钱银子把小猪就卖与他。这一口猪在王家已养到一百多斤，不想错走到严家去。严家把猪关了。小二的哥子王大走到严家讨猪。严贡生说猪本来是他的,你要讨猪,照时值估价,拿几两银子来,领了猪去。王大是个穷人,那有银子,就同严家争吵了几句,被严贡生几个儿子,拿拴门的闩、赶面的杖打了一个臭死,腿都打折了,睡在家里。所以小二来喊冤。知县喝过一边。带那一个上来,问道:"你叫做甚么名字?"那人是个五六十岁的老者,禀道:"小人叫做黄梦统,在乡下住。因去年九月上县来交钱粮,一时短少,央中向严乡绅借二十两银子,每月三分钱,写立借约送在严府,小的却不曾拿他的银子。走上街来遇着个乡里的亲眷,说他有几两银子借与小的,交个几分数,再下乡去设法,劝小的不要借严家的银子。小的交完钱粮就同亲戚回家去了。至今已是大半年,想起这事来,问严府取回借约。严乡绅问小的要这几个月的利钱。小的说并不曾借本,何得有利?严乡绅说小的当时拿回借约,好让他把银子借与别人生利。因不曾取约,他将二十两银子也不能动,误了大半年的利钱,该是小的出。小的自知不是,向中人说,情愿买个蹄、酒上门取约。严乡绅执意不肯,把小的的驴和米,同稍袋都叫人短了家去,还不发出纸来。这样含冤负屈的事,求太老爷做主!"知县听了,说道:"一个做贡生的人忝列衣冠,不在乡里间做些好事,只管如此骗人,其实可恶!"便将两张状子都批准,原告在外伺候。

早有人把这话报知严贡生。严贡生慌了,自心里想:"这两件事都是实的,倘若审断起来,体面上须不好看。三十六计,走为上计。"卷卷行李,一溜烟急走到省城去了。

知县准了状子,发房出了差。来到严家,严贡生已是不在家了,只得去会严二老官。二老官叫做严大育,字致和。他哥字致中,两人是同胞弟兄,却在两个宅里住。这严致和是个监生,家有十多万银子。严致和见差人来说了此事,他是个胆小有钱的人,见哥子又不在家,不敢轻慢,随即留差人吃了酒饭,拿两千钱打发去了。忙着小厮去请两位舅爷来商议。

他两个阿舅姓王,一个叫王德,是府学廪膳生员;一个叫王仁,是县学廪膳生员。都做着极兴头的馆,铮铮有名。听见妹丈请,一齐走来。严致和把这件事,从头告诉一遍:"现今出了差票在此,怎样料理?”王仁笑道:“你令兄平日常说同汤公相与的,怎的这一点事就吓走了?”严致和道:“这话也说不尽了。只是家兄而今两脚站开,差人却在我这里吵闹要人。我怎能丢了家里的事出外去寻他? 他也不肯回来。”王仁道:“各家门户,这事究竟也不与你相干。”王德道:“你有所不知。衙门里的差人,因妹丈有碗饭吃,他们做事只拣有头发的抓。若说不管,他就更要的人紧了。如今有个道理,是釜底抽薪之法:只消央个人去把告状的安抚住了,众人递个拦词便歇了。谅这也没有多大的事!”王仁道:“不必又去央人,就是我们愚兄弟两个,去寻了王小二、黄梦统,到家替他分说开。把猪也还与王家,再折些须银子,给他养那打坏了的腿;黄家那借约,查了还他。一天的事都没有了。”严致和道:“老舅怕不说的是。只是我家嫂,也是个糊涂人,几个舍侄,就像生狼一般,一总也不听教训。他怎肯把这猪和借约拿出来?”王德道:“妹丈,这话也说不得了。假如你令嫂、令侄拗着,你认晦气,再拿出几两银子折个猪价,给了王姓的。黄家的借约,我们中间人立个纸笔与他,说寻出作废纸无用。这事才得落台,才得个耳根清静。”当下商议已定,一切办的停妥。严二老官连在衙门使费,共用去了十几两银子。官司已了。

过了几日,整治一席酒,请二位舅爷来致谢。两个秀才拿班做势,在馆里又不肯来。严致和吩咐小厮去说:“奶奶这些时心里有些不好,今日一者请吃酒,二者奶奶要同舅爷们谈谈。”二位听见这话方才来。严致和即迎进厅上,吃过茶叫小厮进去说了。丫鬟出来请二位舅爷。进到房内,抬头看见他妹子王氏,面黄肌瘦,怯生生的路也走不全,还在那里自己装瓜子、剥栗子办围碟。见他哥哥进来,丢了过来拜见。奶妈抱着妾出的小儿子,年方三岁,带着银项圈,穿着红衣服,来叫舅舅。二位吃了茶,一个丫环来说:“赵新娘进来拜舅爷。”二位连忙道:“不劳罢。”坐下说了些家常话,又问妹子的病,“总是虚弱,该多用补药。”说罢,前厅摆下酒席,让了出去上席。

叙些闲话,又提起严致中的话来。王仁笑着问王德道:“大哥,我到不解,他家大老那宗笔下怎得会补起廪来的?”王德道:“这是三十年前的话。那时宗师,都是御史出来,本是个吏员出身,知道甚么文章!”王仁道:“老大而今越发离奇了! 我们至亲,一年中也要请他几次,却从不曾见他家一杯酒。想起还是前年出贡竖旗杆,在他家扰过一席。”王德愁着眉道:“那时我不曾去。他为出了一个贡,拉人出贺礼,把总甲、地方都派分子,县里狗腿差是不消说,弄了有一二百吊钱,还欠下厨子钱。屠户肉案子上的钱,至今也不肯还。过两个月在家吵一回,成甚么模样!”严致和道:“便是我也不好说。不瞒二位老舅,像我家还有几亩薄田,日逐夫妻四口在家里度日,猪肉也舍不得买一斤。每常小儿子要吃时,在熟切店内买四个钱的,哄他就是了。家兄寸土也无,人口又多,过不得三天,一买就是五斤,还要白煮的稀烂。上顿吃完了,下顿又在门口赊鱼。当初分家也是一样田地,白白都吃穷了。而今端了家里花梨椅子,悄悄开了后门换肉心包子吃。你说这事如何是好?”二位哈哈大笑。笑罢,说:“只管讲这些混话,误了我们吃酒。快取骰盆来。”当下取骰子送与大舅爷:“我们行状元令。”两位舅爷,一个人行一个状元令,每人中一回状元,吃一大杯。两位就中了几回状元,吃了几十杯。却又古怪:那骰子竟像知人事的,严监生一回状元也不曾中。二位拍手大笑。吃到四更鼓尽,跌跌撞撞扶了回去。

自此以后,王氏的病渐渐重将起来。每日四五个医生用药都是人参、附子,并不见效。看看卧床不起,生儿子的妾,在旁侍奉汤药极其殷勤。看他病势不好,夜晚时抱了孩子在床脚头坐着哭泣,哭了几回。那一夜道:“我而今只求菩萨把我带了去,保佑大娘好了罢。”王氏道:“你又痴了。各人的寿数那个是替得的?”赵氏道:“不是这样说。我死了值得甚么! 大娘若有些长短,他爷少不得又娶个大娘。他爷四十多岁只得这点骨血,再娶个大娘来,各养的各疼。自古说:‘晚娘的拳头,云里的日头。’这孩子,料想不能长大,我也是个死数,不如早些替了大娘去,还保得这孩子一命。”王氏听了,也不答应。赵氏含着眼泪,日逐煨药煨粥寸步不离。一晚,赵氏出去了一会,不见进来。王氏问丫鬟道:“赵家的那里去了?”丫鬟道:“新娘每夜摆个香桌在天井里,哭求天地。他仍要替奶奶,保佑奶奶就好。今夜看见奶奶病重,所以早些出去拜求。”王氏听了,似信不信。次日晚间赵氏又哭着讲这些话。王氏道:"何不向你爷说,明日我若死了,就把你扶正做个填房?"赵氏忙叫请爷进来,把奶奶的话说了。严致和听了这一声话,连三说道:"既然如此,明日清早就要请二位舅爷说定此事,才有凭据。"王氏摇手道:"这个也随你们怎样做去。"

严致和就叫人极早去请了舅爷来,看了药方,商议再请名医。说罢,让进房内坐着。严致和把王氏如此这般意思说了。又道:"老舅可亲自问声令妹。"两人走到床前,王氏已是不能言语了,把手指着孩子点了一点头。两位舅爷看了,把脸本丧着不则一声。须臾让到书房里用饭,彼此不提这话。吃罢又请到一间密屋里。严致和说起王氏病重,吊下泪来,道:"你令妹自到舍下二十年,真是弟的内助!如今丢了我怎生是好!前日还向我说,岳父、岳母的坟也要修理。他自己积的一点东西,留与二位老舅,做个遗念。"因把小厮都叫出去,开了一张橱,拿出两封银子来,每封一百两,递与二位:"老舅休嫌轻意!"二位双手来接。严致和又道:"却是不可多心。将来要备祭桌,破费钱财,都是我这里备齐,请老舅来行礼。明日还拿轿子接两位舅奶奶来,令妹还有些首饰,留为遗念。"交毕,仍旧出来坐着。

外边有人来候,严致和去陪客去了。回来见二位舅爷哭得眼红红的。王仁道:"方才同家兄在这里说,舍妹真是女中丈夫,可谓王门有幸。方才这一番话,恐怕老妹丈胸中,也没有这样道理,还要恍恍忽忽,疑惑不清,枉为男子。"王德道:"你不知道,你这一位如夫人关系你家三代。舍妹殁了,你若另娶一人,磨害死了我的外甥,老伯、老伯母在天不安,就是先父母也不安了。"王仁拍着桌子道:"我们念书的人,全在纲常上做工夫,就是做文章代孔子说话,也不过是这个理。你若不依,我们就不上门了!"严致和道:"恐怕寒族多话。"两位道:"有我两人做主。但这事须要大做。妹丈你再出几两银子,明日只做我两人出的,备十几席将三党亲都请到了,趁舍妹眼见,你两口子同拜天地祖宗立为正室,谁人再敢放屁!"严致和又拿出五十两银子来交与,二位义形于色去了。

过了三日,王德、王仁果然到严家来写了几十副帖子,遍请诸亲六眷,择个吉期,亲眷都到齐了。只有隔壁大老爹家,五个亲侄子一个也不到。众人吃过早饭,先到王氏床面前,写立王氏遗嘱。两位舅爷王于据、王于依都画了字。严监生戴着方巾,穿着青衫,披了红绸,赵氏穿着大红,戴了赤金冠子,两人双拜了天地,又拜了祖宗。王于依广有才学,又替他做了一篇告祖先的文,甚是恳切。告过祖宗转了下来,两位舅爷叫丫鬟在房里请出两位舅奶奶来。夫妻四个,齐铺铺请妹夫、妹妹转在大边,磕下头去,以叙姊妹之礼。众亲眷都分了大小。便是管事的管家、家人、媳妇、丫鬟、使女,黑压压的几十个人,都来磕了主人、主母的头。赵氏又独自走进房内,拜王氏做姐姐。那时王氏已发昏去了。行礼已毕,大厅、二厅、书房、内堂屋,官客并堂客,共摆了二十多桌酒席。吃到三更时分,严监生正在大厅陪着客,奶妈慌忙走了出来,说道:"奶奶断了气了!"严监生哭着走了进去,只见赵氏扶着床沿一头撞去,已经哭死了。众人且扶着赵氏灌开水,撬开牙齿灌了下去,灌醒了时,披头撒发满地打滚,哭的天昏地暗。连严监生也无可奈何。管家都在厅上,堂客都在堂屋候殓,只有两个舅奶奶在房里,乘着人乱,将些衣服、金珠首饰一掳精空,连赵氏方才戴的赤金冠子滚在地下,也拾起来藏在怀里。严监生慌忙叫奶妈抱起哥子来,拿一搭麻替他披着。那时衣衾棺椁都是现成的,入过了殓天才亮了。灵柩停在第二层中堂内。众人进来参了灵,各自散了。

次日送孝布,每家两个。第三日成服,赵氏定要披麻戴孝,两位舅爷断然不肯,道:"名不正,则言不顺。你此刻是姊妹了,妹子替姐姐只带一年孝,穿细布孝衫,用白布孝箍。"议礼已定,报出丧去。自此,修斋、理七、开丧、出殡,用了四五千两银子,闹了半年,不必细说。

赵氏感激两位舅爷入于骨髓,田上收了新米,每家两石;腌冬菜每家也是两石;火腿每家四只;鸡、鸭、小菜不算。

不觉到了除夕。严监生拜过了天地祖宗,收拾一席家宴。严监生同赵氏对坐,奶妈带着哥子,坐在底下。吃了几杯酒,严监生吊下泪来,指着一张橱里向赵氏说道:"昨日典铺内送来三百两利钱,是你王氏姐姐的私房。每年腊月二十七八日送来,我就交与他。我也不管他在那里用。今年又送这银子来,可怜就没人接了!"赵氏道:"你也莫要说大娘的银子没用处,我是看见的。想起一年到头逢时遇节,庵里师姑送盒子,卖花婆换珠翠,弹三弦琵琶的女瞎子不离门,那一个不受他的恩惠！况他又心慈,见那些穷亲戚,自己吃不成也要把人吃,穿不成的也要把人穿。这些银子够做甚么！再有些也完了。倒是两位舅爷,从来不沾他分毫。依我的意思,这银子也不费用掉了,到开年,替奶奶大大的做几回好事。剩下来的银子料想也不多,明年是科举年,就是送与两位舅爷做盘程,也是该的。”严监生听着他说,桌子底下一个猫就扒在他腿上。严监生一靴头子踢开了。那猫吓的跑到里房内去,跑上床头。只听得一声大响,床头上掉下一个东西来,把地板上的酒坛子都打碎了。拿烛去看,原来那瘟猫,把床顶上的板跳蹋一块,上面吊下一个大篾篓子来。近前看时,只见一地黑枣子拌在酒里,篾篓横睡着。两个人才扳过来,枣子底下,一封一封桑皮纸包着。打开看时,共五百两银子。严监生叹道:“我说他的银子,那里就肯用完了！像这,都是历年聚积的,恐怕我有急事好拿出来用的。而今他往那里去了！”一回哭着,叫人扫了地,把那个干枣子装了一盘,同赵氏放在灵前桌上,伏着灵床子又哭了一场。因此,新年不出去拜节,在家哽哽咽咽不时哭泣,精神颠倒,恍惚不宁。

过了灯节后,就叫心口疼痛。初时撑着,每晚算帐直算到三更鼓。后来就渐渐饮食不进,骨瘦如柴,又舍不得银子吃人参。赵氏劝他道:“你心里不自在,这家务事,就丢开了罢！”他说道:“我儿子又小,你叫我托那个？我在一日少不得料理一日。”不想春气渐深,肝木克了脾土,每日只吃两碗米汤,卧床不起。及到天气和暖,又强勉进些饮食,挣起来,家前屋后走走。挨过长夏,立秋以后病又重了。睡在床上,想着田上要收早稻,打发了管庄的仆人下乡去又不放心,心里只是急躁。

那一日早上吃过药,听着萧萧落叶打的窗子响,自觉得心里虚怯,长叹了一口气把脸朝床里面睡下。赵氏从房外同两位舅爷进来问病,就辞别了到省城里乡试去。严监生叫丫鬟扶起来,强勉坐着。王德、王仁道:“好几日不曾看妹丈,原来又瘦了些。喜得精神还好。”严监生请他坐下,说了些恭喜的话,留在房里吃点心,就讲到除夕晚里这一番话。叫赵氏拿出几封银子来,指着赵氏说道:“这倒是他的意思,说姐姐留下来的一点东西,送与二位老舅,添着做恭喜的盘费。我这病势沉重,将来二位回府,不知可会的着了?我死之后,二位老舅照顾你外甥长大,教他读读书挣着进个学,免得像我一生,终日受大房里的气!"二位接了银子。每位怀里带着两封,谢了又谢,又说了许多的安慰的话,作别去了。

自此严监生的病一日重似一日,再不回头。诸亲六眷都来问候。五个侄子穿梭的过来,陪郎中弄药。到中秋已后,医家都不下药了。把管庄的家人,都从乡里叫了上来。病重得一连三天不能说话。晚间,挤了一屋的人,桌上点着一盏灯。严监生喉咙里痰响得一进一出,一声不倒一声的,总不得断气,还把手从被单里拿出来,伸着两个指头。大侄子走上前来,问道:"二叔,你莫不是还有两个亲人不曾见面?"他就把头摇了两三摇。二侄子走上前来,问道:"二叔,莫不是还有两笔银子在那里,不曾吩咐明白?"他把两眼睁的的溜圆,把头又狠狠摇了几摇,越发指得紧了。奶妈抱着哥子,插口道:"老爷想是因两位舅爷不在跟前,故此记念。"他听了这话,把眼闭着摇头,那手只是指着不动。赵氏慌忙揩揩眼泪走近上前,道:"爷,别人都说的不相干,只有我晓得你的意思!"只因这一句话,有分教:争田夺产,又从骨肉起戈矛;继嗣延宗,齐向官司进词讼。不知赵氏说出甚么话来,且听下回分解。

第六回　乡绅发病闹船家　寡妇含冤控大伯

话说严监生临死之时，伸着两个指头总不肯断气，几个侄儿和些家人，都来讧乱着问，有说为两个人的，有说为两件事的，有说为两处田地的，纷纷不一，只管摇头不是。赵氏分开众人走上前道："爷，只有我能知道你的心事。你是为那灯盏里点的是两茎灯草不放心，恐费了油。我如今挑掉一茎就是了。"说罢忙走去挑掉一茎。众人看严监生时，点一点头把手垂下，登时就没了气。

合家大口号哭起来，准备入殓，将灵柩停在第三层中堂内。次早，着几个家人小厮满城去报丧，族长严振先，领着合族一班人来吊孝。都留着吃酒饭，领了孝布回去。赵氏有个兄弟赵老二在米店里做生意，侄子赵老汉在银匠店扯银炉，这时也公备个祭礼来上门。僧道挂起长幡，念经追荐。赵氏领着小儿子早晚在柩前举哀。伙计、仆从、丫鬟、养娘，人人挂孝。门口一片都是白。

看看闹过头七，王德、王仁科举回来了，齐来吊孝，留着过了一日去。又过了三四日，严大老官也从省里科举了回来。几个儿子都在这边丧堂里。

大老爹卸了行李，正和浑家坐着，打点拿水来洗脸，早见二房里一个奶妈领着一个小厮，手里捧着端盒和一个毡包走进来，道："二奶奶拜上大老爹，知道大老爹来家了，热孝在身，不好过来拜见。这两套衣服和这银子是二爷临终时说下的，送与大老爹做个遗念。就请大老爹过去。"严贡生打开看了，簇新的两套缎子衣服，齐臻臻的二百两银子，满心欢喜。随向浑家封了八分银子赏封递与奶妈，说道："上复二奶奶：多谢！我即刻就过来。"打发奶妈和小厮去了，将衣裳和银子收好。又细问浑家，知道和儿子们都得了他些别敬，这是单留与大老官的。

问毕换了孝巾，系了一条白布的腰绖，走过那边来。到柩前叫声

“老二”,干号了几声,下了两拜。赵氏穿着重孝出来拜谢,又叫儿子磕伯伯的头,哭着说道:“我们苦命!他爷半路里丢了去了,全靠大爷替我们做主。”严贡生道:“二奶奶,人生各禀的寿数。我老二已是归天去了。你现今有恁个好儿子,慢慢的带着他过活,焦怎的?”赵氏又谢了,请在书房摆饭,请两位舅爷来陪。

须臾舅爷到了,作揖坐下。王德道:“令弟平日身体壮盛,怎么忽然一病就不能起?我们至亲的,也不曾当面别一别,甚是惨然!”严贡生道:“岂但二位亲翁,就是我们弟兄一场,临危也不得见一面。但自古道:‘公而忘私,国而忘家。’我们科场是朝廷大典。你我为朝廷办事,就是不顾私亲,也还觉得于心无愧。”王德道:“大先生在省,将有大半年了?”严贡生道:“正是。因前任学台周老师举了弟的优行,又替弟考出了贡。他有个本家在这省里住,是做过应天巢县的,所以到省去会会他。不想一见如故,就留着住了几个月。又要同我结亲,再三把他第二个令爱许与二小儿了。”王仁道:“在省就住在他家的么?”严贡生道:“住在张静斋家。他也是做过县令,是汤父母的世侄。因在汤父母衙门里同席吃酒认得相与起来。周亲家家,就是静斋先生执柯作伐。”王仁道:“可是那年同一位姓范的孝廉同来的?”严贡生道:“正是。”王仁递个眼色与乃兄道:“大哥可记得,就是惹出回子那一番事来的了。”王德冷笑了一声。

一会摆上酒来,吃着又谈。王德道:“今岁汤父母不曾入帘?”王仁道:“大哥,你不知道么?因汤父母前次入帘,都取中了些陈猫古老鼠的文章,不入时目,所以这次不曾来聘。今科十几位帘官都是少年进士,专取有才气的文章。”严贡生道:“这到不然,才气也须是有法则。假若不照题位,乱写些热闹话,难道也算有才气不成?就如我这周老师极是法眼,取在一等前列,都是有法则的老手。今科少不得还在这几个人内中。”严贡生说此话,因他弟兄两个,在周宗师手里都考的是二等。二人听这话,心里明白,不讲考校的事了。

酒席将阑,又谈到前日这一场官事。“汤父母着实动怒,多亏令弟看的破,息下来了。”严贡生道:“这是亡弟不济。若是我在家,和汤父母说了,把王小二、黄梦统这两个奴才,腿也砍折了!一个乡绅人家，由得百姓如此放肆！”王仁道：“凡事还是厚道些好。”严贡生把脸红了一阵，又彼此劝了几杯酒。

奶妈抱着哥子出来道：“奶奶叫问大老爹：二爷几时开丧？又不知今年山向可利，祖茔里可以葬得，还是要寻地？费大老爹的心，同二位舅爷商议。”严贡生道：“你向奶奶说，我在家不多时耽搁，就要同二相公到省里去周府招亲。你爷的事，托在二位舅爷就是。祖茔葬不得要另寻地，等我回来斟酌。”说罢叫了扰，起身过去。二位也散了。过了几日，大老爹果然带着第二个儿子往省里去了。

赵氏在家掌管家务，真个是：钱过北斗，米烂陈仓，僮仆成群，牛马成行，享福度日。不想皇天无眼，不祐善人，那小孩子出起天花来，发了一天热。医生来看，说是个险症。药里用了犀角、黄连、人牙，不能灌浆，把赵氏急的到处求神许愿，都是无益。到七日上，把个白白胖胖的孩子跑掉了。赵氏此番的哭泣，不但比不得哭大娘，并且比不得哭二爷，直哭得眼泪都哭不出来。整整的哭了三日三夜，打发孩子出去。

叫家人请了两位舅爷来商量，要立大房里第五个侄子承嗣。二位舅爷踌躇道：“这件事我们做不得主。况且大先生又不在家，儿子是他的，须是要他自己情愿。我们如何硬做主？”赵氏道：“哥哥，你妹夫有这几两银子的家私，如今把个正经主儿去了，这些家人、小厮都没个投奔，这立嗣的事是缓不得的。知道他伯伯几时回来？间壁第五个侄子，才十一二岁，立过来还怕我不会疼热他，教导他？他伯娘听见这个话，恨不得双手送过来。就是他伯伯回来也没得说。你做舅舅的人怎的做不得主？”王德道：“也罢，我们过去替他说一说罢。”王仁道：“大哥，这是那里话？宗嗣大事，我们外姓，如何做得主？如今姑奶奶若是急的狠，只好我弟兄两人公写一字，他这里叫一个家人连夜到省里，请了大先生回来商议。”王德道：“这话最好，料想大先生回来也没得说。”王仁摇着头笑道：“大哥，这话也且再看，但是不得不如此做。”赵氏听了这话，摸头不着，只得依着言语写了一封字，遣家人来富连夜赴省接大老爹。

来富来到省城，问着大老爹的下处在高底街。到了寓处门口，只见四个戴红黑帽子的，手里拿着鞭子站在门口，吓了一跳，不敢进去，站了一会，看见跟大老爹的四斗子出来，才叫他领了他进去。看见敞厅上，中间摆着一乘彩轿，彩轿旁边竖着一把遮阳，遮阳上贴着“即补县正堂”。四斗子进去请了大老爹出来，头戴纱帽，身穿员领补服，脚下粉底皂靴。来富上前磕了头，递上书信。大老爹接着看了，道：“我知道了。我家二相公恭喜，你且在这里伺候！”来富下来到厨房里，看见厨子在那里办席。新人房在楼上，张见摆的红红绿绿的，来富不敢上去。

直到日头平西，不见一个吹手来。二相公戴着新方巾，披着红，簪着花，前前后后走着着急，问：“吹手怎的不来？”大老爹在厅上嚷成一片声，叫四斗子快传吹打的。四斗子道：“今日是个好日子，八钱银子一班，叫吹手还叫不动，老爷给了他二钱四分低银子，又还扣了他二分戥头，又叫张府里押着他来。他不知今日应承了几家，他这个时候怎得来？”大老爹发怒道：“放狗屁！快替我去！来迟了，连你一顿嘴巴！”四斗子骨都着嘴，一路絮聒了出去，说道：“从早上到此刻，一碗饭也不给人吃，偏生有这些臭排场！”说罢去了。直到上灯时候，连四斗子也不见回来，抬新人的轿夫和那些戴红黑帽子的又催的狠，厅上的客说道：“也不必等吹手，吉时已到，且去迎亲罢！”将掌扇掮起来，四个戴红黑帽子的开道，来富跟着轿，一直来到周家。那周家敞厅甚大，虽然点着几盏灯烛，天井里却是不亮。这里又没有个吹打的，只得四个戴红黑帽子的一递一声，在黑天井里喝道，喝个不了。来富看见，不好意思，叫他不要喝了。周家里面有人吩咐道：“拜上严老爷，有吹打的就发轿，没吹打的不发轿。”正吵闹着，四斗子领了两个吹手赶来。一个吹箫，一个打鼓，在厅上滴滴打打的总不成个腔调。两边听的人笑个不住。周家闹了一会，没奈何只得把新人轿发来了。新人进门，不必细说。

过了十朝，叫来富同四斗子去写了两只高要船。那船家就是高要县的人。两只大船，银十二两，立契到高要付银。一只装的新郎新娘，一只严贡生自坐。择了吉日辞别亲家，借了一副“巢县正堂”的金字牌，一副“肃静”“回避”的白粉牌，四根门枪，插在船上。又叫了一班吹手，开锣掌伞，吹打上船。船家十分畏惧，小心伏侍，一路无话。

那日将到了高要县，不过二三十里路了，严贡生坐在船上，忽然一时头晕上来，两眼昏花，口里作恶心，呕出许多清痰来。来富同四斗子，一边一个架着膊子，只是要跌。严贡生口里叫道："不好！不好！"叫四斗子快丢了，去烧起一壶开水来。四斗子把他放了睡下，一声不倒一声的哼。四斗子慌忙同船家烧了开水拿进舱来。严贡生将钥匙开了箱子取出一方云片糕来，约有十多片，一片一片剥着，吃了几片，将肚子揉着，放了两个大屁，登时好了。剩下几片云片糕阁在后鹅口板上，半日也不来查点。那掌舵驾长害馋痨，左手扶着舵，右手拈来一片片的送在嘴里了。严贡生只作不看见。少刻，船拢了马头。严贡生叫来富着速叫他两乘轿子来，摆齐执事，将二相公同新娘先送了家里去。又叫些马头上人来把箱笼都搬了上岸，把自己的行李也搬上了岸。船家、水手都来讨喜钱。

严贡生转身走进舱来，眼张失落的四面看了一遭，问四斗子道："我的药往那里去了？"四斗子道："何曾有甚药？"严贡生道："方才我吃的不是药？分明放在船板上的！"那掌舵的道："想是刚才船板上几片云片糕。那是老爷剩下不要的，小的大胆就吃了。"严贡生道："吃了！好贱的云片糕！你晓的我这里头，是些甚么东西？"掌舵的道："云片糕，无过是些瓜仁、核桃、洋糖、粉面做成的了，有甚么东西？"严贡生发怒道："放你的狗屁！我因素日有个晕病，费了几百两银子，合了这一料药，是省里张老爷在上党做官带了来的人参，周老爷在四川做官带了来的黄连。你这奴才，猪八戒吃人参果，全不知滋味！说的好容易！是云片糕？方才这几片，不要说值几十两银子，半夜里不见了枪头子，攮到贼肚里，只是我将来再发了晕病，却拿甚么药来医？你这奴才，害我不浅！"叫四斗子开拜匣，写帖子："送这奴才到汤老爷衙里去，先打他几十板子再讲！"掌舵的吓了，陪着笑脸道："小的刚才吃的甜甜的，不知道是药，只说是云片糕。"严贡生道："还说是'云片糕'！再说'云片糕'，先打你几个嘴巴！"

说着已把帖子写了，递给四斗子。四斗子慌忙走上岸去，那些搬行李的人帮船家拦着。两只船上船家都慌了，一齐道："严老爷，而今是他不是，不该错吃了严老爷的药。但他是个穷人，就是连船都卖了也不能赔老爷这几十两银子。若是送到县里，他那里耽得住？如今只是求严老爷开恩，高抬贵手，恕过他罢！"严贡生越发恼得暴躁如雷。搬行李的脚子走过几个到船上来，道："这事，原是你船上人不是！方才若不如是着紧的问严老爷要喜钱、酒钱，严老爷已经上轿去了。都是你们拦住那严老爷，才查到这个药。如今自知理亏，还不过来向严老爷跟前磕头讨饶！难道你们不赔严老爷的药，严老爷还有些贴与你们不成？"众人一齐捺着掌舵的，磕了几个头。严贡生转湾道："既然你众人说，我又喜事匆匆，且放着这奴才，再和他慢慢算帐，不怕他飞上天去！"骂毕，扬长上了轿，行李和小厮跟着一哄去了。船家眼睁睁看着他走去了。

严贡生回家，忙领了儿子和媳妇拜家堂，又忙的请奶奶来一同受拜。他浑家正在房里，抬东抬西，闹得乱哄哄的。严贡生走来道："你忙甚么？"他浑家道："你难道不知道家里房子窄鳖鳖的！统共只得这一间上房，媳妇新新的，又是大家子姑娘，你不挪与他住？"严贡生道："呸！我早已打算定了，要你瞎忙！二房里高房大厦的不好住？"他浑家道："他有房子，为甚的与你的儿子住？"严贡生道："他二房无子，不要立嗣的？"浑家道："这不成，他要继我们第五个哩。"严贡生道："这都由他么？他算是个甚么东西！我替二房立嗣，与他甚么相干！"他浑家听了这话，正摸不着头脑。

只见赵氏着人来说："二奶奶听见大老爷回家，叫请大老爷说话。我们二位舅老爷也在那边。"严贡生便走过来。见了王德、王仁，之乎也者了一顿，便叫过几个管事家人来吩咐："将正宅打扫出来！明日二相公同二娘来住。"赵氏听得，还认他把第二个儿子来过继，便请舅爷，说道："哥哥，大爷方才怎样说？媳妇过来自然在后一层，我照常住在前面才好早晚照顾，怎倒叫我搬到那边去？媳妇住着正屋，婆婆倒住着厢房，天地世间也没有这个道理！"王仁道："你且不要慌，随他说着，自然有个商议。"说罢走出去了。彼此谈了两句淡话，又吃了一杯茶。王家小厮走来说："同学朋友候着作文会。"二位作别去了。

严贡生送了回来，拉一把椅子坐下，将十几个管事的家人都叫了来，吩咐道："我家二相公明日过来承继了，是你们的新主人，须要小心伺候！赵新娘是没有儿女的，二相公只认得他是父妾，他也没有还占着正屋的。吩咐你们媳妇子把群屋打扫两间，替他搬过东西去，腾出正屋来，好让二相公歇宿。彼此也要避个嫌疑：二相公称呼他'新娘'；他叫二相公二娘是'二爷''二奶奶'。再过几日，二娘来了，是赵新娘先过来拜见，然后二相公过去作揖。我们乡绅人家，这些大礼都是差错不得的。你们各人管的田房利息帐目，都连夜攒造清完，先送与我逐细看过，好交与二相公查点，比不得二老爹在日，小老婆当家，凭着你们这些奴才朦胧作弊！此后若有一点欺隐，我把你这些奴才，三十板一个，还要送到汤老爷衙门里，追工本饭米哩！"众人应诺下去。大老爹过那边去了。

这些家人、媳妇领了大老爹的言语来催赵氏搬房，被赵氏一顿臭骂，又不敢就搬。平日嫌赵氏装尊、作威作福，这时偏要领了一班人来房里说："大老爹吩咐的话，我们怎敢违拗？他到底是个正经主子。他若认真动了气，我们怎样了得？"赵氏号天大哭，哭了又骂，骂了又哭，足足闹了一夜。

次日，一乘轿子抬到县门口，正值汤知县坐早堂，就喊了冤。知县叫补进词来，次日发出："仰族亲处复。"赵氏备了几席酒，请来家里。族长严振先乃城中十二都的乡约，平日最怕的是严大老官。今虽坐在这里，只说道："我虽是族长，但这事以亲房为主。老爷批处，我也只好拿这话回老爷。"那两位舅爷王德、王仁，坐着就像泥塑木雕的一般，总不置一个可否。那开米店的赵老二，扯银炉的赵老汉，本来上不得台盘，才要开口说话，被严贡生睁开眼睛喝了一声，又不敢言语了。两个人自心里也裁划道："姑奶奶平日只敬重的王家哥儿两个，把我们不偢不倸，我们没来由今日为他得罪严老大，老虎头上扑苍蝇怎的？落得做好好先生。"把个赵氏在屏风后急得像热锅上蚂蚁一般。见众人都不说话，自己隔着屏风请教大爷，数说这些从前已往的话，数了又哭，哭了又数，捶胸跌脚，号做一片。严贡生听着，不耐烦道："像这泼妇，真是小家子出身！我们乡绅人家那有这样规矩？不要恼犯了我的性子，揪着头发臭打一顿，登时叫媒人来领出发嫁！"赵氏越发哭喊起来，喊的半天云里都听见，要奔出来揪他撕他，是几个家人、媳妇劝住了。众人见不是事，也把严贡生扯了回去。当下各自散了。

次日商议写复呈，王德、王仁说："身在黉宫，片纸不入公门。"不肯列名。严振先只得混帐复了几句话，说："赵氏本是妾扶正，也是有的；据严贡生说与律例不合，不肯叫儿子认做母亲，也是有的。总候太老爷天断。"那汤知县也是妾生的儿子，见了复呈道："律设大法，理顺人情，这贡生也忒多事了！"就批了个极长的批语说："赵氏既扶过正，不应只管说是'妾'。如严贡生不愿将儿子承继，听赵氏自行拣择，立贤立爱可也。"严贡生看了这批，那头上的火，直冒了有十几丈，随即写呈到府里去告。府尊也是有妾的，看着觉得多事，"仰高要县查案"。知县查上案去，批了个"如详缴"。严贡生更急了，到省赴按察司一状，司批："细故赴府县控理。"严贡生没法了，回不得头，想道："周学道是亲家一族。赶到京里求了周学道在部里告下状来，务必要正名分！"只因这一去，有分教：多年名宿，今番又掇高科；英俊少年，一举便登上第。不知严贡生告状得准否，且听下回分解。

第七回　范学道视学报师恩　王员外立朝敦友谊

话说严贡生因立嗣兴讼，府、县都告输了，司里又不理，只得飞奔到京。想冒认周学台的亲戚到部里告状。一直来到京师，周学道已升做国子监司业了。大着胆，竟写一个"眷姻晚生"的帖，门上去投。长班传进帖，周司业心里疑惑：并没有这个亲戚。正在沉吟，长班又送进一个手本，光头名字，没有称呼，上面写着"范进"。周司业知道是广东拔取的，如今中了，来京会试，便叫快请进来。范进进来，口称恩师，叩谢不已。周司业双手扶起让他坐下，开口就问："贤契同乡，有个甚么姓严的贡生么？他方才拿姻家帖子来拜学生。长班问他，说是广东人。学生却不曾有这门亲戚。"范进道："方才门人见过，他是高要县人，同敝处周老先生是亲戚。只不知老师可是一家？"周司业道："虽是同姓，却不曾序过。这等看起来，不相干了。"即传长班进来，吩咐道："你去向那严贡生说：'衙门有公事，不便请见，尊帖也带了回去罢！'"长班应诺回去了。

周司业然后与范举人话旧，道："学生前科看广东榜，知道贤契高发，满望来京相晤，不想何以迟至今科？"范进把丁母忧的事说了一遍。周司业不胜叹息，说道："贤契绩学有素，虽然耽迟几年，这次南宫一定入选。况学生已把你的大名，常在当道大老面前荐扬，人人都欲致之门下。你只在寓静坐，揣摩精熟。若有些须缺少费用，学生这里还可相帮。"范进道："门生终身皆顶戴老师高厚栽培。"又说了许多话，留着吃了饭，相别去了。

会试已毕，范进果然中了进士。授职部属，考选御史。数年之后钦点山东学道。命下之日，范学道即来叩见周司业。周司业道："山东虽是我故乡，我却也没有甚事相烦，只心里记得训蒙的时候，乡下有个学生叫做荀玫，那时才得七岁，这又过了十多年，想也长成人了。他是个务农的人家，不知可读得成书。若是还在应考，贤契留意看看,果有一线之明,推情拔了他,也了我一番心愿。”范进听了专记在心,去往山东到任。考事行了大半年,才按临兖州府,生童共是三棚,就把这件事忘怀了。直到第二日要发童生案,头一晚才想起来。说道:“你看我办的是甚么事!老师托我汶上县荀玫,我怎么并不照应?大意极了!”慌忙先在生员等第卷子内一查,全然没有。随即在各幕客房里把童生落卷取来对着名字、坐号,一个一个的细查。查遍了六百多卷子,并不见有个荀玫的卷子。学道心里烦闷道:“难道他不曾考?”又虑道:“若是有在里面我查不到,将来怎样见老师?还要细查。就是明日不出案也罢。”一会,同幕客们吃酒,心里只将这件事委决不下。众幕宾也替疑猜不定。内中一个少年幕客蘧景玉说道:“老先生这件事倒合了一件故事。数年前,有一位老先生,点了四川学差,在何景明先生寓处吃酒。景明先生醉后大声道:‘四川如苏轼的文章,是该考六等的了。’这位老先生记在心里。到后典了三年学差回来,再会见何老先生,说:‘学生在四川三年到处细查,并不见苏轼来考,想是临场规避了。’”说罢,将袖子掩了口笑。又道:“不知这荀玫是贵老师怎么样向老先生说的?”范学道是个老实人,也不晓得他说的是笑话,只愁着眉道:“苏轼既文章不好,查不着也罢了。这荀玫是老师要提拔的人,查不着,不好意思的。”一个年老的幕客牛布衣道:“是汶上县?何不在已取中入学的十几卷内查一查,或者文字好,前日已取了也不可知。”学道道:“有理,有理。”忙把已取的十几卷取来,对一对号簿,头一卷就是荀玫。学道看罢,不觉喜逐颜开,一天愁都没有了。

次早发出案来,传齐生童发落。先是生员。一等、二等、三等都发落过了。传进四等来,汶上县学四等第一名上来是梅玖,跪着阅过卷。学道作色道:“做秀才的人,文章是本业,怎么荒谬到这样地步!平日不守本分,多事可知!本该考居极等,姑且从宽,取过戒饬来,照例责罚!”梅玖告道:“生员那一日有病,故此文字糊涂。求大老爷格外开恩!”学道道:“朝廷功令,本道也做不得主。左右,将他扯上凳去,照例责罚!”说着,学里面一个门斗,已将他拖在凳上。梅玖急了,哀告道:“大老爷!看生员的先生面上,开恩罢!”学道道:“你先生是那一个?”梅玖道:“现任国子监司业周蒉轩先生讳进的便是生员的业师。”范学道道:“你原来是我周老师的门生。也罢,权且免打。”门斗把他放起来,上来跪下。学道吩咐道:“你既出周老师门下,更该用心读书。像你做出这样文章,岂不有玷门墙桃李？此后须要洗心改过。本道来科考时,访知你若再如此,断不能恕了!”喝声:“赶将出去!”

传进新进儒童来。到汶上县,头一名点着荀玫,人丛里一个清秀少年上来接卷。学道问道:“你和方才这梅玖是同门么?”荀玫不懂这句话,答应不出来。学道又道:“你可是周蒉轩老师的门生?”荀玫道:“这是童生开蒙的师父。”学道道:“是了,本道也在周老师门下。因出京之时,老师吩咐来查你卷子,不想暗中摸索,你已经取在第一。似这少年才俊,不枉了老师一番栽培,此后用心读书,颇可上进。”荀玫跪下谢了。候众人阅过卷,鼓吹送了出去,学道退堂掩门。

荀玫才走出来,恰好遇着梅玖还站在辕门外。荀玫忍不住问道:“梅先生,你几时从过我们周先生读书?”梅玖道:“你后生家那里知道？想着我从先生时你还不曾出世！先生那时在城里教书,教的都是县门口房科家的馆。后来下乡来,你们上学,我已是进过了,所以你不晓得。先生最喜欢我的,说是我的文章有才气,就是有些不合规矩,方才学台批我的卷子上也是这话。可见会看文章的,都是这个讲究,一丝也不得差。你可知道,学台何难把俺考在三等中间,只是不得发落,不能见面了。特地把我考在这名次,以便当堂发落,说出周先生的话,明卖个情。所以把你进个案首也是如此。俺们做文章的人,凡事要看出人的细心,不可忽略过了。”两人说着闲话到了下处。

次日送过宗师,雇牲口,一同回汶上县薛家集。此时荀老爹已经没了,只有母亲在堂。荀玫拜见母亲,母亲欢喜道:“自你爹去世,年岁不好,家里田地,渐渐也花费了,而今得你进个学,将来可以教书过日子。”申祥甫也老了,拄着拐杖来贺喜,就同梅三相商议,集上约会分子替荀玫贺学,凑了二三十吊钱。荀家管待众人,就借这观音庵里摆酒。

那日早晨梅玖、荀玫先到,和尚接着。两人先拜了佛,同和尚施礼。和尚道:“恭喜荀小相公,而今挣了这一顶头巾,不枉了荀老爹一生忠厚,做多少佛面上的事,广积阴功。那咱你在这里上学时,还小哩,头上扎着抓角儿。”又指与二位道:“这里不是周大老爷的长生牌?”二人看时,一张供桌,香炉、烛台,供着个金字牌位,上写道:“赐进士出身,广东提学御史,今升国子监司业周大老爷长生禄位。”左边一行小字,写着:“公讳进,字蒉轩,邑人。”右边一行小字:“薛家集里人、观音庵僧人同供奉。”两人见是老师的位,恭恭敬敬,同拜了几拜。又同和尚走到后边屋里——周先生当年设帐的所在。见两扇门开着,临了水次,那对过河滩塌了几尺,这边长出些来。看那三间屋用芦席隔着,而今不做学堂了。左边一间住着一个江西先生,门上贴着“江右陈和甫仙乩神数”。那江西先生不在家,房门关着,只有堂屋中间墙上,还是周先生写的联对,红纸都久已贴白了。上面十个字是:“正身以俟时;守己而律物。”梅玖指着向和尚道:“还是周大老爷的亲笔,你不该贴在这里,拿些水喷了,揭下来裱一裱收着才是。”和尚应诺,连忙用水揭下。弄了一会,申祥甫领着众人到齐了,吃了一日酒才散。

荀家把这几十吊钱,赎了几票当,买了几石米,剩下的留与荀玫做乡试盘费。次年录科,又取了第一。果然英雄出于少年。到省城,高高中了。忙到布政司衙门里,领了杯、盘、衣帽、旗匾、盘程,匆匆进京会试,又中了第三名进士。

明朝的体统:举人报中了进士,即刻在下处摆起公座来升座,长班参堂磕头。这日正磕着头,外边传呼接帖,说:“同年同乡王老爷来拜。”荀进士叫长班抬开公座,自己迎了出去。只见王惠须发皓白,走进门一把拉着手说道:“年长兄,我同你是‘天作之合’,不比寻常同年弟兄。”两人平磕了头,坐着,就说起昔年这一梦:“可见你我都是天榜有名。将来‘同寅协恭’,多少事业都要同做。”荀玫自小也依稀记得,听见过这句话,只是记不清了,今日听他说来方才明白。因说道:“小弟年幼,叨幸年老先生榜末,又是同乡,诸事全望指教。”王进士道:“这下处,是年长兄自己赁的?”荀进士道:“正是。”王进士道:“这甚窄,况且离朝纲又远,这里住着不便。不瞒年长兄说,弟还有一碗饭吃,京里房子,也是我自己买的。年长兄竟搬到我那里去住,将来殿试,一切事都便宜些。”说罢,又坐了一会去了。次日竟叫人来把荀进士的行李,搬在江米巷自己下处同住。传胪那日,荀玫殿在二甲,王惠殿在三甲,都授了工部主事。俸满,一齐转了员外。

一日,两位正在寓处闲坐,只见长班传进一个红全帖来,上写“晚生陈礼顿首拜”,全帖里面夹着一个单帖,上写着:“江西南昌县陈礼,字和甫,素善乩仙神数,曾在汶上县薛家集观音庵内行道。”王员外道:“长兄,这人你认得么?”荀员外道:“是有这个人。他请仙判的最妙,何不唤他进来请仙问问功名的事?”忙叫:“请!”只见那陈和甫走了进来,头戴瓦楞帽,身穿茧绸直裰,腰系丝绦,花白胡须,约有五十多岁光景。见了二位躬身唱诺,说:“请二位老先生台座,好让山人拜见。”二人再三谦让,同他行了礼,让他首位坐下。荀员外道:“向日道兄在敝乡观音庵时,弟却无缘,不曾会见。”陈礼躬身道:“那日晚生晓得老先生到庵。因前三日纯阳老祖师降坛,乩上写着这日午时三刻,有一位贵人来到,那时老先生尚不曾高发,天机不可泄漏,所以,晚生就预先回避了。”王员外道:“道兄请仙之法,是何人传授?还是专请纯阳祖师,还是各位仙人都可启请?”陈礼道:“各位仙人都可请。就是帝王、师相、圣贤、豪杰,都可启请。不瞒二位老先生说,晚生数十年以来,并不在江湖上行道,总在王爷府里和诸部院大老爷衙门交往。切记先帝弘治十三年,晚生在工部大堂刘大老爷家扶乩,刘大老爷因李梦阳老爷参张国舅的事下狱,请仙问其吉凶,那知乩上就降下周公老祖来,批了‘七日来复’四个大字。到七日上李老爷果然奉旨出狱,只罚了三个月的俸。后来,李老爷又约晚生去扶乩,那乩半日也不得动。后来忽然大动起来,写了一首诗,后来两句说道:‘梦到江南省宗庙,不知谁是旧京人?’那些看的老爷,都不知道是谁。只有李老爷懂得诗词,连忙焚了香伏在地下,敬问:‘是那一位君王?’那乩又如飞的写了几个字道:‘朕乃建文皇帝是也。’众位都吓的跪在地下朝拜了。所以晚生说是帝王、圣贤都是请得来的。”王员外道:“道兄如此高明,不知我们终身官爵的事,可断得出来?”陈礼道:“怎么断不出来?凡人富贵、穷通、贫贱、寿夭,都从乩上判下来,无不奇验。”两位见他说得热闹,便道:“我两人要请教,问一问升迁的事。”那陈礼道:“老爷请焚起香来。”二位道:“且慢,候吃过便饭。”

当下留着吃了饭,叫长班到他下处把沙盘、乩笔都取了来摆下。陈礼道:“二位老爷自己默祝。”二位祝罢,将乩笔安好。陈礼又自己拜了,烧了一道降坛的符,便请二位老爷两边扶着乩笔又念了一遍咒语,烧了一道启请的符,只见那乩渐渐动起来了。那陈礼叫长班斟了一杯茶,双手捧着跪献上去。那乩笔先画了几个圈子,便不动了。陈礼又焚了一道符,叫众人都息静。长班、家人站在外边去了。又过了一顿饭时,那乩扶得动了,写出四个大字:“王公听判。”王员外慌忙丢了乩笔,下来拜了四拜,问道:“不知大仙尊姓大名?”问罢又去扶乩。那乩旋转如飞写下一行道:“吾乃伏魔大帝关圣帝君是也。”陈礼吓得在下面磕头如捣蒜,说道:“今日二位老爷心诚,请得夫子降坛,这是轻易不得的事!总是二位老爷大福。须要十分诚敬,若有些须怠慢,山人就担戴不起!”二位也觉悚然,毛发皆竖,丢着乩笔下来又拜了四拜,再上去扶。陈礼道:“且住。沙盘小,恐怕夫子指示言语多,写不下。且拿一副纸笔来,待山人在旁记下同看。”于是拿了一副纸笔递与陈礼在旁抄写,两位仍旧扶着。那乩运笔如飞,写道:“羡尔功名夏后,一枝高折鲜红。大江烟浪杳无踪,两日黄堂坐拥。只道骅骝开道,原来天府夔龙。琴瑟琵琶路上逢,一盏醇醪心痛。”写毕,又判出五个大字:“调寄《西江月》。”三个人都不解其意。王员外道:“只有头一句明白,‘功名夏后’,是‘夏后氏五十而贡’,我恰是五十岁登科的,这句验了。此下的话全然不解。”陈礼道:“夫子是从不误人的,老爷收着,后日必有神验。况这诗上说‘天府夔龙’,想是老爷升任直到宰相之职。”王员外被他说破,也觉得心里欢喜。说罢荀员外下来拜了,求夫子判断。那乩笔半日不动,求的急了,运笔判下一个“服”字。陈礼把沙摊平了求判,又判了一个“服”字。一连平了三回沙,判了三个“服”字,再不动了。陈礼道:“想是夫子龙驾,已经回天,不可再亵渎了。”又焚了一道退送的符,将乩笔、香炉、沙盘撤去,重新坐下。二位官府封了五钱银子,又写了一封荐书,荐在那新升通政司范大人家。陈山人拜谢去了。

到晚，长班进来说："荀老爷家有人到。"只见荀家家人，挂着一身的孝飞跑进来磕了头，跪着禀道："家里老太太，已于前月二十一日归天。"荀员外听了这话哭倒在地。王员外扶了半日，救醒转来，就要到堂上递呈丁忧。王员外道："年长兄，这事且再商议。现今考选科、道在即，你我的资格，都是有指望的。若是报明了丁忧家去，再迟三年，如何了得？不如且将这事瞒下，候考选过了再处。"荀员外道："年老先生极是相爱之意，但这件事恐瞒不下。"王员外道："快吩咐来的家人，把孝服作速换了。这事不许通知外面人知道，明早我自有道理。"一宿无话。

次日清早，请了吏部掌案的金东崖来商议。金东崖道："做官的人匿丧的事是行不得的。只可说是能员，要留部在任守制，这个不妨，但须是大人们保举，我们无从用力。若是发来部议，我自然效劳是不消说了。"两位重托了金东崖去。到晚，荀员外自换了青衣小帽，悄悄去求周司业、范通政两位老师，求个保举。两位都说可以酌量而行。又过了两三日，都回复了来，说："官小，与夺情之例不合。这夺情，须是宰辅或九卿班上的官，倒是外官在边疆重地的亦可。若工部员外是个闲曹，不便保举夺情。"荀员外只得递呈丁忧。

王员外道："年长兄，你此番丧葬需费，你又是个寒士，如何支持得来？况我看见你不喜理这烦剧的事，怎生是好？如今也罢，我也告一个假同你回去。丧葬之费数百金，也在我家里替你应用，这事才好。"荀员外道："我是该的了。为何因我，又误了年老先生的考选？"王员外道："考选还在明年，你要等除服，所以担误。我这告假，多则半年，少只三个月，还赶的着。"

当下荀员外拗不过，只得听他告了假一同来家，替太夫人治丧。一连开了七日吊，司、道、府、县，都来吊丧。此时哄动薛家集，百十里路外的人，男男女女都来看荀老爷家的丧事。集上申祥甫已是死了，他儿子申文卿，袭了丈人夏总甲的缺，拿手本来磕头，看门效力。整正闹了两个月，丧事已毕。

王员外共借了上千两的银子与荀家，作辞回京。荀员外送出境外,谢了又谢。王员外一路无话,到京才开了假,早见长班领着一个报录的人进来叩喜。不因这一报,有分教:贞臣良佐,忽为悖逆之人;郡守部曹,竟作逋逃之客。未知所报王员外是何喜事,且听下回分解。

第八回　王观察穷途逢世好　娄公子故里遇贫交

话说王员外才到京开假，早见长班领报录人进来叩喜，王员外问是何喜事，报录人叩过头呈上报单。上写道："江抚王一本。为要地须才事：南昌知府员缺，此乃沿江重地，须才能干济之员。特本请旨，于部属内拣选一员。奉旨：南昌府知府员缺，着工部员外王惠补授。钦此！"王员外赏了报喜人酒饭，谢过恩，整理行装，去江西到任。

非止一日，到了江西省城。南昌府前任蘧太守，浙江嘉兴府人，由进士出身，年老告病，已经出了衙门，印务是通判署着。王太守到任，升了公座。各属都禀见过了，便是蘧太守来拜，王惠也回拜过了。为这交盘的事，彼此参差着，王太守不肯就接。一日蘧太守差人来禀说："太爷年老多病，耳朵听话又不甚明白。交盘的事，本该自己来领王太爷的教，因是如此，明日打发少爷过来当面相恳，一切事都要仗托王太爷担代。"王惠应诺了，衙里整治酒饭候蘧公子。

直到早饭过后，一乘小轿，一副红全帖上写"眷晚生蘧景玉拜"。王太守开了宅门，叫请少爷进来。王太守看那蘧公子，翩然俊雅，举动不群。彼此施了礼，让位坐下。王太守道："前晤尊公大人，幸瞻丰采，今日却闻得略有些贵恙。"蘧公子道："家君年老，常患肺病，不耐劳烦，兼之两耳重听。多承老先生记念。"王太守道："不敢。老世台今年多少尊庚了？"蘧公子道："晚生三十七岁。"王太守道："一向总随尊大人任所的？"蘧公子道："家君做县令时晚生尚幼，相随敝门伯范老先生，在山东督学幕中读书，也帮他看看卷子。直到升任南昌，署内无人办事，这数年总在这里的。"王太守道："尊大人精神正旺，何以就这般急流勇退了？"蘧公子道："家君常说：'宦海风波，实难久恋。'况做秀才的时候，原有几亩薄产可供饘粥；先人敝庐，可蔽风雨。就是琴、樽、炉、几，药栏、花榭，都也还有几处，可以消遣。所以在风尘劳攘的时候，每怀长林丰草之思，而今却可赋《遂初》了。"

王太守道:“自古道:‘休官莫问子。’看老世台这等襟怀高旷,尊大人所以得畅然挂冠。”笑着说道:“将来,不日高科鼎甲,老先生正好做封翁享福了。”蘧公子道:“老先生,人生贤不肖倒也不在科名。晚生只愿家君早归田里,得以菽水承欢,这是人生至乐之事。”王太守道:“如此更加可敬了。”

说着换了三遍茶,宽去大衣服坐下。说到交代一事,王太守着实作难。蘧公子道:“老先生不必过费清心。家君在此数年,布衣蔬食,不过仍旧是儒生行径。历年所积俸余,约有二千余金。如此地仓谷、马匹、杂项之类,有甚么缺少不敷处,悉将此项送与老先生任意填补。家君知道老先生数任京官,宦囊清苦,决不有累。”王太守见他说得大方爽快,满心欢喜。须臾摆上酒来,奉席坐下。王太守慢慢问道:“地方人情,可还有甚么出产?词讼里,可也略有些甚么通融?”蘧公子道:“南昌人情,鄙野有余,巧诈不足。若说地方出产及词讼之事,家君在此,准的词讼甚少。若非纲常伦纪大事,其余户昏田土,都批到县里去,务在安辑,与民休息。至于处处利薮也绝不耐烦去搜剔他,或者有,也不可知!但只问着晚生,便是问道于盲了。”王太守笑道:“可见‘三年清知府,十万雪花银’的话,而今也不甚确了。”

当下酒过数巡,蘧公子见他问的都是些鄙陋不过的话,因又说起:“家君在这里无他好处,只落得个讼简刑清。所以这些幕宾先生在衙门里,都也吟啸自若。还记得前任臬司向家君说道:‘闻得贵府衙门里,有三样声息。’”王太守道:“是那三样?”蘧公子道:“是吟诗声、下棋声、唱曲声。”王太守大笑道:“这三样声息,却也有趣的紧。”蘧公子道:“将来老先生一番振作,只怕要换三样声息。”王太守道:“是那三样?”蘧公子道:“是戥子声、算盘声、板子声。”王太守并不知这话是讥诮他,正容答道:“而今你我替朝廷办事,只怕也不得不如此认真。”

蘧公子十分大酒量,王太守也最好饮,彼此传杯换盏,直吃到日西时分。将交代的事当面言明,王太守许定出结,作别去了。过了几日,蘧太守果然送了一项银子,王太守替他出了结。蘧太守带着公子、家眷,装着半船书画,回嘉兴去了。

王太守送到城外回来，果然听了蘧公子的话。钉了一把头号的库戥，把六房书办都传进来，问明了各项内的余利，不许欺隐，都派入官。三日五日一比。用的是头号板子，把两根板子，拿到内衙上秤，较了一轻一重，都写了暗号在上面。出来坐堂之时，吩咐叫用大板，皂隶若取那轻的，就知他得了钱了，就取那重板子打皂隶。这些衙役、百姓，一个个被他打得魂飞魄散。合城的人无一个不知道太爷的利害，睡梦里也是怕的。因此，各上司访闻，都道是江西第一个能员。做到两年多些，各处荐了。

适值江西宁王反乱，各路戒严，朝廷就把他推升了南赣道催趱军需。王太守接了羽檄文书，星速赴南赣到任。到任未久，出门查看台站，大车驷马，在路晓行夜宿。那日到了一个地方，落在公馆。公馆是个旧人家一所大房子。走进去举头一看，正厅上悬着一块匾，匾上贴着红纸，上面四个大字是“骅骝开道”。王道台看见，吃了一惊。到厅升座，属员衙役参见过了。掩门用饭，忽见一阵大风，把那片红纸吹在地下，里面现出绿底金字，四个大字是“天府夔龙”。王道台心里不胜骇异，才晓得关圣帝君判断的话直到今日才验。那所判“两日黄堂”，便就是南昌府的个“昌”字。可见万事分定。一宿无话，查毕公事回衙。

次年，宁王统兵，破了南赣官军。百姓开了城门，抱头鼠窜，四散乱走。王道台也抵当不住，叫了一只小船黑夜逃走。走到大江中，遇着宁王百十只艨艟战船，明盔亮甲。船上有千万火把，照见小船，叫一声“拿！”几十个兵卒跳上船来，走进中舱，把王道台反剪了手捉上大船。那些从人、船家，杀的杀了，还有怕杀的，跳在水里死了。王道台吓得撒抖抖的颤，灯烛影里，望见宁王坐在上面，不敢抬头。宁王见了，慌走下来亲手替他解了缚，叫取衣裳穿了，说道：“孤家是奉太后密旨起兵诛君侧之奸。你既是江西的能员，降顺了孤家，少不得升授你的官爵。”王道台颤抖抖的叩头道：“情愿降顺！”宁王道：“既然愿降，待孤家亲赐一杯酒。”此时，王道台被缚得心口十分疼痛，跪着接酒在手一饮而尽，心便不疼了。又磕头谢了。王爷即赏与江西按察司之职。自此，随在宁王军中。听见左右的人说，宁王在玉牒中，是第八个王子，方才悟了关圣帝君所判“琴瑟琵琶”，头上是八个“王”字，到此无一句不验了。

宁王闹了两年，不想被新建伯王守仁一阵杀败，束手就擒。那些伪官，杀的杀了，逃的逃了。王道台在衙门并不曾收拾得一件东西，只取了一个枕箱，里面几本残书和几两银子，换了青衣小帽黑夜逃走。真乃是慌不择路！赶了几日旱路，又搭船走，昏天黑地，一直走到了浙江乌镇地方。

那日住了船，客人都上去吃点心，王惠也拿了几个钱上岸。那点心店里都坐满了，只有一个少年，独自据了一桌。王惠见那少年仿佛有些认得，却想不起。开店的道：“客人，你来同这位客人一席坐罢！”王惠便去坐在对席，少年立起身来同他坐下。王惠忍不住问道：“请教客人贵处？”那少年道：“嘉兴。”王惠道：“尊姓？”那少年道：“姓蘧。”王惠道：“向日有位蘧老先生曾做过南昌太守，可与足下一家？”那少年惊道：“便是家祖。老客何以见问？”王惠道：“原来是蘧老先生的令公孙，失敬了！”那少年道：“却是不曾拜问贵姓仙乡。”王惠道：“这里不是说话处。宝舟在那边？”蘧公孙道：“就在岸边。”

当下会了帐，两人相携着，下了船坐下。王惠道：“当日在南昌相会的少爷台讳是景玉，想是令叔？”蘧公孙道：“这便是先君。”王惠惊道：“原来便是尊翁，怪道面貌相似。却如何这般称呼，难道已仙游了么？”蘧公孙道：“家祖那年南昌解组，次年即不幸先君见背。”王惠听罢流下泪来。说道：“昔年在南昌，蒙尊公骨肉之谊，今不想已作故人。世兄今年贵庚多少了？”蘧公孙道：“虚度十七岁。到底不曾请教贵姓仙乡。”王惠道：“盛从同船家都不在此么？”蘧公孙道：“他们都上岸去了。”王惠附耳低言道：“便是后任的南昌知府王惠。”蘧公孙大惊道：“闻得老先生已荣升南赣道，如何改装，独自到此？”王惠道：“只为宁王反叛，弟便挂印而逃。却为围城之中，不曾取出盘费。”蘧公孙道：“如今却将何往？”王惠道：“穷途流落，那有定所？”就不曾把降顺宁王的话说了出来。蘧公孙道：“老先生既边疆不守，今日却不便出来自呈。只是茫茫四海，盘费缺少，如何使得？晚学生此番却是奉家祖之命，在杭州舍亲处，讨取一桩银子，现在舟中。今且赠与老先生，以为路费，去寻一个僻静所在，安身为妙。”说罢，即取出四封银子，递与王惠，共二百两。王惠极其称谢，因说道：“两边船上都要赶路，不可久迟，只得告别。周济之情，不死当以厚报。”双膝跪了下去。蘧公孙慌忙跪下同拜了几拜。王惠又道：“我除了行李被褥之外一无所有，只有一个枕箱，内有残书几本。此时潜踪在外，虽这一点物件，也恐被人识认惹起是非，如今也将来交与世兄。我轻身更好逃窜了。”蘧公孙应诺。他即刻过船取来交代，彼此洒泪分手。王惠道：“敬问令祖老先生。今世不能再见，来生犬马相报便了。”分别去后，王惠另觅了船入到太湖。自此更姓改名，削发披缁去了。

蘧公孙回到嘉兴见了祖父，说起路上遇见王太守的话。蘧太守大惊道：“他是降顺了宁王的。”公孙道：“这却不曾说明。只说是挂印逃走，并不曾带得一点盘缠。”蘧太守道：“他虽犯罪朝廷，却与我是个故交。何不就将你讨来的银子，送他作盘费？”公孙道：“已送他了。”蘧太守道：“共是多少？”公孙道：“只取得二百两银子，尽数送与他了。”蘧太守不胜欢喜道：“你真可谓汝父之肖子！”就将当日公子交代的事，又告诉了一遍。公孙见过乃祖，进房去见母亲刘氏，母亲问了些路上的话，慰劳了一番，进房歇息。

次日在乃祖跟前又说道：“王太守枕箱内还有几本书。”取出来送与乃祖看。蘧太守看了，都是钞本。其他也还没要紧，只内有一本是《高青邱集诗话》，有一百多纸，就是青邱亲笔缮写，甚是精工。蘧太守道：“这本书，多年藏之大内，数十年来，多少才人求见一面不能，天下并没有第二本。你今无心得了此书，真乃天幸！须是收藏好了，不可轻易被人看见！”蘧公孙听了，心里想道：“此书既是天下没有第二本，何不竟将他缮写成帙，添了我的名字刊刻起来，做这一番大名？”主意已定，竟去刻了起来，把高季迪名字写在上面，下面写“嘉兴蘧来旬驼夫氏补辑”。刻毕，刷印了几百部遍送亲戚朋友。人人见了，赏玩不忍释手。自此，浙西各郡，都仰慕蘧太守公孙是个少年名士。蘧太守知道了，成事不说，也就此常教他做些诗词，写斗方，同诸名士赠答。

一日,门上人进来禀道:“娄府两位少老爷到了。”蘧太守叫公孙:“你娄家表叔到了,快去迎请进来!”公孙领命慌出去迎。这二位乃是娄中堂的公子。中堂在朝二十余年,薨逝之后,赐了祭葬,谥为文恪,乃是湖州人氏。长子现任通政司大堂。这位三公子,讳琫,字玉亭,是个孝廉;四公子讳瓒,字瑟亭,在监读书。是蘧太守的亲内侄。公孙随着两位进来,蘧太守欢喜,亲自接出厅外檐下。两人进来,请姑丈转上,拜了下去。蘧太守亲手扶起,叫公孙过来,拜见了表叔,请坐奉茶。二位娄公子道:“自拜别姑丈大人,屈指已十二载。小侄们在京,闻知姑丈挂冠归里,无人不拜服高见。今日得拜姑丈,早已须鬓皓然,可见有司官是劳苦的。”蘧太守道:“我本无宦情。南昌待罪数年,也不曾做得一些事业,虚糜朝廷爵禄,不如退休了好。不想到家一载小儿亡化了,越觉得胸怀冰冷。细想来只怕还是做官的报应。”娄三公子道:“表兄天才磊落英多,谁想享年不永,幸得表侄已长成人,侍奉姑丈膝下,还可借此自宽。”娄四公子道:“便是小侄们,闻了表兄讣音,思量总角交好,不想中路分离,临终也不能一别,同三兄悲痛过深,几乎发了狂疾。大家兄念着,也终日流涕不止。”蘧太守道:“令兄宦况也还觉得高兴么?”二位道:“通政司是个清淡衙门,家兄在那里浮沉着,绝不曾有甚么建白,却是事也不多。所以小侄们在京师,转觉无聊,商议不如返舍为是。”

坐了一会,换去衣服。二位又进去拜见了表嫂。公孙陪奉出来,请在书房里。面前一个小花圃,琴、樽、炉、几,竹、石、禽、鱼,萧然可爱。蘧太守也换了葛巾野服,拄着天台藤杖,出来陪坐。摆出饭来,用过饭,烹茗清谈,说起江西宁王反叛的话:“多亏新建伯神明独运,建了这件大功,除了这番大难。”娄三公子道:“新建伯此番有功不居,尤为难得。”四公子道:“据小侄看来,宁王此番举动也与成祖差不多。只是成祖运气好,到而今称圣称神;宁王运气低,就落得个为贼为虏。也要算一件不平的事。”蘧太守道:“成败论人,固是庸人之见。但本朝大事,你我做臣子的说话须要谨慎!”四公子不敢再说了。那知这两位公子因科名蹭蹬,不得早年中鼎甲、入翰林,激成了一肚子牢骚不平。每常只说:“自从永乐篡位之后,明朝就不成个天下！"每到酒酣耳热，更要发这一种议论。娄通政也是听不过，恐怕惹出事来，所以劝他回浙江。

当下又谈了一会闲话，两位问道："表侄学业近来造就何如？却还不曾恭喜毕过姻事？"太守道："不瞒二位贤侄说，我只得这一个孙子，自小娇养惯了。我每常见这些教书的先生也不见有甚么学问，一味妆模做样，动不动就是打骂。人家请先生的，开口就说要严。老夫姑息的紧，所以不曾着他去从时下先生。你表兄在日，自己教他读些经史。自你表兄亡后，我心里更加怜惜他，已替他捐了个监生，举业也不曾十分讲究。近来我在林下，倒常教他做几首诗吟咏性情，要他知道乐天知命的道理，在我膝下承欢便了。"二位公子道："这个更是姑丈高见。俗语说得好：'与其出一个斫削元气的进士，不如出一个培养阴骘的通儒。'这个是得紧！"蘧太守便叫公孙把平日做的诗取几首来，与二位表叔看。二位看了称赞不已。一连留住盘桓了四五日，二位辞别要行。蘧太守治酒饯别，席间说起公孙姻事："这里大户人家，也有央着来说的。我是个穷官，怕他们争行财下礼，所以耽迟着。贤侄在湖州，若是老亲旧戚人家，为我留意。贫穷些也不妨。"二位应诺了。当日席终。

次早，叫了船只，先发上行李去。蘧太守叫公孙亲送上船，自己出来厅事上作别，说到："老夫因至亲，在此数日，家常相待，休怪怠慢！二位贤侄回府，到令先太保公及尊公文恪公墓上，提着我的名字，说我蘧佑，年迈龙钟，不能亲自再来拜谒墓道了。"两公子听了悚然起敬，拜别了姑丈。蘧太守执手送出大门。公孙先在船上，候二位到时，拜别了表叔，看着开了船方才回来。两公子坐着一只小船，萧然行李，仍是寒素。看见两岸桑阴稠密，禽鸟飞鸣，不到半里多路，便是小港，里边撑出船来，卖些菱、藕。两弟兄在船内道："我们几年京华尘土中，那得见这样幽雅景致？宋人词说得好，'算计只有归来是'。果然！果然！"看看天色晚了，到了一镇，人家桑阴里射出灯光来直到河里，两公子道："叫船家泊下船。此处有人家，上面沽些酒来，消此良夜，就在这里宿了罢。"船家应诺泊了船。两弟兄凭舷痛饮，谈说古今的事。

次早,船家在船中做饭,两弟兄上岸闲步。只见屋角头走过一个人来,见了二位纳头便拜下去,说道:“娄少老爷,认得小人么?”只因遇着这个人,有分教:公子好客,结多少硕彦名儒;相府开筵,常聚些布衣韦带。毕竟此人是谁,且听下回分解。

第九回　娄公子捐金赎朋友　刘守备冒姓打船家

话说两位公子在岸上闲步,忽见屋角头走过一个人来纳头便拜。两公子慌忙扶起,说道:“足下是谁?我不认得。”那人道:“两位少老爷认不得小人了么?”两公子道:“正是面善,一会儿想不起。”那人道:“小人便是先太保老爷坟上看坟的邹吉甫的儿子邹三。”两公子大惊道:“你却如何在此处?”邹三道:“自少老爷们都进京之后,小的老子看着坟山,着实兴旺,门口又置了几块田地。那旧房子就不够住了,我家就另买了房子搬到东村,那房子让与小的叔子住。后来,小的家弟兄几个又娶了亲。东村房子,只够大哥大嫂子、二哥二嫂子住。小的有个姐姐,嫁在新市镇,姐夫没了,姐姐就把小的老子和娘都接了这里来住。小的就跟了来的。”两公子道:“原来如此。我家坟山,没有人来作践么?”邹三道:“这是那个敢?府县老爷们大凡往那里过,都要进来磕头,一茎草也没人动。”两公子道:“你父亲、母亲而今在那里?”邹三道:“就在市梢尽头姐姐家住着,不多几步。小的老子,时常想念二位少老爷的恩德,不能见面。”三公子向四公子道:“邹吉甫这老人家,我们也甚是想他。既在此不远,何不去到他家里看看?”四公子道:“最好。”

带了邹三回到岸上,叫跟随的吩咐过了船家。邹三引着路一径走到市梢头。只见七八间矮小房子,两扇篱笆门半开半掩。邹三走去叫道:“阿爷,三少老爷、四少老爷在此。”邹吉甫里面应道:“是那个?”拄着拐杖出来,望见两位公子,不觉喜从天降。让两公子走进堂屋,丢了拐杖便要倒身下拜。两公子慌忙扶住,道:“你老人家何消行这个礼?”两公子扯他同坐下。邹三捧出茶来,邹吉甫亲自接了,送与两公子吃着。三公子道:“我们从京里出来,一到家,就要到先太保坟上扫墓,算计着会你老人家。却因绕道在嘉兴看蘧姑老爷,无意中走这条路,不想撞见你儿子,说你老人家在这里,得以会着。

相别十几年,你老人家越发康健了。方才听见说,你那两个令郎都娶了媳妇,曾添了几个孙子了么?你的老伴也同在这里?”说着,那老婆婆白发齐眉,出来向两公子道了万福。两公子也还了礼。邹吉甫道:“你快进去向女孩儿说,整治起饭来,留两位少老爷坐坐。”婆婆进去了。邹吉甫道:“我夫妻两个感激太老爷、少老爷的恩典,一时也不能忘。我这老婆子每日在这房檐下,烧一炷香,保祝少老爷们仍旧官居一品。而今大少老爷想也是大轿子?”四公子道:“我们弟兄们都不在家,有甚好处到你老人家,却说这样的话,越说得我们心里不安。”三公子道:“况且坟山累你老人家看守多年,我们方且知感不尽,怎说这话?”邹吉甫道:“蘧姑老爷已是告老回乡了。他少爷可惜去世!小公子想也长成人了么?”三公子道:“他今年十七岁,资性倒也还聪明的。”

邹三捧出饭来,鸡、鱼、肉、鸭,齐齐整整,还有几样蔬菜,摆在桌上,请两位公子坐下。邹吉甫不敢来陪。两公子再三扯他同坐。斟上酒来,邹吉甫道:“乡下的水酒老爷们恐吃不惯。”四公子道:“这酒也还有些身分。”邹吉甫道:“再不要说起!而今人情薄了。这米做出来的酒汁,都是薄的。小老还是听见我死鬼父亲说,在洪武爷手里过日子,各样都好。二斗米做酒,足有二十斤酒娘子。后来永乐爷掌了江山,不知怎样的,事事都改变了,二斗米,只做的出十五六斤酒来。像我这酒是扣着水下的,还是这般淡薄无味。”三公子道:“我们酒量也不大,只这个酒十分好了。”邹吉甫吃着酒,说道:“不瞒老爷说,我是老了,不中用了。怎得天可怜见,让他们孩子们再过几年洪武爷的日子就好了!”四公子听了,望着三公子笑。

邹吉甫又道:“我听见人说:‘本朝的天下,要同孔夫子的周朝一样好的,就为出了个永乐爷就弄坏了。’这事可是有的么?”三公子笑道:“你乡下一个老实人那里得知这些话?这话毕竟是谁向你说的?”邹吉甫道:“我本来果然不晓得这些话。因我这镇上有个盐店,盐店一位管事先生闲常无事,就来到我们这稻场上,或是柳阴树下坐着,说的这些话,所以我常听见他。”两公子惊道:“这先生姓甚么?”邹吉甫道:“他姓杨,为人忠直不过,又好看的是个书,要便袖口内藏了一卷,随处坐着拿出来看。往常他在这里,饭后没事也好步出来了。而今要见这先生却是再不能得。”公子道:“这先生往那里去了?”邹吉甫道:“再不要说起！杨先生虽是生意出身,一切帐目却不肯用心料理。除了出外闲游,在店里时也只是垂帘看书,凭着这伙计胡三。所以一店里人都称呼他是个‘老阿呆’。先年东家因他为人正气,所以托他管总。后来听见这些呆事,本东自己下店把帐一盘,却亏空了七百多银子。问着,又没处开消,还在东家面前咬文嚼字,指手画脚的不服。东家恼了,一张呈子送在德清县里。县主老爷见是盐务的事,点到奉承,把这先生拿到监里坐着追比。而今已在监里将有一年半了。”三公子道:“他家可有甚么产业可以赔偿?”吉甫道:“有到好了。他家就住在村口外四里多路。两个儿子都是蠢人,既不做生意,又不读书,还靠着老官养活,却将甚么赔偿?”

四公子向三公子道:“穷乡僻壤,有这样读书君子,却被守钱奴如此凌虐,足令人怒发冲冠！我们可以商量个道理,救得此人么?”三公子道:“他不过是欠债,并非犯法。如今只消到城里,问明底细,替他把这几两债负弄清了就是。这有何难!”四公子道:“这最有理。我两人明日到家,就去办这件事。”邹吉甫道:“阿弥陀佛！二位少老爷是肯做好事的。想着从前已往不知拔济了多少人。如今若救出杨先生来,这一镇的人谁不感仰!”三公子道:“吉甫,这句话,你在镇上且不要说出来,待我们去相机而动。”四公子道:“正是。未知事体做的来与做不来,说出来就没趣了。”于是不用酒了,取饭来吃过,匆匆回船。邹吉甫拄着拐杖送到船上,说:“少老爷们恭喜回府,小老迟日再来城里府内候安。”又叫邹三捧着一瓶酒和些小菜送在船上,与二位少老爷消夜。看着开船方才回去了。

两公子到家,清理了些家务,应酬了几天客事,即便唤了一个办事家人晋爵,叫他去到县里,查新市镇盐店里送来监禁这人是何名字?亏空何项银两?共计多少?本人有功名没功名?都查明白了来说。晋爵领命,来到县衙。户房书办原是晋爵拜盟的弟兄,见他来查,连忙将案寻出,用纸誊写一通递与他,拿了回来回复两公子。只见上面写着:“新市镇公裕旗盐店呈首:商人杨执中(即杨允),累年在店不守本分,嫖赌穿吃,侵用成本七百余两,有误国课,恳恩追比云云。但查本人系廪生挨贡,不便追比,合详请褫革,以便严比。今将本犯权时寄监收禁,候上宪批示,然后勒限等情。”四公子道:“这也可笑的紧。廪生挨贡也是衣冠中人物,今不过侵用盐商这几两银子就要将他褫革追比,是何道理?”三公子道:“你问明了他并无别情么?”晋爵道:“小的问明了,并无别情。”三公子道:“既然如此,你去把我们前日黄家圩那人来赎田的一宗银子,兑七百五十两替他上库,再写我两人的名帖,向德清县说:‘这杨贡生是家老爷们相好。’叫他就放出监来。你再拿你的名字添上一个保状。你作速去办理!”四公子道:“晋爵,这事你就去办,不可怠慢!那杨贡生出监来,你也不必同他说什么,他自然到我这里来相会。”晋爵应诺去了。

晋爵只带二十两银子一直到书办家,把这银子送与书办,说道:“杨贡生的事,我和你商议个主意。”书办道:“既是太师老爷府里发的有帖子,这事何难?”随即打个禀帖,说:“这杨贡生是娄府的人。两位老爷发了帖,现有娄府家人具的保状。况且娄府说,这项银子,非赃非帑,何以便行监禁?此事乞老爷上裁。”知县听了娄府这番话,心下着慌,却又回不得盐商。传进书办去细细商酌,只得把几项盐规银子凑齐补了这一项,准了晋爵保状,即刻把杨贡生放出监来,也不用发落,释放去了。那七百多银子,都是晋爵笑纳,把放出来的话都回复了公子。

公子知道他出了监,自然就要来谢。那知杨执中并不晓得是甚么缘故。县前问人,说是一个姓晋的晋爵保了他去。他自心里想,生平并认不得这姓晋的。疑惑一番,不必管他,落得身子干净,且下乡家去,照旧看书。到家,老妻接着,喜从天降。两个蠢儿子,日日在镇上赌钱,半夜也不归家。只有一个老妪又痴又聋,在家烧火做饭、听候门户。杨执中次日在镇上各家相熟处走走,邹吉甫因是第二个儿子养了孙子,接在东庄去住,不曾会着。所以娄公子这一番义举,做梦也不得知道。

娄公子过了月余,弟兄在家,不胜诧异。想到越石甫故事,心里觉得杨执中想是高绝的学问,更加可敬。一日,三公子向四公子道:

"杨执中至今并不来谢,此人品行不同。"四公子道:"论理,我弟兄既仰慕他,就该先到他家相见订交。定要望他来报谢,这不是俗情了么?"三公子道:"我也是这样想。但岂不闻'公子有德于人,愿公子忘之'之说? 我们若先到他家,可不像要特地自明这件事了?"四公子道:"相见之时,原不要提起。朋友闻声相思、命驾相访,也是常事。难道因有了这些缘故倒反隔绝了,相与不得的?"三公子道:"这话极是有理。"当下商议已定,又道:"我们须先一日上船,次日早到他家,以便作尽日之谈。"

于是叫了一只小船,不带从者。下午下船,走了几十里。此时,正值秋末冬初,昼短夜长,河里有些朦朦的月色。这小船乘着月色,摇着橹走。那河里各家运租米船挨挤不开,这船却小,只在船旁边擦过去。看看二更多天气,两公子将次睡下,忽听一片声打的河路响。这小船却没有灯,舱门又关着。四公子在板缝里张一张,见上流头一只大船,明晃晃点着两对大高灯:一对灯上字是"相府",一对是"通政司大堂"。船上站着几个如狼似虎的仆人,手拿鞭子打那挤河路的船。四公子吓了一跳,低低叫:"三哥,你过来看看,这是那个?"三公子来看了一看:"这仆人却不是我家的!"说着那船已到了跟前,拿鞭子打这小船的船家。船家道:"好好的一条河路,你走就走罢了,行凶打怎的?"船上那些人道:"狗攮的奴才! 你睁开驴眼看看灯笼上的字! 船是那家的船?"船家道:"你灯上挂着'相府',我知道你是那个宰相家!"那些人道:"瞎眼的死囚! 湖州除了娄府,还有第二个宰相!"船家道:"娄府! 罢了,是那一位老爷?"那船上道:"我们是娄三老爷装租米的船,谁人不晓得? 这狗攮的再回嘴,拿绳子来把他拴在船头上,明日回过三老爷,拿帖子送到县里,且打几十板子再讲!"船家道:"娄三老爷现在我船上,你那里又有个娄三老爷出来了!"两公子听着暗笑。船家开了舱板,请三老爷出来,给他们认一认。三公子走在船头上,此时月尚未落,映着那边的灯光照得亮。三公子问道:"你们是我家那一房的家人?"那些人却认得三公子,一齐都慌了,齐跪下道:"小人们的主人却不是老爷一家。小人们的主人刘老爷,曾做过守府,因从庄上运些租米,怕河路里挤,大胆借了老爷府里官衔。不想就冲撞了三老爷的船,小的们该死了!"三公子道:"你主人虽不是我本家,却也同在乡里,借个官衔灯笼何妨。但你们在河道里行凶打人,却使不得!你们说是我家,岂不要坏了我家的声名?况你们也是知道的,我家从没有人敢做这样事。你们起来!就回去见了你们主人,也不必说在河里遇着我的这一番话,只是下次也不必如此。难道我还计较你们不成?"众人应诺,谢了三老爷的恩典,磕头起来。忙把两副高灯登时吹息,将船溜到河边上歇息去了。三公子进舱来,同四公子笑了一回。四公子道:"船家,你究竟也不该说出我家三老爷在船上,又请出与他看,把他们扫这一场大兴,是何意思?"船家道:"不说,他把我船板都要打通了。好不凶恶,这一会才现出原身来了!"说罢两公子解衣就寝。

小船摇橹行了一夜,清晨已到新市镇泊岸。两公子取水洗了面,吃了些茶水、点心,吩咐了船家:"好好的看船,在此伺候。"两人走上岸,来到市梢尽头邹吉甫女儿家,见关着门。敲门问了一问,才知道老邹夫妇两人,都接到东庄去了。女儿留两位老爷吃茶,也不曾坐。

两人出了镇市,沿着大路去,走有四里多路,遇着一个挑柴的樵夫,问他:"这里有个杨执中老爷家住在那里?"樵夫用手指着:"远望着一片红的,便是他家屋后。你们打从这条小路穿过去。"两位公子谢了樵夫,披榛觅路到了一个村子,不过四五家人家,几间茅屋。屋后有两颗大枫树,经霜后枫叶通红,知道这是杨家屋后了。又一条小路转到前门,门前一条涧沟,上面小小板桥。两公子过得桥来,看见杨家两扇板门关着。见人走到,那狗便吠起来。三公子自来叩门,叩了半日,里面走出一个老妪来,身上衣服甚是破烂。两公子近前问道:"你这里是杨执中老爷家么?"问了两遍,方才点头道:"便是。你是那里来的?"两公子道:"我弟兄两个姓娄,在城里住。特来拜访杨执中老爷的。"那老妪又听不明白,说道:"是姓刘么?"两公子道:"姓娄。你只向老爷说是大学士娄家,便知道了。"老妪道:"老爷不在家里。从昨日出门看他们打鱼,并不曾回来。你们有甚么说话,改日再来罢。"说罢,也不晓得请进去请坐吃茶,竟自关了门回去了。两公子不胜怅怅,立了一会,只得仍旧过桥,依着原路回到船上,进城去了。

杨执中这老呆,直到晚里才回家来。老妪告诉他道:“早上城里有两个甚么姓柳的来寻老爹,说他在甚么‘大觉寺’里住。”杨执中道:“你怎么回他去的?”老妪道:“我说老爹不在家,叫他改日来罢。”杨执中自心里想:“那个甚么姓柳的?”忽然想起,当初盐商告他打官司,县里出的原差姓柳,一定是这差人要来找钱。因把老妪骂了几句道:“你这老不死,老蠢虫!这样人来寻我,你只回我不在家罢了,又叫他改日来怎的?你就这样没用!”老妪又不服,回他的嘴。杨执中恼了,把老妪打了几个嘴巴,踢了几脚。自此之后,恐怕差人又来寻他,从清早就出门闲混,直到晚才归家。

不想娄府两公子放心不下,过了四五日,又叫船家到镇上,仍旧步到门首敲门。老妪开门看见还是这两个人,惹起一肚子气,发作道:“老爹不在家里!你们只管来寻怎的!”两公子道:“前日你可曾说,我们是大学士娄府?”老妪道:“还说甚么!为你这两个人带累我一顿拳打脚踢!今日又来做甚么?老爹不在家!还有些日子不来家哩!我不得工夫,要去烧锅做饭!”说着不由两人再问,把门关上就进去了,再也敲不应。两公子不知是何缘故,心里又好恼,又好笑,立了一会,料想叫不应了,只得再回船来。

船摇着行了有几里路。一个卖菱的船,船上一个小孩子摇近船来。那孩子手扶着船窗,口里说道:“买菱那!那菱那!”船家把绳子拴了船,且秤菱角。两公子在船窗内伏着问那小孩子道:“你是那村里住?”那小孩子道:“我就在这新市镇上。”四公子道:“你这里有个杨执中老爹,你认得他么?”那小孩子道:“怎么不认得?这位老先生,是个和气不过的人。前日趁了我的船去前村看戏,袖子里还丢下一张纸卷子,写了些字在上面。”三公子道:“在那里?”那小孩子道:“在舱底下不是!”三公子道:“取过来我们看看。”那小孩子取了递过来,接了船家买菱的钱,摇着去了。两公子打开看,是一幅素纸,上面写着一首七言绝句诗道:“不敢妄为些子事,只因曾读数行书。严霜烈日皆经过,次第春风到草庐。”后面一行写“枫林拙叟杨允草”。两公子看罢不胜叹息,说道:“这先生襟怀冲淡,其实可敬!只是我两人怎么这般难会?”

这日虽霜风凄紧,却喜得天气晴明。四公子在船头上,看见山光水色,徘徊眺望,只见后面一只大船赶将上来。船头上一个人叫道:“娄四老爷,请拢了船!家老爷在此。”船家忙把船拢过去,那人跳过船来磕了头,看见舱里道:“原来三老爷也在此。”只因遇着这只船,有分教:少年名士,豪门喜结丝萝;相府儒生,胜地广招俊杰。毕竟这船是那一位贵人,且听下回分解。

第十回　鲁翰林怜才择婿　蘧公孙富室招亲

话说娄家两位公子在船上,后面一只大官船赶来,叫拢了船,一个人上船来请。两公子认得,是同乡鲁编修家里的管家,问道:“你老爷是几时来家的?”管家道:“告假回家,尚未曾到。”三公子道:“如今在那里?”管家道:“现在大船上,请二位老爷过去。”

两公子走过船来,看见贴着“翰林院”的封条。编修公已是方巾便服出来站在舱门口。编修原是太保的门生,当下见了,笑道:“我方才远远看见,船头上站的是四世兄,我心里正疑惑:你们怎得在这小船上?不想三世兄也在这里,有趣的紧。请进舱里去!”让进舱内,彼此拜见过了坐下。三公子道:“京师拜别不觉又是半载,世老先生因何告假回府?”鲁编修道:“老世兄,做穷翰林的人,只望着几回差事。现今肥美的差,都被别人钻谋去了,白白坐在京里赔钱度日。况且弟年将五十,又无子息,只有一个小女,还不曾许字人家。思量不如告假返舍,料理些家务再作道理。二位世兄为何驾着一只小船在河里?从人也不带一个,却做甚么事?”四公子道:“小弟总是闲着无事的人,因见天气晴暖,同家兄出来闲游,也没甚么事。”鲁编修道:“弟今早在那边镇上,去看一个故人,他要留我一饭。我因匆匆要返舍就苦辞了他。他却将一席酒肴,送在我船上。今喜遇着二位世兄,正好把酒话旧。”因问从人道:“二号船可曾到?”船家答应道:“不曾到,还离的远哩。”鲁编修道:“这也罢了。”叫家人:“把二位老爷行李搬上大船来,那船叫他回去罢。”

吩咐摆了酒席,斟上酒来同饮,说了些京师里各衙门的细话。鲁编修又问问故乡的年岁,又问:“近来可有几个有名望的人?”三公子因他问这一句话,就说出杨执中这一个人,可以算得极高的品行,就把这一张诗拿出来,送与鲁编修看。鲁编修看罢愁着眉道:“老世兄,似你这等所为,怕不是自古及今的贤公子?就是信陵君、春申君也不过如此。但这样的人盗虚声者多,有实学者少。我老实说,他若果有学问为甚么不中了去?只做这两句诗当得甚么?就如老世兄这样屈尊好士,也算这位杨兄一生第一个好遭际了,两回躲着不敢见面,其中就可想而知。依愚见,这样人不必十分周旋他,也罢了。”两公子听了这话,默然不语。

又吃了半日酒,讲了些闲话,已到城里。鲁编修定要送两位公子回家,然后自己回去。

两公子进了家门,看门的禀道:“蘧小少爷来了,在太太房里坐着哩。”两公子走进内堂,见蘧公孙在那里,三太太陪着。公孙见了表叔来,慌忙见礼。两公子扶住邀到书房。蘧公孙呈上乃祖的书札并带了来的礼物;所刻的诗话,每位一本。两公子将此书略翻了几页,称赞道:“贤侄少年,如此大才,我等俱要退避三舍矣!”蘧公孙道:“小子无知妄作,要求表叔指点。”两公子欢喜不已,当夜设席接风,留在书房歇息。

次早起来,会过蘧公孙,就换了衣服,叫家人持帖,坐轿子去拜鲁编修。拜罢回家,即吩咐厨役备席,发帖请编修公,明日接风。走到书房内向公孙笑着说道:“我们明日请一位客,劳贤侄陪一陪。”蘧公孙问:“是那一位?”三公子道:“就是我这同乡鲁编修,也是先太保做会试总裁取中的。”四公子道:“究竟也是个俗气不过的人。却因我们和他世兄弟,又前日船上遇着,就先扰他一席酒,所以明日邀他来坐坐。”

说着,看门的人进来禀说:“绍兴姓牛的牛相公叫做牛布衣,在外候二位老爷。”三公子道:“快请厅上坐!”蘧公孙道:“这牛布衣先生可是曾在山东范学台幕中的?”三公子道:“正是。你怎得知?”蘧公孙道:“曾和先父同事,小侄所以知道。”四公子道:“我们倒忘了尊公是在那里的。”随即出去会了牛布衣。谈之良久,便同牛布衣走进书房。蘧公孙上前拜见,牛布衣说道:“适才会见令表叔,才知尊大人已谢宾客,使我不胜伤感。今幸见世兄,如此英英玉立,可称嗣续有人,又要破涕为笑。”因问:“令祖老先生康健么?”蘧公孙答道:“托庇粗安。家祖每常也时时想念老伯。”牛布衣又说起:“范学台幕中查一个童生卷子，尊公说出何景明的一段话，真乃谈言微中，名士风流！”因将那一席话又述了一遍，两公子同蘧公孙都笑了。三公子道：“牛先生，你我数十年故交，凡事忘形。今又喜得舍表侄得接大教，竟在此坐到晚去。”少顷摆出酒席，四位樽酒论文，直吃到日暮。牛布衣告别，两公子问明寓处，送了出去。

次早，遣家人去邀请鲁编修。直到日中才来，头戴纱帽，身穿蟒衣，进了厅事就要进去拜老师神主。两公子再三辞过，然后宽衣坐下，献茶。茶罢蘧公孙出来拜见。三公子道：“这是舍表侄，南昌太守家姑丈之孙。”鲁编修道：“久慕！久慕！”彼此谦让坐下。

寒暄已毕，摆上两席酒来。鲁编修道：“老世兄，这个就不是了。你我世交，知己间，何必做这些客套！依弟愚见，这厅事也太阔落。意欲借尊斋，只须一席酒，我四人促膝谈心方才畅快。”两公子见这般说，竟不违命，当下让到书房里。鲁编修见瓶、花、炉、几，位置得宜，不觉怡悦。奉席坐了，公子吩咐一声叫“焚香！”只见一个头发齐眉的童子，在几上捧了一个古铜香炉出去，随即两个管家进来放下暖帘就出去了。足有一个时辰，酒斟三巡，那两个管家又进来把暖帘卷上。但见书房两边墙壁上、板缝里都喷出香气来，满座异香袭人。鲁编修觉飘飘有凌云之思。三公子向鲁编修道：“香必要如此烧方不觉得有烟气。”

编修赞叹了一回，同蘧公孙谈及江西的事，问道：“令祖老先生南昌接任，便是王讳惠的了？”蘧公孙道：“正是。”鲁编修道：“这位王道尊，却是了不得，而今，朝廷捕获得他甚紧。”三公子道：“他是降了宁王的。”鲁编修道：“他是江西保荐第一能员，及期就是他先降顺了。”四公子道：“他这降，到底也不是！”鲁编修道：“古语道得好，‘无兵无粮，因甚不降？’只是各伪官也逃脱了许多，只有他，领着南赣数郡一齐归降。所以朝廷尤把他罪状的狠，悬赏捕拿。”公孙听了这话，那从前的事一字也不敢提。鲁编修又说起他请仙这一段故事，两公子不知。鲁编修细说这件事，把《西江月》念了一遍。后来的事，逐句讲解出来。又道：“仙乩也古怪，只说道他归降，此后再不判了。还是吉凶未定。”四公子道：“‘几者，动之微，吉之先见。’这就是那扶乩的人,一时动乎其机。说是有神仙,又说有灵鬼的,都不相干。”

换过了席,两公子把蘧公孙的诗和他刻的诗话请教,极夸少年美才。鲁编修叹赏了许久,便向两公子问道:“令表侄贵庚?”三公子道:“十七。”鲁编修道:“悬弧之庆在于何日?”三公子转问蘧公孙。公孙道:“小侄是三月十六亥时生的。”鲁编修点了一点头记在心里。到晚席散,两公子送了客,各自安歇。

又过了数日,蘧公孙辞别回嘉兴去,两公子又留了一日。这日三公子在内书房,写回复蘧太守的书。才写着,书童进来道:“看门的禀事。”三公子道:“着他进来。”看门的道:“外面有一位先生,要求见二位老爷。”三公子道:“你回他我们不在家,留下了帖罢。”看门的道:“他没有帖子。问着他名姓,也不肯说,只说要面会二位老爷谈谈。”三公子道:“那先生是怎样一个人?”看门的道:“他有五六十岁,头上也戴的是方巾,穿的件茧绸直裰,像个斯文人。”三公子惊道:“想是杨执中来了!”忙丢了书子,请出四公子来,告诉他如此这般,似乎杨执中的行径。因叫门上的:“去请在厅上坐,我们就出来会。”看门的应诺去了,请了那人到厅上坐下。两公子出来相见,礼毕奉坐。那人道:“久仰大名,如雷灌耳!只是无缘,不曾拜识。”三公子道:“先生贵姓?台甫?”那人道:“晚生姓陈,草字和甫,一向在京师行道。昨同翰苑鲁老先生来游贵乡,今得瞻二位老爷丰采。三老爷‘耳白于面,名满天下’;四老爷土星明亮,不日该有加官晋爵之喜。”两公子听罢,才晓得不是杨执中。问道:“先生精于风鉴?”陈和甫道:“卜易谈星、看相算命、内科外科、内丹外丹,以及请仙判事、扶乩笔箓,晚生都略知道一二。向在京师,蒙各部院大人及四衙门的老先生请个不歇。经晚生许过他升迁的无不神验。不瞒二位老爷说,晚生只是个直言,并不肯阿谀趋奉,所以这些当道大人俱蒙相爱。前日正同鲁老先生笑说,自离江西,今年到贵省,屈指二十年来,已是走过九省了!”说罢哈哈大笑。左右捧上茶来吃了。四公子问道:“今番是和鲁老先生同船来的?愚弟兄那日,在路遇见鲁老先生,在船上盘桓了一日,却不曾会见。”陈和甫道:“那日晚生在二号船上。到晚才知道二位老爷在彼。这是晚生无缘,迟这几日才得拜见。”三公子道："先生言论轩爽，愚兄弟也觉得恨相见之晚。"

陈和甫道："鲁老先生有句话，托晚生来面致二位老爷，可借尊斋一话。"两公子道："最好。"当下让到书房里。陈和甫举眼四面一看，见院宇深沉，琴书潇洒，说道："真是'天上神仙府，人间宰相家'！"说毕，将椅子移近跟前道："鲁老先生有一个令爱，年方及笄，晚生在他府上是知道的。这位小姐德性温良，才貌出众。鲁老先生和夫人，因无子息，爱如掌上之珠，许多人家求亲，只是不允。昨在尊府，会见南昌蘧太爷的公孙，着实爱他才华，所以托晚生来问：'可曾毕过姻事？'"三公子道："这便是舍表侄，却还不曾毕姻。极承鲁老先生相爱，只不知他这位小姐贵庚多少？年命可相妨碍？"陈和甫笑道："这个倒不消虑。令表侄八字，鲁老先生在尊府席上，已经问明在心里了。到家就是晚生查算，替他两人合婚：小姐少公孙一岁，今年十六岁了，天生一对好夫妻，年、月、日、时，无一不相合。将来福寿绵长，子孙众多，一些也没有破绽的。"四公子向三公子道："怪道他前日在席间，谆谆问表侄生的年月，我道是因甚么？原来，那时已有意在那里。"三公子道："如此极好。鲁老先生错爱，又蒙陈先生你来作伐，我们即刻写书与家姑丈，择吉央媒，到府奉求。"陈和甫作别道："容日再来请教，今暂告别回鲁老先生话去。"

两公子送过陈和甫，回来将这话说与蘧公孙道："贤侄既有此事，却且休要就回嘉兴。我们写书与太爷，打发盛从回去取了回音来，再作道理。"蘧公孙依命住下。

家人去了十余日，领着蘧太守的回书来见两公子道："太老爷听了这话甚是欢喜。向小人吩咐说：自己不能远来，这事总央烦二位老爷做主。央媒拜允，一是二位老爷拣择。或娶过去，或招在这里，也是二位老爷斟酌。呈上回书，并白银五百两，以为聘礼之用。大相公也不必回家，住在这里办这喜事。太老爷身体是康强的，一切放心！"两公子收了回书、银子，择个吉日，央请陈和甫为媒。这边添上一位媒人，就是牛布衣。

当日，两位月老齐到娄府。设席款待过，二位坐上轿子，管家持帖，去鲁编修家求亲。鲁编修那里也设席相留，回了允帖，并带了庚帖过来。

到第三日，娄府办齐金银珠翠首饰、装蟒刻丝绸缎绫罗衣服、羊酒、果品，共是几十抬，行过礼去。又备了谢媒之礼：陈、牛二位，每位代衣帽银十二两，代果酒银四两。俱各欢喜。两公子就托陈和甫选定花烛之期。陈和甫选在十二月初八日不将大吉，送过吉期去。鲁编修说，只得一个女儿，舍不得嫁出门，要蘧公孙入赘。娄府也应允了。

到十二月初八，娄府张灯结彩，先请两位月老吃了一日。黄昏时分大吹大擂起来。娄府一门官衔灯笼，就有八十多对，添上蘧太守家灯笼，足摆了三四条街还摆不了。全副执事，又是一班细乐，八对纱灯。这时天气初晴，浮云尚不曾退尽，灯上都用绿绸雨帷罩着。引着四人大轿，蘧公孙端坐在内。后面四乘轿子，便是娄府两公子、陈和甫、牛布衣，同送公孙入赘。

到了鲁宅门口，开门钱送了几封。只见重门洞开，里面一派乐声迎了出来。四位先下轿进去。两公子穿着公服，两山人也穿着吉服。鲁编修纱帽蟒袍，缎靴金带，迎了出来，揖让升阶。才是一班细乐，八对绛纱灯，引着蘧公孙，纱帽宫袍，簪花披红，低头进来。到了厅事，先奠了雁，然后拜见鲁编修。编修公奉新婿正面一席坐下，两公子、两山人和鲁编修，两列相陪。献过三遍茶，摆上酒席。每人一席，共是六席。鲁编修先奉了公孙的席，公孙也回奉了。下面奏着细乐。鲁编修去奉众位的席。蘧公孙偷眼看时，是个旧旧的三间厅古老房子，此时点几十枝大蜡烛，却极其辉煌。

须臾坐定了席，乐声止了。蘧公孙下来告过丈人同二位表叔的席，又和两山人平行了礼，入席坐了。戏子上来参了堂，磕头下去，打动锣鼓，跳了一出《加官》，演了一出《张仙送子》，一出《封赠》。这时，下了两天雨才住，地下还不甚干。戏子穿着新靴，都从廊下板上大宽转走了上来。唱完三出头，副末执着戏单上来点戏，才走到蘧公孙席前跪下，恰好侍席的管家，捧上头一碗脍燕窝来，上在桌上。管家叫一声“免”，副末立起呈上戏单。忽然乒乓一声响，屋梁上掉下一件东西来，不左不右，不上不下，端端正正掉在燕窝碗里将碗打翻。那热汤，溅了副末一脸，碗里的菜，泼了一桌子。定睛看时，原来是一个老鼠从梁上走滑了脚，掉将下来。那老鼠掉在滚热的汤里，吓了一惊，把碗跳翻，爬起就从新郎官身上跳了下去，把簇新的大红缎补服都弄油了。众人都失了色，忙将这碗撤去，桌子打抹干净，又取一件圆领与公孙换了。公孙再三谦让，不肯点戏。商议了半日，点了《三代荣》，副末领单下去。

须臾酒过数巡，食供两套，厨下捧上汤来。那厨役雇的是个乡下小使，他靸了一双钉鞋，捧着六碗粉汤站在丹墀里，尖着眼睛看戏。管家才掇了四碗上去，还有两碗不曾端，他捧着看戏。看到戏场上，小旦装出一个妓者扭扭捏捏的唱，他就看昏了，忘其所以然，只道粉汤碗已是端完了，把盘子向地下一掀要倒那盘子里的汤脚，却叮当一声响，把两个碗和粉汤都打碎在地下。他一时慌了，弯下腰去抓那粉汤，又被两个狗争着，咂嘴弄舌的来抢那地下的粉汤吃。他怒从心上起，使尽平生气力跷起一只脚来踢去。不想那狗倒不曾踢着，力太用猛了，把一只钉鞋踢脱了，踢起有丈把高。陈和甫坐在左边的第一席，席上上了两盘点心：一盘猪肉心的烧卖，一盘鹅油白糖蒸的饺儿。热烘烘摆在面前，又是一大深碗索粉八宝攒汤。正待举起箸来到嘴，忽然，席间一个乌黑的东西的溜溜的滚了来，乒乓一声把两盘点心打的稀烂。陈和甫吓了一惊，慌立起来，衣袖又把粉汤碗招翻，泼了一桌。满坐上都觉得诧异。鲁编修自觉得此事不甚吉利，懊恼了一回，又不好说。随即悄悄叫管家到跟前，骂了几句说："你们都做甚么？却叫这样人捧盘，可恶之极！过了喜事，一个个都要重责！"乱着，戏子正本做完。众家人掌了花烛，把蘧公孙送进新房。厅上众客换席看戏，直到天明才散。

次日，蘧公孙上厅谢亲，设席饮酒。席终，归到新房里重新摆酒，夫妻举案齐眉。此时，鲁小姐卸了浓装，换几件雅淡衣服。蘧公孙举眼细看，真是沉鱼落雁之容，闭月羞花之貌。三四个丫鬟、养娘轮流侍奉。又有两个贴身侍女，一个叫做采蘋，一个叫做双红，都是袅娜轻盈，十分颜色。此时蘧公孙恍如身游阆苑蓬莱，巫山洛浦。只因这一番，有分教：闺阁继家声，有若名师之教；草茅隐贤士，又招好客之踪。毕竟后事如何，且听下回分解。

第十一回　鲁小姐制义难新郎　杨司训相府荐贤士

话说蘧公孙招赘鲁府，见小姐十分美貌，已是醉心，还不知小姐又是个才女。且他这个才女，又比寻常的才女不同。鲁编修因无公子，就把女儿当作儿子，五六岁上请先生开蒙，就读的是"四书""五经"，十一二岁就讲书，读文章，先把一部王守溪的稿子读的滚瓜烂熟。教他做"破题""破承""起讲""题比""中比"成篇。送先生的束脩，那先生督课同男子一样。这小姐资性又高，记心又好，到此时，王、唐、瞿、薛以及诸大家之文，历科程墨，各省宗师考卷，肚里记得三千余篇。自己作出来的文章又理真法老，花团锦簇。鲁编修每常叹道："假若是个儿子，几十个进士、状元都中来了！"闲居无事，便和女儿谈说："八股文章若做的好，随你做甚么东西，要诗就诗，要赋就赋，都是一鞭一条痕，一掴一掌血。若是八股文章欠讲究，任你做出甚么来都是野狐禅，邪魔外道。"

小姐听了父亲的教训，晓妆台畔，刺绣床前，摆满了一部一部的文章，每日丹黄烂然，蝇头细批。人家送来的诗词歌赋，正眼儿也不看他。家里虽有几本甚么《千家诗》、《解学士诗》，东坡、小妹诗话之类，倒把与伴读的侍女采蘋、双红们看，闲暇也教他诌几句诗以为笑话。

此番招赘进蘧公孙来，门户又相称，才貌又相当，真个是才子佳人，一双两好。料想公孙举业已成，不日就是个少年进士，但赘进门来十多日，香房里满架都是文章，公孙却全不在意。小姐心里道："这些自然都是他烂熟于胸中的了。"又疑道："他因新婚燕尔，正贪欢笑，还理论不到这事上。"又过了几日，见公孙赴宴回房，袖里笼了一本诗来灯下吟哦，也拉着小姐并坐同看。小姐此时还害羞不好问他，只得强勉看了一个时辰，彼此睡下。到次日，小姐忍不住了，知道公孙坐在前边书房里，即取红纸一条写下一行题目，是"身修而后家齐”。叫采蘋过来,说道:“你去送与姑爷,说是老爷要请教一篇文字的。”公孙接了,付之一笑,回说道:“我于此事,不甚在行。况到尊府,未经满月,要做两件雅事,这样俗事,还不耐烦做哩!”公孙心里只道说,向才女说这样话,是极雅的了,不想正犯着忌讳。

当晚养娘走进房来看小姐,只见愁眉泪眼,长吁短叹。养娘道:“小姐,你才恭喜招赘了这样好姑爷,有何心事,做出这等模样?”小姐把日里的事告诉了一遍,说道:“我只道他举业已成,不日就是举人、进士。谁想如此光景,岂不误我终身!”养娘劝了一回。公孙进来,见他词色就有些不善。公孙自知惭愧,彼此也不便明言。

从此啾啾唧唧,小姐心里纳闷。但说到举业上,公孙总不招揽,劝的紧了,反说小姐俗气。小姐越发闷上加闷,整日眉头不展。夫人知道,走来劝女儿道:“我儿,你不要恁般呆气。我看新姑爷,人物已是十分了,况你爹原爱他是个少年名士。”小姐道:“母亲,自古及今,几曾看见不会中进士的人,可以叫做个名士的?”说着,越要恼怒起来。夫人和养娘道:“这个是你终身大事,不要如此。况且现放着两家鼎盛,就算姑爷不中进士、做官,难道这一生还少了你用的?”小姐道:“‘好男不吃分家饭,好女不穿嫁时衣。’依孩儿的意思,总是自挣的功名好。靠着祖父,只算做不成器!”夫人道:“就是如此,也只好慢慢劝他。这是急不得的。”养娘道:“当真姑爷不得中,你将来生出小公子来,自小依你的教训,不要学他父亲。家里放着你恁个好先生,怕教不出个状元来就替你争口气?你这封诰是稳的。”说着,和夫人一齐笑起来。小姐叹了一口气也就罢了。落后鲁编修听见这些话,也出了两个题请教公孙。公孙勉强成篇。编修公看了,都是些诗词上的话,又有两句像《离骚》,又有两句“子书”,不是正经文字。因此心里也闷,说不出来。却全亏夫人疼爱这女婿,如同心头一块肉。

看看过了残冬。新年正月,公子回家拜祖父、母亲的年回来。正月十二日,娄府两公子请吃春酒。公孙到了,两公子接在书房里坐,问了蘧太守在家的安。说道:“今日也并无外客,因是令节,约贤侄到来,家宴三杯。”

刚才坐下,看门人进来禀:“看坟的邹吉甫来了。”两公子自从岁内为蘧公孙毕姻之事忙了月余,又乱着度岁,把那杨执中的话已丢在九霄云外。今见邹吉甫来,又忽然想起,叫请进来。两公子同蘧公孙都走出厅上,见头上戴着新毡帽,身穿一件青布厚棉道袍,脚下踏着暖鞋。他儿子小二,手里拿着个布口袋,装了许多炒米、豆腐干,进来放下。两公子和他施礼,说道:“吉甫,你自恁空身来走走罢了,为甚么带将礼来?我们又不好不收你的。”邹吉甫道:“二位少老爷说这笑话,可不把我羞死了!乡下物件带来与老爷赏人。”两公子吩咐将礼收进去,邹二哥请在外边坐,将邹吉甫让进书房来。吉甫问了,知道是蘧小公子,又问蘧姑老爷的安。因说道:“还是那年我家太老爷下葬会着姑老爷的,整整二十七年了,叫我们怎的不老!姑老爷胡子也全白了么?”公孙道:“全白了三四年了。”邹吉甫不肯僭公孙的坐。三公子道:“他是我们表侄,你老人家年尊,老实坐罢!”吉甫遵命坐下。先吃过饭,重新摆下碟子,斟上酒来。两公子说起两番访杨执中的话,从头至尾说了一遍。邹吉甫道:“他自然不晓得。这个却因我这几个月住在东庄,不曾去到新市镇,所以,这些话没人向杨先生说。杨先生是个忠厚不过的人,难道会装身分,故意躲着不见?他又是个极肯相与人的,听得二位少老爷访他,他巴不得连夜来会哩!明日我回去向他说了,同他来见二位少老爷。”四公子道:“你且住过了灯节。到十五日那日,同我这表侄往街坊上去看看灯。索性到十七八间,我们叫一只船同你到杨先生家。还是先去拜他才是。”吉甫道:“这更好了。”当夜吃完了酒,送蘧公孙回鲁宅去,就留邹吉甫在书房歇宿。

次日,乃试灯之期。娄府正厅上悬挂一对大珠灯乃是武英殿之物,宪宗皇帝御赐的。那灯是内府制造,十分精巧。邹吉甫叫他的儿子邹二来看,也给他见见广大。到十四日,先打发他下乡去,说道:“我过了灯节,要同老爷们到新市镇,顺便到你姐姐家,要到二十外才家里去。你先去罢。”邹二应诺去了。

到十五晚上,蘧公孙正在鲁宅同夫人、小姐家宴。宴罢,娄府请来吃酒,同在街上游玩。湖州府太守衙前扎着一座鳌山灯。其余各庙,社火扮会,锣鼓喧天。人家士女都出来看灯踏月,真乃金吾不禁,闹了半夜。

次早,邹吉甫向两公子说,要先到新市镇女儿家去,约定两公子十八日下乡同到杨家。两公子依了,送他出门。搭了个便船到新市镇,女儿接着,新年磕了老子的头,收拾酒饭吃了。

到十八日,邹吉甫要先到杨家去候两公子。自心里想:"杨先生是个穷极的人,公子们到却将甚么管待?"因问女儿要了一只鸡,数钱去镇上打了三斤一方肉,又沽了一瓶酒和些蔬菜之类。向邻居家借了一只小船,把这酒和鸡、肉都放在船舱里,自己棹着来到杨家门口。将船泊在岸旁,上去敲开了门。杨执中出来,手里捧着一个炉,拿一方帕子,在那里用力的擦,见是邹吉甫,丢下炉唱诺。彼此见过节,邹吉甫把那些东西搬了进来。杨执中看见,吓了一跳,道:"哎哟!邹老爹,你为甚么带这些酒肉来?我从前破费你的还少哩!你怎的又这样多情?"邹吉甫道:"老先生,你且收了进去!我今日虽是这些须村俗东西,却不是为你,要在你这里等两位贵人。你且把这鸡和肉向你太太说,整治好了,我好同你说这两个人。"杨执中把两手袖着笑道:"邹老爹,却是告诉不得你。我自从去年在县里出来,家下一无所有,常日只好吃一餐粥。直到除夕那晚,我这镇上开小押的汪家店里,想着我这座心爱的炉,出二十四两银子,分明是算定我节下没有些柴米,要来讨这巧。我说:'要我这个炉须是三百两现银子,少一厘也成不的。就是当在那里过半年也要一百两。像你这几两银子还不够我烧炉买炭的钱哩!'那人将银子拿了回去。这一晚到底没有柴米。我和老妻两个点了一枝蜡烛,把这炉摩弄了一夜就过了年。"因将炉取在手内,指与邹吉甫看,道:"你看这上面包浆,好颜色!今日又恰好没有早饭米,所以方才在此摩弄这炉消遣日子,不想遇着你来。这些酒和菜都有了,只是不得有饭。"邹吉甫道:"原来如此!这便怎么样?"在腰间打开钞袋一寻,寻出二钱多银子递与杨执中,道:"先生,你且快叫人去买几升米来,才好坐了说话。"杨执中将这银子,唤出老妪,拿个家伙到镇上籴米。不多时,老妪籴米回来,往厨下烧饭去了。

杨执中关了门来坐下问道:"你说是今日那两个什么贵人来?"

邹吉甫道:“老先生,你为盐店里的事累在县里,却是怎样得出来的?”杨执中道:“正是,我也不知。那日,县父母忽然把我放了出来。我在县门口问,说是个姓晋的具保状保我出来。我自己细想,不曾认得这位姓晋的老爷。你到底在那里知道些影子的?”邹吉甫道:“那里是甚么姓晋的！这人叫做晋爵,就是娄太师府里三少老爷的管家。少老爷弟兄两位因在我这里听见你老先生的大名,回家就将自己银子兑出七百两上了库,叫家人晋爵具保状。这些事,先生回家之后,两位少老爷亲自到府上访了两次,先生难道不知道么?”杨执中恍然醒悟道:“是了,是了,这事被我这个老妪所误！我头一次看打鱼回来,老妪向我说,‘城里有一个姓柳的’,我疑惑是前日那个姓柳的原差,就有些怕会他。后一次又是晚上回家,他说:‘那姓柳的今日又来,是我回他去了。’说着也就罢了。如今想来,柳者,娄也,我那里猜的到是娄府！只疑惑是县里原差。”邹吉甫道:“你老人家因打这年把官司——常言道得好,三年被毒蛇咬了,如今梦见一条绳子也是害怕——只是心中疑惑是差人,这也罢了。因前日十二,我在娄府叩节,两位少老爷说到这话,约我今日同到尊府,我恐怕先生一时没有备办,所以带这点东西来替你做个主人,好么?”杨执中道:“既是两公错爱,我便该先到城里去会他,何以又劳他来?”邹吉甫道:“既已说来,不消先去,候他来会便了。”

坐了一会,杨执中烹出茶来吃了,听得叩门声,邹吉甫道:“是少老爷来了,快去开门!”才开了门,只见一个稀醉的醉汉闯将进来,进门就跌了一交,扒起来摸一摸头,向内里直跑。杨执中定睛看时,便是他第二个儿子杨老六,在镇上赌输了,又噇了几杯烧酒,噇的烂醉,想着来家问母亲要钱再去赌,一直往里跑。杨执中道:“畜生那里去？还不过来见了邹老爹的礼!”那老六跌跌撞撞作了个揖,就到厨下去了。看见锅里煮的鸡和肉喷鼻香,又闷着一锅好饭,房里又放着一瓶酒,不知是那里来的。不由分说,揭开锅,就要捞了吃。他娘劈手把锅盖盖了。杨执中骂道:“你又不害馋劳病！这是别人拿来的东西,还要等着请客!”他那里肯依,醉的东倒西歪,只是抢了吃。杨执中骂他,他还睁着醉眼,混回嘴。杨执中急了,拿火叉赶着,一直打了出来。邹老爹且扯劝了一回,说道:“酒菜,是候娄府两位少爷的。”那杨老六虽是蠢,又是酒后,但听见“娄府”也就不敢胡闹了。他娘见他酒略醒些,撕了一只鸡腿,盛了一大碗饭泡上些汤,瞒着老子递与他吃。吃罢扒上床挺觉去了。

两公子直至日暮方到,蘧公孙也同了来。邹吉甫、杨执中迎了出去。两公子同蘧公孙进来,见是一间客座,两边放着六张旧竹椅子,中间一张书案。壁上悬的画,是楷书《朱子治家格言》,两边一副笺纸的联上写着:“三间东倒西歪屋;一个南腔北调人。”上面贴了一个报帖,上写:“捷报贵府老爷杨讳允,钦选应天淮安府沭阳县儒学正堂。京报……”不曾看完,杨执中上来行礼奉坐,自己进去取盘子捧出茶来献与各位。茶罢,彼此说了些闻声相思的话。

三公子指着报帖,问道:“这荣选是近来的信么?”杨执中道:“是三年前。小弟不曾被祸的时候有此事。只为当初无意中补得一个廪,乡试过十六七次,并不能挂名榜末。垂老得这一个教官,又要去递手本,行庭参,自觉得腰胯硬了,做不来这样的事。当初,力辞了患病不去,又要经地方官验病出结,费了许多周折。那知辞官未久被了这一场横祸,受小人驵侩之欺!那时懊恼,不如竟到沭阳,也免得与狱吏为伍。若非三先生、四先生相赏于风尘之外,以大力垂手相援,则小弟这几根老骨头只好瘐死囹圄之中矣!此恩此德,何日得报!”三公子道:“些须小事,何必挂怀!今听先生辞官一节,更足仰品高德重。”四公子道:“朋友原有通财之义,何足挂齿!小弟们还恨得知此事已迟,未能早为先生洗脱,心切不安。”杨执中听了这番话,更加钦敬,又和蘧公孙寒暄了几句。邹吉甫道:“二位少老爷和蘧少爷来路远,想是饥了。”杨执中道:“腐饭已经停当,请到后面坐。”

当下请在一间草屋内,是杨执中修葺的一个小小的书屋,面着一方小天井。有几树梅花,这几日天暖,开了两三枝。书房内满壁诗画,中间一副笺纸联,上写道:“嗅窗前寒梅数点,且任我俯仰以嬉;攀月中仙桂一枝,久让人婆娑而舞。”两公子看了不胜叹息,此身飘飘如游仙境。杨执中捧出鸡肉酒饭,当下吃了几杯酒,用过饭。不吃了,撤了过去,烹茗清谈。谈到两次相访被聋老妪误传的话,彼此大笑。两公子要邀杨执中到家盘桓几日。杨执中说:“新年略有俗务。三四日后,自当敬造高斋为平原十日之饮。”谈到起更时候,一庭月色照满书窗,梅花一枝枝,如画在上面相似。两公子留连不忍相别。杨执中道:“本该留三先生、四先生草榻,奈乡下蜗居,二位先生恐不甚便。”于是执手踏着月影,把两公子同蘧公孙送到船上,自同邹吉甫回去了。

两公子同蘧公孙才到家,看门的禀道:“鲁大老爷有要紧事请蘧少爷回去,来过三次人了。”蘧公孙慌回去见了鲁夫人。夫人告诉说,编修公因女婿不肯做举业,心里着气,商量要娶一个如君,早养出一个儿子来。叫他读书,接进士的书香。夫人说年纪大了,劝他不必,他就着了重气,昨晚跌了一交,半身麻木,口眼有些歪斜。小姐在旁,泪眼汪汪,只是叹气。公孙也无奈何,忙走到书房去问候。陈和甫正在那里切脉。切了脉,陈和甫道:“老先生这脉息,右寸略见弦滑,肺为气之主,滑乃痰之征。总是老先生身在江湖,心悬魏阙,故尔忧愁抑郁,现出此症。治法当先以顺气祛痰为主。晚生每见近日医家嫌半夏燥,一遇痰症就改用贝母,不知用贝母疗湿痰反为不美。老先生此症,当用四君子加入二陈,饭前温服。只消两三剂,使其肾气常和、虚火不致妄动,这病就退了。”于是写立药方。一连吃了四五剂,口不歪了,只是舌根还有些强。陈和甫又看过了脉,改用一个丸剂的方子,加入几味祛风的药,渐渐见效。

蘧公孙一连陪伴了十多日并不得闲。那日值编修公午睡,偷空走到娄府。进了书房门,听见杨执中在内咶咶而谈,知道是他已来了。进去作揖,同坐下。杨执中接着说道:“我方才说的,二位先生这样礼贤好士,如小弟何足道!我有个朋友,在萧山县山里住。这人真有经天纬地之才,空古绝今之学,真乃‘处则不失为真儒,出则可以为王佐’!三先生、四先生如何不要结识他?”两公子惊问:“那里有这样一位高人?”杨执中叠着指头,说出这个人来。只因这一番,有分教:相府延宾,又聚几多英杰;名邦胜会,能消无限壮心。不知杨执中说出甚么人来,且听下回分解。

第十二回　名士大宴莺脰湖　侠客虚设人头会

话说杨执中向两公子说:“三先生、四先生如此好士,似小弟的车载斗量,何足为重!我有一个朋友,姓权名勿用,字潜斋,是萧山县人,住在山里。此人若招致而来,与二位先生一谈,才见出他管、乐的经纶,程、朱的学问。此乃是当时第一等人。”三公子大惊道:“既有这等高贤,我们为何不去拜访?”四公子道:“何不约定杨先生,明日就买舟同去?”

说着,只见看门人拿着红帖飞跑进来说道:“新任街道厅魏老爷,上门请二位老爷的安。在京带有大老爷的家书,说要见二位老爷,有话面禀。”两公子向蘧公孙道:“贤侄陪杨先生坐着,我们去会一会就来。”便进去换了衣服,走出厅上。那街道厅冠带着进来,行过了礼,分宾主坐下。两公子问道:“老父台几时出京?荣任还不曾奉贺,倒劳先施。”魏厅官道:“不敢。晚生是前月初三日在京领凭,当面叩见大老爷,带有府报在此,敬来请三老爷、四老爷台安。”便将家书双手呈送过来。三公子接过来拆开看了,将书递与四公子,向厅官道:“原来是为丈量的事。老父台初到任,就要办这丈量公事么?”厅官道:“正是。晚生今早接到上宪谕票,催促星宿丈量。晚生所以今日先来面禀二位老爷,求将先太保大人墓道地基开示明白。晚生不日到那里叩过了头,便要传齐地保细细查看,恐有无知小民在左近樵采作践,晚生还要出示晓谕。”四公子道:“父台就去的么?”厅官道:“晚生便在三四日内禀明上宪,各处丈量。”三公子道:“既如此,明日屈老父台舍下一饭。丈量到荒山时,弟辈自然到山中奉陪。”说着换过三遍茶。那厅官打了躬又打躬作别去了。

两公子送了回来,脱去衣服到书房里,踌躇道:“偏有这许多不巧的事!我们正要去访权先生,却遇着这厅官来讲丈量。明日要待他一饭,丈量到先太保墓道,愚弟兄却要自走一遭,须有几时耽搁,不得到萧山去。为之奈何?”杨执中道:“二位先生可谓求贤若渴了!若是急于要会权先生,或者也不必定须亲往。二位先生竟写一书,小弟也附一札,差一位盛使到山中面致潜斋,邀他来府一晤。他自当忻然命驾。”四公子道:“惟恐权先生见怪弟等傲慢。”杨执中道:“若不如此,府上公事是有的。过了此一事,又有事来,何日才得分身?岂不常悬此一段相思,终不能遂其愿!”蘧公孙道:“也罢。表叔要会权先生,得闲之日,却未可必。如今写书差的当人去,况又有杨先生的手书,那权先生也未必见外。”当下商议定了,备几色礼物,差家人晋爵的儿子宦成收拾行李,带了书札、礼物往萧山。

这宦成奉着主命上了杭州的船。船家见他行李齐整,人物雅致,请在中舱里坐。中舱先有两个戴方巾的坐着,他拱一拱手同着坐下。当晚吃了饭,各铺行李睡下。次日行船无事,彼此闲谈。宦成听见那两个戴方巾的说的都是些萧山县的话——下路船上,不论甚么人,彼此都称为“客人”,因开口问道:“客人,贵处是萧山?”那一个胡子客人道:“是萧山。”宦成道:“萧山有位权老爷,客人可认得?”那一个少年客人道:“我那里不听见有个甚么权老爷。”宦成道:“听见说,号叫做潜斋的。”那少年道:“那个甚么潜斋?我们学里不见这个人。”那胡子道:“是他么?可笑的紧!”向那少年道:“你不知道他的故事,我说与你听。他在山里住,祖代都是务农的人。到他父亲手里挣起几个钱来,把他送在村学里读书。读到十七八岁,那乡里先生没良心,就作成他出来应考。落后他父亲死了。他是个不中用的货,又不会种田,又不会作生意,坐吃山崩,把些田地都弄的精光。足足考了三十多年,一回县考的复试也不曾取。他从来肚里也莫有通过,借在个土地庙里,训了几个蒙童。每年应考混着过也罢了。不想他又倒运,那年遇着湖州新市镇上盐店里一个伙计姓杨的杨老头子来讨帐,住在庙里,呆头呆脑,口里说甚么天文地理、经纶匡济的混话。他听见,就像神附着的发了疯,从此不应考了,要做个高人。自从高人一做,这几个学生也不来了,在家穷的要不的,只在村坊上骗人过日子。口里动不动说:‘我和你至交相爱,分甚么彼此?你的就是我的,我的就是你的。’这几句话,便是他的歌诀。”那少年的道:“只管骗人,那有这许多人骗?”那胡子道:“他那一件不是骗来的！同在乡里之间,我也不便细说。”因向宦成道:“你这位客人,却问这个人怎的?”宦成道:“不怎的,我问一声儿。”口里答应,心里自忖说:“我家二位老爷也可笑！多少大官大府来拜往,还怕不够相与！没来由老远的路来寻这样混帐人家去做甚么?”正思忖着,只见对面来了一只船。船上坐着两个姑娘,好像鲁老爷家采蘋姊妹两个,吓了一跳！连忙伸出头来看,原来不相干。那两人也就不同他谈了。

不多几日,换船来到萧山。招寻了半日,寻到一个山凹里,几间坏草屋,门上贴着白,敲门进去。权勿用穿着一身白,头上戴着高白夏布孝帽。问了来意,留宦成在后面一间屋里,开个稻草铺,晚间拿些牛肉、白酒与他吃了。次早写了一封回书,向宦成道:“多谢你家老爷厚爱！但我热孝在身,不便出门。你回去多多拜上你家二位老爷和杨老爷,厚礼权且收下。再过二十多天,我家老太太百日满过,我定到老爷们府上来会。管家,实是多慢了你,这两分银子权且为酒资。”将一个小纸包递与宦成。宦成接了道:“多谢权老爷。到那日,权老爷是必到府里来,免得小的主人盼望。”权勿用道:“这个自然。”送了宦成出门。

宦成依旧搭船,带了书子回湖州回复两公子。两公子不胜怅怅,因把书房后一个大轩敞不过的亭子上换了一匾,匾上写作“潜亭”,以示等权潜斋来住的意思,就把杨执中留在亭后一间房里住。杨执中老年痰火疾,夜里要人作伴,把第二个蠢儿子老六叫了来同住,每晚一醉是不消说。

将及一月,杨执中又写了一个字去催权勿用。权勿用见了这字,收拾搭船来湖州。在城外上了岸,衣服也不换一件,左手掮着个被套,右手把个大布袖子晃荡晃荡,在街上脚高步低的撞。撞过了城门外的吊桥,那路上却挤。他也不知道出城该走左首,进城该走右首,方不碍路,他一味横着膀子乱摇。恰好有个乡里人在城里卖完了柴出来,肩头上横掮着一根尖扁担,对面一头撞将去,将他的个高孝帽子,横挑在扁担尖上。乡里人低着头走也不知道,掮着走了。他吃了一惊,摸摸头上不见了孝帽子。望见在那人扁担上,他就把手乱招,口里喊道:"那是我的帽子!"乡里人走的快,又听不见。他本来不会走城里的路,这时着了急,七手八脚的乱跑,眼睛又不看着前面。跑了一箭多路,一头撞到一顶轿子上,把那轿子里的官几乎撞了跌下来。那官大怒,问是甚么人,叫前面两个夜役一条链子锁起来。他又不服气,向着官指手画脚的乱吵。那官落下轿子,要将他审问。夜役喝着叫他跪,他睁着眼不肯跪。这时街上围了六七十人,齐铺铺的看。

内中走出一个人来,头戴一顶武士巾,身穿一件青绢箭衣,几根黄胡子,两只大眼睛,走近前向那官说道:"老爷,且请息怒!这个人是娄府请来的上客。虽然冲撞了老爷,若是处了他,恐娄府知道,不好看相。"那官便是街道厅老魏,听见这话,将就盖个喧,抬起轿子去了。

权勿用看那人时,便是他旧相识侠客张铁臂。张铁臂让他到一个茶室里坐下,叫他喘息定了,吃过茶,向他说道:"我前日到你家作吊,你家人说道已是娄府中请了去了。今日为甚么独自一个在城门口间撞?"权勿用道:"娄公子请我久了,我却是今日才要到他家去。不想撞着这官闹了一场,亏你解了这结。我今便同你一齐到娄府去。"

当下两人一同来到娄府门上。看门的看见他穿着一身的白,头上又不戴帽子,后面领着一个雄赳赳的人,口口声声要会三老爷、四老爷。门上人问他姓名,他死不肯说,只说:"你家老爷已知道久了。"看门的不肯传,他就在门上大嚷大叫。闹了一会,说:"你把杨执中老爹请出来罢!"看门的没奈何,请出杨执中来。杨执中看见他这模样,吓了一跳,愁着眉道:"你怎的连帽子都弄不见了?"叫他权且坐在大门板凳上,慌忙走进去取出一顶旧方巾来与他戴了,便问:"此位壮士是谁?"权勿用道:"他便是我时常和你说的,有名的张铁臂。"杨执中道:"久仰!久仰!"三个人一路进来,就告诉方才城门口这一番相闹的话。杨执中摇手道:"少停见了公子,这话不必提起了。"这日两公子都不在家。两人跟着杨执中竟到书房里,洗脸吃饭,自有家人管待。

晚间，两公子赴宴回家，来书房相会，彼此恨相见之晚。指着潜亭与他看了，道出钦慕之意。又见他带了一个侠客来，更觉举动不同于众。又重新摆出酒来，权勿用首席，杨执中、张铁臂对席，两公子主位。席间问起这号"铁臂"的缘故，张铁臂道："晚生小时有几斤力气。那些朋友们和我赌赛，叫我睡在街心里把膀子伸着，等那车来，有心不起来让他。那牛车走行了，来的力猛，足有四五千斤，车毂恰好打从膀子上过，压着膀子了。那时晚生把膀子一挣，吉丁的一声，那车就过去了几十步远。看看膀子上，白迹也没有一个，所以众人就加了我这一个绰号。"三公子鼓掌道："听了这快事，足可消酒一斗！各位都斟上大杯来。"权勿用辞说："居丧不饮酒。"杨执中道："古人云：'老不拘礼，病不拘礼。'我方才看见，肴馔也还用些，或者酒略饮两杯，不致沉醉，也还不妨。"权勿用道："先生，你这话又欠考核了。古人所谓五荤者，葱、韭、芫荽之类，怎么不戒？酒是断不可饮的。"四公子道："这自然不敢相强。"忙叫取茶来斟上。

张铁臂道："晚生的武艺尽多，马上十八，马下十八，鞭、锏、錾、锤，刀、枪、剑、戟，都还略有些讲究。只是一生性气不好，惯会路见不平，拔刀相助，最喜打天下有本事的好汉。银钱到手，又最喜帮助穷人。所以落得四海无家，而今流落在贵地。"四公子道："只才是英雄本色。"权勿用道："张兄方才所说武艺，他舞剑的身段尤其可观，诸先生何不当面请教?"两公子大喜，即刻叫人家里取出一柄松文古剑来递与铁臂。铁臂灯下拔开，光芒闪烁，即便脱了上盖的箭衣，束一束腰，手持宝剑走出天井，众客都一拥出来。两公子叫："且住！快吩咐点起烛来。"一声说罢，十几个管家、小厮，每人手里执着一个烛奴，明晃晃点着蜡烛摆列天井两边。张铁臂一上一下，一左一右，舞出许多身分来。舞到那酣畅的时候，只见冷森森一片寒光如万道银蛇乱掣，并不见个人在那里，但觉阴风袭人，令看者毛发皆竖。权勿用又在几上取了一个铜盘，叫管家满贮了水，用手蘸着洒，一点也不得入。须臾大叫一声，寒光陡散，还是一柄剑执在手里。看铁臂时，面上不红，心头不跳。众人称赞一番，直饮到四更方散，都留在书房里歇。自此，权勿用、张铁臂都是相府的上客。

一日三公子来向诸位道:“不日要设一个大会,遍请宾客游莺脰湖。”此时天气渐暖,权勿用身上那一件大粗白布衣服太厚,穿着热了,思量当几钱银子,去买些蓝布缝一件单直裰,好穿了做游莺脰湖的上客。自心里算计已定,瞒着公子,托张铁臂去当了五百文钱来放在床上枕头边。日间在潜亭上眺望,晚里归房宿歇,摸一摸床头间,五百文一个也不见了。思量房里没有别人,只是杨执中的蠢儿子在那里混。因一直寻到大门门房里,见他正坐在那里说呆话,便叫道:“老六,和你说话。”老六已是喧得烂醉了,问道:“老叔,叫我做甚么?”权勿用道:“我枕头边的五百钱,你可曾看见?”老六道:“看见的。”权勿用道:“那里去了?”老六道:“是下午时候我拿出去赌钱输了。还剩有十来个在钞袋里,留着少刻买烧酒吃。”权勿用道:“老六,这也奇了! 我的钱,你怎么拿去赌输了?”老六道:“老叔,你我原是一个人。你的就是我的,我的就是你的,分甚么彼此?”说罢把头一掉,就几步跨出去了。把个权勿用气的眼睁睁,敢怒而不敢言,真是说不出来的苦。自此,权勿用与杨执中彼此不合。权勿用说杨执中是个呆子,杨执中说权勿用是个疯子。三公子见他没有衣服,却又取出一件浅蓝绸直裰送他。

两公子请遍了各位宾客,叫下两只大船。厨役备办酒席,和司茶、酒的人另在一个船上;一班唱清曲打粗细十番的,又在一船。此时,正值四月中旬,天气清和,各人都换了单夹衣服,手持纨扇。这一次虽算不得大会,却也聚了许多人。在会的是:娄玉亭三公子、娄瑟亭四公子、蘧公孙駪夫、牛高士布衣、杨司训执中、权高士潜斋、张侠客铁臂、陈山人和甫。鲁编修请了不曾到。席间八位名士,带挈杨执中的蠢儿子杨老六也在船上,共合九人之数。当下牛布衣吟诗,张铁臂击剑,陈和甫打哄说笑,伴着两公子的雍容尔雅,蘧公孙的俊俏风流,杨执中古貌古心,权勿用怪模怪样,真乃一时胜会! 两边船窗四启,小船上奏着细乐,慢慢游到莺脰湖。酒席齐备,十几个阔衣高帽的管家在船头上更番斟酒、上菜。那食品之精洁,茶酒之清香,不消细说。饮到月上时分,两只船上点起五六十盏羊角灯,映着月色湖光,照耀如同白日;一派乐声大作,在空阔处更觉得响亮,声闻十余里。两边岸上的人,望若神仙,谁人不羡?

游了一整夜,次早回来,蘧公孙去见鲁编修。编修公道:"令表叔在家,只该闭户做些举业,以继家声。怎么只管结交这样一班人?如此招摇豪横,恐怕亦非所宜。"次日,蘧公孙向两表叔略述一二。三公子大笑道:"我亦不解你令外舅,就俗到这个地位!"不曾说完,门上人进来禀说:"鲁大老爷开坊升了侍读,朝命已下,京报适才到了,老爷们须要去道喜。"蘧公孙听了这话,慌忙先去道喜。

到了晚间,公孙打发家人飞跑来说:"不好了!鲁大老爷接着朝命,正在合家欢喜,打点摆酒庆贺,不想痰病大发,登时中了脏,已不省人事了。快请二位老爷过去!"两公子听了,轿也等不得,忙走去看。到了鲁宅,进门听得一片哭声,知道已不在了。众亲戚已到,商量在本族亲房立了一个儿子过来,然后大殓治丧。蘧公孙哀毁骨立,极尽半子之谊。

又忙了几日,娄通政有家信到,两公子同在内书房商议写信到京。此乃二十四五,月色未上。两公子秉了一枝烛,对坐商议。到了二更半后忽听房上瓦一片声的响,一个人从屋檐上掉下来,满身血污,手里提了一个革囊。两公子烛下一看,便是张铁臂。两公子大惊道:"张兄,你怎么半夜里走进我的内室,是何缘故?这革囊里是甚么物件?"张铁臂道:"二位老爷请坐,容我细禀。我生平一个恩人,一个仇人。这仇人已衔恨十年,无从下手,今日得便已被我取了他首级在此。这革囊里面是血淋淋的一颗人头。但我那恩人已在这十里之外,须五百两银子去报了他的大恩。自今以后我的心事已了,便可以舍身为知己者用了。我想,可以措办此事只有二位老爷。外此,那能有此等胸襟?所以冒昧黑夜来求。如不蒙相救,即从此远遁,不能再相见矣!"遂提了革囊要走。

两公子此时已吓得心胆皆碎,忙拦住道:"张兄且休慌。五百金小事,何足介意!但此物作何处置?"张铁臂笑道:"这有何难?我略施剑术即灭其迹,但仓卒不能施行。候将五百金付去之后,我不过两个时辰即便回来,取出囊中之物加上我的药末,顷刻化为水,毛发不存矣。二位老爷可备了筵席广招宾客,看我施为此事。"两公子听罢大是骇然。弟兄忙到内里取出五百两银子付与张铁臂。铁臂将革囊放在阶下,银子拴束在身,叫一声“多谢!”腾身而起上了房檐,行步如飞。只听得一片瓦响,无影无踪去了。当夜万籁俱寂,月色初上,照着阶下革囊里血淋淋的人头。只因这一番,有分教:豪华公子,闭门休问世情;名士文人,改行访求举业。不知这人头毕竟如何,且听下回分解。

第十三回　蘧駪夫求贤问业　马纯上仗义疏财

话说娄府两公子将五百两银子送了侠客与他报谢恩人,把革囊人头放在家里。两公子虽系相府,不怕有意外之事,但血淋淋一个人头丢在内房阶下,未免有些焦心。四公子向三公子道:“张铁臂,他做侠客的人断不肯失信于我。我们却不可做俗人。我们竟办几席酒把几位知己朋友都请到了,等他来时,开了革囊,果然用药化为水,也是不容易看见之事。我们就同诸友做一个‘人头会’,有何不可?”三公子听了,到天明吩咐办下酒席,把牛布衣、陈和甫、蘧公孙都请到,家里住的三个客是不消说。只说小饮,且不必言其所以然,直待张铁臂来时施行出来,好让众位都吃一惊。

众客到齐,彼此说些闲话。等了三四个时辰不见来,直等到日中还不见来。三公子悄悄向四公子道:“这事就有些古怪了。”四公子道:“想他在别处又有耽搁了。他革囊现在我家,断无不来之理。”看看等到下晚总不来了。厨下酒席已齐,只得请众客上坐。这日天气甚暖,两公子心里焦躁:“此人若竟不来,这人头却往何处发放?”直到天晚,革囊臭了出来。家里太太闻见,不放心,打发人出来请两位老爷去看。二位老爷没奈何,才硬着胆开了革囊。一看,那里是甚么人头,只有六七斤一个猪头在里面。两公子面面相觑,不则一声,立刻叫把猪头拿到厨下赏与家人们去吃。两公子悄悄相商,这事不必使一人知道,仍旧出来陪客饮酒。

心里正在纳闷,看门的人进来禀道:“乌程县有个差人,持了县里老爷的帖,同萧山县来的两个差人叩见老爷,有话面禀。”三公子道:“这又奇了,有甚么话说?”留四公子陪着客,自己走到厅上,传他们进来。那差人进来磕了头,说道:“本官老爷请安。”随呈上一张票子和一角关文。三公子叫取烛来看,见那关文上写着:“萧山县正堂吴。为地棍奸拐事:案据兰若庵尼僧慧远,具控伊徒尼僧心远被地棍权勿用奸拐霸占在家一案。查本犯未曾发觉之先,已自潜迹逃往贵治,为此移关,烦贵县查点来文事理,遣役协同来差访该犯潜踪何处,擒获解还敝县,以便审理究治。望速！望速！”看过,差人禀道:“小的本官上复三老爷,知道这人在府内。因老爷这里不知他这些事,所以留他。而今求老爷把他交与小的。他本县的差人现在外伺候,交与他带去,休使他知觉逃走了不好回文。”三公子道:“我知道了,你在外面候着。”差人应诺出去了,在门房里坐着。三公子满心惭愧,叫请了四老爷和杨老爷出来。二位一齐来到,看了关文和本县拿人的票子,四公子也觉不好意思。杨执中道:“三先生、四先生,自古道:‘蜂虿入怀,解衣去赶。’他既弄出这样事来,先生们庇护他不得了。如今我去向他说,把他交与差人,等他自己料理去。”两公子没奈何。杨执中走进书房席上一五一十说了。权勿用红着脸道:“真是真,假是假！我就同他去怕甚么!”两公子走进来不肯改常,说了些不平的话,又奉了两杯别酒,取出两封银子送作盘程。两公子送出大门,叫仆人替他拿了行李,打躬而别。那两个差人见他出了娄府,两公子已经进府,就把他一条链子锁去了。

两公子因这两番事后,觉得意兴稍减。吩咐看门的:“但有生人相访,且回他‘到京去了’。”自此闭门整理家务。

不多几日,蘧公孙来辞,说蘧太守有病要回嘉兴去侍疾。两公子听见,便同公孙去候姑丈。及到嘉兴,蘧太守已是病得重了,看来是个不起之病。公孙传着太守之命,托两公子替他接了鲁小姐回家。两公子写信来家,打发婢子去说,鲁夫人不肯。小姐明于大义,和母亲说了要去侍疾。此时采蘋已嫁人去了,只有双红一个丫头做了赠嫁。叫两只大船,全副妆奁都搬在船上。来嘉兴,太守已去世了,公孙承重。鲁小姐上侍孀姑,下理家政,井井有条,亲戚无不称羡。娄府两公子,候治丧已过也回湖州去了。

公孙居丧三载,因看见两个表叔半世豪举,落得一场扫兴,因把这做名的心也看淡了,诗话也不刷印送人了。服阕之后,鲁小姐头胎生的个小儿子已有四岁了。小姐每日拘着他在房里讲“四书”,读文章。公孙也在旁指点。却也心里想在学校中相与几个考高等的朋友谈谈举业。无奈嘉兴的朋友都知道公孙是个做诗的名士,不来亲近他,公孙觉得没趣。

那日打从街上走过,见一个新书店里贴着一张整红纸的报帖,上写道:"本坊敦请处州马纯上先生精选三科乡会墨程。凡有同门录及朱卷赐顾者,幸认嘉兴府大街文海楼书坊不误。"公孙心里想道:"这原来是个选家,何不来拜他一拜?"急到家换了衣服,写个"同学教弟"的帖子来到书坊。问道:"这里是马先生下处?"店里人道:"马先生在楼上。"因喊一声道:"马二先生,有客来拜。"楼上应道:"来了。"于是走下楼来。公孙看那马二先生时,身长八尺,形容甚伟,头带方巾,身穿蓝直裰,脚下粉底皂靴,面皮深黑,不多几根胡子。相见作揖让坐。马二先生看了帖子说道:"尊名向在诗上见过。久仰!久仰!"公孙道:"先生来操选政,乃文章山斗。小弟仰慕,晋谒已迟。"店里捧出茶来吃了。公孙又道:"先生便是处州学,想是高补过的。"马二先生道:"小弟补禀二十四年,蒙历任宗师的青目,共考过六七个案首。只是科场不利,不胜惭愧!"公孙道:"遇合有时,下科一定是抡元无疑的了。"说了一会,公孙告别。马二先生问明了住处,明日就来回拜。公孙回家向鲁小姐说:"马二先生明日来拜。他是个举业当行,要备个饭留他。"小姐欣然备下。

次早,马二先生换了大衣服,写了回帖来到蘧府。公孙迎接进来说道:"我两人神交已久,不比泛常,今蒙赐顾,宽坐一坐,小弟备个家常便饭,休嫌轻慢!"马二先生听罢欣然。公孙问道:"尊选程墨,是那一种文章为主?"马二先生道:"文章总以理法为主。任他风气变,理法总是不变。所以本朝洪、永是一变,成、宏又是一变。细看来,理法总是一般。大约文章既不可带注疏气,尤不可带词赋气。带注疏气,不过失之于少文采;带词赋气,便有碍于圣贤口气,所以词赋气尤在所忌。"公孙道:"这是做文章了。请问批文章是怎样个道理?"马二先生道:"也全是不可带词赋气。小弟每常见前辈批语,有些风花雪月的字样,被那些后生们看见便要想到诗词歌赋那条路上去,便要坏了心术。古人说得好,'作文之心如人目'。凡人目中,尘土屑固不可有,即金玉屑又是着得的么?所以小弟批文章,总是采取

《语类》《或问》上的精语。时常一个批语要做半夜,不肯苟且下笔,要那读文章的,读了这一篇就悟想出十几篇的道理,才为有益。将来拙选告成,送来细细请教。"

说着,里面捧出饭来,果是家常肴馔:一碗炖鸭、一碗煮鸡、一尾鱼、一大碗煨的稀烂的猪肉。马二先生食量颇高,举起箸来向公孙道:"你我知己相逢,不做客套,这鱼且不必动,倒是肉好。"当下吃了四碗饭,将一大碗烂肉吃得干干净净。里面听见,又添出一碗来,连汤都吃完了。抬开桌子,啜茗清谈。

马二先生问道:"先生名门,又这般大才,久已该高发了,因甚困守在此?"公孙道:"小弟因先君见背的早,在先祖膝下料理些家务,所以不曾致力于举业。"马二先生道:"你这就差了。'举业'二字,是从古及今,人人必要做的。就如孔子生在春秋时候,那时用言扬行举做官,故孔子只讲得个'言寡尤,行寡悔,禄在其中',这便是孔子的举业。讲到战国时,以游说做官,所以孟子历说齐、梁,这便是孟子的举业。到汉朝,用贤良方正开科,所以公孙弘、董仲舒举贤良方正,这便是汉人的举业。到唐朝,用诗赋取士,他们若讲孔孟的话,就没有官做了,所以唐人都会做几句诗,这便是唐人的举业。到宋朝又好了,都用的是些理学的人做官,所以程、朱就讲理学,这便是宋人的举业。到本朝,用文章取士,这是极好的法则。就是夫子在而今,也要念文章,做举业,断不讲'言寡尤,行寡悔'的话。何也?就日日讲究'言寡尤,行寡悔',那个给你官做?孔子的道也就不行了。"一席话,说得蘧公孙如梦方醒。又留他吃了晚饭,结为性命之交,相别而去。自此日日往来。

那日在文海楼彼此会着,看见刻的墨卷目录摆在桌上,上写着"历科墨卷持运",下面一行刻着"处州马静纯上氏评选"。蘧公孙笑着向他说道:"请教先生,不知尊选上面,可好添上小弟一个名字与先生同选,以附骥尾?"马二先生正色道:"这个是有个道理的。站封面亦非容易之事,就是小弟,全亏几十年考校的高,有些虚名,所以他们来请。难道先生这样大名还站不得封面?只是你我两个,只可独站,不可合站,其中有个缘故。"蘧公孙道:"是何缘故?"马二先生道:

"这事不过是名、利二者。小弟一不肯自己坏了名,自认做趋利。假若把你先生写在第二名,那些世俗人,就疑惑刻资出自先生,小弟岂不是个利徒了!若把先生写在第一名,小弟这数十年虚名,岂不都是假的了!还有个反面文章是如此算计,先生自想,也是这样算计。"说着,坊里捧出先生的饭来,一碗熝青菜,两个小菜碟。马二先生道:"这没菜的饭不好留先生用,奈何?"蘧公孙道:"这个何妨?但我晓得,长兄先生也是吃不惯素饭的。我这里带的有银子。"忙取出一块来,叫店主人家的二汉买了一碗熟肉来。两人同吃了,公孙别去。

在家里,每晚同鲁小姐课子到三四更鼓。或一天遇着那小儿子书背不熟,小姐就要督责他念到天亮,倒先打发公孙到书房里去睡。

双红这小丫头,在旁递茶递水极其小心。他会念诗,常拿些诗来求讲,公孙也略替他讲讲。因心里喜他殷勤,就把收的王观察的个旧枕箱,把与他盛花儿、针线,又无意中把遇见王观察这一件事向他说了。不想宦成这奴才小时同他有约,竟大胆走到嘉兴,把这丫头拐了去。公孙知道,大怒,报了秀水县,出批文拿了回来。两口子看守在差人家。央人来求公孙,情愿出几十两银子与公孙做丫头的身价,求赏与他做老婆。公孙断然不依。差人要带着宦成回官,少不得打一顿板子,把丫头断了回来,一回两回诈他的银子。宦成的银子使完,衣服都当尽了。

那晚在差人家,两口子商议,要把这个旧枕箱拿出去卖几十个钱来买饭吃。双红是个丫头家不知人事,向宦成说道:"这箱子是一位做大官的老爷的,想是值的银子多,几十个钱卖了岂不可惜!"宦成问:"是蘧老爷的?是鲁老爷的?"丫头道:"都不是。说这官比蘧太爷的官大多着哩!我也是听见姑爷说,这是一位王太爷,就接蘧太爷南昌的任。后来,这位王太爷做了不知多大的官,就和宁王相与。宁王日夜要想杀皇帝,皇帝先把宁王杀了,又要杀这王太爷。王太爷走到浙江来,不知怎的又说皇帝要他这个箱子。王太爷不敢带在身边走,恐怕搜出来,就交与姑爷。姑爷放在家里闲着,借与我盛些花,不晓的我带了出来。我想,皇帝都想要的东西,不知是值多少钱!你不见箱子里,还有王太爷写的字在上?"宦成道:"皇帝也未必是要他这个箱子,必有别的缘故。这箱子能值几文!"

那差人一脚把门踢开,走进来骂道:"你这倒运鬼!放着这样大财不发,还在这里受瘟罪!"宦成道:"老爷,我有甚么财发?"差人道:"你这痴孩子!我要传授了,便宜你的狠哩!老婆白白送你,还可以发得几百银子财。你须要大大的请我,将来银子同我平分,我才和你说。"宦成道:"只要有银子,平分是罢了,请是请不起的,除非明日卖了枕箱子请老爷。"差人道:"卖箱子?还了得!就没戏唱了!你没有钱我借钱与你。不但今日晚里的酒钱,从明日起,要用,同我商量。我替你设法了来,总要加倍还我。"又道:"我竟在里面扣除,怕你拗到那里去?"差人即时拿出二百文买酒买肉,同宦成两口子吃,算是借与宦成的,记一笔帐在那里。吃着,宦成问道:"老爹说我有甚么财发?"差人道:"今日且吃酒,明日再说。"当夜猜三划五吃了半夜,把二百文都吃完了。

宦成这奴才吃了个尽醉,两口子睡到日中还不起来。差人已是清晨出门去了,寻了一个老练的差人商议,告诉他如此这般:"事还是竟弄破了好,还是开弓不放箭,大家弄几个钱有益?"被老差人一口大啐道:"这个事都讲破!破了还有个大风?如今只是闷着同他讲,不怕他不拿出钱来。还亏你当了这几十年的门户,利害也不晓得!遇着这样事,还要讲破,破你娘的头!"骂的这差人又羞又喜。

慌跑回来,见宦成还不曾起来,说道:"好快活!这一会像两个狗恋着。快起来,和你说话!"宦成慌忙起来出了房门。差人道:"和你到外边去说话。"两人拉着手,到街上一个僻静茶室里坐下。差人道:"你这呆孩子,只晓得吃酒吃饭,要同女人睡觉。放着这样一注大财不会发,岂不是如入宝山空手回!"宦成道:"老爹指教便是。"差人道:"我指点你,你却不要过了庙不下雨。"

说着,一个人在门首过,叫了差人一声"老爹",走过去了。差人见那人出神,叫宦成坐着,自己悄悄尾了那人去。只听得那人口里抱怨道:"白白给他打了一顿,却是没有伤,喊不得冤。待要自己做出伤来,官府又会验的出。"差人悄悄的拾了一块砖头,凶神似的走上去,把头一打,打了一个大洞,那鲜血直流出来。那人吓了一跳,问差人道:“这是怎的?”差人道:“你方才说没有伤,这不是伤么?又不是自己弄出来的,不怕老爷会验,还不快去喊冤哩!”那人倒着实感激,谢了他,把那血用手一抹,涂成一个血脸,往县前喊冤去了。宦成站在茶室门口望,听见这些话,又学了一个乖。

差人回来,坐下说道:“我昨晚听见你当家的说,枕箱是那王太爷的。王太爷降了宁王,又逃走了,是个钦犯,这箱子便是个钦赃。他家里交结钦犯,藏着钦赃,若还首出来,就是杀头充军的罪,他还敢怎样你!”宦成听了他这一席话如梦方醒。说道:“老爹,我而今就写呈去首。”差人道:“呆兄弟,这又没主意了。你首了,就把他一家杀个精光与你也无益,弄不着他一个钱,况你又同他无仇。如今只消串出个人来吓他一吓,吓出几百两银子来,把丫头白白送你做老婆不要身价,这事就罢了。”宦成道:“多谢老爹费心。如今只求老爹替我做主!”差人道:“你且莫慌!”当下还了茶钱同走出来。差人嘱付道:“这话,到家在丫头跟前,不可露出一字。”宦成应诺了。从此,差人借了银子,宦成大酒大肉,且落得快活。

蘧公孙催着回官,差人只腾挪着混他:今日就说明日,明日就说后日,后日又说再迟三五日。公孙急了,要写呈子告差人。差人向宦成道:“这事却要动手了!”因问:“蘧小相平日可有一个相厚的人?”宦成道:“这却不知道。”回去问丫头,丫头道:“他在湖州相与的人多,这里却不曾见。我只听得有个书店里姓马的,来往了几次。”宦成将这话告诉差人。差人道:“这就容易了。”便去寻代书写下一张出首叛逆的呈子带在身边,到大街上,一路书店问去。问到文海楼,一直进去请马先生说话。马二先生见是县里人,不知何事,只得邀他上楼坐下。差人道:“先生一向可同做南昌府的蘧家蘧小相儿相与?”马二先生道:“这是我极好的弟兄。头翁,你问他怎的?”差人两边一望道:“这里没有外人么?”马二先生道:“没有。”把座子移近跟前,拿出这张呈子来,与马二先生看,道:“他家竟有这件事。我们公门里好修行,所以通个信给他早为料理,怎肯坏这个良心!”马二先生看完,面如土色,又问了备细,向差人道:“这事断断破不得!既承头翁好心,千万将呈子捺下。他却不在家,到坟上修理去了。等他来时商议。”差人道:“他今日就要递。这是犯关节的事,谁人敢捺?”马二先生慌了道:“这个如何了得!”差人道:“先生,你一个‘子曰行’的人怎这样没主意?自古‘钱到公事办,火到猪头烂’。只要破些银子把这枕箱买了回来,这事便罢了。”马二先生拍手道:“好主意!”当下锁了楼门,同差人到酒店里。马二先生做东,大盘大碗请差人吃着,商议此事。只因这一番,有分教:通都大邑,来了几位选家;僻壤穷乡,出了一尊名士。毕竟差人要多少银子赎这枕箱,且听下回分解。

第十四回　蘧公孙书坊送良友　马秀才山洞遇神仙

话说马二先生在酒店里同差人商议，要替蘧公孙赎枕箱，差人道："这奴才手里拿着一张首呈，就像拾到了有利的票子。银子少了他怎肯就把这钦赃放出来？极少也要三二百银子。还要我去拿话吓他：'这事弄破了，一来与你无益；二来钦案官司，过司由院，一路衙门你都要跟着走。你自己算计，可有这些闲钱陪着打这样的恶官司？'是这样吓他，他又见了几个冲心的钱，这事才得了。我是一片本心，特地来报信。我也只愿得无事，落得河水不洗船。但做事也要打蛇打七寸才妙。你先生请上裁！"马二先生摇头道："二三百两是不能。不要说他现今不在家，是我替他设法，就是他在家里，虽然他家太爷做了几任官，而今也家道中落，那里一时拿的许多银子出来？"差人道："既然没有银子，他本人又不见面，我们不要耽误他的事，把呈子丢还他，随他去闹罢了！"马二先生道："不是这样说。你同他是个淡交，我同他是深交，眼睁睁看他有事，不能替他掩下来，这就不成个朋友了。但是要做的来。"差人道："可又来！你要做的来，我也要做的来！"

马二先生道："头翁，我和你从长商议。实不相瞒，在此选书，东家包我几个月，有几两银子束脩，我还要留着些用。他这一件事，劳你去和宦成说。我这里将就垫二三十两银子把与他，他也只当是拾到的，解了这个冤家罢！"差人恼了道："这个正合着古语'瞒天讨价，就地还钱'。我说二三百银子，你就说二三十两，戴着斗笠亲嘴，差着一帽子。怪不得人说你们'诗云子曰'的人难讲话。这样看来，你好像老鼠尾巴上害疖子，出脓也不多，倒是我多事，不该来惹这婆子口舌！"说罢，站起身来谢了扰，辞别就往外走。马二先生拉住道："请坐再说，急怎的？我方才这些话，你道我不出本心么？他其实不在家，我又不是先知了风声，把他藏起和你讲价钱。况且你们一块土的人,彼此是知道的:蘧公孙是甚么慷慨脚色!这宗银子知道他认不认?几时还我?只是由着他弄出事来,后日懊悔迟了。总之,这件事,我也是个旁人,你也是个旁人。我如今认些晦气,你也要极力帮些,一个出力,一个出钱,也算积下一个莫大的阴功。若是我两人先参差着,就不是共事的道理了。”差人道:“马老先生,而今这银子,我也不问是你出,是他出,你们原是毡袜裹脚靴,但须要我效劳的来。老实一句,打开板壁讲亮话,这事,一些半些,几十两银子的话,横竖做不来;没有三百,也要二百两银子才有商议。我又不要你十两五两,没来由把难题目把你做怎的?”

马二先生见他这话说顶了真,心里着急,道:“头翁,我的束脩,其实只得一百两银子,这些时用掉了几两,还要留两把作盘费到杭州去。挤的干干净净,抖了包只挤的出九十二两银子来,一厘也不得多。你若不信,我同你到下处去拿与你看。此外,行李箱子内听凭你搜,若搜出一钱银子来,你把我不当人。就是这个意思,你替我维持去。如断然不能,我也就没法了,他也只好怨他的命。”差人道:“先生,像你这样血心为朋友,难道我们当差的心,不是肉做的?自古山水尚有相逢之日,岂可人不留个相与!只是这行瘟的奴才头高,不知可说的下去?”又想一想道:“我还有个主意,又合着古语说,‘秀才人情纸半张’。现今丫头已是他拐到手了,又有这些事,料想要不回来。不如趁此就写一张婚书,上写收了他身价银一百两,合着你这九十多,不将有二百之数?这分明是有名无实的,却塞得住这小厮的嘴。这个计较何如?”马二先生道:“这也罢了。只要你做的来,这一张纸何难?我就可以做主。”当下说定了。店里会了账,马二先生回到下处候着。

差人假作去会宦成,去了半日回到文海楼。马二先生接到楼上。差人道:“为这件事不知费了多少唇舌。那小奴才就像我求他的,定要一千八百的乱说,说他家值多少就该给他多少。落后我急了,要带他回官,说:‘先问了你这奸拐的罪,回过老爷,把你纳在监里,看你到那里去出首!’他才慌了,依着我说。我把他枕箱先赚了来,现放在楼下店里。先生快写起婚书来,把银子兑清。我再打一个禀帖销了案,打发这奴才走清秋大路,免得又生出枝叶来。”马二先生道:“你这赚法甚好,婚书已经写下了。”随即同银子交与差人。差人打开看,足足九十二两。把箱子拿上楼来,交与马二先生,拿着婚书、银子去了。

回到家中,把婚书藏起,另外开了一篇细帐,借贷吃用,衙门使费,共开出七十多两。只剩了十几两银子递与宦成。宦成嫌少,被他一顿骂道:“你奸拐了人家使女犯着官法,若不是我替你遮盖,怕老爷不会打折你的狗腿!我倒替你白白的骗一个老婆,又骗了许多银子,不讨你一声知感,反问我找银子!来!我如今带你去回老爷,先把你这奸情事打几十板子;丫头便传蘧家领去,叫你吃不了的苦兜着走!”宦成被他骂得闭口无言,忙收了银子,千恩万谢,领着双红,往他州外府寻生意去了。

蘧公孙从坟上回来,正要去问差人催着回官,只见马二先生来候,请在书房坐下。问了些坟上的事务,慢慢说到这件事上来。蘧公孙初时还含糊。马二先生道:“长兄,你这事还要瞒我么?你的枕箱现在我下处楼上。”公孙听见枕箱,脸便飞红了。马二先生遂把差人怎样来说,我怎样商议,后来怎样怎样——“我把选书的九十几两银子给了他才买回这个东西来。而今幸得平安无事。就是我这一项银子,也是为朋友上一时激于意气,难道就要你还?但不得不告诉你一遍。明日叫人到我那里把箱子拿来,或是劈开了,或是竟烧化了,不可再留着惹事!”

公孙听罢大惊,忙取一把椅子放在中间,把马二先生捺了坐下,倒身拜了四拜。请他坐在书房里。自走进去,如此这般把方才这些话说与乃眷鲁小姐。又道:“像这样的才是斯文骨肉朋友,有意气,有肝胆,相与了这样正人君子,也不枉了!像我娄家表叔,结交了多少人,一个个出乖露丑,若听见这样话,岂不羞死!”鲁小姐也着实感激,备饭留马二先生吃过,叫人跟去,将箱子取来毁了。

次日,马二先生来辞别,要往杭州。公孙道:“长兄先生,才得相聚,为甚么便要去?”马二先生道:“我原在杭州选书。因这文海楼请我来选这一部书,今已选完,在此就没事了。”公孙道:“选书已完,何不搬来我小斋住着,早晚请教?”马二先生道:“你此时还不是养客的时候。况且杭州各书店里等着我选考卷,还有些未了的事,没奈何,只得要去。倒是先生得闲,来西湖上走走。那西湖山光水色,颇可以添文思。”公孙不能相强,要留他办酒席饯行。马二先生道:“还要到别的朋友家告别。”说罢去了,公孙送了出来。到次日,公孙封了二两银子,备了些薰肉、小菜,亲自到文海楼来送行,要了两部新选的墨卷回去。

马二先生上船,一直来到断河头,问文瀚楼的书坊——乃是文海楼一家,到那里去住。住了几日,没有甚么文章选,腰里带了几个钱要到西湖上走走。

这西湖,乃是天下第一个真山真水的景致!且不说那灵隐的幽深,天竺的清雅。只这出了钱塘门,过圣因寺,上了苏堤,中间是金沙港,转过去就望见雷峰塔,到了净慈寺,有十多里路,真乃五步一楼,十步一阁!一处是金粉楼台,一处是竹篱茅舍,一处是桃柳争妍,一处是桑麻遍野。那些卖酒的青帘高扬,卖茶的红炭满炉。士女游人,络绎不绝。真不数“三十六家花酒店,七十二座管弦楼”。

马二先生独自一个,带了几个钱步出钱塘门。在茶亭里,吃了几碗茶,到西湖沿上牌楼跟前坐下。见那一船一船乡下妇女来烧香的,都梳着挑鬓头。也有穿蓝的,也有穿青绿衣裳的,年纪小的都穿些红绸单裙子;也有模样生的好些的,都是一个大团白脸,两个大高颧骨;也有许多疤、麻、疥、癞的。一顿饭时,就来了有五六船。那些女人后面,都跟着自己的汉子,掮着一把伞,手里拿着一个衣包,上了岸,散往各庙里去了。马二先生看了一遍,不在意里,起来又走了里把多路。望着湖沿上接连着几个酒店,挂着透肥的羊肉,柜台上盘子里,盛着滚热的蹄子、海参、糟鸭、鲜鱼,锅里煮着馄饨,蒸笼上蒸着极大的馒头。马二先生没有钱买了吃,喉咙里咽唾沫,只得走进一个面店,十六个钱吃了一碗面。肚里不饱,又走到间壁一个茶室吃了一碗茶,买了两个钱处片嚼嚼,到觉得有些滋味。

吃完了出来,看见西湖沿上柳阴下系着两只船。那船上女客在那里换衣裳:一个脱去元色外套,换了一件水田披风;一个脱去天青外套，换了一件玉色绣的八团衣服；一个中年的脱去宝蓝缎衫，换了一件天青缎二色金的绣衫。那些跟从的女客，十几个人，也都换了衣裳。这三位女客，一位跟前一个丫鬟，手持黑纱团香扇，替他遮着日头，缓步上岸。那头上珍珠的白光，直射多远；裙上环珮，叮叮当当的响。马二先生低着头走了过去，不曾仰视。

往前走过了六桥，转个湾便像些村乡地方，又有人家的棺材厝基。中间走了一二里多路，走也走不清，甚是可厌。马二先生欲待回家，遇着一走路的，问道："前面可还有好顽的所在?"那人道："转过去便是净慈、雷峰，怎么不好顽?"马二先生又往前走。走到半里路，见一座楼台，盖在水中间，隔着一道板桥。马二先生从桥上走过去，门口也是个茶室，吃了一碗茶。里面的门锁着，马二先生要进去看。管门的问他要了一个钱，开了门，放进去。里面是三间大楼，楼上供的是仁宗皇帝的御书。马二先生吓了一跳，慌忙整一整头巾，理一理宝蓝直裰，在靴桶内拿出一把扇子来当了笏板，恭恭敬敬，朝着楼上扬尘舞蹈，拜了五拜。拜毕起来，定一定神，照旧在茶桌子上坐下。旁边有个花园，卖茶的人说，是布政司房里的人在此请客，不好进去。那厨房却在外面，那热腾腾的燕窝、海参，一碗碗在跟前捧过去，马二先生又羡慕了一番。

出来过了雷峰，远远望见：高高下下许多房子，盖着琉璃瓦；曲曲折折无数的朱红栏杆。马二先生走到跟前，看见一个极高的山门，一个直匾，金字，上写着"敕赐净慈禅寺"，山门旁边一个小门。马二先生走了进去，一个大宽展的院落，地下都是水磨的砖。才进二道山门，两边廊上，都是几十层极高的阶级。那些富贵人家的女客，成群逐队，里里外外，来往不绝，都穿的是锦绣衣服，风吹起来，身上的香一阵阵的扑人鼻子。马二先生身子又长，戴一顶高方巾，一幅乌黑的脸，捵着个肚子，穿着一双厚底破靴，横着身子乱跑，只管在人窝子里撞。女人也不看他，他也不看女人。前前后后跑了一交，又出来坐在那茶亭内(上面一个横匾，金书"南屏"两字)吃了一碗茶。柜上摆着许多碟子：桔饼、芝麻糖、粽子、烧饼、处片、黑枣、煮栗子。马二先生每样买了几个钱的，不论好歹，吃了一饱。马二先生也倦了，直着脚跑进清波门,到了下处,关门睡了。因为走多了路,在下处睡了一天。

第三日起来,要到城隍山走走。城隍山就是吴山,就在城中,马二先生走不多远,已到了山脚下。望着几十层阶级,走了上去;横过来,又是几十层阶级,马二先生一气走上,不觉气喘。看见一个大庙门前卖茶,吃了一碗。进去见是吴相国伍公之庙,马二先生作了个揖,逐细的把匾联看了一遍。又走上去,就像没有路的一般,左边一个门,门上钉着一个匾,匾上"片石居"三个字,里面也想是个花园,有些楼阁。马二先生步了进去,看见窗棂关着。马二先生在门外望里张了一张,见几个人围着一张桌子,摆着一座香炉,众人围着,像是请仙的意思。马二先生想道:"这是他们请仙判断功名大事。我也进去问一问。"站了一会,望见那人磕头起来,旁边人道:"请了一个才女来了。"马二先生听了暗笑。又一会,一个问道:"可是李清照?"又一个问道:"可是苏若兰?"又一个拍手道:"原来是朱淑真!"马二先生道:"这些甚么人?料想不是管功名的了,我不如去罢。"

又转过两个湾,上了几层阶级。只见平坦的一条大街,左边靠着山,一路有几个庙宇;右边一路,一间一间的房子,都有两进。屋后一进,窗子大开着,空空阔阔,一眼隐隐望得见钱塘江。那房子,也有卖酒的,也有卖耍货的,也有卖饺儿的,也有卖面的,也有卖茶的,也有测字算命的。庙门口都摆的是茶桌子。这一条街,单是卖茶,就有三十多处,十分热闹。马二先生正走着,见茶铺子里一个油头粉面的女人招呼他吃茶。马二先生别转头来就走,到间壁一个茶室泡了一碗茶,看见有卖的蓑衣饼,叫打了十二个钱的饼吃了,略觉有些意思。走上去,一个大庙甚是巍峨,便是城隍庙。他便一直走进去,瞻仰了一番。

过了城隍庙,又是一个湾,又是一条小街。街上酒楼、面店都有,还有几个簇新的书店。店里贴着报单,上写:"处州马纯上先生精选《三科程墨持运》于此发卖。"马二先生见了欢喜,走进书店坐坐,取过一本来看,问个价钱。又问:"这书可还行?"书店人道:"墨卷只行得一时,那里比得古书?"

马二先生起身出来,因略歇了一歇脚,就又往上走。过这一条街,上面无房子了,是极高的个山冈。一步步去走到山冈上,左边望着钱塘江,明明白白。那日,江上无风,水平如镜,过江的船,船上有轿子,都看得明白。再走上些,右边又看得见西湖、雷峰一带,湖心亭都望见,那西湖里打鱼船,一个一个如小鸭子浮在水面。马二先生心旷神怡,只管走了上去,又看见一个大庙门摆着茶桌子卖茶。马二先生两脚酸了,且坐吃茶。吃着,两边一望,一边是江,一边是湖,又有那山色一转围着,又遥见隔江的山,高高低低,忽隐急现。马二先生叹道:"真乃'载华岳而不重,振河海而不泄,万物载焉'!"吃了两碗茶,肚里正饿,思量要回去路上吃饭,恰好一个乡里人捧着许多烫面薄饼来卖,又一篮子煮熟的牛肉。马二先生大喜,买了几十文饼和牛肉,就在茶桌子上尽兴一吃。

吃得饱了,自思趁着饱再上去。走上一箭多路,只见左边一条小径,榛莽蔓草,两边拥塞。马二先生照着这条路走去,见那玲珑怪石千奇万状。钻进一个石罅,见石壁上多少名人题咏,马二先生也不看他。过了一个小石桥,照着那极窄的石磴走上去,又是一座大庙。又有一座石桥,甚不好走。马二先生攀藤附葛走过桥去,见是个小小的祠宇,上有匾额,写着"丁仙之祠"。马二先生走进去,见中间塑一个仙人,左边一个仙鹤,右边竖着一座二十个字的碑。马二先生见有签筒,思量:"我困在此处,何不求个签问问吉凶?"正要上前展拜,只听得背后一人道:"若要发财,何不问我?"马二先生回头一看,见祠门口立着一个人,身长八尺,头戴方巾,身穿茧绸直裰,左手自理着腰里丝绦,右手拄着龙头拐杖;一部大白须直垂过脐,飘飘有神仙之表。只因遇着这个人,有分教:慷慨仗义,银钱去而复来;广结交游,人物久而愈盛。毕竟此人是谁,且听下回分解。

第十五回 葬神仙马秀才送丧 思父母匡童生尽孝

话说马二先生在丁仙祠正要跪下求签,后面一人叫一声"马二先生"。马二先生回头一看,那人像个神仙,慌忙上前施礼道:"学生不知先生到此,有失迎接。但与先生素昧平生,何以便知学生姓马?"那人道:"'天下何人不识君?'先生既遇着老夫,不必求签了。且同到敝寓谈谈。"马二先生道:"尊寓在那里?"那人指道:"就在此处,不远。"当下携了马二先生的手。走出丁仙祠,却是一条平坦大路,一块石头也没有。未及一刻功夫,已到了伍相国庙门口。马二先生心里疑惑:"原来有这近路,我方才走错了。"又疑惑:"恐是神仙缩地腾云之法也不可知。"来到庙门口,那人道:"这便是敝寓,请进去坐!"

那知这伍相国殿后,有极大的地方,又有花园。园里有五间大楼,四面窗子望江望湖。那人就住在这楼上,邀马二先生上楼,施礼坐下。那人四个长随齐齐整整,都穿着绸缎衣服,每人脚下一双新靴,上来小心献茶。那人吩咐备饭,一齐应诺下去了。马二先生举眼一看,楼中间挂着一张匹纸,上写冰盘大的二十八个大字,一首绝句诗道:"南渡年来此地游,而今不比旧风流。湖光山色浑无赖,挥手清吟过十洲。"后面一行写"天台洪憨仙题"。马二先生看过《纲鉴》,知道"南渡"是宋高宗的事,屈指一算已是三百多年,而今还在,一定是个神仙无疑。因问道:"这佳作是老先生的?"那仙人道:"'憨仙'便是贱号。偶尔遣兴之作颇不足观。先生若爱看诗句,前时在此,有同抚台、藩台及诸位当事在湖上唱和的一卷诗,取来请教。"便拿出一个手卷来。马二先生放开一看,都是各当事的亲笔。一递一首,都是七言律诗,咏的西湖上的景,图书新鲜。着实赞了一回,递过收去。捧上饭来,一大盘稀烂的羊肉,一盘糟鸭,一大碗火腿虾圆杂脍,又是一碗清汤。虽是便饭,却也这般热闹。马二先生腹中尚饱,因不好辜负了仙人的意思,又尽力的吃了一餐。撤下家伙去。

洪憨仙道:"先生久享大名,书坊敦请不歇,今日因甚闲暇到这祠里来求签?"马二先生道:"不瞒老先生说,晚学今年在嘉兴,选了一部文章,送了几十金,却为一个朋友的事,垫用去了。如今来到此处,虽住在书坊里,却没有甚么文章选。寓处盘费已尽,心里纳闷,出来闲走走,要在这仙祠里求个签,问问可有发财机会?谁想遇着老先生,已经说破晚生心事,这签也不必求了。"洪憨仙道:"发财也不难,但大财须缓一步。目今权且发个小财,好么?"马二先生道:"只要发财,那论大小!只不知老先生是甚么道理?"洪憨仙沉吟了一会,说道:"也罢,我如今将些须物件送与先生,你拿到下处去试一试。如果有效验,再来问我取讨。如不相干,别作商议。"因走进房内,床头边摸出一个包子来打开,里面有几块黑煤,递与马二先生道:"你将这东西拿到下处,烧起一炉火来,取个罐子,把他顿在上面,看成些甚么东西,再来和我说。"

马二先生接着,别了憨仙,回到下处。晚间,果然烧起一炉火来,把罐子顿上。那火支支的响了一阵,取罐倾了出来,竟是一锭细丝纹银。马二先生喜出望外,一连倾了六七罐,倒出六七锭大纹银。马二先生疑惑:"不知可用得?"当夜睡了。次日清早,上街到钱店里去看。钱店都说是十足纹银,随即换了几千钱拿回下处来。

马二先生把钱收了,赶到洪憨仙下处来谢。憨仙已迎出门来道:"昨晚之事如何?"马二先生道:"果是仙家妙用!"如此这般,告诉憨仙倾出多少纹银。憨仙道:"早哩!我这里还有些,先生再拿去试试!"又取出一个包子来,比前有三四倍,送与马二先生。又留着吃过饭。别了回来,马二先生一连在下处住了六七日,每日烧炉、倾银子,把那些黑煤都倾完了,上戥子一秤,足有八九十两重。马二先生欢喜无限,一包一包收在那里。

一日,憨仙来请说话,马二先生走来。憨仙道:"先生,你是处州,我是台州,相近,原要算桑里。今日有个客来拜我,我和你要认作中表弟兄,将来自有一番交际。断不可误!"马二先生道:"请问,这位尊客是谁?"憨仙道:"便是这城里胡尚书家三公子,名缜,字密之。

尚书公遗下宦囊不少，这位公子却有钱癖，思量多多益善，要学我这烧银之法。眼下可以拿出万金来以为炉火药物之费。但此事须一居间之人。先生大名，他是知道的。况在书坊操选是有踪迹可寻的人，他更可以放心。如今相会过，订了此事，到七七四十九日之后，成了银母。凡一切铜、锡之物，点着即成黄金，岂止数十百万？我是用他不着，那时告别还山，先生得这银母，家道自此也可小康了。”

马二先生见他这般神术，有甚么不信？坐在下处等了胡三公子来。三公子同憨仙施礼，便请问马二先生：“贵乡贵姓？”憨仙道：“这是舍弟，各书坊所贴处州马纯上先生选《三科程墨》的便是。”胡三公子改容相接，施礼坐下。三公子举眼一看，见憨仙人物轩昂，行李华丽，四个长随轮流献茶，又有选家马先生是至戚，欢喜放心之极，坐了一会，去了。

次日，憨仙同马二先生坐轿子回拜胡府。马二先生又送了一部新选的墨卷。三公子留着谈了半日，回到下处。顷刻，胡家管家来下请帖两副：一副写洪太爷，一副写马老爷。帖子上是：“明日湖亭一卮小集，候教。胡缜拜订。”持帖人说道：“家老爷拜上太爷：席设在西湖花港御书楼旁园子里，请太爷和马老爷明日早些。”憨仙收下帖子。次日两人坐轿来到花港。园门大开，胡三公子先在那里等候。两席酒，一本戏，吃了一日。马二先生坐在席上，想起：“前日独自一个看着别人吃酒席，今日恰好人请我也在这里。”当下极丰盛的酒馔、点心，马二先生用了一饱。胡三公子约定三五日再请到家写立合同，央马二先生居间。然后打扫家里花园，以为丹室。先兑出一万银子，托憨仙修制药物，请到丹室内住下。三人说定。到晚席散，马二先生坐轿竟回文瀚楼。

一连四天，不见憨仙差人来请，便走去看他。一进了门，见那几个长随不胜慌张。问其所以，憨仙病倒了，症候甚重，医生说脉息不好，已是不肯下药。马二先生大惊，急上楼进房内去看，已是淹淹一息，头也抬不起来。马二先生心好，就在这里相伴，晚间也不回去。

挨过两日多，那憨仙寿数已尽，断气身亡。那四个人慌了手脚，寓处掳一掳，只得四五件绸缎衣服还当得几两银子。其余一无所有，几个箱子都是空的。这几个人也并非长随,是一个儿子、两个侄儿、一个女婿,这时都说出来。马二先生听在肚里,替他着急。此时棺材也不够买。马二先生有良心,赶着下处去取了十两银子来与他们料理。儿子守着哭泣,侄子上街买棺材。女婿无事,同马二先生到间壁茶馆里谈谈。

马二先生道:“你令岳是个活神仙,今年活了三百多岁,怎么忽然又死起来?”女婿道:“笑话!他老人家今年只得六十六岁,那里有甚么三百岁。想着他老人家,也就是个不守本分,惯弄玄虚。寻了钱,又混用掉了,而今落得这一个收场。不瞒老先生说,我们都是买卖人,丢着生意同他做这虚头事。他而今直脚去了,累我们讨饭回乡,那里说起!”马二先生道:“他老人家床头间,有那一包一包的黑煤,烧起炉来,一倾就是纹银。”女婿道:“那里是甚么‘黑煤’!那就是银子,用煤煤黑了的。一下了炉银子本色就现出来了。那原是个做出来哄人的,用完了那些,就没的用了。”马二先生道:“还有一说,他若不是神仙,怎的在丁仙祠初见我的时候,并不曾认得我,就知我姓马?”女婿道:“你又差了。他那日在片石居扶乩出来,看见你坐在书店看书。书店问你尊姓,你说:‘我就是书面上马甚么。’他听了知道的。世间那里来的神仙!”

马二先生恍然大悟:“他原来结交我,是要借我骗胡三公子。幸得胡家时运高,不得上算。”又想道:“他亏负了我甚么?我到底该感激他。”当下回来,候着他装殓,算还庙里房钱,叫脚子抬到清波门外厝着。马二先生备个牲醴、纸钱,送到厝所,看着用砖砌好了。剩的银子,那四个人做盘程,谢别去了。

马二先生送殡回来,依旧到城隍山吃茶。忽见茶室旁边添了一张小桌子,一个少年坐着拆字。那少年虽则瘦小,却还有些精神。却又古怪:面前摆着字盘笔砚,手里却拿着一本书看。马二先生心里诧异,假作要拆字,走近前一看,原来就是他新选的《三科程墨持运》。马二先生竟走到桌旁板凳上坐下。那少年丢下文章,问道:“是要拆字的?”马二先生道:“我走倒了,借此坐坐。”那少年道:“请坐!我去取茶来。”即向茶室里开了一碗茶送在马二先生跟前,陪着坐下。马二先生见他乖觉，问道："长兄，你贵姓？可就是这本城人？"那少年又看见他戴着方巾，知道是学里朋友，便道："晚生姓匡，不是本城人。晚生在温州府乐清县住。"马二先生见他戴顶破帽，身穿一件单布衣服，甚是蓝缕，因说道："长兄，你离家数百里来省做这件道路，这事是寻不出大钱来的，连糊口也不足。你今年多少尊庚？家下可有父母妻子？我看你这般勤学，想也是个读书人。"那少年道："晚生今年二十二岁，还不曾娶过妻子。家里父母俱存。自小也上过几年学，因是家寒无力读不成了。去年跟着一个卖柴的客人来省城，在柴行里记帐。不想客人消折了本钱，不得回家，我就流落在此。前日一个家乡人来，说我父亲在家有病。于今不知个存亡，是这般苦楚。"说着，那眼泪如豆子大掉了下来。马二先生着实恻然，说道："你且不要伤心！你尊讳尊字是甚么？"那少年收泪道："晚生叫匡迥，号超人。还不曾请问先生仙乡贵姓。"马二先生道："这不必问。你方才看的文章，封面上'马纯上'就是我了。"匡超人听了这话，慌忙作揖，磕下头去，说道："晚生真乃'有眼不识泰山'！"马二先生忙还了礼，说道："快不要如此！我和你萍水相逢，斯文骨肉。这拆字到晚也有限了，长兄何不收了，同我到下处谈谈？"匡超人道："这个最好。先生请坐，等我把东西收了。"当下将笔砚纸盘收了，做一包背着，同桌凳寄在对门庙里，跟马二先生到文瀚楼。

马二先生到文瀚楼，开了房门坐下。马二先生问道："长兄，你此时心里，可还想着读书上进？还想着家去看看尊公么？"匡超人见问这话，又落下泪来，道："先生，我现今衣食缺少，还拿甚么本钱想读书上进？这是不能的了。只是父亲在家患病，我为人子的不能回去奉侍，禽兽也不如。所以，几回自心里恨极，不如早寻一个死处！"马二先生劝道："快不要如此！只你一点孝思，就是天地也感格的动了。你且坐下，我收拾饭与你吃。"当下留他吃了晚饭，又问道："比如长兄你如今要回家去，须得多少盘程？"匡超人道："先生，我那里还讲多少？只这几天水路搭船。到了旱路上我难道还想坐山轿不成！背了行李走，就是饭食少两餐也罢。我只要到父亲跟前，死也瞑目！"马二先生道："这也使得。你今晚且在我这里住一夜，慢慢商量。”

到晚，马二先生又问道：“你当时读过几年书？文章可曾成过篇？”匡超人道：“成过篇的。”马二先生笑着，向他说：“我如今大胆出个题目，你做一篇，我看看你笔下可望得进学？这个使得么？”匡超人道：“正要请教先生。只是不通，先生休笑！”马二先生道：“说那里话，我出一题，你明日做。”说罢，出了题，送他在那边睡。次日，马二先生才起来，他文章已是停停当当送了过来。马二先生喜道：“又勤学，又敏捷，可敬！可敬！”把那文章看了一遍，道：“文章才气是有，只是理法欠些。”将文章按在桌上，拿笔点着，从头至尾，讲了许多虚实、反正、吞吐、含蓄之法与他。他作揖谢了要去，马二先生道：“休慌！你在此终不是个长策，我送你盘费回去。”匡超人道：“若蒙资助，只借出一两银子就好了。”马二先生道：“不然，你这一到家，也要些须有个本钱奉养父母，才得有功夫读书。我这里竟拿十两银子与你，你回去做些生意，请医生看你尊翁的病。”当下开箱子，取出十两一封银子，又寻了一件旧棉袄、一双鞋，都递与他，道：“这银子，你拿家去；这鞋和衣服，恐怕路上冷，早晚穿穿。”匡超人接了衣裳、银子，两泪交流道：“蒙先生这般相爱，我匡迥何以为报？意欲拜为盟兄，将来诸事，还要照顾。只是大胆，不知长兄可肯容纳？”

马二先生大喜，当下受了他两拜，又同他拜了两拜，结为兄弟。留他在楼上，收拾菜蔬替他饯行。吃着，向他说道：“贤弟，你听我说，你如今回去奉事父母，总以文章举业为主。人生世上，除了这事就没有第二件可以出头。不要说算命、拆字是下等，就是教馆、作幕，都不是个了局。只是有本事进了学，中了举人、进士，即刻就荣宗耀祖，这就是《孝经》上所说的‘显亲扬名’，才是大孝；自身也不得受苦。古语道得好：‘书中自有黄金屋，书中自有千钟粟，书中自有颜如玉。’而今甚么是书？就是我们的文章选本了。贤弟，你回去奉养父母，总以做举业为主。就是生意不好，奉养不周，也不必介意，总以做文章为主。那害病的父亲睡在床上，没有东西吃，果然听见你念文章的声气，他心花开了。分明难过也好过，分明那里疼也不疼了。这便是曾子的‘养志’。假如时运不好，终身不得中举，一个廪生是挣的来的。到后来做任教官,也替父母请一道封诰。我是百无一能,年纪又大了。贤弟,你少年英敏,可细听愚兄之言,图个日后宦途相见。"说罢,又到自己书架上,细细检了几部文章,塞在他棉袄里卷着,说道:"这都是好的,你拿去读罢。"匡超人依依不舍,又急于要家去看父亲,只得洒泪告辞。马二先生携着手,同他到城隍山旧下处,取了铺盖,又送他出清波门,一直送到江船上。看着上了船,马二先生辞别,进城去了。

匡超人过了钱塘江,要搭温州的船。看见一只船正走着,他就问:"可带人?"船家道:"我们是抚院大人差上郑老爹的船,不带人的。"匡超人背着行李正待走,船窗里一个白须老者道:"驾长,单身客人带着也罢了,添着你买酒吃。"船家道:"既然老爹吩咐,客人你上来罢!"把船撑到岸边,让他下了船。匡超人放下行李,向老爹作了揖。看见舱里三个人:中间郑老爹坐着,他儿子坐在旁边,这边坐着一个外府的客人。郑老爹还了礼,叫他坐下。匡超人为人乖巧,在船上不拿强拿,不动强动,一口一声只叫"老爹"。那郑老爹甚是欢喜,有饭叫他同吃。饭后行船无事,郑老爹说起:"而今人情浇薄,读书的人都不孝父母。这温州姓张的弟兄三个,都是秀才,两个疑惑老子把家私偏了小儿子,在家打吵。吵的父亲急了,出首到官。他两弟兄在府、县都用了钱,倒替他父亲做了假哀怜的呈子,把这事销了案。亏得学里一位老师爷持正不依,详了我们大人衙门。大人准了,差了我到温州提这一干人犯去。"那客人道:"这一提了来审实,府、县的老爷不都有碍?"郑老爹道:"审出真情,一总都是要参的!"匡超人听见这话,自心里叹息:"有钱的,不孝父母;像我这穷人,要孝父母又不能。真乃不平之事!"过了两日,上岸起早,谢了郑老爹。郑老爹饭钱一个也不问他要,他又谢了。一路晓行夜宿,来到自己村庄,望见家门。只因这一番,有分教:敦伦修行,终受当事之知;实至名归,反作终身之玷。不知后事如何,且听下回分解。

第十六回　大柳庄孝子事亲　乐清县贤宰爱士

话说匡超人望见自己家门,心里欢喜,两步做一步急急走来敲门。母亲听见是他的声音,开门迎了出来,看见道:“小二,你回来了?”匡超人道:“娘,我回来了!”放下行李,整一整衣服,替娘作揖磕头。他娘捏一捏他身上,见他穿着极厚的棉袄,方才放下心。向他说道:“自从你跟了客人去后,这一年多我的肉身时刻不安。一夜,梦见你掉在水里,我哭醒来。一夜,又梦见你把腿跌折了。一夜,又梦见你脸上生了一个大疙瘩,指与我看,我替你拿手拈,总拈不掉。一夜,又梦见你来家望着我哭,把我也哭醒了。一夜,又梦见你头戴纱帽,说做了官。我笑着说:‘我一个庄农人家那有官做?’旁一个人道:‘这官不是你儿子。你儿子却也做了官,却是今生再也不到你跟前来了。’我又哭起来,说:‘若做了官,就不得见面,这官就不做他也罢!’就把这句话哭着,吆喝醒了,把你爹也吓醒了。你爹问我,我一五一十把这梦告诉你爹,你爹说我心想痴了。不想就在这半夜,你爹就得了病,半边身子动不得,而今睡在房里。”

外边说着话,他父亲匡太公在房里已听见儿子回来了,登时那病就轻松些,觉得有些精神。匡超人走到跟前,叫一声“爹,儿子回来了!”上前磕了头。太公叫他坐在床沿上,细细告诉他这得病的缘故。说道:“自你去后,你三房里叔子,就想着我这个屋。我心里算计也要卖给他,除另寻屋,再剩几两房价,等你回来做个小本生意。旁人向我说:‘你这屋是他屋边屋。他谋买你的,须要他多出几两银子。’那知他有钱的人,只想便宜,岂但不肯多出钱,照时值估价还要少几两。分明知道我等米下锅,要杀我的巧。我赌气不卖给他,他就下一个毒,串出上手业主拿原价来赎我的。业主,你晓得的,还是我的叔辈。他倚恃尊长,开口就说:‘本家的产业是卖不断的。’我说:‘就是卖不断,这数年的修理,也是要认我的。’他一个钱不认,只要原价回赎。那日在祠堂里彼此争论,他竟把我打起来。族间这些有钱的受了三房里嘱托,都偏为着他,倒说我不看祖宗面上。你哥又没中用,说了几句道三不着两的话。我着了这口气,回来就病倒了。自从我病倒,日用益发艰难。你哥听着人说,受了原价,写过退据与他。那银子零星收来都花费了。你哥看见不是事,同你嫂子商量,而今和我分了另吃。我想,又没有家私给他,自挣自吃,也只得由他。他而今每早挑着担子,在各处赶集,寻的钱两口子还养不来。我又睡在这里,终日只有出的气,没有进的气。间壁又要房子翻盖,不顾死活,三五天一回人来催,口里不知多少闲话。你又去得不知下落。你娘想着,一场两场的哭!"匡超人道:"爹,这些事都不要焦心,且静静的养好了病。我在杭州,亏遇着一个先生,他送了我十两银子。我明日做起个小生意,寻些柴米过日子。三房里来催,怕怎的! 等我回他。"

母亲走进来叫他吃饭,他跟了走进厨房,替嫂子作揖。嫂子倒茶与他吃,吃罢,又吃了饭。忙走到集上,把剩的盘程钱,买了一只猪蹄来家煨着,晚上与太公吃。买了回来,恰好他哥子挑着担子进门,他向哥作揖下跪。哥扶住了他,同坐在堂屋,告诉了些家里的苦楚。他哥子愁着眉道:"老爹而今有些害发了,说的话道三不着两的。现今人家催房子,挨着总不肯出,带累我受气。他疼的是你。你来家早晚说着他些。"说罢,把担子挑到房里去。匡超人等菜烂了,和饭拿到父亲面前,扶起来坐着。太公因儿子回家心里欢喜,又有些荤菜,当晚那菜和饭也吃了许多。剩下的,请了母亲同哥进来,在太公面前,放桌子吃了晚饭。太公看着欢喜,直坐到更把天气,才扶了睡下。匡超人将被单拿来,在太公脚跟头睡。

次日清早起来,拿银子到集上买了几口猪养在圈里,又买了斗把豆子。先把猪肩出一个来杀了,烫洗干净,分肌劈理的卖了一早晨。又把豆子磨了一厢豆腐,也都卖了。

钱拿来放在太公床底下,就在太公跟前坐着。见太公烦闷,便搜出些西湖上景致以及卖的各样的吃食东西,又听得各处的笑话,曲曲折折细说与太公听。太公听了也笑。太公过了一会向他道:"我要出恭,快喊你娘进来!"母亲忙走进来,正要替太公垫布。匡超人道:

“爹要出恭,不要这样出了。像这布垫在被窝里出的也不自在,况每日要洗这布,娘也怕熏的慌,不要熏伤了胃气。”太公道:“我站的起来出恭倒好了,这也是没奈何!”匡超人道:“不要站起来,我有道理。”连忙走到厨下,端了一个瓦盆,盛上一瓦盆的灰拿进去放在床面前,就端了一条板凳,放在瓦盆外边。自己扒上床,把太公扶了横过来,两只脚放在板凳上,屁股紧对着瓦盆的灰。他自己钻在中间双膝跪下,把太公两条腿捧着肩上,让太公睡的安安稳稳。自在出过恭,把太公两腿扶上床,仍旧直过来。又出的畅快,被窝里又没有臭气。他把板凳端开,瓦盆拿出去倒了,依旧进来坐着。

到晚又扶太公坐起来吃了晚饭。坐一会,伏侍太公睡下,盖好了被。他便把省里带来的一个大铁灯盏装满了油,坐在太公旁边,拿出文章来念,太公睡不着,夜里要吐痰、吃茶,一直到四更鼓,他就读到四更鼓。太公叫一声,就在跟前。太公夜里要出恭,从前没人服侍就要忍到天亮,今番有儿子在旁伺候,夜里要出就出。晚饭也放心多吃几口。匡超人每夜四鼓才睡,只睡一个更头,便要起来杀猪、磨豆腐。

过了四五日,他哥在集上回家的早,集上带了一个小鸡子,在嫂子房里煮着,又买了一壶酒,要替兄弟接风。说道:“这事不必告诉老爹罢。”匡超人不肯,把鸡先盛了一碗送与父母,剩下的兄弟两人在堂里吃着。恰好三房的阿叔过来催房子,匡超人丢下酒,向阿叔作揖下跪。阿叔道:“好呀!老二回来了。穿的恁厚厚敦敦的棉袄,又在外边学得恁知礼,会打躬作揖。”匡超人道:“我到家几日,事忙,还不曾来看得阿叔,就请坐下吃杯便酒罢。”阿叔坐下,吃了几杯酒,便提到出房子的话。匡超人道:“阿叔莫要性急。放着弟兄两人在此,怎敢白赖阿叔的房子住!就是没钱典房子,租也租两间出去住了,把房子让阿叔。只是而今我父亲病着。人家说,病人移了床,不得就好。如今我弟兄着急请先生替父亲医,若是父亲好了,作速的让房子与阿叔。就算父亲是长病不得就好,我们也说不得料理寻房子搬去。只管占着阿叔的,不但阿叔要催,就是我父母两个老人家,住的也不安。”阿叔见他这番话说的中听,又婉委,又爽快,倒也没的说了。只说道:“一个自家人,不是我只管要来催。因为要一总拆了修理,既是你岳说,再耽带些日子罢。”匡超人道:“多谢阿叔!阿叔但请放心,这事也不得过迟。”那阿叔应诺了要去。他哥道:“阿叔再吃一杯酒。”阿叔道:“我不吃了。”便辞了过去。

自此以后,匡超人的肉和豆腐,都卖得生意又燥,不到日中就卖完了,把钱拿来家伴着父亲。算计那日赚的钱多,便在集上买个鸡鸭或是鱼,来家与父亲吃饭。因太公是个痰症,不十分宜吃大荤,所以要买这些东西。或是猪腰子,或是猪肚子,倒也不断,医药是不消说。太公日子过得称心,每日每夜出恭小解,都是儿子照顾定了。出恭一定是匡超人跪在跟前,把腿捧在肩头上。太公的病,渐渐好了许多,也和两个儿子商议要寻房子搬家。到是匡超人说:“父亲的病才好些,索性等再好几分,扶着起来走得,再搬家也不迟。”那边人来催,都是匡超人支吾过去。

这匡超人精神最足,早半日做生意,夜晚伴父亲,念文章,辛苦已极,日中得闲,还溜到门首。同邻居们下象棋。那日,正是早饭过后,他看着太公吃了饭,出门无事,正和一个本家放牛的在打稻场上,将一个稻箩翻过来做了桌子,放着一个象棋盘对着。只见一个白胡老者,背剪着手来看。看了半日,在旁边说道:“喽!老兄这一盘输了!”匡超人抬头一看,认得便是本村大柳庄保正潘老爹,因立起身来叫了他一声,作了个揖。潘保正道:“我道是谁?方才几乎不认得了。你是匡太公家匡二相公。你从前年出门,是几时回来了的?你老爹病在家里?”匡超人道:“不瞒老爹说,我来家已是有半年了,因为无事,不敢来上门上户惊动老爹。我家父病在床上,近来也略觉好些,多谢老爹记念!请老爹到舍下奉茶。”潘保正道:“不消取扰。”因走近前,替他把帽子升一升,又拿他的手来细细看了,说道:“二相公,不是我奉承你。我自小学得些麻衣神相法,你这骨格是个贵相,将来只到二十七八岁,就交上好的运气,妻、财、子、禄,都是有的。现今印堂颜色有些发黄,不日就有个贵人星照命。”又把耳朵边揹着看看,道:“却也还有个虚惊,不大碍事。此后运气,一年好似一年哩!”匡超人道:“老爹,我做这小生意,只望着不折了本,每日寻得几个钱,养活父母,便谢天地菩萨了。那里想甚么富贵轮到我身上?”潘保正摇手道:“不相干,这样事那里是你做的?”说罢,各自散了。

三房里催出房子一日紧似一日。匡超人支吾不过,只得同他硬撑了几句。那里急了,发狠说:“过三日再不出,叫人来摘门下瓦!”匡超人心里着急,又不肯向父亲说出。过了三日,天色晚了,正伏侍太公出了恭起来,太公睡下。他把那铁灯盏点在旁边念文章,忽然听得门外一声响亮,有几十人声一齐吆喝起来。他心里疑惑是三房里叫多少人来下瓦摘门。顷刻,几百人声一齐喊起,一派红光,把窗纸照得通红。他叫一声:“不好了!”忙开出去看,原来是本村失火。一家人一齐跑出来说道:“不好了! 快些搬!”他哥睡的梦梦铳铳,扒了起来,只顾得他一副上集的担子。担子里面的东西又零碎,芝麻糖、豆腐干、腐皮、泥人、小孩子吹的箫、打的叮当、女人戴的锡簪子,掛着了这一件,掉了那一件。那糖和泥人,断的断了,碎的碎了,弄了一身臭汗,才一总捧起来朝外跑,那火头已是望见,有丈把高,一个一个的火团子往开井里滚。嫂子抢了一包被褥、衣裳、鞋脚抱着,哭哭啼啼,反往后走。老奶奶吓得两脚软了,一步也挪不动。那火光照耀得四处通红,两边喊声大震。匡超人想,别的都不打紧,忙进房去抢了一床被在手内,从床上把太公扶起背在身上,把两只手搂得紧紧的,且不顾母亲,把太公背在门外空处坐着。又飞跑进来,一把拉了嫂子,指与他门外走。又把母亲扶了,背在身上。才得出门,那时火已到门口,几乎没有出路。匡超人道:“好了! 父母都救出来了!”且在空地下把太公放了睡下,用被盖好。母亲和嫂子坐在跟前。再寻他哥时,已不知吓的躲在那里去了。

那火轰轰烈烈,烨烨烞烞,一派红光,如金龙乱舞。乡间失火,又不知救法,水次又远,足足烧了半夜,方才渐渐熄了。稻场上都是烟煤,兀自有焰腾腾的火气。一村人家房子都烧成空地。

匡超人没奈何,无处存身,望见庄南头大路上一个和尚庵,且把太公背到庵里。叫嫂子扶着母亲,一步一挨,挨到庵门口。和尚出来问了,不肯收留,说道:“本村失了火,凡被烧的都没有房子住。一个个搬到我这庵里时,再盖两进屋也住不下。况且你又有个病人,那里方便呢?”只见庵内走出一个老翁来,定睛看时,不是别人,就是潘保正。匡超人上前作了揖,如此这般:“被了回禄。”潘保正道:“匡二相公,原来昨晚的火,你家也在内!可怜!”匡超人又把要借和尚庵住,和尚不肯的话,说了一遍。潘保正道:“师父,你不知道,匡太公是我们村上有名的忠厚人。况且这小二相公好个相貌,将来一定发达。你出家人,与人方便,自己方便,权借一间屋,与他住两天,他自然就搬了去。香钱我送与你。”和尚听见保正老爹吩咐,不敢违拗,才请他一家进去,让出一间房子来。匡超人把太公背进庵里去睡下。潘保正进来问候太公,太公谢了保正。和尚烧了一壶茶来与众位吃。保正回家去了,一会又送了些饭和菜来与他压惊。

直到下午,他哥才寻了来,反怪兄弟不帮他抢东西。匡超人见不是事,托保正就在庵旁大路口替他租了间半屋,搬去住下。

幸得那晚原不曾睡下,本钱还带在身边,依旧杀猪、磨豆腐过日子,晚间点灯念文章。太公却因着了这一吓,病更添得重了。匡超人虽是忧愁,读书还不歇。

那日,读到二更多天,正读得高兴,忽听窗外锣响,许多火把簇拥着一乘官轿过去,后面马蹄一片声音。自然是本县知县过,他也不曾住声。由着他过去了。不想这知县,这一晚就在庄上住。下了公馆,心中叹息:“这样乡村地面,夜深时分还有人苦功读书,实为可敬!只不知这人是秀才?是童生?何不传保正来问一问?”当下传了潘保正来,问道:“庄南头庙门旁那一家,夜里念文章的是个甚么人?”保正知道就是匡家,悉把如此这般:“被火烧了,租在这里住。这念文章的,是他第二个儿子匡迥,每日念到三四更鼓。不是个秀才,也不是个童生,只是个小本生意人。”知县听罢惨然,吩咐道:“我这里发一个帖子,你明日拿出去致意这匡迥,说我此时也不便约他来会。现今考试在即,叫他报名来应考。如果文章会做,我提拔他。”保正领命下来。

次日清早,知县进城回衙去了。保正叩送了回来,飞跑走到匡家敲开了门,说道:“恭喜!”匡超人问道:“何事?”保正帽子里取出一个单帖来递与他,上写:“侍生李本瑛拜。”匡超人看见是本县县主的帖子,吓了一跳,忙问:“老爹,这帖是拜那个的?”保正悉把如此这般:

“老爷在你这里过,听见你念文章,传我去问。我就说你如此穷苦,如何行孝,都禀明了老爷。老爷发这帖子与你,说不日考校,叫你去应考。是要抬举你的意思。我前日说你气色好,主有个贵人星照命,今日何如?”匡超人喜从天降,捧了这个帖子,去向父亲说了。太公也欢喜。到晚,他哥回来看见帖子,又把这话向他哥说了。他哥不肯信。

过了几天时,县里果然出告示考童生。匡超人买卷子去应考。考过了,发出团案来,取了。复试,匡超人又买卷伺候。知县坐了堂,头一个点名就是他。知县叫住道:“你今年多少年纪了?”匡超人道:“童生今年二十二岁。”知县道:“你文字是会做的。这回复试更要用心,我少不得照顾你!”匡超人磕头谢了,领卷下去。复试过两次,出了长案,竟取了第一名案首,报到乡里去。匡超人拿手本上来谢。知县传进宅门去见了,问其家里这些苦楚,便封出二两银子来送他:“这是我分俸些须,你拿去奉养父母。到家并发忿加意用功,府考、院考的时候,你再来见我,我还资助你的盘费。”匡超人谢了出来,回家把银子拿与父亲,把官说的这些话告诉了一遍。太公着实感激,捧着银子在枕上望空磕头,谢了本县老爷。到此时,他哥才信了。乡下眼界浅,见匡超人取了案首,县里老爷又传进去见过,也就在庄上大家约着送过贺分到他家来。太公吩咐借间壁庵里请了一天酒。

这时残冬已过。开印后宗师按临温州。匡超人叩辞别知县。知县又送了二两银子。他到府,府考过,接着院考。考了出来,恰好知县上辕门见学道,在学道前下了一跪,说:“卑职这取的案首匡迥是孤寒之士,且是孝子。”就把他行孝的事细细说了。学道道:“‘士先器识而后辞章。’果然内行克敦,文辞都是末艺。但昨看匡迥的文字,理法虽略有未清,才气是极好的。贵县请回,领教便了。”只因这一番,有分教:婚姻缔就,孝便衰于二亲;科第取来,心只系乎两榜。未知匡超人这一考得进学否,且听下回分解。

第十七回 匡秀才重游旧地 赵医生高踞诗坛

话说匡太公自从儿子上府去考,尿屎仍旧在床上。他去了二十多日就如去了两年的一般,每日眼泪汪汪望着门外。那日向他老奶奶说道:“第二个去了这些时,总不回来,不知他可有福气挣着进一个学?这早晚我若死了,就不能看见他在跟前送终!”说着,又哭了。老奶奶劝了一回。

忽听门外一片声打的响,一个凶神的人,赶着他大儿子打了来,说在集上赶集占了他摆摊子的窝子。匡大又不服气,红着眼,向那人乱叫。那人把匡大担子夺了下来,那些零零碎碎东西撒了一地,筐子都踢坏了。匡大要拉他见官,口里说道:“县主老爷现同我家老二相与,我怕你么!我同你回老爷去!”太公听得忙叫他进来,吩咐道:“快不要如此!我是个良善人家,从不曾同人口舌,经官动府。况且占了他摊子,原是你不是!央人替他好好说,不要吵闹,带累我不安。”他那里肯听,气狠狠的又出去吵闹。吵的邻居都来围着看,也有拉的,也有劝的。正闹着,潘保正走来了,把那人说了几声,那人嘴才软了。保正又道:“匡大哥,你还不把你的东西拾在担子里,拿回家去哩。”

匡大一头骂着,一头拾东西。只见大路上两个人手里拿着红纸帖子,走来问道:“这里有一个姓匡的么?”保正认得是学里门斗。说道:“好了,匡二相公恭喜进了学了!”便道:“匡大哥,快领二位去同你老爹说。”匡大东西才拾完在担子里,挑起担子领两个门斗来家。那人也是保正劝回去了。

门斗进了门,见匡太公睡在床上,道了恭喜,把报帖升贴起来。上写道:“捷报贵府相公匡讳迥,蒙提学御史学道大老爷取中乐清县第一名入泮。联科及第。本学公报。”太公欢喜,叫老奶奶烧起茶来,把匡大担子里的糖和豆腐干,装了两盘,又煮了十来个鸡子,请门斗吃着。潘保正又拿了十来个鸡子来贺喜。一总煮了出来，留着潘老爹陪门斗吃饭。饭罢，太公拿出二百文来做报钱，门斗嫌少。太公道："我乃赤贫之人，又遭了回禄。小儿的事，劳二位来，这些须当甚么，权为一茶之敬。"潘老爹又说了一番，添了一百文，门斗去了。

直到四五日后，匡超人送过宗师才回家来，穿着衣巾拜见父母。嫂子是因回禄后就住在娘家去了，此时只拜了哥哥。他哥见他中了个相公，比从前更加亲热些。潘保正替他约齐了分子，择个日子贺学，又借在庵里摆酒。此番不同，共收了二十多吊钱，宰了两个猪和些鸡鸭之类，吃了两三日酒，和尚也来奉承。

匡超人同太公商议不磨豆腐了，把这剩下来的十几吊钱把与他哥。又租了两间屋，开个小杂货店。嫂子也接了回来，也不分在两处吃了，两日寻的钱，家里盘缠。

忙过几日，匡超人又进城去谢知县。知县此番便和他分庭抗礼，留着吃了酒饭，叫他拜做老师。事毕回家，学里那两个门斗，又下来到他家说话。他请了潘老爹来陪。门斗说："学里老爷要传匡相公去见，还要进见之礼。"匡超人恼了，道："我只认得我的老师！他这教官我去见他做甚么？有甚么进见之礼！"潘老爹道："二相公，你不可这样说了。我们县里老爷虽是老师，是你拜的老师，这是私情。这学里老师是朝廷制下的，专管秀才。你就中了状元这老师也要认的。怎么不去见？你是个寒士，进见礼也不好争，每位封两钱银子去就是了。"当下约定日子，先打发门斗回去。到那日，封了进见礼去见了学师回来。

太公又吩咐：买个牲醴到祖坟上去拜奠。那日上坟回来，太公觉得身体不大爽利。从此，病一日重似一日，吃了药，也再不得见效，饮食也渐渐少的不能吃了。匡超人到处求神问卜，凶多吉少。同哥商议：把自己向日那几两本钱，替太公备后事，店里照旧不动。当下买了一具棺木，做了许多布衣，合着太公的头做了一顶方巾，预备停当。太公淹淹在床，一日昏聩的狠，一日又觉得明白些。那日太公自知不济，叫两个儿子都到跟前，吩咐道："我这病犯得拙了！眼见得望天的日子远,入地的日子近。我一生是个无用的人,一块土也不曾丢给你们,两间房子都没有了。第二的侥幸进了一个学,将来读读书,会上进一层也不可知。但功名到底是身外之物,德行是要紧的。我看你在孝弟上用心极是难得,却又不可因后来日子略过的顺利些,就添出一肚子里的势利见识来,改变了小时的心事。我死之后,你一满了服就急急的要寻一头亲事。总要穷人家的儿女,万不可贪图富贵攀高结贵。你哥是个混帐人,你要到底敬重他,和奉事我的一样才是!"兄弟两个哭着听了,太公瞑目而逝。合家大哭起来。匡超人呼天抢地,一面安排装殓。因房屋褊窄,停放过了头七,将灵柩送在祖茔安葬。满庄的人都来吊孝送丧。两弟兄谢过了客。

匡大照常开店。匡超人逢七便去坟上哭奠。那一日,正从坟上奠了回来,天色已黑。刚才到家,潘保正走来,向他说道:"二相公,你可知道县里老爷坏了?今日委了温州府二太爷来摘了印去了。他是你老师,你也该进城去看看。"匡超人次日换了素服,进城去看。才走进城,那晓得百姓要留这官,鸣锣罢市,围住了摘印的官要夺回印信,把城门大白日关了,闹成一片。匡超人不得进去,只得回来再听消息。第三日,听得省里委了安民的官来了,要拿为首的人。

又过了三四日,匡超人从坟上回来,潘保正迎着道:"不好了!祸事到了!"匡超人道:"甚么祸事?"潘保正道:"到家去和你说。"当下到了匡家坐下,道:"昨日安民的官下来,百姓散了。上司叫这官密访为头的人,已经拿了几个。衙门里有两个没良心的差人就把你也密报了。说老爷待你甚好,你一定在内为头要保留。是那里冤枉的事!如今上面还要密访,但这事那里定得!他若访出是实,恐怕就有人下来拿。依我的意思,你不如在外府去躲避些时。没有官事就罢,若有,我替你维持。"匡超人惊得手慌脚忙,说道:"这是那里晦气!多承老爹相爱,说信与我,只是我而今那里去好?"潘保正道:"你自心里想,那处熟,就往那处去。"匡超人道:"我只有杭州熟,却不曾有甚相与的。"潘保正道:"你要往杭州,我写一个字与你带去。我有个房分兄弟,行三,人都叫他'潘三爷',现在布政司里充吏,家里就在司门前山上住。你去寻着了他,凡事叫他照应。他是个极慷慨的人,不得错的。”匡超人道:“既是如此,费老爹的心,写下书子,我今晚就走才好。”当下潘老爹一头写书,他一面嘱咐哥、嫂家里事务。洒泪拜别母亲,拴束行李,藏了书子出门。潘老爹送上大路回去。

匡超人背着行李走了几天旱路,到温州搭船。那日没有便船,只得到饭店权宿。走进饭店,见里面点着灯,先有一个客人坐在一张椅子上,面前摆了一本书,在那里静静的看。匡超人看那人时,黄瘦面皮,稀稀的几根胡子。那人看书出神,又是个近视眼,不曾见有人进来。匡超人走到跟前请教了一声“老客”,拱一拱手,那人才立起身来为礼。青绢直身,瓦楞帽子,像个生意人模样。两人叙礼坐下。匡超人问道:“客人贵乡尊姓?”那人道:“在下姓景,寒舍就在这五十里外。因有个小店在省城,如今往店里去。因无便船,权在此住一夜。”看见匡超人戴着方巾,知道他是秀才,便道:“先生贵处那里?尊姓台甫?”匡超人道:“小弟贱姓匡,字超人,敝处乐清。也是要往省城,没有便船。”那景客人道:“如此甚好,我们明日一同上船。”各自睡下。

次日早去上船,两人同包了一个头舱。上船放下行李,那景客人就拿出一本书来看。匡超人初时不好问他,偷眼望那书上,圈的花花绿绿,是些甚么诗词之类。到上午同吃了饭,又拿出书来看,看一会,又闲坐着吃茶。匡超人问道:“昨晚请教老客,说有店在省城,却开的是甚么宝店?”景客人道:“是头巾店。”匡超人道:“老客既开宝店,却看这书做甚么?”景客人笑道:“你道这书,单是戴头巾做秀才的会看么? 我杭城多少名士,都是不讲八股的。不瞒匡先生你说,小弟贱号叫做景兰江,各处诗选上,都刻过我的诗,今已二十余年。这些发过的老先生,但到杭城,就要同我们唱和。”因在舱内开了一个箱子,取出几十个斗方子来,递与匡超人道:“这就是拙刻,正要请教。”匡超人自觉失言,心里惭愧。接过诗来,虽然不懂,假做看完了,瞎赞一回。景兰江又问:“恭喜入泮是那一位学台?”匡超人道:“就是现在新任宗师。”景兰江道:“新学台是湖州鲁老先生同年。鲁老先生就是小弟的诗友。小弟当时联句的诗会,杨执中先生、权勿用先生、嘉兴蘧太守公孙骁夫，还有娄中堂两位公子——三先生、四先生，都是弟们文字至交。可惜有位牛布衣先生，只是神交，不曾会面。”匡超人见他说这些人，便问道：“杭城文瀚楼选书的马二先生，讳叫做静的，先生想也相与？”景兰江道：“那是做时文的朋友。虽也认得，不算相与。不瞒先生说，我们杭城名坛中倒也没有他们这一派。却是有几个同调的人，将来到省，可以同先生相会。”匡超人听罢，不胜骇然。

同他一路来到断河头，船近了岸，正要搬行李。景兰江站在船头上，只见一乘轿子歇在岸边。轿里走出一个人来，头戴方巾，身穿宝蓝直裰，手里摇着一把白纸诗扇，扇柄上拴着一个方象牙图书，后面跟着一个人，背了一个药箱。那先生下了轿，正要进那人家去。景兰江喊道：“赵雪兄，久违了！那里去？”那赵先生回过头来，叫一声：“哎呀！原来是老弟！几时来的？”景兰江道：“才到这里，行李还不曾上岸。”因回头望着舱里道：“匡先生，请出来。这是我最相好的赵雪斋先生，请过来会会！”匡超人出来，同他上了岸。

景兰江吩咐船家把行李且搬到茶室里来。当下三人同作了揖，同进茶室。赵先生问道：“此位长兄尊姓？”景兰江道：“这位是乐清匡先生，同我一船来的。”彼此谦逊了一回坐下，泡了三碗茶来。赵先生道：“老弟，你为甚么就去了这些时？叫我终日盼望。”景兰江道：“正是为些俗事缠着。这些时可有诗会么？”赵先生道：“怎么没有！前月中翰顾老先生来天竺进香，邀我们同到天竺，做了一天的诗。通政范大人告假省墓，船只在这里住了一日，还约我们到船上拈题分韵。着实扰了他一天。御史荀老先生来打抚台的秋风，丢着秋风不打，日日邀我们到下处做诗。这些人都问你，现今胡三公子替湖州鲁老先生征挽诗，送了十几个斗方在我那里，我打发不清。你来得正好，分两张去做。”说着吃了茶，问：“这位匡先生想也在庠，是那位学台手里恭喜的？”景兰江道：“就是现任学台。”赵先生微笑道：“是大小儿同案。”吃完了茶，赵先生先别，看病去了。景兰江问道：“匡先生，你而今行李发到那里去？”匡超人道：“如今且拢文瀚楼。”景兰江道：“也罢，你拢那里去，我且到店里。我的店在豆腐桥大街上金刚寺前。先生闲着,到我店里来谈。"说罢叫人挑了行李去了。

匡超人背着行李走到文瀚楼,问马二先生,已是回处州去了。文瀚楼主人认的他,留在楼上住。次日,拿了书子,到司前去找潘三爷。进了门,家人回道:"三爷不在家,前几日奉差到台州学道衙门办公事去了。"匡超人道:"几时回家?"家人道:"才去,怕不也还要三四十天功夫。"

匡超人只得回来,寻到豆腐桥大街景家方巾店里。景兰江不在店内。问左右店邻,店邻说道:"景大先生么?这样好天气,他先生正好到六桥探春光,寻花问柳,做西湖上的诗。绝好的诗题,他怎肯在店里坐着?"匡超人见问不着,只得转身又走。走过两条街,远远望见景先生同着两个戴方巾的走。匡超人相见作揖。景兰江指着那一个麻子道:"这位是支剑峰先生。"指着那一个胡子道:"这位是浦墨卿先生。都是我们诗会中领袖。"那二人问:"此位先生?"景兰江道:"这是乐清匡超人先生。"匡超人道:"小弟方才在宝店奉拜先生,恰值公出。此时往那里去?"景先生道:"无事闲游。"又道:"良朋相遇,岂可分途,何不到旗亭小饮三杯?"那两位道:"最好。"当下拉了匡超人,同进一个酒店,拣一副坐头坐下。酒保来问,要甚么菜。景兰江叫了一卖一钱二分银子的杂脍,两碟小吃。那小吃一样是炒肉皮,一样就是黄豆芽。拿上酒来。支剑峰问道:"今日何以不去访雪兄?"浦墨卿道:"他家今日宴一位出奇的客。"支剑峰道:"客,罢了!有甚么出奇?"浦墨卿道:"出奇的紧哩!你满饮一杯,我把这段公案告诉你。"

当下支剑峰斟上酒,二位也陪着吃了。浦墨卿道:"这位客姓黄,是戊辰的进士,而今选了我这宁波府鄞县知县。他先年在京里同杨执中先生相与,杨执中却和赵爷相好,因他来浙,就写一封书子来会赵爷。赵爷那日不在家,不曾会。"景兰江道:"赵爷官府来拜的也多,会不着他,也是常事。"浦墨卿道:"那日真正不在家。次日赵爷去回拜。会着,彼此叙说起来。你道奇也不奇?"众人道:"有甚么奇处?"浦墨卿道:"那黄公竟与赵爷生的同年、同月、同日、同时!"众人一齐道："这果然奇了！"浦墨卿道："还有奇处。赵爷今年五十九岁，两个儿子，四个孙子，老两个夫妻齐眉，只却是个布衣。黄公中了一个进士，做任知县，却是三十岁上就断了弦。夫人没了，而今儿花女花也无。"支剑峰道："这果然奇！同一个年、月、日、时，一个是这般境界，一个是那般境界，判然不合。可见，'五星''子平'都是不相干的。"说着，又吃了许多的酒。

浦墨卿道："三位先生，小弟有个疑难在此，诸公大家参一参：比如黄公同赵爷一般的年、月、日、时生的，一个中了进士，却是孤身一人；一个却是子孙满堂，不中进士。这两个人，还是那一个好？我们还是愿做那一个？"三位不曾言语。浦墨卿道："这话让匡先生先说。匡先生，你且说一说。"匡超人道："二者不可得兼。依小弟愚见，还是做赵先生的好。"众人一齐拍手道："有理！有理！"浦墨卿道："读书毕竟中进士是个了局。赵爷各样好了，到底差一个进士。不但我们说，就是他自己心里也不快活的是差着一个进士。而今又想中进士，又想像赵爷的全福，天也不肯！虽然世间也有这样人，但我们如今既设疑难，若只管说要合做两个人，就没的难了。如今依我的主意：只中进士，不要全福；只做黄公，不做赵爷。可是么？"支剑峰道："不是这样说。赵爷虽差着一个进士，而今他大公郎已经高进了，将来名登两榜，少不得封诰乃尊。难道儿子的进士当不得自己的进士不成？"浦墨卿笑道："这又不然。先年有一位老先生，儿子已做了大位，他还要科举。后来点名，监临不肯收他。他把卷子掼在地下，恨道：'为这个小畜生，累我戴个假纱帽！'这样看来，儿子的到底当不得自己的！"

景兰江道："你们都说的是隔壁帐。都斟起酒来，满满的吃三杯，听我说！"支剑峰道："说的不是怎样？"景兰江道："说的不是，倒罚三杯。"众人道："这没的说。"当下斟上酒吃着。景兰江道："众位先生所讲中进士，是为名？是为利？"众人道："是为名。"景兰江道："可知道赵爷虽不曾中进士，外边诗选上刻着他的诗几十处，行遍天下。那个不晓得有个赵雪斋先生？只怕比进士享名多着哩！"说罢哈哈大笑。众人都一齐道："这果然说的快畅！"一齐干了酒。匡超人听得,才知道天下还有这一种道理。景兰江道:“今日我等雅集,即拈‘楼’字为韵,回去都做了诗,写在一张纸上,送在匡先生下处请教。”当下同出店来,分路而别。只因这一番,有分教:交游添气色,又结婚姻;文字发光芒,更将进取。不知后事如何,且听下回分解。

第十八回 约诗会名士携匡二 访朋友书店会潘三

话说匡超人那晚吃了酒,回来寓处睡下。次日清晨文瀚楼店主人走上楼来,坐下道:"先生,而今有一件事相商。"匡超人问:"是何事?"主人道:"目今我和一个朋友合本,要刻一部考卷卖。要费先生的心,替我批一批,又要批的好,又要批的快。合共三百多篇文章,不知要多少日子就可以批得出来?我如今扣着日子,好发与山东、河南客人带去卖。若出的迟,山东、河南客人起了身,就误了一觉睡。这书刻出来,封面上就刻先生的名号,还多寡有几两选金和几十本样书送与先生。不知先生可赶的来?"匡超人道:"大约是几多日子批出来,方不误事?"主人道:"须是半个月内有的出来,觉得日子宽些。不然,就是二十天也罢了。"匡超人心里算计:半个月料想还做的来。当面应承了。

主人随即搬了许多的考卷文章上楼来,午间又备了四样菜,请先生坐坐,说:"发样的时候,再请一回,出书的时候,又请一回。平常每日就是小菜饭,初二、十六跟着店里吃牙祭肉。茶水、灯油都是店里供给。"匡超人大喜,当晚点起灯来,替他不住手的批,就批出五十篇,听听那樵楼上才交四鼓,匡超人喜道:"像这样,那里要半个月!"吹灯睡下,次早起来又批。一日搭半夜,总批得七八十篇。

到第四日,正在楼上批文章,忽听得楼下叫一声道:"匡先生在家么?"匡超人道:"是那一位?"忙走下楼来,见是景兰江。手里拿着一个斗方卷着,见了作揖道:"候迟有罪。"匡超人把他让上楼去。他把斗方放开在桌上说道:"这就是前日宴集限'楼'字韵的,同人已经写起斗方来。赵雪兄看见,因未得与,不胜怅怅,因照韵也做了一首。我们要让他写在前面,只得又各人写了一回,所以今日才得送来请教。"匡超人见题上写着"暮春旗亭小集,同限'楼'字"。每人一首诗。后面排着四个名字是:"赵洁雪斋手稿""景本蕙兰江手稿""支锷剑峰手稿”“浦玉方墨卿手稿”。看见纸张白亮，图书鲜红，真觉可爱，就拿来贴在楼上壁间，然后坐下。匡超人道：“那日多扰大醉，回来晚了。”景兰江道：“这几日不曾出门？”匡超人道：“因主人家托着选几篇文章，要替他赶出来发刻，所以有失问候。”景兰江道：“这选文章的事也好。今日我同你去会一个人。”匡超人道：“是那一位？”景兰江道：“你不要管，快换了衣服，我同你去便知。”

当下，换了衣服，锁了楼门，同下来走到街上。匡超人道：“如今往那里去？”景兰江道：“是我们这里做过冢宰的胡老先生的公子胡三先生。他今朝小生日，同人都在那里聚会。我也要去祝寿，故来拉了你去。到那里，可以会得好些人。方才斗方上几位，都在那里。”匡超人道：“我还不曾拜过胡三先生，可要带个帖子去？”景兰江道：“这是要的。”一同走到香蜡店，买了个帖子，在柜台上借笔写：“眷晚生匡迥拜。”写完，笼着又走。景兰江走着告诉匡超人道：“这位胡三先生，虽然好客，却是个胆小不过的人。先年冢宰公去世之后，他关着门，总不敢见一个人，动不动就被人骗一头，说也没处说。落后这几年，全亏结交了我们相与起来，替他帮门户，才热闹起来，没有人敢欺他。”匡超人道：“他一个冢宰公子，怎的有人敢欺？”景兰江道：“冢宰么，是过去的事了！他眼下又没人在朝，自己不过是个诸生。俗语说得好：‘死知府，不如一个活老鼠。’那个理他？而今人情是势利的！倒是我这雪斋先生，诗名大，府、司、院、道现任的官员那一个不来拜他！人只看见他大门口，今日是一把黄伞的轿子来，明日又是七八个红黑帽子吆喝了来。那蓝伞的官不算，就不由的不怕。所以，近来人看见他的轿子不过三日两日就到胡三公子家去，就疑猜三公子也有些势力。就是三公子那门首住房子的，房钱也给得爽利些。胡三公子也还知感。”

正说得热闹，街上又遇着两个方巾阔服的人。景兰江迎着道：“二位也是到胡三先生家拜寿去的？却还要约那位？向那头走？”那两人道：“就是来约长兄。既遇着，一同行罢！”因问：“此位是谁？”景兰江指着那两人向匡超人道：“这位是金东崖先生，这位是严致中先生。”指着匡超人向二位道：“这是匡超人先生。”四人齐作了一个揖，一齐同走。走到一个极大的门楼,知道是冢宰第了。把帖子交与看门的。看门的说:"请在厅上坐!"匡超人举眼,看见中间御书匾额"中朝柱石"四个字,两边楠木椅子。四人坐下。

少顷胡三公子出来,头戴方巾,身穿酱色缎直裰,粉底皂靴,三绺髭须,约有四十多岁光景。三公子着实谦光,当下同诸位作了揖。诸位祝寿,三公子断不敢当,又谢了诸位,奉坐。金东崖首座,严致中二座,匡超人三座。景兰江是本地人,同三公子坐在主位。金东崖向三公子谢了前日的扰。三公子向严致中道:"一向驾在京师,几时到的?"严致中道:"前日才到。一向在都门敝亲家国子司业周老先生家做居停,因与通政范公日日相聚。今通政公告假省墓,约弟同行,顺便返舍走走。"胡三公子道:"通政公寓在那里?"严贡生道:"通政公在船上,不曾进城,不过三四日即行。弟因前日进城会见雪兄,说道三哥今日寿日,所以来奉祝,叙叙阔怀。"三公子道:"匡先生几时到省?贵处那里?寓在何处?"景兰江代答道:"贵处乐清,到省也不久,是和小弟一船来的。现今寓在文瀚楼选历科考卷。"三公子道:"久仰!久仰!"说着,家人捧茶上来吃了。三公子立起身来,让诸位到书房里坐。

四位走进书房,见上面席间先坐着两个人,方巾白须,大模大样。见四位进来,慢慢立起身。严贡生认得,便上前道:"卫先生、随先生都在这里,我们公揖。"当下作过了揖,请诸位坐。那卫先生、随先生也不谦让,仍旧上席坐了。家人来禀三公子,又有客到。三公子出去了。这里坐下,景兰江请教"二位先生贵乡"。严贡生代答道:"此位是建德卫体善先生,乃建德乡榜。此位是石门随岑庵先生,是老明经。二位先生,是浙江二十年的老选家,选的文章,衣被海内的。"景兰江着实打躬,道其仰慕之意。那两个先生也不问诸人的姓名。随岑庵却认得金东崖,是那年出贡进京到监时相会的。因和他攀话道:"东翁,在京一别,又是数年,因甚回府来走走?想是年满授职?也该荣选了!"金东崖道:"不是。近来部里来投充的人,也甚杂,又因司官王惠,出去做官降了宁王,后来朝里又拿问了刘太监,常到部里搜剔卷案。我怕在那里久,惹是非,所以就告假出了京来。"

说着，捧出面来吃了。吃过，那卫先生、随先生闲坐着，谈起文来。卫先生道："近来的选事，益发坏了！"随先生道："正是。前科我两人该选一部，振作一番。"卫先生估着眼道："前科没有文章！"匡超人忍不住上前问道："请教先生，前科墨卷到处都有刻本的，怎的没有文章？"卫先生道："此位长兄尊姓？"景兰江道："这是乐清匡先生。"卫先生道："所以说没有文章者，是没有文章的法则。"匡超人道："文章既是中了，就是有法则了。难道中式之外，又另有个法则？"卫先生道："长兄你原来不知。文章是代圣贤立言，有个一定的规矩，比不得那些杂览，可以随手乱做的。所以一篇文章，不但看出这本人的富贵福泽，并看出国运的盛衰。洪、永有洪、永的法则，成、弘有成、弘的法则，都是一脉流传，有个元灯。比如主考中出一榜人来，也有合法的，也有侥幸的。必定要经我们选家，批了出来，这篇就是传文了。若是这一科，无可入选，只叫做没有文章。"随先生道："长兄，所以我们不怕不中，只是中了出来，这三篇文章要见得人，不丑。不然，只算做侥幸，一生抱愧。"又问卫先生道："近来那马静选的《三科程墨》，可曾看见？"卫先生道："正是他，把个选事坏了！他在嘉兴蘧坦庵太守家走动，终日讲的是些杂学。听见他杂览倒是好的，于文章的理法他全然不知，一味乱闹，好墨卷也被他批坏了。所以我看见他的选本，叫子弟把他的批语涂掉了读。"说着，胡三公子同了支剑峰、浦墨卿进来摆桌子，同吃了饭。

一直到晚不得上席，要等着赵雪斋。等到一更天，赵先生抬着一乘轿子，又两个轿夫跟着，前后打着四枝火把，飞跑了来。下了轿，同众人作揖，道及："得罪！有累诸位先生久候。"胡府又来了许多亲戚、本家，将两席改作三席，大家围着坐了。席散，各自归家。

匡超人到寓所，还批了些文章才睡。屈指六日之内，把三百多篇文章都批完了。就把在胡家听的这一席话，敷衍起来，做了个序文在上。又还偷着功夫，去拜了同席吃酒的这几位朋友。选本已成，书店里拿去看了，回来说道："向日马二先生在家兄文海楼，三百篇文章要批两个月，催着还要发怒。不想先生批的恁快！我拿给人看，说又快又细。这是极好的了！先生住着，将来各书坊里，都要来请先生，生意多哩!”因封出二两选金送来,说道:“刻完的时候,还送先生五十个样书。”又备了酒在楼上吃。

吃着,外边一个小厮,送将一个传单来。匡超人接着开看,是一张松江笺,折做一个全帖的样式,上写道:“谨择本月十五日西湖宴集,分韵赋诗。每位各出杖头资二星。今将在会诸位先生台衔开列于后:卫体善先生、随岑庵先生、赵雪斋先生、严致中先生、浦墨卿先生、支剑峰先生、匡超人先生、胡密之先生、景兰江先生,共九位。”下写“同人公具”。又一行写道:“尊分约齐,送至御书堂胡三老爷收。”匡超人看见各位名下都画了“知”字,他也画了。随即,将选金内秤了二钱银子,连传单交与那小使拿去了。

到晚无事,因想起明日西湖上须要做诗,我若不会,不好看相。便在书店里拿了一本《诗法入门》,点起灯来看。他是绝顶的聪明,看了一夜,早已会了。次日,又看了一日一夜,拿起笔来就做。做了出来觉得比壁上贴的还好些。当日又看,要已精而益求其精。

到十五日早上,打选衣帽,正要出门,早见景兰江同支剑峰来约。三人同出了清波门,只见诸位都坐在一只小船上候。上船一看,赵雪斋还不曾到,内中却不见严贡生。因问胡三公子道:“严先生怎的不见?”三公子道:“他因范通政昨日要开船,他把分子送来,已经回广东去了。”当下一同上船,在西湖里摇着。浦墨卿问三公子道:“严大先生,我听见他家为立嗣有甚么家难官事,所以到处乱跑。而今不知怎样了?”三公子道:“我昨日问他的,那事已经平复。仍旧立的是他二令郎,将家私三七分开,他令弟的妾,自分了三股家私过日子。这个倒也罢了。”

一刻到了花港。众人都倚着胡公子走上去借花园吃酒。胡三公子走去借,那里竟关着门不肯。胡三公子发了急,那人也不理。景先生拉那人到背地里问,那人道:“胡三爷是出名的悭吝!他一年有几席酒照顾我,我奉承他!况且,他去年借了这里摆了两席酒,一个钱也没有!去的时候,他也不叫人扫扫,还说煮饭的米剩下两升,叫小厮背了回去。这样大老官乡绅,我不奉承他!”一席话,说的没法。众人只得一齐走到于公祠一个和尚家坐着。和尚烹出茶来。分子都在胡三公子身上。三公子便拉了景兰江出去买东西。匡超人道："我也跟去顽顽。"当下走到街上，先到一个鸭子店。三公子恐怕鸭子不肥，拔下耳挖来，戳戳脯子上肉厚，方才叫景兰江讲价钱买了。因人多，多买了几斤肉，又买了两只鸡、一尾鱼和些蔬菜，叫跟的小厮先拿了去。还要买些肉馒头，日中当点心。于是走进一个馒头店，看了三十个馒头。那馒头三个钱一个，三公子只给他两个钱一个，就同那馒头店里吵起来。景兰江在旁劝解，劝了一回，不买馒头了。买了些索面去下了吃，就是景兰江拿着。又去买了些笋干、盐蛋、熟栗子、瓜子之类，以为下酒之物。匡超人也帮着拿些。来到庙里交与和尚收拾。支剑峰道："三老爷，你何不叫个厨役伺候，为甚么自己忙？"三公子吐舌道："厨役就费了！"又秤了一块银，叫小厮去买米。

忙到下午，赵雪斋轿子才到了，下轿就叫取箱来。轿夫把箱子捧到，他开箱取出一个药封来，二钱四分，递与三公子收了。厨下酒菜已齐，捧上来众位吃了。吃过饭，拿上酒来。赵雪斋道："吾辈今日雅集，不可无诗！"当下拈阄分韵：赵先生拈的是"四支"，卫先生拈的是"八齐"，浦先生拈的是"一东"，胡先生拈的是"二冬"，景先生拈的是"十四寒"，随先生拈的是"五微"，匡先生拈的是"十五删"，支先生拈的是"三江"。分韵已定，又吃了几杯酒，各散进城。

胡三公子叫家人取了食盒，把剩下来的骨头骨脑和些果子装在里面，果然又问和尚查剩下的米共几升，也装起来。送了和尚五分银子的香资。押家人挑着，也进城去。

匡超人与支剑峰、浦墨卿、景兰江同路。四人高兴，一路说笑，勾留顽耍，进城迟了，已经昏黑。景兰江道："天已黑了，我们快些走！"支剑峰已是大醉，口发狂言道："何妨！谁不知道我们西湖诗会的名士！况且李太白穿着宫锦袍夜里还走，何况才晚！放心走！谁敢来？"正在手舞足蹈高兴，忽然前面一对高灯，又是一对提灯，上面写的字是"盐捕分府"。那分府坐在轿里一眼看见，认得是支锷，叫人采过他来，问道："支锷！你是本分府盐务里的巡商，怎么黑夜吃得大醉在街上胡闹？"支剑峰醉了，把脚不稳，前跌后撞，口里还说："李太白宫锦夜行。"那分府看见他戴了方巾，说道："衙门巡商，从来没有生、监充当的。你怎么戴这个帽子！左右的，挝去了！”一条链子锁起来。浦墨卿走上去帮了几句。分府怒道：“你既是生员，如何黑夜酗酒？带着送在儒学去！”景兰江见不是事，悄悄在黑影里把匡超人拉了一把，往小巷内两人溜了。转到下处，打开了门，上楼去睡。

次日出去访访，两人也不曾大受累，依旧把分韵的诗都做了来。匡超人也做了。及看那卫先生、随先生的诗，“且夫”“尝谓”都写在内，其余，也就是文章批语上采下来的几个字眼。拿自己的诗比比，也不见得不如他。众人把这诗写在一张纸上，共写了七八张。匡超人也贴在壁上。

又过了半个多月，书店考卷刻成，请先生。那晚吃得大醉。次早睡在床上，只听下面喊道：“匡先生，有客来拜。”只因会着这个人，有分教：婚姻就处，知为夙世之因；名誉隆时，不比时流之辈。毕竟此人是谁，且听下回分解。

第十九回　匡超人幸得良朋　潘自业横遭祸事

话说匡超人睡在楼上听见有客来拜,慌忙穿衣起来下楼。见一个人坐在楼下,头戴吏巾,身穿元缎直裰,脚下虾蟆头厚底皂靴;黄胡子,高颧骨,黄黑面皮,一双直眼。那人见匡超人下来,便问道:“此位是匡二相公么?”匡超人道:“贱姓匡。请问尊客贵姓?”那人道:“在下姓潘。前日看见家兄书子,说你二相公来省。”匡超人道:“原来就是潘三哥!”慌忙作揖行礼,请到楼上坐下。潘三道:“那日二相公赐顾,我不在家。前日返舍看见家兄的书信,极赞二相公为人聪明,又行过多少好事。着实可敬!”匡超人道:“小弟来省特地投奔三哥,不想公出。今日会见,欢喜之极!”说罢,自己下去拿茶,又托书店买了两盘点心拿上楼来。潘三正在那里看斗方,看见点心到了,说道:“哎呀!这做甚么?”接茶在手,指着壁上道:“二相公,你到省里来,和这些人相与做甚么?”匡超人问:“是怎的?”潘三道:“这一班人是有名的呆子。这姓景的,开头巾店,本来有两千银子的本钱,一顿诗做的精光。他每日在店里,手里拿着一个刷子刷头巾,口里还哼的是‘清明时节雨纷纷’,把那买头巾的和店邻看了都笑。而今折了本钱,只借这做诗为由,遇着人就借银子,人听见他都怕。那一个姓支的,是盐务里一个巡商。我来家在衙门里听见说,不多几日他吃醉了,在街上吟诗,被府里二太爷一条链子锁去,把巡商都革了。将来只好穷的淌屎!二相公,你在客边,要做些有想头的事。这样人,同他混缠做甚么?”

当下,吃了两个点心便丢下,说道:“这点心吃他做甚么?我和你到街上去吃饭。”叫匡超人锁了门,同到街上司门口一个饭店里。潘三叫切一只整鸭,脍一卖海参杂脍,又是一大盘白肉,都拿上来。饭店里见是潘三爷,屁滚尿流,鸭和肉都捡上好的、极肥的切来,海参杂脍加味用作料。两人先斟两壶酒,酒罢用饭。剩下的就给了店里人。出来也不算帐,只吩咐得一声:“是我的。”那店主人忙拱手道:“三爷请便,小店知道。”

走出店门,潘三道:“二相公你而今往那去?”匡超人道:“正要到三哥府上。”潘三道:“也罢,到我家去坐坐。”同着一直走到一个巷内,一带青墙,两扇半截板门,又是两扇重门。进到厅上,一伙人在那里围着一张桌子赌钱。潘三骂道:“你这一班狗才,无事便在我这里胡闹!”众人道:“知道三老爹到家几日了,送几个头钱来与老爹接风。”潘三道:“我那里要你甚么头钱接风!”又道:“也罢,我有个朋友在此,你们弄出几个钱来热闹热闹。”匡超人要同他施礼。他拦住道:“方才见过,罢了,又作揖怎的?你且坐着!”当下走了进去,拿出两千钱来,向众人说道:“兄弟们,这个是匡二相公的两千钱,放与你们。今日打的头钱都是他的。”向匡超人道:“二相公,你在这里坐着,看着这一个管子。这管子满了,你就倒出来收了,让他们再丢。”便拉一把椅子,叫匡超人坐着,他也在旁边看。

看了一会,外边走进一个人来请潘三爷说话。潘三出去看时,原来是开赌场的王老六。潘三道:“老六,久不见你,寻我怎的?”老六道:“请三爷在外边说话。”潘三同他走了出来,一个僻静茶室里坐下。王老六道:“如今有一件事可以发个小财,一径来和三爷商议。”潘三问是何事。老六道:“昨日钱塘县衙门里快手,拿着一班光棍在茅家铺轮奸,奸的是乐清县大户人家逃出来的一个使女,叫做荷花。这班光棍正奸得好,被快手拿着了来报了官。县里王太爷,把光棍每人打几十板子放了,出了差,将这荷花解回乐清去。我这乡下有个财主,姓胡,他看上了这个丫头。商量若想个方法,瞒的下这个丫头来,情愿出几百银子买他。这事可有个主意?”潘三道:“差人是那个?”王老六道:“是黄球。”潘三道:“黄球可曾自己解去?”王老六道:“不曾去,是两个副差去的。”潘三道:“几时去的?”王老六道:“去了一日了。”潘三道:“黄球可知道胡家这事。”王老六道:“怎么不知道!他也想在这里面发几个钱的财,只是没有方法。”潘三道:“这也不难。你去约黄球来当面商议。”那人应诺去了。潘三独自坐着吃茶,只见又是一个人慌慌张张的走了进来,说道:“三老爹,我那里不寻你,原来独自坐在这里吃茶!"潘三道:"你寻我做甚么?"那人道:"这离城四十里外,有个乡里人施美卿,卖弟媳妇与黄祥甫,银子都兑了。弟媳妇要守节,不肯嫁。施美卿同媒人商议着要抢。媒人说:'我不认得你家弟媳妇,你须是说出个记认。'施美卿说:'每日清早上,是我弟媳妇出来屋后抱柴。你明日众人伏在那里,遇着就抢罢了。'众人依计而行,到第二日抢了家去。不想那一日早,弟媳妇不曾出来,是他乃眷抱柴。众人就抢了去。隔着三四十里路,已是睡了一晚。施美卿来要讨他的老婆,这里不肯。施美卿告了状。如今那边要诉,却因讲亲的时节不曾写个婚书,没有凭据。而今要写一个,乡里人不在行,来同老爹商议。还有这衙门里事,都托老爹料理。有几两银子,送作使费。"潘三道:"这是甚么要紧的事,也这般大惊小怪!你且坐着,我等黄头说话哩。"

须臾王老六同黄球来到。黄球见了那人道:"原来郝老二也在这里。"潘三道:"不相干,他是说别的话。"因同黄球另在一张桌子上坐下。王老六同郝老二又在一桌。黄球道:"方才这件事,三老爹是怎个施为?"潘三道:"他出多少银子?"黄球道:"胡家说,只要得这丫头荷花,他连使费一总干净,出二百两银子。"潘三道:"你想赚他多少?"黄球道:"只要三老爹把这事办的妥当,我是好处,多寡分几两银子罢了。难道我还同你老人家争!"潘三道:"既如此,罢了。我家现住着一位乐清县的相公,他和乐清县的太爷最好。我托他去人情上弄一张回批来,只说荷花已经解到,交与本人领去了。我这里,再托人向本县弄出一个朱签来,到路上将荷花赶回把与胡家。这个方法何如?"黄球道:"这好的很了。只是事不宜迟,老爹就要去办。"潘三道:"今日就有朱签。你叫他把银子作速取来!"黄球应诺,同王老六去了。

潘三叫郝老二:"跟我家去。"当下两人来家,赌钱的还不曾散。潘三看着赌完了,送了众人出去,留下匡超人来道:"二相公你住在此,我和你说话。"当下留在后面楼上,起了一个婚书稿,叫匡超人写了,把与郝老二看,叫他明日拿银子来取。打发郝二去了。吃了晚饭点起灯来,念着回批,叫匡超人写了。家里有的是豆腐干刻的假印,取来用上。又取出朱笔,叫匡超人写了一个赶回文书的朱签。办毕,拿出酒来对饮,向匡超人道:“像这,都是有些想头的事,也不枉费一番精神。和那些呆瘟缠甚么!”是夜留他睡下。次早两处都送了银子来。潘三收进去,随即拿二十两银子递与匡超人,叫他带在寓处做盘费。匡超人欢喜接了,遇便人也带些家去,与哥添本钱。书坊各店,也有些文章请他选;潘三一切事,都带着他分几两银子。身上渐渐光鲜。果然听了潘三的话,和那边的名士来往稀少。

不觉住了将及两年。一日潘三走来道:“二相公,好几日不会,同你往街上吃三杯。”匡超人锁了楼门,同走上街。才走得几步,只见潘家一个小厮寻来了,说:“有客在家里,等三爷说话。”潘三道:“二相公,你就同我家去。”当下同他到家,请匡超人在里间小客座里坐下。潘三同那人在外边。潘三道:“李四哥,许久不见。一向在那里?”李四道:“我一向在学道衙门前。今有一件事回来商议,怕三爷不在家。而今会着三爷,这事不愁不妥了。”潘三道:“你又甚么事捣鬼话?同你共事,你是马蹄刀瓢里切菜,滴水也不漏,总不肯放出钱来。”李四道:“这事是有钱的。”潘三道:“你且说是甚么事。”李四道:“目今宗师按临绍兴了。有个金东崖在部里做了几年衙门,挣起几个钱来,而今想儿子进学。他儿子叫做金跃,却是一字不通的。考期在即,要寻一个替身。这位学道的关防又严,须是想出一个新法子来。这事所以要和三爷商议。”潘三道:“他愿出多少银子?”李四道:“绍兴的秀才足足值一千两一个。他如今走小路,一半也要他五百两。只是眼下,且难得这一个替考的人,又必定是怎样装一个何等样的人进去?那替考的笔资多少?衙门里使费共是多少?剩下的,你我怎样一个分法?”潘三道:“通共五百两银子,你还想在这里头分一个分子,这事就不必讲了!你只好在他那边得些谢礼,这里你不必想!”李四道:“三爷,就依你说也罢了,到底是怎个做法?”潘三道:“你总不要管,替考的人也在我,衙门里打点也在我。你只叫他把五百两银子兑出来封在当铺里,另外拿三十两银子,给我做盘费。我总包他一个秀才。若不得进学,五百两一丝也不动。可妥当么?”李四道："这没的说了。"当下说定，约着日子来封银子。潘三送了李四出去，回来向匡超人说道："二相公，这个事用的着你了。"匡超人道："我方才听见的。用着我，只好替考。但是，我还是坐在外面做了文章传递，还是竟进去替他考？若要进去替他考，我竟没有这样的胆子。"潘三道："不妨，有我哩！我怎肯害你？且等他封了银子来，我少不得同你往绍兴去。"当晚别了回寓。

过了几日，潘三果然来搬了行李同行。过了钱塘江，一直来到绍兴府，在学道门口，寻了一个僻静巷子寓所住下。次日李四带了那童生来会一会。潘三打听得宗师挂牌考会稽了，三更时分带了匡超人悄悄同到班房门口。拿出一顶高黑帽，一件青布衣服，一条红搭包来，叫他除了方巾，脱了衣裳，就将这一套行头穿上。附耳低言，如此如此，不可有误！把他送在班房，潘三拿着衣帽去了。交过五鼓，学道三炮升堂。超人手执水火棍，跟了一班军牢夜役吆喝了进去，排班站在二门口。学道出来点名，点到童生金跃，匡超人递个眼色与他。那童生是照会定了的，便不归号，悄悄站在黑影里。匡超人就退下几步到那童生跟前，躲在人背后把帽子除下来，与童生戴着，衣服也彼此换过来。那童生执了水火棍站在那里。匡超人捧卷归号，做了文章，放到三四牌才交卷出去。回到下处，神鬼也不知觉。发案时候，这金跃高高进了。

潘三同他回家，拿二百两银子，以为笔资。潘三道："二相公，你如今得了这一注横财，这就不要花费了，做些正经事。"匡超人道："甚么正经事？"潘三道："你现今服也满了，还不曾娶个亲事。我有一个朋友，姓郑，在抚院大人衙门里。这郑老爹是个忠厚不过的人，父子都当衙门。他有第三个女儿，托我替他做个媒。我一向也想着你年貌也相当。一向因你没钱，我就不曾认真的替你说。如今只要你情愿，我一说就是妥的。你且落得招在他家。一切行财下礼的费用，我还另外帮你些。"匡超人道："这是三哥极相爱的事，我有甚么不情愿？只是现有这银子在此，为甚又要你费钱？"潘三道："你不晓得你这丈人家，浅房窄屋的，招进去，料想也不久要留些银子自己寻两间房子。将来添一个人吃饭，又要生男育女，却比不得在客边了。我和你是一个人，再帮你几两银子，分甚么彼此？你将来发达了，愁为不着我的情也怎的？"匡超人着实感激。潘三果然去和郑老爹说，取了庚帖来。只问匡超人要了十二两银子，去换几件首饰，做四件衣服，过了礼去。择定十月十五日入赘。到了那日，潘三备了几碗菜请他来吃早饭。吃着，向他说道："二相公，我是媒人，我今日送你过去，这一席子酒就算你请媒的了。"匡超人听了也笑。吃过，叫匡超人洗了澡，里里外外，都换了一身新衣服，头上新方巾，脚下新靴。潘三又拿出一件新宝蓝缎直裰与他穿上。吉时已到，叫两乘轿子两人坐了。轿前一对灯笼，竟来入赘。郑老爹家，住在巡抚衙门旁一个小巷内，一间门面，到底三间。那日新郎到门，那里把门关了。潘三拿出二百钱来做开门钱，然后开了门。郑老爹迎了出来。翁婿一见，才晓得就是那年回去同船之人。这一番结亲真是夙因。当下匡超人拜了丈人，又进去拜了丈母。阿舅都平磕了头。郑家设席管待。潘三吃了一会辞别去了。郑家把匡超人请进新房。见新娘端端正正好个相貌，满心欢喜。合卺成亲，不必细说。

次早，潘三又送了一席酒来与他谢亲。郑家请了潘三来陪，吃了一日。

荏苒满月，郑家屋小不便居住。潘三替他在书店左近典了四间屋，价银四十两，又买了些桌椅家伙之类搬了进去。请请邻居，买两石米，所存的这项银子已是一空。还亏事事都是潘三帮衬，办的便宜，又还亏书店寻着选了两部文章，有几两选金，又有样书，卖了些将就度日。到得一年有余，生了一个女儿，夫妻相得。

一日，正在门首闲站，忽见一个青衣小帽的人一路问来。问到跟前，说道："这里可是乐清匡相公家？"匡超人道："正是。台驾那里来的？"那人道："我是给事中李老爷差往浙江，有书带与匡相公。"匡超人听见这话，忙请那人进到客位坐下。取书出来看了，才知就是他老师因被参发审，审的参款都是虚情，依旧复任；未及数月行取进京，授了给事中。这番寄书来，约这门生进京，要照看他。匡超人留来人酒饭，写了禀启，说："蒙老师呼唤，不日整理行装即来趋教。"打发去了。

随即接了他哥匡大的书子，说宗师按临温州，齐集的牌已到，叫他回来应考。匡超人不敢怠慢，向浑家说了，一面接丈母来做伴。他便收拾行装去应岁考。考过，宗师着实称赞，取在一等第一，又把他题了优行，贡入太学肄业。他欢喜谢了宗师。宗师起马，送过，依旧回省。和潘三商议，要回乐清乡里去挂匾、竖旗杆。到织锦店里，织了三件补服：自己一件，母亲一件，妻子一件。制备停当，正在各书店里约了一个会，每店三两。各家又另外送了贺礼。

正要择日回家，那日景兰江走来候候，就邀在酒店里吃酒。吃酒中间，匡超人告诉他这些话，景兰江着实羡了一回。落后，讲到潘三身上来。景兰江道："你不晓得么?"匡超人道："甚么事？我不晓得。"景兰江道："潘三昨晚拿了，已是下在监里。"匡超人大惊道："那有此事！我昨日午间才会着他，怎么就拿了?"景兰江道："千真万确的事。不然，我也不知道。我有一个舍亲，在县里当刑房。今早是舍亲小生日，我在那里祝寿，满座的人都讲这话，我所以听见。竟是抚台访牌下来，县尊刻不敢缓，三更天出差去拿，还恐怕他走了，将前后门都围起来，登时拿到。县尊也不曾问甚么，只把访的款单掼了下来把与他看。他看了也没的辩，只朝上磕了几个头，就送在监里去了。才走得几步，到了堂口，县尊叫差人回来，吩咐寄内号，同大盗在一处。这人此后苦了！你若不信，我同你到舍亲家去，看看款单。"匡超人道："这个好极。费先生的心引我去看一看，访的是些甚么事?"当下两人会了帐出酒店，一直走到刑房家。那刑房姓蒋，家里还有些客坐着。见两人来，请在书房坐下问其来意。景兰江说："这敝友要借县里昨晚拿的潘三那人款单看看。"

刑房拿出款单来，这单就粘在访牌上。那访牌上写道："访得潘自业，即潘三，本市井奸棍，借藩司衙门隐占身体，把持官府，包揽词讼，广放私债，毒害良民，无所不为。如此恶棍，岂可一刻容留于光天化日之下！为此，牌仰该县，即将本犯拿获，严审究报，以便按律治罪。毋违。火速！火速！"那款单上开着十几款：一、包揽欺隐钱粮若干两；一、私和人命几案；一、短截本县印文及私动朱笔一案；一、假雕印信若干颗;一、拐带人口几案;一、重利剥民,威逼平人身死几案;一、勾串提学衙门,买嘱枪手代考几案……不能细述。匡超人不看便罢,看了这款单,不觉飕的一声魂从顶门出去了。只因这一番,有分教:师生有情意,再缔丝萝;朋友各分张,难言兰臭。毕竟后事如何,且听下回分解。

第二十回　匡超人高兴长安道　牛布衣客死芜湖关

话说匡超人看了款单,登时面如土色,真是"分开两扇顶门骨,无数凉冰浇下来"。口里说不出,自心下想道:"这些事也有两件是我在里面的,倘若审了,根究起来,如何了得!"当下同景兰江别了刑房回到街上,景兰江作别去了。

匡超人到家,踌躇了一夜,不曾睡觉。娘子问他怎的,他不好真说,只说:"我如今贡了,要到京里去做官,你独自在这里住着不便,只好把你送到乐清家里去。你在我母亲跟前,我便往京里去做官。做的兴头,再来接你上任。"娘子道:"你去做官罢了,我自在这里接了我妈来做伴。你叫我到乡里去,我那里住得惯?这是不能的。"匡超人道:"你有所不知。我在家里,日逐有几个活钱。我去之后,你日食从何而来?老爹那边也是艰难日子,他那有闲钱养活女儿?待要把你送在娘家住,那里房子窄。我而今是要做官的,你就是诰命夫人,住在那地方不成体面,不如还是家去好。现今这房子转的出四十两银子,我拿几两添着进京,剩下的你带去放在我哥店里,你每日支用。我家那里东西又贱,鸡、鱼、肉、鸭,日日有的,有甚么不快活?"娘子再三再四不肯下乡,他终日来逼,逼的急了,哭喊吵闹了几次。他不管娘子肯与不肯,竟托书店里人,把房子转了,拿了银子回来。娘子到底不肯去。他请了丈人、丈母来劝。丈母也不肯。那丈人郑老爹见女婿就要做官,责备女儿不知好歹,着实教训了一顿。女儿拗不过,方才允了。叫一只船,把些家伙什物都搬在船上。匡超人托阿舅送妹子到家,写字与他哥,说将本钱添在店里逐日支销。择个日子动身,娘子哭哭啼啼拜别父母,上船去了。

匡超人也收拾行李,来到京师见李给谏。给谏大喜,问着他又补了廪,以优行贡入太学,益发喜极,向他说道:"贤契,目今朝廷考取教习,学生料理,包管贤契可以取中。你且将行李搬在我寓处来,盘桓几日。”匡超人应诺,搬了行李来。

又过了几时,给谏问匡超人:“可曾婚娶?”匡超人暗想,老师是位大人,在他面前说出丈人是抚院的差,恐惹他看轻了笑,只得答道:“还不曾。”给谏道:“恁大年纪,尚不曾娶,也是男子汉摽梅之候了,但这事也在我身上。”次晚,遣一个老成管家来到书房里,向匡超人说道:“家老爷拜上匡爷。因昨日谈及匡爷还不曾恭喜娶过夫人,家老爷有一外甥女,是家老爷夫人自小抚养大的,今年十九岁,才貌出众,现在署中,家老爷意欲招匡爷为甥婿。一切恭喜费用俱是家老爷备办,不消匡爷费心。所以着小的来向匡爷叩喜。”匡超人听见这话,吓了一跳,思量:“要回他说已经娶过的,前日却说过不曾。但要允他,又恐理上有碍。”又转一念道:“戏文上说的蔡状元招赘牛相府,传为佳话,这有何妨!”即便应允了。给谏大喜,进去和夫人说下。择了吉日,张灯结彩,倒赔数百金装奁,把外甥女嫁与匡超人。到那一日,大吹大擂,匡超人纱帽圆领,金带皂靴,先拜了给谏公夫妇。一派细乐,引进洞房。揭去方巾,见那新娘子辛小姐,真是沉鱼落雁之容,闭月羞花之貌。人物又标致,嫁装又齐整。匡超人此时恍若亲见瑶宫仙子、月下嫦娥,那魂灵都飘在九霄云外去了。自此,珠围翠绕,宴尔新婚,享了几个月的天福。

不想教习考取要回本省地方取结。匡超人没奈何,含着一包眼泪,只得别过了辛小姐回浙江来。一进杭州城,先到他原旧丈人郑老爹家来。进了郑家门,这一惊非同小可!只见郑老爹两眼哭得通红,对面客位上一人,便是他令兄匡大,里边丈母嚎天喊地的哭。匡超人吓痴了,向丈人作了揖,便问:“哥几时来的?老爹家为甚事这样哭?”匡大道:“你且搬进行李来,洗脸吃茶,慢慢和你说。”匡超人洗了脸,走进去见丈母,被丈母敲桌子、打板凳哭着一场数说:“总是你这天灾人祸的把我一个娇滴滴的女儿,生生的送死了!”匡超人此时才晓得郑氏娘子已是死了,忙走出来问他哥。匡大道:“自你去后,弟妇到了家里,为人最好,母亲也甚欢喜。那想他省里人过不惯我们乡下的日子。况且你嫂子们在乡下做的事,弟妇是一样也做不来。又没有个白白坐着,反叫婆婆和嫂子伏侍他的道理,因此,心里着急,吐起血来。靠大娘的身子还好,倒反照顾他,他更不过意。一日两,两日三,乡里又没个好医生,病了不到一百天,就不在了。我也是才到,所以郑老爹、郑太太听见了哭。”

匡超人听见了这些话止不住落下几点泪来,便问:“后事是怎样办的?”匡大道:“弟妇一倒了头,家里一个钱也没有。我店里是腾不出来,就算腾出些须来,也不济事。无计奈何,只得把预备着娘的衣衾棺木,都把与他用了。”匡超人道:“这也罢了。”匡大道:“装殓了,家里又没处停,只得权厝在庙后,等你回来下土。你如今来得正好,作速收拾收拾同我回去。”匡超人道:“还不是下土的事哩。我想如今我还有几两银子,大哥拿回去,在你弟妇厝基上,替他多添两层厚砖,砌的坚固些也还过得几年。方才老爹说的,他是个诰命夫人。到家请会画的替他追个像,把凤冠补服画起来。逢时遇节供在家里,叫小女儿烧香,他的魂灵也欢喜。就是那年我做了家去与娘的那件补服,若本家亲戚们家请酒,叫娘也穿起来,显得与众人不同。哥将来在家,也要叫人称呼老爷。凡事立起体统来,不可自己倒了架子。我将来有了地方,少不得连哥、嫂都接到任上,同享荣华的。”匡大被他这一番话,说得眼花缭乱,浑身都酥了,一总都依他说。晚间,郑家备了个酒,吃过,同在郑家住下。次日上街买些东西。匡超人将几十两银子递与他哥。

又过了三四日,景兰江同着刑房的蒋书办找了来说话,见郑家房子浅,要邀到茶室里去坐。匡超人近日口气不同,虽不说,意思不肯到茶室。景兰江揣知其意,说道:“匡先生在此取结赴任,恐不便到茶室里去坐。小弟而今正要替先生接风,我们而今竟到酒楼上去坐罢,还冠冕些。”当下邀二人上了酒楼,斟上酒来。景兰江问道:“先生,你这教习的官,可是就有得选的么?”匡超人道:“怎么不选?像我们这正途出身,考的是内廷教习,每日教的,多是勋戚人家子弟。”景兰江道:“也和平常教书一般的么?”匡超人道:“不然!不然!我们在里面,也和衙门一般,公座、朱墨笔砚摆的停当。我早上进去升了公座,那学生们送书上来,我只把那日子用朱笔一点,他就下去了。学生都是荫袭的三品以上的大人,出来就是督、抚、提、镇,都在我跟前磕头。像这国子监的祭酒是我的老师,他就是现任中堂的儿子,中堂是太老师。前日太老师有病,满朝问安的官都不见,单只请我进去坐在床沿上谈了一会出来。”

蒋刑房等他说完了,慢慢提起来,说:“潘三哥在监里,前日再三和我说,听见尊驾回来了,意思要会一会,叙叙苦情。不知先生你意下何如?”匡超人道:“潘三哥是个豪杰。他不曾遇事时会着我们,到酒店里坐坐,鸭子是一定两只,还有许多羊肉、猪肉、鸡、鱼。像这店里钱数一卖的菜,他都是不吃的。可惜而今受了累。本该竟到监里去看他一看,只是小弟而今比不得做诸生的时候,既替朝廷办事,就要照依着朝廷的赏罚。若到这样地方去看人,便是赏罚不明了。”蒋刑房道:“这本城的官并不是你先生做着,你只算去看看朋友,有甚么赏罚不明?”匡超人道:“二位先生,这话我不该说,因是知己面前不妨。潘三哥所做的这些事,便是我做地方官,我也是要访拿他的。如今倒反走进监去看他,难道说朝廷处分的他不是?这就不是做臣子的道理了。况且,我在这里取结,院里、司里都知道的。如今设若走一走,传的上边知道,就是小弟一生官场之玷。这个如何行得!可好费你蒋先生的心,多拜上潘三哥,凡事心照。若小弟侥幸,这回去就得个肥美地方,到任一年半载,那时带几百银子来帮衬他到不值甚么。”两人见他说得如此,大约没得辩他。吃完酒,各自散讫。蒋荆房自到监里回复潘三去了。

匡超人取定了结也便收拾行李上船。那时先包了一只淌板船的头舱,包到扬州,在断河头上船。上得船来,中舱先坐着两个人,一个老年的,茧绸直裰,丝绦朱履;一个中年的,宝蓝直裰,粉底皂靴。都戴着方巾。匡超人见是衣冠人物便同他拱手坐下,问起姓名。那老年的道:“贱姓牛,草字布衣。”匡超人听见景兰江说过的,便道:“久仰!”又问那一位,牛布衣代答道:“此位冯先生,尊字琢庵,乃此科新贵,往京师会试去的。”匡超人道:“牛先生也进京么?”牛布衣道:“小弟不去,要到江上边芜湖县地方,寻访几个朋友。因与冯先生相好,偶尔同船。只到扬州,弟就告别,另上南京船走长江去了。先生仙乡贵姓?今往那里去的?”匡超人说了姓名。冯琢庵道:“先生是浙江选家。尊选有好几部,弟都是见过的。”匡超人道:“我的文名也够了。自从那年到杭州,至今五六年,考卷、墨卷、房书、行书、名家的稿子,还有《四书讲书》《五经讲书》《古文选本》,家里有个帐,共是九十五本。弟选的文章,每一回出,书店定要卖掉一万部,山东、山西、河南、陕西、北直的客人都争着买,只愁买不到手。还有个拙稿,是前年刻的,而今已经翻刻过三副板。不瞒二位先生说,此五省读书的人,家家隆重的是小弟,都在书案上香火蜡烛,供着‘先儒匡子之神位’。”牛布衣笑道:“先生,你此言误矣!所谓‘先儒’者,乃已经去世之儒者。今先生尚在,何得如此称呼?”匡超人红着脸道:“不然!所谓‘先儒’者,乃先生之谓也!”牛布衣见他如此说,也不和他辩。冯琢庵又问道:“操选政的,还有一位马纯上,选手何如?”匡超人道:“这也是弟的好友。这马纯兄理法有余,才气不足,所以他的选本,也不甚行。选本总以行为主,若是不行,书店就要赔本。惟有小弟的选本,外国都有的。”彼此谈着,过了数日不觉已到扬州。冯琢庵、匡超人换了淮安船,到王家营起旱,进京去了。

牛布衣独自搭江船过了南京,来到芜湖,寻在浮桥口一个小庵内作寓。这庵叫做甘露庵,门面三间:中间供着一尊韦驮菩萨;左边一间锁着,堆些柴草;右边一间做走路。进去一个大院落,大殿三间。殿后两间房:一间是本庵一个老和尚自己住着,一间便是牛布衣住的客房。牛布衣日间出去寻访朋友,晚间点了一盏灯,吟哦些甚么诗词之类。老和尚见他孤寂,时常煨了茶,送在他房里,陪着说话到一二更天。若遇清风明月的时节,便同他在前面天井里谈说古今的事务,甚是相得。

不想一日牛布衣病倒了,请医生来,一连吃了几十帖药,总不见效。那日牛布衣请老和尚进房来坐在床沿上,说道:“我离家一千余里客居在此,多蒙老师父照顾。不想而今得了这个拙病,眼见得不济事了。家中并无儿女,只有一个妻子,年纪还不上四十岁。前日和我同来的一个朋友又进京会试去了,而今老师父就是至亲骨肉一般。我这床头箱内有六两银子,我若死去,即烦老师父替我买具棺木。还有几件粗布衣服拿去变卖了,请几众师父替我念一卷经,超度我升天。棺柩便寻那里一块空地把我寄放着。材头上写'大明布衣牛先生之柩',不要把我烧化了。倘得遇着个故乡亲戚,把我的丧带回去,我在九泉之下也是感激老师父的!"老和尚听了这话,那眼泪止不住纷纷的落了下来,说道:"居士,你但放心,说凶得吉。你若果有些山高水低,这事都在我老僧身上。"牛布衣又挣起来,朝着床里面席子下拿出两本书来,递与老和尚道:"这两本是我生平所做的诗,虽没有甚么好,却是一生相与的人都在上面。我舍不得湮没了,也交与老师父。又幸遇着个后来的才人,替我流传了,我死也瞑目!"老和尚双手接了,见他一丝两气,甚不过意。连忙到自己房里,煎了些龙眼莲子汤,拿到床前,扶起来与他吃。已是不能吃了,勉强呷了两口汤,仍旧面朝床里睡下。挨到晚上,痰响了一阵,喘息一回,呜呼哀哉,断气身亡。老和尚大哭了一场。此时乃嘉靖九年八月初三日,天气尚热。老和尚忙取银子去买了一具棺木来,拿衣服替他换上,央了几个庵邻,七手八脚在房里入殓。百忙里,老和尚还走到自己房里,披了袈裟,拿了手击子,到他柩前来念《往生咒》。

装殓停当,老和尚想:"那里去寻空地?不如就把这间堆柴的屋腾出来。与他停柩。"和邻居说了,脱去袈裟,同邻居把柴搬到大天井里堆着,将这屋安放了灵柩。取一张桌子,供奉香炉、烛台、魂幡,俱各停当。老和尚伏着灵桌又哭了一场。将众人安在大天井里坐着,烹起几壶茶来吃着。老和尚煮了一顿粥,打了一二十斤酒,买些面筋、豆腐干、青菜之类到庵,央及一个邻居烧锅。老和尚自己安排停当,先捧到牛布衣柩前奠了酒,拜了几拜,便拿到后边与众人打散。老和尚道:"牛先生是个异乡人,今日回首在这里,一些甚么也没有。贫僧一个人支持不来。阿弥陀佛,却是起动众位施主,来忙了恁一天。出家人又不能备个甚么肴馔,只得一杯水酒和些素菜与列位坐坐。列位只当是做好事罢了,休嫌怠慢!"众人道:"我们都是烟火邻居,遇着这样大事,理该效劳,却又还破费老师父,不当人子。我们众人心里都不安,老师父怎的反说这话?"当下众人把那酒菜和粥都吃完了,各自散讫。

过了几日,老和尚果然请了吉祥寺八众僧人来,替牛布衣拜了一天的梁皇忏。

自此之后,老和尚每日早晚课诵,开门关门,一定到牛布衣柩前添些香,洒几点眼泪。那日定更时分,老和尚晚课已毕,正要关门,只见一个十七八岁的小厮,右手拿着一本经折,左手拿着一本书,进门来,坐在韦驮脚下映着琉璃灯便念。老和尚不好问他,由他念到二更多天去了。老和尚关门睡下。次日这时候他又来念。一连念了四五日。老和尚忍不住了,见他进了门,上前问道:"小檀越,你是谁家子弟?因甚每晚到贫僧这庵里来读书,这是甚么缘故?"那小厮作了一个揖,叫声"老师父",叉手不离方寸,说出姓名来。只因这一番,有分教:立心做名士,有志者事竟成;无意整家园,创业者成难守。毕竟这小厮姓甚名谁,且听下回分解。

第二十一回　冒姓字小子求名　念亲戚老夫卧病

话说牛浦郎在甘露庵里读书,老和尚问他姓名,他上前作了一个揖说道:“老师父,我姓牛。舍下就在这前街上住,因当初在浦口外婆家长的,所以小名就叫做浦郎。不幸父母都去世了。只有个家祖年纪七十多岁,开个小香蜡店胡乱度日,每日叫我拿这经折去讨些赊帐。我打从学堂门口过,听见念书的声音好听,因在店里偷了钱,买这本书来念。却是吵闹老师父了。”老和尚道:“我方才不是说的,人家拿大钱请先生教子弟,还不肯读。像你小檀越偷钱买书念,这是极上进的事。但这里地下冷,又琉璃灯不甚明亮;我这殿上有张桌子,又有个灯挂儿,你何不就着那里去念,也觉得爽快些。”浦郎谢了老和尚,跟了进来。果然一张方桌,上面一个油灯挂,甚是幽静。

浦郎在这边厢读书,老和尚在那边打坐,每晚要到三更天。一日,老和尚听见他念书,走过来问道:“小檀越,我只道你是想应考要上进的念头,故买这本文章来念。而今听见你念的是诗,这个却念他则甚?”浦郎道:“我们经纪人家那里还想甚么应考上进!只是念两句诗,破破俗罢了。”老和尚见他出语不俗,便问道:“你看这诗,讲的来么?”浦郎道:“讲不来的也多,若有一两句讲的来,不由的心里觉得欢喜。”老和尚道:“你既然欢喜,再念几时,我把两本诗与你看,包你更欢喜哩!”浦郎道:“老师父有甚么诗?何不与我看?”老和尚笑道:“且慢,等你再想几时看。”

又过了些时,老和尚下乡到人家去念经有几日不回来,把房门锁了,殿上托了浦郎。浦郎自心里疑猜:“老师父有甚么诗,却不肯就与我看,哄我想的慌。”仔细算来,“三讨不如一偷”。趁老和尚不在家,到晚把房门掇开,走了进去。见桌上摆着一座香炉、一个灯盏、一串念珠,桌上放着些废残的经典。翻了一交,那有个甚么诗!浦郎疑惑道:“难道老师父哄我?”又寻到床上,寻着一个枕箱,一把铜锁锁着。浦郎把锁抻开,见里面重重包裹,两本锦面线装的书,上写“牛布衣诗稿”。浦郎喜道:“这个是了!”慌忙拿了出来,把枕箱锁好,走出房来,房门依旧关上。

将这两本书拿到灯下一看,不觉眉花眼笑,手舞足蹈的起来。是何缘故?他平日读的诗,是唐诗,文理深奥,他不甚懂;这个是时人的诗,他看着就有五六分解的来,故此欢喜。又见那题目上都写着:《呈相国某大人》《怀督学周大人》《娄公子偕游莺脰湖分韵,兼呈令兄通政》《与鲁太史话别》《寄怀王观察》,其余某太守、某司马、某明府、某少尹,不一而足。浦郎自想:“这相国、督学、太史、通政以及太守、司马、明府,都是而今的现任老爷们的称呼。可见,只要会做两句诗,并不要进学、中举,就可以同这些老爷们往来。何等荣耀!”因想:“他这人姓牛,我也姓牛。他诗上只写了‘牛布衣’,并不曾有个名字,何不把我的名字合着他的号刻起两方图书来,印在上面,这两本诗可不算了我的了?我从今就号做牛布衣!”当晚回家盘算,喜了一夜。

次日又在店里偷了几十个钱,走到吉祥寺门口一个刻图书的郭铁笔店里柜外,和郭铁笔拱一拱手,坐下说道:“要费先生的心刻两方图书。”郭铁笔递过一张纸来道:“请写尊衔!”浦郎把自己小名,去了一个“郎”字,写道:“一方阴文图书,刻‘牛浦之印’;一方阳文,刻‘布衣’二字。”郭铁笔接在手内,将眼上下把浦郎一看,说道:“先生便是牛布衣么?”浦郎答道:“布衣是贱字。”郭铁笔慌忙爬出柜台来重新作揖请坐,奉过茶来,说道:“久已闻得有位牛布衣住在甘露庵,容易不肯会人,相交的都是贵官长者,失敬!失敬!尊章即镌上献丑,笔资也不敢领。此处也有几位朋友仰慕先生,改日同到贵寓拜访。”浦郎恐他走到庵里看出爻象,只得顺口答道:“极承先生见爱。但目今也因邻郡一位当事约去做诗,还有几时耽阁,只在明早就行。先生且不必枉驾,索性回来相聚罢。图书也是小弟明早来领。”郭铁笔应诺了。浦郎次日讨了图书印在上面,藏的好好的。每晚仍在庵里念诗。

他祖父牛老儿坐在店里。那日午后没有生意,间壁开米店的一位卜老爹，走了过来坐着说闲话。牛老爹店里卖的有现成的百益酒，烫了一壶，拨出两块豆腐乳和些笋干、大头菜，摆在柜台上，两人吃着。卜老爹道："你老人家而今也罢了。生意这几年也还兴，你令孙长成人了，着实伶俐去得。你老人家有了接代，将来就是福人了。"牛老道："老哥，告诉你不得！我老年不幸，把儿子、媳妇都亡化了，丢下这个孽障种子，还不曾娶得一个孙媳妇，今年已十八岁了。每日叫他出门讨赊帐，讨到三更半夜不来家。说着也不信，不是一日了。恐怕这厮知识开了，在外没脊骨钻狗洞淘渌坏了身子，将来我这几根老骨头，却是叫何人送终？"说着，不觉凄惶起来。

卜老道："这也不是甚么难摆划的事。假如你焦他没有房屋，何不替他娶上一个孙媳妇，一家一计过日子？这也前后免不得要做的事。"牛老道："老哥，我这小生意日用还糊不过来，那得这一项银子，做这一件事？"卜老沉吟道："如今倒有一头亲事，不知你可情愿？若情愿时，一个钱也不消费得。"牛老道："却是那里有这一头亲事？"卜老道："我先前有一个小女，嫁在运漕贾家。不幸我小女病故了，女婿又出外经商，遗下一个外甥女，是我领来养在家里，倒大令孙一岁，今年十九岁了。你若不弃嫌，就把与你做个孙媳妇。你我爱亲做亲，我不争你的财礼，你也不争我的装奁，只要做几件布草衣服。况且一墙之隔，打开一个门，就搀了过来，行人钱都可以省得的。"牛老听罢，大喜道："极承老哥相爱，明日就央媒到府上来求。"卜老道："这个又不是了。又不是我的孙女儿，我和你，这些客套做甚么！如今主亲也是我，媒人也是我，只费得你两个帖子。我那里把庚帖送过来，你请先生择一个好日子，就把这事完成了。"牛老听罢，忙斟了一杯酒送过来，出席作了一个揖。当下说定了，卜老过去。

到晚牛浦回来，祖父把卜老爹这些好意告诉了一番。牛浦不敢违拗，次早写了两副红全帖：一副拜卜老为媒，一副拜姓贾的小亲家。那边收了，发过庚帖来。牛老请阴阳徐先生择定十月二十七日吉期过门。牛老把囤下来的几石粮食变卖了，做了一件绿布棉袄、红布棉裙子、青布上盖、紫布裤子，共是四件暖衣，又换了四样首饰，三日前送了过去。

到了二十七日,牛老清晨起来把自己的被褥搬到柜台上去睡。他家只得一间半房子:半间安着柜台,一间做客座,客座后半间就是新房。当日牛老让出床来,就同牛浦把新做的帐子、被褥铺叠起来。又匀出一张小桌子端了进来,放在后檐下有天窗的所在,好趁着亮放镜子梳头。房里停当,把后面天井内搭了个芦席的厦子做厨房。忙了一早晨。交了钱与牛浦出去买东西。只见那边卜老爹已是料理了些镜子、灯台、茶壶和一套盆桶、两个枕头,叫他大儿子卜诚做一担挑了来。挑进门放下,和牛老作了揖。牛老心里着实不安,请他坐下。忙走到柜里面,一个罐内倒出两块橘饼和些蜜饯天茄,斟了一杯茶双手递与卜诚,说道:“却是有劳的紧了,使我老汉坐立不安。”卜诚道:“老伯快不要如此,这是我们自己的事。”说罢坐下吃茶。只见牛浦戴了新瓦楞帽,身穿青布新直裰,新鞋净袜,从外面走了进来。后边跟着一个人,手里提着几大块肉、两个鸡、一大尾鱼和些闽笋、芹菜之类。他自己手里捧着油盐作料走了进来。牛老道:“这是你舅丈人,快过来见礼!”牛浦丢下手里东西,向卜诚作揖下跪。起来数钱,打发那拿东西的人,自捧着作料送到厨下去了。随后卜家第二个儿子卜信,端了一个箱子,内里盛的是新娘子的针线鞋面,又一个大捧盘,十杯高果子茶,送了过来,以为明早拜堂之用。牛老留着吃茶,牛浦也拜见过了。卜家弟兄两个坐了一回,拜辞去了。牛老自到厨下收拾酒席,足忙了一天。

到晚上,店里拿了一对长枝的红蜡烛点在房里,每枝上插了一朵通草花。央请了邻居家两位奶奶把新娘子搀了过来,在房里拜了花烛。牛老安排一席酒菜在新人房里,与新人和搀新人的奶奶坐。自己在客座内摆了一张桌子,点起蜡烛来。杯箸安排停当,请得卜家父子三位来到。牛老先斟了一杯酒奠了天地,再满满斟上一杯捧在手里,请卜老转上,说道:“这一门亲,蒙老哥亲家相爱,我做兄弟的知感不尽!却是穷人家不能备个好席面,只得这一杯水酒,又还要屈了二位舅爷的坐。凡事总是海涵了罢!”说着深深作下揖去,卜老还了礼。牛老又要奉卜诚、卜信的席,两人再三辞了作揖坐下。牛老道:“实是不成个酒馔,至亲面上,休要笑话!只是还有一说,我家别的没有,茶叶和炭还有些须。如今煨一壶好茶,留亲家坐着谈谈,到五更天让两口儿出来磕个头,也尽我兄弟一点穷心。”卜老道:“亲家,外甥女年纪幼不知个礼体,他父亲又不在跟前,一些赔嫁的东西也没有,把我羞的要不的。若说坐到天亮,我自恁要和你老人家谈谈哩,为甚么要去?”当下卜诚、卜信吃了酒先回家去,卜老坐到五更天。两口儿打扮出来,先请牛老在上,磕下头去。牛老道:“孙儿,我不容易看养你到而今。而今多亏了你这外公公,替你成就了亲事,你已是有了房屋了。我从今日起,就把店里的事即交付与你。一切买卖、赊欠、存留,都是你自己主张。我也老了,累不起了,只好坐在店里,帮你照顾,你只当寻个老伙计罢了。孙媳妇是好的,只愿你们夫妻,百年偕老,多子多孙!”磕了头起来请卜老爹转上受礼,两人磕下头去。卜老道:“我外孙女儿有甚不到处,姑爷你指点他。敬重上人,不要违拗夫主的言语!家下没有多人,凡事勤慎些,休惹老人家着急!”两礼罢,说着扶了起来。牛老又留亲家吃早饭,卜老不肯,辞别去了。自此,牛家嫡亲三口儿度日。

牛浦自从娶亲,好些时不曾到庵里去。那日出讨赊帐,顺路往庵里走走。才到浮桥口,看见庵门外拴着五六匹马,马上都有行李,马牌子跟着。走近前去,看韦驮殿四边凳上,坐着三四个人,头戴大毡帽,身穿绸绢衣服;左手拿着马鞭子,右手拈着须子;脚下尖头粉底皂靴跷得高高的坐在那里。牛浦不敢进去。老和尚在里面一眼张见,慌忙招手道:“小檀越,你怎么这些时不来?我正要等你说话哩,快些进来!”牛浦见他叫,大着胆走了进去。见和尚已经将行李收拾停当恰待起身,因吃了一惊道:“老师父,你收拾了行李要往那里去?”老和尚道:“这外面坐的几个人,是京里九门提督齐大人那里差来的。齐大人当时在京,曾拜在我名下,而今他升做大官,特地打发人来请我到京里报国寺去做方丈。我本不愿去,因前日有个朋友死在我这里,他却有个朋友到京会试去了,我今借这个便,到京寻着他这个朋友,把他的丧奔了回去,也了我这一番心愿。我前日说有两本诗,要与你看,就是他的,在我枕箱内。我此时也不得功夫了,你自开箱拿了去看。还有一床褥子不好带去,还有些零碎器用,都把与小檀越。你替我照应着，等我回来。”牛浦正要问话，那几个人走进来，说道：“今日天色甚早，还赶得几十里路。请老师父快上马，休误了我们走道儿。”说着，将行李搬出，把老和尚簇拥上马。那几个人都上了牲口。牛浦送了出来，只向老和尚说得一声：“前途保重！”那一群马泼剌剌的如飞一般也似去了。牛浦望不见老和尚方才回来。自己查点一查点东西，把老和尚锁房门的锁开了，取了下来，出门反锁了庵门回家歇宿。次日又到庵里走走，自想：“老和尚已去，无人对证，何不就认做牛布衣？”因取了一张白纸，写下五个大字道：“牛布衣寓内”。自此每日来走走。

又过了一个月，他祖父牛老儿坐在店里闲着，把帐盘一盘。见欠帐上人欠的也有限了，每日卖不上几十文钱，又都是柴米上支销去了。合共算起，本钱已是十去其七。这店渐渐的撑不住了，气的眼睁睁说不出话来。到晚牛浦回家，问着他，总归不出一个清帐，口里只管“之乎者也”，胡支扯叶。牛老气成一病，七十岁的人元气衰了，又没有药物补养，病不过十日，寿数已尽，归天去了。

牛浦夫妻两口，放声大哭起来。卜老听了，慌忙走过来，见尸首停在门上，叫道：“老哥！”眼泪如雨的哭了一场。哭罢，见牛浦在旁哭的言不得语不得，说道：“这时节不是你哭的事。吩咐外甥女儿看好了老爹，你同我出去料理棺衾。”牛浦揩泪谢了卜老。当下同到卜老相熟的店里，赊了一具棺材，又拿了许多的布，叫裁缝赶着做起衣裳来，当晚入殓。次早雇了八个脚子抬往祖坟安葬。卜老又还替他请了阴阳徐先生，自己骑驴子，同阴阳下去点了穴。看着亲家入土，又哭了一场。同阴阳生回来，留着牛浦在坟上过了三日。卜老一到家，就有各项的人来要钱，卜老都许着。直到牛浦回家，归一归店里本钱，只抵得棺材店五两银子。其余布店、裁缝、脚子的钱都没处出。无计奈何，只得把自己住的间半房子，典与浮桥上抽闸板的闸牌子，得典价十五两。除还清了帐，还剩四两多银子。卜老叫他留着些，到开年清明替老爹成坟。

牛浦两口子没处住，卜老把自己家里出了一间房子叫他两口儿搬来住下，把那房子交与闸牌子去了。那日搬来，卜老还办了几碗菜，替他暖房，卜老也到他房里坐了一会。只是想着死的亲家，就要哽哽咽咽的哭。

不觉已是除夕，卜老一家过年。儿子、媳妇房中，都有酒席、炭火。卜老先送了几斤炭叫牛浦在房里生起火来，又送了一桌酒菜，叫他除夕在房里立起牌位来祭奠老爹。新年初一日，叫他到坟上烧纸钱去。又说道："你到坟上去向老爹说，我年纪老了，这天气冷，我不能亲自来替亲家拜年。"说着又哭了。牛浦应诺了去。

卜老直到初三才出来贺节，在人家吃了几杯酒和些菜。打从浮桥口过，见那闸牌子家换了新春联，贴的花花碌碌的，不由的一阵心酸流出许多眼泪来。要家去，忽然遇着侄女婿一把拉了家去。侄女儿打扮着出来拜年。拜过了，留在房里吃酒，捧上糯米做的年团子来，吃了两个已经不吃了，侄女儿苦劝着，又吃了两个。回来一路迎着风就觉得有些不好。到晚头疼发热就睡倒了。请了医生来看，有说是着了气，气裹了痰的；也有说该发散的；也有说该用温中的；也有说老年人该用补药的；纷纷不一。卜诚、卜信慌了，终日看着。牛浦一早一晚的进房来问安。

那日天色晚了，卜老爹睡在床上，见窗眼里钻进两个人来走到床前，手里拿了一张纸递与他看。问别人，都说不曾看见有甚么人。卜老爹接纸在手，看见一张花边批文，上写着许多人的名字，都用朱笔点了，一单共有三十四五个人。头一名牛相，他知道是他亲家的名字；末了一名，便是他自己名字卜崇礼。再要问那人时，把眼一眨，人和票子都不见了。只因这一番，有分教：结交官府，致令亲戚难依；遨游仕途，幸遇宗谊可靠。不知卜老性命如何，且听下回分解。

第二十二回　认祖孙玉圃联宗　爱交游雪斋留客

话说卜老爹睡在床上亲自看见地府勾牌，知道要去世了。即把两个儿子、媳妇叫到跟前，都吩咐了几句遗言，又把方才看见勾批的话说了，道："快替我穿了送老的衣服，我立刻就要去了！"两个儿子哭哭啼啼忙取衣服来穿上。穿着衣服，他口里自言自语道："且喜我和我亲家是一票，他是头一个，我是末一个。他已是去得远了，我要赶上他去。"说着，把身子一挣，一头倒在枕头上。两个儿子都扯不住，忙看时已没了气了。后事都是现成的，少不得修斋理七，报丧开吊，都是牛浦陪客。

这牛浦也就有几个念书的人和他相与，乘着人乱也夹七夹八的来往。初时，卜家也还觉得新色。后来，见来的回数多了，一个生意人家只见这些"之乎者也"的人来讲呆话，觉得可厌，非止一日。

那日牛浦走到庵里，庵门锁着。开了门只见一张帖子掉在地下，上面许多字，是从门缝里送进来的。拾起一看，上面写道："小弟董瑛在京师会试，于冯琢庵年兄处，得读大作，渴欲一晤，以得识荆。奉访尊寓不值，不胜怅怅！明早幸驾少留片刻，以便趋教。至祷！至祷！"看毕知道是访那个牛布衣的。但见帖子上有"渴欲识荆"的话，是不曾会过，"何不就认作牛布衣和他相会？"又想道："他说在京会试，定然是一位老爷。且叫他竟到卜家来会我，吓他一吓卜家弟兄两个有何不可？"主意已定，即在庵里取纸笔写了一个帖子，说道："牛布衣近日馆于舍亲卜宅，尊客过问，可至浮桥南首大街卜家米店便是。"写毕带了出来，锁好了门，贴在门上。

回家向卜诚、卜信说道："明日有一位董老爷来拜。他就是要做官的人，我们不好轻慢。如今要借重大爷，明日早晨把客座里收拾干净了，还要借重二爷，捧出两杯茶来。这都是大家脸上有光辉的事，须帮衬一帮衬。"卜家弟兄两个，听见有官来拜，也觉得喜出望外，一齐应诺了。第二日清早,卜诚起来扫了客堂里的地,把囤米的折子,搬在窗外廊檐下,取六张椅子对面放着,叫浑家生起炭炉子煨出一壶茶来,寻了一个捧盘、两个茶杯、两张茶匙,又剥了四个圆眼,一杯里放两个,伺候停当。

直到早饭时候,一个青衣人手持红帖一路问了来,道:“这里可有一位牛相公?董老爷来拜。”卜诚道:“在这里。”接了帖飞跑进来说。牛浦迎了出去,见轿子已落在门首。董孝廉下轿进来,头戴纱帽,身穿浅蓝色缎圆领,脚下粉底皂靴;三绺须,白净面皮;约有三十多岁光景。进来行了礼分宾主坐下。董孝廉先开口道:“久仰大名,又读佳作,想慕之极!只疑先生老师宿学,原来还这般青年,更加可敬!”牛浦道:“晚生山鄙之人,胡乱笔墨,蒙老先生同冯琢翁过奖,抱愧实多。”董孝廉道:“不敢。”卜信捧出两杯茶从上面走下来,送与董孝廉。董孝廉接了茶,牛浦也接了。卜信直挺挺站在堂屋中间。牛浦打了躬,向董孝廉道:“小价村野之人不知礼体,老先生休要见笑!”董孝廉笑道:“先生世外高人,何必如此计论!”卜信听见这话,颈脖子都飞红了,接了茶盘骨都着嘴进去。牛浦又问道:“老先生此番驾往何处?”董孝廉道:“弟已授职县令,今发来应天候缺,行李尚在舟中。因渴欲一晤,故此两次奉访。今既已接教过,今晚即要开船赴苏州去矣。”牛浦道:“晚生得蒙青目,一日地主之谊,也不曾尽得,如何便要去?”董孝廉道:“先生,我们文章气谊,何必拘这些俗情!弟此去若早得一地方,便可奉迎先生到署早晚请教。”说罢起身要去。牛浦攀留不住,说道:“晚生即刻就来船上奉送。”董孝廉道:“这倒也不敢劳了,只怕弟一出去船就要开,不得奉候。”当下打躬作别,牛浦送到门外,上轿去了。

牛浦送了回来,卜信气得脸通红,迎着他,一顿数说道:“牛姑爷,我至不济也是你的舅丈人、长亲!你叫我捧茶去,这是没奈何,也罢了。怎么当着董老爷臊我?这是那里来的话!”牛浦道:“但凡官府来拜,规矩是该换三遍茶。你只送了一遍就不见了。我不说你也罢了,你还来问我这些话,这也可笑!”卜诚道:“姑爷,不是这样说。虽则我家老二捧茶不该从上头往下走,你也不该就在董老爷跟前洒出来！不惹的董老爷笑?”牛浦道:“董老爷看见了你这两个灰扑扑的人也就够笑的了,何必要等你捧茶走错了才笑!”卜信道:“我们生意人家也不要这老爷们来走动！没有多借了光,反惹他笑了去!”牛浦道:“不是我说一个大胆的话,若不是我在你家,你家就一二百年也不得有个老爷走进这屋里来。”卜诚道:“没的扯淡！就算你相与老爷,你到底不是个老爷!”牛浦道:“凭你向那个说去！还是坐着同老爷打躬作揖的好,还是捧茶给老爷吃,走错路,惹老爷笑的好?”卜信道:“不要恶心！我家也不希罕这样老爷!”牛浦道:“不希罕么?明日向董老爷说,拿帖子送到芜湖县先打一顿板子!”两个人一齐叫道:“反了！反了！外甥女婿要送舅丈人去打板子！是我家养活你这年把的不是了！就和他到县里去讲讲,看是打那个的板子!”牛浦道:“那个怕你！就和你去!”

当下两人把牛浦扯着,扯到县门口。知县才发二梆,不曾坐堂。三人站在影壁前,恰好遇着郭铁笔走来问其所以。卜诚道:“郭先生,自古‘一斗米养个恩人,一石米养个仇人’,这是我们养他的不是了!”郭铁笔也着实说牛浦的不是,道:“尊卑长幼,自然之理。这话却行不得！但至亲间见官也不雅相。”当下扯到茶馆里,叫牛浦斟了杯茶坐下。卜诚道:“牛姑爷,倒也不是这样说！如今我家老爹去世,家里人口多,我弟兄两个招揽不来。难得当着郭先生在此,我们把这话说一说,外甥女少不的是我们养着,牛姑爷也该自己做出一个主意来,只管不尴不尬住着也不是事。”牛浦道:“你为这话么?这话倒容易。我从今日就搬了行李出来自己过日,不缠扰你们就是了。”当下吃完茶,劝开这一场闹,三人又谢郭铁笔。郭铁笔别过去了。卜诚、卜信回家。

牛浦赌气,来家拿了一床被搬在庵里来住。没的吃用,把老和尚的铙、钹、叮当都当了。闲着无事,去望望郭铁笔。铁笔不在店里,柜上有人家寄的一部新《缙绅》卖。牛浦揭开一看,看见淮安府安东县新补的知县董瑛,字彦芳,浙江仁和人。说道:“是了！我何不寻他去?”忙走到庵里卷了被褥,又把和尚的一座香炉、一架磬拿去当了二两多银子。也不到卜家告说,竟搭了江船。

恰好遇顺风,一日一夜就到了南京燕子矶。要搭扬州船,来到一个饭店里。店主人说道:“今日头船已经开了,没有船,只好住一夜明日午后上船。”牛浦放下行李走出店门,见江沿上系着一只大船,问店主人道:“这只船可开的?”店主人笑道:“这只船,你怎上的起?要等个大老官来包了才走哩!”说罢走了进来,走堂的拿了一双筷子、两个小菜碟,又是一碟腊猪头肉、一碟子芦蒿炒豆腐干、一碗汤、一大碗饭,一齐搬上来。牛浦问:“这菜和饭是怎算?”走堂的道:“饭是二厘一碗,荤菜一分,素的一半。”牛浦把这菜和饭都吃了,又走出店门。只见江沿上歇着一乘轿、三担行李、四个长随,那轿里走出一个人来,头戴方巾,身穿沉香色夹绸直裰,粉底皂靴,手拿白纸扇,花白胡须,约有五十多岁光景,一双刺猬眼,两个鹳骨腮。那人走出轿来,吩咐船家道:“我是要到扬州盐院太老爷那里去说话的,你们小心伺候!我到扬州另外赏你。若有一些怠慢,就拿帖子送在江都县重处!”船家唯唯连声,搭扶手请上了船。船家都帮着搬行李。

正搬得热闹,店主人向牛浦道:“你快些搭去!”牛浦掮着行李走到船尾上,船家一把把他拉了上船,摇手叫他不要则声,把他安在烟篷底下坐。牛浦见他们众人把行李搬上了船,长随在舱里拿出“两淮公务”的灯笼来挂在舱口。叫船家把炉铫拿出来,在船头上生起火来,煨了一壶茶送进舱去。天色已黑,点起灯笼来。四个长随都到后船来办盘子,炉子上顿酒。料理停当都捧到中舱里,点起一只红蜡烛来。牛浦偷眼在板缝里张那人时,对了蜡烛,桌上摆着四盘菜,左手拿着酒杯,右手按着一本书,在那里点头细看。看了一回,拿进饭去吃了。少顷吹灯睡了。牛浦也悄悄睡下。

是夜东北风紧,三更时分潇潇飒飒的下起细雨。那烟篷芦席上漏下水来,牛浦翻身打滚的睡不着。到五更天,只听得舱里叫道:“船家,为甚么不开船?”船家道:“这大呆的顶头风,前头就是黄天荡,昨晚一号几十只船都湾在这里,那一个敢开?”少停,天色大亮。船家烧起脸水送进舱去。长随们都到后舱来洗脸。候着他们洗完,也递过一盆水与牛浦洗了。只见两个长随打伞上岸去了,一个长随取了一只金华火腿,在船边上向着港里洗。洗了一会,那两个长随买了一尾时鱼、一只烧鸭、一方肉和些鲜笋、芹菜，一齐拿上船来。船家量米煮饭，几个长随过来收拾这几样肴馔。整治停当装做四大盘，又烫了一壶酒，捧进舱去与那人吃早饭。吃过剩下的，四个长随拿到船后板上齐坐着吃了一会。吃毕打抹船板干净，才是船家在烟篷底下取出一碟萝卜干和一碗饭与牛浦吃。牛浦也吃了。

那雨虽略止了些，风却不曾住。到晌午时分，那人把舱后开了一扇板，一眼看见牛浦，问道："这是甚么人？"船家陪着笑脸说道："这是小的们带的一分酒资。"那人道："你这位少年，何不进舱来坐坐？"牛浦巴不得这一声，连忙从后面钻进舱来，便向那人作揖下跪。那人举手道："船舱里窄，不必行这个礼。你且坐下！"牛浦道："不敢拜问老先生尊姓？"那人道："我么，姓牛名瑶，草字叫做玉圃。我本是徽州人。你姓甚么？"牛浦道："晚生也姓牛，祖籍本来也是新安。"牛玉圃不等他说完，便接着道："你既然姓牛，五百年前是一家。我和你祖孙相称罢！我们徽州人称叔祖是叔公，你从今只叫我做叔公罢了。"牛浦听了这话也觉愕然，因见他如此体面不敢违拗。因问道："叔公此番到扬，有甚么公事？"牛玉圃道："我不瞒你说，我八轿的官，也不知相与过多少！那个不要我到他衙门里去？我是懒出门。而今在这东家万雪斋家，也不是甚么要紧的人。他图我相与的官府多，有些声势，每年请我在这里，送我几百两银留我代笔。代笔也只是个名色。我也不奈烦住在他家那个俗地方，我自在子午宫住。你如今既认了我，我自有用的着你处。"当下向船家道："把他的行李拿进舱来，船钱也在我这里算。"船家道："老爷又认着了一个本家，要多赏小的们几个酒钱哩。"

这日晚饭，就在舱里陪着牛玉圃吃。到夜风住，天已晴了。五更鼓已到仪征。进了黄泥滩，牛玉圃起来洗了脸，携着牛浦上岸走走。走上岸向牛浦道："他们在船上收拾饭费事。这里有个大观楼，素菜甚好。我和你去吃素饭罢。"回头吩咐船上道："你们自料理吃早饭，我们往大观楼吃饭就来，不要人跟随了。"说着到了大观楼。上得楼梯，只见楼上先坐着一个戴方巾的人。那人见牛玉圃吓了一跳，说道："原来是老弟！"牛玉圃道："原来是老哥！"两个平磕了头。那人问:“此位是谁?”牛玉圃道:“这是舍侄孙。”向牛浦道:“你快过来叩见。这是我二十年拜盟的老弟兄,常在大衙门里共事的王义安老先生。快来叩见!”牛浦行过了礼。分宾主坐下,牛浦坐在横头。走堂的搬上饭来,一碗炒面筋,一碗脍腐皮,三人吃着。牛玉圃道:“我和你还是那年在齐大老爷衙门里相别,直到而今。”王义安道:“那个齐大老爷?”牛玉圃道:“便是做九门提督的了。”王义安道:“齐大老爷待我两个人,是没的说的了!”

正说得稠密,忽见楼梯上,又走上两个戴方巾的秀才来:前面一个穿一件茧绸直裰,胸前油了一块;后面一个穿一件元色直裰,两个袖子破的晃晃荡荡的,走了上来。两个秀才一眼看见王义安,那穿茧绸的道:“这不是我们这里丰家巷婊子家掌柜的乌龟王义安?”那穿元色的道:“怎么不是他!他怎么敢戴了方巾,在这里胡闹!”不由分说,走上去一把扯掉了他的方巾,劈脸就是一个大嘴巴,打的乌龟跪在地下磕头如捣蒜,两个秀才越发威风。牛玉圃走上去扯劝,被两个秀才啐了一口,说道:“你一个衣冠中人同这乌龟坐着一桌子吃饭!你不知道罢了,既知道还要来替他劝闹,连你也该死了!还不快走,在这里讨没脸!”牛玉圃见这事不好,悄悄拉了牛浦走下楼来,会了帐急急走回去了。这里两个秀才,把乌龟打了个臭死。店里人做好做歹叫他认不是。两个秀才总不肯住,要送他到官。落后,打的乌龟急了,在腰间摸出三两七钱碎银子来送与两位相公做好看钱,才罢了,放他下去。

牛玉圃同牛浦上了船,开到扬州,一直拢了子午宫下处。道士出来接着。安放行李,当晚睡下。次日早晨,拿出一顶旧方巾和一件蓝绸直裰来递与牛浦,道:“今日要同往东家万雪斋先生家,你穿了这个衣帽去。”当下叫了两乘轿子两人坐了,两个长随跟着,一个抱着毡包,直来到河下。见一个大高门楼,有七八个朝奉坐在板凳上,中间夹着一个奶妈坐着说闲话。轿子到了门首,两人下轿走了进去。那朝奉都是认得的,说道:“牛老爷回来了!请在书房坐。”当下,走进了一个虎座的门楼,过了磨砖的天井到了厅上。举头一看:中间悬着一个大匾,金字是“慎思堂”三字,旁边一行“两淮盐运使司盐运使荀玫书”；两边金笺对联，写“读书好，耕田好，学好便好；创业难，守成难，知难不难。”中间挂着一轴倪云林的画；书案上摆着一大块不曾琢过的璞；十二张花梨椅子；左边放着六尺高的一座穿衣镜。从镜子后边走进去，两扇门开了，鹅卵石砌成的地，循着塘沿走，一路的朱红栏杆。走了进去，三间花厅，隔子中间悬着斑竹帘。有两个小幺儿在那里伺候，见两个走来，揭开帘子让了进去。举眼一看，里面摆的都是水磨楠木桌椅，中间悬着一个白纸墨字小匾，是“课花摘句”四个字。

两人坐下吃了茶，那主人万雪斋，方从里面走了出来。头戴方巾，手摇金扇，身穿澄乡茧绸直裰，脚下朱履，出来同牛玉圃作揖。牛玉圃叫过牛浦来见，说道：“这是舍侄孙。见过了老先生！”三人分宾主坐下，牛浦坐在下面。又捧出一道茶来吃了。万雪斋道：“玉翁为甚么在京耽搁这许多时？”牛玉圃道：“只为我的名声太大了，一到京住在承恩寺，就有许多人来求，也有送斗方来的，也有送扇子来的，也有送册页来的，都要我写字、做诗。还有那分了题限了韵来要求教的。昼日昼夜打发不清。才打发清了，国公府里徐二公子不知怎样就知道小弟到了，一回两回打发管家来请。他那管家都是锦衣卫指挥，五品的前程。到我下处来了几次，我只得到他家盘桓了几天。临行再三不肯放，我说是雪翁有要紧事等着才勉强辞了来。二公子也仰慕雪翁，尊作诗稿，是他亲笔看的。”因在袖口里拿出两本诗来递与万雪斋。万雪斋接诗在手，便问：“这一位令侄孙，一向不曾会过，多少尊庚了？大号是甚么？”牛浦答应不出来。牛玉圃道：“他今年才二十岁。年幼，还不曾有号。”万雪斋正要揭开诗本来看，只见一个小厮飞跑进来，禀道：“宋爷请到了。”万雪斋起身道：“玉翁，本该奉陪。因第七个小妾有病，请医家宋仁老来看，弟要去同他斟酌，暂且告过。你竟请在我这里宽坐，用了饭坐到晚去。”说罢去了。管家捧出四个小菜碟、两双碗筷来，抬桌子摆饭。

牛玉圃向牛浦道：“他们摆饭还有一会功夫，我和你且在那边走走。那边还有许多齐整房子好看。”当下领着牛浦走过了一个小桥，循着塘沿走，望见那边高高低低许多楼阁。那塘沿略窄，一路栽着十几棵柳树。牛玉圃走着,回头过来向他说道:“方才主人问着你话,你怎么不答应?”牛浦眼瞪瞪的望着牛玉圃的脸说,不觉一脚蹉了个空,半截身子掉下塘去。牛玉圃慌忙来扶,亏有柳树拦着,拉了起来。鞋袜都湿透了,衣服上淋淋漓漓的半截水。牛玉圃恼了,沉着脸道:“你原来是上不的台盘的人!”忙叫小厮毡包里拿出一件衣裳来与他换了,先送他回下处。只因这一番,有分教:旁人闲话,说破财主行踪;小子无良,弄得老生扫兴。不知后事如何,且听下回分解。

第二十三回　发阴私诗人被打　叹老景寡妇寻夫

话说牛玉圃看见牛浦跌在水里不成模样,叫小厮叫轿子先送他回去。牛浦到了下处惹了一肚子的气,把嘴骨都着坐在那里。坐了一会,寻了一双干鞋袜换了。道士来问:"可曾吃饭?"又不好说是没有,只得说吃了,足足的饿了半天。牛玉圃在万家吃酒,直到更把天才回来,上楼又把牛浦数说了一顿,牛浦不敢回言,彼此住下。次日,一天无事。

第三日,万家又有人来请。牛玉圃吩咐牛浦看着下处,自己坐轿子去了。牛浦同道士吃了早饭。道士道:"我要到旧城里木兰院一个师兄家走走。牛相公,你在家里坐着罢。"牛浦道:"我在家有甚事?不如也同你去顽顽。"当下锁了门同道士一直进了旧城,一个茶馆内坐下。茶馆里送上一壶干烘茶、一碟透糖、一碟梅豆上来。吃着,道士问道:"牛相公,你这位令叔祖可是亲房的?一向他老人家在这里不见你相公来。"牛浦道:"也是路上遇着叙起来联宗的。我一向在安东县董老爷衙门里。那董老爷好不好客!记得我一初到他那里时候,才送了帖子进去他就连忙叫两个差人出来请我的轿。我不曾坐轿,却骑的是个驴。我要下驴,差人不肯,两个人牵了我的驴头一路走上去。走到暖阁上,走的地板格登格登的一路响。董老爷已是开了宅门自己迎了出来,同我手搀着手走了进去。留我住了二十多天。我要辞他回来,他送我十七两四钱五分细丝银子,送我出到大堂上,看着我骑上了驴。口里说道:'你此去若是得意就罢了,若不得意,再来寻我。'这样人真是难得!我如今还要到他那里去。"道士道:"这位老爷,果然就难得了!"牛浦道:"我这东家万雪斋老爷,他是甚么前程?将来几时有官做?"道士鼻子里笑了一声道:"万家,只好你令叔祖敬重他罢了!若说做官,只怕纱帽满天飞,飞到他头上还有人摭了他的去哩!"牛浦道:"这又奇了!他又不是娼优隶卒,为甚那纱帽飞到他头上,还有人挝了去?”道士道:“你不知道他的出身么? 我说与你,你却不可说出来。万家他自小是我们这河下万有旗程家的书童,自小跟在书房伴读。他主子程明卿见他聪明,到十八九岁上就叫他做小司客。”牛浦道:“怎么样叫做小司客?”道士道:“我们这里盐商人家,比如托一个朋友在司上行走,替他会官、拜客,每年几百银子辛俸,这叫做大司客。若是司上有些零碎事情,打发一个家人去打听、料理,这就叫做小司客了。他做小司客的时候极其停当,每年聚几两银子,先带小货,后来就弄窝子。不想他时运好,那几年窝价陡长,他就寻了四、五万银子,便赎了身出来买了这所房子。自己行盐,生意又好,就发起十几万来。万有旗程家已经折了本钱回徽州去了,所以没人说他这件事。去年万家娶媳妇,他媳妇也是个翰林的女儿,万家费了几千两银子娶进来。那日大吹大打,执事灯笼就摆了半街,好不热闹! 到第三日,亲家要上门做朝,家里就唱戏、摆酒。不想他主子程明卿,清早上就一乘轿子抬了来坐在他那厅房里。万家走了出来就由不的自己跪着,作了几个揖,当时兑了一万两银子出来才糊的去了,不曾破相。”正说着,木兰院里走出两个道士来,把这道士约了去吃斋。道士告别去了。

牛浦自己吃了几杯茶,走回下处来。进了子午宫,只见牛玉圃已经回来,坐在楼底下。桌上摆着几封大银子,楼门还锁着。牛玉圃见牛浦进来,叫他快开了楼门把银子搬上楼去。抱怨牛浦道:“适才我叫看着下处,你为甚么街上去胡撞!”牛浦道:“适才我站在门口,遇见敝县的二公在门口过。他见我就下了轿子,说道:‘许久不见。’要拉到船上谈谈,故此去了一会。”牛玉圃见他会官就不说他不是了。因问道:“你这位二公姓甚么?”牛浦道:“他姓李,是北直人。便是这李二公也知道叔公。”牛玉圃道:“他们在官场中自然是闻我的名的。”牛浦道:“他说,也认得万雪斋先生。”牛玉圃道:“雪斋也是交满天下的。”因指着这个银子道:“这就是雪斋家拿来的。因他第七位如夫人有病,医生说是寒症,药里要用一个雪虾蟆,在扬州,出了几百银子也没处买,听见说苏州还寻的出来,他拿三百两银子托我去买。我没的功夫,已在他跟前举荐了你。你如今去走一走罢,还可以赚的几两银子。"牛浦不敢违拗。当夜牛玉圃买了一只鸡和些酒替他饯行,在楼上吃着。牛浦道:"方才有一句话,正要向叔公说。是敝县李二公说的。"牛玉圃道:"甚么话?"牛浦道:"万雪斋先生算同叔公是极好的了,但只是笔墨相与,他家银钱大事还不肯相托。李二公说,他生平有一个心腹的朋友,叔公如今只要说,同这个人相好,他就诸事放心,一切都托叔公。不但叔公发财,连我做侄孙的将来都有日子过。"牛玉圃道:"他心腹朋友是那一个?"牛浦道:"是徽州程明卿先生。"牛玉圃笑道:"这是我二十年拜盟的朋友,我怎么不认的?我知道了。"吃完了酒各自睡下。次日牛浦带着银子,告辞叔公,上船往苏州去了。

次日万家又来请酒,牛玉圃坐轿子去。到了万家,先有两位盐商坐在那里,一个姓顾,一个姓汪。相见作过了揖。那两个盐商说都是亲戚,不肯僭牛玉圃的坐,让牛玉圃坐在首席。吃过了茶,先讲了些窝子长跌的话。抬上席来,两位一桌。奉过酒,头一碗上的冬虫夏草。万雪斋请诸位吃着,说道:"像这样东西也是外方来的,我们扬州城里偏生多。一个雪虾蟆就偏生寻不出来!"顾盐商道:"还不曾寻着么?"万雪斋道:"正是。扬州没有,昨日才托玉翁令侄孙到苏州寻去了。"汪盐商道:"这样希奇东西苏州也未必有,只怕还要到我们徽州旧家人家寻去,或者寻出来。"万雪斋道:"这话不错。一切的东西,是我们徽州出的好。"顾盐商道:"不但东西出的好,就是人物,也出在我们徽州。"牛玉圃忽然想起,问道:"雪翁,徽州有一位程明卿先生是相好的么?"万雪斋听了,脸就绯红,一句也答不出来。牛玉圃道:"这是我拜盟的好弟兄,前日还有书子与我说不日就要到扬州,少不的要与雪翁叙一叙。"万雪斋气的两手冰冷,总是一句话也说不出来。顾盐商道:"玉翁,自古'相交满天下,知心能几人'!我们今日且吃酒,那些旧话,也不必谈他罢了。"当晚勉强终席,各自散去。

牛玉圃回到下处,几天不见万家来请。那日在楼上睡中觉,一觉醒来,长随拿封书子上来说道:"这是河下万老爷家送来的,不等回书去了。"牛玉圃拆开来看:"刻下仪征王汉策舍亲令堂太亲母七十大寿,欲求先生做寿文一篇,并求大笔书写,望即命驾往伊处。至嘱!至嘱!”牛玉圃看了这话,便叫长随叫了一只草上飞往仪征去。

当晚上船,次早到丑坝上岸,在米店内问王汉策老爷家。米店人说道:“是做埠头的王汉家?他在法云街朝东的一个新门楼子里面住。”牛玉圃走到王家,一直进去,见三间敞厅。厅中间椅子上,亮着一幅一幅的金字寿文。左边窗子口一张长桌,一个秀才低着头在那里写。见牛玉圃进厅,丢下笔走了过来。牛玉圃见他穿着茧绸直裰,胸前油了一块,就吃了一惊。那秀才认得牛玉圃,说道:“你就是大观楼同乌龟一桌吃饭的!今日又来这里做甚么?”牛玉圃上前同他吵闹。王汉策从里面走出来,向那秀才道:“先生请坐,这个不与你相干。”那秀才自在那边坐了。王汉策同牛玉圃拱一拱手,也不作揖,彼此坐下。问道:“尊驾就是号玉圃的么?”牛玉圃道:“正是。”王汉策道:“我这里就是万府下店。雪翁昨日有书子来,说尊驾为人不甚端方,又好结交匪类。自今以后,不敢劳尊了。”因向帐房里称出一两银子来,递与他说道:“我也不留了,你请尊便罢!”牛玉圃大怒,说道:“我那希罕这一两银子!我自去和万雪斋说!”把银子掼在椅子上。王汉策道:“你既不要,我也不强。我倒劝你不要到雪斋家去,雪斋也不能会!”牛玉圃气忿忿的走了出去。王汉策道:“恕不送了。”把手一拱走了进去。

牛玉圃只得带着长随,在丑坝寻一个饭店住下,口口声声只念着:“万雪斋这狗头如此可恶!”走堂的笑道:“万雪斋老爷,是极肯相与人的,除非你说出他程家那话头来才不尴尬。”说罢走过去了。牛玉圃听在耳朵里,忙叫长随去问那走堂的。走堂的方如此这般说出:“他是程明卿家管家,最怕人揭挑他这个事。你必定说出来他才恼的。”长随把这个话,回复了牛玉圃。牛玉圃才省悟道:“罢了!我上了这小畜生的当了!”当下住了一夜。

次日,叫船到苏州去寻牛浦。上船之后,盘缠不足,长随又辞去了两个,只剩两个粗夯汉子跟着,一直来到苏州,找在虎丘药材行内。牛浦正坐在那里,见牛玉圃到,迎了出来,说道:“叔公来了。”牛玉圃道:“雪虾蟆可曾有?”牛浦道:“还不曾有。”牛玉圃道:“近日镇江有一个人家有了,快把银子拿来,同着买去。我的船就在阊门外。”当下押着他拿了银子同上了船,一路不说出。

走了几天,到了龙袍洲地方,是个没人烟的所在。是日吃了早饭,牛玉圃圆睁两眼,大怒道:“你可晓的我要打你哩?”牛浦吓慌了道:“做孙子的又不曾得罪叔公,为甚么要打我呢?”牛玉圃道:“放你的狗屁!你弄的好乾坤哩!”当下不由分说,叫两个夯汉把牛浦衣裳剥尽了,帽子鞋袜都不留,拿绳子捆起来臭打了一顿,抬着往岸上一掼。他那一只船就扯起篷来去了。

牛浦被他掼的发昏,又掼倒在一个粪窖子跟前,滚一滚就要滚到粪窖子里面去,只得忍气吞声动也不敢动。过了半日只见江里又来了一只船。那船到岸就住了。一个客人走上来粪窖子里面出恭,牛浦喊他救命。那客人道:“你是何等样人?被甚人剥了衣裳捆倒在此?”牛浦道:“老爹,我是芜湖县的一个秀才。因安东县董老爷请我去做馆,路上遇见强盗,把我的衣裳、行李都打劫去了,只饶的一命在此。我是落难的人,求老爹救我一救!”那客人惊道:“你果然是安东县董老爷衙门里去的么?我就是安东县人。我如今替你解了绳子。”看见他精赤条条不像模样,因说道:“相公且站着,我到船上取个衣、帽、鞋、袜来与你穿着好上船去。”当下,果然到船上取了一件布衣服、一双鞋、一顶瓦楞帽,与他穿戴起来。说道:“这帽子不是你相公戴的,如今且权戴着,到前热闹所在,再买方巾罢。”牛浦穿了衣服下跪谢那客人。扶了起来,同到船里。满船客人听了这话都吃一惊,问:“这位相公尊姓?”牛浦道:“我姓牛。”因拜问:“这位恩人尊姓?”那客人道:“在下姓黄,就是安东县人。家里做个小生意,是戏子行头经纪。前日因往南京去替他们班里人买些添的行头,从这里过,不想无意中救了这一位相公。你既是到董老爷衙门里去的,且同我到安东在舍下住着,整理些衣服再往衙门里去。”牛浦深谢了,从这日就吃这客人的饭。

此时天气甚热。牛浦被剥了衣服在日头下捆了半日,又受了粪窖子里熏蒸的热气,一到船上就害起痢疾来。那痢疾又是禁口痢,里急后重,一天到晚都痢不清,只得坐在船尾上,两手抓着船板由他屙。

屙到三四天，就像一个活鬼。身上打的又发疼，大腿在船沿坐成两条沟。只听得舱内客人悄悄商议道："这个人料想是不好了，如今还是趁他有口气送上去。若死了就费力了。"那位黄客人不肯。他屙到第五天上，忽然鼻子里闻见一阵绿豆香，向船家道："我想口绿豆汤吃。"满船人都不肯。他说道："我自家要吃，我死了也无怨！"众人没奈何，只得拢了岸买些绿豆来，煮了一碗汤与他吃过。肚里响了一阵屙出一抛大屎，登时就好了。扒进舱来，谢了众人，睡下安息。养了两天，渐渐复元。

到了安东，先住在黄客人家。黄客人替他买了一顶方巾，添了件把衣服、一双靴，穿着去拜董知县。董知县果然欢喜，当下留了酒饭，要留在衙门里面住。牛浦道："晚生有个亲戚在贵治，还是住在他那里便意些。"董知县道："这也罢了。先生住在令亲家，早晚常进来走走，我好请教。"牛浦辞了出来。黄客人见他果然同老爷相与，十分敬重。牛浦三日两日进衙门去走走，借着讲诗为名，顺便撞两处木钟弄起几个钱来。黄家又把第四个女儿招他做个女婿，在安东快活过日子。

不想董知县就升任去了，接任的是个姓向的知县，也是浙江人。交代时候，向知县问董知县可有甚么事托他。董知县道："倒没甚么事。只有个做诗的朋友住在贵治，叫做牛布衣，老寅台青目一二，足感盛情。"向知县应诺了。

董知县上京去了，牛浦送在一百里外，到第三日才回家。浑家告诉他道："昨日有个人来，说是你芜湖长房舅舅，路过在这里看你。我留他吃了个饭去了。他说下半年回来再来看你。"牛浦心里疑惑："并没有这个舅舅。不知是那一个？且等他下半年来再处。"

董知县一路到了京师，在吏部投了文，次日过堂掣签。这时冯琢庵已中了进士，散了部属，寓处就在吏部门口不远。董知县先到他寓处来拜。冯主事迎着坐下叙了寒温。董知县只说得一句"贵友牛布衣在芜湖甘露庵里"，不曾说这一番交情，也不曾说到安东县曾会着的一番话，只见长班进来跪着禀道："部里大人升堂了。"董知县连忙辞别了去。到部就掣了一个贵州知州的签，匆匆束装赴任去了，不曾再会冯主事。

冯主事过了几时，打发一个家人寄家书回去。又拿出十两银子来问那家人道："你可认得那牛布衣牛相公家?"家人道："小的认得。"冯主事道："这是十两银子，你带回去送与牛相公的夫人牛奶奶，说他的丈夫现在芜湖甘露庵里，寄个的信与他。不可有误！这银子说是我带与牛奶奶盘缠的。"

管家领了主命，回家见了主母。办理家务事毕便走到一个僻巷内，一扇篱笆门关着。管家走到门口，只见一个小儿开门出来，手里拿了一个筲箕出去买米。管家向他说，是京里冯老爷差来的。小儿领他进去站在客坐内。小儿就走进去了，又走了出来，问道："你有甚说话?"管家问那小儿道："牛奶奶是你甚么人?"那小儿道："是大姑娘。"管家把这十两银子递在他手里，说道："这银子，是我家老爷带与牛奶奶盘缠的。说你家牛相公现在芜湖甘露庵内，寄个的信与你，免得悬望。"小儿请他坐着，把银子接了进去。管家看见中间悬着一轴稀破的古画；两边贴了许多的斗方；六张破丢不落的竹椅；天井里一个土台子，台子上一架藤花，藤花旁边就是篱笆门。坐了一会，只见那小儿捧出一杯茶来，手里又拿了一个包子，包了二钱银子，递与他道："我家大姑说：'有劳你，这个送给你买茶吃。到家拜上太太，到京拜上老爷，多谢！说的话，我知道了。'"管家承谢过去了。牛奶奶接着这个银子，心里凄惶起来，说："他恁大年纪只管在外头，又没个儿女，怎生是好？我不如趁着这几两银子走到芜湖去寻他回来，也是一场事!"

主意已定，把这两间破房子锁了交与邻居看守。自己带了侄子，搭船一路来到芜湖。找到浮桥口甘露庵，两扇门掩着，推开进去，韦驮菩萨面前香炉、烛台都没有了。又走进去，大殿上槅子倒的七横八竖。天井里一个老道人坐着缝衣裳，问着他，只打手势，原来又哑又聋。问他："这里面可有一个牛布衣?"他拿手指着前头一间屋里。牛奶奶带着侄子复身走出来，见韦驮菩萨旁边一间屋，又没有门，走了进去。屋里停着一具大棺材，面前放着一张三只腿的桌子歪在半边。棺材上头的魂幡也不见了，只剩了一根棍。棺材贴头上有字，又被那屋上没有瓦,雨淋下来,把字迹都剥落了,只有“大明”两字,第三字只得一横。牛奶奶走到这里不觉心惊肉颤,那寒毛根根都竖起来。又走进去问那道人道:“牛布衣莫不是死了?”道人把手摇两摇,指着门外。他侄子道:“他说姑爷不曾死,又到别处去了。”牛奶奶又走到庵外沿街细问,人都说不听见他死。一直问到吉祥寺郭铁笔店里。郭铁笔道:“他么?而今到安东董老爷任上去了。”牛奶奶此番得着实信,立意往安东去寻。只因这一番,有分教:错中有错,无端更起波澜;人外求人,有意做成交结。不知牛奶奶曾到安东去否,且听下回分解。

第二十四回　牛浦郎牵连多讼事　鲍文卿整理旧生涯

话说牛浦招赘在安东黄姓人家,黄家把门面一带三四间屋都与他住。他就把门口贴了一个帖,上写道:“牛布衣代做诗文。”那日早上正在家里闲坐,只听得有人敲门。开门让了进来,原来是芜湖县的一个旧邻居。这人叫做石老鼠,是个有名的无赖,而今却也老了。牛浦见是他来,吓了一跳,只得同他作揖坐下,自己走进去取茶。浑家在屏风后张见,迎着他告诉道:“这就是去年来的你长房舅舅,今日又来了。”牛浦道:“他那里是我甚么舅舅!”接了茶出来递与石老鼠吃。石老鼠道:“相公,我听见你恭喜又招了亲在这里,甚是得意!”牛浦道:“好几年不曾会见老爹,而今在那里发财?”石老鼠道:“我也只在淮北、山东各处走走。而今打从你这里过,路上盘缠用完了,特来拜望你借几两银子用用。你千万帮我一个衬!”牛浦道:“我虽则同老爹是个旧邻居,却从来不曾通过财帛。况且我又是客边,借这亲家住着,那里来的几两银子与老爹?”石老鼠冷笑道:“你这小孩子就没良心了!想着我当初挥金如土的时节,你用了我不知多少!而今看见你在人家招了亲,留你个脸面不好就说,你到回出这样话来!”牛浦发了急道:“这是那里来的话!你就挥金如土,我几时看见你金子,几时看见你的土!你一个尊年人不想做些好事,只要‘在光水头上钻眼——骗人’!”石老鼠道:“牛浦郎你不要说嘴!想着你小时做的些丑事,瞒的别人,可瞒的过我?况且你停妻娶妻,在那里骗了卜家女儿,在这里又骗了黄家女儿,该当何罪!你不乖乖的拿出几两银子来,我就同你到安东县去讲!”牛浦跳起来道:“那个怕你!就同你到安东县去!”当下,两人揪扭出了黄家门,一直来到县门口。遇着县里两个头役,认得牛浦,慌忙上前劝住,问是甚么事。石老鼠就把他小时不成人的事说:骗了卜家女儿,到这里又骗了黄家女儿,又冒名顶替,多少混帐事。牛浦道:“他是我们那里有名的光棍,叫做石老鼠。而今越发老而无耻！去年走到我家，我不在家里，他冒认是我舅舅骗饭吃。今年又凭空走来，问我要银子。那有这样无情无理的事！”几个头役道：“也罢！牛相公，他这人年纪老了，虽不是亲戚，到底是你的一个旧邻居。想是真正没有盘费了。自古道：‘家贫不是贫，路贫贫杀人。’你此时有钱，也不服气拿出来给他。我们众人替你垫几百文送他去罢。”石老鼠还要争。众头役道：“这里不是你撒野的地方！牛相公就同我老爷相与最好。你一个尊年人，不要讨没脸面吃了苦去！”石老鼠听见这话方才不敢多言了，接着几百钱谢了众人自去。

牛浦也谢了众人回家。才走得几步，只见家门口一个邻居迎着来道：“牛相公，你到这里说话！”当下拉到一个僻净巷内告诉他道：“你家娘子在家同人吵哩！”牛浦道：“同谁吵？”邻居道：“你刚才出门，随即一乘轿子，一担行李，一个堂客来到。你家娘子接了进去。这堂客说，他就是你的前妻，要你见面。在那里同你家黄氏娘子吵的狠。娘子托我带信，叫你快些家去！”牛浦听了这话就像提在冷水盆里一般，自心里明白：“自然是石老鼠这老奴才，把卜家的前头娘子贾氏撮弄的来闹了！”也没奈何，只得硬着胆走了来家。到家门口站住脚听一听，里面吵闹的，不是贾氏娘子声音，是个浙江人，便敲门进去。和那妇人对了面，彼此不认得。黄氏道：“这便是我家的了。你看看可是你的丈夫？”牛奶奶问道：“你这位怎叫做牛布衣？”牛浦道：“我怎不是牛布衣？但是我认不得你这位奶奶。”牛奶奶道：“我便是牛布衣的妻子。你这厮冒了我丈夫的名字，在此挂招牌，分明是你把我丈夫谋害死了！我怎肯同你开交！”牛浦道：“天下同名同姓也最多，怎见得便是我谋害你丈夫？这又出奇了！”牛奶奶道：“怎么不是！我从芜湖县问到甘露庵，一路问来说在安东。你既是冒我丈夫名字，须要还我丈夫！”当下哭喊起来，叫跟来的侄子将牛浦扭着。牛奶奶上了轿，一直喊到县前去了，正值向知县出门，就喊了冤。知县叫补词来。当下补了词，出差拘齐了人，挂牌，第三日午堂听审。

这一天，知县坐堂，审的是三件。

第一件，“为活杀父命事”。告状的是个和尚。这和尚因在山中拾柴，看见人家放的许多牛。内中有一条牛见这和尚，把两眼睁睁的只望着他。和尚觉得心动，走到那牛跟前。那牛就两眼抛梭的淌下泪来。和尚慌到牛跟前跪下。牛伸出舌头来舐他的头，舐着，那眼泪越发多了。和尚方才知道是他的父亲转世，因向那人家哭着求告施舍在庵里供养着。不想被庵里邻居牵去杀了，所以来告状，就带施牛的这个人做干证。向知县取了和尚口供，叫上那邻居来问。邻居道："小的三四日前，是这和尚牵了这个牛来卖与小的。小的买到手就杀了。和尚昨日又来向小的说，这牛是他父亲变的，要多卖几两银子，前日银子卖少了，要来找价。小的不肯，他就同小的吵起来。小的听见人说，这牛并不是他父亲变的。这和尚积年剃了光头把盐搽在头上，走到放牛所在，见那极肥的牛，他就跪在牛跟前，哄出牛舌头来舐他的头。牛但凡舐着盐就要淌出眼水来。他就说是他父亲，到那人家哭着求施舍，施舍了来就卖钱用，不是一遭了。这回又拿这事告小的，求老爷做主！"向知县叫那施牛的人问道："这牛果然是你施与他家的，不曾要钱？"施牛的道："小的白送与他，不曾要一个钱。"向知县道："轮回之事本属渺茫，那有这个道理？况既说父亲转世，不该又卖钱用。这秃奴可恶极了！"即丢下签来，重责二十，赶了出去。

第二件，"为毒杀兄命事"。告状人叫胡赖，告的是医生陈安。向知县叫上原告来问道："他怎样毒杀你哥子？"胡赖道："小的哥子害病，请了医生陈安来看。他用了一剂药，小的哥子次日就发了跑躁跳在水里淹死了。这分明是他毒死的！"向知县道："平日有仇无仇？"胡赖道："没有仇。"向知县叫上陈安来问道："你替胡赖的哥子治病用的是甚么汤头？"陈安道："他本来是个寒症，小的用的是荆防发散药，药内放了八分细辛。当时他家就有个亲戚，是个团脸矮子，在旁多嘴，说是细辛用到三分就要吃死了人。《本草》上那有这句话？落后，他哥过了三四日，才跳在水里死了。与小的甚么相干？青天老爷在上，就是把四百味药药性都查遍了，也没见那味药是吃了该跳河的，这是那里说起？医生行着道，怎当得他这样诬陷！求老爷做主！"向知县道："这果然也胡说极了！医家有割股之心，况且你家有病人,原该看守好了,为甚么放他出去跳河?与医生何干?这样事也来告状!"一齐赶了出去。

第三件,便是牛奶奶告的状,"为谋杀夫命事"。向知县叫上牛奶奶去问。牛奶奶悉把如此这般,从浙江寻到芜湖,从芜湖寻到安东。"他现挂着我丈夫招牌,我丈夫不问他要问谁要!"向知县道:"这也怎么见得?"向知县问牛浦道:"牛生员,你一向可认得这个人?"牛浦道:"生员岂但认不得这妇人,并认不得他丈夫。他忽然走到生员家要起丈夫来,真是天上飞下来的一件大冤枉事!"向知县向牛奶奶道:"眼见得这牛生员叫做牛布衣,你丈夫也叫做牛布衣,天下同名同姓的多,他自然不知道你丈夫踪迹;你到别处去寻访你丈夫去罢。"牛奶奶在堂上哭哭啼啼,定要求向知县替他伸冤。缠的向知县急了,说道:"也罢,我这里差两个衙役,把这妇人解回绍兴。你到本地告状去,我那里管这样无头官事!牛生员,你也请回去罢!"说罢便退了堂。两个解役把牛奶奶解往绍兴去了。只因这一件事传的上司知道,说向知县相与做诗文的人,放着人命大事都不问,要把向知县访闻参处。

按察司具揭到院。这按察司姓崔,是太监的侄儿,荫袭出身,做到按察司。这日,叫幕客叙了揭帖稿,取来灯下自己细看:"为特参昏庸不职之县令以肃官方事……"内开安东县知县向鼎许多事故。自己看了又念,念了又看。灯烛影里只见一个人双膝跪下。崔按察举眼一看,原来是他门下的一个戏子,叫做鲍文卿。按察司道:"你有甚么话,起来说!"鲍文卿道:"方才小的看见大老爷要参处的这位,是安东县向老爷。这位老爷,小的也不曾认得;但自从七八岁学戏,在师父手里就念的是他做的曲子。这老爷是个大才子、大名士,如今二十多年了才做得一个知县,好不可怜!如今又要因这事参处了。况他这件事,也还是敬重斯文的意思,不知可以求得大老爷免了他的参处罢!"按察司道:"不想你这一个人,倒有爱惜才人的念头。你倒有这个意思,难道我倒不肯?只是如今免了他这一个革职,他却不知道是你救他。我如今将这些缘故写一个书子,把你送到他衙门里去,叫他谢你几百两银子回家做个本钱。"鲍文卿磕头谢了。按察司吩咐书房小厮,去向幕宾说:"这安东县不要参了。"

过了几日,果然差一个衙役拿着书子把鲍文卿送到安东县。向知县把书子拆开一看,大惊,忙叫快开宅门请这位鲍相公进来。向知县便迎了出去。鲍文卿青衣小帽,走进宅门双膝跪下,便叩老爷的头,跪在地下请老爷的安。向知县双手来扶,要同他叙礼。他道:"小的何等人,敢与老爷施礼!"向知县道:"你是上司衙门里的人,况且与我有恩,怎么拘这个礼?快请起来好让我拜谢!"他再三不肯。向知县拉他坐,他断然不敢坐。向知县急了,说:"崔大老爷送了你来,我若这般待你,崔大老爷知道不便。"鲍文卿道:"虽是老爷要格外抬举小的,但这个关系朝廷体统,小的断然不敢。"立着垂手回了几句话退到廊下去了。向知县托家里亲戚出来陪,他也断不敢当。落后,叫管家出来陪,他才欢喜了,坐在管家房里有说有笑。次日向知县备了席,摆在书房里,自己出来陪,斟酒来奉。他跪在地下,断不敢接酒;叫他坐,也到底不坐。向知县没奈何,只得把酒席发了下去叫管家陪他吃了,他还上来谢赏。向知县写了谢按察司的禀帖,封了五百两银子谢他。他一厘也不敢受,说道:"这是朝廷颁与老爷们的俸银,小的乃是贱人,怎敢用朝廷的银子?小的若领了这项银子去养家口,一定折死小的。大老爷天恩留小的一条狗命。"向知县见他说到这田地,不好强他。因把他这些话,又写了一个禀帖禀按察司。又留他住了几天差人送他回京。按察司听见这些话,说他是个呆子也就罢了。

又过了几时,按察司升了京堂,把他带进京去。不想一进了京,按察司就病故了。鲍文卿在京没有靠山,他本是南京人,只得收拾行李回南京来。

这南京,乃是太祖皇帝建都的所在。里城门十三,外城门十八,穿城四十里,沿城一转足有一百二十多里。城里几十条大街,几百条小巷,都是人烟凑集,金粉楼台。城里一道河,东水关到西水关,足有十里,便是秦淮河。水满的时候,画船箫鼓,昼夜不绝。城里城外,琳宫梵宇,碧瓦朱甍,在六朝时是四百八十寺,到如今何止四千八百寺!大街小巷,合共起来,大小酒楼有六七百座,茶社有一千余处。不论你走到一个僻巷里面,总有一个地方悬着灯笼卖茶,插着时鲜花朵,烹着上好的雨水;茶社里,坐满了吃茶的人。到晚来,两边酒楼上明角灯,每条街上足有数千盏,照耀如同白日,走路人并不带灯笼。那秦淮到了有月色的时候,越是夜色已深,更有那细吹细唱的船来,凄清委婉,动人心魄。两边河房里住家的女郎,穿了轻纱衣服,头上簪了茉莉花,一齐卷起湘帘凭栏静听。所以,灯船鼓声一响,两边帘卷窗开,河房里焚的龙涎、沉、速,香雾一齐喷出来,和河里的月色烟光合成一片,望着如阆苑仙人,瑶宫仙女。还有那十六楼官妓新妆袪服,招接四方游客。真乃朝朝寒食,夜夜元宵!

这鲍文卿住在水西门。水西门与聚宝门相近。这聚宝门,当年说每日进来有百牛千猪万担粮,到这时候何止一千个牛,一万个猪,粮食更无其数。鲍文卿进了水西门,到家和妻子见了。他家本是几代的戏行,如今仍旧做这戏行营业。他这戏行里:淮清桥是三个总寓,一个老郎庵;水西门是一个总寓,一个老郎庵。总寓内,都挂着一班一班的戏子牌。凡要定戏,先几日,要在牌上写一个日子。鲍文卿却是水西门总寓挂牌。他戏行规矩最大,但凡本行中有不公不法的事,一齐上了庵烧过香,坐在总寓那里品出不是来,要打就打,要罚就罚,一个字也不敢拗的。还有洪武年间起首的班子,一班十几个人,每班立一座石碑在老郎庵里,十几个人共刻在一座碑上。比如有祖宗的名字在这碑上的,子孙出来学戏就是世家子弟,略有几岁年纪就称为老道长。凡遇本行公事,都向老道长说了方才敢行。鲍文卿的祖父的名字,却在那第一座碑上。

他到家料理了些柴米,就把家里笙、箫、管、笛、三弦、琵琶都查点了出来。也有断了弦,也有坏了皮的,一总尘灰寸壅。他查出来放在那里,到总寓旁边茶馆内,去会会同行。

才走进茶馆,只见一个人坐在那里,头戴高帽,身穿宝蓝缎直裰,脚下粉底皂靴,独自坐在那里吃茶。鲍文卿近前一看原是他同班唱老生的钱麻子。钱麻子见了他来,说道:“文卿,你从几时回来的?请坐吃茶。”鲍文卿道:“我方才远远看见你,只疑惑是那一位翰林、科、道老爷错走到我这里来吃茶,原来就是你这老屁精!”当下坐了吃茶。钱麻子道:“文卿,你在京里走了一回见过几个做官的,回家就拿翰林、科、道来吓我了!”鲍文卿道:“兄弟,不是这样说。像这衣服、靴子,不是我们行事的人可以穿得的。你穿这样衣裳,叫那读书的人穿甚么?”钱麻子道:“而今事,那是二十年前的讲究了!南京这些乡绅人家寿诞或是喜事,我们只拿一副蜡烛去,他就要留我们坐着一桌吃饭。凭他甚么大官,他也只坐在下面。若遇同席有几个学里酸子,我眼角里,还不曾看见他哩!”鲍文卿道:“兄弟你说这样不安本分的话,岂但来生还做戏子,连变驴变马都是该的!”钱麻子笑着打了他一下。茶馆里拿上点心来吃。吃着,只见外面又走进一个人来。头戴浩然巾,身穿酱色绸直裰,脚下粉底皂靴,手执龙头拐杖走了进来。钱麻子道:“黄老爹,到这里来吃茶。”黄老爹道:“我道是谁,原来是你们二位!到跟前才认得。怪不得,我今年已八十二岁了,眼睛该花了。文卿,你几时来的?”鲍文卿道:“到家不多几日,还不曾来看老爹。日子好过的快,相别已十四年。记得我出门那日还在国公府徐老爷里面,看着老爹妆了一出《茶博士》才走的。老爹而今可在班里了?”黄老爹摇手道:“我久已不做戏子了。”坐下添点心来吃,向钱麻子道:“前日南门外张举人家,请我同你去下棋,你怎么不到?”钱麻子道:“那日我班里有生意。明日是鼓楼外薛乡绅小生日,定了我徒弟的戏。我和你,明日要去拜寿。”鲍文卿道:“那个薛乡绅?”黄老爹道:“他是做过福建汀州知府,和我同年,今年八十二岁,朝廷请他做乡饮大宾了。”鲍文卿道:“像老爹拄着拐杖,缓步细摇,依我说,这乡饮大宾就该是老爹做!”又道:“钱兄弟,你看老爹这个体统岂止像知府告老回家,就是尚书、侍郎回来也不过像老爹这个排场罢了!”那老畜生,不晓的这话是笑他,反忻忻得意。当下吃完了茶,各自散了。

鲍文卿虽则因这些事看不上眼,自己却还要寻几个孩子起个小班子。因在城里到处寻人说话。那日走到鼓楼坡上遇着一个人,有分教:邂逅相逢,旧交更添气色;婚姻有分,子弟亦被恩光。毕竟不知鲍文卿遇的是个甚么人,且听下回分解。

第二十五回 鲍文卿南京遇旧 倪廷玺安庆招亲

话说鲍文卿到城北去寻人觅孩子学戏。走到鼓楼坡上,他才上坡,遇着一个人下坡。鲍文卿看那人时:头戴破毡帽,身穿一件破黑绸直裰,脚下一双烂红鞋;花白胡须,约有六十多岁光景。手里拿着一张破琴,琴上贴着一条白纸,纸上写着四个字道:"修补乐器。"鲍文卿赶上几步向他拱手道:"老爹是会修补乐器的么?"那人道:"正是。"鲍文卿道:"如此,屈老爹在茶馆坐坐。"当下,两人进了茶馆坐下,拿了一壶茶来吃着。鲍文卿道:"老爹尊姓?"那人道:"贱姓倪。"鲍文卿道:"尊府在那里?"那人道:"远哩,舍下在三牌楼。"鲍文卿道:"倪老爹,你这修补乐器,三弦、琵琶都可以修得么?"倪老爹道:"都可以修得的。"鲍文卿道:"在下姓鲍,舍下住在水西门,原是梨园行业。因家里有几件乐器坏了要借重老爹修一修!如今不知是屈老爹到舍下去修好,还是送到老爹府上去修?"倪老爹道:"长兄,你共有几件乐器?"鲍文卿道:"只怕也有七八件。"倪老爹道:"有七八件,就不好拿来,还是我到你府上来修罢,也不过一两日功夫。我只扰你一顿早饭,晚里还回来家。"鲍文卿道:"这就好了。只是茶水不周,老爹休要见怪!"又道:"几时可以屈老爹去?"倪老爹道:"明日不得闲,后日来罢。"当下说定了。门口挑了一担茯苓糕来。鲍文卿买了半斤同倪老爹吃了,彼此告别。鲍文卿道:"后日清晨专候老爹!"倪老爹应诺去了。鲍文卿回来,和浑家说下,把乐器都揩抹净了,搬出来摆在客座里。

到那日清晨,倪老爹来了,吃过茶点心拿这乐器修补。修了一回,家里两个学戏的孩子,捧出一顿素饭来。鲍文卿陪着倪老爹吃了。

到下午时候,鲍文卿出门,回来向倪老爹道:"却是怠慢老爹的紧,家里没个好菜蔬,甚为不恭。我而今约老爹去酒楼上坐坐。这乐器丢着明日再补罢。”倪老爹道：“为甚么又要取扰？”当下两人走出来到一个酒楼上，拣了一个僻净座头坐下。堂官过来问：“可还有客？”倪老爹道：“没有客了。你这里有些甚么菜？”走堂的叠着指头数道：“肘子、鸭子、黄闷鱼、醉白鱼、杂脍、单鸡、白切肚子、生焰肉、京焰肉、焰肉片、煎肉圆、闷青鱼、煮鲢头，还有便碟白切肉。”倪老爹道：“长兄，我们自己人，吃个便碟罢。”鲍文卿道：“便碟不恭。”因叫堂官先拿卖鸭子来吃酒，再焰肉片带饭来。堂官应下去了。

须臾捧着一卖鸭子、两壶酒上来。鲍文卿起身斟倪老爹一杯，坐下吃酒。因问倪老爹道：“我看老爹像个斯文人，因甚做这修补乐器的事？”那倪老爹叹一口气道：“长兄，告诉不得你！我从二十岁上进学到而今，做了三十七年的秀才。就坏在读了这几句死书，拿不得轻，负不的重，一日穷似一日，儿女又多，只得借这手艺糊口。原是没奈何的事！”鲍文卿惊道：“原来老爹是学校中人，我大胆的狠了！请问老爹几位相公？老太太可是齐眉？”倪老爹道：“老妻还在。从前倒有六个小儿，而今说不得了。”鲍文卿道：“这是甚么原故？”倪老爹说到此处不觉凄然垂下泪来。鲍文卿又斟一杯酒递与倪老爹，说道：“老爹，你有甚心事不妨和在下说。我或者可以替你分忧。”倪老爹道：“这话不说罢，说了反要惹你长兄笑。”鲍文卿道：“我是何等之人，敢笑老爹！老爹只管说。”倪老爹道：“不瞒你说，我是六个儿子。死了一个，而今只得第六个小儿子在家里。那四个——”说着，又忍着不说了。鲍文卿道：“那四个怎的？”倪老爹被他问急了，说道：“长兄你不是外人，料想也不笑我。我不瞒你说，那四个儿子，我都因没有的吃用把他们卖在他州外府去了！”鲍文卿听见这句话，忍不住的眼里流下泪来，说道：“这是个可怜了！”倪老爹垂泪道：“岂但那四个卖了，这一个小的将来也留不住，也要卖与人去！”鲍文卿道：“老爹，你和你家老太太怎的舍得？”倪老爹道：“只因衣食欠缺，留他在家跟着饿死，不如放他一条生路。”鲍文卿着实伤感了一会，说道：“这件事我倒有个商议，只是不好在老爹跟前说。”倪老爹道：“长兄，你有甚么话只管说，有何妨？”鲍文卿正待要说，又忍住道：“不说罢。这话说了，恐怕惹老爹怪。”倪老爹道：“岂有此理！任凭你说甚么我怎肯怪你?"鲍文卿道:"我大胆说了罢。"倪老爹道:"你说,你说。"鲍文卿道:"老爹,比如你要把这小相公卖与人,若是卖到他州别府,就和那几个相公一样不见面了。如今我在下四十多岁,生平只得一个女儿,并不曾有个儿子。你老人家若肯不弃贱行把这小令郎过继与我,我照样送过二十两银子与老爹。我抚养他成人。平日逢时遇节可以到老爹家里来。后来老爹事体好了依旧把他送还老爹。这可以使得的么?"倪老爹道:"若得如此,就是我的小儿子恩星照命,我有甚么不肯?但是,既过继与你,累你抚养,我那里还收得你的银子?"鲍文卿道:"说那里话?我一定送过二十两银子来。"说罢彼此又吃了一回,会了账。出得店门,趁天色未黑,倪老爹回家去了。

鲍文卿回来把这话向乃眷说了一遍,乃眷也欢喜。次日,倪老爹清早来补乐器会着鲍文卿,说:"昨日商议的话我回去和老妻说,老妻也甚是感激。如今一言为定,择个好日,就带小儿来过继便了。"鲍文卿大喜。自此,两人呼为亲家。

过了几日,鲍家备了一席酒请倪老爹。倪老爹带了儿子来,写立过继文书,凭着左邻开绒线店张国重,右邻开香蜡店王羽秋。两个邻居都到了。那文书上写道:"立过继文书倪霜峰,今将第六子倪廷玺,年方一十六岁,因日食无措,夫妻商议,情愿出继与鲍文卿名下为义子,改名鲍廷玺。此后成人婚娶,俱系鲍文卿抚养,立嗣承祧,两无异说。如有天年不测,各听天命。今欲有凭,立此过继文书,永远存照。嘉靖十六年十月初一日。立过继文书 倪霜峰。凭中邻:张国重,王羽秋。"都画了押。鲍文卿拿出二十两银子来,付与倪老爹去了。鲍文卿又谢了众人。自此两家来往不绝。

这倪廷玺改名鲍廷玺,甚是聪明伶俐。鲍文卿因他是正经人家儿子不肯叫他学戏,送他读了两年书帮着当家管班。到十八岁上,倪老爹去世了,鲍文卿又拿出几十两银子来,替他料理后事。自己去一连哭了几场,依旧叫儿子去披麻戴孝送倪老爹入土。自此以后,鲍廷玺着实得力。他娘说他是螟蛉之子,不疼他,只疼的是女儿、女婿。鲍文卿说他是正经人家儿女,比亲生的还疼些。每日吃茶吃酒都带着他,在外揽生意都同着他,让他赚几个钱,添衣帽鞋袜。又心里算计,要替他娶个媳妇。

那日早上正要带着鲍廷玺出门,只见门口一个人,骑了一匹骡子,到门口下了骡子进来。鲍文卿认得是天长县杜老爷的管家姓邵的,便道:"邵大爷,你几时过江来的?"邵管家道:"特过江来寻鲍师父。"鲍文卿同他作了揖,叫儿子也作了揖。请他坐下,拿水来洗脸,拿茶来吃。吃着,问道:"我记得你家老太太该在这年把正七十岁,想是过来定戏的?你家大老爷在府安否?"邵管家笑道:"正是为此。老爷吩咐,要定二十本戏。鲍师父,你家可有班子?若有,就接了你的班子过去。"鲍文卿道:"我家现有一个小班,自然该去伺候。只不知要几时动身?"邵管家道:"就在出月动身。"说罢,邵管家叫跟骡的人,把行李搬了进来,骡子打发回去。邵管家在被套内取出一封银子来,递与鲍文卿道:"这是五十两定银,鲍师父你且收了。其余的,领班子过去再付。"文卿收了银子。当晚,整治酒席,大盘大碗,留邵管家吃了半夜。次日,邵管家上街去买东西。买了四五天,雇船先过江去了。

鲍文卿也就收拾,带着鲍廷玺,领了班子到天长杜府去做戏。做了四十多天回来,足足赚了一百几十两银子。父子两个一路感杜府的恩德不尽。那一班十几个小戏子,也是杜府老太太每人另外赏他一件棉袄、一双鞋袜。各家父母知道也着实感恩,又来谢了鲍文卿。

鲍文卿仍旧领了班子,在南京城里做戏。那一日在上河去做夜戏,五更天散了戏,戏子和箱都先进城来了。他父子两个,在上河澡堂子里洗了一个澡,吃了些茶点心,慢慢走回来。到了家门口,鲍文卿道:"我们不必拢家了。内桥有个人家定了明日的戏。我和你趁早去把他的银子秤来。"当下鲍廷玺跟着,两个人走到坊口,只见对面来了一把黄伞,两对红黑帽,一柄遮阳,一顶大轿,知道是外府官过。父子两个站在房檐下看,让那伞和红黑帽过去了。遮阳到了跟前,上写着"安庆府正堂"。鲍文卿正仰脸看着遮阳,轿子已到。那轿子里面的官看见鲍文卿,吃了一惊。鲍文卿回过脸来看那官时,原来便是安东县向老爷,他原来升了。轿子才过去,那官叫跟轿的青衣人到轿前,说了几句话。那青衣人飞跑到鲍文卿跟前,问道:"太老爷问你可是鲍师父么?”鲍文卿道:“我便是。太老爷可是做过安东县升了来的?”那人道:“是。太爷公馆在贡院门口张家河房里,请鲍师父在那里去相会。”说罢飞跑赶着轿子去了。

鲍文卿领着儿子,走到贡院前香蜡店里买了一个手本,上写“门下鲍文卿叩”。走到张家河房门口,知道向太爷已经回寓了,把手本递与管门的,说道:“有劳大爷禀声,我是鲍文卿,来叩见太老爷。”门上人接了手本,说道:“你且伺候着。”鲍文卿同儿子坐在板凳上。坐了一会,里面打发小厮出来问道:“门上的,太爷问有个鲍文卿可曾来?”门上人道:“来了,有手本在这里。”慌忙传进手本去。只听得里面道:“快请!”鲍文卿叫儿子在外面候着,自己跟了管门的进去。

进到河房来,向知府已是纱帽便服迎了出来。笑着说道:“我的老友到了!”鲍文卿跪下,磕头请安。向知府双手扶住,说道:“老友,你若只管这样拘礼,我们就难相与了。”再三再四拉他坐,他又跪下告了坐,方敢在底下一个凳子上坐了。向知府坐下,说道:“文卿,自同你别后不觉已是十余年。我如今老了,你的胡子却也白了许多。”鲍文卿立起来道:“太老爷高升,小的多不知道,不曾叩得大喜。”向知府道:“请坐下！我告诉你:我在安东做了两年,又到四川做了一任知州,转了个二府,今年才升到这里。你自从崔大人死后回家来做些什么事?”鲍文卿道:“小的本是戏子出身,回家没有甚事,依旧教一小班子过日。”向知府道:“你方才同走的那少年是谁?”鲍文卿道:“那就是小的儿子,带在公馆门口不敢进来。”向知府道:“为甚么不进来?叫人快出去请鲍相公进来!”

当下一个小厮领了鲍廷玺进来。他父亲叫他磕太老爷的头。向知府亲手扶起,问:“你今年十几岁了?”鲍廷玺道:“小的今年十七岁了。”向知府道:“好个气质,像正经人家的儿女!”叫他坐在他父亲旁边。向知府道:“文卿,你这令郎,也学戏行的营业么?”鲍文卿道:“小的不曾教他学戏。他念了两年书,而今跟在班里记帐。”向知府道:“这个也好。我如今还要到各上司衙门走走。你不要去,同令郎在我这里吃了饭,我回来还有话替你说。”说罢换了衣服,起身上轿去了。

鲍文卿同儿子走到管家们房里,管宅门的王老爹本来认得,彼此作了揖,叫儿子也作了揖。看见王老爹的儿子小王,已经长到三十多岁,满嘴有胡子了。王老爹极其欢喜鲍廷玺,拿出一个大红缎子钉金线的钞袋来,里头装着一锭银子送与他。鲍廷玺作揖谢了。坐着说些闲话,吃过了饭。

向知府直到下午才回来,换去了大衣服仍旧坐在河房里。请鲍文卿父子两个进来坐下,说道:"我明日就要回衙门去,不得和你细谈。"因叫小厮在房里取出一封银子来,递与他道:"这是二十两银子,你且收着。我去之后你在家收拾收拾,把班子托与人领着。你在半个月内同令郎到我衙门里来,我还有话和你说。"鲍文卿接着银子,谢了太老爷的赏,说道:"小的总在半个月内领了儿子到太老爷衙门里来请安。"当下,又留他吃了酒。鲍文卿同儿子回家歇息。

次早,又到公馆里去送了向太爷的行。回家同浑家商议,把班子暂托与他女婿归姑爷同教师金次福领着。他自己收拾行李衣服,又买了几件南京的人事——头绳、肥皂之类,带与衙门里各位管家。又过了几日在水西门搭船。

到了池口,只见又有两个人搭船。舱内坐着,彼此谈及。鲍文卿说要到向太爷衙门里去的。那两人就是安庆府里的书办,一路就奉承鲍家父子两个,买酒买肉请他吃着。晚上候别的客人睡着了,便悄悄向鲍文卿说:"有一件事只求太爷批一个'准'字,就可以送你二百两银子。又有一件事县里详上来,只求太爷驳下去,这件事竟可以送三百两。你鲍太爷在我们太老爷跟前,恳个情罢!"鲍文卿道:"不瞒二位老爹说,我是个老戏子,乃下贱之人,蒙太老爷抬举叫到衙门里来。我是何等之人,敢在太老爷跟前说情?"那两个书办道:"鲍太爷,你疑惑我这话是说谎么?只要你肯说这情,上岸先兑五百两银子与你。"鲍文卿笑道:"我若是欢喜银子,当年在安东县,曾赏过我五百两银子,我不敢受。自己知道是个穷命,须是骨头里挣出来的钱,才做得肉。我怎肯瞒着太老爷拿这项钱?况且,他若有理,断不肯拿出几百两银来寻人情。若是准了这一边的情就要叫那边受屈,岂不丧了阴德!依我的意思:不但我不敢管,连二位老爹也不必管他。自古道,‘公门里好修行’,你们伏侍太老爷,凡事不可坏了太老爷清名,也要各人保着自己的身家性命。”几句说的两个书办毛骨悚然,一场没趣,扯了一个淡罢了。

次日早辰到了安庆,宅门上投进手本去。向知府叫将他父子两人行李搬在书房里面住,每日同自己亲戚一桌吃饭。又拿出许多绸和布来,替他父子两个,里里外外做衣裳。一日向知府走来书房坐着,问道:“文卿,你令郎可曾做过亲事么?”鲍文卿道:“小的是穷人,这件事还做不起。”向知府道:“我倒有一句话,若说出来恐怕得罪你。这事,你若肯相就,倒了我一个心愿。”鲍文卿道:“太老爷有甚么话吩咐,小的怎敢不依?”向知府道:“就是我家总管姓王的,他有一个小女儿生得甚是乖巧。老妻着实疼爱他,带在房里,梳头、裹脚都是老妻亲手打扮。今年十七岁了,和你令郎是同年。这姓王的,在我家已经三代,我把投身纸都查了赏他,已不算我家的管家了。他儿子小王,我又替他买了一个部里书办名字,五年考满便选一个典史杂职。你若不弃嫌,便把你令郎招给他做个女婿。将来这做官的,便是你令郎的阿舅了。这个你可肯么?”鲍文卿道:“太老爷莫大之恩,小的知感不尽!只是小的儿子,不知人事,不知王老爹可肯要他做女婿?”向知府道:“我替他说了,他极欢喜你令郎的。这事不要你费一个钱,你只明日拿一个帖子同姓王的拜一拜。一切床帐、被褥、衣服、首饰、酒席之费都是我备办齐了,替他两口子完成好事,你只做个现成公公罢了。”鲍文卿跪下谢太老爷。向知府双手扶起来,说道:“这是甚么要紧的事?将来我还要为你的情哩。”

次日,鲍文卿拿了帖子拜王老爹。王老爹也回拜了。

到晚上三更时分,忽然抚院一个差官,一匹马,同了一位二府抬了轿子一直走上堂来,叫请向太爷出来。满衙门的人都慌了,说道:“不好了!来摘印了!”只因这一番,有分教:荣华富贵,享受不过片时;潦倒摧颓,波澜又兴多少。不知这来的官果然摘印与否,且听下回分解。

第二十六回　向观察升官哭友　鲍廷玺丧父娶妻

话说向知府听见摘印官来,忙将刑名、钱谷相公都请到跟前说道:"诸位先生,将房里各样稿案查点查点,务必要查细些,不可遗漏了事!"说罢开了宅门匆匆出去了。出去会见那二府,拿出一张牌票来看了,附耳低言了几句。二府上轿去了,差官还在外候着。向太守进来,亲戚和鲍文卿一齐都迎着问。向知府道:"没甚事,不相干!是宁国府知府坏了,委我去摘印。"当下料理马夫连夜同差官往宁国去了。

衙门里打首饰、缝衣服、做床帐被褥、糊房,打点王家女儿招女婿,忙了几日。向知府回来了,择定十月十三大吉之期。衙门外传了一班鼓手、两个傧相进来。鲍廷玺插着花,披着红,身穿绸缎衣服,脚下粉底皂靴,先拜了父亲。吹打着迎过那边去,拜了丈人、丈母。小王穿着补服出来陪妹婿。吃过三遍茶请进洞房里,和新娘交拜合卺,不必细说。次日清早,出来拜见老爷、夫人。夫人另外赏了八件首饰,两套衣服。衙里摆了三天喜酒,无一个人不吃到。

满月之后小王又要进京去选官。鲍文卿备酒,替小亲家饯行。鲍廷玺亲自送阿舅上船,送了一天路才回来。自此以后,鲍廷玺在衙门里只如在云端里过日子。

看看过了新年,开了印,各县送童生来府考。向知府要下察院考童生,向鲍文卿父子两个道:"我要下察院去考童生。这些小厮们若带去巡视,他们就要作弊。你父子两个是我心腹人,替我去照顾几天。"

鲍文卿领了命,父子两个在察院里巡场查号。安庆七学共考三场。见那些童生也有代笔的,也有传递的。大家丢纸团,掠砖头,挤眉弄眼,无所不为。到了抢粉汤、包子的时候,大家推成一团跌成一块。鲍廷玺看不上眼。有一个童生推着出恭,走到察院土墙跟前把土墙挖个洞，伸手要到外头去接文章，被鲍廷玺看见，要采他过来见太爷。鲍文卿拦住道：“这是我小儿不知世事。相公，你一个正经读书人快归号里去做文章。倘若太爷看见了就不便了。”忙拾起些土来把那洞补好，把那个童生送进号去。

考事已毕发出案来，怀宁县的案首叫做季萑。他父亲是个武两榜，同向知府是文武同年，在家候选守备。发案过了几日，季守备进来拜谢。向知府设席相留，席摆在书房里，叫鲍文卿同着出来坐坐。当下季守备首席，向知府主位，鲍文卿坐在横头。季守备道：“老公祖这一番考试至公至明，合府无人不服。”向知府道：“年先生，这看文字的事我也荒疏了。倒是前日考场里亏我这鲍朋友在彼巡场，还不曾有甚么弊窦。”此时季守备才晓得这人姓鲍。后来渐渐说到他是一个老梨园脚色，季守备脸上，不觉就有些怪物相。向知府道：“而今的人，可谓江河日下。这些中进士、做翰林的，和他说到传道穷经，他便说迂而无当。和他说到通今博古，他便说杂而不精。究竟事君交友的所在全然看不得！不如我这鲍朋友，他虽生意是贱业，倒颇多君子之行。”因将他生平的好处，说了一番。季守备也就肃然起敬；酒罢辞了出来。

过三四日，倒把鲍文卿请到他家里，吃了一餐酒，考案首的儿子季萑也出来陪坐。鲍文卿见他是一个美貌少年，便问：“少爷尊号？”季守备道：“他号叫做苇萧。”当下吃完了酒鲍文卿辞了回来，向向知府着实称赞这季少爷好个相貌，将来不可限量。

又过了几个月，那王家女儿怀着身子要分娩，不想养不下来，死了。鲍文卿父子两个恸哭。向太守倒反劝道：“也罢，这是他各人的寿数，你们不必悲伤了！你小小年纪我将来少不的再替你娶个媳妇。你们若只管哭时，惹得夫人心里越发不好过了。”鲍文卿也吩咐儿子，叫不要只管哭。但他自己也添了个痰火疾，不时举动，动不动就要咳嗽半夜，意思要辞了向太爷回家去，又不敢说出来。

恰好向太爷升了福建汀漳道，鲍文卿向向太守道：“太老爷又恭喜高升！小的本该跟随太老爷去，怎奈小的老了，又得了病在身上。小的而今叩辞了太老爷，回南京去，丢下儿子跟着太老爷伏侍罢。”

向太守道："老友，这样远路，路上又不好走，你年纪老了我也不肯拉你去。你的儿子你留在身边奉侍你。我带他去做甚么！我如今就要进京陛见。我先送你回南京去，我自有道理。"次日封出一千两银子，叫小厮捧着拿到书房里来，说道："文卿，你在我这里一年多，并不曾见你说过半个字的人情。我替你娶个媳妇又没命死了。我心里着实过意不去。而今这一千两银子送与你，你拿回家去置些产业、娶一房媳妇、养老送终。我若做官再到南京来，再接你相会。"鲍文卿又不肯受。向道台道："而今不比当初了，我做府道的人不穷在这一千两银子。你若不受，把我当做甚么人？"鲍文卿不敢违拗方才磕头谢了。向道台吩咐叫了一只大船，备酒替他饯行，自己送出宅门。鲍文卿同儿子跪在地下洒泪告辞，向道台也挥泪和他分手。

鲍文卿父子两个，带着银子一路来到南京。到家告诉浑家向太老爷这些恩德，举家感激。鲍文卿扶着病出去寻人，把这银子买了一所房子、两副行头，租与两个戏班子穿着，剩下的，家里盘缠。

又过了几个月，鲍文卿的病渐渐重了，卧床不起。自己知道不好了，那日把浑家、儿子、女儿、女婿都叫在跟前吩咐他们："同心同意，好好过日子。不必等我满服就娶一房媳妇进来要紧。"说罢瞑目而逝。合家恸哭，料理后事。把棺材就停在房子中间，开了几日丧。四个总寓的戏子，都来吊孝。鲍廷玺又寻阴阳先生寻了一块地，择个日子出殡，只是没人题铭旌。

正在踌躇，只见一个青衣人飞跑来了，问道："这里可是鲍老爹家？"鲍廷玺道："便是。你是那里来的？"那人道："福建汀漳道向太老爷来了，轿子已到了门前。"鲍廷玺慌忙换了孝服，穿上青衣到大门外去跪接。向道台下了轿，看见门上贴着白，问道："你父亲已是死了？"鲍廷玺哭着应道："小的父亲死了。"向道台道："没了几时了？"鲍廷玺道："明日就是四七。"向道台道："我陛见回来从这里过，正要会会你父亲，不想已做故人。你引我到柩前去！"鲍廷玺哭着跪辞，向道台不肯。一直走到柩前，叫着："老友文卿！"恸哭了一场，上了一炷香，作了四个揖。鲍廷玺的母亲也出来拜谢了。向道台出到厅上，向道："你父亲几时出殡？"鲍廷玺道："择在出月初八日。"向道台道:“谁人题的铭旌?”鲍廷玺道:“小的和人商议,说铭旌上不好写。”向道台道:“有甚么不好写!取纸笔过来。”当下鲍廷玺送上纸笔。向道台取笔在手写道:“皇明义民鲍文卿享年五十有九之柩。赐进士出身中宪大夫福建汀漳道老友向鼎顿首拜题。”写完递与他道:“你就照着这个送到亭彩店内去做。”又说道:“我明早就要开船了。还有些少助丧之费今晚送来与你。”说罢吃了一杯茶,上轿去了。鲍廷玺随即跟到船上,叩谢过了太老爷回来。晚上向道台又打发一个管家拿着一百两银子送到鲍家。那管家茶也不曾吃匆匆回船去了。

这里到出月初八日做了铭旌。吹手、亭彩、和尚、道士、歌郎,替鲍老爹出殡,一直出到南门外。同行的人都出来送殡,在南门外酒楼上,摆了几十桌斋。丧事已毕。

过了半年有余,一日金次福走来,请鲍老太说话。鲍廷玺就请了在堂屋里坐着,进去和母亲说了。鲍老太走了出来说道:“金师父,许久不见。今日甚么风吹到此?”金次福道:“正是。好久不曾来看老太,老太在家享福。你那行头而今换了班子穿着了?”老太道:“因为班子在城里做戏,生意行得细。如今换了一个文元班,内中一半,也是我家的徒弟,在盱眙、天长这一带走。他那里乡绅财主多,还赚的几个大钱。”金次福道:“这样你老人家更要发财了。”当下吃了一杯茶,金次福道:“我今日有一头亲事来作成你家廷玺,娶过来,倒又可以发个大财。”鲍老太道:“是那一家的女儿?”金次福道:“这人是内桥胡家的女儿。胡家是布政使司的衙门,起初把他嫁了安丰典管当的王三胖。不到一年光景王三胖就死了。这堂客才得二十一岁,出奇的人才,就上画也是画不就的。因他年纪小又没儿女,所以娘家主张着嫁人。这王三胖丢给他足有上千的东西:大床一张、凉床一张、四箱、四橱。箱子里的衣裳盛的满满的,手也插不下去。金手镯有两三副,赤金冠子两顶,真珠、宝石不计其数。还有两个丫头,一个叫做荷花,一个叫做采莲,都跟着嫁了来。你若娶了他与廷玺,他两人年貌也还相合,这是极好的事。”一番话说得老太满心欢喜。向他说道:“金师父费你的心!我还要托我家姑爷出去访访。访的确了,来寻你老人家做媒。”金次福道:“这是不要访的。也罢,访访也好,我再来讨回信。”说罢去了。鲍廷玺送他出去。

到晚他家姓归的姑爷走来,老太一五一十把这些话告诉他,托他出去访。归姑爷又问老太要了几十个钱带着,明日早上去吃茶。次日走到一个做媒的沈天孚家。沈天孚的老婆,也是一个媒婆,有名的沈大脚。归姑爷到沈天孚家,拉出沈天孚来在茶馆里吃茶,就问起这头亲事。沈天孚道:“哦!你问的是胡七喇子么?他的故事长着哩!你买几个烧饼来,等我吃饱了和你说。”归姑爷走到隔壁,买了八个烧饼拿进茶馆来,同他吃着。说道:“你说这故事罢。”沈天孚道:“慢些,待我吃完了说。”当下把烧饼吃完了,说道:“你问这个人怎的?莫不是那家要娶他?这个堂客是娶不得的!若娶进门就要一把天火!”归姑爷道:“这是怎的?”沈天孚道:“他原是跟布政使司胡偏头的女儿。偏头死了,他跟着哥们过日子。他哥不成人,赌钱吃酒,把布政使的缺都卖掉了。因他有几分颜色,从十七岁上,就卖与北门桥来家做小。他做小不安本分,人叫他新娘他就要骂,要人称呼他是太太。被大娘子知道,一顿嘴巴子赶了出来。复后嫁了王三胖。王三胖是一个候选州同,他真正是太太了。他做太太又做的过了,把大呆的儿子、媳妇一天要骂三场,家人、婆娘两天要打八顿。这些人都恨如头醋。不想不到一年三胖死了。儿子疑惑三胖的东西都在他手里,那日进房来搜,家人、婆娘又帮着图出气。这堂客有见识,预先把一匣子金珠首饰一总倒在马桶里。那些人在房里搜了一遍搜不出来,又搜太太身上也搜不出银钱来。他借此就大哭大喊,喊到上元县堂上去了,出首儿子。上元县传齐了审,把儿子责罚了一顿,又劝他道:‘你也是嫁过了两个丈夫的了,还守甚么节!看这光景儿子也不能和你一处同住,不如叫他分个产业给你另在一处。你守着也由你,你再嫁也由你。’当下处断出来,他另分几间房子在胭脂巷住。就为这胡七喇子的名声没有人敢惹他。这事有七八年了。他怕不也有二十五六岁。他对人自说二十一岁。”归姑爷道:“他手头有千把银子的话可是有的?”沈天孚道:“大约这几年也花费了。他的金珠首饰、锦缎衣服也还值五六百银子,这是有的。”归姑爷心里想道:“果然有五六百银子,我丈母心里也欢喜了。若说女人会撒泼,我那怕磨死倪家这小孩子!”因向沈天孚道:“天老,这要娶他的人就是我丈人抱养这个小孩子。这亲事,是他家教师金次福来说的。你如今不管他喇子不喇子,替他撮合成了自然重重的得他几个媒钱。你为甚么不做?”沈天孚道:“这有何难!我到家,叫我家堂客同他一说,管包成就。只是谢媒钱在你。”归姑爷道:“这个自然。我且去罢,再来讨你的回信。”当下付了茶钱出门来,彼此散了。

沈天孚回家来和沈大脚说。沈大脚摇着头道:“天老爷!这位奶奶可是好惹的!他又要是个官,又要有钱,又要人物齐整,又要上无公婆,下无小叔、姑子。他每日睡到日中才起来,横草不拿,竖草不拈,每日要吃八分银子药。他又不吃大荤,头一日要鸭子,第二日要鱼,第三日要茭儿菜鲜笋做汤。闲着没事还要橘饼、圆眼、莲米搭嘴。酒量又大,每晚要炸麻雀、盐水虾,吃三斤百花酒。上床睡下,两个丫头,轮流着捶腿,捶到四更鼓尽才歇。我方才听见你说的是个戏子家。戏子家有多大汤水,弄这位奶奶家去?”沈天孚道:“你替他架些空罢了!”沈大脚商议道:“我如今把这做戏子的话,藏起不要说,也并不必说他家弄行头。只说他是个举人不日就要做官,家里又开着字号店,广有田地。这个说法好么?”沈天孚道:“最好!最好!你就这么说去。”

当下沈大脚吃了饭,一直走到胭脂巷,敲开了门。丫头荷花迎着出来问:“你是那里来的?”沈大脚道:“这里可是王太太家?”荷花道:“便是。你有甚么话说?”沈大脚道:“我是替王太太讲喜事的。”荷花道:“请在堂屋里坐。太太才起来,还不曾停当。”沈大脚说道:“我在堂屋里坐怎的?我就进房里。去见太太。”当下揭开门帘进房,只见王太太坐在床沿上裹脚,采莲在旁边捧着矾盒子。王太太见他进来,晓得他是媒婆,就叫他坐下,叫拿茶与他吃。看着太太两只脚,足足裹了有三顿饭时才裹完了,又慢慢梳头、洗脸、穿衣服,直弄到日头趖西才清白。因问道:“你贵姓?有甚么话来说?”沈大脚道:“我姓沈。因有一头亲事来效劳,将来好吃太太喜酒。”王太太道:“是个甚么人家?”沈大脚道:“是我们这水西门大街上鲍府上,人都叫他鲍举人家。家里广有田地,又开着字号店,足足有千万贯家私。本人二十三岁,上无父母,下无兄弟、儿女,要娶一个贤慧太太当家,久已说在我肚里了。我想,这个人家除非是你这位太太才去得,所以大胆来说。”王太太道:“这举人是他家甚么人?”沈大脚道:“就是这要娶亲的老爷了。他家那还有第二个!”王太太道:“是文举?武举?”沈大脚道:“他是个武举。扯的动十个力气的弓,端的起三百斤的制子,好不有力气!”王太太道:“沈妈,你料想也知道,我是见过大事的,不比别人。想着一初到王府上,才满了月就替大女儿送亲,送到孙乡绅家。那孙乡绅家三间大敞厅,点了百十枝大蜡烛,摆着糖斗、糖仙,吃一看二眼观三的席。戏子细吹细打把我迎了进去。孙家老太太戴着凤冠穿着霞帔,把我奉在上席正中间脸朝下坐了。我头上戴着黄豆大珍珠的拖挂把脸都遮满了,一边一个丫头拿手替我分开了才露出嘴来吃他的蜜饯茶。唱了一夜戏,吃了一夜酒。第二日回家,跟了去的四个家人、婆娘,把我白绫织金裙子上弄了一点灰,我要把他一个个都处死了。他四个一齐走进来,跪在房里,把头在地板上磕的扑通扑通的响,我还不开恩饶他哩。沈妈你替我说这事,须要十分的实。若有半些差池,我手里不能轻轻的放过了你。”沈大脚道:“这个何消说!我从来是一点水一个泡的人,比不得媒人嘴。若扯了一字谎,明日太太访出来,我自己把这两个脸巴子送来,给太太掌嘴。”王太太道:“果然如此,好了。你到那人家说去,我等你回信。”当下包了几十个钱,又包了些黑枣、青饼之类,叫他带回去与娃娃吃。只因这一番,有分教:忠厚子弟,成就了恶姻缘;骨肉分张,又遇着亲兄弟。不知这亲事说成否,且听下回分解。

第二十七回 王太太夫妻反目 倪廷珠兄弟相逢

话说沈大脚问定了王太太的话,回家向丈夫说了。次日归姑爷来讨信,沈天孚如此这般告诉他说:“我家堂客过去,着实讲了一番。这堂客已是千肯万肯。但我说明了他家是没有公婆的,不要叫鲍老太自己来下插定。到明日拿四样首饰来,仍旧叫我家堂客送与他。择个日子就抬人便了。”

归姑爷听了这话回家去告诉丈母说:“这堂客手里有几百两银子的话是真的。只是性子不好些,会欺负丈夫。这是他两口子的事,我们管他怎的!”鲍老太道:“这管他怎的!现今这小厮傲头傲脑,也要娶个辣燥些的媳妇来,制着他才好。”老太主张着要娶这堂客,随即叫了鲍廷玺来。叫他去请沈天孚、金次福两个人来为媒。鲍廷玺道:“我们小户人家,只是娶个穷人家女儿做媳妇好。这样堂客要了家来,恐怕淘气。”被他妈一顿臭骂道:“倒运的奴才!没福气的奴才!你到底是那穷人家的根子,开口就说要穷,将来少不的要穷断你的筋!像他有许多箱笼,娶进来摆摆房,也是热闹的。你这奴才知道甚么!”骂的鲍廷玺不敢回言,只得央及归姑爷同着去拜媒人。归姑爷道:“像娘这样费心还不讨他说个是!只要拣精拣肥,我也犯不着要效他这个劳。”老太又把姑爷说了一番,道:“他不知道好歹,姐夫不必计较他。”姑爷方才肯同他去拜了两个媒人。

次日备了一席酒请媒。鲍廷玺有生意,领着班子出去做戏了,就是姑爷作陪客。老太家里拿出四样金首饰、四样银首饰来,还是他前头王氏娘子的,交与沈天孚去下插定。沈天孚又赚了他四样,只拿四样首饰叫沈大脚去下插定。那里接了,择定十月十三日过门。

到十二日,把那四箱、四橱和盆桶、锡器、两张大床先搬了来。两个丫头,坐轿子跟着。到了鲍家看见老太,也不晓得是他家甚么人,又不好问,只得在房里铺设齐整,就在房里坐着。明早,归家大姑娘坐轿子来。这里请了金次福的老婆和钱麻子的老婆两个搀亲。到晚,一乘轿子、四对灯笼火把娶进门来。进房撒帐,说四言八句,拜花烛,吃交杯盏,不必细说。

五更鼓出来拜堂,听见说有婆婆就惹了一肚气。出来使性掼气磕了几个头,也没有茶,也没有鞋。拜毕就往房里去了。丫头一会出来要雨水煨茶与太太嗑;一会出来叫拿炭烧着了进去与太太添着烧速香;一会出来到厨下叫厨子蒸点心、做汤,拿进房来与太太吃。两个丫头川流不息的在家前屋后的走,叫的“太太”一片声响。鲍老太听见道:“在我这里叫甚么‘太太’! 连‘奶奶’也叫不的,只好叫个‘相公娘’罢了!”丫头走进房去,把这话对太太说了,太太就气了个发昏。

到第三日,鲍家请了许多的戏子的老婆来做朝。南京的风俗:但凡新媳妇进门,三天就要到厨下,去收拾一样菜发个利市。这菜一定是鱼,取富贵有“余”的意思。当下,鲍家买了一尾鱼,烧起锅,请相公娘上锅。王太太不保,坐着不动。钱麻子的老婆走进房来道:“这使不得。你而今到他家做媳妇,这些规矩是要还他的。”太太忍气吞声脱了锦缎衣服,系上围裙走到厨下,把鱼接在手内,拿刀刮了三四刮,拎着尾巴望滚汤锅里一掼。钱麻子老婆正站在锅台旁边看他收拾鱼,被他这一掼便溅了一脸的热水,连一件二色金的缎衫子都弄湿了,吓了一跳,走过来道:“这是怎说!”忙取出一个汗巾子来揩脸。王太太丢了刀,骨都着嘴往房里去了。当晚,堂客上席,他也不曾出来坐。

到第四日,鲍廷玺领班子出去做夜戏,进房来穿衣服。王太太看见他这几日,都戴的是瓦楞帽子,并无纱帽,心里疑惑:“他不像个举人。”这日见他戴帽子出去,问道:“这晚间你往那里去?”鲍廷玺道:“我做生意去。”说着就去了。太太心里越发疑惑:“他做甚么生意?”又想道:“想是在字号店里算帐。”一直等到五更鼓天亮他才回来。太太问道:“你在字号店里算帐,为甚么算了这一夜?”鲍廷玺道:“甚么字号店? 我是戏班子里管班的,领着戏子去做夜戏才回来。”太太不听见这一句话罢了,听了这一句话怒气攻心,大叫一声望后便倒,牙关咬紧不省人事。鲍廷玺慌了,忙叫两个丫头拿姜汤灌了半日。灌醒过来,大哭大喊,满地乱滚,滚散头发。一会又要扒到床顶上去大声哭着,唱起曲子来。原来气成了一个失心疯。吓的鲍老太同大姑娘都跑进来看。看了这般模样,又好恼又好笑。正闹着,沈大脚手里拿着两包点心走到房里来贺喜。才走进房,太太一眼看见。上前就一把揪住,把他揪到马子跟前,揭开马子,抓了一把尿屎抹了他一脸一嘴。沈大脚满鼻子都塞满了臭气。众人来扯开了。沈大脚走出堂屋里,又被鲍老太指着脸骂了一顿。沈大脚没情没趣,只得讨些水洗了脸,悄悄的出了门回去了。

这里请了医生来。医生说:“这是一肚子的痰,正气又虚,要用人参、琥珀。”每剂药要五钱银子。自此以后一连害了两年,把些衣服、首饰都花费完了,两个丫头也卖了。归姑爷同大姑娘和老太商议道:“他本是螟蛉之子,又没中用。而今,又弄了这个疯女人来在家闹到这个田地。将来我们这房子和本钱,还不够他吃人参、琥珀,吃光了,这个如何来得?不如趁此时将他赶出去离门离户,我们才得干净,一家一计过日子。”鲍老太听信了女儿、女婿的话,要把他两口子赶出去。鲍廷玺慌了,去求邻居王羽秋、张国重来说。张国重、王羽秋走过来说道:“老太,这使不得!他是你老爹在时抱养他的。况且,又帮着老爹做了这些年生意,如何赶得他出去?”老太把他怎样不孝、媳妇怎样不贤着实数说了一遍,说道:“我是断断不能要他的了!他若要在这里,我只好带着女儿、女婿搬出去让他!”当下两人讲不过老太,只得说道:“就是老太要赶他出去,也分些本钱与他做生意,叫他两口子光光的怎样出去过日子?”老太道:“他当日来的时候,只得头上几茎黄毛,身上还是光光的。而今我养活的他恁大,又替他娶过两回亲。况且,他那死鬼老子,也不知是累了我家多少。他不能补报我罢了,我还有甚么贴他!”那两人道:“虽如此说,恩从上流,还是你老人家照顾他些。”说来说去,说的老太转了口,许给他二十两银子自己去住。

鲍廷玺接了银子,哭哭啼啼,不日搬了出来,在王羽秋店后借一间屋居住。只得这二十两银子,要团班子、弄行头是弄不起,要想做个别的小生意又不在行，只好坐吃山空。把这二十两银子吃的将光，太太的人参、琥珀药也没得吃了，病也不大发了，只是在家坐着，哭泣咒骂，非止一日。

那一日，鲍廷玺街上走走回来，王羽秋迎着问道："你当初有个令兄在苏州么？"鲍廷玺道："我老爹只得我一个儿子，并没有哥哥。"王羽秋道："不是鲍家的，是你那三牌楼倪家的。"鲍廷玺道："倪家虽有几个哥哥，听见说都是我老爹自小卖出去了。后来一总都不知个下落，却也不曾听见是在苏州。"王羽秋道："方才有个人一路找来，找在隔壁鲍老太家，说：'倪大太爷找倪六太爷的。'鲍老太不招应。那人就问在我这里，我就想到你身上。你当初在倪家，可是第六？"鲍廷玺道："我正是第六。"王羽秋道："那人找不到又到那边找去了。他少不得还找了回来，你在我店里坐了候着。"少顷只见那人又来找问。王羽秋道："这便是倪六爷，你找他怎的？"鲍廷玺道："你是那里来的？是那个要找我？"那人在腰里拿出一个红纸帖子来递与鲍廷玺看。鲍廷玺接着，只见上写道："水西门鲍文卿老爹家过继的儿子鲍廷玺，本名倪廷玺，乃父亲倪霜峰第六子，是我的同胞的兄弟。我叫作倪廷珠。找着是我的兄弟，就同他到公馆里来相会。要紧！要紧！"鲍廷玺道："这是了！一点也不错！你是甚么人？"那人道："我是跟大太爷的，叫作阿三。"鲍廷玺道："大太爷在那里？"阿三道："大太爷现在苏州抚院衙门里做相公，每年一千两银子。而今现在大老爷公馆里。既是六太爷，就请同小的到公馆里和大太爷相会。"鲍廷玺喜从天降，就同阿三一直走到淮清桥抚院公馆前。阿三道："六太爷，请到河底下茶馆里坐着，我去请大太爷来会。"一直去了。

鲍廷玺自己坐着。坐了一会，只见阿三跟了一个人进来，头戴方巾，身穿酱色缎直裰，脚下粉底皂靴，三绺髭须，有五十岁光景。那人走进茶馆，阿三指道："便是六太爷了。"鲍廷玺忙走上前，那人一把拉住道："你便是我六兄弟了！"鲍廷玺道："你便是我大哥哥！"两人抱头大哭。哭了一场坐下。倪廷珠道："兄弟，自从你过继在鲍老爹家，我在京里全然不知道。我自从二十多岁的时候，就学会了这个幕道，在各衙里做馆。在各省找寻那几个弟兄都不曾找的着。五年前我同一位知县到广东赴任去,在三牌楼找着一个旧时老邻居问,才晓得你过继在鲍家了,父母俱已去世了!"说着又哭起来。鲍廷玺道:"我而今鲍门的事——"倪廷珠道:"兄弟,你且等我说完了。我这几年亏遭际了这位姬大人,宾主相得,每年送我束脩一千两银子。那几年在山东,今年调在苏州来做巡抚。这是故乡了,我所以着紧来找贤弟。找着贤弟时,我把历年节省的几两银子拿出来,弄一所房子,将来把你嫂子也从京里接到南京来和兄弟一家一计的过日子。兄弟,你自然是娶过弟媳的了。"鲍廷玺道:"大哥在上……"便悉把怎样过继到鲍家,怎样蒙鲍老爹恩养,怎样在向太爷衙门里招亲,怎样前妻王氏死了,又娶了这个女人,而今怎样怎样被鲍老太赶出来了,都说了一遍。倪廷珠道:"这个不妨。而今弟妇现在那里?"鲍廷玺道:"现在鲍老爹隔壁一个人家借着住。"倪廷珠道:"我且和你同到家里去看看,我再作道理。"

当下会了茶钱一同走到王羽秋店里。王羽秋也见了礼。鲍廷玺请他在后面。王太太拜见大伯,此时衣服、首饰都没有了,只穿着家常打扮。倪廷珠荷包里拿出四两银子来送与弟妇做拜见礼。王太太看见有这一个体面大伯不觉忧愁减了一半,自己捧茶上来。鲍廷玺接着送与大哥。倪廷珠吃了一杯茶,说道:"兄弟,我且暂回公馆里去。我就回来和你说话,你在家等着我。"说罢去了。

鲍廷玺在家和太太商议:"少刻大哥来,我们须备个酒饭候着。如今买一只板鸭和几斤肉,再买一尾鱼来,托王羽秋老爹来收拾,做个四样才好。"王太太说:"呸!你这死不见识面的货!他一个抚院衙门里住着的人,他没有见过板鸭和肉!他自然是吃了饭才来,他希罕你这样东西吃!如今快秤三钱六分银子到果子店里装十六个细巧围碟子来,打几斤陈百花酒候着他才是个道理!"鲍廷玺道:"太太说的是。"当下秤了银子,把酒和碟子都备齐捧了来家。

到晚,果然一乘轿子,两个"巡抚部院"的灯笼,阿三跟着,他哥来了。倪廷珠下了轿,进来说道:"兄弟,我这寓处没有甚么,只带的七十多两银子。"叫阿三在轿柜里拿出来,一包一包交与鲍廷玺,道:"这个你且收着。我明日就要同姬大人往苏州去。你作速看下一所房子,价银或是二百两、三百两都可以。你同弟妇搬进去住着。你就收拾到苏州衙门里来,我和姬大人说,把今年束脩一千两银子都支了与你,拿到南京来做个本钱,或是买些房产过日。”当下鲍廷玺收了银子,留着他哥吃酒。吃着,说一家父母兄弟分离苦楚的话。说着又哭,哭着又说。直吃到二更多天方才去了。

鲍廷玺次日同王羽秋商议,叫了房牙子来要当房子。自此,家门口人,都晓的倪大老爷来找兄弟,现在抚院大老爷衙门里,都称呼鲍廷玺是倪六老爷,太太是不消说。又过了半个月,房牙子看定了一所房子在下浮桥施家巷,三间门面,一路四进,是施御史家的。施御史不在家,着典与人住,价银二百二十两。成了议约,付押议银二十两,择了日子搬进去,再兑银子。搬家那日两边邻居都送着盒,归姑爷也来行人情出分子。鲍廷玺请了两日酒,又替太太赎了些头面、衣服。太太身子里,又有些啾啾唧唧的起来,隔几日要请个医生,要吃八分银子的药。那几十两银子渐渐要完了。

鲍廷玺收拾要到苏州寻他大哥去,上了苏州船。那日风不顺,船家荡在江北,走了一夜,到了仪征,船住在黄泥滩,风更大过不得江。鲍廷玺走上岸,要买个茶点心吃,忽然遇见一个少年人,头戴方巾,身穿玉色绸直裰,脚下大红鞋。那少年把鲍廷玺上上下下看了一遍,问道:“你不是鲍姑老爷么?”鲍廷玺惊道:“在下姓鲍。相公尊姓大名?怎样这样称呼?”那少年道:“你可是安庆府向太爷衙门里王老爹的女婿?”鲍廷玺道:“我便是。相公怎的知道?”那少年道:“我便是王老爹的孙女婿,你老人家,可不是我的姑丈人么?”鲍廷玺笑道:“这是怎么说?且请相公到茶馆坐坐。”当下两人走进茶馆,拿上茶来。仪征有的是肉包子,装上一盘来吃着。鲍廷玺问道:“相公尊姓?”那少年道:“我姓季。姑老爷你认不得我?我在府里考童生看见你巡场,我就认得了。后来,你家老爹还在我家吃过了酒。这些事你难道都记不的了?”鲍廷玺道:“你原来是季老太爷府里的季少爷!你却因甚么做了这门亲?”季苇萧道:“自从向太爷升任去后,王老爹不曾跟了去,就在安庆住着。后来,我家岳选了典史。安庆的乡绅人家,因他老人家为人盛德,所以同他来往起来,我家就结了这门亲。”鲍廷玺道:“这也极好。你们太老爷在家好么?”季苇萧道:“先君见背已三年多了。”鲍廷玺道:“姑爷你却为甚么在这里?”季苇萧道:“我因盐运司荀大人是先君文武同年,我故此来看看年伯。姑老爷你却往那里去?”鲍廷玺道:“我到苏州去看一个亲戚。”季苇萧道:“几时才得回来?”鲍廷玺道:“大约也得二十多日。”季苇萧道:“若回来无事,到扬州来顽顽。若到扬州,只在道门口门簿上一查便知道我的下处。我那时做东请姑老爷。”鲍廷玺道:“这个一定来奉候。”说罢彼此分别走了。

鲍廷玺上了船一直来到苏州。才到阊门上岸,劈面撞着跟他哥的小厮阿三。只因这一番,有分教:荣华富贵,依然一旦成空;奔走道途,又得无端聚会。毕竟阿三说出甚么话来,且听下回分解。

第二十八回　季苇萧扬州入赘　萧金铉白下选书

话说鲍廷玺走到阊门遇见跟他哥的小厮阿三。阿三前走,后面跟了一个闲汉,挑了一担东西,是些三牲和些银锭、纸马之类。鲍廷玺道:“阿三,倪大太爷在衙门里么?你这些东西叫人挑了,同他到那里去?”阿三道:“六太爷来了!大太爷自从南京回来进了大老爷衙门,打发人上京接太太去。去的人回说太太已于前月去世。大太爷着了这一急,得了重病,不多几日就归天了。大太爷的灵柩,现在城外厝着,小的便搬在饭店里住。今日是大太爷头七,小的送这三牲、纸马到坟上烧纸去。”鲍廷玺听了这话两眼大睁着,话也说不出来,慌问道:“怎么说?大太爷死了?”阿三道:“是,大太爷去世了。”鲍廷玺哭倒在地,阿三扶了起来。当下不进城了,就同阿三到他哥哥厝基的所在摆下牲醴,浇奠了酒,焚起纸钱,哭道:“哥哥阴魂不远,你兄弟来迟一步,就不能再见大哥一面!”说罢,又恸哭了一场。阿三劝了回来在饭店里住下。次日鲍廷玺将自己盘缠,又买了一副牲醴、纸钱去上了哥哥坟回来。连连在饭店里住了几天,盘缠也用尽了。阿三也辞了他往别处去了。

思量没有主意,只得把新做来的一件见抚院的绸直裰当了两把银子,且到扬州寻寻季姑爷再处。当下搭船一直来到扬州,往道门口去问季苇萧的下处。门簿上写着“寓在兴教寺”。忙找到兴教寺,和尚道:“季相公么?他今日在五城巷引行公店隔壁尤家招亲,你到那里去寻。”

鲍廷玺一直找到尤家,见那家门口挂着彩子,三间敞厅,坐了一敞厅的客。正中书案上点着两枝通红的蜡烛,中间悬着一轴《百子图》的画,两边贴着朱笺纸的对联,上写道:“清风明月常如此;才子佳人信有之。”季苇萧戴着新方巾,穿着银红绸直裰在那里陪客。见了鲍廷玺进来吓了一跳,同他作了揖,请他坐下。说道:“姑老爷才从苏州回来的?”鲍廷玺道:“正是。恰又遇着姑爷恭喜,我来吃喜酒。”座上的客问:“此位尊姓?”季苇萧代答道:“这舍亲姓鲍,是我的贱内的姑爷,是小弟的姑丈人。”众人道:“原来是姑太爷。失敬!失敬!”鲍廷玺问:“各位太爷尊姓?”季苇萧指着上首席坐的两位道:“这位是辛东之先生,这位是金寓刘先生。二位是扬州大名士。作诗的从古也没有这好的,又且书法绝妙,天下没有第三个。”说罢摆上饭来。二位先生首席,鲍廷玺三席,还有几个人,都是尤家亲戚,坐了一桌子。

吃过了饭,这些亲戚们同季苇萧里面料理事去了。鲍廷玺坐着同那两位先生攀谈。辛先生道:“扬州这些有钱的盐呆子其实可恶!就如河下兴盛旗冯家,他有十几万银子。他从徽州请了我出来住了半年,我说:‘你要为我的情,就一总送我二三千银子。’他竟一毛不拔!我后来向人说:‘冯家他这银子该给我的。他将来死的时候,这十几万银子,一个钱也带不去,到阴司里是个穷鬼。阎王要盖森罗宝殿,这四个字的匾少不的是请我写,至少也得送我一万银子!我那时就把几千与他用用也不可知。何必如此计较!’”说罢,笑了。金先生道:“这话一丝也不错!前日不多时,河下方家来请我写一副对联共是二十二个字。他叫小厮送了八十两银子来谢我。我叫他小厮到跟前吩咐他道:‘你拜上你家老爷,说金老爷的字是在京师王爷府里品过价钱的:小字是一两一个,大字十两一个。我这二十二个字,平买平卖时价值二百二十两银子。你若是二百一十九两九钱也不必来取对联。’那小厮回家去说了。方家这畜生卖弄有钱,竟坐了轿子到我下处来把二百二十两银子与我。我把对联递与他。他,他两把把对联扯碎了。我登时大怒,把这银子打开一总都掼在街上,给那些挑盐的、拾粪的去了!列位,你说这样小人岂不可恶!”

正说着,季苇萧走了出来,笑说道:“你们在这里讲盐呆子的故事?我近日听见说,扬州是‘六精’。”辛东之道:“是‘五精’罢了,那里‘六精’?”季苇萧道:“是‘六精’的狠!我说与你听!他轿里是坐的‘债精’,抬轿的是‘牛精’,跟轿的是‘屁精’,看门的是‘谎精’,家里藏着的是‘妖精’,这是‘五精’了。而今时作,这些盐商头上,戴的是方巾，中间定是一个‘水晶’结子，合起来是‘六精’。”说罢一齐笑了。捧上面来吃。四人吃着，鲍廷玺问道：“我听见说，盐务里这些有钱的到面店里，八分一碗的面只呷一口汤，就拿下去赏与轿夫吃。这话可是有的么？”辛先生道：“怎么不是有的？”金先生道：“他那里当真吃不下。他本是在家里泡了一碗锅巴吃了才到面店去的！”当下说着笑话天色晚了下来，里面吹打着引季苇萧进了洞房。众人上席吃酒，吃罢各散。鲍廷玺仍旧到钞关饭店里住了一夜。

次日来贺喜看新人。看罢出来坐在厅上，鲍廷玺悄悄问季苇萧道：“姑爷，你前面的姑奶奶，不曾听见怎的，你怎么又做这件事？”季苇萧指着对联与他看道：“你不见‘才子佳人信有之’？我们风流人物，只要才子佳人会合，一房两房何足为奇！”鲍廷玺道：“这也罢了。你这些费用，是那里来的？”季苇萧道：“我一到扬州，荀年伯就送了我一百二十两银子，又把我在瓜洲管关税。只怕还要在这里过几年，所以又娶一个亲。姑老爷你几时回南京去？”鲍廷玺道：“姑爷，不瞒你说，我在苏州去投奔一个亲戚投不着，来到这里，而今并没有盘缠回南京。”季苇萧道：“这个容易。我如今送几钱银子与姑老爷做盘费，还要托姑老爷带一个书子到南京去。”

正说着，只见那辛先生、金先生和一个道士，又有一个人，一齐来吵房。季苇萧让了进去新房里，吵了一会出来坐下。辛先生指着这两位，向季苇萧道：“这位道友尊姓来，号霞士，也是我们扬州诗人。这位是芜湖郭铁笔先生，镌的图书最妙。今日，也趁着喜事来奉访。”季苇萧问了二位的下处，说道：“即日来答拜。”辛先生和金先生道：“这位令亲鲍老爹，前日听说，尊府是南京的，却几时回南京去？”季苇萧道：“也就在这一两日间。”那两位先生道：“这等，我们不能同行了。我们同在这个俗地方，人不知道敬重，将来也要到南京去。”说了一会话，四人作别去了。鲍廷玺问道：“姑爷，你带书子到南京，与那一位朋友？”季苇萧道：“他也是我们安庆人，也姓季，叫作季恬逸，和我同姓不宗，前日同我一路出来的。我如今在这里，不得回去。他是没用的人，寄个字叫他回家。”鲍廷玺道：“姑爷，你这字可曾写下？”季苇萧道：“不曾写下。我今晚写了，姑老爷明日来取这字和盘缠,后日起身去罢。”鲍廷玺应诺去了。当晚季苇萧写了字,封下五钱银子,等鲍廷玺次日来拿。

次日早晨,一个人坐了轿子来拜,传进帖子上写“年家眷同学弟宗姬顿首拜”。季苇萧迎了出去,见那人方巾阔服,古貌古心。进来坐下,季苇萧动问:“仙乡尊字?”那人道:“贱字穆庵,敝处湖广。一向在京同谢茂秦先生馆于赵王家里。因返舍走走在这里路过,闻知大名,特来进谒。有一个小照行乐求大笔一题。将来还要带到南京去遍请诸名公题咏。”季苇萧道:“先生大名如雷灌耳。小弟献丑,真是弄斧班门了。”说罢吃了茶,打恭上轿而去。

恰好鲍廷玺走来取了书子和盘缠,谢了季苇萧。季苇萧向他说:“姑老爷到南京,千万寻到状元境,劝我那朋友季恬逸回去。南京这地方,是可以饿的死人的,万不可久住!”说毕送了出来。

鲍廷玺拿着这几钱银子搭了船,回到南京。进了家门,把这些苦处告诉太太一遍,又被太太臭骂了一顿。施御史又来催他兑房价。他没银子兑,只得把房子退还施家。这二十两押议的银子,做了干罚。没处存身,太太只得在内桥娘家胡姓借了一间房子搬进去住着。

住了几日,鲍廷玺拿着书子寻到状元境,寻着了季恬逸。季恬逸接书看了,请他吃了一壶茶,说道:“有劳鲍老爹。这些话我都知道了。”鲍廷玺别过自去了。这季恬逸因缺少盘缠没处寻寓所住,每日里拿着八个钱,买四个吊桶底作两顿吃,晚里在刻字店一个案板上睡觉。这日见了书子知道季苇萧不来,越发慌了。又没有盘缠回安庆去,终日吃了饼,坐在刻字店里出神。

那一日早上,连饼也没的吃,只见外面走进一个人来,头戴方巾,身穿元色直裰,走了进来和他拱一拱手。季恬逸拉他在板凳上坐下。那人道:“先生尊姓?”季恬逸道:“贱姓季。”那人道:“请问先生这里可有选文章的名士么?”季恬逸道:“多的很!卫体善、随岑庵、马纯上、蘧駪夫、匡超人,我都认的。还有前日同我在这里的季苇萧,这都是大名。你要那一个?”那人道:“不拘那一位。我小弟有二三百银子要选一部文章。烦先生替我寻一位来,我同他好合选。”季恬逸道:“你先生尊姓贵处?也说与我,我好去寻人。”那人道:“我复姓诸葛，盱眙县人。说起来人也还知道的。先生竟去寻一位来便了。”季恬逸请他坐在那里，自己走上街来。心里想道：“这些人虽常来在这里，却是散在各处。这一会没头没脑往那里去捉？可惜季苇萧又不在这里。”又想道：“不必管他！我如今只望着水西门一路大街走，遇着那个就捉了来，且混他些东西吃吃再处。”主意已定，一直走到水西门口，只见一个人押着一担行李进城。他举眼看时，认得是安庆的萧金铉。他喜出望外道：“好了！”上前一把拉着，说道：“金兄你几时来的？”萧金铉道：“原来是恬兄！你可同苇萧在一处？”季恬逸道：“苇萧久已到扬州去了。我如今在一个地方。你来的恰好，如今有一桩大生意作成你。你却不可忘了我！”萧金铉道：“甚么大生意？”季恬逸道：“你不要管，你只同着我走，包你有几天快活日子过！”萧金铉听了，同他一齐来到状元境刻字店。

只见那姓诸葛的，正在那里探头探脑的望。季恬逸高声道：“诸葛先生，我替你约了一位大名士来！”那人走了出来迎进刻字店里，作了揖，把萧金铉的行李，寄放在刻字店内。三人同到茶馆里叙礼坐下，彼此各道姓名。那人道：“小弟复姓诸葛名佑，字天申。”萧金铉道：“小弟姓萧名鼎，字金铉。”季恬逸就把方才诸葛天申有几百银子要选文章的话说了。诸葛天申道：“这选事小弟自己也略知一二。因到大邦，必要请一位大名下的先生以附骥尾。今得见萧先生如鱼之得水了！”萧金铉道：“只恐小弟菲材不堪胜任。”季恬逸道：“两位都不必谦，彼此久仰，今日一见如故。诸葛先生且做个东，请萧先生吃个下马饭，把这话细细商议。”诸葛天申道：“这话有理。客边只好假馆坐坐。”当下，三人会了茶钱一同出来，到三山街一个大酒楼上。萧金铉首席，季恬逸对坐，诸葛天申主位。堂官上来问菜，季恬逸点了一卖肘子、一卖板鸭、一卖醉白鱼。先把鱼和板鸭拿来吃酒，留着肘子，再做三分银子汤带饭上来。堂官送上酒来，斟了吃酒。季恬逸道：“先生这件事，我们先要寻一个僻静些的去处，又要宽大些。选定了文章，好把刻字匠叫齐，在寓处来看着他刻。”萧金铉道：“要僻地方，只有南门外报恩寺里好，又不吵闹，房子又宽，房钱又不十分贵。我们而今吃了饭竟到那里寻寓所。”当下吃完几壶酒，堂官拿上肘子、汤和饭来。季恬逸尽力吃了一饱。下楼会帐,又走到刻字店托他看了行李。

三人一路走出了南门。那南门热闹轰轰,真是车如游龙,马如流水!三人挤了半日才挤了出来,望着报恩寺走了进去。季恬逸道:"我们就在这门口寻下处罢。"萧金铉道:"不好,还要再向里面些去方才僻静。"当下又走了许多路。走过老退居,到一个和尚家,敲门进去。小和尚开了门,问做什么事。说是来寻下处的。小和尚引了进去。当家的老和尚出来见,头戴玄色缎僧帽,身穿茧绸僧衣,手里拿着数珠,铺眉蒙眼的走了出来,打个问讯,请诸位坐下,问了姓名、地方。三人说要寻一个寓所。和尚道:"小房甚多,都是各位现任老爷常来做寓的。三位施主请自看,听凭拣那一处。"三人走进里面,看了三间房子。又出来同和尚坐着,请教每月房钱多少。和尚一口价定要三两一月,讲了半天,一厘也不肯让。诸葛天申已是出二两四了,和尚只是不点头。一会又骂小和尚:"不扫地!明日下浮桥施御史老爷来这里摆酒,看见成什么模样!"萧金铉见他可厌,向季恬逸说道:"下处是好,只是买东西远些。"老和尚呆着脸道:"在小房住的客,若是买办和厨子是一个人做就住不的了,须要厨子是一个人在厨下收拾着,买办又是一个人侍候着买东西,才赶的来。"萧金铉笑道:"将来我们在这里住,岂但买办、厨子是用两个人,还要牵一头秃驴与那买东西的人,骑着来往更走的快!"把那和尚骂的白瞪着眼。三人便起身道:"我们且告辞,再来商议罢。"和尚送出来。

又走了二里路到一个僧官家敲门。僧官迎了出来,一脸都是笑。请三位厅上坐,便煨出新鲜茶来,摆上九个茶盘,上好的蜜橙糕、核桃酥,奉过来与三位吃。三位讲到租寓处的话,僧官笑道:"这个何妨!听凭三位老爷喜欢那里,就请了行李来。"三人请问房钱。僧官说:"这个何必计较?三位老爷来住,请也请不至。随便见惠些须香资,僧人那里好争论?"萧金铉见他出语不俗,便道:"在老师父这里打搅每月送银二金,休嫌轻意!"僧官连忙应承了。当下,两位就坐在僧官家,季恬逸进城去发行李。僧官叫道人打扫房,铺设床铺、桌椅、家伙,又换了茶来陪二位谈。

到晚行李发了来，僧官告别进去了。萧金铉叫诸葛天申先秤出二两银子来，用封袋封了，贴了签子送与僧官。僧官又出来谢过。三人点起灯来打点夜消。诸葛天申称出钱把银子托季恬逸出去买酒菜。季恬逸出去了一会，带着一个走堂的，捧着四壶酒、四个碟子来：一碟香肠、一碟盐水虾、一碟水鸡腿、一碟海蜇，摆在桌上。诸葛天申是乡里人，认不的香肠。说道："这是甚么东西？好像猪鸟。"萧金铉道："你只吃罢了，不要问他。"诸葛天申吃着，说道："这就是腊肉！"萧金铉道："你又来了！腊肉有个皮长在一转的？这是猪肚内的小肠！"诸葛天申又不认的海蜇，说道："这迸脆的是甚么东西？倒好吃。再买些迸脆的来吃吃。"萧、季二位又吃了一回，当晚吃完了酒打点各自歇息。季恬逸没有行李，萧金铉匀出一条褥子来给他在脚头盖着睡。

次日清早僧官走进来说道："昨日三位老爷驾到，贫僧今日备个腐饭屈三位坐坐。就在我们这寺里各处顽顽。"三人说了"不当"。僧官邀请到那边楼底下坐着，办出四大盘来吃早饭。吃过同三位出来闲步，说道："我们就到三藏禅林里顽顽罢。"当下走进三藏禅林。头一进是极高的大殿，殿上金字匾额："天下第一祖庭"。一直走过两间房子，又曲曲折折的阶级栏杆走上一个楼去。只道是没有地方了，僧官又把楼背后开了两扇门，叫三人进去看，那知还有一片平地在极高的所在，四处都望着。内中又有参天的大木，几万竿竹子，那风吹的到处飕飕的响。中间便是唐玄奘法师的衣钵塔。顽了一会，僧官又邀到家里，晚上九个盘子吃酒。吃酒中间，僧官说道："贫僧到了僧官任还不曾请客。后日家里摆酒唱戏，请三位老爷看戏，不要出分子。"三位道："我们一定奉贺。"当夜吃完了酒。

到第三日，僧官家请的客，从应天府尹的衙门人，到县衙门的人，约有五六十。客还未到，厨子、看茶的老早的来了，戏子也发了箱来了。僧官正在三人房里闲谈，忽见道人走来说："师公，那人又来了！"只因这一番，有分教：平地风波，天女下维摩之室；空堂宴集，鸡群来皎鹤之翔。不知后事如何，且听下回分解。

第二十九回 诸葛佑僧寮遇友 杜慎卿江郡纳姬

话说僧官正在萧金铉三人房里闲坐,道人慌忙来报:"那个人又来了!"僧官就别了三位同道人出去,问道人:"可又是龙三那奴才?"道人道:"怎么不是!他这一回来的把戏更出奇!老爷你自去看。"僧官走到楼底下,看茶的正在门口扇着炉子。僧官走进去,只见椅子上坐着一个人,一副乌黑的脸,两只黄眼睛珠,一嘴胡子,头戴一顶纸剪的凤冠,身穿蓝布女褂、白布单裙,脚底下大脚花鞋,坐在那里。两个轿夫站在天井里要钱。那人见了僧官笑容可掬。说道:"老爷你今日喜事,我所以绝早就来替你当家。你且把轿钱替我打发去着。"僧官愁着眉道:"龙老三你又来做甚么?这是个甚么样子!"慌忙把轿钱打发了去。又道:"龙老三,你还不把那些衣服脱了!人看着怪模怪样!"龙三道:"老爷你好没良心!你做官到任,除了不打金凤冠与我戴,不做大红补服与我穿。我做太太的人,自己戴了一个纸凤冠,不怕人笑也罢了,你还叫我去掉了是怎的?"僧官道:"龙老三,顽是顽,笑是笑。虽则我今日不曾请你,你要上门怪我也只该好好走来,为甚么妆这个样子?"龙三道:"老爷你又说错了。'夫妻无隔宿之仇',我怪你怎的?"僧官道:"我如今自己认不是罢了!是我不曾请你,得罪了你。你好好脱了这些衣服,坐着吃酒,不要妆疯做痴惹人家笑话!"龙三道:"这果然是我不是!我做太太的人只该坐在房里,替你装围碟、剥果子,当家料理,那有个坐在厅上的,惹的人说你家没内外?"说着就往房里走。僧官拉不住,竟走到房里去了。僧官跟到房里说道:"龙老三!这喇伙的事而今行不得!惹得上面官府知道了,大家都不便!"龙三道:"老爷你放心。自古道:'清官难断家务事。'"僧官急得乱跳。他在房里坐的安安稳稳的,吩咐小和尚:"叫茶上拿茶来,与太太吃!"

僧官急得走进走出。恰走出房门遇着萧金铉三位走来,僧官拦不住。三人走进房,季恬逸道:“噫!那里来的这位太太?”那太太站起来,说道:“三位老爷请坐。”僧官急得话都说不出来,三个人忍不住的笑。道人飞跑进来说道:“府里尤太爷到了。”僧官只得出去陪客。那姓尤、姓郭的两个书办进来作揖,坐下吃茶。听见隔壁房里有人说话就要走进去,僧官又拦不住。二人走进房,见了这个人吓了一跳,道:“这是怎的!”止不住就要笑。当下四五个人一齐笑起来。僧官急得没法,说道:“诸位太爷,他是个喇子。他屡次来骗我。”尤书办笑道:“他姓甚么?”僧官道:“他叫作龙老三。”郭书办道:“龙老三,今日是僧官老爷的喜事,你怎么到这里胡闹?快些把这衣服都脱了到别处去!”老三道:“太爷,这是我们私情事,不要你管!”尤书办道:“这又胡说了!你不过是想骗他,也不是这个骗法!”萧金铉道:“我们大家拿出几钱银子来,舍了这畜生去罢!免得在这里。闹的不成模样。”那龙三那里肯去!大家正讲着,道人又走进来说道:“司里董太爷同一位金太爷已经进来了。”说着,董书办同金东崖走进房来。东崖认得龙三,一见就问道:“你是龙三?你这狗头在京里拐了我几十两银子走了,怎么今日又在这里妆这个模样!分明是骗人,其实可恶!”叫跟的小子“把他的凤冠抓掉了,衣服扯掉了,赶了出去!”龙三见是金东崖方才慌了。自己去了凤冠,脱了衣服,说道:“小的在这里伺候。”金东崖道:“那个要你伺候!你不过是骗这里老爷。改日我劝他赏你些银子,作个小本钱倒可以。你若是这样胡闹,我即刻送到县里处你!”龙三见了这一番才不敢闹,谢了金东崖出去了。僧官才把众位拉到楼底下,从新作揖奉坐,向金东崖谢了又谢。

看茶的捧上茶来吃了。郭书办道:“金太爷一向在府上,几时到江南来的?”金东崖道:“我因近来赔累的事不成话说,所以决意返舍。到家,小儿侥幸进了一个学,不想反惹上一场是非。虽然真的假不得,却也丢了几两银子。在家无聊,因运司荀老先生,是京师旧交,特到扬州来望他一望。承他情荐在匣上,送了几百两银子。”董书办道:“金太爷,你可知道荀大人的事?”金东崖道:“不知道。荀大人怎的?”董书办道:“荀大人因贪赃拿问了,就是这三四日的事。”金东崖道:“原来如此!可见‘旦夕祸福’!”郭书办道:“尊寓而今在那里?”

董书办道:“太爷已是买了房子,在利涉桥河房。”众人道:“改日再来拜访。”金东崖又问了三位先生姓名,三位俱各说了。金东崖道:“都是名下先生,小弟也注有些经书,容日请教。”

当下,陆陆续续到了几十位客。落后来了三个戴方巾的和一个道士,走了进来,众人都不认得。内中一个戴方巾的道:“那位是季恬逸先生?”季恬逸道:“小弟便是。先生有何事见教?”那人袖子里拿出一封书子来,说道:“季苇兄多致意。”季恬逸接着,拆开同萧金铉、诸葛天申看了,才晓得是辛东之、金寓刘、郭铁笔、来霞士。便道:“请坐!”四人见这里有事就要告辞。僧官拉着他道:“四位远来,请也请不至,便桌坐坐。”断然不放了去,四人只得坐下。金东崖就问起荀大人的事来:“可是真的?”郭铁笔道:“是我们下船那日拿问的。”

当下唱戏、吃酒。吃到天色将晚,辛东之同金寓刘赶进城,在东花园庵里歇去。这坐客都散了。郭铁笔同来道士在诸葛天申下处住了一夜,次日来道士到神乐观寻他的师兄去了。郭铁笔在报恩寺门口租了一间房开图书店。

季恬逸这三个人在寺门口聚升楼起了一个经折,每日赊米买菜和酒吃,一日要吃四五钱银子。文章已经选定,叫了七八个刻字匠来刻,又赊了百十桶纸来准备刷印。到四五个月后,诸葛天申那二百多两银子,所剩也有限了,每日仍旧在店里赊着吃。那日季恬逸和萧金铉在寺里闲走。季恬逸道:“诸葛先生的钱也有限了,倒欠下这些债。将来这个书不知行与不行,这事怎处?”萧金铉道:“这原是他情愿的事,又没有那个强他。他用完了银子,他自然家去再讨,管他怎的?”正说着,诸葛天申也走来了,两人不言语了。

三个同步了一会一齐回寓。却迎着一乘轿子,两担行李。三个人跟着进寺里来。那轿揭开帘子,轿里坐着一个戴方巾的少年,诸葛天申依稀有些认得。那轿来的快,如飞的就过去了。诸葛天申道:“这轿子里的人我有些认得他。”因赶上几步扯着他跟的人,问道:“你们是那里来的?”那人道:“是天长杜十七老爷。”诸葛天申回来,同两人睃着那轿和行李,一直进到老退居隔壁那和尚家去了。诸葛天申向两人道:“方才这进去的,是天长杜宗伯的令孙。我认得他,是我们那边的名士。不知他来做甚么?我明日去会他。”次日诸葛天申去拜,那里回不在家。

一直到三日才见那杜公孙来回拜。三人迎了出去。那正是春暮夏初,天气渐暖。杜公孙穿着是莺背色的夹纱直裰,手摇诗扇,脚踏丝履,走了进来。三人近前一看,面如傅粉,眼若点漆,温恭尔雅,飘然有神仙之概。这人是有子建之才潘安之貌,江南数一数二的才子。进来与三人相见,作揖让坐。杜公孙问了两位的姓名、籍贯。自己又说道:“小弟贱名倩,贱字慎卿。”说过,又向诸葛天申道:“天申兄还是去年考较时相会,又早半载有余了。”诸葛天申向二位道:“去岁申学台在敝府,合考二十七州县诗赋,是杜十七先生的首卷。”杜慎卿笑道:“这是一时应酬之作,何足挂齿!况且,那日小弟小恙进场,以药物自随,草草塞责而已。”萧金铉道:“先生尊府,江南王谢风流,各郡无不钦仰。先生大才,又是尊府白眉,今日幸会,一切要求指教。”杜慎卿道:“各位先生一时名宿,小弟正要请教,何得如此倒说?”当下坐着吃了一杯茶,一同进到房里。见满桌堆着都是选的刻本文章,红笔对的样,花藜胡哨的。杜慎卿看了放在一边。忽然翻出一首诗来,便是萧金铉前日在乌龙潭春游之作。杜慎卿看了点一点头道:“诗句是清新的。”便问道:“这是萧先生大笔?”萧金铉道:“是小弟拙作,要求先生指教。”杜慎卿道:“如不见怪,小弟也有一句盲瞽之言:诗以气体为主。如尊作这两句:‘桃花何苦红如此?杨柳忽然青可怜。’岂非加意做出来的?但上一句诗,只要添一个字,‘问桃花何苦红如此’,便是《贺新凉》中间一句好词。如今先生把他做了诗,下面又强对了一句便觉索然了。”几句话,把萧金铉说的透身冰冷。季恬逸道:“先生如此谈诗,若与我家苇萧相见一定相合。”杜慎卿道:“苇萧是同宗么?我也曾见过他的诗,才情是有些的。”坐了一会,杜慎卿辞别了去。

次日杜慎卿写个说帖来,道:“小寓牡丹盛开,薄治杯茗,屈三兄到寓一谈。”三人忙换了衣裳到那里去。只见寓处先坐着一个人,三人进来同那人作揖让坐。杜慎卿道:“这位鲍朋友是我们自己人,他不僭诸位先生的坐。”季恬逸方才想起,是前日带信来的鲍老爹,因向二位先生道:“这位老爹就是苇萧的姑岳。”因问:“老爹在这里为甚么?”鲍廷玺大笑道:“季相公你原来不晓得。我是杜府太老爷累代的门下。我父子两个受太老爷多少恩惠!如今十七老爷到了,我怎敢不来问安?”杜慎卿道:“不必说这闲话,且叫人拿上酒来。”

当下鲍廷玺同小子抬桌子。杜慎卿道:“我今日把这些俗品都捐了,只是江南鲥鱼、樱、笋下酒之物与先生们挥麈清谈。”当下摆上来,果然是清清疏疏的几个盘子。买的是永宁坊上好的橘酒,斟上酒来。杜慎卿极大的酒量,不甚吃菜。当下举箸让众人吃菜,他只拣了几片笋和几个樱桃下酒。传杯换盏吃到午后。杜慎卿叫取点心来,便是猪油饺饵、鸭子肉包的烧卖、鹅油酥、软香糕,每样一盘拿上来。众人吃了,又是雨水煨的六安毛尖茶每人一碗。杜慎卿自己只吃了一片软香糕和一碗茶,便叫收下去了,再斟上酒来。

萧金铉道:“今日对名花、聚良朋,不可无诗。我们即席分韵何如?”杜慎卿笑道:“先生,这是而今诗社里的故套。小弟看来,觉得雅的这样俗,还是清谈为妙。”说着把眼看了鲍廷玺一眼。鲍廷玺笑道:“还是门下效劳。”便走进房去拿出一只笛子来,去了锦套,坐在席上,呜呜咽咽将笛子吹着。一个小小子走到鲍廷玺身边站着,拍着手,唱李太白《清平调》。真乃穿云裂石之声,引商刻羽之奏!三人停杯细听。杜慎卿又自饮了几杯。吃到月上时分,照耀得牡丹花色越发精神,又有一树大绣球好像一堆白雪。三个人不觉的手舞足蹈起来,杜慎卿也颓然醉了。

只见老和尚慢慢走进来,手里拿着一个锦盒子打开来,里面拿出一串祁门小炮熗,口里说道:“贫僧来替老爷醒酒。”就在席上点着烨烨烞烞响起来。杜慎卿坐在椅子上大笑。和尚去了,那硝黄的烟气,还缭绕酒席左右。三人也醉了,站起来把脚不住,告辞要去。杜慎卿笑道:“小弟醉了,恕不能奉送。鲍师父,你替我送三位老爷出去。你回来在我这里住。”鲍廷玺拿着烛台送了三位出来,关门进去。三人回到下处恍惚如在梦中。

次日,卖纸的客人来要钱,这里没有,吵闹了一回。随即就是聚升楼来讨酒帐，诸葛天申称了两把银子给他收着再算。

三人商议要回杜慎卿的席，算计寓处不能备办，只得拉他到聚升楼坐坐。又过了一两日，天气甚好。三人在寓处吃了早点心走到杜慎卿那里去。走进门，只见一个大脚婆娘同他家一个大小子，坐在一个板凳上说话。那小子见是三位，便站起来。季恬逸拉着他问道："这是甚么人？"那小子道："做媒的沈大脚。"季恬逸道："他来做甚么？"那小子道："有些别的事。"三人心里就明白想是要他娶小，就不再问。走进去，只见杜慎卿正在廊下闲步。见三人来，请进坐下，小小子拿茶来吃了。诸葛天申道："今日天气甚好，我们来约先生寺外顽顽。"杜慎卿带着这小小子同三人步出来，被他三人拉到聚升楼酒馆里。杜慎卿不能推辞，只得坐下。季恬逸见他不吃大荤，点了一卖板鸭、一卖鱼、一卖猪肚、一卖杂脍，拿上酒来。吃了两杯酒，众人奉他吃菜。杜慎卿勉强吃了一块板鸭，登时就呕吐起来。众人不好意思。因天气尚早，不大用酒，搬上饭来。杜慎卿拿茶来泡了一碗饭，吃了一会还吃不完，递与那小小子拿下去吃了。当下三人把那酒和饭都吃完了下楼会帐。

萧金铉道："慎卿兄，我们还到雨花台岗儿上走走。"杜慎卿道："这最有趣。"一同步上岗子，在各庙宇里见方、景诸公的祠甚是巍峨。又走到山顶上，望着城内万家烟火，那长江如一条白练，琉璃塔金碧辉煌照人眼目。杜慎卿到了亭子跟前太阳地里，看见自己的影子，徘徊了大半日。大家藉草就坐在地下。诸葛天申见远远的一座小碑，跑去看。看了回来坐下说道："那碑上刻的是'夷十族处'。"杜慎卿道："列位先生，这夷十族的话是没有的。汉法最重，夷三族是父党、母党、妻党。这方正学所说的九族，乃是高、曾、祖、考、子、孙、曾、元，只是一族，母党、妻党还不曾及，那里诛的到门生上？况且，永乐皇帝也不如此惨毒。本朝若不是永乐振作一番，信着建文软弱，久已弄成个齐、梁世界了！"萧金铉道："先生，据你说，方先生何如？"杜慎卿道："方先生迂而无当。天下多少大事，讲那皋门、雉门怎么？这人朝服斩于市不为冤枉的。"坐了半日，日色已经西斜，只见两个挑粪桶的挑了两担空桶歇在山上。这一个拍那一个肩头道："兄弟，今日的货已经卖完了,我和你到永宁泉吃一壶水。回来,再到雨花台看看落照。”杜慎卿笑道:“真乃菜佣酒保都有六朝烟水气,一点也不差。”当下下了岗子回来进了寺门,诸葛天申道:“且到我们下处坐坐。”杜慎卿道:“也好。”

一同来到下处。才进了门只见季苇萧坐在里面。季恬逸一见了欢喜道:“苇兄,你来了!”季苇萧道:“恬逸兄,我在刻字店里找问,知道你搬在这里。”便问:“此三位先生尊姓?”季恬逸道:“此位是盱眙诸葛天申先生。此位就是我们同乡萧金铉先生,你难道不认得?”季苇萧道:“先生是住在北门的?”萧金铉道:“正是。”季苇萧道:“此位先生?”季恬逸道:“这位先生,说出来你更欢喜哩。他是天长杜宗伯公公孙杜十七先生讳倩,字慎卿的。你可知道他么?”季苇萧惊道:“就是去岁宗师考取贵府二十七州县的诗赋首卷杜先生?小弟渴想久了,今日才得见面!”倒身拜下去,杜慎卿陪他磕了头起来。众位多见过了礼。

正待坐下只听得一个人笑着吆喝了进来,说道:“各位老爷今日吃酒过夜!”季苇萧举眼一看原来就是他姑丈人。忙问道:“姑老爷,你怎么也来在这里?”鲍廷玺道:“这是我家十七老爷,我是他门下人,怎么不来!姑爷,你原来也是好相与?”萧金铉道:“真是‘眼前一笑皆知己,不是区区陌路人’。”一齐坐下。季苇萧道:“小弟虽年少,浪游江湖,阅人多矣,从不曾见先生珠辉玉映,真乃天上仙班!今对着先生,小弟亦是神仙中人了。”杜慎卿道:“小弟得会先生也如成连先生刺船海上,令我移情。”只因这一番,有分教:风流高会,江南又见奇踪;卓荦英姿,海内都传雅韵。不知后事如何,且听下回分解。

第三十回　爱少俊访友神乐观　逞风流高会莫愁湖

话说杜慎卿同季苇萧相交起来极其投合。当晚,季苇萧因在城里承恩寺作寓,看天黑赶进城去了。鲍廷玺跟着杜慎卿回寓。杜慎卿买酒与他吃,就问他:"这季苇兄为人何如?"鲍廷玺悉把他小时在向太爷手里考案首,后来就娶了向太爷家王总管的孙女,便是小的内侄女儿,今年又是盐运司荀大老爷照顾了他几百银子,他又在扬州尤家招了女婿,从头至尾说了一遍。杜慎卿听了笑了一笑记在肚里,就留他在寓处歇。夜里又告诉向太爷待他家这一番恩情,杜慎卿不胜叹息。又说到他娶了王太太的这些疙瘩事,杜慎卿大笑了一番。歇过了一夜。

次早季苇萧同着王府里那一位宗先生来拜,进来作揖坐下。宗先生说起在京师赵王府里同王、李七子唱和,杜慎卿道:"凤洲、于鳞都是敝世叔。"又说到宗子相,杜慎卿道:"宗考功便是先君的同年。"那宗先生便说同宗考功是一家,还是弟兄辈。杜慎卿不答应。小厮捧出茶来吃了。宗先生别了去,留季苇萧在寓处谈谈。杜慎卿道:"苇兄,小弟最厌的人,开口就是纱帽!方才这一位宗先生说到敝年伯,他便说同他是弟兄。只怕而今敝年伯也不要这一个潦倒的兄弟。"说着,就捧上饭来。

正待吃饭,小厮来禀道:"沈媒婆在外回老爷话。"慎卿道:"你叫他进来何妨!"小厮出去领了沈大脚进来。杜慎卿叫端一张凳子,与他在底下坐着。沈大脚问:"这位老爷?"杜慎卿道:"这是安庆季老爷。"因问道:"我托你的怎样了?"沈大脚道:"正是。十七老爷把这件事托了我,我把一个南京城走了大半个。因老爷人物生得太齐整了,料想那将就些的姑娘配不上,不敢来说。如今亏我留神打听,打听得这位姑娘在花牌楼住,家里开着机房,姓王。姑娘十二分的人才还多着半分,今年十七岁。不要说姑娘标致,这姑娘有个兄弟小他一岁,若是妆扮起来,淮清桥有十班的小旦也没有一个赛的过！他也会唱支把曲子,也会串个戏。这姑娘再没有说的,就请老爷去看。”杜慎卿道:“既然如此,也罢。你叫他收拾,我明日去看。”沈大脚应诺去了。

季苇萧道:“恭喜纳宠。”杜慎卿愁着眉道:“先生,这也为嗣续大计,无可奈何。不然我做这样事怎的?”季苇萧道:“才子佳人,正宜及时行乐。先生怎反如此说?”杜慎卿道:“苇兄这话,可谓不知我了。我太祖高皇帝云:‘我若不是妇人生,天下妇人都杀尽!”妇人那有一个好的? 小弟性情是和妇人隔着三间屋就闻见他的臭气。”

季苇萧又要问,只见小厮手里拿着一个帖子走了进来,说道:“外面有个姓郭的芜湖人来拜。”杜慎卿道:“我那里认得这个姓郭的?”季苇萧接过帖子来看了,道:“这就是寺门口图书店的郭铁笔。想他是刻了两方图书来拜先生,叫他进来坐坐。”杜慎卿叫大小厮请他进来。郭铁笔走进来作揖,道了许多仰慕的话,说道:“尊府是一门三鼎甲,四代六尚书,门生、故吏,天下都散满了。督、抚、司道在外头做,不计其数。管家们出去做的是九品杂职官。季先生,我们自小听见说的:天长杜府老太太生这位太老爷是天下第一个才子,转眼就是一个状元。”说罢袖子里拿出一个锦盒子,里面盛着两方图书,上写着“台印”,双手递将过来,杜慎卿接了。又说了些闲话,起身送了出去。杜慎卿回来,向季苇萧道:“他一见我,偏生有这些恶谈,却亏他访得的确。”季苇萧道:“尊府大事,何人不知?”

当下收拾酒,留季苇萧坐。摆上酒来两人谈心。季苇萧道:“先生生平有山水之好么?”杜慎卿道:“小弟无济胜之具,就登山临水也是勉强。”季苇萧道:“丝竹之好有的?”杜慎卿道:“偶一听之可也,听久了也觉嘈嘈杂杂,聒耳得紧。”又吃了几杯酒,杜慎卿微醉上来,不觉长叹了一口气道:“苇兄,自古及今,人都打不破的是个情字!”季苇萧道:“人情无过男女。方才吾兄说非是所好。”杜慎卿笑道:“长兄,难道人情只有男女么? 朋友之情更胜于男女。你不看别的,只说‘鄂君绣被’的故事。据小弟看来,千古只有一个汉哀帝要禅天下与董贤,这个独得情之正,便尧、舜揖让也不过如此。可惜无人能解!”

季苇萧道："是了,吾兄生平,可曾遇着一个知心情人么?"杜慎卿道："假使天下有这样一个人又与我同生同死,小弟也不得这样多愁善病。只为缘悭分浅遇不着一个知己,所以对月伤怀,临风洒泪!"季苇萧道："要这一个,还当梨园中求之。"杜慎卿道："苇兄你这话更外行了。比如要在梨园中求,便是爱女色的,要于青楼中求一个情种,岂不大错?这事要相遇于心腹之间,相感于形骸之外,方是天下第一等人。"又拍膝嗟叹道："天下终无此一人。老天就肯辜负我杜慎卿万斛愁肠,一身侠骨!"说着掉下泪来。

季苇萧暗道："他已经着了魔了,待我且耍他一耍。"因说道："先生你也不要说天下没有这个人。小弟曾遇见一个少年,不是梨园,也不是我辈,是一个黄冠。这人生得飘逸风流,确又是个男美,不是像个妇人。我最恼人称赞美男子动不动说像个女人,这最可笑。如果要像女人,不如去看女人了。天下原另有一种男美只是人不知道。"杜慎卿拍着案道："这一句话该圈了!你且说这人怎的?"季苇萧道："他如此妙品有多少人想物色他的,他却轻易不肯同人一笑,却又爱才的紧。小弟因多了几岁年纪,在他面前自觉形秽,所以不敢痴心想着相与他。长兄你会会这个人,看是如何?"杜慎卿道："你几时去同他来?"季苇萧道："我若叫得他来又不作为奇了!须是长兄自己去访着他。"杜慎卿道："他住在那里?"季苇萧道："他在神乐观。"杜慎卿道："他姓甚么?"季苇萧道："姓名此时还说不得。若泄漏了机关,传的他知道,躲开了,你还是会不着。如今我把他的姓名写了包在一个纸包子里,外面封好交与你。你到了神乐观门口才许拆开来看。看过就进去找,一找就找着的。"杜慎卿笑道："这也罢了。"当下,季苇萧走进房里把房门关上了。写了半日,封得结结实实,封面上草个"敕令"二字,拿出来递与他,说道："我且别过罢。俟明日会遇了妙人,我再来贺你。"说罢去了。

杜慎卿送了回来向大小厮道："你明日早,去回一声沈大脚,明日不得闲到花牌楼去看那家女儿,要到后日才去。明早叫轿夫,我要到神乐观去看朋友。"吩咐已毕,当晚无事。次早起来,洗脸擦肥皂,换了一套新衣服,遍身多薰了香,将季苇萧写的纸包子放在袖里,坐轿子一直来到神乐观。将轿子落在门口,自己步进山门。袖里取出纸包来拆开一看,上写道:“至北廊尽头一家桂花道院,问扬州新来道友来霞士便是。”杜慎卿叫轿夫伺候着。自己曲曲折折走到里面,听得里面一派鼓乐之声,就在前面一个斗姆阁。那阁门大开,里面三间敞厅:中间坐着一个看陵的太监,穿着蟒袍;左边一路板凳上坐着十几个唱生、旦的戏子;右边一路板凳上坐着七八个少年的小道士,正在那里吹唱取乐。杜慎卿心里疑惑:“莫不是来霞士也在这里面?”因把小道士一个个的都看过来,不见一个出色的。又回头来看看这些戏子,也平常。又自心里想道:“来霞士他既是自己爱惜,他断不肯同了这般人在此。我还到桂花院里去问。”来到桂花道院敲开了门,道人请在楼下坐着。杜慎卿道:“我是来拜扬州新到来老爷的。”道人道:“来爷在楼上。老爷请坐,我去请他下来。”

道人去了一会,只见楼上走下一个肥胖的道士来,头戴道冠,身穿沉香色直裰,一副油晃晃的黑脸,两道重眉,一个大鼻子,满腮胡须,约有五十多岁的光景。那道士下来作揖奉坐。“请问老爷尊姓贵处?”杜慎卿道:“敝处天长,贱姓杜。”那道士道:“我们桃源旗领的天长杜府的本钱,就是老爷尊府?”杜慎卿道:“便是。”道士满脸堆下笑来,连忙足恭道:“小道不知老爷到省,就该先来拜谒,如何反劳老爷降临?”忙叫道人快煨新鲜茶来,捧出果碟来。杜慎卿心里想:“这自然是来霞士的师父。”因问道:“有位来霞士,是令徒?令孙?”那道士道:“小道就是来霞士。”杜慎卿吃了一惊,说道:“哦!你就是来霞士!”自己心里忍不住拿衣袖掩着口笑。道士不知道甚么意思,摆上果碟来,殷勤奉茶,又在袖里摸出一卷诗来请教。慎卿没奈何,只得勉强看了一看,吃了两杯茶起身辞别。道士定要拉着手,送出大门,问明了:“老爷下处在报恩寺,小道明日要到尊寓,着实盘桓几日。”送到门外,看着上了轿子方才进去了。杜慎卿上了轿,一路忍笑不住,心里想:“季苇萧这狗头如此胡说!”

回到下处,只见下处小厮说:“有几位客在里面。”杜慎卿走进去,却是萧金铉同辛东之、金寓刘、金东崖来拜。辛东之送了一幅大字,金寓刘送了一幅对子,金东崖把自己纂的《四书讲章》送来请教。

作揖坐下,各人叙了来历,吃过茶告别去了。杜慎卿鼻子里冷笑了一声,向大小厮说道:“一个当书办的人,都跑了回来讲究‘四书’,圣贤可是这样人讲的!”正说着,宗老爷家一个小厮拿着一封书子,送一幅行乐图来求题。杜慎卿只觉得可厌,也只得收下,写回书打发那小厮去了。次日便去看定了妾,下了插定,择三日内过门,便忙着搬河房里娶妾去了。

次日季苇萧来贺,杜慎卿出来会。他说道:“昨晚如夫人进门,小弟不曾来闹房,今日贺迟有罪!”杜慎卿道:“昨晚我也不曾备席,不曾奉请。”季苇萧笑道:“前日你得见妙人么?”杜慎卿道:“你这狗头该记着一顿肥打!但是你的事,还做得不俗,所以饶你。”季苇萧道:“怎的该打?我原说是美男,原不是像个女人。你难道看的不是?”杜慎卿道:“这就真正该打了!”正笑着,只见来道士同鲍廷玺一齐走进来贺喜,两人越发忍不住笑。杜慎卿摇手叫季苇萧不要笑了,四人作揖坐下,杜慎卿留着吃饭。

吃过了饭,杜慎卿说起那日在神乐观看见斗姆阁一个太监,左边坐着戏子,右边坐着道士,在那里吹唱作乐。季苇萧道:“这样快活的事偏与这样人受用,好不可恨!”杜慎卿道:“苇萧兄,我倒要做一件希奇的事和你商议。”季苇萧道:“甚么希奇事?”杜慎卿问鲍廷玺道:“你这门上和桥上,共有多少戏班子?”鲍廷玺道:“一百三十多班。”杜慎卿道:“我心里想做一个胜会:择一个日子,捡一个极大的地方,把这一百几十班做旦脚的都叫了来,一个人做一出戏。我和苇兄在旁边看着,记清了他们身段、模样,做个暗号。过几日评他个高下,出一个榜,把那色艺双绝的,取在前列,贴在通衢。但这些人,不好白传他,每人酬他五钱银子、荷包一对、诗扇一把。这顽法好么?”季苇萧跳起来道:“有这样妙事,何不早说!可不要把我乐死了!”鲍廷玺笑道:“这些人让门下去传。他每人又得五钱银子,将来老爷们替他取了出来,写在榜上,他又出了名。门下不好说,那取在前面的,就是相与大老官也多相与出几个钱来。他们听见这话那一个不滚来做戏!”来道士拍着手道:“妙!妙!道士也好见个识面,不知老爷们那日可许道士来看?”杜慎卿道:“怎么不许?但凡朋友相知,都要请了到席。”季苇萧道：“我们而今先商议是个甚么地方。”鲍廷玺道：“门下在水西门住，水西门外最熟。门下去借莫愁湖的湖亭，那里又宽敞，又凉快。”苇萧道：“这些人，是鲍姑老爷去传不消说了，我们也要出一个知单。定在甚日子？”道士道：“而今是四月二十头，鲍老爹去传几日，及到传齐了也得十来天功夫。竟是五月初三罢。”

杜慎卿道：“苇兄，取过一个红全帖来，我念着你写。”季苇萧取过帖来，拿笔在手。慎卿念道：“安庆季苇萧、天长杜慎卿择于五月初三日莫愁湖湖亭大会。通省梨园子弟各班愿与者，书名画知，届期齐集湖亭，各演杂剧。每位代轿马五星，荷包、诗扇、汗巾三件。如果色艺双绝，另有表礼奖赏。风雨无阻。特此预传。”写毕交与鲍廷玺收了。又叫小厮到店里，取了百十把扇子来。季苇萧、杜慎卿、来道士，每人分了几十把去写。便商量请这些客，季苇萧拿一张红纸铺在面前，开道：“宗先生、辛先生、金东崖先生、金寓刘先生、萧金铉先生、诸葛先生、季先生、郭铁笔、僧官老爷、来道士老爷、鲍老爷。”连两位主人，共十三位。就用这两位名字，写起十一副帖子来，料理了半日。

只见娘子的兄弟王留歌带了一个人，挑着一担东西：两只鸭、两只鸡、一只鹅、一方肉、八色点心、一瓶酒，来看姐姐。杜慎卿道：“来的正好！”他同杜慎卿见礼。杜慎卿拉住了细看他时果然标致，他姐姐着实不如他，叫他进去见了姐姐就出来坐。吩咐把方才送来的鸡、鸭收拾出来吃酒。他见过姐姐出来坐着，杜慎卿就把湖亭做会的话告诉了他。留歌道：“有趣！那日我也串一出。”季苇萧道：“岂但，今日就要请教一只曲子我们听听。”王留歌笑了一笑。到晚捧上酒来，吃了一会。鲍廷玺吹笛子，来道士打板，王留歌唱了一只《碧云天》——《长亭饯别》。音韵悠扬，足唱了三顿饭时候才完。众人吃得大醉，然后散了。

到初三那日发了两班戏箱在莫愁湖。季、杜二位主人先到，众客也渐渐的来了。鲍廷玺领了六七十个唱旦的戏子，都是单上画了“知”字的，来叩见杜少爷。杜慎卿叫他们先吃了饭都装扮起来，一个个都在亭子前走过细看一番，然后登场做戏。众戏子应诺去了。

诸名士看这湖亭时,轩窗四起,一转都是湖水围绕,微微有点薰风吹得波纹如縠。亭子外一条板桥,戏子装扮了进来都从这桥上过。杜慎卿叫掩上了中门,让戏子走过桥来,一路从回廊内转去进东边的格子,一直从亭子中间,走出西边的格子去,好细细看他们袅娜形容。

当下,戏子吃了饭一个个装扮起来,都是簇新的包头,极新鲜的褶子。一个个过了桥来打从亭子中间走去。杜慎卿同季苇萧二人,手内暗藏纸笔,做了记认。

少刻,摆上酒席,打动锣鼓,一个人上来做一出戏。也有做《请宴》的,也有做《窥醉》的,也有做《借茶》的,也有做《刺虎》的,纷纷不一。后来王留歌做了一出《思凡》。到晚上点起几百盏明角灯来,高高下下照耀如同白日,歌声缥缈,直入云霄。城里那些做衙门的、开行的、开字号店的有钱的人,听见莫愁湖大会,都来雇了湖中打鱼的船,搭了凉篷,挂了灯,都撑到湖中左右来看,看到高兴的时候一个个齐声喝采。直闹到天明才散。那时城门已开,各自进城去了。

过了一日水西门口挂出一张榜来,上写:第一名,芳林班小旦郑魁官;第二名,灵和班小旦葛来官;第三名,王留歌。其余共合六十多人都取在上面。鲍廷玺拉了郑魁官,到杜慎卿寓处来见,当面叩谢。杜慎卿又称了二两金子,托鲍廷玺到银匠店里打造一只金杯,上刻"艳夺樱桃"四个字,特为奖赏郑魁官。别的都把荷包、银子、汗巾、诗扇领了去。那些小旦取在十名前的,他相与的大老官来看了榜都忻忻得意。也有拉了家去吃酒的,也有买了酒在酒店里吃酒庆贺的。这个吃了酒,那个又来吃,足吃了三四天的贺酒。

自此,传遍了水西门,闹动了淮清桥,这位杜十七老爷,名震江南。只因这一番,有分教:风流才子之外,更有奇人:花酒陶情之余,复多韵事。不知后事如何,且听下回分解。

第三十一回　天长县同访豪杰　赐书楼大醉高朋

话说杜慎卿做了这个大会，鲍廷玺看见他用了许多的银子，心里惊了一惊，暗想："他这人慷慨，我何不取个便问他借几百两银子，仍旧团起一个班子来做生意过日子？"主意已定，每日在河房里效劳。

杜慎卿着实不过意他。那日晚间，谈到密处夜已深了，小厮们多不在眼前，杜慎卿问道："鲍师父，你毕竟家里日子怎么样过？还该寻个生意才好！"鲍廷玺见他问到这一句话就双膝跪在地下，杜慎卿就吓了一跳，扶他起来说道："这是怎的？"鲍廷玺道："我在老爷门下，蒙老爷问到这一句话，真乃天高地厚之恩。但门下原是教班子弄行头出身，除了这事不会做第二样。如今老爷照看门下，除非恳恩借出几百两银子仍旧与门下做这戏行。门下寻了钱少不得报效老爷。"杜慎卿道："这也容易。你请坐下，我同你商议。这教班子弄行头不是数百金做得来的，至少也得千金。这里也无外人，我不瞒你说，我家虽有几千现银子，我却收着不敢动。为甚么不敢动？我就在这一两年内要中。中了，那里没有使唤处？我却要留着做这一件事。而今你这弄班子的话我转说出一个人来与你，也只当是我帮你一般，你却不可说是我说的。"鲍廷玺道："除了老爷那里还有这一个人？"杜慎卿道："莫慌，你听我说。我家共是七大房，这做礼部尚书的太老爷是我五房的；七房的太老爷是中过状元的。后来一位大老爷，做江西赣州府知府，这是我的伯父。赣州府的儿子，是我第二十五个兄弟。他名叫做仪，号叫做少卿，只小得我两岁，也是一个秀才。我那伯父是个清官，家里还是祖宗丢下的些田地。伯父去世之后，他不上一万银子家私，他是个呆子，自己就像十几万的。纹银九七他都认不得，又最好做大老官，听见人向他说些苦他就大捧出来给人家用。而今你在这里，帮我些时。到秋凉些我送你些盘缠投奔他去，包你这千把银子手到拿来。"鲍廷玺道："到那时候求老爷写个书子与门下去。”杜慎卿道：“不相干。这书断然写不得！他做大老官是要独做，自照顾人，并不要人帮着照顾。我若写了书子，他说我已经照顾了你，他就赌气不照顾你了。如今去先投奔一个人。”鲍廷玺道：“却又投那一个？”杜慎卿道：“他家当初有个奶公老管家姓邵的，这人你也该认得。”鲍廷玺想起来，道：“是那年门下父亲在日，他家接过我的戏，去与老太太做生日。赣州府太老爷门下也曾见过。”杜慎卿道：“这就是得狠了。如今这邵奶公已死。他家有个管家王胡子是个坏不过的奴才，他偏生听信他。我这兄弟有个毛病，但凡说是见过他家太老爷的，就是一条狗，也是敬重的。你将来先去会了王胡子。这奴才好酒，你买些酒与他吃，叫他在主子跟前说，你是太老爷极欢喜的人。他就连三的给你银子用了。他不欢喜人叫他‘老爷’，你只叫他‘少爷’。他又有个毛病，不喜欢人在他跟前说人做官，说人有钱。像你受向太老爷的恩惠这些话，总不要在他跟前说。总说天下只有他一个人是大老官肯照顾人。他若是问你可认得我，你也说不认得。”一番话，说得鲍廷玺满心欢喜。在这里又效了两个月劳。

到七月尽间，天气凉爽起来，鲍廷玺问十七老爷借了几两银子，收拾衣服行李，过江往天长进发。第一日过江歇了六合县。第二日起早走了几十里路，到了一个地方，叫作四号墩。鲍廷玺进去坐下正待要水洗脸，只见门口落下一乘轿子来。轿子里走出一个老者来，头戴方巾，身穿白纱直裰，脚下大红绸鞋，一个通红的酒糟鼻，一部大白胡须就如银丝一般。那老者走进店门，店主人慌忙接了行李说道：“韦四太爷来了！请里面坐！”那韦四太爷走进堂屋，鲍廷玺立起身来施礼，那韦四太爷还了礼。鲍廷玺让韦四太爷上面坐，他坐在下面，问道：“老太爷上姓是韦，不敢拜问贵处是那里？”韦四太爷道：“贱姓韦，敝处滁州乌衣镇。长兄尊姓贵处？今往那里去的？”鲍廷玺道：“在下姓鲍，是南京人。今往天长杜状元府里去的，看杜少爷。”韦四太爷道：“是那一位？是慎卿？是少卿？”鲍廷玺道：“是少卿。”韦四太爷道：“他家兄弟虽有六七十个，只有这两个人招接四方宾客，其余的都闭了门在家守着田园做举业。我所以一见就问这两个人。两个都是大江南北有名的。慎卿虽是雅人，我还嫌他带着些姑娘气。少卿是个豪杰。我也是到他家去的,和你长兄吃了饭一同走。”鲍廷玺道:“太爷和杜府是亲戚?”韦四太爷道:“我同他家做赣州府太老爷自小同学拜盟的,极相好的。”鲍廷玺听了更加敬重。当时同吃了饭,韦四太爷上轿。鲍廷玺又雇了一个驴子骑上同行。到了天长县城门口,韦四太爷落下轿,说道:“鲍兄,我和你一同走进府里去罢。”鲍廷玺道:“请太爷上轿先行!在下还要会过他管家再去见少爷。”韦四太爷道:“也罢。”上了轿子,一直来到杜府。

门上人传了进去,杜少卿慌忙迎出来请到厅上拜见,说道:“老伯,相别半载,不曾到得镇上来请老伯和老伯母的安。老伯一向好?”韦四太爷道:“托庇粗安。新秋在家无事,想着尊府的花园,桂花一定盛开了,所以特来看看世兄,要杯酒吃。”杜少卿道:“奉过茶,请老伯到书房里去坐。”小厮捧过茶来,杜少卿吩咐:“把韦四太爷行李请进来送到书房里去。轿钱付与他,轿子打发回去罢。”请韦四太爷从厅后一个小巷内曲曲折折走进去,才到一个花园。那花园一进朝东的三间。左边一个楼便是殿元公的赐书楼。楼前一个大院落,一座牡丹台,一座芍药台,两树极大的桂花正开的好。合面又是三间敞榭,横头朝南三间书房后,一个大荷花池,池上搭了一条桥。过去又是三间密屋,乃杜少卿自己读书之处。

当请韦四太爷坐在朝南的书房里。这两树桂花,就在窗槅外。韦四太爷坐下问道:“娄翁尚在尊府?”杜少卿道:“娄老伯近来多病,请在内书房住。方才吃药睡下不能出来会老伯。”韦四太爷道:“老人家既是有恙,世兄何不送他回去?”杜少卿道:“小侄已经把他令郎、令孙,都接在此侍奉汤药,小侄也好早晚问候。”韦四太爷道:“老人家在尊府三十多年可也还有些蓄积,家里置些产业?”杜少卿道:“自先君赴任赣州,把舍下田地房产的帐目都交付与娄老伯。每银钱出入俱是娄老伯做主,先君并不曾问。娄老伯除每年修金四十两,其余并不沾一文。每收租时候亲自到乡里佃户家,佃户备两样菜与老伯吃,老人家退去一样,才吃一样。凡他令郎、令孙来看,只许住得两天就打发回去,盘缠之外不许多有一文钱,临行还要搜他身上,恐怕管家们私自送他银子。只是收来的租稻利息,遇着舍下困穷的亲戚朋友，娄老伯便极力相助。先君知道也不问。有人欠先君银钱的，娄老伯见他还不起，娄老伯把借券尽行烧去了。到而今，他老人家两个儿子、四个孙子，家里仍然赤贫如洗，小侄所以过意不去。”韦四太爷叹道：“真可谓古之君子了！”又问道：“慎卿兄在家好么？”杜少卿道：“家兄自别后就往南京去了。”

正说着，家人王胡子手里拿着一个红手本站在窗子外，不敢进来。杜少卿看见他，说道：“王胡子你有甚么话说？手里拿的甚么东西？”王胡子走进书房把手本递上来，禀道：“南京一个姓鲍的，他是领戏班出身。他这几年是在外路生意，才回来家。他过江来叩见少爷。”杜少卿道：“他既是领班子的，你说我家里有客，不得见他。手本收下，叫他去罢。”王胡子说道：“他说，受过先太老爷多少恩德，定要当面叩谢少爷。”杜少卿道：“这人是先太老爷抬举过的么？”王胡子道：“是。当年邵奶公传了他的班子过江来，太老爷着实喜欢这鲍廷玺，曾许着要照顾他的。”杜少卿道：“既如此说，你带了他进来。”韦四太爷道：“是南京来的，这位鲍兄我才在路上遇见的。”王胡子出去领着鲍廷玺，捏手捏脚一路走进来。看见花园宽阔，一望无际。走到书房门口一望，见杜少卿陪着客坐在那里，头戴方巾，身穿玉色夹纱直裰，脚下珠履，面皮微黄，两眉剑竖好似画上关夫子眉毛。王胡子道：“这便是我家少爷。你过来见。”鲍廷玺进来跪下叩头。杜少卿扶住道：“你我故人，何必如此行礼！”起来作揖。作揖过了，又见了韦四太爷。杜少卿叫他坐在底下。鲍廷玺道：“门下蒙先老太爷的恩典，粉身碎骨难报。又因这几年穷忙在外做小生意，不得来叩见少爷。今日才来请少爷的安，求少爷恕门下的罪。”杜少卿道：“方才我家人王胡子说，我家太老爷极其喜欢你，要照顾你。你既到这里，且住下了，我自有道理。”

王胡子道：“席已齐了。禀少爷，在那里坐？”韦四太爷道：“就在这里好。”杜少卿踌蹰道：“还要请一个客来。”因叫那跟书房的小厮加爵：“去后门外，请张相公来罢。”加爵应诺去了。少刻请了一个大眼睛、黄胡子的人来，头戴瓦楞帽，身穿大阔布衣服，扭扭捏捏做些假斯文像。进来作揖坐下，问了韦四太爷姓名。韦四太爷说了，便问：

“长兄贵姓?”那人道:“晚生姓张,贱字俊民,久在杜少爷门下。晚生略知医道,连日蒙少爷相约,在府里看娄太爷。”因问:“娄太爷今日吃药如何?”杜少卿便叫加爵去问,问了回来道:“娄太爷吃了药睡了一觉,醒了,这会觉的清爽些。”张俊民又问:“此位上姓?”杜少卿道:“是南京一位鲍朋友。”说罢摆上席来,奉席坐下。韦四太爷首席,张俊民对坐,杜少卿主位,鲍廷玺坐在底下。斟上酒来吃了一会。那肴馔,都是自己家里整治的,极其精洁。内中有陈过三年的火腿,半斤一个的竹蟹都剥出来脍了蟹羹。众人吃着,韦四太爷问张俊民道:“你这道谊自然着实高明的?”张俊民道:“‘熟读王叔和,不如临症多。’不瞒太爷说,晚生在江湖上胡闹不曾读过甚么医书,却是看的症不少。近来,蒙少爷的教训才晓得书是该念的。所以,我有一个小儿,而今且不教他学医,从先生读着书,做了文章就拿来给杜少爷看。少爷往常赏个批语,晚生也拿了家去读熟了学些文理。将来再过两年,叫小儿出去考个府、县考,骗两回粉汤、包子吃。将来挂招牌,就可以称‘儒医’。”韦四太爷听他说这话,哈哈大笑了。

王胡子又拿一个帖子进来禀道:“北门汪盐商家明日酬生日请县主老爷,请少爷去做陪客,说定要求少爷到席的。”杜少卿道:“你回他:我家里有客,不得到席。这人也可笑得紧,你要做这热闹事,不会请县里暴发的举人、进士陪?我那得工夫替人家陪官。”王胡子应诺去了。

杜少卿向韦四太爷说:“老伯酒量极高的,当日同先君一吃半夜,今日也要尽醉才好。”韦四太爷道:“正是。世兄,我有一句话不好说。你这肴馔是精极的了,只是这酒,是市买来的,身分有限。府上有一坛酒今年该有八九年了,想是收着还在?”杜少卿道:“小侄竟不知道。”韦四太爷道:“你不知道。是你令先大人在江西到任的那一年,我送到船上,尊大人说:‘我家里埋下一坛酒,等我做了官回来同你老痛饮。’我所以记得。你家里去问。”张俊民笑说道:“这话,少爷真正该不知道。”杜少卿走了进去。

韦四太爷道:“杜公子虽则年少,实算在我们这边的豪杰。”张俊民道:“少爷为人好极,只是手太松些,不管甚么人求着他,大捧的银与人用。"鲍廷玺道:"便是门下,从不曾见过像杜少爷这大方举动的人。"

杜少卿走进去问娘子可晓得这坛酒,娘子说不知道。遍问这些家人、婆娘,都说不知道。后来问到邵老丫,邵老丫想起来道:"是有的。是老爷上任那年做了一坛酒,埋在那边第七进房子后一间小屋里,说是留着韦四太爷同吃的。这酒是二斗糯米做出来的二十斤酿,又对了二十斤烧酒,一点水也不搀。而今埋在地下足足有九年零七月了。这酒醉得死人的,弄出来少爷不要吃!"杜少卿道:"我知道了。"就叫邵老丫拿钥匙开了酒房门,带了两个小厮进去从地下取了出来,连坛抬到书房里,叫道:"老伯,这酒寻出来了!"韦四太爷和那两个人都起身来看,说道:"是了!"打开坛头舀出一杯来,那酒和曲糊一般,堆在杯子里闻着喷鼻香。韦四太爷道:"有趣!这个不是别样吃法。世兄,你再叫人在街上买十斤酒来搀一搀方可吃得。今日已是吃不成了,就放在这里。明日吃他一天,还是二位同享。"张俊民道:"自然来奉陪。"鲍廷玺道:"门下何等的人,也来吃太老爷遗下的好酒,这是门下的造化。"说罢,教加爵拿灯笼送张俊民回家去。鲍廷玺就在书房里陪着韦四太爷歇宿。杜少卿候着韦四太爷睡下方才进去了。

次日鲍廷玺清晨起来,走到王胡子房里去。加爵又和一个小厮在那里坐着。王胡子问加爵道:"韦四太爷可曾起来?"加爵道:"起来了,洗脸哩。"王胡子又问那小厮道:"少爷可曾起来?"那小厮道:"少爷起来多时了,在娄太爷房里看着弄药。"王胡子道:"我家这位少爷也出奇!一个娄老爹不过是太老爷的门客罢了。他既害了病,不过送他几两银子打发他回去。为甚么养在家里当做祖宗看待,还要一早一晚自己伏侍?"那小厮道:"王叔,你还说这话哩!娄太爷吃的粥和菜我们煨了,他儿子、孙子看过还不算,少爷还要自己看过了,才送与娄太爷吃。人参铫子自放在奶奶房里,奶奶自己煨人参,药是不消说。一早一晚,少爷不得亲自送人参,就是奶奶亲自送人参与他吃。你要说这样话只好惹少爷一顿骂。"说着,门上人走进来道:"王叔,快进去说声:臧三爷来了,坐在厅上要会少爷。"王胡子叫那小厮道:"你娄老爹房里去请少爷。我是不去问安!"鲍廷玺道:"这也是少爷的厚道处。”

那小厮进去请了少卿出来会臧三爷,作揖坐下。杜少卿道:“三哥,好几日不见,你文会做的热闹?”臧三爷道:“正是。我听见你门上说到远客,慎卿在南京乐而忘返了。”杜少卿道:“是乌衣韦老伯在这里。我今日请他,你就在这里坐坐。我和你到书房里去罢。”臧三爷道:“且坐着,我和你说话。县里王父母是我的老师。他在我跟前说了几次,仰慕你的大才,我几时同你去会会他。”杜少卿道:“像这拜知县做老师的事只好让三哥你们做。不要说先曾祖、先祖,就先君在日,这样知县不知见过多少。他果然仰慕我,他为甚么不先来拜我,倒叫我拜他?况且倒运做秀才,见了本处知县,就要称他老师,王家这一宗灰堆里的进士,他拜我做老师,我还不要!我会他怎的?所以,北门汪家今日请我去陪他我也不去。”臧三爷道:“正是为此。昨日,汪家已向王老师说明是请你做陪客,王老师才肯到他家来,特为要会你。你若不去,王老师也扫兴。况且你的客住在家里,今日不陪,明日也可陪。不然我就替你陪着客,你就到汪家走走。”杜少卿道:“三哥,不要倒熟话。你这位贵老师,总不是甚么尊贤爱才,不过想人拜门生受些礼物。他想着我,叫他把梦做醒些!况我家今日请客,煨的有七斤重的老鸭,寻出来的有九年半的陈酒,汪家没有这样好东西吃。不许多话!同我到书房里去顽。”拉着就走。

臧三爷道:“站着!你乱怎的?这韦老先生不曾会过,也要写个帖子。”杜少卿道:“这倒使得。”叫小厮拿笔砚、帖子出来。臧三爷拿帖子,写了个“年家眷同学晚生臧荼”。先叫小厮拿帖子到书房里,随即同杜少卿进来。韦四太爷迎着房门,作揖坐下。那两人先在那里一同坐下。韦四太爷问臧三爷:“尊字?”杜少卿道:“臧三哥尊字蓼斋,是小侄这学里翘楚,同慎卿家兄也是同会的好友。”韦四太爷道:“久慕!久慕!”臧三爷道:“久仰老先生,幸遇!”张俊民是彼此认得的。臧蓼斋又问:“这位尊姓?”鲍廷玺道:“在下姓鲍,方才从南京回来的。”臧三爷道:“从南京来,可曾认得府上的慎卿先生?”鲍廷玺道:“十七老爷,也是见过的。”

当下吃了早饭,韦四太爷就叫把这坛酒拿出来兑上十斤新酒,就叫烧许多红炭堆在桂花树边，把酒坛顿在炭上。过一顿饭时渐渐热了。张俊民领着小厮，自己动手把六扇窗格尽行下了，把桌子抬到檐内。大家坐下。又备的一席新鲜菜。杜少卿叫小厮拿出一个金杯子来，又是四个玉杯，坛子里舀出酒来吃。韦四太爷捧着金杯，吃一杯，赞一杯，说道："好酒！"吃了半日。

王胡子领着四个小厮抬到一个箱子来。杜少卿问是甚么。王胡子道："这是少爷与奶奶、大相公新做的秋衣，一箱子才做完了，送进来与少爷查件数。裁缝工钱已打发去了。"杜少卿道："放在这里！等我吃完了酒查。"才把箱子放下，只见那裁缝进来。王胡子道："杨裁缝回少爷的话。"杜少卿道："他又说甚么？"站起身来，只见那裁缝走到天井里，双膝跪下磕下头去，放声大哭。杜少卿大惊道："杨司务，这是怎的？"杨裁缝道："小的这些时在少爷家做工，今早领了工钱去。不想才过了一会小的母亲得个暴病死了。小的拿了工钱家去，不想到有这一变，把钱都还了柴米店里。而今母亲的棺材、衣服，一件也没有。没奈何，只得再来求少爷借几两银子与小的。小的慢慢做着工算。"杜少卿道："你要多少银子？"裁缝道："小户人家怎敢望多？少爷若肯，多则六两，少则四两罢了。小的也要算着除工钱够还。"杜少卿惨然道："我那里要你还！你虽是小本生意，这父母身上大事，你也不可草草，将来就是终身之根。几两银子如何使得？至少也要买口十六两银子的棺材，衣服、杂费，共须二十金。我这几日一个钱也没有。也罢，我这一箱衣服，也可当得二十多两银子。王胡子你就拿去同杨司务当了，一总把与杨司务去用。"又道："杨司务，这事你却不可记在心里，只当忘记了的。你不是拿了我的银子去吃酒、赌钱，这母亲身上大事，人孰无母？这是我该帮你的。"杨裁缝同王胡子抬着箱子哭哭啼啼去了。杜少卿入席坐下。

韦四太爷道："世兄，这事真是难得！"鲍廷玺吐着舌道："阿弥陀佛！天下那有这样好人！"当下吃了一天酒。臧三爷酒量小，吃到下午就吐了，扶了回去。韦四太爷这几个直吃到三更，把一坛酒都吃完了方才散。只因这一番，有分教：轻财好士，一乡多济友朋；月地花天，四海又闻豪杰。不知后事如何，且听下回分解。

第三十二回　杜少卿平居豪举　娄焕文临去遗言

话说众人吃酒散了,韦四太爷直睡到次日上午才起来,向杜少卿辞别要去。说道:“我还打算到你令叔、令兄各家走走。昨日扰了世兄这一席酒,我心里快活极了!别人家料想也没这样有趣。我要去了,连这臧朋友也不能回拜,世兄替我致意他罢。”杜少卿又留住了一日。次日雇了轿夫,拿了一只玉杯和赣州公的两件衣服亲自送在韦四太爷房里,说道:“先君拜盟的兄弟只有老伯一位了,此后要求老伯常来走走。小侄也常到镇上请老伯安。这一个玉杯送老伯带去吃酒。这是先君的两件衣服,送与老伯穿着,如看见先君的一般。”韦四太爷欢喜受了。鲍廷玺陪着又吃了一壶酒,吃了饭。杜少卿拉着鲍廷玺,陪着送到城外,在轿前作了揖。韦四太爷去了。

两人回来,杜少卿就到娄太爷房里去问候。娄太爷说身子好些,要打发他孙子回去,只留着儿子在这里伏侍。杜少卿应了。

心里想着没有钱用,叫王胡子来商议道:“我圩里那一宗田你替我卖给那人罢了。”王胡子道:“那乡人他想要便宜。少爷要一千五百两银子,他只出一千三百两银子,所以小的不敢管。”杜少卿道:“就是一千三百两银子也罢。”王胡子道:“小的要禀明少爷才敢去。卖的贱了又惹少爷骂小的。”杜少卿道:“那个骂你!你快些去卖,我等着要银子用。”王胡子道:“小的还有一句话要禀少爷:卖了银子,少爷要做两件正经事。若是几千几百的白白的给人用,这产业卖了也可惜。”杜少卿道:“你看见我白把银子给那个用的?你要赚钱罢了,说这许多鬼话。快些替我去!”王胡子道:“小的禀过就是了。”出来悄悄向鲍廷玺道:“好了,你的事有指望了。而今我到圩里去卖田,卖了田回来替你定主意。”王胡子就去了几天,卖了一千几百两银子拿稍袋装了来家,禀少爷道:“他这银子,是九五兑九七色的,又是市平,比钱平小一钱三分半。他内里又扣了他那边中用二十三两四钱银子,画字去了二三十两,这都是我们本家要去的。而今这银子在这里,拿天平来,请少爷当面兑。”杜少卿道:“那个耐烦你算这些疙瘩帐?既拿来,又兑甚么!收了进去就是了!”王胡子道:“小的也要禀明。”

杜少卿收了这银子,随即叫了娄太爷的孙子到书房里,说道:“你明日要回去?”他答应道:“是。老爹叫我回去。”杜少卿道:“我这里有一百两银子给你,你瞒着不要向你老爹说。你是寡妇母亲,你拿着银子,回家去做小生意养活着。你老爹若是好了,你二叔回家去,我也送他一百两银子。”娄太爷的孙子欢喜接着把银子藏在身边,谢了少爷。次日辞回家去,娄太爷叫只称三钱银子与他做盘缠打发去了。

杜少卿送了回来,一个乡里人在敞厅上站着。见他进来,跪下就与少爷磕头。杜少卿道:“你是我们公祠堂里看祠堂的黄大?你来做甚么?”黄大道:“小的住的祠堂旁边一所屋原是太老爷买与我的。而今年代多,房子倒了。小的该死,把坟山的死树搬了几颗回来,添补梁柱。不想被本家这几位老爷知道,就说小的偷了树,把小的打了一个臭死,叫十几个管家,到小的家来搬树,连不倒的房子多拉倒了。小的没处存身,如今来求少爷向本家老爷说声,公中弄出些银子来把这房子收拾收拾,赏小的住。”杜少卿道:“本家,向那个说?你这房子,既是我家太老爷买与你的,自然该是我修理。如今一总倒了,要多少银子重盖?”黄大道:“要盖须得百金银子。如今只好修补将就些住,也要四五十两银子。”杜少卿道:“也罢,我没银子,且拿五十两银子与你去。你用完了,再来与我说。”拿出五十两银子递与黄大。黄大接着去了。

门上拿了两副帖子走进来禀道:“臧三爷明日请少爷吃酒。这一副帖子,说也请鲍师父去坐坐。”杜少卿道:“你说,拜上三爷,我明日必来。”次日同鲍廷玺到臧家。臧蓼斋办了一桌齐整菜,恭恭敬敬奉坐请酒,席间说了些闲话。到席将终的时候,臧三爷斟了一杯酒,高高奉着走过席来,作了一个揖,把酒递与杜少卿便跪了下去,说道:“老哥,我有一句话奉求。”杜少卿吓了一跳,慌忙把酒丢在桌上,跪下去拉着他,说道:“三哥,你疯了?这是怎说?”臧蓼斋道:“你吃我这杯酒,应允我的话我才起来。”杜少卿道:“我也不知道你说的是甚么话,你起来说。”鲍廷玺也来帮着拉他起来。臧蓼斋道:“你应允了?”杜少卿道:“我有甚么不应允?”臧蓼斋道:“你吃了这杯酒。”杜少卿道:“我就吃了这杯酒。”臧蓼斋道:“候你干了。”站起来坐下。杜少卿道:“你有甚话?说罢!”臧蓼斋道:“目今宗师考庐州,下一棚就是我们。我前日替人管着买了一个秀才,宗师有人在这里揽这个事,我已把三百两银子兑与了他。后来他又说出来:‘上面严紧,秀才不敢卖,倒是把考等第的开个名字来补了廪罢。’我就把我的名字开了去,今年这廪是我补。但是这买秀才的人家,要来退这三百两银子。我若没有还他,这件事就要破。身家性命关系,我所以和老哥商议,把你前日的田价,借三百与我打发了这件,我将来慢慢的还你。你方才已是依了。”杜少卿道:“呸!我当你说甚么话,原来是这个事!也要大惊小怪磕头礼拜的。甚么要紧?我明日就把银子送来与你。”鲍廷玺拍着手道:“好爽快!好爽快!拿大杯来,再吃几杯!”当下拿大杯来吃酒。杜少卿醉了,问道:“臧三哥,我且问你:你定要这廪生做甚么?”臧蓼斋道:“你那里知道!廪生一来中的多,中了就做官。就是不中,十几年贡了,朝廷试过,就是去做知县、推官,穿螺蛳结底的靴,坐堂,洒签,打人。像你这样大老官来打秋风,把你关在一间房里,给你一个月豆腐吃,蒸死了你。”杜少卿笑道:“你这匪类,下流无耻极矣!”鲍廷玺又笑道:“笑谈!笑谈!二位老爷都该罚一杯。”当夜席散。

次早叫王胡子送了这一箱银子去。王胡子又讨了六两银子赏钱回来在鲜鱼面店里吃面,遇着张俊民在那里吃,叫道:“胡子老官,你过来,请这里坐!”王胡子过来坐下,拿上面来吃。张俊民道:“我有一件事托你。”王胡子道:“甚么事?医好了娄老爹要谢礼?”张俊民道:“不相干。娄老爹的病是不得好的了。”王胡子道:“还有多少时候?”张俊民道:“大约不过一百天,这话也不必讲他。我有一件事托你。”王胡子道:“你说罢了。”张俊民道:“而今宗师将到,我家小儿要出来应考,怕学里人说是我冒籍,托你家少爷,向学里相公们讲讲。”

王胡子摇手道:"这事共总没中用。我家少爷,从不曾替学里相公讲一句话。他又不欢喜人家说要出来考。你去求他,他就劝你不考。"张俊民道:"这是怎样?"王胡子道:"而今倒有个方法:等我替你回少爷说,说你家的确是冒考不得的。但凤阳府的考棚是我家先太老爷出钱盖的,少爷要送一个人去考谁敢不依?这样激着他,他就替你用力,连贴钱都是肯的。"张俊民道:"胡子老官,这事在你作法便了。做成了少不得'言身寸'。"王胡子道:"我那个要你谢!你的儿子就是我的小侄。人家将来进了学,穿戴着簇新的方巾、蓝衫替我老叔子多磕几个头就是了。"说罢,张俊民还了面钱一齐出来。

王胡子回家问小子们道:"少爷在那里?"小子们道:"少爷在书房里。"他一直走进书房见了杜少卿,禀道:"银子已是小的送与臧三爷收了。着实感激少爷,说又替他免了一场是非,成全了功名。其实这样事,别人也不肯做的。"杜少卿道:"这是甚么要紧的事,只管跑了来倒熟了!"胡子道:"小的还有话禀少爷。像臧三爷的廪是少爷替他补,公中看祠堂的房子是少爷盖,眼见得学院不日来考,又要寻少爷修理考棚。我家太老爷拿几千银子盖了考棚,白白便益众人。少爷就送一个人去考,众人谁敢不依?"杜少卿道:"童生自会去考的,要我送怎的?"王胡子道:"假使小的有儿子,少爷送去考也没有人敢说?"杜少卿道:"这也何消说。这学里秀才未见得好似奴才。"王胡子道:"后门口张二爷他那儿子读书,少爷何不叫他考一考?"杜少卿道:"他可要考?"胡子道:"他是个冒籍,不敢考。"杜少卿道:"你和他说,叫他去考。若有廪生多话,你就向那廪生说,是我叫他去考的。"王胡子道:"是了。"应诺了去。

这几日,娄太爷的病渐渐有些重起来了,杜少卿又换了医生来看。在家心里忧愁。

急一日,臧三爷走来,立着说道:"你晓得有个新闻?县里王公坏了,昨晚摘了印。新官押着他就要出衙门,县里人都说他是个混帐官不肯借房子给他住,在那里急的要死。"杜少卿道:"而今怎样了?"臧蓼斋道:"他昨晚还赖在衙门里。明日再不出就要讨没脸面。那个借屋与他住?只好搬在孤老院!"杜少卿道:"这话果然么?"叫小厮叫王胡子来。向王胡子道:“你快到县前向工房说,叫他进去禀王老爷,说王老爷没有住处,请来我家花园里住。他要房子甚急,你去!”王胡子连忙去了。臧蓼斋道:“你从前会也不肯会他,今日为甚么自己借房子与他住?况且,他这事有拖累,将来百姓要闹他不要把你花园都拆了?”杜少卿道:“先君有大功德在于乡里,人人知道。就是我家藏了强盗也是没有人来拆我家的房子。这个,老哥放心!至于这王公,他既知道仰慕我,就是一点造化了。我前日若去拜他,便是奉承本县知县。而今他官已坏了,又没有房子住,我就该照应他。他听见这话一定就来。你在我这里候他来,同他谈谈。”

说着,门上人进来禀道:“张二爷来了。”只见张俊民走进来,跪下磕头。杜少卿道:“你又怎的?”张俊民道:“就是小儿要考的事,蒙少爷的恩典。”杜少卿道:“我已说过了。”张俊民道:“各位廪生先生听见少爷吩咐都没的说,只要门下捐一百二十两银子修学宫。门下那里捐的起?故此又来求少爷商议。”杜少卿道:“只要一百二十两,此外可还再要?”张俊民道:“不要了。”杜少卿道:“这容易,我替你出。你就写一个愿捐修学宫求入籍的呈子来。臧三哥你替他送到学里去,银子在我这里来取。”臧三爷道:“今日有事,明日我和你去罢。”

张俊民谢过去了。正迎着王胡子飞跑来道:“王老爷来拜,已到门下轿了。”杜少卿和臧蓼斋迎了出去。那王知县纱帽便服,进来作揖再拜,说道:“久仰先生,不得一面。今弟在困厄之中,蒙先生慨然以尊斋相借,令弟感愧无地,所以先来谢过再细细请教。恰好臧年兄也在此。”杜少卿道:“老父台,些小之事不足介意!荒斋原是空闲,竟请搬过来便了。”臧蓼斋道:“门生正要同敝友来候老师,不想反劳老师先施。”王知县道:“不敢!不敢!”打恭上轿而去。

杜少卿留下臧蓼斋,取出一百二十两银子来递与他,叫他明日去做张家这件事。臧蓼斋带着银子去了。

次日,王知县搬进来住。

又次日,张俊民备了一席酒送在杜府,请臧三爷同鲍师父陪。王胡子私向鲍廷玺道:“你的话也该发动了。我在这里算着,那话已有个完的意思，若再遇个人来求些去，你就没账了。你今晚开口。”当下客到齐了，把席摆到厅旁书房里，四人上席。张俊民先捧着一杯酒谢过了杜少卿，又斟酒作揖谢了臧三爷，入席坐下。席间谈这许多事故。鲍廷玺道：“门下在这里大半年了，看见少爷用银子像淌水，连裁缝都是大捧拿了去。只有门下是七八个月的养在府里，白浑些酒肉吃吃，一个大钱也不见面。我想，这样干篾片也做不来，不如揩揩眼泪，别处去哭罢。门下明日告辞。”杜少卿道：“鲍师父，你也不曾向我说过，我晓得你甚么心事？你有话说不是？”鲍廷玺忙斟一杯酒递过来，说道：“门下父子两个，都是教戏班子过日，不幸父亲死了。门下消折了本钱不能替父亲争口气，家里有个老母亲又不能养活。门下是该死的人，除非少爷赏我个本钱，才可以回家养活母亲。”杜少卿道：“你一个梨园中的人却有思念父亲、孝敬母亲的念，这就可敬的狠了。我怎么不帮你！”鲍廷玺站起来道：“难得少爷的恩典。”杜少卿道：“坐着，你要多少银子？”鲍廷玺看见王胡子站在底下，把眼望着王胡子。王胡子走上来道：“鲍师父，你这银子要用的多哩，连叫班子、买行头，怕不要五六百两。少爷这里没有，只好将就弄几十两银子给你，过江舞起几个猴子来你再跳。”杜少卿道：“几十两银子不济事，我竟给你一百两银子，你拿过去教班子。用完了你再来和我说话。”鲍廷玺跪下来谢。杜少卿拉住道：“不然我还要多给你些银子（因我这娄太爷病重，要料理他的光景），我好打发你回去。”当晚，臧、张二人都赞杜少卿的慷慨。吃罢散了。

自此之后娄太爷的病一日重一日。那日，杜少卿坐在他跟前，娄太爷说道：“大相公，我从前挨着只望病好。而今看这光景，病是不得好了，你要送我回家去。”杜少卿道：“我一日不曾尽得老伯的情，怎么说要回家？”娄太爷道：“你又呆了！我是有子有孙的人，一生出门在外，今日自然要死在家里。难道说你不留我？”杜少卿垂泪道：“这样说，我就不留了。老伯的寿器，是我备下的，如今用不着是不好带去了，另拿几十两银子合具寿器。衣服、被褥是做停当的，与老伯带去。”娄太爷道：“这棺木、衣服，我受你的。你不要又拿银子给我家儿子、孙子。我这在三日内就要回去，坐不起来了，只好用床抬了去。你明日早上，到令先尊太老爷神主前祝告，说娄太爷告辞回去了。我在你家三十年，是你令先尊一个知心的朋友。令先尊去后大相公如此奉事我，我还有甚么话？你的品行、文章是当今第一人。你生的个小儿子尤其不同，将来好好教训他成个正经人物。但是你不会当家，不会相与朋友，这家业是断然保不住的了。像你做这样慷慨仗义的事，我心里喜欢；只是也要看，来说话的是个甚么样人。像你这样做法都是被人骗了去，没人报答你的。虽说施恩不望报，却也不可这般贤否不明。你相与这臧三爷、张俊民，都是没良心的人。近来又添一个鲍廷玺，他做戏的有甚么好人？你也要照顾他？若管家王胡子就更坏了！银钱也是小事。我死之后，你父子两人，事事学你令先尊的德行。德行若好，就没有饭吃也不妨。你平生最相好的，是你家慎卿相公。慎卿虽有才情，也不是甚么厚道人。你只学你令先尊，将来断不吃苦。你眼里又没有官长，又没有本家，这本地方也难住。南京是个大邦，你的才情，到那里去或者还遇着个知己，做出些事业来。这剩下的家私，是靠不住的了！大相公，你听信我言，我死也瞑目！”杜少卿流泪道：“老伯的好话我都知道了。”

忙出来吩咐，雇了两班脚子抬娄太爷过南京到陶红镇。又拿出百十两银子来，付与娄太爷的儿子回去办后事。第三日送娄太爷起身。只因这一番，有分教：京师池馆，又看俊杰来游；江北家乡，不见英贤豪举。毕竟后事如何，且听下回分解。

第三十三回　杜少卿夫妇游山　迟衡山朋友议礼

话说杜少卿自从送了娄太爷回家之后,自此就没有人劝他,越发放着胆子用银子。前项已完,叫王胡子又去卖了一分田来。二千多银子随手乱用。又将一百银子把鲍廷玺打发过江去了。王知县事体已清,退还了房子告辞回去。

杜少卿在家又住了半年多,银子用的差不多了,思量把自己住的房子并与本家,要到南京去住。和娘子商议,娘子依了。人劝着他,总不肯听。足足闹了半年,房子归并妥了。除还债赎当,还落了有千把多银子。和娘子说道:"我先到南京会过卢家表侄,寻定了房子再来接你。"当下收拾了行李,带着王胡子,同小厮加爵过江。王胡子在路,见不是事,拐了二十两银子走了。杜少卿付之一笑,只带了加爵过江。

到了仓巷里外祖卢家,表侄卢华士出来迎请表叔进去,到厅上见礼。杜少卿又到楼上,拜了外祖、外祖母的神主。见了卢华士的母亲,叫小厮拿出火腿、茶叶土仪来送过。卢华士请在书房里摆饭。请出一位先生来,是华士今年请的业师。那先生出来见礼,杜少卿让先生首席坐下。杜少卿请问:"先生贵姓?"那先生道:"贱姓迟,名均,字衡山。请问先生贵姓?"卢华士道:"这是学生天长杜家表叔。"迟先生道:"是少卿?先生是海内英豪,千秋快士!只道闻名不能见面,何图今日邂逅高贤!"站起来重新见礼。杜少卿看那先生细瘦,通眉长爪,双眸炯炯,知他不是庸流,便也一见如故。吃过了饭说起要寻房子来住的话。迟衡山喜出望外,说道:"先生何不竟寻几间河房住?"杜少卿道:"这也极好。我和你借此先去看看秦淮。"迟先生叫华士在家好好坐着,便同少卿步了出来。

走到状元境,只见书店里贴了多少新封面,内有一个写道:"《历科程墨持运》。处州马纯上、嘉兴蘧駪夫同选。"杜少卿道:"这蘧駪夫，是南昌蘧太守之孙，是我敝世兄。既在此，我何不进去会会他？”便同迟先生进去。蘧駪夫出来叙了世谊，彼此道了些相慕的话。马纯上出来叙礼，问：“先生贵姓？”蘧駪夫道：“此乃天长殿元公孙杜少卿先生，这位是句容迟衡山先生，皆江南名坛领袖，小弟辈恨相见之晚。”吃过了茶，迟衡山道：“少卿兄要寻居停，此时不能久谈，要相别了。”同走出来，只见柜台上伏着一个人，在那里看诗，指着书上道：“这一首诗就是我的。”四个人走过来看见他旁边放着一把白纸诗扇。蘧駪夫打开一看，款上写着“兰江先生”。蘧駪夫笑道：“是景兰江。”景兰江抬起头来看见二人，作揖问姓名。杜少卿拉着迟衡山道：“我每且去寻房子，再来会这些人。”

当下走过秦淮桥。迟衡山路熟，找着房牙子一路看了几处河房，多不中意，一直看到东水关。这年是乡试年，河房最贵。这房子每月要八两银子的租钱。杜少卿道：“这也罢了，先租了住着再买他的。”南京的风俗是：要付一个进房，一个押月。当下房牙子同房主人跟到仓巷卢家写定租约，付了十六两银子。卢家摆酒留迟衡山同杜少卿坐。坐到夜深，迟衡山也在这里宿了。

次早才洗脸，只听得一人在门外喊了进来：“杜少卿先生在那里？”杜少卿正要出去看，那人已走进来，说道：“且不要通姓名，且等我猜一猜着！”定了一会神，走上前一把拉着少卿道：“你便是杜少卿！”杜少卿笑道：“我便是杜少卿。这位是迟衡山先生，这是舍表侄。先生你贵姓？”那人道：“少卿天下豪士，英气逼人，小弟一见丧胆，不似迟先生老成尊重，所以我认得不错。小弟便是季苇萧。”迟衡山道：“是定梨园榜的季先生？久仰！久仰！”季苇萧坐下，向杜少卿道：“令兄已是北行了。”杜少卿惊道：“几时去的？”季苇萧道：“才去了三四日，小弟送到龙江关。他加了贡进京乡试去了。少卿兄挥金如土，为甚么躲在家里用，不拿来这里我们大家顽顽？”杜少卿道：“我如今来了。现看定了河房，到这里来居住。”季苇萧拍手道：“妙！妙！我也寻两间河房，同你做邻居，把贱内也接来，同老嫂作伴。这买河房的钱就出在你！”杜少卿道：“这个自然。”须臾，卢家摆出饭来，留季苇萧同吃。吃饭中间，谈及哄慎卿看道士的这一件事，众人大笑,把饭都喷了出来。

才吃完了饭,便是马纯上、蘧駪夫、景兰江来拜。会着谈了一会送出去。才进来,又是萧金铉、诸葛天申、季恬逸来拜,季苇萧也出来同坐。谈了一会,季苇萧同三人一路去了。杜少卿写家书,打发人到天长接家眷去了。

次日清晨,正要回拜季苇萧这几个人,又是郭铁笔同来道士来拜。杜少卿迎了进来,看见道士的模样,想起昨日的话又忍不住笑。道士足恭了一回,拿出一卷诗来。郭铁笔也送了两方图书。杜少卿都收了。吃过茶告别去了。杜少卿方才出去回拜这些人。一连在卢家住了七八天,同迟衡山谈些礼乐之事,甚是相合。

家眷到了,共是四只船,拢了河房。杜少卿辞别卢家搬了行李去。次日众人来贺。这时,三月初旬,河房渐好,也有箫管之声。杜少卿备酒请这些人,共是四席。那日,季苇萧、马纯上、蘧駪夫、季恬逸、迟衡山、卢华士、景兰江、诸葛天申、萧金铉、郭铁笔、来霞士都在席。金东崖是河房邻居,拜往过了,也请了来。本日茶厨先到,鲍廷玺打发新教的三元班小戏子来磕头,见了杜少爷、杜娘子,赏了许多果子去了。随即,房主人家荐了一个卖花堂客叫做姚奶奶来见,杜娘子留他坐着。到上昼时分客已到齐,将河房窗子打开了。众客散坐,或凭栏看水,或啜茗闲谈,或据案观书,或箕踞自适,各随其便。只见门外一顶轿子,鲍廷玺跟着,是送了他家王太太来问安。王太太下轿进去了,姚奶奶看见他就忍笑不住,向杜娘子道:"这是我们南京有名的王太太。他怎肯也到这里来?"王太太见杜娘子着实小心,不敢抗礼。杜娘子也留他坐下。杜少卿进来,姚奶奶、王太太又叩见了少爷。鲍廷玺在河房见了众客,口内打诨说笑。闹了一会,席面已齐,杜少卿出来奉席坐下。吃了半夜酒,各自散讫。鲍廷玺自己打着灯笼照王太太坐了轿子,也回去了。

又过了几日,娘子因初到南京,要到外面去看看景致。杜少卿道:"这个使得。"当下叫了几乘轿子,约姚奶奶做陪客,两三个家人、婆娘都坐了轿子跟着。厨子挑了酒席,借清凉山一个姚园。这姚园是个极大的园子,进去一座篱门;篱门内,是鹅卵石砌成的路,一路朱红栏杆,两边绿柳掩映;过去三间厅,便是他卖酒的所在。那日把酒桌子都搬了。过厅便是一路山径,上到山顶便是一个八角亭子。席摆在亭子上。娘子和姚奶奶一班人上了亭子观看景致。一边是清凉山,高高下下的竹树。一边是灵隐观,绿树丛中露出红墙来,十分好看。坐了一会,杜少卿也坐轿子来了。轿里带了一只赤金杯子,摆在桌上,斟起酒来拿在手内,趁着这春光融融,和气习习,凭在栏杆上留连痛饮。这日杜少卿大醉了,竟携着娘子的手出了园门,一手拿着金杯,大笑着,在清凉山冈子上走了一里多路。背后三四个妇女嘻嘻笑笑跟着,两边看的人目眩神摇不敢仰视。杜少卿夫妇两个上了轿子去了。姚奶奶和这几个妇女,采了许多桃花插在轿子上,也跟上去了。

杜少卿回到河房,天色已晚。只见卢华士还在那里坐着,说道:"北门桥庄表伯,听见表叔来了,急于要会。明日请表叔在家坐一时不要出门,庄表伯来拜。"杜少卿道:"绍光先生是我所师事之人。我因他不耐同这一班词客相聚,所以前日不曾约他。我正要去看他,怎反劳他到来看我?贤侄你作速回去打发人致意,我明日先到他家去。"华士应诺去了。杜少卿送了出去。

才关了门又听得打的门响。小厮开门出去,同了一人进来,禀道:"娄大相公来了。"杜少卿举眼一看,见娄焕文的孙子穿着一身孝哭拜在地。说道:"我家老爹去世了,特来报知。"杜少卿道:"几时去世的?"娄大相公道:"前月二十六日。"杜少卿大哭了一场,吩咐连夜制备祭礼。次日清晨坐了轿子往陶红镇去了。季苇萧打听得姚园的事,绝早走来访问,知道已往陶红,怅怅而返。

杜少卿到了陶红,在娄太爷柩前大哭了几次,拿银子做了几天佛事超度娄太爷升天。娄家把许多亲戚请来陪。杜少卿一连住了四五日,哭了又哭。陶红一镇上的人,人人叹息,说:"天长杜府厚道。"又有人说:"这老人家为人,必定十分好,所以杜府才如此尊重、报答他。为人须像这个老人家方为不愧。"杜少卿又拿了几十两银子,交与他儿子、孙子买地安葬娄太爷。娄家一门男男女女都出来拜谢。杜少卿又在柩前恸哭了一场方才回来。

到家,娘子向他说道:"自你去的第二日,巡抚一个差官同天长县的一个门斗拿了一角文书来寻。我回他不在家。他住在饭店里,日日来问,不知为甚事?"杜少卿道:"这又奇了!"正疑惑间小厮来说道:"那差官和门斗在河房里要见。"杜少卿走出去同那差官见礼坐下。差官道了恭喜,门斗送上一角文书来。那文书是拆开过的。杜少卿拿出来看,只见上写道:"巡抚部院李,为举荐贤才事。钦奉圣旨,采访天下儒修。本部院访得天长县儒学生员杜仪,品行端醇,文章典雅。为此饬知该县儒学教官,即敦请该生即日束装赴院,以便考验,申奏朝廷,引见擢用。毋违!速速!"杜少卿看了道:"李大人是先祖的门生,原是我的世叔,所以荐举我。我怎么敢当?但大人如此厚意,我即刻料理起身到辕门去谢。"留差官吃了酒饭,送他几两银子作盘程。门斗也给了他二两银子,打发先去了。在家收拾,没有盘缠,把那一只金杯,当了三十两银子,带一个小厮上船往安庆去了。

到了安庆,不想李大人因事公出。过了几日才回来。杜少卿投了手本,那里开门请进去,请到书房里。李大人出来,杜少卿拜见,请过大人的安。李大人请他坐下。李大人道:"自老师去世之后,我常念诸位世兄。久闻世兄才品过人,所以朝廷仿古征辟大典,我学生要借光,万勿推辞!"杜少卿道:"小侄菲才寡学,大人误采虚名,恐其有玷荐牍。"李大人道:"不必太谦。我便向府县取结。"杜少卿道:"大人垂爱,小侄岂不知!但小侄麋鹿之性,草野惯了,近又多病,还求大人另访。"李大人道:"世家子弟怎说得不肯做官?我访的不差,是要荐的!"杜少卿就不敢再说了。李大人留着住了一夜,拿出许多诗文来请教。

次日辞别出来。他这番盘程带少了,又多住了几天,在辕门上又被人要了多少喜钱去,叫了一只船回南京,船钱三两银子也欠着。一路又遇了逆风,走了四五天才走到芜湖。到了芜湖,那船真走不动了。船家要钱买米煮饭,杜少卿叫小厮寻一寻,只剩了五个钱。杜少卿算计要拿衣服去当。

心里闷,且到岸上去走走。见是吉祥寺,因在茶桌上坐着吃了一开茶。又肚里饿了,吃了三个烧饼,到要六个钱,还走不出茶馆门。

只见一个道士在面前走过去,杜少卿不曾认得清。那道士回头一看,忙走近前道:“杜少爷,你怎么在这里?”杜少卿笑道:“原来是来霞兄。你且坐下吃茶。”来霞士道:“少老爷,你为甚么独自在此?”杜少卿道:“你几时来的?”来霞士道:“我自叨扰之后,因这芜湖县张老父台写书子接我来做诗,所以在这里。我就寓在识舟亭,甚有景致,可以望江。少老爷到我下处去坐坐。”杜少卿道:“我也是安庆去看一个朋友,回来从这里过,阻了风。而今和你到尊寓顽顽去。”来霞士会了茶钱,两人同进识舟亭。

庙里道士走了出来问:“那里来的尊客?”来道士道:“是天长杜状元府里杜少老爷。”道士听了,着实恭敬,请坐拜茶。杜少卿看见墙上贴着一个斗方,一首《识舟亭怀古》的诗,上写“霞士道兄教正”,下写“燕里韦阐思玄稿”。杜少卿道:“这是滁州乌衣镇韦四太爷的诗。他几时在这里的?”道士道:“韦四太爷现在楼上。”杜少卿向来霞士道:“这样,我就同你上楼去。”便一同上楼来。道士先喊道:“韦四太爷,天长杜少老爷来了!”韦四太爷答应道:“是那个?”要走下楼来看。杜少卿上来道:“老伯!小侄在此。”韦四太爷两手抹着胡子哈哈大笑,说道:“我当是谁?原来是少卿!你怎么走到这荒江地面来?且请坐下,待我烹起茶来叙叙阔怀。你到底从那里来?”杜少卿就把李大人的话告诉几句,又道:“小侄这回盘程带少了,今日只剩的五个钱,方才还吃的是来老爷的茶,船钱、饭钱都无。”韦四太爷大笑道:“好!好!今日大老官毕了!但你是个豪杰,这样事何必焦心?且在我下处坐着吃酒。我因有教的一个学生住在芜湖,他前日进了学,我来贺他,他谢了我二十四两银子。你在我这里吃了酒,看风转了,我拿十两银子给你去。”杜少卿坐下,同韦四太爷、来霞士三人吃酒。

直吃到下午,看着江里的船在楼窗外过去,船上的定风旗渐渐转动。韦四太爷道:“好了!风云转了!”大家靠着窗子看那江里。看了一回,太阳落了下去,返照照着几千根桅杆半截通红。杜少卿道:“天色已晴,东北风息了,小侄告辞老伯下船去。”韦四太爷拿出十两银子,递与杜少卿,同来霞士送到船上。来霞士又托他致意南京的诸位朋友。说罢别过,两人上岸去了。

杜少卿在船歇宿。是夜五鼓,果然起了微微西南风。船家扯起篷来乘着顺风,只走了半天就到白河口。杜少卿付了船钱,搬行李上岸,坐轿来家。娘子接着。他就告诉娘子前日路上没有盘程的这一番笑话,娘子听了也笑。

次日便到北门桥去拜庄绍光先生。那里回说:"浙江巡抚徐大人请了游西湖去了,还有些日子才得来家。"杜少卿便到仓巷卢家去会迟衡山。卢家留着吃饭。迟衡山闲话说起:"而今读书的朋友只不过讲个举业,若会做两句诗赋就算雅极的了,放着经史上礼、乐、兵、农的事全然不问!我本朝太祖定了天下,大功不差似汤、武,却全然不曾制作礼乐。少卿兄,你此番征辟了去,替朝廷做些正经事,方不愧我辈所学。"杜少卿道:"这征辟的事小弟已是辞了。正为走出去,做不出甚么事业,徒惹高人一笑,所以宁可不出去的好。"迟衡山又在房里拿出一个手卷来,说道:"这一件事须是与先生商量。"杜少卿道:"甚么事?"迟衡山道:"我们这南京,古今第一个贤人是吴泰伯,却并不曾有个专祠。那文昌殿、关帝庙,到处都有。小弟意思:要约些朋友,各捐几何,盖一所泰伯祠。春秋两仲,用古礼古乐致祭,借此大家习学礼乐,成就出些人才,也可以助一助政教。但建造这祠须数千金,我裱了个手卷在此,愿捐的写在上面。少卿兄你愿出多少?"杜少卿大喜道:"这是该的!"接过手卷放开写道:"天长杜仪捐银三百两。"迟衡山道:"也不少了。我把历年做馆的修金节省出来,也捐二百两。"就写在上面。又叫:"华士你也勉力出五十两。"也就写在卷子上。

迟衡山卷起收了,又坐着闲谈。只见杜家一个小厮走来禀道:"天长有个差人在河房里,要见少爷,请少爷回去。"杜少卿辞了迟衡山回来。只因这一番,有分教:一时贤士,同辞爵禄之縻;两省名流,重修礼乐之事。不知后事如何,且听下回分解。

第三十四回　议礼乐名流访友　备弓旌天子招贤

话说杜少卿别了迟衡山出来,问小厮道:“那差人他说甚么?”小厮道:“他说,少爷的文书已经到了。李大老爷吩咐县里邓老爷,请少爷到京里去做官。邓老爷现住在承恩寺。差人说,请少爷在家里,邓老爷自己上门来请。”杜少卿道:“既如此说,我不走前门家去了。你快叫一只船,我从河房栏杆上上去。”当下,小厮在下浮桥雇了一只凉篷,杜少卿坐了来家。忙取一件旧衣服、一顶旧帽子,穿戴起来,拿手帕包了头睡在床上。叫小厮:“你向那差人说,我得了暴病,请邓老爷不用来。我病好了慢慢来谢邓老爷。”小厮打发差人去了。娘子笑道:“朝廷叫你去做官,你为甚么妆病不去?”杜少卿道:“你好呆!放着南京这样好顽的所在,留着我在家,春天秋天同你出去看花吃酒,好不快活!为甚么要送我到京里去?假使连你也带往京里,京里又冷,你身子又弱,一阵风吹得冻死了也不好。还是不去的妥当。”

小厮进来说:“邓老爷来了,坐在河房里定要会少爷。”杜少卿叫两个小厮搀扶着,做个十分有病的模样,路也走不全,出来拜谢知县,拜在地下就不得起来。知县慌忙扶了起来,坐下就道:“朝廷大典,李大人专要借光。不想先生病得狼狈至此。不知几时可以勉强就道?”杜少卿道:“治晚不幸大病,生死难保,这事断不能了!总求老父台代我恳辞。”袖子里取出一张呈子来,递与知县。知县看这般光景不好久坐,说道:“弟且别了先生,恐怕劳神。这事,弟也只得备文书,详复上去,看大人意思何如。”杜少卿道:“极蒙台爱,恕治晚不能躬送了。”

知县作别上轿而去,随即备了文书说:“杜生委系患病,不能就道。”申详了李大人。恰好李大人也调了福建巡抚,这事就罢了。杜少卿听见李大人已去心里欢喜道:“好了!我做秀才有了这一场结局,将来乡试也不应,科、岁也不考,逍遥自在,做些自己的事罢!”

杜少卿因托病辞了知县,在家有许多时不曾出来。这日鼓楼街薛乡绅家请酒,杜少卿辞了不到,迟衡山先到了。那日在座的客是:马纯上、蘧駪夫、季苇萧,都在那里坐定。又到了两位客:一个是扬州萧柏泉,名树滋;一个是采石余夔,字和声。是两个少年名士。这两人面如傅粉,唇若涂朱,举止风流,芳兰竟体。这两个名士独有两个绰号:一个叫“余美人”,一个叫“萧姑娘”。两位会了众人作揖坐下。薛乡绅道:“今日奉邀诸位先生小坐。淮清桥有一个姓钱的朋友,我约他来陪诸位顽顽,他偏生的今日有事不得到。”季苇萧道:“老伯,可是那做正生的钱麻子?”薛乡绅道:“是。”迟衡山道:“老先生同士大夫宴会,那梨园中人,也可以许他一席同坐的么?”薛乡绅道:“此风也久了。弟今日请的有高老先生,那高老先生最喜此人谈吐,所以约他。”迟衡山道:“是那位高老先生?”季苇萧道:“是六合的现任翰林院侍读。”说着,门上人进来禀道:“高大老爷到了。”薛乡绅迎了出去。高老先生纱帽蟒衣进来与众人作揖,首席坐下。认得季苇萧,说道:“季年兄,前日枉顾,有失迎迓。承惠佳作,尚不曾捧读。”便问:“这两位少年先生尊姓?”“余美人”“萧姑娘”各道了姓名。又问马、蘧二人。马纯上道:“书坊里选《历科程墨持运》的,便是晚生两个。”“余美人”道:“这位蘧先生是南昌太守公孙。先父曾在南昌做府学,蘧先生和晚生也是世弟兄。”问完了,才问到迟先生。迟衡山道:“贱姓迟,字衡山。”季苇萧道:“迟先生有制礼作乐之才,乃是南邦名宿。”高老先生听罢不言语了。吃过了三遍茶,换去大衣服,请在书房里坐。这高老先生虽是一个前辈,却全不做身分,最好顽耍,同众位说说笑笑并无顾忌。才进书房,就问道:“钱朋友怎么不见?”薛乡绅道:“他今日回了,不得来。”高老先生道:“没趣!没趣!今日满座欠雅矣!”

薛乡绅摆上两席,奉席坐下。席间,谈到浙江这许多名士以及西湖上的风景、娄氏弟兄两个许多结交宾客的故事。“余美人”道:“这些事我还不爱。我只爱駪夫家的双红姐,说着还齿颊生香。”季苇萧道:“怪不得,你是个美人,所以就爱美人了。”萧柏泉道:“小弟生平,最喜修补纱帽。可惜鲁编修公不曾会着,听见他那言论丰采,到底是个正经人。若会着我少不得着实请教他。可惜已去世了!"蘧駪夫道:"我娄家表叔那番豪举而今再不可得了。"季苇萧道:"駪兄,这是甚么话?我们天长杜氏弟兄,只怕更胜于令表叔的豪举!"迟衡山道:"两位中是少卿更好。"高老先生道:"诸位才说的可就是赣州太守的乃郎?"迟衡山道:"正是。老先生也相与?"高老先生道:"我们天长、六合是接壤之地,我怎么不知道?诸公莫怪学生说,这少卿,是他杜家第一个败类!他家祖上几十代行医,广积阴德,家里也挣了许多田产。到了他家殿元公,发达了去,虽做了几十年官,却不会寻一个钱来家。到他父亲,还有本事中个进士做一任太守,已经是个呆子了。做官的时候,全不晓得敬重上司,只是一味希图着百姓说好,又逐日讲那些'敦孝弟,劝农桑'的呆话。这些话,是教养题目文章里的词藻,他竟拿着当了真,惹的上司不喜欢,把个官弄掉了。他这儿子就更胡说,混穿混吃,和尚、道士、工匠、花子都拉着相与,却不肯相与一个正经人。不到十年内,把六七万银子弄的精光。天长县站不住,搬在南京城里,日日携着乃眷上酒馆吃酒,手里拿着一个铜盏子就像讨饭的一般。不想他家,竟出了这样子弟!学生在家里,往常教子侄们读书就以他为戒。每人读书的桌子上写一纸条贴着,上面写道:'不可学天长杜仪。'"迟衡山听罢,红了脸道:"近日朝廷征辟他,他都不就。"高老先生冷笑道:"先生你这话又错了。他果然肚里通就该中了去!"又笑道:"征辟难道算得正途出身么?"萧柏泉道:"老先生说的是。"向众人道:"我们后生晚辈都该以老先生之言为法。"当下又吃了一会酒,话了些闲话。席散,高老先生坐轿先去了。

众位一路走,迟衡山道:"方才,高老先生这些话分明是骂少卿,不想倒替少卿添了许多身分。众位先生,少卿是自古及今难得的一个奇人!"马二先生道:"方才这些话,也有几句说的是。"季苇萧道:"总不必管他!他河房里有趣,我们几个人明日一齐到他家,叫他买酒给我们吃。"余和声道:"我们两个人也去拜他。"当下约定了。

次日,杜少卿才起来,坐在河房里,邻居金东崖拿了自己做的一本《四书讲章》来请教,摆桌子在河房里看。看了十几条,落后,金东崖指着一条问道:“先生,你说这‘羊枣’是甚么?羊枣,即羊肾也。俗语说:‘只顾羊卵子,不顾羊性命。’所以曾子不吃。”杜少卿笑道:“古人解经,也有穿凿的。先生这话就太不伦了。”正说着,迟衡山、马纯上、蘧駪夫、萧柏泉、季苇萧、余和声,一齐走了进来作揖坐下。杜少卿道:“小弟许久不曾出门,有疏诸位先生的教。今何幸群贤毕至!”便问:“二位先生贵姓?”余、萧二人各道了姓名。杜少卿道:“兰江怎的不见?”蘧駪夫道:“他又在三山街开了个头巾店做生意。”小厮奉出茶来。季苇萧道:“不是吃茶的事,我们今日要酒。”杜少卿道:“这个自然,且闲谈着。”

迟衡山道:“前日承见赐《诗说》,极其佩服。但吾兄说《诗》大旨,可好请教一二?”萧柏泉道:“先生说的可单是拟题?”马二先生道:“想是在《永乐大全》上说下来的。”迟衡山道:“我们且听少卿说。”杜少卿道:“朱文公解经自立一说,也是要后人与诸儒参看。而今丢了诸儒,只依朱注,这是后人固陋,与朱子不相干。小弟遍览诸儒之说,也有一二私见请教。即如《凯风》一篇,说七子之母想再嫁,我心里不安。古人二十而嫁,养到第七个儿子,又长大了。那母亲也该有五十多岁,那有想嫁之理!所谓‘不安其室’者,不过因衣服、饮食不称心在家吵闹,七子所以自认不是。这话前人不曾说过。”迟衡山点头道:“有理。”杜少卿道:“《女曰鸡鸣》一篇,先生们说他怎么样好?”马二先生道:“这是《郑风》,只是说他‘不淫’。还有甚么别的说?”迟衡山道:“便是,也还不能得其深味。”杜少卿道:“非也。但凡士君子横了一个做官的念头在心里便先要骄傲妻子。妻子想做夫人,想不到手便事事不遂心,吵闹起来。你看这夫妇两个,绝无一点心想到功名富贵上去,弹琴饮酒,知命乐天。这便是三代以上修身齐家之君子。这个前人也不曾说过。”蘧駪夫道:“这一说果然妙了!”杜少卿道:“据小弟看来,《溱洧》之诗,也只是夫妇同游,并非淫乱。”季苇萧道:“怪道前日老哥同老嫂在姚园大乐!这就是你弹琴饮酒、采兰赠芍的风流了。”众人一齐大笑。迟衡山道:“少卿妙论,令我闻之如饮醍醐。”余和声道:“那边醍醐来了。”众人看时,见是小厮捧出酒来。

当下摆齐酒肴,八位坐下小饮。季苇萧多吃了几杯醉了。说道:“少卿兄,你真是绝世风流!据我说,镇日同一个三十多岁的老嫂子看花饮酒也觉得扫兴。据你的才名,又住在这样的好地方,何不娶一个标致如君,又有才情的?才子佳人,及时行乐!”杜少卿道:“苇兄,岂不闻晏子云:‘今虽老而丑,我固及见其姣且好也?’况且,娶妾的事小弟觉得最伤天理。天下不过是这些人一个人占了几个妇人,天下必有几个无妻之客。小弟为朝廷立法:人生须四十无子方许娶一妾;此妾如不生子便遣别嫁。是这等样,天下无妻子的人,或者也少几个,也是培补元气之一端。”萧柏泉道:“先生说得好一篇风流经济!”迟衡山叹息道:“宰相若肯如此用心,天下可立致太平!”当下吃完了酒,众人欢笑,一同辞别去了。

过了几日,迟衡山独自走来,杜少卿会着。迟衡山道:“那泰伯祠的事已有个规模了。将来行的礼乐,我草了一个底稿在此来和你商议,替我斟酌起来。”杜少卿接过底稿看了,道:“这事还须寻一个人斟酌。”迟衡山道:“你说寻那个?”杜少卿道:“庄绍光先生。”迟衡山道:“他前日浙江回来了。”杜少卿道:“我正要去,我和你而今同去看他。”

当下两人坐了一只凉篷船到了北门桥。上了岸,见一所朝南的门面房子,迟衡山道:“这便是他家了。”两人走进大门。门上的人进去禀了主人,那主人走了出来。这人姓庄名尚志,字绍光,是南京累代的读书人家。这庄绍光十一二岁就会做一篇七千字的赋,天下皆闻。此时,已将及四十岁,名满一时,他却闭户著书,不肯妄交一人。这日听见是这两个人来方才出来相会。只见头戴方巾,身穿宝蓝夹纱直裰,三绺髭须,黄白面皮,出来恭恭敬敬同二位作揖坐下。庄绍光道:“少卿兄,相别数载,却喜卜居秦淮为三山二水生色。前日又多了皖江这一番缠绕,你却也辞的爽快。”杜少卿道:“前番正要来相会,恰遇故友之丧,只得去了几时。回来时先生已浙江去了。”庄绍光道:“衡山兄常在家里,怎么也不常会?”迟衡山道:“小弟为泰伯祠的事奔走了许多日子,今已略有规模,把所订要行的礼乐送来请教。”袖里拿出一个本子来递了过去。庄绍光接过,从头细细看了,说道:“这千秋大事小弟自当赞助效劳。但今有一事又要出门几时,多则三月,少则两月便回。那时我们细细考订。”

迟衡山道:“又要到那里去?”庄绍光道:“就是浙抚徐穆轩先生,今升少宗伯。他把贱名荐了,奉旨要见,只得去走一遭。”迟衡山道:“这是不得就回来的。”庄绍光道:“先生放心。小弟就回来的,不得误了泰伯祠的大祭。”杜少卿道:“这祭祀的事少了先生不可,专候早回。”迟衡山叫将邸抄借出来看。小厮取了出来,两人同看。上写道:“礼部侍郎徐,为荐举贤才事。奉圣旨,庄尚志着来京引见。钦此。”两人看了,说道:“我们且别,候入都之日再来奉送。”庄绍光道:“相晤不远,不劳相送。”说罢出来,两人去了。

庄绍光晚间,置酒与娘子作别。娘子道:“你往常不肯出去,今日怎的闻命就行?”庄绍光道:“我们与山林隐逸不同。既然奉旨召我,君臣之礼是傲不得的。你但放心,我就回来,断不为老莱子之妻所笑。”次日,应天府的地方官,都到门来催迫。庄绍光悄悄叫了一乘小轿,带了一个小厮,脚子挑了一担行李,从后门老早就出汉西门去了。

庄绍光从水路过了黄河,雇了一辆车,晓行夜宿一路来到山东地方。过兖州府四十里地名叫做辛家驿,住了车子吃茶。这日天色未晚,催着车夫还要赶几十里地。店家说道:“不瞒老爷说,近来,咱们地方上响马甚多,凡过往的客人须要迟行早住。老爷虽然不比有本钱的客商,但是也要小心些。”庄绍光听了这话,便叫车夫:“竟住下罢。”小厮拣了一间房,把行李打开铺在炕上,拿茶来吃着。

只听得门外骡铃乱响,来了一起银鞘,有百十个牲口。内中一个解官,武员打扮;又有同伴的一个人,五尺以上身材,六十外岁年纪,花白胡须,头戴一顶毡笠子,身穿箭衣,腰插弹弓一张,脚下黄牛皮靴。两人下了牲口,拿着鞭子一齐走进店来,吩咐店家道:“我们是四川解饷进京的。今日天色将晚住一宿,明日早行。你们须要小心伺候。”店家连忙答应。那解官督率着脚夫将银鞘搬入店内,牲口赶到槽上,挂了鞭子同那人进来,向庄绍光施礼坐下。庄绍光道:“尊驾是四川解饷来的?此位想是贵友。不敢拜问尊姓大名?”解官道:

"在下姓孙,叨任守备之职。敝友姓萧字昊轩,成都府人。"因问庄绍光进京贵干。庄绍光道了姓名并赴召进京的缘故。萧昊轩道:"久闻南京有位庄绍光先生,是当今大名士,不想今日无意中相遇。"极道其倾倒之意。庄绍光见萧昊轩气宇轩昂,不同流俗,也就着实亲近。

因说道:"国家承平日久,近来的地方官办事件件都是虚应故事,像这盗贼横行,全不肯讲究一个弭盗安民的良法。听见前路响马甚多,我们须要小心防备。"萧昊轩笑道:"这事先生放心!小弟生平有一薄技:百步之内用弹子击物百发百中。响马来时只消小弟一张弹弓,叫他来得去不得,人人送命,一个不留!"孙解官道:"先生若不信敝友手段,可以当面请教一二。"庄绍光道:"急要请教,不知可好惊动?"萧昊轩道:"这有何妨!正要献丑。"遂将弹弓拿了走出天井来,向腰间锦袋中取出两个弹丸拿在手里。庄绍光同孙解官一齐步出天井来看,只见他把弹弓举起,向着空阔处先打一丸弹子,抛在空中,续将一丸弹子打去,恰好与那一丸弹子相遇,在半空里打得粉碎。庄绍光看了赞叹不已,连那店主人看了都吓一跳。萧昊轩收了弹弓进来坐下,谈了一会,各自吃了夜饭住下。

次早天色未明,孙解官便起来催促骡夫、脚子搬运银鞘,打发房钱上路。庄绍光也起来洗了脸,叫小厮拴束行李,会了账一同前行。一群人众,行了有十多里路。那时天色未明,晓星犹在,只见前面林子里黑影中,有人走动。那些赶鞘的骡夫一齐叫道:"不好了!前面有贼!"把那百十个骡子都赶到道旁坡子下去。萧昊轩听得,疾忙把弹弓拿在手里,孙解官也拔出腰刀拿在马上。只听得一枝响箭飞了出来。响箭过处就有无数骑马的从林子里奔出来。萧昊轩大喝一声,扯满弓一弹子打去,不想刮喇一声,那条弓弦迸为两段。那响马贼数十人,齐声打了一个忽哨飞奔前来。解官吓得拨回马头便跑。那些骡夫、脚子,一个个爬伏在地,尽着响马贼赶着百十个牲口,驮了银鞘往小路上去了。庄绍光坐在车里半日也说不出话来,也不晓得车外边这半会做的是些甚么勾当。

萧昊轩因弓弦断了使不得力量,拨马往原路上跑。跑到一个小店门口敲开了门。店家看见知道是遇了贼,因问:“老爷昨晚住在那个店里?”萧昊轩说了。店家道:“他原是贼头赵大一路做线的。老爷的弓弦,必是他昨晚弄坏了。”萧昊轩省悟,悔之无及。一时人急智生,把自己头发拔下一绺,登时把弓弦续好。飞马回来遇着孙解官,说贼人已投向东小路而去了。那时天色已明,萧昊轩策马飞奔,赶了不多路,望见贼众拥护着银鞘,慌忙的前走。他便加鞭赶上,手执弹弓,好像暴雨打荷叶的一般,打的那些贼人一个个抱头鼠窜,丢了银鞘,如飞的逃命去了。他依旧把银鞘同解官慢慢的赶回大路,会着庄绍光述其备细。庄绍光又赞叹了一会。同走了半天,庄绍光行李轻便,遂辞了萧、孙二人独自一辆车子先走。

走了几天将到卢沟桥,只见对面一个人骑了骡子来,遇着车子,问:“车里这位客官尊姓?”车夫道:“姓庄。”那人跳下骡子说道:“莫不是南京来的庄征君么?”庄绍光正要下车,那人拜倒在地。只因这一番,有分教:朝廷有道,修大礼以尊贤;儒者爱身,遇高官而不受。毕竟后事如何,且听下回分解。

第三十五回 圣天子求贤问道 庄征君辞爵还家

话说庄征君看见那人跳下骡子拜在地下,慌忙跳下车来跪下,扶住那人。说道:"足下是谁?我一向不曾认得。"那人拜罢起来,说道:"前面三里之遥,便是一个村店。老先生请上了车,我也奉陪了回去,到店里谈一谈。"庄征君道:"最好。"上了车子,那人也上了骡子一同来到店里,彼此见过了礼坐下。那人道:"我在京师里,算着征辟的旨意到南京去,这时候该是先生来的日子了,所以出了彰仪门,遇着骡、轿、车子,一路问来,果然问着。今幸得接大教。"庄征君道:"先生尊姓大名?贵乡何处?"那人道:"小弟姓卢名德,字信侯,湖广人氏。因小弟立了一个志向,要把本朝名人的文集都寻遍了藏在家里。二十年了,也寻的不差甚么的了。只是国初四大家只有高青邱是被了祸的,文集人家是没有,只有京师一个人家收着。小弟走到京师用重价买到手。正要回家去,却听得朝廷征辟了先生。我想前辈已去之人小弟尚要访他文集,况先生是当代一位名贤岂可当面错过?因在京候了许久,一路问的出来。"庄征君道:"小弟坚卧白门,原无心于仕途。但蒙皇上特恩,不得不来一走。却喜邂逅中得见先生,真是快事!但是我两人才得相逢,就要分手,何以为情!今夜就在这店里,权住一宵,和你连床谈谈。"又谈到名人文集上,庄征君向卢信侯道:"像先生如此读书好古,岂不是个极讲求学问的!但国家禁令所在也不可不知避忌。青邱文字,虽其中并无毁谤朝廷的言语,既然太祖恶其为人,且现在又是禁书,先生就不看他的著作也罢。小弟的愚见,读书一事要由博而返之约,总以心得为主。先生如回贵府,便道枉驾过舍,还有些拙著慢慢的请教。"卢信侯应允了。次早分别,卢信侯先到南京等候。

庄征君进了彰仪门,寓在护国寺。徐侍郎即刻打发家人来候,便亲自来拜。庄征君会着。徐侍郎道:"先生途路辛苦?"庄征君道:

"山野鄙性,不习车马之劳。兼之'蒲柳之姿,望秋先零',长途不觉委顿。所以不曾便来晋谒,反劳大人先施。"徐侍郎道:"先生速为料理,恐三五日内就要召见。"这时是嘉靖三十五年十月初一日。

过了三日,徐侍郎将内阁抄出圣旨送来。上写道:"十月初二日,内阁奉上谕:朕承祖宗鸿业,寤寐求贤,以资治道。朕闻师臣者王,古今通义也。今礼部侍郎徐基所荐之庄尚志,着于初六日入朝引见,以光大典。钦此。"到了初六日五鼓,羽林卫士摆列在午门外,卤簿全副设了,用的传胪的仪制,各官都在午门外候着。只见百十道火把的亮光,知道宰相到了。午门大开,各官从掖门进去。过了奉天门,进到奉天殿,里面一片天乐之声,隐隐听见鸿胪寺唱:"排班。"净鞭响了三下,内官一队队捧出金炉焚了龙涎香,宫女们持了宫扇簇拥着天子升了宝座,一个个嵩呼舞蹈。庄征君戴了朝巾,穿了公服,跟在班末,嵩呼舞蹈朝拜了天子。当下乐止朝散,那二十四个驮宝瓶的象,不牵自走。真是"花迎剑佩星初落,柳拂旌旗露未干"。各官散了。

庄征君回到下处脱去衣服,徜徉了一会,只见徐侍郎来拜。庄征君便服出来会着。茶罢徐侍郎问道:"今日皇上升殿,真乃旷典。先生要在寓静坐,恐怕不日又要召见。"

过了三日,又送了一个抄的上谕来:"庄尚志着于十一日便殿朝见,特赐禁中乘马。钦此。"到了十一那日,徐侍郎送了庄征君到了午门。徐侍郎别过,在朝房候着。庄征君独自走进午门去。只见两个太监,牵着一匹御用的马请庄征君上去骑着。两个太监跪着坠蹬。候庄征君坐稳了,两个太监笼着缰绳,那扯手都是赭黄颜色,慢慢的走过了乾清门。到了宣政殿的门外庄征君下了马。那殿门口又有两个太监,传旨出来宣庄尚志进殿。庄征君屏息进去。天子便服坐在宝座。庄征君上前朝拜了。天子道:"朕在位三十五年,幸托天地祖宗,海宇升平,边疆无事。只是百姓未尽温饱,士大夫亦未见能行礼乐。这教养之事何者为先?所以特将先生起自田间,望先生悉心为朕筹画,不必有所隐讳。"庄征君正要奏对,不想头顶心里一点疼痛着实难忍,只得躬身奏道:"臣蒙皇上清问,一时不能条奏,容臣细思,再为启奏。”天子道:“既如此,也罢。先生务须为朕加意,只要事事可行,宜于古而不戾于今罢了。”说罢起驾回宫。庄征君出了勤政殿,太监又笼了马来一直送出午门。徐侍郎接着,同出朝门。徐侍郎别过去了。

庄征君到了下处除下头巾,见里面有一个蝎子,庄征君笑道:“臧仓小人,原来就是此物!看来我道不行了!”次日起来焚香盥手,自己揲了一个蓍,筮得“天山遁”。庄征君道:“是了。”便把教养的事,细细做了十策,又写了一道“恳求恩赐还山”的本,从通政司送了进去。

自此以后,九卿六部的官无一个不来拜望请教。庄征君会的不耐烦,只得各衙门去回拜。大学士太保公向徐侍郎道:“南京来的庄年兄,皇上颇有大用之意。老先生何不邀他来学生这里走走?我欲收之门墙以为桃李。”侍郎不好唐突,把这话婉婉向庄征君说了。庄征君道:“世无孔子,不当在弟子之列。况太保公屡主礼闱,翰苑门生不知多少,何取晚生这一个野人?这就不敢领教了。”侍郎就把这话回了太保,太保不悦。

又过了几天,天子坐便殿,向太保道:“庄尚志所上的十策,朕细看,学问渊深。这人可用为辅弼么?”太保奏道:“庄尚志果系出群之才,蒙皇上旷典殊恩,朝野胥悦。但不由进士出身骤跻卿贰,我朝祖宗无此法度,且开天下以幸进之心。伏候圣裁。”天子叹息了一回,随教大学士传旨:“庄尚志允令还山,赐内帑银五百两,将南京元武湖赐与庄尚志著书立说,鼓吹休明。”传出圣旨来,庄征君又到午门谢了恩。辞别徐侍郎,收拾行李回南。满朝官员都来饯送,庄征君都辞了。依旧叫了一辆车,出彰仪门来。

那日天气寒冷,多走了几里路投不着宿头,只得走小路到一个人家去借宿。那人家住着一间草房,里面点着一盏灯,一个六七十岁的老人家站在门首。庄征君上前和他作揖道:“老爹,我是行路的,错过了宿头,要借老爹这里住一夜,明早拜纳房金。”那老爹道:“客官,你行路的人,谁家顶着房子走?借住不妨。只是我家只得一间屋夫妻两口住着,都有七十多岁。不幸今早又把个老妻死了,没钱买棺材现停在屋里。客官却在那里住？况你又有车子如何拿得进来？”庄征君道：“不妨，我只须一席之地将就过一夜，车子叫他在门外罢了。”那老爹道：“这等，只有同我一床睡。”庄征君道：“也好。”

当下走进屋里，见那老妇人尸首，直僵僵停着，旁边一张土炕。庄征君铺下行李。叫小厮同车夫睡在车上，让那老爹睡在炕里边。庄征君在炕外睡下，翻来复去睡不着。到三更半后，只见那死尸渐渐动起来。庄征君吓了一跳，定睛细看只见那手也动起来了，竟有一个坐起来的意思。庄征君道：“这人活了！”忙去推那老爹。推了一会总不得醒。庄征君道：“年高人怎的这样好睡！”便坐起来看那老爹时，见他口里只有出的气，没有进的气，已是死了。回头看那老妇人已站起来了，直着腿，白瞪着眼。原来不是活，是走了尸。庄征君慌了，跑出门来叫起车夫，把车拦了门，不放他出去。庄征君独自在门外徘徊，心里懊悔道：“‘吉凶悔吝生乎动’，我若坐在家里不出来走这一番，今日也不得受这一场虚惊。”又想道：“生死亦是常事，我到底义理不深故此害怕。”定了神，坐在车子上，一直等到天色大亮。那走的尸也倒了，一间屋里，只横着两个尸首。

庄征君感伤道：“这两个老人家，就穷苦到这个地步！我虽则在此一宿，我不殡葬他，谁人殡葬？”因叫小厮、车夫前去寻了一个市井。庄征君拿几十两银子来买了棺木，市上雇了些人抬到这里把两人殓了。又寻了一块地，也是左近人家的，庄征君拿出银子去买。买了，看着掩埋了这两个老人家。掩埋已毕，庄征君买了些牲醴、纸钱，又做了一篇文。庄征君洒泪祭奠了。一市上的人都来罗拜在地下，谢庄征君。

庄征君别了台儿庄，叫了一只马溜子船。船上颇可看书。不日来到扬州，在钞关住了一日，要换江船回南京。次早才上了江船，只见岸上有二十多乘齐整轿子歇在岸上，都是两淮总商来候庄征君，投进帖子来。庄征君因船中窄小，先请了十位上船来。内中几位本家，也有称叔公的，有称尊兄的，有称老叔的，作揖奉坐。那在坐第二位的就是萧柏泉。众盐商都说是：“皇上要重用台翁，台翁不肯做官，真乃好品行！”萧柏泉道：“晚生知道老先生的意思。老先生抱负大才,要从正途出身,不屑这征辟。今日回来,留待下科抡元。皇上既然知道,将来鼎甲可望。”庄征君笑道:“征辟大典,怎么说不屑?若说抡元,来科一定是长兄。小弟坚卧烟霞静听好音。”萧柏泉道:“在此还见见院、道么?”庄征君道:“弟归心甚急,就要开船。”说罢这十位作别上去了,又做两次会了那十几位。庄征君甚不耐烦。随即是盐院来拜、盐道来拜、分司来拜、扬州府来拜、江都县来拜,把庄征君闹的急了。送了各官上去,叫作速开船。当晚总商凑齐六百银子到船上送盘缠,那船已是去的远了,赶不着,银子拿了回去。

庄征君遇着顺风到了燕子矶,自己欢喜道:“我今日复见江上佳丽了!”叫了一只凉篷船载了行李,一路荡到汉西门。叫人挑着行李,步行到家,拜了祖先,与娘子相见。笑道:“我说多则三个月,少则两个月便回来;今日如何?我不说谎么?”娘子也笑了。当晚备酒洗尘。

次早起来才洗了脸,小厮进来禀道:“六合高大老爷来拜。”庄征君出去会。才会了回来,又是布政司来拜,应天府来拜,驿道来拜,上、江二县来拜,本城乡绅来拜,哄庄征君穿了靴又脱,脱了靴又穿。庄征君恼了,向娘子道:“我好没来由!朝廷既把元武湖赐了我,我为甚么住在这里和这些人缠?我们作速搬到湖上去受用。”当下商议料理,和娘子连夜搬到元武湖去住。

这湖是极宽阔的地方,和西湖也差不多大。左边台城望见鸡鸣寺。那湖中菱、藕、莲、芡每年出几千石。湖内七十二只打鱼船,南京满城每早卖的,都是这湖鱼。湖中间五座大洲:四座洲贮了图籍;中间洲上一所大花园赐与庄征君住,有几十间房子。园里合抱的老树,梅花、桃、李、芭蕉、桂、菊,四时不断的花;又有一园的竹子,有数万竿。园内轩窗四启,看着湖光山色,真如仙境。门口系了一只船,要往那边,在湖里渡了过去。若把这船收过,那边飞也飞不过来。庄征君就住在花园。

一日同娘子凭栏看水。笑说道:“你看这些湖光山色,都是我们的了!我们日日可以游玩。不像杜少卿要把尊壶带了清凉山去看花。”闲着无事,又斟酌一樽酒,把杜少卿做的《诗说》,叫娘子坐在旁边念与他听。念到有趣处吃一大杯,彼此大笑。庄征君在湖中着实自在。

忽一日有人在那边岸上叫船。这里放船去渡了过来,庄征君迎了出去。那人进来拜见,便是卢信侯。庄征君大喜道:“途间一别,渴想到今。今日怎的到这里?”卢信侯道:“昨日在尊府,今日我方到这里。你原来在这里做神仙,令我羡杀!”庄征君道:“此间与人世绝远,虽非武陵,亦差不多。你且在此住些时,只怕再来就要迷路了。”当下备酒同饮。

吃到三更时分,小厮走进来慌忙说道:“中山王府里发了几百兵,有千把枝火把,把七十二只鱼船都拿了渡过兵来,把花园团团围住。”庄征君大惊。又有一个小厮进来道:“有一位总兵大老爷进厅上来了。”庄征君走了出去。那总兵见庄征君施礼。庄征君道:“不知舍下有甚么事?”那总兵道:“与尊府不相干。”便附耳低言道:“因卢信侯家藏《高青邱文集》乃是禁书,被人告发。京里说,这人有武勇,所以发兵来拿他。今日尾着他在大老爷这里,所以来要这个人,不要使他知觉走了。”庄征君道:“总爷找我罢了。我明日叫他自己投监,走了都在我。”那总兵听见这话,道:“大老爷说了,有甚么说!我便告辞。”庄征君送他出门。总兵号令一声,那些兵一齐渡过河去了。卢信侯已听见这事,道:“我是硬汉,难道肯走了带累先生?我明日自投监去。”庄征君笑道:“你只去权坐几天。不到一个月,包你出来逍遥自在。”卢信侯投监去了。庄征君悄悄写了十几封书子,打发人进京去,遍托朝里大老,从部里发出文书来,把卢信侯放了,反把那出首的人问了罪。卢信侯谢了庄征君,又留在花园住下。

过两日又有两个人在那边叫渡船渡过湖来。庄征君迎出去,是迟衡山、杜少卿。庄征君欢喜道:“有趣!‘正欲清谈闻客至’。”邀在湖亭上去坐。迟衡山说要所订祭泰伯祠的礼乐。庄征君留二位吃了一天的酒,将泰伯祠所行的礼乐商订的端端正正,交与迟衡山拿去了。

转眼过了年。到二月半间,迟衡山约同马纯上、蘧駪夫、季苇萧、萧金铉、金东崖,在杜少卿河房里,商议祭泰伯祠之事。众人道:“却是寻那一位做个主祭?”迟衡山道:“这所祭的是个大圣人,须得是个圣贤之徒来主祭方为不愧。如今必须寻这一个人。”众人道:“是那一位?”迟衡山叠着指头,说出这个人来。只因这一番,有分教:千流万派,同归黄河之源;玉振金声,尽入黄钟之管。毕竟此人是谁,且听下回分解。

第三十六回　常熟县真儒降生　泰伯祠名士主祭

话说应天苏州府常熟县有个乡村，叫做麟绂镇，镇上有二百多人家都是务农为业。只有一位姓虞，在成化年间读书进了学，做了三十年的老秀才，只在这镇上教书。这镇离城十五里。虞秀才除应考之外从不到城里去走一遭，后来直活到八十多岁就去世了。他儿子不曾进过学，也是教书为业。到了中年尚无子嗣。夫妇两个到文昌帝君面前去求，梦见文昌亲手递一纸条与他，上写着《易经》一句："君子以果行育德。"当下就有了娠，到十个月满足生下这位虞博士来。太翁去谢了文昌，就把这新生的儿子取名育德，字果行。

这虞博士三岁上就丧了母亲。太翁在人家教书就带在馆里，六岁上替他开了蒙。虞博士长到十岁，镇上有一位姓祁的祁太公，包了虞太翁家去教儿子的书，宾主甚是相得。教了四年，虞太翁得病去世了，临危把虞博士托与祁太公。此时虞博士年方十四岁。祁太公道："虞小相公比人家一切的孩子不同，如今先生去世，我就请他做先生，教儿子的书。"当下写了自己祁连的名帖到书房里来拜，就带着九岁的儿子，来拜虞博士做先生。虞博士自此总在祁家教书。

常熟是极出人文的地方。此时有一位云晴川先生，古文诗词天下第一。虞博士到了十七八岁，就随着他学诗文。祁太公道："虞相公你是个寒士，单学这些诗文无益，须要学两件寻饭吃本事。我少年时，也知道地理，也知道算命，也知道选择，我而今都教了你，留着以为救急之用。"虞博士尽心听受了。祁太公又道："你还该去买两本考卷来读一读，将来出去应考进个学，馆也好坐些。"虞博士听信了祁太公，果然买些考卷看了。到二十四岁上出去应考，就进了学。

次年，二十里外杨家村一个姓杨的，包了去教书，每年三十两银子。正月里到馆，到十二月仍旧回祁家来过年。

又过了两年，祁太公说："尊翁在日，当初替你定下的黄府上的亲事,而今也该娶了。”当时就把当年余下十几两银子馆金,又借了明年的十几两银子的馆金,合起来就娶了亲。夫妇两个仍旧借住在祁家。满月之后就去到馆。又做了两年,积趱了二三十两银子的馆金,在祁家旁边,寻了四间屋搬进去住,只雇了一个小厮。虞博士到馆去了,这小厮每早到三里路外镇市上,买些柴米油盐小菜之类,回家与娘子度日。娘子生儿育女,身子又多病,馆钱不够买医药,每日只吃三顿白粥。后来,身子也渐渐好起来。虞博士到三十二岁上,这年没有了馆。娘子道:“今年怎样?”虞博士道:“不妨。我自从出来坐馆,每年大约有三十两银子。假使那年正月里,说定只得二十几两,我心里焦不足,到了那四五月的时候少不得又添两个学生,或是来看文章,有几两银子补足了这个数。假使那年正月,多讲得几两银子,我心里欢喜道:‘好了,今年多些。’偏家里遇着事情出来,把这几两银子用完了。可见有个一定,不必管他。”

过了些时,果然祁太公来说远村上有一个姓郑的人家请他去看葬坟,虞博士带了罗盘去,用心用意的替他看了地。葬过了坟,那郑家谢了他十二两银子。虞博士叫了一只小船回来。那时正是三月半天气,两边岸上有些桃花、柳树,又吹着微微的顺风,虞博士心里舒畅。又走到一个僻静的所在,一船鱼鹰在河里捉鱼。虞博士伏着船窗子看,忽见那边岸上一个人,跳下河里来。虞博士吓了一跳,忙叫船家把那人救了起来。救上了船,那人淋淋漓漓一身的水,幸得天气尚暖,虞博士叫他脱了湿衣,叫船家借一件干衣裳与他换了。请进船来坐着问他因甚寻这短见。那人道:“小人就是这里庄农人家,替人家做着几块田,收些稻都被田主斛的去了。父亲得病死在家里竟不能有钱买口棺木。我想,我这样人还活在世上做甚么?不如寻个死路!”虞博士道:“这是你的孝心,但也不是寻死的事。我这里有十二两银子,也是人送我的,不能一总给你,我还要留着做几个月盘缠。我而今送你四两银子,你拿去和邻居、亲戚们说说,自然大家相帮。你去殡葬了你父亲就罢了。”当下在行李里拿出银子,称了四两递与那人。那人接着银子拜谢道:“恩人尊姓大名?”虞博士道:“我姓虞,在麟绂村住。你作速料理你的事去,不必只管讲话了。”那人拜谢去了。

虞博士回家,这年下半年又有了馆。到冬底,生了个儿子。因这些事都在祁太公家做的,因取名叫做“感祁”。一连又做了五六年的馆。虞博士四十一岁这年乡试,祁太公来送他,说道:“虞相公,你今年想是要高中。”虞博士道:“这也怎见得?”祁太公道:“你做的事有许多阴德。”虞博士道:“老伯,那里见得我有甚阴德?”祁太公道:“就如你替人葬坟,真心实意。我又听见人说你在路上救了那葬父亲的人。这都是阴德。”虞博士笑道:“阴骘就像耳朵里响,只是自己晓得别人不晓得。而今这事老伯已是知道了,那里还是阴德?”祁太公道:“到底是阴德,你今年要中。”当下来南京乡试过回家,虞博士受了些风寒就病起来。放榜那日,报录人到了镇上,祁太公便同了来,说道:“虞相公,你中了!”虞博士病中听见,和娘子商议拿几件衣服当了,托祁太公打发报录的人。过几日病好了,到京去填写亲供回来,亲友、东家都送些贺礼。料理去上京会试,不曾中进士。

恰好常熟有一位大老康大人放了山东巡抚,便约了虞博士一同出京。住在衙门里代做些诗文,甚是相得。衙门里同事有一位姓尤名滋,字资深,见虞博士文章、品行,就愿拜为弟子,和虞博士一房同住,朝夕请教。

那时正值天子求贤,康大人也要想荐一个人。尤资深道:“而今朝廷大典,门生意思要求康大人荐了老师去。”虞博士笑道:“这征辟之事我也不敢当。况大人要荐人,但凭大人的主意。我们若去求他,这就不是品行了。”尤资深道:“老师就是不愿,等他荐到皇上面前去,老师或是见皇上,或是不见皇上,辞了官爵回来,更见得老师的高处。”虞博士道:“你这话又说错了。我又求他荐我,荐我到皇上面前我又辞了官不做。这便求他荐不是真心,辞官又不是真心。这叫做甚么?”说罢哈哈大笑。在山东过了两年多,看看又进京会试,又不曾中。就上船回江南来依旧教馆。

又过了三年,虞博士五十岁了,借了杨家一个姓严的管家跟着再进京去会试。这科就中了进士,殿试在二甲。朝廷要将他选做翰林。那知这些进士,也有五十岁的,也有六十岁的,履历上多写的不是实在年纪,只有他写的是实在年庚:五十岁。天子看见说道:“这虞育德年纪老了,着他去做一个闲官罢!”当下就补了南京的国子监博士。虞博士欢喜道:“南京好地方,有山有水,又和我家乡相近。我此番去把妻儿老小接在一处团圉着,强如做个穷翰林。”当下就去辞别了房师、座师和同乡这几位大老。翰林院侍读有位王老先生托道:“老先生到南京去,国子监有位贵门人,姓武名书,字正字,这人事母至孝,极有才情。老先生到彼,照顾照顾他。”虞博士应诺了。收拾行李来南京到任,打发门斗到常熟接家眷。此时公子虞感祁已经十八岁了,跟随母亲一同到南京。

虞博士去参见了国子监祭酒李大人,回来升堂坐公座。监里的门生纷纷来拜见。虞博士看见帖子上有一个武书。虞博士出去会着,问道:“那一位是武年兄讳书的?”只见人丛里走出一个矮小人,走过来答道:“门生便是武书。”虞博士道:“在京师久仰年兄克敦行孝,又有大才。”从新同他见了礼,请众位坐下。武书道:“老师文章山斗,门生辈今日得沾化雨,实为侥幸。”虞博士道:“弟初到此间,凡事俱望指教。年兄在监几年了?”武书道:“不瞒老师说,门生少孤,奉事母亲在乡下住。只身一人又无弟兄,衣服、饮食都是门生自己整理。所有先母在日,并不能读书应考。及不幸先母见背,一切丧葬大事都亏了天长杜少卿先生相助。门生便随着少卿学诗。”

虞博士道:“杜少卿先生,向日弟曾在尤资深案头见过他的诗集,果是奇才。少卿就在这里么?”武书道:“他现住在利涉桥河房里。”虞博士道:“还有一位庄绍光先生,天子赐他元武湖的,他在湖中住着么?”武书道:“他就住在湖里。他却轻易不会人。”虞博士道:“我明日就去求见他。”

武书道:“门生并不会作八股文章。因是后来穷之无奈,求个馆也没得做,没奈何只得寻两篇念念,也学做两篇,随便去考就进了学。后来这几位宗师不知怎的,看见门生这个名字,就要取做一等第一,补了廪。门生那文章,其实不好。屡次考诗赋总是一等第一。前次一位宗师合考八学,门生又是八学的一等第一,所以送进监里来。门生觉得自己时文到底不在行。”虞博士道:“我也不耐烦做时文。”武书道:"所以门生不拿时文来请教。平日考的诗赋,还有所作的《古文易解》以及各样的杂说,写齐了来请教老师。"虞博士道:"足见年兄才名,令人心服。若有诗赋、古文更好了,容日细细捧读。令堂可曾旌表过了么?"武书道:"先母是合例的。门生因家寒,一切衙门使费无出,所以迟至今日。门生实是有罪!"虞博士道:"这个如何迟得?"便叫人取了笔砚来,说道:"年兄,你便写起一张呈子节略来。"即传书办到面前吩咐道:"这武相公老太太节孝的事你作速办妥了,以便备文申详。上房使用都是我这里出。"书办应诺下去。武书叩谢老师。众人多替武书谢了,辞别出去。虞博士送了回来。

次日便往元武湖去拜庄征君,庄征君不曾会。虞博士便到河房去拜杜少卿,杜少卿会着。说起当初杜府殿元公在常熟过,曾收虞博士的祖父为门生。殿元乃少卿曾祖,所以少卿称虞博士为世叔。彼此谈了些往事。虞博士又说起,仰慕庄征君,今日无缘不曾会着。杜少卿道:"他不知道。小侄和他说去。"虞博士告别去了。

次日杜少卿走到元武湖寻着了庄征君,问道:"昨日虞博士来拜,先生怎么不会他?"庄征君笑道:"我因谢绝了这些冠盖,他虽是小官也懒和他相见。"杜少卿道:"这人大是不同,不但无学博气,尤其无进士气。他襟怀冲淡,上而伯夷、柳下惠,下而陶靖节一流人物。你会见他便知。"庄征君听了便去回拜,两人一见如故。虞博士爱庄征君的恬适,庄征君爱虞博士的浑雅。两人结为性命之交。

又过了半年,虞博士要替公子毕姻。这公子所聘就是祁太公的孙女,本是虞博士的弟子。后来连为亲家以报祁太公相爱之意。祁府送了女儿到署完姻,又赔了一个丫头来。自此孺人才得有使女听用。喜事已毕,虞博士把这使女就配了姓严的管家。管家拿进十两银子来交使女的身价。虞博士道:"你也要备些床帐、衣服。这十两银子就算我与你的,你拿去备办罢。"严管家磕头谢了下去。

转眼新春二月。虞博士去年到任后,自己亲手栽的一树红梅花今已开了几枝。虞博士欢喜,叫家人备了一席酒,请了杜少卿来在梅花下坐,说道:"少卿,春光已见几分,不知十里江梅如何光景?几时我和你携樽去探望一回。"杜少卿道:"小侄正有此意,要约老叔同庄绍光兄,作竟日之游。"

说着,又走进两个人来。这两人就在国子监门口住,一个姓储,叫做储信;一个姓伊,叫做伊昭。是积年相与学博的。虞博士见二人走了进来,同他见礼让坐。那二人不僭杜少卿的坐。坐下,摆上酒来吃了两杯。储信道:"荒春头上老师该做个生日,收他几分礼过春天。"伊昭道:"禀明过老师,门生就出单去传。"虞博士道:"我生日是八月,此时如何做得?"伊昭道:"这个不妨。二月做了,八月可以又做。"虞博士道:"岂有此理!这就是笑话了!二位且请吃酒。"杜少卿也笑了。

虞博士道:"少卿,有一句话和你商议。前日中山王府里说他家有个烈女,托我作一篇碑文,折了个杯缎表礼银八十两在此。我转托了你,你把这银子拿去,作看花买酒之资。"杜少卿道:"这文难道老叔不会作?为甚转托我?"虞博士笑道:"我那里如你的才情!你拿去做做。"因在袖里拿出一个节略来递与杜少卿,叫家人把那两封银子交与杜老爷家人带去。家人拿了银子出来,又禀道:"汤相公来了。"虞博士道:"请到这里来坐。"家人把银子递与杜家小厮去,进去了。虞博士道:"这来的是我一个表侄。我到南京的时候,把几间房子托他住着,他所以来看看我。"

说着汤相公走了进来,作揖坐下。说了一会闲话,便说道:"表叔那房子,我因这半年没有钱用是我拆卖了。"虞博士道:"怪不得你。今年没有生意,家里也要吃用,没奈何卖了,又老远的路来告诉我做嗄?"汤相公道:"我拆了房子就没处住,所以来同表叔商量,借些银子,去当几间屋住。"虞博士又点头道:"是了,你卖了就没处住。我这里恰好还有三四十两银子,明日与你拿去,典几间屋住也好。"汤相公就不言语了。

杜少卿吃完了酒告别了去。那两人还坐着,虞博士进来陪他。伊昭问道:"老师与杜少卿是甚么的相与?"虞博士道:"他是我们世交,是个极有才情的。"伊昭道:"门生也不好说。南京人都知道,他本来是个有钱的人,而今弄穷了在南京躲着,专好扯谎骗钱。他最没有品行!"虞博士道:"他有甚么没品行?"伊昭道:"他时常同乃眷上酒馆吃酒，所以人都笑他。”虞博士道：“这正是他风流文雅处，俗人怎么得知！”储信道：“这也罢了。倒是老师下次有甚么有钱的诗文不要寻他做。他是个不应考的人，做出来的东西好也有限，恐怕坏了老师的名。我们这监里，有多少考的起来的朋友，老师托他们做，又不要钱，又好。”虞博士正色道：“这倒不然。他的才名是人人知道的，做出来的诗文，人无有不服。每常人在我这里托他做诗，我还沾他的光。就如今日这银子是一百两，我还留下二十两给我表侄。”两人不言语了，辞别出去。

次早应天府送下一个监生来，犯了赌博，来讨收管。门斗和衙役把那监生看守在门房里，进来禀过，问：“老爷，将他锁在那里？”虞博士道：“你且请他进来。”那监生姓端，是个乡里人，走进来两眼垂泪，双膝跪下，诉说这些冤枉的事。虞博士道：“我知道了。”当下把他留在书房里。每日同他一桌吃饭，又拿出行李与他睡觉。次日到府尹面前，替他辩明白了这些冤枉的事，将那监生释放。那监生叩谢，说道：“门生虽粉身碎骨，也难报老师的恩。”虞博士道：“这有甚么要紧？你既然冤枉，我原该替你辩白。”那监生道：“辩白固然是老师的大恩，只是门生初来收管时心中疑惑：不知老师怎样处置，门斗怎样要钱，把门生关到甚么地方受罪？怎想老师把门生待作上客！门生不是来收管，竟是来享了两日的福。这个恩典叫门生怎么感激的尽！”虞博士道：“你打了这些日子的官事，作速回家看看罢，不必多讲闲话。”那监生辞别去了。

又过了几日门上传进一副大红连名全帖，上写道：“晚生迟均、马静、季萑、蘧来旬，门生武书、余夔，世侄杜仪同顿首拜”。虞博士看了道：“这是甚么缘故？”慌忙出去会这些人。只因这一番，有分教：先圣祠内，共观大礼之光；国子监中，同仰斯文之主。毕竟这几个人来做甚么，且听下回分解。

第三十七回　祭先圣南京修礼　送孝子西蜀寻亲

话说虞博士出来会了这几个人,大家见礼坐下。迟衡山道:"晚生们今日特来,泰伯祠大祭,商议主祭之人。公中说,祭的是大圣人,必要个贤者主祭方为不愧。所以特来公请老先生。"虞博士道:"先生这个议论我怎么敢当?只是礼乐大事,自然也愿观光。请问定在几时?"迟衡山道:"四月初一日。先一日,就请老先生到来祠中斋戒一宿,以便行礼。"虞博士应诺了,拿茶与众位吃。

吃过,众人辞了出来一齐到杜少卿河房里坐下。迟衡山道:"我们司事的人只怕还不足。"杜少卿道:"恰好敝县来了一个敝友。"便请出臧荼与众位相见,一齐作了揖。迟衡山道:"将来大祭也要借先生的光。"臧蓼斋道:"愿观盛典。"说罢作别去了。

到三月二十九日,迟衡山约齐杜仪、马静、季萑、金东崖、卢华士、辛东之、蘧来旬、余夔、卢德、虞感祁、诸葛佑、景本蕙、郭铁笔、萧鼎、储信、伊昭、季恬逸、金寓刘、宗姬、武书、臧荼,一齐出了南门。随即庄尚志也到了。众人看那泰伯祠时:几十层高坡上去,一座大门,左边是省牲之所;大门过去,一个大天井;又几十层高坡上去三座门;进去一座丹墀,左右两廊,奉着从祀历代先贤神位;中间是五间大殿,殿上泰伯神位,面前供桌、香炉、烛台;殿后又一个丹墀,五间大楼,左右两旁,一边三间书房。众人进了大门,见高悬着金字一匾"泰伯之祠",从二门进东角门走,循着东廊一路走过大殿,抬头看楼上,悬着金字一匾"习礼楼"三个大字。

众人在东边书房内坐了一会。迟衡山同马静、武书、蘧来旬开了楼门,同上楼去将乐器搬下楼来,堂上的摆在堂上,堂下的摆在堂下。堂上安了祝版,香案旁树了麾,堂下树了庭燎,二门旁摆了盥盆、盥帨。金次福、鲍廷玺两人,领了一班司球的、司琴的、司瑟的、司管的、司鼗鼓的、司柷的、司敔的、司笙的、司镛的、司箫的、司编钟的、司编磬的和六六三十六个佾舞的孩子,进来见了众人。迟衡山把龠、翟交与这些孩子。下午时分,虞博士到了。庄绍光、迟衡山、马纯上、杜少卿迎了进来。吃过了茶换了公服,四位迎到省牲所去省了牲。众人都在两边书房里斋宿。

次日五鼓,把祠门大开了。众人起来,堂上堂下、门里门外、两廊都点了灯烛,庭燎也点起来。迟衡山先请主祭的博士虞老先生,亚献的征君庄老先生。请到三献的,众人推让,说道:"不是迟先生,就是杜先生。"迟衡山道:"我两人要做引赞。马先生系浙江人,请马纯上先生三献。"马二先生再三不敢当。众人扶住了马二先生,同二位老先生一处。迟衡山、杜少卿先引这三位老先生出去到省牲所拱立。迟衡山、杜少卿回来,请金东崖先生大赞,请武书先生司麾,请臧荼先生司祝,请季萑先生、辛东之先生、余夔先生司尊,请蘧来旬先生、卢德先生、虞感祁先生司玉,请诸葛佑先生、景本蕙先生、郭铁笔先生司帛,请萧鼎先生、储信先生、伊昭先生司稷,请季恬逸先生、金寓刘先生、宗姬先生司馔。请完,命卢华士跟着大赞金东崖先生,将诸位一齐请出二门外。

当下祭鼓发了三通,金次福、鲍廷玺两人,领着一班司球的、司琴的、司瑟的、司管的、司鼗鼓的、司柷的、司敔的、司笙的、司镛的、司箫的、司编钟的、司编磬的和六六三十六个佾舞的孩子,都立在堂上堂下。

金东崖先进来到堂上,卢华士跟着。金东崖站定,赞道:"执事者各司其事!"这些司乐的,都将乐器拿在手里。金东崖赞:"排班。"司麾的武书,引着司尊的季萑、辛东之、余夔,司玉的蘧来旬、卢德、虞感祁,司帛的诸葛佑、景本蕙、郭铁笔,入了位立在丹墀东边;引司祝的臧荼上殿,立在祝版跟前;引司稷的萧鼎、储信、伊昭,司馔的季恬逸、金寓刘、宗姬,入了位立在丹墀西边。武书捧了麾也立在西边众人下。金东崖赞:"奏乐。"堂上堂下乐声俱起。金东崖赞:"迎神。"迟均、杜仪各捧香烛向门外躬身迎接。金东崖赞:"乐止。"堂上堂下一齐止了。

金东崖赞:"分献者就位。"迟均、杜仪出去引庄征君、马纯上进来立在丹墀里拜位左右两边。金东崖赞:“主祭者就位。”迟均、杜仪出去引虞博士上来立在丹墀里拜位中间。迟均、杜仪一左一右立在丹墀里香案旁。迟均赞:“盥洗。”同杜仪引主祭者盥洗了上来。迟均赞:“主祭者诣香案前。”香案上一个沉香筒,里边插着许多红旗。杜仪抽一枝红旗在手,上有“奏乐”二字。虞博士走上香案前。迟均赞道:“跪。升香。灌地。拜,兴;拜,兴;拜,兴;拜,兴。复位。”杜仪又抽出一枝旗来:“乐止。”金东崖赞:“奏迎神之乐。”金次福领着堂上的乐工奏起乐来,奏了一会,乐止。

金东崖赞:“行初献礼。”卢华士在殿里抱出一个牌子来,上写“初献”二字。迟均、杜仪引着主祭的虞博士,武书持麾在迟均前走。三人从丹墀东边走,引司尊的季萑、司玉的蘧来旬、司帛的诸葛佑一路同走,引着主祭的从上面走;走过西边,引司稷的萧鼎、司馔的季恬逸,引着主祭的从西边下来,在香案前转过东边上去。进到大殿,迟均、杜仪立于香案左右。季萑捧着尊、蘧来旬捧着玉、储葛佑捧着帛立在左边,萧鼎捧着稷、季恬逸捧着馔立在右边。迟均赞:“就位。跪。”虞博士跪于香案前。迟均赞:“献酒。”季萑跪着递与虞博士献上去。迟均赞:“献玉。”蘧来旬跪着递与虞博士献上去。迟均赞:“献帛。”诸葛佑跪着递与虞博士献上去。迟均赞:“献稷。”萧鼎跪着递与虞博士献上去。迟均赞:“献馔。”季恬逸跪着递与虞博士献上去。献毕,执事者退了下来。迟均赞:“拜,兴;拜,兴;拜,兴;拜,兴。”金东崖赞:“一奏至德之章,舞至德之容。”堂上乐细细奏了起来。那三十六个孩子手持龠、翟,齐上来舞。乐舞已毕。金东崖赞:“阶下与祭者皆跪。读祝文。”臧荼跪在祝版前,将祝文读了。金东崖赞:“退班。”迟均赞:“平身。复位。”武书、迟均、杜仪、季萑、蘧来旬、诸葛佑、萧鼎、季恬逸引着主祭的虞博士,从西边一路走了下来。虞博士复归主位,执事的都复了原位。

金东崖赞:“行亚献礼。”卢华士又走进殿里去抱出一个牌子来,上写“亚献”二字。迟均、杜仪引着亚献的庄征君到香案前。迟均赞:“盥洗。”同杜仪引着庄征君盥洗了回来。武书持麾在迟均前走。三人从丹墀东边走,引司尊的辛东之、司玉的卢德、司帛的景本蕙一路同走,引着亚献的从上面走;走过西边,引司稷的储信、司馔的金寓刘,引着亚献的又从西边下来,在香案前转过东边上去。进到大殿,迟均、杜仪立于香案左右。辛东之捧着尊、卢德捧着玉、景本蕙捧着帛立在左边,储信捧着稷、金寓刘捧着馔立在右边。迟均赞:"就位。跪。"庄征君跪于香案前。迟均赞:"献酒。"辛东之跪着递与庄征君献上去。迟均赞:"献玉。"卢德跪着递与庄征君献上去。迟均赞:"献帛。"景本蕙跪着递与庄征君献上去。迟均赞:"献稷。"储信跪着递与庄征君献上去。迟均赞:"献馔。"金寓刘跪着递与庄征君献上去。各献毕,执事者退了下来。迟均赞:"拜,兴;拜,兴;拜,兴;拜,兴。"金东崖赞:"二奏至德之章,舞至德之容。"堂上乐细细奏了起来。那三十六个孩子手持龠、翟,齐上来舞。乐舞已毕。金东崖赞:"退班。"迟均赞:"平身。复位。"武书、迟均、杜仪、辛东之、卢德、景本蕙、储信、金寓刘引着亚献的庄征君,从西边一路走了下来。庄征君复归了亚献位,执事的都复了原位。

金东崖赞:"行终献礼。"卢华士又走进殿里去抱出一个牌子,上写"终献"二字。迟均、杜仪引着终献的马二先生到香案前。迟均赞:"盥洗。"同杜仪引着马二先生盥洗了回来。武书持麾在迟均前走。三人从丹墀东边走,引司尊的余夔、司玉的虞感祁、司帛的郭铁笔一路同走,引着终献的从上面走;走过西边,引司稷的伊昭、司馔的宗姬,引着终献的又从西边下来,在香案前转过东边上去。进到大殿,迟均、杜仪立于香案左右。余夔捧着尊、虞感祁捧着玉、郭铁笔捧着帛立在左边,伊昭捧着稷、宗姬捧着馔立在右边。迟均赞:"就位。跪。"马二先生跪于香案前。迟均赞:"献酒。"余夔跪着递与马二先生献上去。迟均赞:"献玉。"虞感祁跪着递与马二先生献上去。迟均赞:"献帛。"郭铁笔跪着递与马二先生献上去。迟均赞:"献稷。"伊昭跪着递与马二先生献上去。迟均赞:"献馔。"宗姬跪着递与马二先生献上去。献毕,执事者退了下来。迟均赞:"拜,兴;拜,兴;拜,兴;拜,兴。"金东崖赞:"三奏至德之章,舞至德之容。"堂上乐细细奏了起来。那三十六个孩子手持龠、翟,齐上来舞。乐舞已毕。金东崖赞:"退班。"迟均赞:"平身。复位。"武书、迟均、杜仪、余夔、虞感祁、郭铁笔、伊昭、宗姬引着终献的马二先生,从西边一路走了下来。马二先生复归了终献位,执事的都复了原位。

金东崖赞:"行侑食之礼。"迟均、杜仪又从主祭位上引虞博士从东边上来,香案前跪下。金东崖赞:"奏乐。"堂上堂下乐声一齐大作。乐止。迟均赞:"拜,兴;拜,兴,拜,兴;拜,兴。平身。"金东崖赞:"退班。"迟均、杜仪引虞博士从西边走下去,复了主祭的位。迟均、杜仪也复了引赞的位。金东崖赞:"撤馔。"杜仪抽出一枝红旗来,上有"金奏"二字,当下乐声又一齐大作起来。迟均、杜仪从主位上引了虞博士,奏着乐,从东边走上殿去,香案前跪下。迟均赞:"拜,兴;拜,兴;拜,兴;拜,兴。平身。"金东崖赞:"退班。"迟均、杜仪引虞博士从西边走下去,复了主祭的位。迟均、杜仪也复了引赞的位。杜仪又抽出一枝红旗来:"止乐。"金东崖赞:"饮福受胙。"迟均、杜仪引主祭的虞博士、亚献的庄征君、终献的马二先生,都跪在香案前饮了福酒,受了胙肉。金东崖赞:"退班。"三人退下去了。金东崖赞:"焚帛。"司帛的诸葛佑、景本蕙、郭铁笔一齐焚了帛。金东崖赞:"礼毕。"众人撤去了祭器、乐器,换去了公服,齐往后面楼下来。金次福、鲍廷玺带着堂上堂下的乐工和佾舞的三十六个孩子,都到后面两边书房里来。

这一回大祭,主祭的虞博士,亚献的庄征君,终献的马二先生,共三位;大赞的金东崖,副赞的卢华士,司祝的臧荼,共三位;引赞的迟均、杜仪,共二位;司麾的武书一位;司尊的季萑、辛东之、余夔,共三位;司玉的蘧来旬、卢德、虞感祁,共三位;司帛的诸葛佑、景本蕙、郭铁笔,共三位;司稷的萧鼎、储信、伊昭,共三位;司馔的季恬逸、金寓刘、宗姬,共三位;金次福、鲍廷玺二人领着司球的一人、司琴的一人、司瑟的一人、司管的一人、司鼗鼓的一人、司柷的一人、司敔的一人、司笙的一人、司镛的一人、司箫的一人、司编钟的、司编磬的二人;和佾舞的孩子,共是三十六人。通共七十六人。当下厨役开剥了一条牛、四副羊,和祭品的肴馔菜蔬都整治起来,共备了十六席。楼底下摆了八席,二十四位同坐。两边书房摆了八席,款待众人。

吃了半日的酒,虞博士上轿先进城去。这里众位也有坐轿的,也有走的。见两边百姓扶老携幼,挨挤着来看,欢声雷动。马二先生笑问:“你们这是为甚么事?”众人都道:“我们生长在南京也有活了七八十岁的,从不曾看见这样的礼体,听见这样的吹打!老年人都说,这位主祭的老爷是一位神圣临凡,所以都争着出来看。”众人都欢喜,一齐进城去了。

又过了几日,季萑、萧鼎、辛东之、金寓刘来辞了虞博士回扬州去了。马纯上同蘧駪夫到河房里来辞杜少卿,要回浙江。二人走进河房,见杜少卿,臧荼又和一个人坐在那里。蘧駪夫一见就吓了一跳,心里想道:“这人便是在我娄表叔家弄假人头的张铁臂!他如何也在此?”彼此作了揖。张铁臂见蘧駪夫也不好意思,脸上出神。吃了茶说了一会辞别的话,马纯上、蘧駪夫辞了出来。杜少卿送出大门。蘧駪夫问道:“这姓张的,世兄因如何和他相与?”杜少卿道:“他叫做张俊民。他在敝县天长住。”蘧駪夫笑着把他本来叫做张铁臂,在浙江做的这些事略说了几句,说道:“这人是相与不得的,少卿须要留神。”杜少卿道:“我知道了。”两人别过自去。杜少卿回河房来,问张俊民道:“俊老,你当初曾叫做张铁臂么?”张铁臂红了脸道:“是小时有这个名字。”别的事含糊说不出来。杜少卿也不再问了。张铁臂见人看破了相也存身不住,过几日拉着臧蓼斋回天长去了。萧金铉三个人,欠了店帐和酒饭钱,不得回去,来寻杜少卿耽带。杜少卿替他三人赔了几两银子。三人也各回家去了。宗先生要回湖广去,拿行乐来求杜少卿题。杜少卿当面题罢,送别了去。

恰好遇着武书走了来,杜少卿道:“正字兄,许久不见,这些时在那里?”武书道:“前日监里六堂合考,小弟又是一等第一。”杜少卿道:“这也有趣的紧!”武书道:“倒不说有趣,内中弄出一件奇事来。”杜少卿道:“甚么奇事?”武书道:“这一回,朝廷奉旨要甄别在监读书的人,所以六堂合考。那日上头吩咐下来,解怀脱脚认真搜检,就和乡试场一样。考的是两篇‘四书’,一篇经文,有个习《春秋》的朋友,竟带了一篇刻的经文进去。他带了也罢,上去告出恭就把这经文夹在卷子里,送上堂去。天幸遇着虞老师值场,大人里面也有人同虞老师巡视。虞老师揭卷子看见这文章,忙拿了藏在靴桶里。巡视的人问:‘是甚么东西?’虞老师说:‘不相干。’等那人出恭回来悄悄递与他:‘你拿去写。但是你方才上堂,不该夹在卷子里拿上来。幸得是我看见,若是别人看见,怎了?’那人吓了个臭死。发案考在二等,走来谢虞老师。虞老师推不认得,说:‘并没有这句话。你想是昨日错认了,并不是我。’那日,小弟恰好在那里谢考,亲眼看见。那人去了,我问虞老师:‘这事老师怎的不肯认?难道他还是不该来谢的?’虞老师道:‘读书人全要养其廉耻,他没奈何来谢我。我若再认这话,他就无容身之地了。’小弟却认不的这位朋友,彼时问他姓名,虞老师也不肯说。先生,你说这一件奇事可是难得?”杜少卿道:“这也是老人家常有的事。”

武书道:“还有一件事更可笑的紧!他家世兄赔嫁来的一个丫头,他就配了姓严的管家了。那奴才看见衙门清淡没有钱寻,前日就辞了要去。虞老师从前并不曾要他一个钱,白白把丫头配了他。他而今要领丫头出去,要是别人就要问他要丫头身价,不知要多少。虞老师听了这话说道:‘你两口子出去也好。只是出去,房钱、饭钱都没有。’又给了他十两银子打发出去,随即把他荐在一个知县衙门里做长随。你说好笑不好笑?”杜少卿道:“这些做奴才的,有甚么良心。但老人家两次赏他银子,并不是有心要人说好,所以难得。”当下留武书吃饭。

武书辞了出去,才走到利涉桥,遇见一个人,头戴方巾,身穿旧布直裰,腰系丝绦,脚下芒鞋,身上掮着行李,花白胡须,憔悴枯槁。那人丢下行李向武书作揖。武书惊道:“郭先生!自江宁镇一别又是三年,一向在那里奔走?”那人道:“一言难尽!”武书道:“请在茶馆里坐。”当下两人到茶馆里坐下。那人道:“我一向因寻父亲走遍天下。从前有人说是在江南,所以我到江南。这番是三次了。而今听见人说,不在江南,已到四川山里削发为僧去了,我如今就要到四川去。”武书道:“可怜!可怜!但先生此去,万里程途,非同容易。我想,西安府里有一个知县,姓尤,是我们国子监虞老先生的同年,如今托虞老师写一封书子去,是先生顺路。倘若盘缠缺少,也可以帮助些须。”那人道:“我草野之人,我那里去见那国子监的官府?”武书道:

"不妨。这里过去几步,就是杜少卿家。先生同我到少卿家坐着,我去讨这一封书。"那人道:"杜少卿?可是那天长不应征辟的豪杰么?"武书道:"正是。"那人道:"这人我到要会他。"便会了茶钱,同出了茶馆,一齐来到杜少卿家。杜少卿出来相见作揖,问:"这位先生尊姓?"武书道:"这位先生姓郭名力,字铁山,二十年走遍天下寻访父亲,有名的郭孝子。"杜少卿听了这话,从新见礼,奉郭孝子上坐。便问:"太老先生如何数十年不知消息?"郭孝子不好说。武书附耳低言说:"曾在江西做官,降过宁王,所以逃窜在外。"杜少卿听罢骇然。因见这般举动,心里敬他。说罢,留下行李。"先生权在我家住一宿明日再行。"郭孝子道:"少卿先生豪杰,天下共闻,我也不做客套,竟住一宵罢。"杜少卿进去和娘子说,替郭孝子浆洗衣服,治办酒肴款待他,出来陪着郭孝子。武书说起要问虞博士要书子的话来,杜少卿道:"这个容易。郭先生在我这里坐着,我和正字去要书子去。"只因这一番,有分教:用劳用力,不辞虎窟之中;远水远山,又入蚕丛之境。毕竟后事如何,且听下回分解。

第三十八回 郭孝子深山遇虎 甘露僧狭路逢仇

话说杜少卿留郭孝子在河房里吃酒饭，自己同武书到虞博士署内，说如此这样一个人求老师一封书子去到西安。虞博士细细听了，说道："这书我怎么不写？但也不是只写书子的事，他这万里长途自然盘费也难。我这里拿拾两银子，少卿你去送与他，不必说是我的。"慌忙写了书子，和银子拿出来交与杜少卿。杜少卿接了同武书拿到河房里。杜少卿自己寻衣服，当了四两银子，武书也到家去当了二两银子来，又苦留郭孝子住了一日。庄征君听得有这个人，也写了一封书子、四两银子送来与杜少卿。第三日杜少卿备早饭与郭孝子吃，武书也来陪着。吃罢替他拴束了行李，拿着这二十两银子和两封书子递与郭孝子。郭孝子不肯受。杜少卿道："这银子是我们江南这几个人的，并非盗跖之物，先生如何不受？"郭孝子方才受了。吃饱了饭作辞出门。杜少卿同武书送到汉西门外方才回去。

郭孝子晓行夜宿一路来到陕西。那尤公是同官县知县，只得迂道往同官去会他。这尤公名扶徕，字瑞亭，也是南京的一位老名士，去年才到同官县。一到任之时就做了一件好事：是广东一个人充发到陕西边上来，带着妻子是军妻。不想这人半路死了，妻子在路上哭哭啼啼。人和他说话彼此都不明白，只得把他领到县堂上来。尤公看那妇人是要回故乡的意思，心里不忍。便取了俸金五十两，差一个老年的差人，自己取一块白绫苦苦切切做了一篇文，亲笔写了自己的名字尤扶徕，用了一颗同官县的印，吩咐差人："你领了这妇人，拿我这一幅绫子，遇州遇县送与他地方官看，求都要用一个印信。你直到他本地方讨了回信来见我。"差人应诺了。那妇人叩谢，领着去了。将近一年，差人回来说："一路各位老爷看见老爷的文章，一个个都悲伤这妇人，也有十两的，也有八两的、六两的。这妇人到家，也有二百多银子。小的送他到广东家里，他家亲戚、本家有百十人都望空谢了老爷的恩典,又都磕小的头,叫小的是'菩萨'。这个,小的都是沾老爷的恩。"尤公欢喜,又赏了他几两银子打发差人出去了。

门上传进帖来,便是郭孝子拿着虞博士的书子进来拜。尤公拆开书子,看了这些话,着实钦敬。当下,请进来行礼坐下,即刻摆出饭来。正谈着,门上传进来:"请老爷下乡相验。"尤公道:"先生,这公事我就要去的,后日才得回来。但要屈留先生三日,等我回来有几句话请教。况先生此去往成都,我有个故人在成都,也要带封书子去,先生万不可推辞。"郭孝子道:"老先生如此说,怎好推辞?只是贱性山野,不能在衙门里住。贵治若有甚么庵堂,送我去住两天罢。"尤公道:"庵虽有,也窄。我这里有个海月禅林,那和尚是个善知识。送先生到那里去住罢。"便吩咐衙役:"把郭老爷的行李搬着,送在海月禅林。你拜上和尚说是我送来的。"衙役应诺伺候。郭孝子别了。尤公直送到大门外方才进去。

郭孝子同衙役到海月禅林客堂里,知客进去说了。老和尚出来打了问讯,请坐奉茶。那衙役自回去了。郭孝子问老和尚:"可是一向在这里方丈的么?"老和尚道:"贫僧当年住在南京太平府芜湖县甘露庵里的,后在京师报国寺做方丈。因厌京师热闹,所以到这里居住。尊姓是郭,如今却往成都是做甚么事?"郭孝子见老和尚清癯面貌,颜色慈悲,说道:"这话不好对别人说,在老和尚面前不妨讲的。"就把要寻父亲这些话,苦说了一番。老和尚流泪叹息,就留在方丈里住,备出晚斋来。郭孝子将路上买的两个梨送与。老和尚受下,谢了郭孝子。便叫火工道人,抬两只缸在丹墀里,一口缸内放着一个梨,每缸挑上几担水,拿杠子把梨捣碎了,击云板传齐了二百多僧众,一人吃一碗水。郭孝子见了点头叹息。

到第三日尤公回来,又备了一席酒请郭孝子。吃过酒,拿出五十两银子、一封书来,说道:"先生,我本该留你住些时,因你这寻父亲大事,不敢相留。这五十两银子权为盘费。先生到成都,拿我这封书子,去寻萧昊轩先生。这是一位古道人。他家离成都二十里住,地名叫做东山。先生去寻着他,凡事可以商议。"郭孝子见尤公的意思十分恳切,不好再辞,只得谢过,收了银子和书子辞了出来。到海月禅林辞别老和尚要走。老和尚合掌道:“居士到成都寻着了尊大人,是必寄个信与贫僧,免的贫僧悬望。”郭孝子应诺。老和尚送出禅林方才回去。

郭孝子自掮着行李又走了几天。这路多是崎岖鸟道,郭孝子走一步怕一步。那日走到一个地方,天色将晚,望不着一个村落。那郭孝子走了一会,遇着一个人。郭孝子作揖问道:“请问老爹,这里到宿店所在,还有多少路?”那人道:“还有十几里。客人,你要着急些走。夜晚路上有虎,须要小心。”郭孝子听了,急急往前奔着走。天色全黑,却喜山凹里推出一轮月亮来,那正是十四五的月色,升到天上便十分明亮。郭孝子乘月色走,走进一个树林中,只见劈面起来一阵狂风,把那树上落叶,吹得奇飕飕的响,风过处跳出一只老虎来。郭孝子叫声:“不好了!”一交跌倒在地。老虎把孝子抓了,坐在屁股底下,坐了一会见郭孝子闭着眼,只道是已经死了。便丢了郭孝子,去地下挖了一个坑,把郭孝子提了放在坑里,把爪子拨了许多落叶盖住了他。那老虎便去了。

郭孝子在坑里偷眼看老虎走过几里,到那山顶上还把两只通红的眼睛转过身来望,看见这里不动方才一直去了。郭孝子从坑里扒了上来,自心里想道:“这业障虽然去了,必定是还要回来吃我,如何了得?”一时没有主意。见一颗大树在眼前,郭孝子扒上树去,又心里焦他再来咆哮震动,“我可不要吓了下来。”心生一计,将裹脚解了下来,自己缚在树上。

等到三更尽后,月色分外光明,只见老虎前走,后面又带了一个东西来。那东西浑身雪白,头上一只角,两只眼就像两盏大红灯笼,直着身子走来。郭孝子认不得是个甚么东西。只见那东西走近跟前便坐下了。老虎忙到坑里去寻人。见没有了人,老虎慌做一堆儿。那东西大怒,伸过爪来一掌就把虎头打掉了,老虎死在地下。那东西抖擞身上的毛,发起威来,回头一望,望见月亮地下照着树枝头上有个人,就狠命的往树枝上一扑。扑冒失了跌了下来,又尽力往上一扑,离郭孝子只得一尺远。郭孝子道:“我今番却休了!”不想那树上一根枯干恰好对着那东西的肚皮上。后来的这一扑,力太猛了,这枯干戳进肚皮有一尺多深浅。那东西急了,这枯干越摇越戳的深进去。那东西使尽力气,急了半夜,挂在树上死了。

到天明时候,有几个猎户手里拿着鸟枪、叉棍来,看见这两个东西吓了一跳。郭孝子在树上叫喊,众猎户接了孝子下来。问他姓名,郭孝子道:“我是过路的人,天可怜见,得保全了性命。我要赶路去了。这两件东西,你们拿到地方去请赏罢。”众猎户拿出些干粮来,和獐子、鹿肉,让郭孝子吃了一饱。众猎户替郭孝子拿了行李送了五六里路。众猎户辞别回去。

郭孝子自己背了行李又走了几天路程,在山凹里一个小庵里借住。那庵里和尚问明来历,就拿出素饭来同郭孝子在窗子跟前坐着吃。正吃着中间,只见一片红光就如失了火的一般。郭孝子慌忙丢了饭碗,道:“不好！火起了!”老和尚笑道:“居士请坐,不要慌！这是我雪道兄到了。”吃完了饭,收过碗盏,去推开窗子指与郭孝子道:“居士,你看么!”郭孝子举眼一看,只见前面山上,蹲着一个异兽,头上一只角,只有一只眼睛,却生在耳后。那异兽名为“罴九”,任你坚冰冻厚几尺,一声响亮叫他登时粉碎。和尚道:“这便是雪道兄了。”当夜纷纷扬扬落下一场大雪来。那雪下了一夜一天,积了有三尺多厚。郭孝子走不的,又住了一日。

到第三日雪晴,郭孝子辞别了老和尚又行。找着山路,一步一滑,两边都是涧沟,那冰冻的支棱着,就和刀剑一般。郭孝子走的慢,天又晚了,雪光中照着,远远望见树林里一件红东西挂着。半里路前只见一个人走,走到那东西面前一交跌下涧去。郭孝子就立住了脚,心里疑惑道 :“怎的这人看见这红东西,就跌下涧去?”定睛细看,只见那红东西底下钻出一个人,把那人行李拿了又钻了下去。郭孝子心里猜着了几分,便急走上前去看。只见那树上吊的是个女人,披散了头发,身上穿了一件红衫子,嘴跟前,一片大红猩猩毡做个舌头拖着。脚底下埋着一个缸,缸里头坐着一个人。那人见郭孝子走到跟前,从缸里跳上来。因见郭孝子生的雄伟不敢下手,便叉手向前道:“客人,你自走你的路罢了,管我怎的?”郭孝子道:“你这些做法我已知道了。你不要恼,我可以帮衬你！这妆吊死鬼的,是你甚么人?”

那人道:“是小人的浑家。”郭孝子道:“你且将他解下来。你家在那里住?我到你家去和你说。”那人把浑家脑后一个转珠绳子解了放了下来。那妇人把头发绾起来,嘴跟前拴的假舌头去掉了,颈子上有一块拴绳子的铁也拿下来,把红衫子也脱了。那人指着路旁,有两间草屋,道:“这就是我家了。”当下夫妻二人跟着郭孝子走到他家,请郭孝子坐着,烹出一壶茶。郭孝子道:“你不过短路营生,为甚么做这许多恶事?吓杀了人的性命,这个却伤天理。我虽是苦人,看见你夫妻两人到这个田地,越发可怜的狠了!我有十两银子在此把与你夫妻两人,你做个小生意度日,下次不要做这事了。你姓甚么?”那人听了这话,向郭孝子磕头,说道:“谢客人的周济。小人姓木名耐。夫妻两个,原也是好人家儿女。近来因是冻饿不过,所以才做这样的事。而今多谢客人与我本钱,从此就改过了。请问恩人尊姓?”郭孝子道:“我姓郭,湖广人,而今到成都府去的。”说着,他妻子也出来拜谢,收拾饭留郭孝子。郭孝子吃着饭,向他说道:“你既有胆子短路,你自然还有些武艺。只怕你武艺不高,将来做不得大事。我有些刀法、拳法传授与你。”那木耐欢喜,一连留郭孝子住了两日。郭孝子把这刀和拳细细指教他,他就拜了郭孝子做师父。第三日郭孝子坚意要行。他备了些干粮、烧肉装在行李里,替郭孝子背着行李直送到三十里外,方才告辞回去。

郭孝子接着行李,又走了几天。那日天气甚冷,迎着西北风,那山路冻得像白蜡一般,又硬又滑。郭孝子走到天晚,只听得山洞里大吼一声,又跳出一只老虎来。郭孝子道:“我今番命真绝了!”一交跌在地下不省人事。原来老虎吃人要等人怕的,今见郭孝子直僵僵在地下,竟不敢吃他,把嘴合着他脸上来闻,一茎胡子戳在郭孝子鼻孔里去,戳出一个大喷嚏来。那老虎倒吓了一跳,连忙转身几跳跳过前面一座山头,跌在一个涧沟里,那涧极深,被那棱撑像刀剑的冰凌横拦着,竟冻死了。郭孝子扒起来,老虎已是不见,说道:“惭愧!我又经了这一番!”背着行李再走。

走到成都府,找着父亲在四十里外一个庵里做和尚。访知的了,走到庵里去敲门。老和尚开门见是儿子,就吓了一跳。郭孝子见是父亲,跪在地下恸哭。老和尚道:“施主请起来!我是没有儿子的,你想是认错了。”郭孝子道:“儿子万里程途寻到父亲跟前来,父亲怎么不认我?”老和尚道:“我方才说过,贫僧是没有儿子的。施主你有父亲,你自己去寻,怎的望着贫僧哭?”郭孝子道:“父亲虽则几十年不见,难道儿子就认不得了?”跪着不肯起来。老和尚道:“我贫僧自小出家,那里来的这个儿子?”郭孝子放声大哭道:“父亲不认儿子,儿子到底是要认父亲的。”三番五次,缠的老和尚急了,说道:“你是何处光棍!敢来闹我们!快出去!我要关山门!”郭孝子跪在地下恸哭不肯出去。和尚道:“你再不出去,我就拿刀来杀了你!”郭孝子伏在地下哭道:“父亲就杀了儿子,儿子也是不出去的!”老和尚大怒,双手把郭孝子拉起来,提着郭孝子的领子一路推搡出门。便关了门进去,再也叫不应。郭孝子在门外哭了一场,又哭一场,又不敢敲门。

见天色将晚,自己想道:“罢!罢!父亲料想不肯认我了!”抬头看了这庵,叫做竹山庵。只得在半里路外,租了一间房屋住下。次早在庵门口看见一个道人出来,买通了这道人,日日搬柴运米养活父亲。不到半年之上,身边这些银子用完了。思量要到东山去寻萧昊轩,又恐怕寻不着,耽搁了父亲的饭食。只得左近人家佣工,替人家挑土、打柴,每日寻几分银子养活父亲。遇着有个邻居往陕西去,他就把这寻父亲的话细细写了一封书,带与海月禅林的老和尚。

老和尚看了书,又欢喜又钦敬他。不多几日禅林里来了一个挂单的和尚。那和尚便是响马贼头赵大,披着头发,两只怪眼,凶像未改。老和尚慈悲,容他住下。不想这恶和尚在禅林吃酒、行凶、打人,无所不为。首座领着一班和尚来禀老和尚道:“这人留在禅林里,是必要坏了清规,求老和尚赶他出去。”老和尚教他去,他不肯去。后来首座叫知客向他说:“老和尚叫你去,你不去!老和尚说,你若再不去,就照依禅林规矩,抬到后面院子里,一把火就把你烧了!”恶和尚听了,怀恨在心。也不辞老和尚,次日收拾衣单去了。

老和尚又住了半年,思量要到峨嵋山走走,顺便去成都会会郭孝子。辞了众人,挑着行李衣钵,风餐露宿,一路来到四川。离成都有百十里多路,那日下店早。老和尚出去看看山景,走到那一个茶棚内吃茶。那棚里先坐着一个和尚。老和尚忘记,认不得他了。那和尚却认得老和尚,便上前打个问讯道:“和尚,这里茶不好。前边不多几步,就是小庵,何不请到小庵里去吃杯茶?”老和尚欢喜道:“最好。”那和尚领着老和尚,曲曲折折走了七八里路,才到一个庵里。那庵一进三间,前边一尊迦蓝菩萨。后一进三间殿,并没有菩萨,中间放着一个榻床。那和尚同老和尚走进庵门才说道:“老和尚!你认得我么?”老和尚方才想起,是禅林里赶出去的恶和尚,吃了一惊,说道:“是方才偶然忘记,而今认得了。”恶和尚竟自己走到床上坐下,睁开眼道:“你今日既到我这里,不怕你飞上天去!我这里有个葫芦你拿了,在半里路外山冈上一个老妇人开的酒店里,替我打一葫芦酒来。你快去!”老和尚不敢违拗,捧着葫芦出去找到山冈子上,果然有个老妇人在那里卖酒。老和尚把这葫芦递与他。

那妇人接了葫芦,上上下下把老和尚一看,止不住眼里流下泪来,便要拿葫芦去打酒。老和尚吓了一跳,便打个问讯道:“老菩萨,你怎见了贫僧,就这般悲恸起来?这是甚么原故?”那妇人含着泪说道:“我方才看见老师父是个慈悲面貌,不该遭这一难!”老和尚惊道:“贫僧是遭的甚么难?”那老妇人道:“老师父,你可是在半里路外那庵里来的?”老和尚道:“贫僧便是。你怎么知道?”老妇人道:“我认得他这葫芦。他但凡要吃人的脑子,就拿这葫芦来打我店里药酒。老师父,你这一打了酒去,没有活的命了!”老和尚听了魂飞天外,慌了道:“这怎么处?我如今走了罢!”老妇人道:“你怎么走得?这四十里内都是他旧日的响马党羽。他庵里走了一人,一声梆子响,即刻有人捆翻了你送在庵里去。”老和尚哭着跪在地下:“求老菩萨救命!”老妇人道:“我怎能救你?我若说破了,我的性命也难保,但看见你老师父慈悲,死的可怜,我指一条路给你去寻一个人。”老和尚道:“老菩萨,你指我去寻那个人?”老妇人慢慢说出这一个人来。只因这一番,有分教:热心救难,又出惊天动地之人;仗剑立功,无非报国忠臣之事。毕竟这老妇人说出甚么人来,且听下回分解。

第三十九回　萧云仙救难明月岭　平少保奏凯青枫城

话说老和尚听了老妇人这一番话，跪在地下哀告。老妇人道："我怎能救你？只好指你一条路，去寻一个人。"老和尚道："老菩萨却叫贫僧去寻一个甚么人？求指点了我去。"老妇人道："离此处有一里多路，有个小小山冈叫做明月岭。你从我这屋后山路过去还可以近得几步。你到那岭上，有一个少年在那里打弹子。你却不要问他，只双膝跪在他面前，等他问你，你再把这些话向他说。只有这一个人，还可以救你。你速去求他，却也还拿不稳。设若这个人还不能救你，我今日说破这个话连我的性命只好休了！"

老和尚听了，战战兢兢，将葫芦里打满了酒，谢了老妇人，在屋后攀藤附葛上去。果然走不到一里多路，一个小小山冈。山冈上一个少年在那里打弹子。山洞里嵌着一块雪白的石头不过铜钱大，那少年觑的较近，弹子过处一下下都打了一个准。老和尚近前看那少年时，头戴武巾，身穿藕色战袍，白净面皮，生得十分美貌。那少年弹子正打得酣边，老和尚走来，双膝跪在他面前。那少年正要问时，山凹里飞起一阵麻雀。那少年道："等我打了这个雀儿看。"手起弹子落，把麻雀打死了一个坠下去。那少年看见老和尚含着眼泪跪在跟前，说道："老师父，你快请起来！你的来意我知道了。我在此学弹子正为此事。但才学到九分，还有一分未到，恐怕还有意外之失，所以不敢动手。今日既遇着你来，我也说不得了，想是他毕命之期。老师父你不必在此耽误。你快将葫芦酒拿到庵里去，脸上万不可做出慌张之像，更不可做出悲伤之像来。你到那里他叫你怎么样你就怎么样，一毫不可违拗他。我自来救你。"

老和尚没奈何，只得捧着酒葫芦，照依旧路来到庵里。进了第二层，只见恶和尚坐在中间床上，手里已是拿着一把明晃晃的钢刀，问老和尚道："你怎么这时才来？"老和尚道："贫僧认不得路，走错了，慢慢找了回来。"恶和尚道:"这也罢了,你跪下罢!"老和尚双膝跪下。恶和尚道:"跪上些来!"老和尚见他拿着刀不敢上去。恶和尚道:"你不上来,我劈面就砍来!"老和尚只得膝行上去。恶和尚道:"你褪了帽子罢!"老和尚含着眼泪自己除了帽子。恶和尚把老和尚的光头捏一捏,把葫芦药酒倒出来吃了一口,左手拿着酒,右手执着风快的刀,在老和尚头上试一试比个中心。老和尚此时尚未等他劈下来,那魂灵已在顶门里冒去了。恶和尚比定中心,知道是脑子的所在,一劈出了,恰好脑浆迸出赶热好吃。

当下比定了中心,手持钢刀向老和尚头顶心里劈将下来。不想刀口未曾落老和尚头上,只听得门外飕的一声,一个弹子飞了进来,飞到恶和尚左眼上。恶和尚大惊,丢了刀,放下酒,将只手捺着左眼飞跑出来,到了外一层。迦蓝菩萨头上坐着一个人。恶和尚抬起头来,又是一个弹子把眼打瞎。恶和尚跌倒了。那少年跳了下来进里面一层。老和尚已是吓倒在地。那少年道:"老师父快起来走!"老和尚道:"我吓软了,其实走不动了。"那少年道:"起来! 我背着你走。"便把老和尚扯起来驮在身上,急急出了庵门,一口气跑了四十里。那少年把老和尚放下,说道:"好了,老师父脱了这场大难,自此前途吉庆无虞。"老和尚方才还了魂,跪在地下拜谢,问:"恩人尊姓大名?"那少年道:"我也不过要除这一害,并非有意救你。你得了命,你速去罢,问我的姓名怎的?"老和尚又问,总不肯说。老和尚只得向前膜拜了九拜,说道:"且辞别了恩人,不死当以厚报。"拜毕起来上路去了。

那少年精力已倦,寻路旁一个店内坐下。只见店里先坐着一个人,面前放着一个盒子。那少年看那人时,头戴孝巾,身穿白布衣服,脚下芒鞋,形容悲戚,眼下许多泪痕,便和他拱一拱手对面坐下。那人笑道:"清平世界,荡荡乾坤,把弹子打瞎人的眼睛,却来这店里坐的安稳。"那少年道:"老先生从那里来? 怎么知道这件事的?"那人道:"我方才原是笑话。剪除恶人,救拔善类,这是最难得的事。你长兄尊姓大名?"那少年道:"我姓萧名采,字云仙。舍下就在这成都府二十里外东山住。"那人惊道:"成都二十里外东山,有一位萧昊轩先生,可是尊府?"萧云仙惊道:"这便是家父。老先生怎么知道?"那人道:"原来就是尊翁。"便把自己姓名说下,并因甚来四川,"在同官县会见县令尤公,曾有一书与尊大人。我因寻亲念切不曾绕路到尊府。长兄你方才救的这老和尚我却也认得他。不想邂逅相逢。看长兄如此英雄,便是昊轩先生令郎,可敬!可敬!"萧云仙道:"老先生既寻着太老先生,如何不同在一处?如今独自又往那里去?"郭孝子见问这话,哭起来道:"不幸先君去世了。这盒子里,便是先君的骸骨。我本是湖广人,而今把先君骸骨,背到故乡去归葬。"萧云仙垂泪道:"可怜!可怜!但晚生幸遇着老先生,不知可以拜请老先生同晚生到舍下去会一会家君么?"郭孝子道:"本该造府恭谒,奈我背着先君的骸骨不便,且我归葬心急。致意尊大人,将来有便再来奉谒罢。"因在行李内取出尤公的书子来递与萧云仙。又拿出百十个钱来,叫店家买了三角酒,割了二斤肉,和些蔬菜之类,叫店主人整治起来,同萧云仙吃着。

便向他道:"长兄,我和你一见如故,这是人生最难得的事。况我从陕西来就有书子投奔的是尊大人,这个就更比初交的不同了。长兄,像你这样事是而今世上人不肯做的,真是难得!但我也有一句话要劝你,可以说得么?"萧云仙道:"晚生年少,正要求老先生指教,有话怎么不要说?"郭孝子道:"这冒险捐躯,都是侠客的勾当。而今比不得春秋、战国时,这样事就可以成名。而今是四海一家的时候,任你荆轲、聂政也只好叫做乱民。像长兄有这样品貌材艺,又有这般义气肝胆,正该出来替朝廷效力。将来到疆场,一刀一枪,博得个封妻荫子,也不枉了一个青史留名。不瞒长兄说,我自幼空自学了一身武艺,遭天伦之惨,奔波辛苦数十余年。而今老了,眼见得不中用了。长兄年力鼎盛,万不可蹉跎自误!你须牢记老拙今日之言。"萧云仙道:"晚生得蒙老先生指教,如拨云见日,感谢不尽!"又说了些闲话。次早打发了店钱,直送郭孝子到二十里路外岔路口,彼此洒泪分别。

萧云仙回到家中问了父亲的安。将尤公书子呈上看过。萧昊轩道:"老友与我相别二十年,不通音问。他今做官适意,可喜!可喜!"又道:"郭孝子武艺精能,少年与我齐名,可惜而今和我都老了。他今求的他太翁骸骨归葬,也算了过一生心事。”萧云仙在家奉事父亲。

过了半年,松潘卫边外生番与内地民人互市,因买卖不公彼此吵闹起来。那番子性野不知王法,就持了刀杖器械大打一仗。弓兵前来护救都被他杀伤了,又将青枫城一座强占了去。巡抚将事由飞奏到京。朝廷看了本章大怒。奉旨:“差少保平治前往督师,务必犁庭扫穴,以章天讨。”平少保得了圣旨,星飞出京到了松潘驻扎。

萧昊轩听了此事,唤了萧云仙到面前,吩咐道:“我听得平少保出师,现驻松潘征剿生番。少保与我有旧,你今前往投军,说出我的名姓。少保若肯留在帐下效力,你也可以借此报效朝廷,正是男子汉发奋有为之时。”萧云仙道:“父亲年老,儿子不敢远离膝下。”萧昊轩道:“你这话就不是了。我虽年老,现在并无病痛,饭也吃得,觉也睡得,何必要你追随左右。你若是借口不肯前去,便是贪图安逸在家恋着妻子,乃是不孝之子。从此,你便不许再见我的面了!”几句话,说的萧云仙闭口无言。只得辞了父亲,拴束行李前去投军。一路程途,不必细说。

这一日,离松潘卫还有一站多路,因出店太早,走了十多里天尚未亮。萧云仙背着行李正走得好,忽听得背后有脚步响。他便跳开一步,回转头来,只见一个人手持短棍,正待上前来打他,早被他飞起一脚踢倒在地。萧云仙夺了他手中短棍劈头就要打。那人在地下喊道:“看我师父面上,饶恕我罢!”萧云仙住了手,问道:“你师父是谁?”那时天色已明,看那人时,三十多岁光景,身穿短袄,脚下八搭麻鞋,面上微有髭须。那人道:“小人姓木名耐,是郭孝子的徒弟。”萧云仙一把拉起来,问其备细。木耐将曾经短路遇郭孝子及他收为徒弟的一番话说了一遍。萧云仙道:“你师父我也认得,你今番待往那里去?”木耐道:“我听得平少保征番,现在松潘招军,意思要到那里去投军。因途间缺少盘缠,适才得罪长兄,休怪!”萧云仙道:“既然如此,我也是投军去的,便和你同行何如?”木耐大喜,情愿认做萧云仙的亲随伴当。一路来到松潘,在中军处,递了投充的呈词。少保传令,细细盘问来历。知道是萧浩的儿子,收在帐下,赏给千总职衔,军前效力。木耐赏战粮一分,听候调遣。

过了几日,各路粮饷俱已调齐。少保升帐传下将令,叫各弁在辕门听候。萧云仙早到,只见先有两位都督在辕门上。萧云仙请了安,立在旁边。听那一位都督道:"前日总镇马大老爷出兵,竟被青枫城的番子用计挖了陷坑,连人和马都跌在陷坑里。马大老爷受了重伤,过了两天伤发身死。现今尸首并不曾找着。马大老爷是司礼监老公公的侄儿。现今内里传出信来,务必要找寻尸首。若是寻不着,将来不知是个怎么样的处分。这事怎了?"这一位都督道:"听见青枫城一带,几十里是无水草的,要等冬天积下大雪,到春融之时,那山上雪水化了淌下来,人和牲口才有水吃。我们到那里出兵,只消几天没有水吃就活活的要渴死了,那里还能打甚么仗!"萧云仙听了,上前禀道:"两位太爷不必费心。这青枫城是有水草的,不但有,而且水草最为肥饶。"两都督道:"萧千总,你曾去过不曾?"萧云仙道:"卑弁不曾去过。"两位都督道:"可又来!你不曾去过怎么得知道?"萧云仙道:"卑弁在史书上看过,说这地方水草肥饶。"两都督变了脸道:"那书本子上的话如何信得!"萧云仙不敢言语。少刻云板响处,辕门铙鼓喧闹。少保升帐传下号令:教两都督率领本部兵马作中军策应,叫萧云仙带领步兵五百名在前,先锋开路。"本帅督领后队调遣。"将令已下,各将分头前去。

萧云仙携了木耐,带领五百步兵疾忙前进。望见前面一座高山,十分险峻,那山头上,隐隐有旗帜在那里把守。这山名唤椅儿山,是青枫城的门户。萧云仙吩咐木耐道:"你带领二百人,从小路扒过山去,在他总路口等着。只听得山头炮响,你们便喊杀回来助战,不可有误!"木耐应诺去了。萧云仙又叫一百兵丁埋伏在山凹里,只听山头炮响,一齐呐喊起来,报称大兵已到,赶上前来助战。分派已定,萧云仙带着二百人,大踏步杀上山来。那山上几百番子藏在土洞里,看见有人杀上来,一齐蜂拥的出来打仗。那萧云仙腰插弹弓,手拿腰刀,奋勇争先,手起刀落先杀了几个番子。那番子见势头勇猛正要逃走,二百人卷地齐来犹如暴风疾雨。忽然一声炮响,山凹里伏兵大声喊叫:"大兵到了!"飞奔上山。番子正在魂惊胆落,又见山后那二百人摇旗呐喊,飞杀上来,只道大军已经得了青枫城,乱纷纷各自逃命。

那里禁得萧云仙的弹子打来,打得鼻塌嘴歪,无处躲避。萧云仙将五百人合在一处,喊声大震,把那几百个番子,犹如砍瓜切菜尽数都砍死了。旗帜器械,得了无数。

萧云仙叫众人暂歇一歇即鼓勇前进。只见一路都是深林密箐。走了半天,林子尽处一条大河,远远望见青枫城在数里之外。萧云仙见无船只可渡,忙叫五百人旋即砍伐林竹编成筏子。顷刻办就,一齐渡过河来。萧云仙道:"我们大兵尚在后面,攻打他的城池不是五百人做得来的。第一不可使番贼知道我们的虚实。"叫木耐率领兵众将夺得旗帜改造做云梯,带二百兵,每人身藏枯竹一束,到他城西僻静地方爬上城去,将他堆贮粮草处所,放起火来,"我们便好攻打他的东门。"这里分拨已定。

且说两位都督率领中军到了椅儿山下,又不知道萧云仙可曾过去。两位议道:"像这等险恶所在,他们必有埋伏。我们尽力放些大炮,放的他们不敢出来也就可以报捷了。"正说着,一骑马飞奔追来,少保传下军令,叫两位都督疾忙前去策应,恐怕萧云仙少年轻进以致失事。两都督得了将令,不敢不进,号令军中疾驰到带子河。见有现成筏子,都渡过去,望见青枫城里火光烛天。那萧云仙正在东门外施放炮火,攻打城中。番子见城中火起,不战自乱。这城外中军已到,与前军先锋合为一处,将一座青枫城,围的铁桶般相似。那番酋开了北门,舍命一顿混战,只剩了十数骑溃围逃命去了。少保督领后队已到。城里败残的百姓,各人头顶香花跪迎少保进城。少保传令:救火安民,秋毫不许惊动。随即写了本章,遣官到京里报捷。

这里萧云仙迎接,叩见了少保。少保大喜,赏了他一腔羊、一坛酒,夸奖了一番。过了十余日,旨意回头:着平治来京,两都督回任候升,萧采实授千总。那善后事宜少保便交与萧云仙办理。萧云仙送了少保进京,回到城中,看见兵灾之后,城垣倒塌,仓库毁坏,便细细做了一套文书禀明少保。那少保便将修城一事批了下来,责成萧云仙用心经理,候城工完竣之后,另行保题议叙。只因这一番,有分教:甘棠有荫,空留后人之思;飞将难封,徒博数奇之叹。不知萧云仙怎样修城,且听下回分解。

第四十回　萧云仙广武山赏雪　沈琼枝利涉桥卖文

话说萧云仙奉着将令监督筑城，足足住了三四年，那城方才筑的成功。周围十里，六座城门，城里又盖了五个衙署。出榜招集流民进来居住，城外就叫百姓开垦田地。萧云仙想道："像这旱地，百姓一遇荒年就不能收粮食了，须是兴起些水利来。"因动支钱粮，雇齐民夫，萧云仙亲自指点百姓在田旁开出许多沟渠来。沟间有洫，洫间有遂，开得高高低低，仿佛江南的光景。

到了成功的时候，萧云仙骑着马，带着木耐在各处犒劳百姓们。每到一处，萧云仙杀牛宰马，传下号令，把那一方百姓都传齐了。萧云仙建一坛场立起先农的牌位来，摆设了牛羊祭礼。萧云仙纱帽补服，自己站在前面率领众百姓，叫木耐在旁赞礼，升香、奠酒，三献、八拜。拜过，又率领众百姓，望着北阙山呼舞蹈，叩谢皇恩。便叫百姓都团团坐下，萧云仙坐在中间，拔剑割肉，大碗斟酒，欢呼笑乐，痛饮一天。吃完了酒，萧云仙向众百姓道："我和你们众百姓，在此痛饮一天，也是缘法。而今上赖皇恩，下托你们众百姓的力，开垦了这许多田地，也是我姓萧的在这里一番。我如今亲自手种一颗柳树，你们众百姓每人也种一颗，或杂些桃花、杏花，亦可记着今日之事。"众百姓欢声如雷，一个个都在大路上栽了桃、柳。萧云仙同木耐，今日在这一方，明日又在那一方，一连吃了几十日酒，共栽了几万颗柳树。

众百姓感激萧云仙的恩德，在城门外公同起盖了一所先农祠，中间供着先农神位，旁边供了萧云仙的长生禄位牌。又寻一个会画的，在墙上画了一个马，画萧云仙纱帽补服骑在马上；前面画木耐的像，手里拿着一枝红旗，引着马做劝农的光景。百姓家男男女女到朔望的日子，往这庙里来，焚香点烛跪拜，非止一日。

到次年春天，杨柳发了青，桃花、杏花都渐渐开了，萧云仙骑着马，带着木耐出来游玩。见那绿树阴中，百姓家的小孩子，三五成群的牵着牛,也有倒骑在牛上的,也有横睡在牛背上的,在田旁沟里饮了水,从屋角边慢慢转了过来。萧云仙心里欢喜,向木耐道:“你看这般光景,百姓们的日子有的过了。只是这班小孩子一个个好模好样,也还觉得聪俊,怎得有个先生教他识字便好。”木耐道:“老爷,你不知道么?前日这先农祠,住着一个先生,是江南人,而今想是还在这里。老爷何不去和他商议?”萧云仙道:“这更凑巧了。”便打马到祠内会那先生。进去同那先生作揖坐下。萧云仙道:“闻得先生贵处是江南,因甚到这边外地方?请问先生贵姓?”那先生道:“贱姓沈,敝处常州。因向年有个亲戚在青枫做生意,所以来看他。不想遭了兵乱,流落在这里五六年不得回去。近日闻得朝里萧老先生在这里筑城、开水利,所以到这里来看看。老先生尊姓?贵衙门是那里?”萧云仙道:“小弟便是萧云仙,在此开水利的。”那先生起身从新行礼,道:“老先生便是当今的班定远,晚生不胜敬服!”萧云仙道:“先生既在这城里,我就是主人。请到我公廨里去住。”便叫两个百姓来搬了沈先生的行李,叫木耐牵着马,萧云仙携了沈先生的手同到公廨里来。备酒饭款待沈先生,说起要请他教书的话,先生应允了。萧云仙又道:“只得先生一位,教不来。”便将带来驻防的二三千多兵内,拣那认得字多的兵选了十个,托沈先生每日指授他些书理。开了十个学堂,把百姓家略聪明的孩子,都养在学堂里读书。读到两年多,沈先生就教他做些破题、破承、起讲。但凡做的来,萧云仙就和他分庭抗礼,以示优待。这些人也知道读书是体面事了。

萧云仙城工已竣,报上文书去,把这文书就叫木耐赍去。木耐见了少保。少保问他些情节,赏他一个外委把总做去了。少保据着萧云仙的详文,咨明兵部。工部核算:“萧采承办青枫城城工一案,该抚题销本内:砖、灰、工匠,共开销银一万九千三百六十两一钱二分一厘五毫。查该地水草附近,烧造砖灰甚便,新集流民充当工役者甚多,不便听其任意浮开。应请核减银七千五百二十五两有零,在于该员名下着追。查该员系四川成都府人,应行文该地方官勒限严比归款可也。奉旨依议。”萧云仙看了邸抄,接了上司行来的公文,只得打点收拾行李回成都府。

比及到家,他父亲已卧病在床不能起来。萧云仙到床面前,请了父亲的安,诉说军前这些始末缘由。说过,又磕下头去,伏着不肯起来。萧昊轩道:“这些事你都不曾做错,为甚么不起来?”萧云仙才把因修城工被工部核减追赔一案说了,又道:“儿子不能挣得一丝半粟孝敬父亲,倒要破费了父亲的产业,实在不可自比于人,心里愧恨之极!”萧昊轩道:“这是朝廷功令,又不是你不肖花消掉了,何必气恼?我的产业攒凑拢来,大约还有七千金。你一总呈出归公便了。”萧云仙哭着应诺了。看见父亲病重,他衣不解带伏伺十余日。眼见得是不济事,萧云仙哭着问:“父亲可有甚么遗言?”萧昊轩道:“你这话又呆气了。我在一日,是我的事。我死后,就都是你的事了。总之,为人以忠孝为本,其余都是末事。”说毕,瞑目而逝。

萧云仙呼天抢地,尽哀尽礼,治办丧事十分尽心。却自己叹息道:“人说塞翁失马,未知是福是祸。前日要不为追赔断断也不能回家,父亲送终的事也再不能自己亲自办。可见这番回家也不叫做不幸。”丧葬已毕,家产都已赔完了,还少三百多两银子。地方官仍旧紧追。适逢知府因盗案的事降调去了。新任知府却是平少保做巡抚时提拔的,到任后,知道萧云仙是少保的人,替他虚出了一个完清的结状,叫他先到平少保那里去,再想法来赔补。

少保见了萧云仙,慰劳了一番,替他出了一角咨文,送部引见。兵部司官说道:“萧采办理城工一案,无例题补。应请仍于本千总班次,论俸推升守备。俟其得缺之日,带领引见。”

萧云仙又候了五六个月,部里才推升了他应天府江淮卫的守备,带领引见。奉旨:“着往新任。”萧云仙领了札付出京,走东路来南京。过了朱龙桥到了广武卫地方,晚间住在店里。正是严冬时分,约有二更尽鼓,店家吆呼道:“客人们起来!木总爷来查夜!”众人都披了衣服坐在铺上。只见四五个兵,打着灯笼照着那总爷进来,逐名查了。萧云仙看见那总爷原来就是木耐。木耐见了萧云仙,喜出望外,叩请了安,忙将萧云仙请进衙署住了一宿。

次日萧云仙便要起行,木耐留住道:“老爷且宽住一日,这天色想是要下雪了,今日且到广武山阮公祠游玩游玩,卑弁尽个地主之谊。”萧云仙应允了。木耐叫备两匹马同萧云仙骑着,又叫一个兵备了几样肴馔和一尊酒,一径来到广武山阮公祠内。道士接进去请到后面楼上坐下。道士不敢来陪,随即送上茶来。木耐随手开了六扇窗格,正对着广武山侧面。看那山上,树木凋败,又被北风吹的凛凛冽冽的光景,天上便飘下雪花来。萧云仙看了,向着木耐说道:“我两人当日在青枫城的时候,这样的雪不知经过了多少,那时到也不见得苦楚。如今见了这几点雪倒觉得寒冷的紧。”木耐道:“想起那两位都督大老爷,此时貂裘向火,不知怎么样快活哩。”说着吃完了酒,萧云仙起来闲步。楼右边一个小阁子,墙上嵌着许多名人题咏,萧云仙都看完了,内中一首题目写着《广武山怀古》,读去却是一首七言古风。萧云仙读了又读,读过几遍不觉凄然泪下。木耐在旁不解其意。萧云仙又看了后面一行,写着“白门武书正字氏稿”,看罢记在心里。当下收拾回到衙署,又住了一夜。次日天晴,萧云仙辞别木耐要行。木耐亲自送过大柳驿方才回去。

萧云仙从浦口过江进了京城,验了札付,到了任,查点了运丁,看验了船只,同前任的官交代清楚。那日,便问运丁道:“你们可晓的这里有一个姓武名书号正字的是个甚么人?”旗丁道:“小的却不知道。老爷问他,却为甚么?”萧云仙道:“我在广武卫,看见他的诗,急于要会他。”旗丁道:“既是做诗的人,小的向国子监一问便知了。”萧云仙道:“你快些去问。”旗丁次日来回复道:“国子监问过来了。门上说,监里有个武相公叫做武书,是个上斋的监生,就在花牌楼住。”萧云仙道:“快叫人伺候!不打执事,我就去拜他。”

当下一直来到花牌楼,一个坐东朝西的门楼,投进帖去。武书出来会了。萧云仙道:“小弟是一个武夫,新到贵处,仰慕贤人君子。前日在广武山壁上,奉读老先生怀古佳作,所以特来拜谒。”武书道:“小弟那诗也是一时有感之作,不想有污尊目。”当下捧出茶来吃了。武书道:“老先生自广武而来,想必自京师部选的了?”萧云仙道:“不瞒老先生,说起来话长。小弟自从青枫城出征之后,因修理城工多用了帑项,方才赔偿清了。照千总推升的例,选在这江淮卫。却喜得会见老先生,凡事要求指教,改日还有事奉商。”武书道:“当得领教。”

萧云仙说罢起身去了。

武书送出大门，看见监里斋夫飞跑了来，说道："大堂虞老爷立候相公说话。"武书走去见虞博士。虞博士道："年兄，令堂旌表的事，部里为报在后面驳了三回，如今才准了。牌坊银子在司里，年兄可作速领去。"武书谢了出来。

次日，带了帖子去回拜萧守备。萧云仙迎入川堂作揖奉坐。武书道："昨日枉驾后，多慢！拙作过蒙称许，心切不安。还有些拙刻带在这边，还求指教。"因在袖内拿出一卷诗来。萧云仙接着看了数篇，赞叹不已。随请到书房里坐了，摆上饭来。吃过，萧云仙拿出一个卷子，递与武书道："这是小弟半生事迹，专求老先生大笔，或作一篇文，或作几首诗，以垂不朽。"武书接过来放在桌上，打开看时，前面写着"西征小纪"四个字。中间三幅图：第一幅是《椅儿山破敌》，第二幅是《青枫取城》，第三幅是《春郊劝农》。每幅下面，都有逐细的纪略。武书看完了，叹惜道："飞将军数奇，古今来大概如此。老先生这样功劳，至今还屈在卑位。这做诗的事小弟自是领教。但老先生这一番汗马的功劳，限于资格料是不能载入史册的了。须得几位大手笔撰述一番，各家文集里传留下去，也不埋没了这半生忠悃。"萧云仙道："这个也不敢当。但得老先生大笔，小弟也可借以不朽了。"武书道："这个不然。卷子我且带了回去。这边有几位大名家，素昔最喜赞扬忠孝的。若是见了老先生这一番事业，料想乐于题咏的。容小弟将此卷传了去看看。"萧云仙道："老先生的相知，何不竟指小弟先去拜谒？"武书道："这也使得。"萧云仙拿了一张红帖子要武书开名字去拜。武书便开出：虞博士果行、迟均衡山、庄征君绍光、杜仪少卿。俱写了住处，递与萧云仙。带了卷子告辞去了。

萧云仙次日拜了各位，各位都回拜了。随奉粮道文书，押运赴淮。萧云仙上船到了扬州，在钞关上挤马头。正挤的热闹，只见后面挤上一只船来。船头上站着一个人，叫道："萧老先生！怎么在这里？"萧云仙回头一看，说道："呵呀！原来是沈先生！你几时回来的？"忙叫拢了船。那沈先生跳上船来。萧云仙道："向在青枫城一别至今数年。是几时回南来的？"沈先生道："自蒙老先生青目，教了两年书,积下些修金。回到家乡,将小女许嫁扬州宋府上,此时送他上门去。”萧云仙道:“令爱恭喜!少贺。”因叫跟随的人封了一两银子,送过来做贺礼。说道:“我今番押运北上,不敢停泊。将来回到敝署,再请先生相会罢。”作别开船去了。

这先生领着他女儿琼枝,岸上叫了一乘小轿子抬着女儿,自己押了行李到了缺口门,落在大丰旗下店里。那里伙计接着,通报了宋盐商。那盐商宋为富打发家人来吩咐道:“老爷叫把新娘就抬到府里去。沈老爷留在下店里住着,叫帐房置酒款待。”沈先生听了这话向女儿琼枝道:“我们只说到了这里,权且住下,等他择吉过门。怎么这等大模大样?看来这等光景,竟不是把你当作正室了。这头亲事还是就得就不得?女儿你也须自己主张。”沈琼枝道:“爹爹你请放心!我家又不曾写立文书,得他身价,为甚么肯去伏低做小!他既如此排场,爹爹若是和他吵闹起来,倒反被外人议论。我而今一乘轿子抬到他家里去,看他怎模样看待我。”

沈先生只得依着女儿的言语,看着他装饰起来。头上戴了冠子,身上穿了大红外盖,拜辞了父亲上了轿。那家人跟着轿子,一直来到河下进了大门。几个小老妈抱着小官在大墙门口,同看门的管家说笑话,看见轿子进来,问道:“可是沈新娘来了?请下了轿走水巷里进去。”沈琼枝听见,也不言语,下了轿,一直走到大厅上坐下。说道:“请你家老爷出来!我常州姓沈的不是甚么低三下四的人家。他既要娶我,怎的不张灯结彩,择吉过门,把我悄悄的抬了来当做娶妾的一般光景?我且不问他要别的,只叫他把我父亲亲笔写的婚书,拿出来与我看,我就没的说了!”老妈同家人都吓了一跳,甚觉诧异,慌忙走到后边,报与老爷知道。

那宋为富正在药房里看着药匠弄人参,听了这一篇话,红着脸道:“我们总商人家一年至少也要七八个妾,都像这般淘气起来,这日子还过得?他走了来,不怕他飞到那里去!”踌躇一会,叫过一个丫鬟来吩咐道:“你去前面向那新娘说:‘老爷今日不在,新娘权且进房去。有甚么话,等老爷来家再说。’”

丫鬟来说了。沈琼枝心里想着:“坐在这里也不是事,不如且随他进去。”便跟着丫头,走到厅背后左边一个小圭门里进去,三间楠木厅,一个大院落,堆满了太湖石的山子。沿着那山石走到左边一条小巷,串入一个花园内,竹树交加,亭台轩敞,一个极宽的金鱼池,池子旁边都是朱红栏杆,夹着一带走廊。走到廊尽头处,一个小小月洞,四扇金漆门。走将进去便是三间屋,一间做房,铺设的齐齐整整,独自一个院落。妈子送了茶来。沈琼枝吃着,心里暗说道:“这样极幽的所在料想彼人也不会赏鉴,且让我在此消遣几天。”那丫鬟回去,回复宋为富道:“新娘人物倒生得标致,只是样子觉得惫赖,不是个好惹的。”

过了一宿,宋为富叫管家到下店里,吩咐账房中兑出五百两银子送与沈老爷,“叫他且回府,着姑娘在这里,想没的话说。”

沈先生听了这话,说道:“不好了!他分明拿我女儿做妾,这还了得!”一径走到江都县,喊了一状。那知县看了呈子,说道:“沈大年既是常州贡生,也是衣冠中人物,怎么肯把女儿与人做妾?盐商豪横,一至于此!”将呈词收了。宋家晓得这事,慌忙叫小司客具了一个诉呈打通了关节。次日,呈子批出来,批道:“沈大年既系将女琼枝许配宋为富为正室,何至自行私送上门,显系做妾可知。架词混渎,不准。”那诉呈上批道:“已批示沈大年词内矣。”沈大年又补了一张呈子。知县大怒,说他是个刁健讼棍。一张批,两个差人,押解他回常州去了。

沈琼枝在宋家过了几天不见消息,想道:“彼人一定是安排了我父亲,再来和我歪缠。不如走离了他家再作道理。”将他那房里所有动用的金银器皿、真珠首饰打了一个包袱,穿了七条裙子,扮做小老妈的模样,买通了那丫鬟,五更时分,从后门走了。清晨,出了钞关门上船。那船是有家眷的。沈琼枝上了船,自心里想道:“我若回常州父母家去,恐惹故乡人家耻笑。”细想:“南京是个好地方,有多少名人在那里。我又会做两句诗,何不到南京去卖诗过日子?或者遇着些缘法出来,也不可知。”立定主意,到仪征换了江船,一直往南京来。只因这一番,有分教:卖诗女士,反为逋逃之流;科举儒生,且作风流之客。毕竟后事如何,且听下回分解。

第四十一回 庄濯江话旧秦淮河 沈琼枝押解江都县

话说南京城里每年四月半后，秦淮景致渐渐好了。那外江的船，都下掉了楼子换上凉篷，撑了进来。船舱中间，放一张小方金漆桌子，桌上摆着宜兴沙壶，极细的成窑、宣窑的杯子，烹的上好的雨水毛尖茶。那游船的，备了酒和肴馔及果碟到这河里来游；就是走路的人也买几个钱的毛尖茶，在船上煨了吃，慢慢而行。到天色晚了，每船两盏明角灯，一来一往，映着河里上下明亮。自文德桥至利涉桥、东水关，夜夜笙歌不绝。又有那些游人买了水老鼠花在河内放，那水花直站在河里，放出来就和一树梨花一般。每夜直到四更时才歇。

国子监的武书是四月尽间生辰，他家中穷，请不起客。杜少卿备了一席果碟，沽几斤酒，叫了一只小凉篷船和武书在河里游游。清早请了武书来在河房里吃了饭，开了水门同下了船。杜少卿道："正字兄，我和你先到淡冷处走走。"叫船家一路荡到进香河，又荡了回来，慢慢吃酒。吃到下午时候，两人都微微醉了。荡到利涉桥，上岸走走，见马头上贴着一个招牌，上写道："毗陵女士沈琼枝，精工顾绣，写扇作诗。寓王府塘手帕巷内。赐顾者幸认'毗陵沈'招牌便是。"武书看了大笑道："杜先生，你看南京城里，偏有许多奇事！这些地方都是开私门的女人住。这女人眼见的也是私门了，却挂起一个招牌来，岂不可笑！"杜少卿道："这样的事我们管他怎的？且到船上去煨茶吃。"

便同下了船，不吃酒了，煨起上好的茶来，二人吃着闲谈。过了一回，回头看见一轮明月升上来，照得满船雪亮。船就一直荡上去，到了月牙池，见许多游船在那里放花炮。内有一只大船挂着四盏明角灯，铺着凉簟子，在船上中间摆了一席。上面坐着两个客；下面主位上坐着一位，头戴方巾，身穿白纱直裰，脚下凉鞋，黄瘦面庞，清清疏疏三绺白须；横头坐着一个少年，白净面皮，微微几根胡子，眼张失落,在船上两边看女人。这小船走近大船跟前,杜少卿同武书认得那两个客,一个是卢信侯,一个是庄绍光,却认不得那两个人。庄绍光看见二人,立起身来道:“少卿兄,你请过来坐!”杜少卿同武书上了大船。主人和二位见礼,便问:“尊姓?”庄绍光道:“此位是天长杜少卿兄。此位是武正字兄。”那主人道:“天长杜先生,当初有一位做赣州太守的可是贵本家?”杜少卿惊道:“这便是先君。”那主人道:“我四十年前与尊大人终日相聚。叙祖亲,尊翁还是我的表兄。”杜少卿道:“莫不是庄濯江表叔么?”那主人道:“岂敢!我便是。”杜少卿道:“小侄当年年幼不曾会过,今幸会见表叔。失敬了!”从新同庄濯江叙了礼。武书问庄绍光道:“这位老先生可是老先生贵族?”庄征君笑道:“这还是舍侄,却是先君受业的弟子。我也和他相别了四十年。近日才从淮扬来。”武书又问:“此位?”庄濯江道:“这便是小儿。”也过来见了礼,齐坐下。

庄濯江叫从新拿上新鲜酒来奉与诸位吃。庄濯江就问:“少卿兄几时来的?寓在那里?”庄绍光道:“他已经在南京住了八九年了。尊居现在这河房里。”庄濯江惊道:“尊府大家,园亭花木甲于江北,为甚么肯搬在这里?”庄绍光便把少卿豪举,而今黄金已随手而尽略说了几句。庄濯江不胜叹息,说道:“还记得十七八年前我在湖广,乌衣韦四先生寄了一封书子与我,说他酒量越发大了,二十年来竟不得一回恸醉,只有在天长赐书楼,吃了一坛九年的陈酒,醉了一夜,心里快畅的紧,所以三千里外寄信告诉我。我彼时不知府上是那一位做主人,今日说起来想必是少卿兄无疑了。”武书道:“除了他,谁人肯做这一个雅东?”杜少卿道:“韦老伯也是表叔相好的?”庄濯江道:“这是我髫年的相与了。尊大人少时,无人不敬仰,是当代第一位贤公子。我至今想起形容笑貌,还如在目前。”卢信侯又同武书谈到泰伯祠大祭的事。庄濯江拍膝嗟叹道:“这样盛典,可惜来迟了,不得躬逢其盛。我将来也要怎的寻一件大事,屈诸位先生大家会一会,我就有趣了。”

当下四五人谈心话旧一直饮到半夜。在杜少卿河房前,见那河里灯火阑珊,笙歌渐歇,耳边忽听得玉箫一声。众人道:“我们各自分手罢。”武书也上了岸去。庄濯江虽年老,事庄绍光极是有礼。当下,杜少卿在河房前过,上去回家。庄濯江在船上,一路送庄绍光到北门桥,还自己同上岸,家人打灯笼,同卢信侯送到庄绍光家方才回去。庄绍光留卢信侯住了一夜,次日依旧同往湖园去了。

庄濯江次日写了“庄洁率子非熊”的帖子,来拜杜少卿。杜少卿到莲花桥来回拜,留着谈了一日。

杜少卿又在后湖会着庄绍光。庄绍光道:“我这舍侄亦非等闲之人。他四十年前,在泗州同人合本开典当。那合本的人穷了,他就把他自己经营的两万金和典当,拱手让了那人。自己一肩行李,跨一个疲驴出了泗州城。这十数年来往来楚越,转徙经营,又自致数万金,才置了产业南京来住。平日极是好友敦伦,替他尊人治丧,不曾要同胞兄弟出过一个钱,俱是他一人独任。多少老朋友死了无所归的,他就殡葬他。又极遵先君当年的教训,最是敬重文人,流连古迹。现今拿着三四千银子,在鸡鸣山修曹武惠王庙。等他修成了,少卿也约衡山兄来替他做一个大祭。”杜少卿听了,心里欢喜。说罢,辞别去了。

转眼长夏已过又是新秋,清风戒寒,那秦淮河另是一番景致。满城的人都叫了船,请了大和尚在船上悬挂佛像,铺设经坛,从西水关起一路施食到进香河。十里之内,降真香烧的有如烟雾溟闲,那鼓钹梵呗之声不绝于耳。到晚,做的极精致的莲花灯点起来浮在水面上。又有极大的法船,照依佛家中元地狱赦罪之说,超度这些孤魂升天。把一个南京秦淮河,变做西域天竺国。到七月二十九日,清凉山地藏胜会。人都说,地藏菩萨一年到头都把眼闭着,只有这一夜才睁开眼,若见满城都摆的香花灯烛,他就只当是一年到头都是如此,就欢喜这些人好善,就肯保佑人。所以这一夜,南京人各家门户,都搭起两张桌子来,两枝通宵风烛,一座香斗,从大中桥到清凉山,一条街有七八里路点得像一条银龙,一夜的亮,香烟不绝,大风也吹不熄。倾城士女都出来烧香看会。

沈琼枝住在王府塘房子里,也同房主人娘子去烧香回来。沈琼枝自从来到南京挂了招牌,也有来求诗的,也有来买斗方的,也有来托刺绣的。那些好事的恶少都一传两、两传三的来物色，非止一日。这一日烧香回来，人见他是下路打扮，跟了他后面走的就有百十人。庄非熊却也顺路跟在后面，看见他走到王府塘那边去了。庄非熊心里有些疑惑，次日来到杜少卿家，说："这沈琼枝在王府塘，有恶少们去说混话，他就要怒骂起来。此人来路甚奇，少卿兄何不去看看？"杜少卿道："我也听见这话。此时多失意之人，安知其不因避难而来此地？我正要去问他。"当下，便留庄非熊在河房看新月。又请了两个客来，一个是迟衡山，一个是武书。庄非熊见了，说些闲话，又讲起王府塘沈琼枝卖诗文的事。杜少卿道："无论他是怎样，果真能做诗文，这也就难得了。"迟衡山道："南京城里是何等地方！四方的名士还数不清，还那个去求妇女们的诗文？这个明明借此勾引人。他能做不能做，不必管他！"武书道："这个却奇。一个少年妇女独自在外，又无同伴，靠卖诗文过日子，恐怕世上断无此理，只恐其中有甚么情由。他既然会做诗，我们便邀了他来做做看。"说着吃了晚饭，那新月已从河底下斜挂一钩，渐渐的照过桥来。杜少卿道："正字兄，方才所说今日已迟了。明日在舍间早饭后同去走走。"武书应诺，同迟衡山、庄非熊都别去了。

次日，武正字来到杜少卿家。早饭后同到王府塘来。只见前面一间低矮房屋，门首围着一二十人在那里吵闹。杜少卿同武书上前一看，里边便是一个十八九岁妇人，梳着下路绺鬏，穿着一件宝蓝纱大领披风，在里面支支喳喳的嚷。杜少卿同武书听了一听，才晓得是人来买绣香囊，地方上几个喇子，想来拿囮头却无实迹，倒被他骂了一场。两人听得明白方才进去。那些人看见两位进去也就渐渐散了。

沈琼枝看见两人气概不同，连忙接着，拜了万福。坐定，彼此谈了几句闲话。武书道："这杜少卿先生是此间诗坛祭酒。昨日因有人说起佳作可观，所以来请教。"沈琼枝道："我在南京半年多，凡到我这里来的，不是把我当作倚门之娼，就是疑我为江湖之盗。两样人皆不足与言。今见二位先生既无狎玩我的意思，又无疑猜我的心肠。我平日听见家父说：'南京名士甚多，只有杜少卿先生是个豪杰。'这句话不错了。但不知先生是客居在此,还是和夫人也同在南京?”杜少卿道:“拙荆也同寄居在河房内。”沈琼枝道:“既如此,我就到府拜谒夫人,好将心事细说。”

杜少卿应诺,同武书先别了出来。武书对杜少卿说道:“我看这个女人实有些奇。若说他是个邪货,他却不带淫气;若是说他是人家遣出来的婢妾,他却又不带贱气。看他虽是个女流,倒有许多豪侠的光景。他那般轻倩的装饰,虽则觉得柔媚,只一双手指,却像讲究勾、搬、冲的。论此时的风气,也未必有车中女子同那红线一流人。却怕是负气斗狠逃了出来的。等他来时盘问盘问他,看我的眼力如何。”说着已回到杜少卿家门首,看见姚奶奶背着花笼儿来卖花。杜少卿道:“姚奶奶你来的正好。我家今日有个希奇的客到,你就在这里看看。”让武正字到河房里坐着,同姚奶奶进去和娘子说了。

少刻沈琼枝坐了轿子,到门首下了进来。杜少卿迎进内室,娘子接着,见过礼坐下奉茶。沈琼枝上首,杜娘子主位,姚奶奶在下面陪着,杜少卿坐在窗槅前。彼此叙了寒暄。杜娘子问道:“沈姑娘,看你如此青年独自一个在客边,可有个同伴的?家里可还有尊人在堂?可曾许字过人家?”沈琼枝道:“家父历年在外坐馆。先母已经去世。我自小学了些手工针黹,因来到这南京大邦去处借此糊口。适承杜先生相顾,相约到府,又承夫人一见如故,真是天涯知已了。”姚奶奶道:“沈姑娘出奇的针黹。昨日我在对门葛来官家,看见他相公娘买了一幅绣的‘观音送子’,说是买的姑娘的,真个画儿也没有那画的好!”沈琼枝道:“胡乱做做罢了,见笑的紧。”须臾姚奶奶走出房门外去。沈琼枝在杜娘子面前双膝跪下。娘子大惊,扶了起来。沈琼枝便把盐商骗他做妾,他拐了东西逃走的话说了一遍,“而今只怕他不能忘情,还要追踪而来。夫人可能救我?”杜少卿道:“盐商富贵奢华,多少士大夫见了就销魂夺魄。你一个弱女子视如土芥,这就可敬的极了!但他必要追踪,你这祸事不远。却也无甚大害。”

正说着,小厮进来请少卿:“武爷有话要说。”杜少卿走到河房里,只见两个人垂着手站在槅子门口,像是两个差人。少卿吓了一跳,问道:“你们是那里来的?怎么直到这里边来?”武书接应道:“是我叫进来的。奇怪！如今县里据着江都县缉捕的文书在这里拿人，说他是宋盐商家逃出来的一个妾。我的眼色如何?”少卿道:“此刻却在我家,我家与他拿了去就像是我家指使的,传到扬州去又像我家藏留他。他逃走不逃走都不要紧,这个倒有些不妥帖。”武正字道:“小弟先叫差人进来正为此事。此刻少卿兄莫若先赏差人些微银子,叫他仍旧到王府塘去。等他自己回去再做道理拿他。”少卿依着武书赏了差人四钱银子。差人不敢违拗,去了。

少卿复身进去,将这一番话,向沈琼枝说了。娘子同姚奶奶倒吃了一惊。沈琼枝起身道:“这个不妨。差人在那里？我便同他一路去。”少卿道:“差人我已叫他去了,你且用了便饭。武先生还有一首诗奉赠,等他写完。”当下叫娘子和姚奶奶陪着吃了饭,自己走到河房里,检了自己刻的一本诗集,等着武正字写完了诗,又称了四两银子封做程仪,叫小厮交与娘子,送与沈琼枝收了。

沈琼枝告辞出门上了轿,一直回到手帕巷。那两个差人已在门口拦住,说道:“还是原轿子抬了走？还是下来同我们走？进去是不必的了!”沈琼枝道:“你们是都堂衙门的？是巡按衙门的？我又不犯法,又不打钦案的官司,那里有个拦门不许进去的理！你们这般大惊小怪只好吓那乡里人!”说着下了轿,慢慢的走了进去。两个差人倒有些让他。沈琼枝把诗同银子收在一个首饰匣子里,出来叫:“轿夫,你抬我到县里去。”轿夫正要添钱。差人忙说道:“千差万差,来人不差。我们清早起,就在杜相公家伺候了半日,留你脸面等你轿子回来。你就是女人,难道是茶也不吃的?”沈琼枝见差人想钱,也只不理,添了二十四个轿钱,一直就抬到县里来。

差人没奈何,走到宅门上回禀道:“拿的那个沈氏到了。”知县听说,便叫带到三堂回话。带了进来,知县看他容貌不差,问道:“既是女流,为甚么不守闺范私自逃出？又偷窃了宋家的银两,潜踪在本县地方做甚么?”沈琼枝道:“宋为富强占良人为妾,我父亲和他涉了讼。他买嘱知县,将我父亲断输了。这是我不共戴天之仇！况且我虽然不才,也颇知文墨,怎么肯把一个张耳之妻去事外黄佣奴？故此逃了出来。这是真的。”知县道:“你这些事自有江都县问你,我也不管。你既会文墨,可能当面做诗一首?”沈琼枝道:“请随意命一个题,原可以求教的。”知县指着堂下的槐树,说道:“就以此为题。”沈琼枝不慌不忙,吟出一首七言八句来,又快又好。知县看了赏鉴,随叫两个原差到他下处取了行李来当堂查点。翻到他头面盒子里,一包碎散银子——一个封袋上写着“程仪”、一本书、一个诗卷。知县看了,知道他也和本地名士倡和。签了一张批,备了一角关文,吩咐原差道:“你们押送沈琼枝到江都县,一路须要小心,不许多事,领了回批来缴。”那知县与江都县同年相好,就密密的写了一封书子装入关文内,托他开释此女,断还伊父另行择婿。此是后事不题。

当下,沈琼枝同两个差人出了县门,雇轿子抬到汉西门外,上了仪征的船。差人的行李放在船头上,锁伏板下安歇。沈琼枝搭在中舱,正坐下,凉篷小船上又荡了两个堂客来搭船,一同进到官舱。沈琼枝看那两个妇人时,一个二十六七的光景,一个十七八岁,乔素打扮做张做致的。跟着一个汉子,酒糟的一副面孔,一顶破毡帽坎齐眉毛,挑过一担行李来,也送到中舱里。两妇人同沈琼枝一块儿坐下,问道:“姑娘是到那里去的?”沈琼枝道:“我是扬州,和二位想也同路。”中年的妇人道:“我们不到扬州,仪征就上岸了。”

过了一会,船家来称船钱。两个差人啐了一口,拿出批来道:“你看!这是甚么东西?我们办公事的人,不问你要贴钱就够了,还来问我们要钱!”船家不敢言语,向别人称完了,开船到了燕子矶。一夜西南风,清早到了黄泥滩。差人问沈琼枝要钱。沈琼枝道:“我昨日听得明白,你们办公事不用船钱的。”差人道:“沈姑娘,你也太拿老了!叫我们管山吃山,管水吃水,都像你这一毛不拔,我们喝西北风?”沈琼枝听了,说道:“我便不给你钱,你敢怎么样!”走出船舱,跳上岸去,两只小脚就是飞的一般竟要自己走了去。两个差人,慌忙搬了行李,赶着扯他,被他一个四门斗里,打了一个仰八叉。扒起来,同那个差人吵成一片。吵的船家同那戴破毡帽的汉子做好做歹,雇了一乘轿子。两个差人跟着去了。

那汉子带着两个妇人过了头道闸,一直到丰家巷来,觌面迎着王义安,叫道:“细姑娘同顺姑娘来了,李老四也亲自送了来。南京水西门近来生意如何?”李老四道:“近来被淮清桥那些开三嘴行的挤坏了,所以来投奔老爹。”王义安道:“这样甚好。我这里正少两个姑娘。”当下带着两个婊子回到家里。一进门来,上面三间草房,都用芦席隔着,后面就是厨房。厨房里一个人在那里洗手,看见这两个婊子进来,欢喜的要不的。只因这一番,有分教:烟花窟里,惟凭行势夸官;笔墨丛中,偏去眠花醉柳。毕竟后事如何,且听下回分解。

第四十二回　公子妓院说科场　家人苗疆报信息

话说两个婊子才进房门,王义安向洗手的那个人道:“六老爷你请过来,看看这两位新姑娘。”两个婊子抬头看那人时,头戴一顶破头巾,身穿一件油透的元色绸直裰,脚底下穿了一双旧尖头靴,一副大黑麻脸,两只的溜骨碌的眼睛。洗起手来,自己把两个袖子,只管往上勒,又不像文,又不像武。

那六老爷从厨房里走出来,两个婊子上前叫声:“六老爷!”歪着头,扭着屁股,一只手扯着衣服衿,在六老爷跟前行个礼。那六老爷双手拉着道:“好!我的乖乖姐姐!你一到这里,就认得汤六老爷,就是你的造化了!”王义安道:“六老爷说的是。姑娘们到这里全靠六老爷照顾。请六老爷坐。拿茶来敬六老爷。”汤六老爷坐在一张板凳上,把两个姑娘拉着,一边一个同在板凳上坐着,自己扯开裤脚子,拿出那一双黑油油的肥腿,来搭在细姑娘腿上,把细姑娘雪白的手,拿过来摸他的黑腿。吃过了茶,拿出一袋子槟榔来放在嘴里乱嚼。嚼的滓滓渣渣淌出来,满胡子,满嘴唇,左边一擦,右边一偎,都偎擦两个姑娘的脸巴子上。姑娘们拿出汗巾子来揩,他又夺过去擦夹肢窝。

王义安才接过茶杯,站着问道:“大老爷这些时,边上可有信来?”汤六老爷道:“怎么没有?前日还打发人来,在南京做了二十首大红缎子绣龙的旗,一首大黄缎子的坐纛。说是这一个月就要进京。到九月霜降祭旗,万岁爷做大将军,我家大老爷做副将军。两人并排在一个毡条上站着磕头。磕过了头,就做总督。”

正说着,捞毛的叫了王义安出去,悄悄说了一会话。王义安进来道:“六老爷在上,方才有个外京客,要来会会细姑娘,看见六老爷在这里不敢进来。”六老爷道:“这何妨!请他进来不是,我就同他吃酒。”当下王义安领了那人进来,一个少年生意人。那嫖客进来坐下,王义安就叫他称出几钱银子来买了一盘子驴肉、一盘子煎鱼、十来筛酒。因汤六老爷是教门人,买了二三十个鸡蛋煮了出来。点上一个灯挂。六老爷首席,那嫖客对坐。六老爷叫细姑娘同那嫖客一板凳坐,细姑娘撒娇撒痴,定要同六老爷坐。四人坐定斟上酒来,六老爷要猜拳,输家吃酒赢家唱。六老爷赢了一拳,自己哑着喉咙唱了一个《寄生草》,便是细姑娘和那嫖客猜。细姑娘赢了。六老爷叫斟上酒,听细姑娘唱。细姑娘别转脸笑不肯唱。六老爷拿筷子在桌上催着敲。细姑娘只是笑不肯唱。六老爷道:"我这脸是帘子做的,要卷上去就卷上去,要放下来就放下来。我要细姑娘唱一个,偏要你唱!"王义安又走进来帮着催促,细姑娘只得唱了几句。唱完,王义安道:"王老爷来了。"那巡街的王把总进来,见是汤六老爷才不言语。婊子磕了头,一同入席吃酒,又添了五六筛。直到四更时分,大老爷府里小狗子拿着"都督府"的灯笼,说:"府里请六爷。"六老爷同王老爷方才去了。嫖客进了房,端水的来要水钱,捞毛的来要花钱。又闹了一会,婊子又通头、洗脸、刷屁股。比及上床已鸡叫了。

次日,六老爷绝早来说要在这里摆酒,替两位公子饯行,往南京恭喜去。王义安听见汤大老爷府里两位公子来,喜从天降。忙问:"六老爷,是即刻就来,是晚上才来?"六老爷在腰里摸出一封低银子,称称五钱六分重,递与王义安,叫去备一个七簋两点的席,"若是办不来,再到我这里找。"王义安道:"不敢!不敢!只要六老爷别的事上,多挑他姐儿们几回就是了。这一席酒我们效六老爷的劳。何况又是请府里大爷、二爷的。"六老爷道:"我的乖乖,这就是在行的话了。只要你这姐儿们有福,若和大爷、二爷相厚起来,他府里差甚么?黄的是金,白的是银,圆的是珍珠,放光的是宝!我们大爷、二爷,你只要找得着性情,就是捞毛的,烧火的,他也大把的银子挝出来赏你们。"李四在旁听了也着实高兴。吩咐已毕,六老爷去了。这里七手八脚整治酒席。

到下午时分,六老爷同大爷、二爷来。头戴恩荫巾,一个穿大红洒线直裰,一个穿藕合洒线直裰,脚下粉底皂靴,带着四个小厮,大清天白日提着两对灯笼,一对上写着"都督府"一对写着"南京乡试"。

大爷、二爷进来,上面坐下。两个婊子双双磕了头。六老爷站在旁边。大爷道:“六哥,现成板凳你坐着不是。”六老爷道:“正是。要禀过大爷、二爷:两个姑娘要赏他一个坐?”二爷道:“怎么不坐?叫他坐了。”两个婊子轻轻试试,扭头折颈坐在一条板凳上,拿汗巾子掩着嘴笑。大爷问:“两个姑娘今年尊庚?”六老爷代答道:“一位十七岁,一位十九岁。”王义安捧上茶来,两个婊子亲手接了两杯茶,拿汗巾揩干了杯子上一转的水渍,走上去奉与大爷、二爷。大爷、二爷接茶在手吃着。六老爷问道:“大爷、二爷几时恭喜起身?”大爷道:“只在明日就要走。现今主考已是将到京了,我们怎还不去?”六老爷和大爷说着话,二爷趁空把细姑娘拉在一条板凳上坐着,同他捏手捏脚亲热了一回。少刻就排上酒来,叫的教门厨子,备的教门席,都是些燕窝、鸭子、鸡、鱼。六老爷自己捧着酒奉大爷、二爷上坐,六老爷下陪,两个婊子打横。那菜一碗一碗的捧上来。六老爷逼手逼脚的坐在底下,吃了一会酒。

六老爷问道:“大爷、二爷这一到京,就要进场了?初八日五更鼓,先点太平府,点到我们扬州府,怕不要晚?”大爷道:“那里就点太平府!贡院前先放三个炮把栅栏子开了,又放三个炮把大门开了,又放三个炮把龙门开了。共放九个大炮。”二爷道:“他这个炮,还没有我们老人家辕门的炮大。”大爷道:“略小些,也差不多。放过了炮,至公堂上摆出香案来。应天府尹大人戴着幞头,穿着蟒袍,行过了礼立起身来,把两把遮阳遮着脸。布政司书办跪请三界伏魔大帝关圣帝君进场来镇压,请周将军进场来巡场。放开遮阳大人又行过了礼。布政司书办跪请七曲文昌开化梓潼帝君进场来主试,请魁星老爷进场来放光。”六老爷吓的吐舌道:“原来要请这些神道菩萨进来!可见是件大事!”顺姑娘道:“他里头有这些菩萨坐着,亏大爷、二爷好大胆还敢进去!若是我们就杀了也不敢进去。”六老爷正色道:“我们大爷、二爷,也是天上的文曲星,怎比得你姑娘们!”大爷道:“请过了文昌,大人朝上又打三恭,书办就跪请各举子的功德父母。”六老爷道:“怎的叫做功德父母?”二爷道:“功德父母,是人家中过进士做过官的祖宗,方才请了进来。若是那考老了的秀才和那百姓,请他进来做甚么呢?”大爷道:“每号门前还有一首红旗,底下还有一首黑旗。那红旗底下是给下场人的恩鬼墩着,黑旗底下是给下场人的怨鬼墩着。到这时候,大人上了公座坐了。书办点道:‘恩鬼进,怨鬼进。’两边齐烧纸钱。只见一阵阴风飒飒的响,滚了进来,跟着烧的纸钱滚到红旗、黑旗底下去了。”顺姑娘道:“阿弥陀佛！可见人要做好人,到这时候就见出分晓来了。”六老爷道:“像我们大老爷在边上积了多少功德,活了多少人命,那恩鬼也不知是多少哩！一枝红旗那里墩得下?”大爷道:“幸亏六哥不进场。若是六哥要进场,生生的就要给怨鬼拉了去!”六老爷道:“这是怎的?”大爷道:“像前科我宜兴严世兄,是个饱学秀才,在场里做完七篇文章,高声朗诵。忽然一阵微微的风把蜡烛头吹的乱摇,掀开帘子伸进一个头来。严世兄定睛一看,就是他相与的一个婊子。严世兄道:‘你已经死了,怎么来在这里?’那婊子望着他嘻嘻的笑。严世兄急了,把号板一拍,那砚台就翻过来连黑墨都倒在卷子上,把卷子黑了一大块。婊子就不见了。严世兄叹息道:‘也是我命该如此!’可怜下着大雨就交了卷。冒着雨出来,在下处害了三天病。我去看他,他告诉我如此。我说:‘你当初不知怎样作践了这人,他所以来寻你。’六哥,你生平作践了多少人？你说这大场进得进不得?”两个姑娘拍手笑道:“六老爷好作践的是我们。他若进场,我两个人就是他的怨鬼。”吃了一会,六老爷哑着喉咙唱了一个小曲,大爷、二爷拍着腿也唱了一个,婊子唱是不消说。闹到三更鼓,打着灯笼回去了。

次日叫了一只大船上南京。六老爷也送上船,回去了。大爷、二爷在船上,闲谈着进场的热闹处。二爷道:“今年该是个甚么表题?”大爷道:“我猜没有别的,去年老人家在贵州,征服了一洞苗子,一定是这个表题。”二爷道:“这表题要在贵州出。”大爷道:“如此,只得求贤、免钱粮两个题,其余没有了。”一路说着就到了南京。

管家尤胡子接着,把行李搬到钓鱼巷住下。大爷、二爷走进了门,转过二层厅后一个旁门进去,却是三间倒坐的河厅,收拾的到也清爽。两人坐定,看见河对面一带河房,也有朱红的栏杆,也有绿油的窗槅,也有斑竹的帘子,里面都下着各处的秀才在那里哼哼唧唧的念文章。

大爷、二爷才住下,便催着尤胡子去买两顶新方巾;考篮、铜铫、号顶、门帘、火炉、烛台、烛剪、卷袋,每样两件;赶着到鹫峰寺写卷头、交卷;又料理场食:月饼、蜜橙糕、莲米、圆眼肉、人参、炒米、酱瓜、生姜、板鸭。大爷又和二爷说:"把贵州带来的阿魏带些进去,恐怕在里头写错了字着急。"足足料理了一天才得停妥。大爷、二爷又自己细细一件件的查点,说道:"功名事大,不可草草。"

到初八早上,把这两顶旧头巾叫两个小子带在头上,抱着篮子到贡院前伺候。一路打从淮清桥过,那赶抢摊的摆着红红绿绿的封面,都是萧金铉、诸葛天申、季恬逸、匡超人、马纯上、蘧駪夫选的时文。一直等到晚,仪征学的秀才点完了才点他们。进了头门,那两个小厮到底不得进去。大爷、二爷自己抱着篮子,背着行李,看见两边芦柴堆火光一直亮到天上。大爷、二爷坐在地下,解怀脱脚。听见里面高声喊道:"仔细搜检!"大爷、二爷跟了这些人进去,到二门口接卷,进龙门归号。初十日出来,累倒了,每人吃了一只鸭子,眠了一天。三场已毕。

到十六日,叫小厮拿了一个"都督府"的溜子,溜了一班戏子来谢神。少刻看茶的到了。他是教门,自己有办席的厨子,不用外雇。戏班子发了箱来,跟着一个拿灯笼的拿着十几个灯笼,写着"三元班"。随后一个人,后面带着一个二汉,手里拿着一个拜匣。到了寓处门首向管家说了,传将进去。大爷打开一看,原来是个手本,写着:"门下鲍廷玺谨具喜烛双辉,梨园一部,叩贺。"大爷知道他是个领班子的,叫了进来。鲍廷玺见过了大爷、二爷,说道:"门下在这里领了一个小班,专伺候诸位老爷。昨日听见两位老爷要戏,故此特来伺候。"大爷见他为人有趣,留他一同坐着吃饭。过了一回戏子来了。就在那河厅上面供了文昌帝君、关夫子的纸马,两人磕过头,祭献已毕。大爷、二爷、鲍廷玺共三人坐了一席。

锣鼓响处,开场唱了四出尝汤戏。天色已晚,点起十几副明角灯来照耀的满堂雪亮。足足唱到三更鼓,整本已完。鲍廷玺道:"门下这几个小孩子跑的马,到也还看得,叫他跑一出马替两位老爷醒酒。”那小戏子一个个戴了貂裘，簪了雉羽，穿极新鲜的靠子，跑上场来串了一个五花八门。大爷、二爷看了，大喜。鲍廷玺道：“两位老爷若不见弃，这孩子里面拣两个留在这里伺候。”大爷道：“他们这样小孩子，晓得伺候甚么东西！有别的好顽的去处带我去走走。”鲍廷玺道：“这个容易。老爷，这对河就是葛来官家。他也是我挂名的徒弟。那年天长杜十七老爷在这里湖亭大会，都是考过，榜上有名的。老爷明日到水袜巷，看着外科周先生的招牌，对门一个黑抢篱里就是他家了。”二爷道：“他家可有内眷？我也一同去走走。”鲍廷玺道：“现放着偌大的十二楼，二老爷为甚么不去顽要，倒要到他家去？少不得都是门下来奉陪。”说毕戏已完了。鲍廷玺辞别去了。

次日，大爷备了八把点铜壶、两瓶山羊血、四端苗锦、六篓贡茶，叫人挑着一直来到葛来官家。敲开了门，一个大脚三带了进去。前面一进两破三的厅，上头左边一个门，一条小巷子进去，河房倒在贴后。那葛来官身穿着夹纱的玉色长衫子，手里拿着燕翎扇，一双十指尖尖的手，凭在栏杆上乘凉，看见大爷进来，说道：“请坐！老爷是那里来的？”大爷道：“昨日鲍师父说，来官你家最好看水。今日特来望望你。还有几色菲人事你权且收下。”家人挑了进来。来官看了喜逐颜开，说道：“怎么领老爷这些东西？”忙叫大脚三收了进去，“你向相公娘说，摆酒出来。”大爷道：“我是教门，不用大荤。”来官道：“有新买的极大的扬州螃蟹，不知老爷用不用？”大爷道：“这是我们本地的东西，我是最欢喜。我家伯伯大老爷在高要带了家信来，想的要不的也不得一只吃吃。”来官道：“太老爷是朝里出仕的？”大爷道：“我家太老爷，做着贵州的都督府。我是回来下场的。”说着摆上酒来。对着那河里烟雾迷离，两岸人家都点上了灯火，行船的人往来不绝。这葛来官吃了几杯酒，红红的脸，在灯烛影里擎着那纤纤玉手只管劝汤大爷吃酒。大爷道：“我酒是够了，倒用杯茶罢。”葛来官叫那大脚三把螃蟹壳同果碟都收了去，揩了桌子，拿出一把紫砂壶，烹了一壶梅片茶。

两人正吃到好处，忽听见门外嚷成一片。葛来官走出大门，只见那外科周先生，红着脸，揎着肚子，在那里嚷大脚三，说他倒了他家一门口的螃蟹壳子,葛来官才待上前和他讲说,被他劈面一顿臭骂道:“你家住的是‘海市蜃楼’,合该把螃蟹壳倒在你门口,为甚么送在我家来? 难道你上头两只眼睛也撑大了?”彼此吵闹,还是汤家的管家劝了进去。

刚才坐下,那尤胡子慌忙跑了进来,道:“小的那里不找寻,大爷却在这里!”大爷道:“你为甚事这样慌张?”尤胡子道:“二爷同那个姓鲍的,走到东花园鹫峰寺旁边一个人家吃茶,被几个喇子囮着把衣服都剥掉了。那姓鲍的吓的老早走了。二爷关在他家不得出来,急得要死。那间壁一个卖花的姚奶奶,说是他家姑老太把住了门,那里溜得脱!”大爷听了,慌叫在寓处取了灯笼来,照着走到鹫峰寺间壁。那里几个喇子说:“我们好些时没有大红日子过了,不打他的醮水,还打那个!”汤大爷雄赳赳的分开众人,推开姚奶奶,一拳打掉了门。那二爷看见他哥来,两步做一步溜出来了。那些喇子还待要拦住他,看见大爷雄赳赳的,又打着“都督府”的灯笼,也就不敢惹他,各自都散了。两人回到下处。

过了二十多天,贡院前蓝单取进墨浆去,知道就要揭晓。过了两日放出榜来,弟兄两个都没中,坐在下处,足足气了七八天。领出落卷来,汤由三本,汤实三本,都三篇不曾看完。两个人伙着大骂帘官、主考不通。正骂的兴头,贵州衙门的家人到了,递上家信来。两个拆开来看。只因这一番,有分教:桂林杏苑,空成魂梦之游;虎斗龙争,又见战征之事。毕竟后事如何,且听下回分解。

第四十三回　野羊塘将军血战　歌舞地酋长劫营

话说汤大爷、汤二爷领得落卷来,正在寓处看了气恼,只见家人从贵州镇远府来,递上家信。两人拆开同看,上写道:“生苗近日颇有蠢动之意,尔等于发榜后,无论中与不中,且来镇署要紧!”大爷看过,向二爷道:“老人家叫我们到衙门里去。我们且回仪征收拾收拾,再打算长行。”当下唤尤胡子叫了船,算还了房钱。大爷、二爷坐了轿,小厮们押着行李出汉西门上船。葛来官听见,买了两只板鸭,几样茶食,到船上送行。大爷又悄悄送了他一个荷包装着四两银子,相别去了。

当晚开船,次日到家。大爷、二爷先上岸回家。才洗了脸坐下吃茶,门上人进来说:“六爷来了。”只见六老爷后面带着一个人走了进来。一见面就说道:“听见我们老爷出兵征剿苗子,把苗子平定了,明年朝廷必定开科,大爷、二爷一齐中了,我们老爷封了侯,那一品的荫袭,料想大爷、二爷也不稀罕,就求大爷赏了我。等我戴了纱帽,给细姑娘看看,也好叫他怕我三分!”大爷道:“六哥,你挣一顶纱帽,单单去吓细姑娘,又不如去把这纱帽赏与王义安了。”二爷道:“你们只管说话,这个人是那里来的?”那人上来磕头请安,怀里拿出一封书子递上来。六老爷道:“他姓臧,名唤臧岐,天长县人。这书是杜少卿哥寄来的,说臧岐为人甚妥帖,荐来给大爷、二爷使唤。”二爷把信拆开同大爷看,前头写着些请问老伯安好的话,后面说到“臧岐一向在贵州做长随,贵州的山僻小路他都认得。其人颇可以供使令”等语。大爷看过,向二爷说道:“杜世兄我们也许久不会他了。既是他荐来的人,留下使唤便了。”臧四磕头谢了下去。

门上人进来禀:“王汉策老爷到了,在厅上要会。”大爷道:“老二,我六哥吃饭。你去会会他罢。”二爷出去会客。大爷叫摆饭同六老爷吃。吃着,同二爷送了客回来。大爷问道:“他来说甚么?”二爷道:“他说他东家万雪斋有两船盐,也就在这两日开江,托我们在路上照应照应。”二爷也一同吃饭。

吃完了饭,六老爷道:“我今日且去着,明日再来送行。”又道:“二爷若是得空,还到细姑娘那里瞧瞧他去。我先去叫他那里等着。”大爷道:“六哥,你就是个讨债鬼,缠死了人! 今日还那得工夫,去看那骚婊子!”六老爷笑着去了。

次日行里写了一只大江船。尤胡子、臧四同几个小厮,搬行李上船,门枪旗牌,十分热闹。六老爷送到黄泥滩,说了几句分别的话才叫一个小船荡了回去。这里放炮开船一直往上江进发。这日将到大姑塘,风色大作。大爷吩咐急急收了口子、弯了船。那江里白头浪茫茫一片就如煎盐叠雪的一般。只见两只大盐船被风横扫了抵在岸边。便有两百只小拨船,岸上来了两百个凶神也似的人,齐声叫道:“盐船搁了浅了,我们快帮他去起拨!”那些人驾了小船跳在盐船上,不由分说,把他舱里的子儿盐,一包一包的尽兴搬到小船上。那两百只小船都装满了,一个人一把桨,如飞的棹起来,都穿入那小港中无影无踪的去了。那船上管船的舵工、押船的朝奉,面面相觑,束手无策。望见这边船上打着“贵州总镇都督府”的旗号,知道是汤少爷的船,都过来跪下哀求道:“小的们是万老爷家两号盐船,被这些强盗生生打劫了,是二位老爷眼见的。求老爷做主搭救!”大爷同二爷道:“我们同你家老爷虽是乡亲,但这失贼的事该地方官管。你们须是到地方官衙门递呈纸去。”朝奉们无法,只得依言具了呈纸,到彭泽县去告。

那知县接了呈词即刻升堂,将舵工、朝奉、水手一干人等都叫进二堂,问道:“你们盐船为何不开行? 停泊在本县地方上是何缘故? 那些抢盐的姓甚名谁? 平日认得不认得?”舵工道:“小的们的船,被风扫到岸边,那港里有两百只小船,几百个凶神,硬把小的船上盐包都搬了去了。”知县听了大怒道:“本县法令严明,地方清肃,那里有这等事! 分明是你这奴才,揽载了商人的盐斤,在路伙着押船的家人任意嫖赌花消,沿途偷卖了,借此为由希图抵赖。你到了本县案下,还不实说么?”不由分说撒下一把签来。两边如狼如虎的公人把舵工掩翻,二十毛板打的皮开肉绽。又指着押船的朝奉道:“你一定是知情伙赖,快快向我实说!”说着,那手又去摩着签筒。可怜这朝奉是花月丛中长大的,近年有了几茎胡子,主人才差他出来押船,娇皮嫩肉,何曾见过这样官刑。今番见了,屁滚尿流,凭着官叫他说甚么就是甚么,那里还敢顶一句!当下磕头如捣蒜,只求饶命。知县又把水手们嚷骂一番,要将一干人寄监,明日再审。朝奉慌了,急急叫了一个水手,托他到汤少爷船上求他说人情。汤大爷叫臧岐拿了帖子,上来拜上知县,说:“万家的家人原是自不小心,失去的盐斤也还有限。老爷已经责处过管船的,叫他下次小心,宽恕他们罢。”知县听了这话,叫臧岐原帖拜上二位少爷,说:“晓得,遵命了。”又坐堂叫齐一干人等在面前,说道:“本该将你们解回江都县,照数追赔,这是本县开恩,恕你初犯。”扯个淡,一齐赶了出来。朝奉带着舵工到汤少爷船上磕头,谢了说情的恩,捻着鼻子回船去了。

次日风定开船,又行了几程,大爷、二爷由水登陆。到了镇远府,打发尤胡子先往衙门通报。大爷、二爷随后进署。这日正陪着客,请的就是镇远府太守。这太守姓雷名骥,字康锡,进士出身,年纪六十多岁,是个老科目,大兴县人,由部郎升了出来,在镇远有五六年,苗情最为熟习。雷太守在汤镇台西厅上吃过了饭,拿上茶来吃着。谈到苗子的事,雷太守道:“我们这里生苗、熟苗两种。那熟苗是最怕王法的,从来也不敢多事,只有生苗容易会闹起来。那大石崖、金狗洞一带的苗子,尤其可恶!前日长官司田德禀了上来说:‘生员冯君瑞,被金狗洞苗子别庄燕捉去,不肯放还。若是要他放还,须送他五百两银子,做赎身的身价。’大老爷,你议议这件事该怎么一个办法?”汤镇台道:“冯君瑞是我内地生员,关系朝廷体统,他如何敢拿了去,要起赎身的价银来?目无王法已极!此事并没有第二议,惟有带了兵马到他洞里,把逆苗尽行剿灭了,捉回冯君瑞交与地方官,究出起衅情由再行治罪。舍此还有别的甚么办法?”雷太守道:“大老爷此议,原是正办。但是何苦为了冯君瑞一个人,兴师动众?愚见不如檄委田土司,到洞里宣谕苗酋,叫他好好送出冯君瑞,这事也就可以罢了。”汤镇台道:“太老爷你这话就差了。譬如田土司到洞里去,那逆苗又把他留下,要一千两银子取赎。甚而太老爷亲自去宣谕,他又把太老爷留下,要一万银子取赎,这事将如何办法?况且,朝廷每年费百十万钱粮养活这些兵丁、将备,所司何事?既然怕兴师动众,不如不养活这些闲人了!"几句就同雷太守说戗了。雷太守道:"也罢,我们将此事叙一个简明的禀帖,禀明上台,看上台如何批下来,我们遵照办理就是了。"当下雷太守道了多谢,辞别回署去了。这里放炮封门。汤镇台进来,两个乃郎请安叩见了。臧四也磕了头。问了些家乡的话,各自安息。

过了几日,总督把禀帖批下来:"仰该镇带领兵马,剿灭逆苗,以彰法纪。余如禀,速行缴。"这汤镇台接了批禀,即刻差人把府里兵房书办叫了来,关在书房里。那书办吓了一跳,不知甚么缘故。到晚将三更时分,汤镇台到书房里来会那书办,手下人都叫回避了。汤镇台拿出五十两一锭大银放在桌上,说道:"先生你请收下。我约你来,不为别的,只为买你一个字。"那书办吓的战抖抖的,说道:"大老爷有何吩咐处,只管叫书办怎么样办,书办死也不敢受大老爷的赏。"汤镇台道:"不是这样说。我也不肯连累你。明日上头有行文到府里叫我出兵时,府里知会过来,你只将'带领兵马'四个字写作'多带兵马'。我这元宝送为笔资,并无别件奉托。"书办应允了,收了银子。放了他回去。又过了几天府里会过来,催汤镇台出兵,那文书上有"多带兵马"字样。那本标三营、分防二协,都受他调遣。各路粮饷俱已齐备。

看看已是除夕。清江、铜仁两协参将、守备禀道:"晦日用兵,兵法所忌。"汤镇台道:"且不要管他。运用之妙,在于一心。苗子们今日过年,正好出其不意,攻其无备。"传下号令:遣清江参将带领本协人马,从小石崖穿到鼓楼坡以断其后路;遣铜仁守备带领本协人马,从石屏山直抵九曲冈以遏其前锋。汤镇台自领本标人马,在野羊塘作中军大队。调拨已定,往前进发。汤镇台道:"逆苗巢穴正在野羊塘,我们若从大路去惊动了他,他踞了碉楼以逸待劳,我们倒难以刻期取胜。"因问臧岐道:"你认得可还有小路穿到他后面?"臧岐道:"小的认得。从香炉崖扒过山去,走铁溪里抄到后面,可近十八里。

只是溪水寒冷，现在有冰，难走。”汤镇台道：“这个不妨。”号令中军马兵穿了油靴，步兵穿了鹞子鞋，一齐打从这条路上前进。

且说那苗酋正在洞里聚集众苗子，男男女女饮酒作乐过年。冯君瑞本是一个奸棍，又得了苗女为妻。翁婿两个，罗列着许多苗婆，穿的花红柳绿，鸣锣击鼓演唱苗戏。忽然一个小卒飞跑了来报道：“不好了！大皇帝发兵来剿，已经到了九曲冈了。”那苗酋吓得魂不附体，忙调两百苗兵，带了标枪前去抵敌。只见又是一个小卒，没命的奔来报道：“鼓楼坡来了大众的兵马，不计其数。”苗酋同冯君瑞正慌张着急，忽听得一声炮响，后边山头上，火把齐明，喊杀连天，从空而下。那苗酋领着苗兵舍命混战，怎当得汤总镇的兵马，长枪大戟，直杀到野羊塘。苗兵死伤过半。苗酋同冯君瑞觅条小路，逃往别的苗洞里去了。那里前军铜仁守备、后军清江参将，都会合在野羊塘，搜了巢穴，将败残的苗子尽行杀了，苗婆留在军中执炊爨之役。

汤总镇号令三军就在野羊塘扎下营盘。参将、守备都到帐房里来贺捷。汤总镇道：“二位将军且不要放心。我看贼苗虽败，他已逃往别洞，必然求了救兵今夜来劫我们的营盘。不可不预为防备。”因问臧岐道：“此处通那一洞最近？”臧岐道：“此处到竖眼洞不足三十里。”汤总镇道：“我有道理。”向参将、守备道：“二位将军，你领了本部人马伏于石柱桥左右，这是苗贼回去必由之总路。你等他回去之时听炮响为号，伏兵齐起上前掩杀。”两将听令去了。汤总镇叫把收留的苗婆内中，拣会唱歌的都梳好了椎髻，穿好了苗锦，赤着脚，到中军帐房里歌舞作乐。却把兵马将士，都埋伏在山坳里。

果然五更天气，苗酋率领着竖眼洞的苗兵，带了苗刀，拿了标枪，悄悄渡过石柱桥。望见野羊塘中军帐里，灯烛辉煌，正在歌舞，一齐呐声喊扑进帐房。不想扑了一个空，那些苗婆之外并不见有一个人。知道是中了计，急急往外跑。那山坳里伏兵齐发，喊声连天。苗酋拼命的领着苗兵投石柱桥来，却不防一声炮响，桥下伏兵齐出，几处凑拢赶杀前来。还亏得苗子的脚底板厚，不怕巉岩荆棘，就如惊猿脱兔，漫山越岭的逃散了。

汤总镇得了大胜，检点这三营、两协人马，无大损伤，唱着凯歌回镇远府。雷太守接着道了恭喜,问起苗酋别庄燕以及冯君瑞的下落。汤镇台道:“我们连赢了他几仗,他们穷蹙逃命,料想这两个已经自戕沟壑了。”雷太守道:“大势看来,自是如此。但是上头问下来,这一句话却难以登答,明明像个饰词了。”当下汤镇台不能言语。回到衙门,两个少爷接着请了安。却为这件事心里十分踌蹰,一夜也不曾睡着。次日将出兵得胜的情节报了上去。总督那里又批下来,同雷太守的所见竟是一样,专问别庄燕、冯君瑞两名要犯,——“务须刻期拿获解院,以凭题奏”等语。汤镇台着了慌,一时无法。

只见臧岐在旁跪下禀道:“生苗洞里路径小的都认得。求老爷差小的前去打探得别庄燕现在何处,便好设法擒捉他了。”汤镇台大喜,赏了他五十两银子,叫他前去细细打探。臧岐领了主命,去了八九日,回来禀道:“小的直去到竖眼洞,探得别庄燕因借兵劫营输了一仗,洞里苗头和他恼了。而今又投到白虫洞那里去。小的又寻到那里打探,闻得冯君瑞也在那里,别庄燕只剩了家口十几个人,手下的兵马,全然没有了,又听见他们设了一计:说我们这镇远府里正月十八日铁溪里的神道出现,满城人家,家家都要关门躲避。他们打算到这一日扮做鬼怪,到老爷府里来打劫报仇。老爷须是防范他为妙。”汤镇台听了,道:“我知道了。”又赏了臧岐羊、酒,叫他歇息去。

果然镇远有个风俗:说正月十八日,铁溪里龙神嫁妹子。那妹子生的丑陋,怕人看见,差了多少的虾兵蟹将护卫着他嫁。人家都要关了门不许出来张看。若是偷着张看,被他瞧见了,就有疾风暴雨,平地水深三尺,把人民要淹死无数。此风相传已久。

到了十七日,汤镇台将亲随兵丁叫到面前,问道:“你们那一个认得冯君瑞?”内中有一个高挑子,出来跪禀道:“小的认得。”汤镇台道:“好。”便叫他穿上一件长白布直裰,戴上一顶纸糊的极高的黑帽子,搽上一脸的石灰,妆做地方鬼模样。又叫家丁妆了一班牛头马面、魔王夜叉,极狰狞的怪物。吩咐高挑子道:“你明日看见冯君瑞,即便捉住。重重有赏!”布置停当,传令管北门的天未明就开了城门。那别庄燕同冯君瑞假扮做一班赛会的,各把短刀藏在身边,半夜来到北门。看见城门已开,即奔到总兵衙门马号的墙外。十几个人各将兵器拿在手里，扒过墙来，去里边。月色微明，照着一个大空院子。正不知从那里进去，忽然见墙头上伏着一个怪物，手里拿着一个糖锣子当当的敲了两下，那一堵墙就像地动一般，滑喇的凭空倒了下来。几十条火把齐明，跳出几十个恶鬼，手执钢叉、留客住一拥上前。这别庄燕同冯君瑞着了这一吓，两只脚好像被钉钉住了的。地方鬼走上前，一钩镰枪勾住冯君瑞，喊道："拿住冯君瑞了！"众人一齐下手把十几个人都拿了，一个也不曾溜脱，拿到二堂，汤镇台点了数，次日解到府里。

雷太守听见拿获了贼头和冯君瑞，亦甚是欢喜，即请出王命、尚方剑，将别庄燕同冯君瑞枭首示众，其余苗子都杀了，具了本奏进京去。奉上谕："汤奏办理金狗洞匪苗一案，率意轻进，糜费钱粮，着降三级调用，以为好事贪功者戒。钦此。"汤镇台接着抄报看过，叹了一口气。部文到了，新官到任。送了印同两位公子商议，收拾打点回家。只因这一番，有分教：将军已去，帐大树之飘零；名士高谈，谋先人之窀穸。未知后事如何，且听下回分解。

第四十四回　汤总镇成功归故乡　余明经把酒问葬事

话说汤镇台同两位公子商议,收拾回家。雷太守送了代席四两银子,叫汤衙庖人备了酒席,请汤镇台到自己衙署饯行。起程之日阖城官员都来送行。从水路过常德,渡洞庭湖,由长江一路回仪征。在路无事,问问两公子平日的学业,看看江上的风景。不到二十大已到了纱帽洲,打发家人先回家料理迎接。

六老爷知道了,一直迎到黄泥滩,见面请了安。弟兄也相见了,说说家乡的事。汤镇台见他油嘴油舌,恼了道:“我出门三十多年,你长成人了,怎么学出这般一个下流气质!”后来见他开口就说是“禀老爷”,汤镇台怒道:“你这下流！胡说！我是你叔父,你怎么叔父不叫,称呼‘老爷’?”讲到两个公子身上,他又叫“大爷”“二爷”,汤镇台大怒道:“你这匪类！更该死了！你的两个兄弟,你不教训照顾他,怎么叫‘大爷’‘二爷’!”把六老爷骂的垂头丧气。

一路到了家里。汤镇台拜过了祖宗,安顿了行李。他那做高要县知县的乃兄,已是告老在家里。老弟兄相见彼此欢喜,一连吃了几天的酒。汤镇台也不到城里去,也不会官府,只在临河上构了几间别墅,左琴右书,在里面读书教子。

过了三四个月,看见公子们做的会文,心里不大欢喜。说道:“这个文章,如何得中！如今趁我来家,须要请个先生来,教训他们才好。”每日踌躇这一件事。

那一日,门上人进来禀道:“扬州萧二相公来拜。”汤镇台道:“这是我萧世兄。我会着还认他不得哩。”连忙教请进来。萧柏泉进来见礼。镇台见他美如冠玉,衣冠儒雅,和他行礼奉坐。萧柏泉道:“世叔恭喜回府,小侄就该来请安。因这些时南京翰林侍讲高老先生告假回家,在扬州过,小侄陪了他几时,所以来迟。”汤镇台道:“世兄恭喜入过学了?”萧柏泉道:“蒙前任大宗师考补博士弟子员。这领青衿不为希罕，却喜小侄的文章，前三天满城都传遍了。果然蒙大宗师赏鉴，可见甄拔的不差。”汤镇台见他说话伶俐，便留他在书房里吃饭，叫两个公子陪他。

到下午，镇台自己出来说，要请一位先生，替两个公子讲举业。萧柏泉道：“小侄近来有个看会文的先生，是五河县人，姓余名特，字有达，是一位明经先生，举业其实好的。今年在一个盐务人家做馆，他不甚得意。世叔若要请先生，只有这个先生好。世叔写一聘书，着一位世兄同小侄去会过余先生，就可以同来。每年馆谷也不过五六十金。”汤镇台听罢大喜，留萧柏泉住了两夜。写了聘书，即命大公子叫了一个草上飞，同萧柏泉到扬州去，往河下卖盐的吴家拜余先生。

萧柏泉叫他写个晚生帖子，将来进馆再换门生帖。大爷说：“半师半友，只好写个‘同学晚弟’。”萧柏泉拗不过，只得拿了帖子同到那里。门上传进帖去，请到书房里坐。只见那余先生头戴方巾，身穿旧宝蓝直裰，脚下朱履，白净面皮，三绺髭须，近视眼，约有五十多岁的光景，出来同二人作揖坐下。余有达道：“柏泉兄前日往仪征去，几时回来的？”萧柏泉道：“便是到仪征去看敝世叔汤大人，留住了几天。这位就是汤世兄。”因在袖里拿出汤大爷的名帖递过来。余先生接着看了放在桌上，说道：“这个怎么敢当？”萧柏泉就把要请他做先生的话说了一遍，道：“今特来奉拜。如蒙台允，即送书金过来。”余有达笑道：“老先生大位，公子高才，我老拙无能，岂堪为一日之长！容斟酌再来奉复罢。”两人辞别去了。

次日余有达到萧家来回拜，说道：“柏泉兄，昨日的事不能遵命。”萧柏泉道：“这是甚么缘故？”余有达笑道：“他既然要拜我为师，怎么写‘晚弟’的帖子拜我？可见就非求教之诚。这也罢了。小弟因有一个故人，在无为州做刺史，前日有书来约我，我要到那里走走。他若帮衬我些须，强如坐一年馆。我也就在这数日内，要辞别了东家去。汤府这一席柏泉兄竟转荐了别人罢。”萧柏泉不能相强，回复了汤大爷，另请别人去了。

不多几日，余有达果然辞了主人，收拾行李回五河。他家就在余家巷。进了家门,他同胞的兄弟出来接着。他这兄弟名持,字有重,也是五河县的饱学秀才。

此时五河县发了一个姓彭的人家,中了几个进士,选了两个翰林。五河县人眼界小,便阖县人同去奉承他。又有一家是徽州人,姓方,在五河开典当行盐,就冒了籍,要同本地人作姻亲。初时,这余家巷的余家,还和一个老乡绅的虞家,是世世为婚姻的。这两家不肯同方家做亲。后来,这两家出了几个没廉耻不才的人,贪图方家赔赠,娶了他家女儿,彼此做起亲来。后来做的多了,方家不但没有分外的赔赠,反说这两家子仰慕他有钱,求着他做亲。所以,这两家不顾祖宗脸面的有两种人:一种是呆子,那呆子有八个字的行为:非方不亲,非彭不友。一种是乖子,那乖子也有八个字的行为:非方不心,非彭不口。这话是说那些呆而无耻的人,假使五河县没有一个冒籍姓方的他就可以不必有亲,没有个中进士姓彭的他就可以不必有友。这样的人自已觉得势利透了心,其实呆串了皮。那些奸滑的,心里想着同方家做亲,方家又不同他做,他却不肯说出来,只是嘴里扯谎吓人,说:“彭老先生是我的老师。彭三先生把我邀在书房里,说了半天的知心话。”又说:“彭四先生在京里带书子来给我。”人听见他这些话,也就常时请他来吃杯酒,要他在席上说这些话,吓同席吃酒的人。其风俗恶赖如此。

这余有达、余有重弟兄两个,守着祖宗的家训闭户读书,不讲这些隔壁帐的势利。余大先生各府、州、县作游,相与的州、县官也不少,但到本县来,总不敢说。因五河人有个牢不可破的见识,总说但凡是个举人、进士,就和知州、知县是一个人,不管甚么情,都可以进去说,知州、知县就不能不依。假使有人说县官,或者敬那个人的品行,或者说那人是个名士要来相与他,就一县人嘴都笑歪了。就像不曾中过举的人,要想拿帖子去拜知县,知县就可以叉着膊子叉出来。总是这般见识。余家弟兄两个,品行、文章是从古没有的。因他家不见本县知县来拜,又同方家不是亲,又同彭家不是友,所以亲友们虽不敢轻他,却也不知道敬重他。

那日余有重接着哥哥进来,拜见了,备酒替哥哥接风,细说一年有余的话。吃过了酒,余大先生也不往房里去,在书房里老弟兄两个一床睡了。夜里大先生向二先生说,要到无为州看朋友去。二先生道:“哥哥还在家里住些时。我要到府里科考,等我考了回来,哥哥再去罢。”余大先生道:“你不知道,我这扬州的馆金已是用完了,要赶着到无为州去,弄几两银子回来过长夏。你科考去不妨,家里有你嫂子和弟媳当着家。我弟兄两个原是关着门过日子,要我在家怎的?”二先生道:“哥这番去,若是多抽丰得几十两银子,回来把父亲、母亲葬了。灵柩在家里这十几年,我们在家都不安。”大先生道:“我也是这般想,回来就要做这件事。”又过了几日,大先生往无为州去了。

又过了十多天,宗师牌到,按临凤阳。余二先生便束装往凤阳,租个下处住下。这时是四月初八日。初九日宗师行香,初十日挂牌收词状,十一日挂牌考凤阳八属儒学生员,十五日发出生员复试案来,每学取三名复试。余二先生取在里面。十六日进去复了试。十七日发出案来,余二先生考在一等第二名。在凤阳,一直住到二十四,送了宗师起身方才回五河去了。

大先生来到无为州。那州尊着实念旧,留着住了几日。说道:“先生,我到任未久,不能多送你些银子。而今有一件事,你说一个情罢,我准了你的。这人家,可以出得四百两银子,有三个人分。先生可以分得一百三十多两银子,权且拿回家去做了老伯、老伯母的大事。我将来再为情罢。”余大先生欢喜,谢了州尊,出去会了那人。那人姓风名影,是一件人命牵连的事。余大先生替他说过,州尊准了。出来兑了银子,辞别知州收拾行李回家。

因走南京过,想起:“天长杜少卿住在南京利涉桥河房里,是我表弟,何不顺便去看看他?”便进城来到杜少卿家。杜少卿出来接着,一见表兄,心里欢喜。行礼坐下,说这十几年阔别的话。余大先生叹道:“老弟,你这些上好的基业可惜弃了!你一个做大老官的人而今卖文为活,怎么弄的惯!”杜少卿道:“我而今在这里有山川、朋友之乐,倒也住惯了。不瞒表兄说,我愚弟也无甚么嗜好。夫妻们带着几个儿子,布衣蔬食,心里淡然。那从前的事也追悔不来了。”说罢，奉茶与表兄吃。吃过，杜少卿自己走进去和娘子商量，要办酒替表兄接风。此时杜少卿穷了，办不起，思量方要拿东西去当。这日是五月初三，却好庄濯江家送了一担礼来，与少卿过节。小厮跟了礼，拿着拜匣，一同走了进来。那礼是一尾鲥鱼、两只烧鸭、一百个粽子、二斤洋糖；拜匣里四两银子。杜少卿写回帖叫了多谢，收了。那小厮去了。杜少卿和娘子说："这主人做得成了。"当下又添了几样，娘子亲自整治酒肴。迟衡山、武正字住的近，杜少卿写说帖，请这两人来陪表兄。二位来到，叙了些彼此仰慕的话，在河房里一同吃酒。

吃酒中间，余大先生说起要寻地葬父母的话。迟衡山道："先生，只要地下干暖，无风无蚁，得安先人，足矣！那些发富发贵的话，都听不得！"余大先生道："正是。敝邑最重这一件事。人家因寻地艰难，每每担误着先人不能就葬。小弟却不曾究心于此道。请问二位先生：这郭璞之说是怎么个源流？"迟衡山叹道："自冢人墓地之官不设，族葬之法不行，士君子惑于龙穴、沙水之说，自心里要想发达，不知已堕于大逆不道。"余大先生惊道："怎生便是大逆不道？"迟衡山道："有一首诗，念与先生听：'气散风冲那可居，先生埋骨理何如？日中尚未逃兵解，世上人犹信《葬书》！'这是前人吊郭公墓的诗。小弟最恨而今术士托于郭璞之说，动辄便说：'这地可发鼎甲，可出状元。'请教先生：状元官号始于唐朝，郭璞晋人，何得知唐有此等官号，就先立一法，说是个甚么样的地，就出这一件东西？这可笑的紧！若说古人封拜，都在地理上看得出来，试问淮阴葬母，行营高敞地，而淮阴王侯之贵，不免三族之诛，这地是凶是吉？更可笑这些俗人说，本朝孝陵，乃青田先生所择之地。青田命世大贤，敷布兵、农、礼、乐，日不暇给，何得有闲工夫做到这一件事？洪武即位之时，万年吉地，自有术士办理，与青田甚么相干？"

余大先生道："先生，你这一番议论，真可谓之发蒙振聩。"武正字道："衡山先生之言一丝不错。前年我这城中有一件奇事，说与诸位先生听。"余大先生道："愿闻，愿闻。"武正字道："便是我这里下浮桥地方施家巷里施御史家。”迟衡山道:“施御史家的事我也略闻,不知其详。”武正字道:“施御史昆玉二位。施二先生说乃兄中了进士,他不曾中,都是太夫人的地葬的不好,只发大房不发二房。因养了一个风水先生在家里终日商议迁坟。施御史道:‘已葬久了,恐怕迁不得。’哭着下拜求他。他断然要迁。那风水又拿话吓他,说:‘若是不迁,二房不但不做官,还要瞎眼。’他越发慌了,托这风水到处寻地。家里养着一个风水,外面又相与了多少风水。这风水寻着一个地,叫那些风水来复。那晓得风水的讲究,叫做父做子笑,子做父笑,再没有一个相同的。但寻着一块地,就被人复了说:‘用不得。’家里住的风水急了,又献了一块地。便在那新地左边买通了一个亲戚来说,夜里梦见老太太凤冠霞帔,指着这地与他看,要葬在这里。因这一块地是老太太自己寻的,所以别的风水才复不掉,便把母亲硬迁来葬。到迁坟的那日,施御史弟兄两位跪在那里。才掘开坟看见了棺木,坟里便是一股热气直冲出来,冲到二先生眼上,登时就把两只眼瞎了。二先生越发信这风水竟是个现在的活神仙,能知过去、未来之事,后来重谢了他好几百两银子。”

余大先生道:“我们那边也极喜讲究的迁葬。少卿,这事行得行不得?”杜少卿道:“我还有一句直捷的话:这事朝廷该立一个法子。但凡人家要迁葬,叫他到有司衙门递个呈纸,风水具了甘结:棺材上有几尺水、几斗几升蚁。等开了说得不错,就罢了;如说有水、有蚁,挖开了不是,即于挖的时候,带一个刽子手,一刀把这奴才的狗头斫下来。那要迁坟的,就依子孙谋杀祖父的律,立刻凌迟处死。此风或可少息了。”余有达、迟衡山、武正字三人一齐拍手道:“说的畅快!说的畅快!拿大杯来吃酒!”

又吃了一会,余大先生谈到汤家请他做馆的一段话,说了一遍,笑道:“武夫可见不过如此。”武正字道:“武夫中竟有雅不过的!”因把萧云仙的事细细说了。对杜少卿道:“少卿先生,你把那卷子,拿出来与余先生看。”杜少卿取了出来。余大先生打开,看了图和虞博士几个人的诗。看毕乘着酒兴,依韵各和了一首。三人极口称赞,当下吃了半夜酒。

一连住了三日。那一日有一个五河乡里卖鸭的人拿了一封家信来,说是余二老爹带与余大老爹的。余大先生拆开一看,面如土色。只因这一番,有分教:弟兄相助,真耽式好之情;朋友交推,又见同声之谊。毕竟书子里说些甚么,且听下回分解。

第四十五回　敦友谊代兄受过　讲堪舆回家葬亲

话说余大先生把这家书拿来递与杜少卿看,上面写着大概的意思说:“时下有一件事在这里办着,大哥千万不可来家。我听见大哥住在少卿表弟家,最好放心住着。等我把这件事料理清楚了来接大哥,那时大哥再回来。”余大先生道:“这毕竟是件甚么事?”杜少卿道:“二表兄既不肯说,表兄此时也没处去问,且在我这里住着,自然知道。”余大先生写了一封回书说:“到底是件甚么事?兄弟可作速细细写来与我,我不着急就是了。若不肯给我知道,我倒反焦心。”

那人拿着回书回五河,送书子与二爷。二爷正在那里和县里差人说话,接了回书,打发乡里人去了。向那差人道:“他那里来文说是要提要犯余持。我并不曾到过无为州,我为甚么去?”差人道:“你到过不曾到过,那个看见?我们办公事,只晓得照票子寻人。我们衙门里拿到了强盗、贼,穿着檀木靴还不肯招哩!那个肯说真话!”余二先生没法,只得同差人到县里。在堂上见了知县跪着禀道:“生员在家,并不曾到过无为州,太父师这所准的事,生员真个一毫不解。”知县道:“你曾到过不曾到过,本县也不得知。现今无为州有关提在此,你说不曾到过,你且拿去自己看!”随在公案上,将一张朱印墨标的关文,叫值堂吏递下来看。余持接过一看,只见上写的是:“无为州承审被参知州赃案里,有贡生余持过赃一款,是五河县人。”余持看了道:“生员的话太父师可以明白了。这关文上,要的是贡生余持,生员离出贡,还少十多年哩。”说罢,递上关文来,回身便要走了去。知县道:“余生员,不必大忙。你才所说却也明白。”随又叫礼房问:“县里可另有个余持贡生?”礼房值日书办禀道:“他余家就有贡生,却没有个余持。”余持又禀道:“可见这关文是个捕风捉影的了。”起身又要走了去。知县道:“余生员你且下去,把这些情由,具一张清白呈子来。我这里替你回复去。”

余持应了下来。出衙门,同差人坐在一个茶馆里,吃了一壶茶,起身又要走。差人扯住道:“余二相,你往那里走?大清早上水米不沾牙。从你家走到这里,就是办皇差也不能这般寡剌!难道此时,又同了你去不成?”余二先生道:“你家老爷叫我出去写呈子。”差人道:“你才在堂上说,你是生员。做生员的一年帮人写到头,倒是自己的要去寻别人?对门这茶馆后头,就是你们生员们写状子的行家,你要写就进去写。”余二先生没法,只得同差人走到茶馆后面去。差人望着里边一人道:“这余二相,要写个诉呈,你替他写写。他自己做稿子,你替他誊真,用个戳子。他不给你钱,少不得也是我当灾!昨日那件事关在饭店里,我去一头来。”

余二先生和代书拱一拱手。只见桌旁板凳上,坐着一个人,头戴破头巾,身穿破直裰,脚底下一双打板唱曲子的鞋,认得是县里吃荤饭的朋友唐三痰。唐三痰看见余二先生进来,说道:“余二哥你来了,请坐!”余二先生坐下道:“唐三哥,你来这里的早。”唐三痰道:“也不算早了。我绝早同方六房里六老爷吃了面,送六老爷出了城去才在这里来。你这个事我知道。”因扯在旁边去,悄悄说道:“二先生,你这件事,虽非钦件,将来少不得打到钦件里去。你令兄现在南京,谁人不知道?自古‘地头文书铁箍桶’,总以当事为主。当事是彭府上说了就点到奉行的。你而今作速和彭三老爷去商议。他家一门都是龙睁虎眼的脚色,只有三老还是个盛德人。你如今着了急去求他,他也还未必计较你平日不曾在他分上周旋处。他是大福大量的人,你可以放心去。不然我就同你去。论起理来,这几位乡先生你们平日原该联络,这都是你令兄太自傲处,及到弄出事来却又没有个靠傍。”余二先生道:“极蒙关切。但方才县尊,已面许我回文,我且递上呈子去,等他替我回了文去,再为斟酌。”唐三痰道:“也罢,我看着你写呈子。”当下,写了呈子拿进县里去。知县叫书办据他呈子,备文书回无为州。书办来要了许多纸笔钱去,是不消说。

过了半个月,文书回头来,上写的清白。写着:“要犯余持,系五河贡生,身中,面白,微须,年约五十多岁。的于四月初八日,在无为州城隍庙寓所会风影会话,私和人命。随于十一日进州衙关说。续于十六日州审录供之后,风影备有酒席,送至城隍庙。风影共出赃银四百两,三人均分,余持得赃一百三十三两有零。二十八日在州衙辞行,由南京回五河本籍。赃证确据,何得讳称并无其人？事关宪件,人命重情,烦贵县查照来文事理,星即差押该犯赴州,以凭审结。望速！望速!”知县接了关文,又传余二先生来问。余二先生道:“这更有的分辨了。生员再细细具呈上来,只求太父师做主。”说罢下来,到家做呈子。

他妻舅赵麟书说道:“姐夫,这事不是这样说了。分明是大爷做的事。他左一回右一回雪片的文书来,姐夫为甚么自已缠在身上？不如老老实实具个呈子说大爷现在南京,叫他行文到南京去关。姐夫落得干净无事。我这里‘娃子不哭奶不胀’,为甚么把别人家的棺材,拉在自己门口哭?”余二先生道:“老舅,我弟兄们的事,我自有主意。你不要替我焦心。”赵麟书道:“不是我也不说。你家大爷平日性情不好,得罪的人多。就如仁昌典方三房里、仁大典方六房里,都是我们五门四关厢里铮铮响的乡绅,县里王公同他们是一个人,你大爷偏要拿话得罪他。就是这两天,方二爷同彭乡绅家五房里做了亲家。五爷是新科进士。我听见说,就是王公做媒,择的日子是出月初三日拜允。他们席间一定讲到这事,彭老五也不要明说出你令兄不好处,只消微露其意王公就明白了。那时王公作恶起来,反说姐夫你藏匿着哥,就耽不住了！还是依着我的话。”余二先生道:“我且再递一张呈子。若那里催的紧,再说出来也不迟。”赵麟书道:“再不,你去托托彭老五罢。”余二先生笑道:“也且慢些。”赵麟书见说他不信,就回去了。

余二先生又具了呈子到县里。县里据他的呈子回文道:“案据贵州移关:‘要犯余持,系五河贡生,身中,面白,微须,年约五十多岁。的于四月初八日,在无为州城隍庙寓所会风影会话,私和人命。随于十一日进州衙关说。续于十六日州审录供之后,风影备有酒席,送至城隍庙。风影共出赃银四百两,三人均分,余持得赃一百三十三两有零。二十八日在州衙辞行,由南京回五河本籍。赃证确据,何得讳称并无其人？事关宪件,人命重情……’等因到县。准此,本县随即拘传本生到案。据供:生员余持,身中,面麻,微须,年四十四岁,系廪膳生员,未曾出贡。本年四月初八日,学宪按临凤阳,初九日行香,初十日悬牌。十一日科试八学生员。该生余持进院赴考,十五日复试案发取录。余持次日进院复试,考居一等第二名。至二十四日送学宪起马,回籍肄业。安能一身在凤阳科试,又一身在无为州诈赃?本县取具口供,随取本学册结对验,该生委系在凤阳科试,未曾到无为诈赃,不便解送。恐系外乡光棍,顶名冒姓,理合据实回明,另辑审结云云。"这文书回了去,那里再不来提了。

余二先生一块石头落了地,写信约哥回来。大先生回来细细问了这些事,说:"全费了兄弟的心!"便问:"衙门使费,一总用了多少银子?"二先生道:"这个话哥还问他怎的?哥带来的银子,料理下葬为是。"

又过了几日弟兄二人商议,要去拜风水张云峰。恰好一个本家来请吃酒,两人拜了张云峰便到那里赴席去。那里请的没有外人,就是请的他两个嫡堂兄弟,一个叫余敷,一个叫余殷。两人见大哥、二哥来,慌忙作揖,彼此坐下,问了些外路的事。余敷道:"今日王父母在彭老二家吃酒。"主人坐在底下道:"还不曾来哩。阴阳生才拿过帖子去。"余殷道:"彭老四点了主考了。听见前日辞朝的时候,他一句话回的不好,朝廷把他身子拍了一下。"余大先生笑道:"他也没有甚么话说的不好。就是说的不好,皇上离着他也远,怎能自己拍他一下?"余殷红着脸道:"然而不然。他而今官大了,是翰林院大学士,又带着左春坊,每日就要站在朝廷大堂上暖阁子里议事。他回的话不好,朝廷怎的不拍他,难道怕得罪他么?"主人坐在底下道:"大哥前日在南京来,听见说应天府尹进京了?"余大先生还不曾答应。余敷道:"这个事,也是彭老四奏的。朝廷那一天问:'应天府可该换人?'彭老四要荐他的同年汤奏,就说'该换'。他又不肯得罪府尹,唧唧的写个书子带来叫府尹自己请陛见,所以进京去了。"余二先生道:"大僚更换的事,翰林院衙门是不管的。这话恐未必确。"余殷道:"这是王父母前日在仁大典吃酒席上亲口说的,怎的不确?"说罢摆上酒来。九个盘子:一盘青菜花炒肉、一盘煎鲫鱼、一盘片粉拌鸡、一盘摊蛋、一盘葱炒虾、一盘瓜子、一盘人参果、一盘石榴米、一盘豆腐干。烫上滚热的封缸酒来。

吃了一会,主人走进去,拿出一个红布口袋,盛着几块土,红头绳子拴着,向余敷、余殷说道:“今日请两位贤弟来,就是要看看这山上土色,不知可用得?”余二先生道:“山上是几时破土的?”主人道:“是前日。”余敷正要打开拿出土来看,余殷夺过来道:“等我看。”劈手就夺过来,拿出一块土来,放在面前,把头歪在右边看了一会,把头歪在左边又看了一会,拿手指头掐下一块土来送在嘴里,歪着嘴乱嚼。嚼了半天把一大块土就递与余敷,说道:“四哥,你看这土好不好?”余敷把土接在手里,拿着在灯底下,翻过来把正面看了一会,翻过来又把反面看了一会,也掐了一块土送在嘴里,闭着嘴闭着眼,慢慢的嚼。嚼了半日睁开眼,又把那土拿在鼻子跟前,尽着闻。又闻了半天说道:“这土果然不好。”主人慌了道:“这地可葬得?”余殷道:“这地葬不得!葬了你家就要穷了!”余大先生道:“我不在家这十几年,不想二位贤弟,就这般精于地理。”余敷道:“不瞒大哥说,经过我愚弟兄两个看的地一毫也没得辨驳的!”余大先生道:“方才这土是那山上的?”余二先生指着主人道:“便是贤弟家四叔的坟,商议要迁葬。”余大先生屈指道:“四叔葬过已经二十多年,家里也还平安,可以不必迁罢。”余殷道:“大哥,这是那里来的话!他那坟里一汪的水,一包的蚂蚁,做儿子的人,把个父亲放在水窝里、蚂蚁窝里,不迁起来,还成个人!”

余大先生道:“如今寻的新地在那里?”余殷道:“昨日这地,不是我们寻的。我们替寻的一块地,在三尖峰。我把这形势说给大哥看。”因把这桌上的盘子撤去两个,拿指头蘸着封缸酒在桌上画个圈子,指着道:“大哥你看,这是三尖峰。那边来路远哩!从浦口山上发脉,一个墩,一个炮;一个墩,一个炮;一个墩,一个炮。弯弯曲曲,骨里骨碌一路接着滚了来。滚到县里周家冈,龙身跌落过峡,又是一个墩,一个炮,骨骨碌碌几十个炮赶了来,结成一个穴情。这穴情叫做‘荷花出水’。”正说着,小厮捧上五碗面。主人请诸位用了醋,把这青菜炒肉,夹了许多堆在面碗头上,众人举起箸来吃。余殷吃的差不多,拣了两根面条在桌上弯弯曲曲做了一个来龙,睁着眼道:"我这地要出个状元。葬下去,中了一甲第二也算不得,就把我的两只眼睛剜掉了!"主人道:"那地葬下去,自然要发。"余敷道:"怎的不发?就要发!并不等三年五年!"余殷道:"偎着就要发!你葬下去,才知道好哩!"余大先生道:"前日我在南京,听见几位朋友说,葬地只要父母安,那子孙发达的话也是渺茫。"余敷道:"然而不然。父母果然安,子孙怎的不发?"余殷道:"然而不然。彭府上那一座坟,一个龙爪子,恰好搭在他太爷左膀子上,所以前日彭老四,就有这一拍。难道不是一个龙爪子?大哥你若不信,明日我同你到他坟上去看你才知道。"又吃了几杯,一齐起身道了扰。小厮打着灯笼送进余家巷去,各自归家歇息。

次日大先生同二先生商议道:"昨日那两个兄弟说的话怎样一个道理?"二先生道:"他们也只说的好听,究竟是无师之学。我们还是请张云峰商议为是。"大先生道:"这最有理。"次日,弟兄两个备了饭请张云峰来。张云峰道:"我往常时,诸事沾二位先生的光,二位先生因太老爷的大事托了我,怎不尽心?"大先生道:"我弟兄是寒士,蒙云峰先生厚爱,凡事不恭,但望恕罪。"二先生道:"我们只要把父母大事,做了归着,而今拜托云翁,并不必讲发富发贵,只要地下干暖,无风无蚁,我们愚弟兄就感激不尽了。"张云峰一一领命。过了几日,寻了一块地,就在祖坟旁边。余大先生、余二先生同张云峰到山里去,亲自复了这地,托祖坟上山主,用二十两银子买了,托张云峰择日子。

日子还不曾择来,那日闲着无事,大先生买了二斤酒,办了六七个盘子,打算老弟兄两个自己谈谈。到了下晚时候,大街上虞四公子写个说帖来,写道:"今晚薄治园蔬,请二位表兄到荒斋一叙,勿却是荷。虞梁顿首。"余大先生看了,向那小厮道:"我知道了。拜上你家老爷,我们就来。"打发出门。随即一个苏州人,在这里开糟坊的,打发人来请他弟兄两个到糟坊里去洗澡。大先生向二先生道:"这凌朋友家请我们,又想是有酒吃。我们而今扰了凌风家,再到虞表弟家去。"

弟兄两个相携着来到凌家，一进了门听得里面一片声吵嚷。却是凌家因在客边雇了两个乡里大脚婆娘，主子都同他偷上了。五河的风俗是：个个人都要同雇的大脚婆娘睡觉的。不怕正经敞厅里摆着酒，大家说起这件事，都要笑的眼睛没缝，欣欣得意，不以为羞耻的。凌家这两个婆娘，彼此疑惑。你疑惑我多得了主子的钱，我疑惑你多得了主子的钱，争风吃醋打吵起来。又大家搬楦头，说偷着店里的店官，店官也跟在里头打吵。把厨房里的碗儿、盏儿、碟儿打的粉碎，又伸开了大脚，把洗澡的盆、桶都翻了。余家两位先生酒也吃不成，澡也洗不成，倒反扯劝了半日。辞了主人出来。主人不好意思，千告罪，万告罪，说改日再请。

两位先生走出凌家门，便到虞家。虞家酒席已散，大门关了。余大先生笑道："二弟，我们仍旧回家吃自己的酒。"二先生笑着，同哥到了家里，叫拿出酒来吃。不想那二斤酒和六个盘子，已是娘娘们吃了，只剩了个空壶、空盘子在那里。大先生道："今日有三处酒吃，一处也吃不成。可见一饮一啄，莫非前定。"弟兄两个笑着吃了些小菜晚饭，吃了几杯茶，彼此进房歇息。

睡到四更时分，门外一片声大喊，两弟兄一齐惊觉。看见窗外通红，知道是对门失火。慌忙披了衣裳出来，叫齐了邻居把父母灵柩搬到街上。那火烧了两间房子，到天亮就救息了。灵柩在街上。五河风俗，说灵柩抬出门再要抬进来，就要穷人家。所以众亲友来看，都说乘此抬到山里，择个日子葬罢。大先生向二先生道："我两人葬父母，自然该正正经经的告了庙，备祭辞灵，遍请亲友会葬，岂可如此草率。依我的意思，仍旧将灵柩请进中堂择日出殡。"二先生道："这何消说，如果要穷死，尽是我弟兄两个当灾。"当下众人劝着总不听。唤齐了人，将灵柩请进中堂。候张云峰择了日子，出殡归葬，甚是尽礼。

那日，阖县送殡有许多的人，天长杜家也来了几个人。自此，传遍了五门四关厢一个大新闻，说："余家兄弟两个越发呆串了皮了，做出这样倒运的事！"只因这一番，有分教：风尘恶俗之中，亦藏俊彦；数米量柴之外，别有经纶。毕竟后事如何，且听下回分解。

第四十六回　三山门贤人饯别　五河县势利薰心

话说余大先生葬了父母之后和二先生商议，要到南京去谢谢杜少卿，又因银子用完了，顺便就可以寻馆。收拾行李，别了二先生，过江到杜少卿河房里。杜少卿问了这场官事，余大先生细细说了。杜少卿不胜叹息。

正在河房里闲话，外面传进来："有仪征汤大老爷来拜！"余大先生问是那一位，杜少卿道："便是请表兄做馆的了。不妨就会他一会。"正说着，汤镇台进来，叙礼坐下。汤镇台道："少卿先生，前在虞老先生斋中得接光仪，不觉鄙吝顿消。随即登堂不得相值，又悬我一日之思。此位老先生尊姓？"杜少卿道："这便是家表兄余有达，老伯去岁曾要相约做馆的。"镇台大喜道："今日无意中，又晤一位高贤，真为幸事！"从新作揖坐下。余大先生道："老先生功在社稷，今日角巾私第，口不言功，真古名将风度！"汤镇台道："这是事势相逼，不得不尔。至今想来，究竟还是意气用事，并不曾报效得朝廷，倒惹得同官心中不快话，却也悔之无及。"余大先生道："这个，朝野自有定论。老先生也不必过谦了。"杜少卿道："老伯此番来京贵干？现寓何处？"汤镇台道："家居无事，偶尔来京借此会会诸位高贤。敝寓在承恩寺。弟就要去拜虞博士并庄征君贤竹林。"吃过茶辞别出来，余大先生同杜少卿送了上轿。余大先生暂寓杜少卿河房。

这汤镇台到国子监拜虞博士，那里留下帖，回了不在署。随往北门桥拜庄濯江，里面见了帖子，忙叫请会。这汤镇台下轿进到厅事，主人出来，叙礼坐下，道了几句彼此仰慕的话。汤镇台提起要往后湖拜庄征君。庄濯江道："家叔此刻恰好在舍，何不竟请一会？"汤镇台道："这便好的极了！"庄濯江吩咐家人请出庄征君来，同汤镇台拜见过，叙坐。又吃了一遍茶，庄征君道："老先生此来，恰好虞老先生尚未荣行，又重九相近，我们何不相约，作一个登高会？就此便奉饯虞老先生，又可畅聚一日。”庄濯江道：“甚好。订期便在舍间相聚便了。”汤镇台坐了一会起身去了，说道：“数日内登高会再接教，可以为尽日之谈。”说罢二位送了出来。汤镇台又去拜了迟衡山、武正字。庄家随即着家人送了五两银子到汤镇台寓所代席。

过了三日管家持帖邀客，请各位早到。庄濯江在家等候，庄征君已先在那里。少刻，迟衡山、武正字、杜少卿都到了。庄濯江收拾了一个大敞榭，四面都插了菊花。此时正是九月初五，天气亢爽。各人都穿着袷衣，啜茗闲谈。又谈了一会，汤镇台、萧守府、虞博士都到了。众人迎请进来，作揖坐下。汤镇台道：“我们俱系天涯海角之人，今幸得贤主人相邀一聚，也是三生之缘。又可惜虞老先生就要去了！此聚之后，不知快晤又在何时？”庄濯江道：“各位老先生当今山斗，今日惠顾茅斋，想五百里内贤人聚矣！”坐定，家人捧上茶来。揭开来似白水一般，香气芬馥，银针都浮在水面，吃过，又换了一巡真“天都”，虽是隔年陈的，那香气尤烈。虞博士吃着茶，笑说道：“二位老先生当年在军中，想不见此物。”萧云仙道：“岂但军中，小弟在青枫城六年，得饮白水已为厚幸，只觉强于马溺多矣！”汤镇台道：“果然青枫水草可支数年。”庄征君道：“萧老先生博雅，真不数北魏崔浩。”迟衡山道：“前代后代，亦时有变迁的。”杜少卿道：“宰相须用读书人，将帅亦须用读书人。若非萧老先生有识，安能立此大功？”武正字道：“我最可笑的，边庭上都督不知有水草，部里书办核算时偏生知道。这不知是司官的学问，还是书办的学问？若说是司官的学问，怪不的朝廷重文轻武。若说是书办的考核，可见这大部的则例，是移动不得的了。”说罢，一齐大笑起来。

戏子吹打已毕，奉席让坐。戏子上来参堂。庄非熊起身道：“今日因各位老先生到舍，晚生把梨园榜上有名的十九名，都传了来，求各位老先生每人赏他一出戏。”虞博士问：“怎么叫做‘梨园榜’？”余大先生把昔年杜慎卿这件风流事述了一遍，众人又大笑。汤镇台向杜少卿道：“令兄已是铨选部郎了？”杜少卿道：“正是。”武正字道：“慎卿先生此一番评骘，可云至公至明。只怕立朝之后，做主考房官又要目迷五色，奈何？”众人又笑了。当日，吃了一天酒。做完了戏，到黄昏时分,众人散了。庄濯江寻妙手丹青,画了一幅《登高送别图》。在会诸人,都做了诗。又各家移樽到博士斋中饯别。

南京饯别虞博士的也不下千余家。虞博士应酬烦了,凡要到船中送别的,都辞了不劳。那日,叫了一只小船在水西门起行,只有杜少卿送在船上。杜少卿拜别道:“老叔已去,小侄从今无所依归矣!”虞博士也不胜凄然,邀到船里坐下,说道:“少卿,我不瞒你说,我本赤贫之士,在南京来做了六七年博士,每年积几两俸金,只挣了三十担米的一块田。我此番去,或是部郎,或是州县,我多则做三年,少则做两年,再积些俸银添得二十担米,每年养着我夫妻两个不得饿死就罢了。子孙们的事,我也不去管他。现今小儿读书之余,我教他学个医,可以糊口。我要做这官怎的?你在南京,我时常寄书子来问候你。”说罢和杜少卿洒泪分手。杜少卿上了岸,看着虞博士的船开了去,望不见了方才回来。

余大先生在河房里,杜少卿把方才这些话告诉他。余大先生叹道:“难进易退,真乃天怀淡定之君子。我们他日出身,皆当以此公为法。”彼此叹赏了一回。当晚,余二先生有家书来约大先生回去,说:“表弟虞华轩家请的西席先生去了,要请大哥到家教儿子。目今就要进馆,请作速回去!”余大先生向杜少卿说了,辞别要去。次日束装渡江,杜少卿送过,自回家去。

余大先生渡江回家,二先生接着,拿帖子与乃兄看,上写:“愚表弟虞梁,敬请余大表兄先生在舍教训小儿。每年修金四十两,节礼在外。此订。”大先生看了。次日去回拜。虞华轩迎了出来心里欢喜,作揖奉坐。小厮拿上茶来吃着。虞华轩道:“小儿蠢夯,自幼失学。前数年,愚弟就想请表兄教他,因表兄出游在外。今恰好表兄在家,就是小儿有幸了。举人、进士,我和表兄两家车载斗量,也不是甚么出奇东西。将来小儿在表兄门下第一要学了表兄的品行,这就受益的多了!”余大先生道:“愚兄老拙株守,两家至戚世交,只和老弟气味还投合的来。老弟的儿子就是我的儿子一般,我怎不尽心教导!若说中举人、进士,我这不曾中过的人,或者不在行。至于品行、文章,令郎自有家传,愚兄也只是行所无事。”说罢,彼此笑了。

择了个吉日,请先生到馆。余大先生绝早到了。虞小公子出来拜见,甚是聪俊。拜过,虞华轩送至馆所。余大先生上了师位。虞华轩辞别到那边书房里去坐。才坐下,门上人同了一个客进来。这客是唐三痰的哥叫做唐二棒椎,是前科中的文举人,却与虞华轩是同案进的学。这日,因他家先生开馆,就踱了来要陪先生。虞华轩留他坐下吃了茶。唐二棒椎道:“今日恭喜令郎开馆。”虞华轩道:“正是。”唐二棒椎道:“这先生最好,只是坐性差些,又好弄这些杂学,荒了正务。论余大先生的举业,虽不是时下的恶习,他要学国初帖括的排场,却也不是中和之业。”虞华轩道:“小儿也还早哩。如今请余大表兄不过叫学他些立品,不做那势利小人就罢了。”

又坐了一会,唐二棒椎道:“老华,我正有一件事,要来请教你这通古学的。”虞华轩道:“我通甚么古学!你拿这话来笑我。”唐二棒椎道:“不是笑话,真要请教你。就是我前科侥幸。我有一个嫡侄,他在凤阳府里住,也和我同榜中了,又是同榜,又是同门。他自从中了不曾到县里来。而今来祭祖,他昨日来拜我,是‘门年愚侄’的帖子。我如今回拜他,可该用个‘门年愚叔’?”虞华轩道:“怎么说?”唐二棒椎道:“你难道不曾听见?我舍侄同我同榜同门,是出在一个房师房里中的了。他写‘门年愚侄’的帖子拜我,我可该照样还他?”虞华轩道:“我难道不晓得同着一个房师叫做同门!但你方才说的‘门年愚侄’四个字,是鬼话!是梦话!”唐二棒椎道:“怎的是梦话?”虞华轩仰天大笑道:“从古至今,也没有这样奇事。”唐二棒椎变着脸道:“老华,你莫怪我说。你虽世家大族,你家发过的老先生们,离的远了,你又不曾中过。这些官场上来往的仪制,你想是未必知道。我舍侄他在京里,不知见过多少大老。他这帖子的样式,必有个来历,难道是混写的?”虞华轩道:“你长兄既说是该这样写就这样写罢了,何必问我!”唐二棒椎道:“你不晓得,等余大先生出来吃饭,我问他。”

正说着,小厮来说:“姚五爷进来了。”两个人同站起来。姚五爷进来,作揖坐下。虞华轩道:“五表兄,你昨日吃过饭,怎便去了?晚里还有个便酒等着,你也不来。”唐二棒椎道:“姚老五昨日在这里吃中饭的么？我昨日午后遇着你，你现说在仁昌典方老六家吃了饭出来。怎的这样扯谎？”

小厮摆了饭，请余大先生来。余大先生首席，唐二棒椎对面，姚五爷上坐，主人下陪。吃过饭，虞华轩笑把方才写帖子话说与余大先生。余大先生气得两脸紫涨，颈子里的筋都耿出来，说道：“这话是那个说的？请问人生世上，是祖父要紧，是科名要紧？”虞华轩道：“自然是祖父要紧了，这也何消说得。”余大先生道：“既知是祖父要紧，如何才中了个举人便丢了天属之亲，叔侄们认起同年同门来？这样得罪名教的话，我一世也不愿听！二哥，你这位令侄还亏他中个举，竟是一字不通的人！若是我的侄儿，我先拿他在祠堂里祖宗神位前，先打几十板子才好！”唐二棒椎同姚五爷看见余大先生恼得像红虫，知道他的迂性呆气发了，讲些混话支开了去。

须臾吃完了茶，余大先生进馆去了。姚五爷起身道：“我去走走再来。”唐二棒椎道：“你今日出去，该说在彭老二家吃了饭出来的了！”姚五爷笑道：“今日我在这里陪先生，人都知道的，不好说在别处。”笑着去了。

姚五爷去了一时，又走回来，说道：“老华，厅上有个客来拜你。说是在府里太尊衙门里出来的，在厅上坐着哩。你快出去会他！”虞华轩道：“我并没有这个相与，是那里来的？”正疑惑间，门上传进帖子来：“年家眷同学教弟季萑顿首拜”。虞华轩出到厅上迎接。季苇萧进来，作揖坐下，拿出一封书子递过来，说道：“小弟在京师，因同敝东家来贵郡，令表兄杜慎卿先生托寄一书专候先生。今日得见雅范，实为深幸。”虞华轩接过书子，拆开从头看了，说道：“先生与我敝府厉公祖是旧交？”季苇萧道：“厉公是敝年伯荀大人的门生，所以邀小弟在他幕中共事。”虞华轩道：“先生因甚公事下县来？”季苇萧道：“此处无外人，可以奉告。厉太尊因贵县当铺戥子太重，剥削小民，所以托弟下来查一查。如其果真，此弊要除。”虞华轩将椅子挪近季苇萧跟前低言道：“这是太公祖极大的仁政！敝县别的当铺原也不敢如此，只有仁昌、仁大方家这两个典铺，他又是乡绅，又是盐典，又同府、县官相与的极好，所以无所不为。百姓敢怒而不敢言。如今要除这个弊，只要除这两家。况太公祖堂堂太守，何必要同这样人相与？此说只可放在先生心里，却不可漏泄说是小弟说的。"季苇萧道："这都领教了。"虞华轩又道："蒙先生赐顾，本该备个小酌，奉屈一谈，一来恐怕亵尊，二来小地方耳目众多。明日备个菲酌，送到尊寓，万勿见却。"季苇萧道："这也不敢当。"说罢作别去了。

虞华轩走进书房来，姚五爷迎着问道："可是太尊那里来的？"虞华轩道："怎么不是！"姚五爷摇着头笑道："我不信！"唐二棒椎沉吟道："老华，这倒也不错。果然是太尊里面的人？太尊同你不密迩。同太尊密迩的是彭老三、方老六他们二位。我听见这人来，正在这里疑惑。他果然在太尊衙门里的人，他下县来不先到他们家去，倒有个先来拜你老哥的？这个话有些不像。恐怕是外方的甚么光棍，打着太尊的旗号到处来骗人的钱，你不要上他的当！"虞华轩道："也不见得这人不曾去拜他们。"姚五爷笑道："一定没有拜。若拜了他们怎肯还来拜你？"虞华轩道："难道是太尊叫他来拜我的？是天长杜慎卿表兄，在京里写书子给他来的。这人是有名的季苇萧。"唐二棒椎摇手道："这话更不然！季苇萧是定梨园榜的名士。他既是名士，京里一定在翰林院衙门里走动。况且，天长杜慎老同彭老四是一个人，岂有个他出京来带了杜慎老的书子来给你，不带彭老四的书子来给他家的？这人一定不是季苇萧。"虞华轩道："是不是罢了，只管讲他怎的！"便骂小厮："酒席为甚么到此时还不停当！"一个小厮走来禀道："酒席已经停当了。"

一个小厮掮了被囊行李进来，说："乡里成老爹到了。"只见一人，方巾，蓝布直裰，薄底布鞋，花白胡须，酒糟脸，进来作揖坐下，道："好呀！今日恰好府上请先生，我撞着来吃喜酒。"虞华轩叫小厮拿水来，给成老爹洗脸，抖掉了身上、腿上那些黄泥，一同邀到厅上。

摆上酒来，余大先生首席，众位陪坐。天色已黑，虞府厅上，点起一对料丝灯来，还是虞华轩曾祖尚书公在武英殿御赐之物，今已六十余年，犹然簇新。余大先生道："自古说，'故家乔木'，果然不差。就如尊府这灯，我县里没有第二副。"成老爹道："大先生，'三十年河东，三十年河西'，就像三十年前你二位府上何等气势！我是亲眼看见的。而今彭府上、方府上都一年盛似一年。不说别的,府里太尊、县里王公都同他们是一个人,时时有内里幕宾相公,到他家来说要紧的话。百姓怎的不怕他。像这内里幕宾相公,再不肯到别人家去。”唐二棒椎道:“这些时,可有幕宾相公来?”成老爹道:“现有一个姓吉的吉相公下来访事,住在宝林寺僧官家。今日清早,就在仁昌典方老六家,方老六把彭老二也请了家去陪着。三个人进了书房门,讲了一天。不知太爷是作恶那一个,叫这吉相公下来访的?”唐二棒椎望着姚五爷冷笑道:“何如?”余大先生看见他说的这些话可厌,因问他道:“老爹去年准给衣巾了?”成老爹道:“正是。亏学台是彭老四的同年,求了他一封书子所以准的。”余大先生笑道:“像老爹这一副酒糟脸,学台看见,着实精神。怎的肯准?”成老爹道:“我说我这脸是浮肿着的。”众人一齐笑了。又吃了一会酒,成老爹道:“大先生,我和你是老了,没中用的了。英雄出于少年,怎得我这华轩世兄下科高中了,同我们这唐二老爷一齐会上进士,虽不能像彭老四做这样大位,或者像老三、老二候选个县官,也与祖宗争气,我们脸上,也有光辉。”余大先生看见这些话更可厌,因说道:“我们不讲这些话,行令吃酒罢。”当下行了一个“快乐饮酒”的令。行了半夜,大家都吃醉了。成老爹扶到房里去睡。打灯笼送余大先生、唐二棒椎、姚五爷回去。

成老爹睡了一夜,半夜里又吐,吐了又屙屎。不等天亮就叫书房里的一个小小厮来扫屎。就悄悄向那小小厮说,叫把管租的管家叫了两个进来。又鬼头鬼脑不知说了些甚么,便叫请出大爷来。只因这一番,有分教:乡僻地面,偏多慕势之风;学校宫前,竟行非礼之事。毕竟后事如何,且听下回分解。

第四十七回　虞秀才重修元武阁　方盐商大闹节孝祠

话说虞华轩也是一个非同小可之人。他自小七八岁上就是个神童。后来，经、史、子、集之书，无一样不曾熟读，无一样不讲究，无一样不通彻。到了二十多岁，学问成了，一切兵、农、礼、乐、工、虞、水、火之事，他提了头就知道尾；文章也是枚、马；诗赋也是李、杜。况且，他曾祖是尚书，祖是翰林，父是太守，真正是个大家。无奈他虽有这一肚子学问，五河人总不许他开口。

五河的风俗：说起那人有品行，他就歪着嘴笑。说起前几十年的世家大族，他就鼻子里笑。说那个人会做诗赋古文，他就眉毛都会笑。问五河县有甚么山川风景？是有个彭乡绅。问五河县有甚么出产希奇之物？是有个彭乡绅。问五河县那个有品望？是奉承彭乡绅。同那个有德行？是奉承彭乡绅。问那个有才情？是专会奉承彭乡绅。却另外有一件事，人也还怕，是同徽州方家做亲家。还有一件事，人也还亲热，就是大捧的银子拿出来买田。

虞华轩生在这恶俗地方，又守着几亩田园跑不到别处去，因此就激而为怒。他父亲太守公，是个清官，当初在任上时，过些清苦日子。虞华轩在家省吃俭用，积起几两银子。此时太守公告老在家，不管家务。虞华轩每年苦积下几两银子，便叫兴贩田地的人家来，说要买田、买房子，讲的差不多，又臭骂那些人一顿，不买。——以此开心。一县的人，都说他有些痰气，到底贪图他几两银子，所以来亲热他。

这成老爹是个兴贩行的行头。那日，叫管家请出大爷来书房里坐下，说道："而今我那左近有一分田，水旱无忧，每年收的六百石稻。他要二千两银子。前日方六房里要买他的，他已经打算卖给他，那些庄户不肯。"虞华轩道："庄户为甚么不肯？"成老爹道："庄户因方府上田主子下乡，要庄户备香案迎接，欠了租又要打板子，所以不肯卖与他。"虞华轩道："不卖给他，要卖与我？我下乡是摆臭案的？

我除了不打他,他还要打我?”成老爹道:“不是这样说。说你大爷,宽宏大量,不像他们刻薄,而今所以来愬成的。不知你的银子可现成?”虞华轩道:“我的银怎的不现成? 叫小厮搬出来给老爹瞧!”当下叫小厮搬出三十锭大元宝来望桌上一掀。那元宝在桌上乱滚,成老爹的眼就跟这元宝滚。虞华轩叫把银子收了去,向成老爹道:“我这些银子不扯谎么? 你就下乡去说,说了来,我买他的。”成老爹道:“我在这里还耽搁几天才得下去。”虞华轩道:“老爹有甚么公事?”成老爹道:“明日要到王父母那里,领先婶母举节孝的牌坊银子,顺便交钱粮。后日是彭老二的小令爱整十岁,要到那里去拜寿。外后日是方六房里请我吃中饭,要扰过他才得下去。”虞华轩鼻子里“嘻”的笑了一声罢了。留成老爹吃了中饭,领牌坊银子、交钱粮去了。

虞华轩叫小厮把唐三痰请了来。这唐三痰因方家里平日请吃酒吃饭,只请他哥——举人,不请他,他就专会打听:方家那一日请人,请的是那几个。他都打听在肚里甚是的确。虞华轩晓得他这个毛病,那一日把他寻了来,向他说道:“费你的心去打听打听,仁昌典方六房里,外后日可请的有成老爹。打听的确了来,外后日我就备饭请你。”唐三痰应诺,去打听了半天回来说道:“并无此说。外后日方六房里并不请人。”虞华轩道:“妙!妙!你外后日清早就到我这里来吃一天。”送唐三痰去了,叫小厮悄悄在香蜡店托小官写了一个红单帖,上写着“十八日午间小饭候光”,下写“方杓顿首”。拿封袋装起来贴了签,叫人送在成老爹睡觉的房里书案上。成老爹交了钱粮,晚里回来看见帖子,自心里欢喜道:“我老头子老运亨通了!偶然扯个谎就扯着了,又恰好是这一日!”欢喜着睡下。

到十八那日,唐三痰清早来了。虞华轩把成老爹请到厅上坐着。看见小厮一个个从大门外进来:一个拎着酒,一个拿着鸡、鸭,一个拿着脚鱼和蹄子,一个拿着四包果子,一个捧着一大盘肉心烧卖,都往厨房里去。成老爹知道他今日备酒,也不问他。虞华轩问唐三痰道:“修元武阁的事,你可曾向木匠、瓦匠说?”唐三痰道:“说过了。工料费着哩!他那外面的围墙倒了,要从新砌,又要修一路台基,瓦工需两三个月。里头换梁柱、钉椽子,木工还不知要多少。但凡修理房子，瓦、木匠只打半工。他们只说三百，怕不也要五百多银子，才修得起来。”成老爹道：“元武阁是令先祖盖的，却是一县发科甲的风水。而今科甲发在彭府上，该是他家拿银子修了。你家是不相干了，还只管累你出银子？”虞华轩拱手道：“也好。费老爹的心，向他家说说，帮我几两银子。我少不得也见老爹的情。”成老爹道：“这事我说去。他家虽然官员多、气魄大，但是我老头子说话，他也还信我一两句。”虞家小厮，又悄悄的从后门口叫了一个卖草的，把他四个钱，叫他从大门口转了进来。说道：“成老爹，我是方六老爷家来的。请老爹就过去，候着哩。”成老爹道：“拜上你老爷，我就来。”那卖草的去了。

成老爹辞了主人一直来到仁昌典，门上人传了进去。主人方老六出来会着，作揖坐下。方老六问：“老爹几时上来的？”成老爹心里惊了一下，答应道：“前日才来的。”方老六又问：“寓在那里？”成老爹更慌了，答应道：“在虞华老家。”小厮拿上茶来吃过。成老爹道：“今日好天气。”方老六道：“正是。”成老爹道：“这些时，常会王父母？”方老六道：“前日还会着的。”彼此又坐了一会没有话说。又吃了一会茶，成老爹道：“太尊这些时，总不见下县来过。若还到县里来，少不得先到六老爷家。太尊同六老爷相与的好，比不得别人。其实说，太爷阖县也就敬的是六老爷一位，那有第二个乡绅抵的过六老爷？”方老六道：“新按察司到任，太尊只怕也就在这些时，要下县来。”成老爹道：“正是。”又坐了一会，又吃了一道茶，也不见一个客来，也不见摆席。成老爹疑惑，肚里又饿了，只得告辞一声看他怎说。因起身道：“我别过六老爷罢。”方老六也站起来道：“还坐坐。”成老爹道：“不坐了。”即便辞别，送了出来。成老爹走出大门，摸头不着，心里想道：“莫不是我太来早了？”又想道：“莫不他有甚事怪我？”又想道：“莫不是我错看了帖子？”猜疑不定。又心里想道：“虞华轩家有现成酒饭，且到他家去吃再处。”一直走回虞家。

虞华轩在书房里摆着桌子，同唐三痰、姚老五和自己两个本家，摆着五六碗滚热的肴馔，正吃在快活处，见成老爹进来，都站起身。虞华轩道：“成老爹偏背了我们吃了方家的好东西来了，好快活！”便叫：“快拿一张椅子，与成老爹那边坐；泡上好消食的陈茶来，与成老爹吃。”小厮远远放一张椅子在上面请成老爹坐了。那盖碗陈茶,左一碗,右一碗,送来与成老爹。成老爹越吃越饿,肚里说不出来的苦。看见他们大肥肉块、鸭子、脚鱼,夹着往嘴里送,气得火在顶门里直冒。他们一直吃到晚,成老爹一直饿到晚。等他送了客,客都散了,悄悄走到管家房里要了一碗炒米泡了吃。进房去睡下,在床上气了一夜。次日辞了虞华轩,要下乡回家去。虞华轩问:“老爹几时来?”成老爹道:“若是田的事妥,我就上来;若是田的事不妥,我只等家婶母入节孝祠的日子,我再上来。”说罢辞别去了。

一日虞华轩在家无事,唐二棒椎走来说道:“老华,前日那姓季的,果然是太尊府里出来的,住宝林寺僧官家。方老六、彭老二都会着。竟是真的!”虞华轩道:“前日说‘不是’,也是你,今日说‘真的”,也是你。是不是,罢了,这是甚么奇处!”唐二棒椎笑道:“老华,我从不曾会过太尊。你少不得在府里回拜这位季兄去,携带我去见见太尊,可行得么?”虞华轩道:“这也使得。”

过了几日,雇了两乘轿子一同来凤阳。到了衙里,投了帖子。虞华轩又带了一个帖子拜季苇萧。衙里接了帖子,回出来道:“季相公扬州去了。太爷有请!”二位同进去,在书房里会。会过太尊出来,两位都寓在东头。太尊随发帖请饭。唐二棒椎向虞华轩道:“太尊明日请我们,我们没有个坐在下处等他的人老远来邀的。明日我和你,到府门口龙兴寺坐着,好让他一邀我们就进去。”虞华轩笑道:“也罢。”

次日中饭后同到龙兴寺一个和尚家坐着,只听得隔壁一个和尚家,细吹细唱的有趣。唐二棒椎道:“这吹唱的好听,我走过去看看。”看了一会回来,垂头丧气,向虞华轩抱怨道:“我上了你的当!你当这吹打的是谁?就是我县里仁昌典方老六同厉太尊的公子,备了极齐整的席,一个人搂着一个戏子在那里顽耍。他们这样相厚,我前日只该同了方老六来。若同了他来此时已同公子坐在一处。如今同了你,虽见得太尊一面,到底是个皮里膜外的帐,有甚么意思!”虞华轩道:“都是你说的,我又不曾强扯了你来!他如今现在这里,你跟了去不是!”唐二棒椎道:“同行不疏伴,我还同你到衙里去吃酒。”

说着，衙里有人出来邀，两人进衙去。太尊会着，说了许多仰慕的话。又问："县里节孝几时入祠？我好委官下来致祭。"两人答道："回去定了日子，少不得具请启来请太公祖。"吃完了饭辞别出来。次日又拿帖子辞了行，回县去了。

虞华轩到家第二日，余大先生来说："节孝入祠，的于出月初三。我们两家，有好几位叔祖母、伯母、叔母入祠。我们两家都该公备祭酌，自家合族人都送到祠里去。我两人出去传一传。"虞华轩道："这个何消说。寒舍是一位，尊府是两位。两家绅衿共有一百四五十人。我们会齐了一同到祠门口，都穿了公服迎接当事，也是大家的气象。"余大先生道："我传我家的去，你传你家的去。"虞华轩到本家去了一交，惹了一肚子的气回来，气的一夜也没有睡着。清晨，余大先生走来，气的两只眼白瞪着，问道："表弟，你传的本家怎样？"虞华轩道："正是。表兄传的怎样？为何气的这样光景？"余大先生道："再不要说起！我去向寒家这些人说，他不来也罢了。都回我说，方家老太太入祠，他们都要去陪祭候送，还要扯了我也去。我说了他们，他们还要笑我说背时的话。你说可要气死了人！"虞华轩笑道："寒家亦是如此，我气了一夜。明日我备一个祭桌自送我家叔祖母，不约他们了。"余大先生道："我也只好如此。"相约定了。

到初三那日，虞华轩换了新衣帽，叫小厮挑了祭桌到他本家八房里。进了门，只见冷冷清清一个客也没有。八房里堂弟，是个穷秀才，头戴破头巾，身穿旧襕衫，出来作揖。虞华轩进去拜了叔祖母的神主，奉主升车。他家租了一个破亭子，两条扁担，四个乡里人歪抬着，也没有执事。亭子前四个吹手滴滴打打的吹着，抬上街来。虞华轩同他堂弟跟着一直送到祠门口歇下。远远望见，也是两个破亭子，并无吹手，余大先生、二先生弟兄两个跟着，抬来祠门口歇下。

四个人会着，彼此作了揖。看见祠门前尊经阁上，挂着灯，悬着彩子，摆着酒席。那阁盖的极高大，又在街中间，四面都望见。戏子一担担挑箱上去。抬亭子的人道："方老爷家的戏子来了！"又站了一会听得西门三声铳响，抬亭子的人道："方府老太太起身了！"须臾街上锣响，一片鼓乐之声，两把黄伞，八把旗，四队踹街马，牌上的金字打着“礼部尚书”“翰林学士”“提督学院”“状元及第”,都是余、虞两家送的。执事过了,腰锣、马上吹、提炉,簇拥着老太太的神主亭子,边旁八个大脚婆娘扶着。方六老爷纱帽圆领跟在亭子后。后边的客做两班,一班是乡绅,一班是秀才。乡绅是彭二老爷、彭三老爷、彭五老爷、彭七老爷,其余就是余、虞两家的举人、进士、贡生、监生,共有六七十位,都穿着纱帽圆领,恭恭敬敬跟着走。一班是余、虞两家的秀才,也有六七十位,穿着襴衫、头巾,慌慌张张在后边赶着走。乡绅末了一个,是唐二棒椎,手里拿一个簿子,在那里边记帐。秀才末了一个,是唐三痰,手里拿一个簿子,在里边记帐。那余、虞两家,到底是诗礼人家,也还厚道,走到祠前,看见本家的亭子在那里,竟有七八位走过来作一个揖,便大家簇拥着方老太太的亭子进祠去了。随后便是知县、学师、典史、把总,摆了执事来。吹打安位,便是知县祭、学师祭、典史祭、把总祭、乡绅祭、秀才祭、主人家自祭。祭完了,绅衿一哄而出,都到尊经阁上赴席去了。这里等人挤散了才把亭子抬了进去,也安了位。虞家还有华轩备的一个祭桌,余家只有大先生备的一副三牲,也祭奠了。抬了祭桌出来,没处散福,算计借一个门斗家坐坐。

余大先生抬头看尊经阁上,绣衣朱履,觥筹交错。方六老爷行了一回礼,拘束狠了,宽去了纱帽圆领,换了方巾便服,在阁上廊沿间徘徊徘徊。便有一个卖花牙婆,姓权,大着一双脚,走上阁来哈哈笑道:“我来看老太太入祠!”方六老爷笑容可掬,同他站在一处,伏在栏杆上看执事。方六老爷拿手一宗一宗的指着说与他听。权卖婆一手扶着栏杆,一手拉开裤腰捉虱子,捉着一个一个往嘴里送。余大先生看见这般光景,看不上眼,说道:“表弟,我们也不在这里坐着吃酒了。把祭桌抬到你家,我同舍弟一同到你家坐坐罢。还不看见这些惹气的事。”便叫挑了祭桌前走。他四五个人一路走着。在街上,余大先生道:“表弟,我们县里,礼义廉耻,一总都灭绝了。也因学宫里,没有个好官。若是放在南京虞博士那里,这样事如何行的去!”余二先生道:“看虞博士那般举动,他也不要禁止人怎样,只是被了他的德化,那非礼之事,人自然不能行出来。”虞家弟兄几个同叹了一口气,一同到家。吃了酒,各自散了。

此时元武阁已经动工,虞华轩每日去监工修理。那日晚上回来,成老爹坐在书房里。虞华轩同他作了揖,拿茶吃了,问道:"前日节孝入祠,老爹为甚么不到?"成老爹道:"那日我要到的,身上有些病不曾来的成。舍弟下乡去,说是热闹的很。方府的执事摆了半街,王公同彭府上的人都在那里送。尊经阁摆席唱戏,四乡八镇,几十里路的人都来看,说:'若要不是方府,怎做的这样大事!'你自然也在阁上偏我吃酒。"虞华轩道:"老爹,你就不晓得,我那日要送我家八房的叔祖母?"成老爹冷笑道:"你八房里本家,穷的有腿没裤子。你本家的人,那个肯到他那里去?连你这话也是哄我顽,你一定是送方老太太的。"虞华轩道:"这事已过,不必细讲了。"

吃了晚饭,成老爹说:"那分田的卖主和中人都上县来了,住在宝林寺里。你若要他这田,明日就可以成事。"虞华轩道:"我要就是了。"成老爹道:"还有一个说法:这分田全然是我来说的,我要在中间打五十两银子的'背公',要在你这里除给我。我还要到那边要中用钱去。"虞华轩道:"这个何消说,老爹是一个元宝。"当下把租头、价银、戥银、银色、鸡、草、小租、酒水、画字、上业主,都讲清了。

成老爹把卖主、中人都约了来,大清早坐在虞家厅上。成老爹进来,请大爷出来成契。走到书房里,只见有许多木匠、瓦匠在那里领银子。虞华轩捧着多少五十两一锭的大银子散人,一个时辰就散掉了几百两。成老爹看着他散完了,叫他出去成田契。虞华轩睁着眼道:"那田贵了,我不要!"成老爹吓了一个痴。虞华轩道:"老爹,我当真不要了。"便吩咐小厮:"到厅上把那乡里的几个泥腿,替我赶掉了!"成老爹气的愁眉苦脸,只得自己走出去,回那几个乡里人去了。只因这一番,有分教:身离恶俗,门墙又见儒修;客到名邦,晋接不逢贤哲。毕竟后事如何,且听下回分解。

第四十八回　徽州府烈妇殉夫　泰伯祠遗贤感旧

话说余大先生在虞府坐馆，早去晚归，习以为常。那日早上起来，洗了脸，吃了茶，要进馆去。才走出大门，只见三骑马进来，下了马向余大先生道喜。大先生问："是何喜事？"报录人拿出条子来看，知道是选了徽州府学训导。余大先生欢喜，待了报录人酒饭，打发了钱去。随即虞华轩来贺喜，亲友们都来贺。余大先生出去拜客，忙了几天。料理到安庆领凭，领凭回来，带家小到任。大先生邀二先生一同到任所去。二先生道："哥寒毡一席，初到任的时候，只怕日用还不足。我在家里罢。"大先生道："我们老弟兄，相聚得一日是一日。从前我两个人，各处坐馆，动不动两年不得见面。而今老了，只要弟兄两个多聚几时，那有饭吃没饭吃也且再商量。料想做官，自然好似坐馆。二弟，你同我去。"二先生应了，一同收拾行李，来徽州到任。

大先生本来极有文名，徽州人都知道。如今来做官，徽州人听见，个个欢喜。到任之后，会见大先生胸怀坦白，言语爽利，这些秀才们，本不来会的也要来会会。人人自以为得明师。又会着二先生谈谈，谈的都是些有学问的话，众人越发钦敬。每日也有几个秀才来往。

那日，余大先生正坐在厅上，只见外面走进一个秀才来，头戴方巾，身穿旧宝蓝直裰，面皮深黑，花白胡须，约有六十多岁光景。那秀才自己手里拿着帖子递与余大先生。余大先生看帖子上写着："门生王蕴。"那秀才递上帖子拜了下去。余大先生回礼，说道："年兄莫不是尊字玉辉的么？"王玉辉道："门生正是。"余大先生道："玉兄，二十年闻声相思，而今才得一见。我和你只论好弟兄，不必拘这些俗套们。请到书房里去坐。"叫人请二老爷出来。二先生出来，同王玉辉会着，彼此又道了一番相慕之意，三人坐下。王玉辉道："门生在学里，也做了三十年的秀才，是个迂拙的人。往年就是本学老师，门生也不过是公堂一见而已，而今因大老师和世叔来，是两位大名下，所以，要时常来聆老师和世叔的教训。要求老师不认做大概学里门生，竟要把我做个受业弟子才好。”余大先生道：“老哥，你我老友，何出此言！”

二先生道：“一向知道吾兄清贫，如今在家可做馆？长年何以为生？”王玉辉道：“不瞒世叔说，我生平立的有个志向：要纂三部书嘉惠来学。”余大先生道：“是那三部？”王玉辉道：“一部《礼书》，一部《字书》，一部《乡约书》。”二先生道：“《礼书》是怎么样？”王玉辉道：“礼书是将《三礼》分起类来，如事亲之礼、敬长之礼等类。将经文大书，下面采诸经、子、史的话印证，教子弟们自幼习学。”大先生道：“这一部书，该颁于学宫，通行天下。请问《字书》是怎么样？”王玉辉道：“《字书》是七年识字法。其书已成，就送来与老师细阅。”二先生道：“字学不讲久矣！有此一书，为功不浅。请问《乡约书》怎样？”王玉辉道：“《乡约书》不过是添些仪制，劝醒愚民的意思。门生因这三部书，终日手不停披，所以没的工夫做馆。”大先生道：“几位公郎？”王玉辉道：“只得一个小儿，倒有四个小女。大小女守节在家里；那几个小女，都出阁不上一年多。”说着，余大先生留他吃了饭，将门生帖子退了不受，说道：“我们老弟兄，要时常屈你来谈谈，料不嫌我苜蓿风味怠慢你。”弟兄两个一同送出大门来。王先生慢慢回家。他家离城有十五里。

王玉辉回到家里，向老妻和儿子说余老师这些相爱之意。次日，余大先生坐轿子下乡亲自来拜。留着在草堂上坐了一会去了。又次日，二先生自己走来，领着一个门斗挑着一石米走进来，会着王玉辉，作揖坐下。二先生道：“这是家兄的禄米一石。”又手里拿出一封银子来道：“这是家兄的俸银一两，送与长兄先生，权为数日薪水之资。”王玉辉接了这银子，口里说道：“我小侄没有孝敬老师和世叔，怎反受起老师的惠来？”余二先生笑道：“这个何足为奇！只是贵处这学署清苦，兼之家兄初到。虞博士在南京，几十两的拿着送与名士用，家兄也想学他。”王玉辉道：“这是长者赐，不敢辞，只得拜受了。”备饭留二先生坐，拿出这三样书的稿子来递与二先生看。二先生细细看了,不胜叹息。坐到下午时分,只见一个人走进来说道:“王老爹,我家相公病的狠。相公娘叫我来请老爹到那里去看看。请老爹就要去。”王玉辉向二先生道:“这是第三个小女家的人。因女婿有病约我去看。”二先生道:“如此,我别过罢。尊作的稿子,带去与家兄看,看毕再送过来。”说罢起身。那门斗也吃了饭,挑着一担空箩,将书稿子丢在箩里挑着跟进城去了。

王先生走了二十里到了女婿家。看见女婿果然病重,医生在那里看,用着药总不见效。一连过了几天,女婿竟不在了。王玉辉恸哭了一场。

见女儿哭的天愁地惨,候着丈夫入过殓,出来拜公婆和父亲,道:“父亲在上,我一个大姐姐死了丈夫,在家累着父亲养活。而今我又死了丈夫,难道又要父亲养活不成?父亲是寒士,也养活不来这许多女儿。”王玉辉道:“你如今要怎样?”三姑娘道:“我而今辞别公婆、父亲,也便寻一条死路跟着丈夫一处去了!”公婆两个听见这句话,惊得泪如雨下,说道:“我儿,你气疯了!自古蝼蚁尚且贪生,你怎么讲出这样话来?你生是我家人,死是我家鬼。我做公婆的,怎的不养活你,要你父亲养活?快不要如此!”三姑娘道:“爹妈也老了,我做媳妇的,不能孝顺爹妈,反累爹妈,我心里不安。只是由着我到这条路上去罢。只是我死,还有几天工夫,要求父亲到家替母亲说了,请母亲到这里来,我当面别一别。这是要紧的。”王玉辉道:“亲家,我仔细想来,我这小女要殉节的真切,倒也由着他行罢。自古心去意难留。”因向女儿道:“我儿,你既如此,这是青史上留名的事,我难道反拦阻你?你竟是这样做罢。我今日就回家去,叫你母亲来和你作别。”

亲家再三不肯。王玉辉执意,一径来到家里把这话向老孺人说了。老孺人道:“你怎的越老越呆了!一个女儿要死,你该劝他,怎么倒叫他死?这是甚么话说!”王玉辉道:“这样事你们是不晓得的。”老孺人听见,痛哭流涕,连忙叫了轿子去劝女儿,到亲家家去了。王玉辉在家,依旧看书写字,候女儿的信息。老孺人劝女儿,那里劝的转。一般每日梳洗,陪着母亲坐,只是茶饭全然不吃。母亲和婆婆,着实劝着,千方百计,总不肯吃。饿到六天上不能起床。母亲看着,伤心惨目,痛入心脾,也就病倒了。抬了回来在家睡着。又过了三日,二更天气,几把火把,几个人来打门,报道:"三姑娘饿了八日,在今日午时去世了!"老孺人听见哭死了过去,灌醒回来,大哭不止。王玉辉走到床面前说道:"你这老人家,真正是个呆子!三女儿他而今已是成了仙了,你哭他怎的?他这死的好,只怕我将来,不能像他这一个好题目死哩!"因仰天大笑道:"死的好!死的好!"大笑着走出房门去了。

次日余大先生知道,大惊,不胜惨然。即备了香、楮、三牲,到灵前去拜奠。拜奠过,回衙门,立刻传书办备文书,请旌烈妇。二先生帮着赶造文书,连夜详了出去。二先生又备了礼来祭奠。三学的人听见老师如此隆重,也就纷纷来祭奠的,不计其数。过了两个月上司批准下来,制主入祠,门首建坊。到了入祠那日,余大先生邀请知县,摆齐了执事,送烈女入祠。阖县绅衿都穿着公服,步行了送。当日入祠安了位,知县祭,本学祭,余大先生祭,阖县乡绅祭,通学朋友祭,两家亲戚祭,两家本族祭,祭了一天,在明伦堂摆席。通学人要请了王先生来上坐,说他生这样好女儿,为伦纪生色。王玉辉到了此时转觉心伤,辞了不肯来。众人在明伦堂吃了酒,散了。

次日王玉辉到学署来谢余大先生。余大先生、二先生都会着,留着吃饭。王玉辉说起:"在家日日看见老妻悲恸,心下不忍,意思要到外面去,作游几时。又想,要作游,除非到南京去。那里有极大的书坊,还可以逗着他们,刻这三部书。"余大先生道:"老哥要往南京,可惜虞博士去了。若是虞博士在南京见了此书,赞扬一番,就有书坊抢的刻去了。"二先生道:"先生要往南京,哥如今写一封书子去,与少卿表弟和绍光先生。这人言语是值钱的。"大先生欣然写了几封字,庄征君、杜少卿、迟衡山、武正字都有。

王玉辉老人家,不能走旱路,上船从严州西湖这一路走。一路看着水色山光,悲悼女儿,凄凄惶惶。一路来到苏州,正要换船,心里想起:"我有一个老朋友,住在邓尉山里,他最爱我的书。我何不去看看他?"便把行李搬到山塘一个饭店里住下,搭船往邓尉山。那还是上昼时分,这船到晚才开。王玉辉问饭店的人道:“这里有甚么好顽的所在?”饭店里人道:“这一上去,只得六七里路,便是虎丘,怎么不好顽!”王玉辉锁了房门,自己走出去。初时街道还窄,走到三二里路,渐渐阔了。路旁一个茶馆,王玉辉走进去坐下吃了一碗茶。看见那些游船有极大的,里边雕梁画柱,焚着香,摆着酒席,一路游到虎丘去。游船过了多少。又有几只堂客船,不挂帘子,都穿着极鲜艳的衣服在船里坐着吃酒。王玉辉心里说道:“这苏州风俗不好。一个妇人家不出闺门,岂有个叫了船在这河内游荡之理!”又看了一会,见船上一个少年穿白的妇人,他又想起女儿,心里哽咽,那热泪直滚出来。王玉辉忍着泪出茶馆门,一直往虎丘那条路上去。只见一路卖的腐乳、席子、要货,还有那四时的花卉,极其热闹;也有卖酒饭的,也有卖点心的。王玉辉老人家,足力不济,慢慢的走了许多时才到虎丘寺门口。循着阶级上去,转湾便是千人石,那里也摆着有茶桌子。王玉辉坐着吃了一碗茶,四面看看,其实华丽。那天色阴阴的像个要下雨的一般。王玉辉不能久坐,便起身来走出寺门。走到半路,王玉辉饿了,坐在点心店里。那猪肉包子六个钱一个,王玉辉吃了,交钱出店门。

慢慢走回饭店,天已昏黑,船上人催着上船。王玉辉将行李拿到船上。幸亏雨不曾下的大,那船连夜的走。一直来到邓尉山找着那朋友家里,只见一带矮矮的房子,门前垂柳掩映,两扇门关着,门上贴了白。王玉辉就吓了一跳,忙去敲门,只见那朋友的儿子挂着一身的孝出来开门。见了王玉辉,说道:“老伯如何今日才来?我父亲那日不想你?直到临回首的时候,还念着老伯不曾得见一面,又恨不曾得见老伯的全书。”王玉辉听了,知道这个老朋友已死,那眼睛里,热泪纷纷滚了出来,说道:“你父亲几时去世的?”那孝子道:“还不曾尽七。”王玉辉道:“灵柩还在家哩?”那孝子道:“还在家里。”王玉辉道:“你引我到灵柩前去。”那孝子道:“老伯,且请洗了脸,吃了茶,再请老伯进来。”当下,就请王玉辉坐在堂屋里,拿水来洗了脸。王玉辉不肯等吃了茶,叫那孝子领到灵柩前。孝子引进中堂。只见中间奉着灵柩,面前香炉、烛台、遗像、魂幡。王玉辉恸哭了一场,倒身拜了四拜。那孝子谢了。王玉辉吃了茶,又将自己盘费,买了一副香、纸、牲、醴,把自己的书一同摆在灵柩前祭奠,又恸哭了一场。住了一夜,次日要行。那孝子留他不住。又在老朋友灵柩前辞行,又大哭了一场,含泪上船。那孝子直送到船上方才回去。

王玉辉到了苏州又换了船,一路来到南京水西门上岸,进城寻了个下处,在牛公庵住下。次日拿着书子,去寻了一日回来。那知因虞博士选在浙江做官,杜少卿寻他去了,庄征君到故乡去修祖坟,迟衡山、武正字都到远处做官去了,一个也遇不着。王玉辉也不懊悔,听其自然,每日在牛公庵看书。

过了一个多月,盘费用尽了,上街来闲走走,才走到巷口,遇着一个人作揖,叫声:“老伯怎的在这里?”王玉辉看那人,原来是同乡人,姓邓名义,字质夫。这邓质夫的父亲,是王玉辉同案进学,邓质夫进学,又是王玉辉做保结,故此称是老伯。王玉辉道:“老侄,几年不见,一向在那里?”邓质夫道:“老伯寓在那里?”王玉辉道:“我就在前面这牛公庵里,不远。”邓质夫道:“且同到老伯下处去。”

到了下处,邓质夫拜见了,说道:“小侄自别老伯,在扬州这四五年。近日,是东家托我来卖上江食盐,寓在朝天宫。一向记念老伯,近况好么?为甚么也到南京来?”王玉辉请他坐下,说道:“贤侄,当初令堂老夫人守节,邻家失火,令堂对天祝告,反风灭火,天下皆闻。那知我第三个小女,也有这一番节烈。”因悉把女儿殉女婿的事说了一遍。“我因老妻在家哭泣,心里不忍。府学余老师写了几封书子与我来会这里几位朋友,不想一个也会不着。”邓质夫道:“是那几位?”王玉辉一一说了。邓质夫叹道:“小侄也恨的来迟了!当年,南京有虞博士在这里,名坛鼎盛,那泰伯祠大祭的事天下皆闻。自从虞博士去了,这些贤人君子风流云散。小侄去年来,曾会着杜少卿先生,又因少卿先生在元武湖拜过庄征君,而今都不在家了。老伯这寓处不便,且搬到朝天宫小侄那里寓些时。”王玉辉应了,别过和尚,付了房钱,叫人挑行李同邓质夫到朝天宫寓处住下。邓质夫晚间备了酒肴,请王玉辉吃着,又说起泰伯祠的话来。王玉辉道:“泰伯祠在那里?我明日要去看看。”邓质夫道:“我明日同老伯去。”

次日,两人出南门。邓质夫带了几分银子,把与看门的。开了门进到正殿,两人瞻拜了。走进后一层楼底下,迟衡山贴的祭祀仪注单和派的执事单,还在壁上。两人将袖子拂去尘灰看了。又走到楼上,见八张大柜,关锁着乐器、祭器,王玉辉也要看。看祠的人回:"钥匙在迟府上。"只得罢了。下来两廊走走,两边书房都看了。一直走到省牲所,依旧出了大门,别过看祠的。两人又到报恩寺顽顽,在琉璃塔下吃了一壶茶。出来,寺门口酒楼上吃饭。

王玉辉向邓质夫说:"久在客边,烦了,要回家去,只是没有盘缠。"邓质夫道:"老伯怎的这样说!我这里料理盘缠送老伯回家去。"便备了饯行的酒,拿出十几两银子来,又雇了轿夫,送王先生回徽州去。又说道:"老伯,你虽去了,把这余先生的书,交与小侄。等各位先生回来,小侄送与他们,也见得老伯来走了一回。"王玉辉道:"这最好。"便把书子交与邓质夫,起身回去了。

王玉辉去了好些时,邓质夫打听得武正字已到家,把书子自己送去。正值武正字出门拜客,不曾会着,丢了书子去了,向他家人说:"这书是我朝天宫姓邓的送来的。其中缘由,还要当面会再说。"

武正字回来看了书,正要到朝天宫去回拜,恰好高翰林家着人来请。只因这一番,有分教:宾朋高宴,又来奇异之人;患难相扶,更出武勇之辈。毕竟后事如何,且听下回分解。

第四十九回　翰林高谈龙虎榜　中书冒占凤凰池

话说武正字那日回家正要回拜邓质夫,外面传进一副请帖,说翰林院高老爷家,请即日去陪客。武正字对来人说道:“我去回拜了一个客,即刻就来。你先回复老爷去罢。”家人道:“家老爷多拜上老爷,请的是浙江一位万老爷,是家老爷从前拜盟的弟兄,就是请老爷同迟老爷会会。此外就是家老爷亲家秦老爷。”武正字听见有迟衡山,也就勉强应允了。回拜了邓质夫,彼此不相值。午后,高府来邀了两次,武正字才去。高翰林接着,会过了。书房里走出施御史、秦中书来,也会过了。才吃着茶,迟衡山也到了。

高翰林又叫管家去催万老爷,因对施御史道:“这万敝友,是浙江一个最有用的人,一笔的好字。二十年前,学生做秀才的时候,在扬州会着他。他那时也是个秀才,他的举动就有些不同。那时,盐务的诸公都不敢轻慢他。他比学生在那边更觉的得意些。自从学生进京后,彼此就疏失了。前日他从京师回来,说已由序班授了中书。将来就是秦亲家的同衙门了。”秦中书笑道:“我的同事,为甚要亲翁做东道? 明日乞到我家去。”说着,万中书已经到门,传了帖。高翰林拱手立在厅前滴水下,叫管家请轿,开了门。

万中书从门外下了轿急趋上前,拜揖叙坐,说道:“蒙老先生见召,实不敢当。小弟二十年别怀,也要借尊酒一叙。但不知老先生今日可还另外有客?”高翰林道:“今日并无外客,就是侍御施老先生同敝亲家秦中翰,还有此处两位学中朋友,一位姓武,一位姓迟。现在西厅上坐着哩。”万中书便道:“请会。”管家去请,四位客都过正厅来,会过。施御史道:“高老先生相招奉陪老先生。”万中书道:“小弟二十年前,在扬州得见高老先生。那时,高老先生还未曾高发,那一段非凡气魄,小弟便知道,后来必是朝廷的柱石。自高老先生发解之后,小弟奔走四方,却不曾到京师一晤。去年小弟到京,不料高老先生却又养望在家了。所以昨在扬州几个敝相知处有事,只得绕道来聚会一番。天幸又得接老先生同诸位先生的教。”秦中书道:“老先生贵班甚时补得着?出京来却是为何?”万中书道:“中书的班次,进士是一途,监生是一途。学生是就的办事职衔,将来,终身都脱不得这两个字。要想加到翰林学士,料想是不能了。近来所以得缺甚难。”秦中书道:“就了不做官,这就不如不就了。”万中书丢了这边,便向武正字、迟衡山道:“二位先生高才久屈,将来定是大器晚成的。就是小弟这就职的事原算不得,始终还要从科甲出身。”迟衡山道:“弟辈碌碌,怎比老先生大才。”武正字道:“高老先生原是老先生同盟,将来自是难兄难弟可知。”

说着,小厮来禀道:“请诸位老爷西厅用饭。”高翰林道:“先用了便饭,好慢慢的谈谈。”众人到西厅饭毕,高翰林叫管家开了花园门请诸位老爷看看。众人从西厅右首一个月门内进去,另有一道长粉墙。墙角一个小门进去,便是一带走廊。从走廊转东首,下石子阶,便是一方兰圃。这时天气温和,兰花正放。前面石山、石屏都是人工堆就的。山上有小亭,可以容三四人。屏旁置磁墩两个,屏后有竹子百十竿。竹子后面,映着些矮矮的朱红栏干,里边围着些未开的芍药。高翰林同万中书携着手悄悄的讲话,直到亭子上去了。施御史同着秦中书,就随便在石屏下闲坐。迟衡山同武正字,信步从竹子里面走到芍药栏边。迟衡山对武书道:“园子倒也还洁净,只是少些树木。”武正字道:“这是前人说过的:亭沼譬如爵位,时来则有之;树木譬如名节,非素修弗能成。”说着,只见高翰林同万中书从亭子里走下来,说道:“去年在庄濯江家,看见武先生的《红芍药》诗,如今又是开芍药的时候了。”

当下主客六人,闲步了一回,从新到西厅上坐下。管家叫茶上点上一巡攒茶。迟衡山问万中书道:“老先生贵省有个敝友,他是处州人,不知老先生可曾会过?”万中书道:“处州最有名的,不过是马纯上先生。其余在学的朋友,也还认得几个。但不知令友是谁?”迟衡山道:“正是这马纯上先生。”万中书道:“马二哥是我同盟的弟兄,怎么不认得?他如今进京去了。他进了京一定是就得手的。”武书忙问道："他至今不曾中举，他为甚么进京？"万中书道："学道三年任满，保题了他的优行。这一进京倒是个功名的捷径，所以晓得他就得手的。"

施御史在旁道："这些异路功名，弄来弄去，始终有限。有操守的，到底要从科甲出身。"迟衡山道："上年他来敝地，小弟看他着实在举业上讲究的，不想这些年，还是个秀才出身。可见这'举业'二字，原是个无凭的。"高翰林道："迟先生你这话就差了。我朝二百年来，只有这一桩事是丝毫不走的，摩元得元，摩魁得魁。那马纯上讲的举业，只算得些门面话，其实，此中的奥妙他全然不知。他就做三百年的秀才，考二百个案首，进了大场总是没用的。"武正字道："难道大场里同学道是两样看法不成？"高翰林道："怎么不是两样！凡学道考得起的，是大场里再也不会中的。所以小弟未曾侥幸之先，只一心去揣摩大场，学道那里时常考个三等也罢了。"万中书道："老先生的元作，敝省的人个个都揣摩烂了。"高翰林道："老先生，'揣摩'二字，就是这举业的金针了。小弟乡试的那三篇拙作，没有一句话是杜撰，字字都是有来历的，所以才得侥幸。若是不知道揣摩，就是圣人，也是不中的。那马先生讲了半生，讲的都是些不中的举业。他要晓得'揣摩'二字，如今也不知做到甚么官了！"万中书道："老先生的话真是后辈的津梁。但这马二哥，却要算一位老学。小弟在扬州敝友家，见他著的《春秋》，倒也甚有条理。"

高翰林道："再也莫提起这话。敝处这里有一位庄先生，他是朝廷征召过的，而今在家闭门注《易》。前日有个朋友和他会席，听见他说：'马纯上知进而不知退，直是一条小小的亢龙。'无论那马先生不可比做亢龙，只把一个现活着的秀才，拿来解圣人的经，这也就可笑之极了！"武正字道："老先生，此话也不过是他偶然取笑。要说活着的人就引用不得，当初，文王、周公为甚么就引用微子、箕子？后来，孔子为甚么就引用颜子？那时，这些人也都是活的。"高翰林道："足见先生博学。小弟专经是《毛诗》，不是《周易》，所以未曾考核得清。"武正字道："提起《毛诗》两字，越发可笑了！近来这些做举业的，泥定了朱注，越讲越不明白。四五年前，天长杜少卿先生纂了一部《诗说》,引了些汉儒的说话,朋友们就都当作新闻。可见'学问'两个字,如今是不必讲的了!"迟衡山道:"这都是一偏的话。依小弟看来:讲学问的只讲学问,不必问功名。讲功名的只讲功名,不必问学问。若是两样都要讲,弄到后来,一样也做不成。"

说着,管家来禀:"请上席。"高翰林奉了万中书的首座,施侍御的二座,迟先生三座,武先生四座,秦亲家五座,自己坐了主位。三席酒就摆在西厅上面,酒肴十分齐整,却不曾有戏。席中,又谈了些京师里的朝政。说了一会,迟衡山向武正字道:"自从虞老先生离了此地,我们的聚会,也渐渐的就少了。"少顷,转了席,又点起灯烛来。

吃了一巡,万中书起身辞去。秦中书拉着道:"老先生一来是敝亲家的同盟,就是小弟的亲翁一般;二来又忝在同班,将来补选了,大概总在一处。明日千万到舍间一叙。小弟此刻回家就具过柬来。"又回头对众人道:"明日一个客不添,一个客不减,还是我们照旧六个人。"迟衡山、武正字不曾则一声。施御史道:"极好!但是小弟明日打点屈万老先生坐坐的,这个竟是后日罢。"万中书道:"学生昨日才到这里,不料今日就扰高老先生。诸位老先生尊府,还不曾过来奉谒,那里有个就来叨扰的?"高翰林道:"这个何妨。敝亲家是贵同衙门,这个比别人不同。明日只求早光就是了。"万中书含糊应允了。诸人都辞了主人散了回去。

当下秦中书回家写了五副请帖,差长班送了去请万老爷、施老爷、迟相公、武相公、高老爷。又发了一张传戏的溜子,叫一班戏,次日清晨伺候。又发了一个谕帖,谕门下总管,叫茶厨伺候,酒席要体面些。

次日,万中书起来,想道:"我若先去拜秦家,恐怕拉住了那时不得去拜众人。他们必定就要怪,只说我捡有酒吃的人家跑。不如先拜了众人再去到秦家。"随即写了四副帖子,先拜施御史,御史出来会了,晓得就要到秦中书家吃酒,也不曾款留。随即去拜迟相公,迟衡山家回:"昨晚因修理学宫的事,连夜出城往句容去了。"只得又拜武相公,武正字家回:"相公昨日不曾回家。来家的时节,再来回拜罢。"

是日早饭时候，万中书到了秦中书家，只见门口有一箭阔的青墙，中间缩着三号，却是起花的大门楼。轿子冲着大门立定，只见大门里粉屏上，贴着红纸朱标的“内阁中书”的封条，两旁站着两行雁翅的管家，管家脊背后，便是执事上的帽架子，上首还贴着两张“为禁约事”的告示。帖子传了进去，秦中书迎出来，开了中间屏门。万中书下了轿，拉着手，到厅上行礼、叙坐、拜茶。万中书道：“学生叨在班末，将来凡事还要求提携。今日有个贱名在此，只算先来拜谒。叨扰的事容学生再来另谢。”秦中书道：“敝亲家道及老先生十分大才，将来小弟设若竟补了，老先生便是小弟的泰山了。”

万中书道：“令亲台此刻可曾来哩？”秦中书道：“他早间差人来说，今日一定到这里来。此刻也差不多了。”说着，高翰林、施御史两乘轿已经到门，下了轿走进来了，叙了坐，吃了茶。高翰林道：“秦亲家，那迟年兄同武年兄，这时也该来了？”秦中书道：“已差人去邀了。”万中书道：“武先生或者还来，那迟先生是不来的了。”高翰林道：“老先生何以见得？”万中书道：“早间在他两家奉拜，武先生家回：‘昨晚不曾回家。’迟先生因修学宫的事，往句容去了，所以晓得迟先生不来。”施御史道：“这两个人却也作怪。但凡我们请他，十回到有九回不到。若说他当真有事，做秀才的，那里有这许多事？若说他做身分，一个秀才的身分到那里去？”秦中书道：“老先生同敝亲家在此，那二位来也好，不来也罢。”万中书道：“那二位先生的学问，想必也还是好的！”高翰林道：“那里有甚么学问！有了学问，倒不做老秀才了。只因上年，国子监里有一位虞博士，着实作兴这几个人，因而大家联属。而今也渐渐淡了。”

正说着，忽听见左边房子里面高声说道：“妙！妙！”众人都觉诧异。秦中书叫管家去书房后面，去看是甚么人在喧嚷。管家来禀道：“是二老爷的相与凤四老爷。”秦中书道：“原来凤老四在后面，何不请他来谈谈？”管家从书房里去请了出来。只见一个四十岁的大汉，两眼圆睁，双眉直竖，一部极长的乌须，垂过了胸膛，头戴一顶力士巾，身穿一领元色缎紧袖袍，脚踹一双尖头靴，腰束一条丝鸾绦，肘上挂着小刀子，走到厅中间，作了一个总揖，便说道：“诸位老先生在此,小子在后面却不知道,失陪的紧。”秦中书拉着坐了,便指着凤四老爹对万中书道:“这位凤长兄,是敝处这边一个极有义气的人。他的手底下实在有些讲究,而且一部《易筋经》记的烂熟的。他若是趱一个劲,那怕几千斤的石块,打落在他头上、身上,他会丝毫不觉得。这些时,舍弟留他在舍间,早晚请教,学他的技艺。”万中书道:“这个品貌,原是个奇人,不是那手无缚鸡之力的。”秦中书又向凤四老爹问道:“你方才在里边,连叫‘妙!妙!’却是为何?”凤四老爹道:“这不是我,是你令弟。令弟才说人的力气到底是生来的,我就教他提了一段气,着人拿椎棒打,越打越不疼。他一时喜欢起来,在那里说‘妙’。”万中书向秦中书道:“令弟老先生在府,何不也请出来会会?”秦中书叫管家进去请。那秦二侉子,已从后门里骑了马,进小营看试箭法了。

小厮们来请到内厅用饭。饭毕,小厮们又从内厅左首开了门请诸位老爷进去闲坐。万中书同着众客进来。原来是两个对厅,比正厅略小些,却收拾得也还精致。众人随便坐了。茶上捧进十二样的攒茶来,一个十一二岁的小厮又向炉内添上些香。万中书暗想道:“他们家的排场,毕竟不同,我到家何不竟做起来?只是门面不得这样大,现任的官府不能叫他来上门,也没有他这些手下人伺候。”

正想着,一个穿花衣的末脚拿着一本戏目走上来,打了抢跪,说道:“请老爷先赏两出!”万中书让过了高翰林、施御史,就点了一出《请宴》,一出《饯别》;施御史又点了一出《五台》;高翰林又点了一出《追信》。末脚拿笏板在旁边写了,拿到戏房里去扮。当下秦中书又叫点了一巡清茶。管家来禀道:“请诸位老爷外边坐。”众人陪着万中书,从对厅上过来。到了二厅,看见做戏的场口已经铺设的齐楚,两边放了五把圈椅,上面都是大红盘金椅搭,依次坐下。长班带着全班的戏子,都穿了脚色的衣裳,上来禀参了全场。打鼓板才立到沿口,轻轻的打了一下鼓板。只见那贴旦装了一个红娘,一扭一捏走上场来。长班又上来打了一个抢跪,禀了一声“赏坐”,那吹手们才坐下去。

这红娘才唱了一声,只听得大门口忽然一棒锣声,又有红黑帽子吆喝了进来。众人都疑惑:《请宴》里面从没有这个做法的。只见管家跑进来说不出话来。早有一个官员,头戴纱帽,身穿玉色缎袍,脚下粉底皂靴,走上厅来。后面跟着二十多个快手,当先两个走到上面把万中书一手揪住,用一条铁链套在颈子里就采了出去。那官员一言不发,也就出去了。众人吓的面面相觑。只因这一番,有分教:梨园子弟,从今笑煞乡绅;萍水英雄,一力担承患难。未知后面如何,且听下回分解。

第五十回　假官员当街出丑　真义气代友求名

话说那万中书在秦中书家厅上看戏，突被一个官员，带领捕役进来将他锁了出去。吓得施御史、高翰林、秦中书面面相觑，摸头不着。那戏也就剪住了。众人定了一会，施御史向高翰林道："贵相知此事，老先生自然晓得个影子？"高翰林道："这件事情小弟丝毫不知。但是刚才方县尊，也太可笑，何必妆这个模样？"秦中书又埋怨道："姻弟席上，被官府锁了客去，这个脸面却也不甚好看！"高翰林道："老亲家，你这话差了。我坐在家里，怎晓得他有甚事？况且，拿去的是他不是我，怕人怎的？"说着，管家又上来禀道："戏子们请老爷的示：还是伺候，还是回去？"秦中书道："客犯了事，我家人没有犯事，为甚的不唱？"大家又坐着看戏。

只见凤四老爹一个人坐在远远的，望着他们冷笑。秦中书瞥见，问道："凤四哥，难道这件事，你有些晓得？"凤四老爹道："我如何得晓得？"秦中书道："你不晓得，为甚么笑？"凤四老爹道："我笑诸位老先生好笑。人已拿去，急他则甚？依我的愚见，倒该差一个能干人，到县里去打探打探，到底为的甚事。一来也晓得下落，二来也晓得可与诸位老爷有碍。"施御史忙应道："这话是的狠！"秦中书也连忙道："是的狠！是的狠！"当下差了一个人，叫他到县里打探。那管家去了。

这里四人坐下，戏子从新上来做了《请宴》，又做《饯别》。施御史指着对高翰林道："他才这两出戏，点的就不利市。才请宴就饯别，弄得宴还不算请，别倒饯过了！"说着，又唱了一出《五台》。

才要做《追信》，那打探的管家回来了，走到秦中书面前说："连县里也找不清。小的会着了刑房萧二老爹，才托人抄了他一张牌票来。"说着，递与秦中书看。众人起身都来看，是一张竹纸，抄得潦潦草草的。上写着："台州府正堂祁，为海防重地等事。奉巡抚浙江都察院邹宪行,参革台州总兵苗而秀案内要犯一名万里(即万青云),系本府已革生员,身中,面黄,微须,年四十九岁,潜逃在外,现奉亲提。为此,除批差缉获外,合亟通行。凡在缉获地方,仰县即时添差拿获,解府详审。慎毋迟误!须至牌者。"又一行下写:"右牌仰该县官吏准此。"原来是差人拿了通缉的文凭,投到县里,这县尊是浙江人,见是本省巡抚亲提的人犯,所以带人亲自拿去的。其实,犯事的始末,连县尊也不明白。高翰林看了,说道:"不但人拿的糊涂,连这牌票上的文法,也有些糊涂。此人说是个中书,怎么是个已革生员?就是已革生员,怎么拖到总兵的参案里去?"秦中书望着凤四老爹道:"你方才笑我们的,你如今可能知道么?"凤四老爹道:"他们这种人,会打听甚么,等我替你去。"立起身来就走。秦中书道:"你当真的去?"凤四老爹道:"这个扯谎做甚么!"说着就去了。

凤四老爹一直到县门口寻着两个马快头。那马快头见了凤四老爹,跟着他,叫东就东,叫西就西。凤四老爹叫两个马快头,引带他去会浙江的差人。那马快头领着凤四老爹,一直到三官堂会着浙江的人。凤四老爹问差人道:"你们是台州府的差?"差人答道:"我是府差。"凤四老爹道:"这万相公到底为的甚事?"差人道:"我们也不知。只是敝上人吩咐,说是个要紧的人犯,所以差了各省来缉。老爹有甚吩咐,我照顾就是了。"凤四老爹道:"他如今现在那里?"差人道:"方老爷才问了他一堂,连他自己也说不明白。如今寄在外监里,明日领了文书只怕就要起身。老爹如今可是要看他?"凤四老爹道:"他在外监里,我自己去看他。你们明日领了文书千万等我到这里,你们再起身。"差人应允了。凤四老爹同马快头走到监里会着万中书。万中书向凤四老爹道:"小弟此番,大概是奇冤极枉了。你回去替我致意高老先生同秦老先生,不知此后,可能再会了?"凤四老爹又细细问了他一番,只不得明白。因忖道:"这场官司,须是我同到浙江去,才得明白。"也不对万中书说,竟别了出监,说:"明日再来奉看。"

一气回到秦中书家,只见那戏子都已散了,施御史也回去了。只有高翰林还在这里等信,看见凤四老爹回来,忙问道:"到底为甚事?"凤四老爹道:"真正奇得紧!不但官府不晓得,连浙江的差人也不晓得。不但差人不晓得,连他自己也不晓得。这样糊涂事须我同他到浙江去,才得明白。”秦中书道:“这也就罢了。那个还管他这些闲事!”凤四老爹道:“我的意思明日就要同他走走去。如果他这官司利害,我就帮他去审审,也是会过这一场。”高翰林也怕日后拖累,便撺掇凤四老爹同去。晚上送了十两银子到凤家来,说:“送凤四老爹路上做盘缠。”凤四老爹收了。

次日起来,直到三官堂会着差人。差人道:“老爹好早!”凤四老爹同差人转出湾到县门口,来到刑房里会着萧二老爹,催着他清稿,并送签了一张解批,又拨了四名长解皂差,听本官签点,批文用了印。官府坐在三堂上,叫值日的皂头,把万中书提了进来。台州府差,也跟到宅门口伺候。只见万中书头上还戴着纱帽,身上还穿着七品补服,方县尊猛想到:“他拿的是个已革的生员,怎么却是这样服色?”又对明了人名、年貌,丝毫不诬。因问道:“你到底是生员,是官?”万中书道:“我本是台州府学的生员。今岁在京,因书法端楷,保举中书职衔的。生员不曾革过。”方知县道:“授职的知照想未下来。因有了官司,抚台将你生员咨革了也未可知。但你是个浙江人,本县也是浙江人,本县也不难为你。你的事你自己好好去审就是了。”因又想道:“他回去了,地方官说他是个已革生员,就可以动刑了。我是个同省的人,难道这点照应没有?”随在签批上朱笔添了一行:“本犯万里,年貌与来文相符,现今头戴纱帽,身穿七品补服,供称本年在京保举中书职衔,相应原身锁解。该差毋许需索,亦毋得疏纵。”写完了,随签了一个长差赵升,又叫台州府差进去,吩咐道:“这人比不得盗贼,有你们两个,本县这里添一个也够了。你们路上,须要小心些。”三个差人接了批文押着万中书出来。

凤四老爹接着,问府差道:“你是解差们?过清了?”指着县差问道:“你是解差?”府差道:“过清了。他是解差。”县门口看见锁了一个戴纱帽、穿补服的人出来,就围了有两百人看,越让越不开。凤四老爹道:“赵头,你住在那里?”赵升道:“我就在转湾。”凤四老爹道:“先到你家去。”一齐走到赵升家小堂屋里坐下。凤四老爹叫赵升把万中书的锁开了。凤四老爹脱下外面一件长衣来,叫万中书脱下公服换了。又叫府差到万老爷寓处,叫了管家来。府差去了回来说:“管家都未回寓处,想是逃走了。只有行李还在寓处,和尚却不肯发。”凤四老爹听了,又除了头上的帽子,叫万中书戴了。自己只包着网巾,穿着短衣。说道:“这里地方小,都到我家去。”万中书同三个差人跟着凤四老爹一直走到洪武街。进了大门,二层厅上立定,万中书纳头便拜。凤四老爹拉住道:“此时不必行礼,先生且坐着。”便对差人道:“你们三位,都是眼亮的,不必多话了。你们都在我这里住着。万老爹是我的相与,这场官司我是要同了去的。我却也不难为你。”赵升对来差道:“二位可有的说?”来差道:“凤四老爹吩咐,这有甚么说?只求老爹作速些!”凤四老爹道:“这个自然。”当下,把三个差人送到厅对面一间空房里,说道:“此地权住两日。三位不妨就搬行李来。”三个差人把万中书交与凤四老爹,竟都放心,各自搬行李去了。

凤四老爹把万中书拉到左边一个书房里坐着,问道:“万先生,你的这件事不妨实实的对我说,就有天大的事我也可以帮衬你。说含糊话那就罢了。”万中书道:“我看老爹这个举动,自是个豪杰。真人面前,我也不说假话了。我这场官司,倒不输在台州府,反要输在江宁县。”凤四老爹道:“江宁县方老爷待你甚好,这是为何?”万中书道:“不瞒老爹说,我实在是个秀才,不是个中书。只因家下日计艰难,没奈何出来走走。要说是个秀才,只好喝风痾烟。说是个中书,那些商家同乡绅财主们,才肯有些照应。不想今日,被县尊把我这服色同官职写在批上。将来解回去钦案都也不妨,倒是这假官的官司,吃不起了。”凤四老爹沉吟了一刻,道:“万先生,你假如是个真官回去,这官司不知可得赢?”万中书道:“我同苗总兵,系一面之交,又不曾有甚过赃犯法的事,量情不得大输。只要那里不晓得假官一节,也就罢了。”凤四老爹道:“你且住着,我自有道理。”万中书住在书房里,三个差人也搬来住在厅对过空房里。凤四老爹一面叫家里人料理酒饭,一面自己走到秦中书家去。

秦中书听见凤四老爹来了,大衣也没有穿就走了出来,问道:“凤四哥,事体怎么样了?”凤四老爹道:“你还问哩!闭门家里坐,祸从天上来。你还不晓得哩!”秦中书吓的慌慌张张的,忙问道:“怎的?怎的?”凤四老爹道:“怎的不怎的,官司够你打半生!”秦中书越发吓得面如土色,要问都问不出来了。凤四老爹道:“你说他到底是个甚官?”秦中书道:“他说是个中书。”凤四老爹道:“他的中书,还在判官那里造册哩!”秦中书道:“难道他是个假的?”凤四老爹道:“假的何消说!只是一场钦案官司,把一个假官从尊府拿去,那浙江巡抚本上,也不要特参,只消带上一笔,莫怪我说,老先生的事只怕也就是滚水泼老鼠了。”

秦中书听了这些话,瞪着两只白眼,望着凤四老爹道:“凤四哥,你是极会办事的人。如今这件事到底怎样好?”凤四老爹道:“没有怎样好的法。他的官司不输,你的身家不破。”秦中书道:“怎能叫他官司不输?”凤四老爹道:“假官就输,真官就不输。”秦中书道:“他已是假的,如何又得真?”凤四老爹道:“难道你也是假的?”秦中书道:“我是遵例保举来的。”凤四老爹道:“你保举得,他就保举不得?”秦中书道:“就是保举也不得及。”凤四老爹道:“怎的不得及?有了钱就是官!现放着一位施老爷,还怕商量不来!”秦中书道:“这就快些叫他办。”凤四老爹道:“他到如今办,他又不做假的了!”秦中书道:“依你怎么样?”凤四老爹道:“若要依我么,不怕拖官司,竟自随他去。若要图干净,替他办一个。等他官司赢了来,得了缺,叫他一五一十算了来还你。就是九折三分钱也不妨。”秦中书听了这个话,叹了一口气道:“这都是好亲家拖累这一场,如今却也没法了!凤四哥,银子我竟出,只是事要你办去。”凤四老爹道:“这就是水中捞月了。这件事要高老先生去办!”秦中书道:“为甚的偏要他去?”凤四老爹道:“如今施御史老爷是高老爷的相好,要恳着他,作速照例写揭帖,揭到内阁,存了案,才有用哩。”秦中书道:“凤四哥,果真你是见事的人。”

随即写了一个帖子,请高亲家老爷来商议要话。少刻高翰林到了。秦中书会着,就把凤四老爹的话说了一遍。高翰林连忙道:“这个我就去。”凤四老爹在旁道:“这是紧急事,秦老爷快把‘所以然’交与高老爷去罢。”秦中书忙进去。一刻,叫管家捧出十二封银子,每封足纹一百两,交与高翰林道:“而今一半人情,一半礼物,这原是我垫出来的。我也晓得,阁里还有些使费,一总费亲家的心,奉托施老先生包办了罢。”高翰林局住不好意思,只得应允。拿了银子到施御史家,托施御史连夜打发人进京办去了。

凤四老爹回到家里一气走进书房,只见万中书在椅子上坐着望哩。凤四老爹道:“恭喜,如今是真的了!”随将此事说了备细。万中书不觉倒身下去,就磕了凤四老爹二三十个头。凤四老爹拉了又拉方才起来。凤四老爹道:“明日仍旧穿了公服,到这两家谢谢去。”万中书道:“这是极该的。但只不好意思。”说着,差人走进来,请问凤四老爹几时起身。凤四老爹道:“明日走不成,竟是后日罢。”次日起来,凤四老爹催着万中书去谢高、秦两家。两家收了帖,都回“不在家”,却就回来了。凤四老爹又叫万中书,亲自到承恩寺起了行李来,凤四老爹也收拾了行李,同着三个差人,竟送万中书回浙江台州,去审官司去了。只因这一番,有分教:儒生落魄,变成衣锦还乡;御史回心,惟恐一人负屈。未知后事如何,且听下回分解。

第五十一回　少妇骗人折风月　壮士高兴试官刑

话说凤四老爹替万中书办了一个真中书，才自己带了行李，同三个差人，送万中书到台州审官司去。这时正是四月初旬，天气温和。五个人都穿着单衣，出了汉西门来叫船，打点一直到浙江去。叫遍了，总没有一只杭州船，只得叫船先到苏州，到了苏州，凤四老爹打发清了船钱，才换了杭州船。这只船，比南京叫的却大着一半。凤四老爹道："我们也用不着这大船，只包他两个舱罢。"随即付埠头一两八钱银子，包了他一个中舱、一个前舱。五个人上了苏州船，守候了一日，船家才揽了一个收丝的客人搭在前舱。这客人约有二十多岁，生的也还清秀，却只得一担行李，倒着实沉重。到晚，船家解了缆放离了马头，用篙子撑了五里多路，一个小小的村落旁住了。那梢公对伙计说："你带好缆，放下二锚，照顾好了客人。我家去一转。"那台州差人笑着说道："你是讨顺风去了。"那梢公也就嘻嘻的笑着去了。

万中书同凤四老爹上岸，闲步了几步，望见那晚烟渐散，水光里月色渐明。徘徊了一会，复身上船来安歇，只见下水头，支支查查又摇了一只小船来帮着泊。这时船上水手倒也开铺去睡了，三个差人点起灯来打骨牌。只有万中书、凤四老爹同那个丝客人，在船里推了窗子凭船玩月。那小船靠拢了来，前头撑篙的，是一个四十多岁的瘦汉。后面火舱里，是一个十八九岁的妇人在里边拿舵，一眼看见船这边三个男人看月，就掩身下舱里去了。隔了一会，凤四老爹同万中书也都睡了，只有这丝客人略睡得迟些。

次日，日头未出的时候，梢公背了一个筲袋上了船，急急的开了。走了三十里方才吃早饭。早饭吃过了，将下午，凤四老爹闲坐在舱里，对万中书说道："我看先生此番，虽然未必大伤筋骨，但是都院的官司也够拖缠哩。依我的意思，审你的时节，不管问你甚情节，你只说家中住的一个游客凤鸣岐做的。等他来拿了我去就有道理了。”

正说着，只见那丝客人眼儿红红的在前舱里哭。凤四老爹同众人忙问道：“客人，怎的了？”那客人只不则声。凤四老爹猛然大悟，指着丝客人道：“是了！你这客人，想是少年不老成，如今上了当了！”那客人不觉又羞的哭了起来。凤四老爹细细问了一遍，才晓得昨晚都睡静了，这客人还倚着船窗顾盼那船上妇人。这妇人见那两个客人去了，才立出舱来望着丝客人笑。船本靠得紧，虽是隔船，离身甚近。丝客人轻轻捏了他一下，那妇人便笑嘻嘻从窗子里爬了过来，就做了巫山一夕。这丝客人睡着了，他就把行李内四封银子二百两尽行携了去了。早上开船，这客人情思还昏昏的。到了此刻，看见被囊开了，才晓得被人偷了去。真是哑子梦见妈，说不出来的苦。

凤四老爹沉吟了一刻，叫过船家来，问道：“昨日那只小船，你们可还认得？”水手道：“认却认得。这话打不得官司，告不得状，有甚方法？”凤四老爹道：“认得就好了。他昨日得了钱，我们走这头，他必定去那头。你们替我把桅眠了，架上橹赶着摇回去，望见他的船远远的就泊了。弄得回来再酬你们的劳。”船家依言摇了回去。摇到黄昏时候才到了昨日泊的地方，却不见那只小船。凤四老爹道：“还摇了回去。”约略又摇了二里多路，只见一株老柳树下，系着那只小船，远望着却不见人。凤四老爹叫还泊近些，也泊在一株枯柳树下。

凤四老爹叫船家都睡了不许则声，自己上岸闲步。步到这只小船面前，果然是昨日那船。那妇人同着瘦汉子，在中舱里说话哩。凤四老爹徘徊了一会慢慢回船，只见这小船不多时也移到这边来泊。泊了一会，那瘦汉不见了。这夜月色，比昨日更明，照见那妇人在船里边掠了鬓发，穿了一件白布长衫在外面，下身换了一条黑绸裙子，独自一个在船窗里坐着赏月。凤四老爹低低问道：“夜静了，你这小妮子，船上没有人，你也不怕么？”那妇人答应道：“你管我怎的？我们一个人在船上，是过惯了的，怕甚的！”说着，就把眼睛斜觑了两觑。凤四老爹一脚跨过船来便抱那妇人。那妇人假意推来推去,却不则声。凤四老爹把他一把抱起来放在右腿膝上,那妇人也就不动,倒在凤四老爹怀里了。凤四老爹道:"你船上没有人,今夜陪我宿一宵,也是前世有缘。"那妇人道:"我们在船上住家,是从来不混帐的。今晚没有人,遇着你这个冤家,叫我也没有法了。只在这边,我不到你船上去。"凤四老爹道:"我行李内有东西,我不放心在你这边。"说着便将那妇人轻轻一提,提了过来。这时船上人都睡了,只是中舱里,点着一盏灯,铺着一副行李。凤四老爹把妇人放在被上,那妇人就连忙脱了衣裳钻在被里。那妇人不见凤四老爹解衣,耳朵里却听得轧轧的橹声。那妇人要抬起头来看,却被凤四老爹一腿压住,死也不得动,只得细细的听,是船在水里走哩。那妇人急了,忙问道:"这船怎么走动了?"凤四老爹道:"他行他的船,你睡你的觉,倒不快活?"那妇人越发急了,道:"你放我回去罢!"凤四老爹道:"呆妮子!你是骗钱,我是骗人。一样的骗,怎的就慌?"那妇人才晓得是上了当了。只得哀告道:"你放了我,任凭甚东西,我都还你就是了。"凤四老爹道:"放你去却不能!拿了东西来才能放你去。我却不难为你。"说着,那妇人起来,连裤子也没有了。万中书同丝客人,从舱里钻出来看了忍不住的好笑。凤四老爹问明他家住址同他汉子的姓名,叫船家在没人烟的地方住了。

到了次日天明,叫丝客人拿一个包袱,包了那妇人通身上下的衣裳,走回十多里路,找着他的汉子。原来他汉子,见船也不见,老婆也不见,正在树底下着急哩。那丝客人有些认得,上前说了几句,拍着他肩头道:"你如今赔了夫人又折兵,还是造化哩!"他汉子不敢答应。客人把包袱打开,拿出他老婆的衣裳、裤子、褶裤、鞋来。他汉子才慌了,跪下去只是磕头。客人道:"我不拿你。快把昨日四封银子拿了来,还你老婆。"那汉子慌忙上了船,在梢上一个夹剪舱底下,拿出一个大口袋来,说道:"银子一厘也没有动,只求开恩,还我女人罢!"客人背着银子。那汉子拿着他老婆的衣裳一直跟了走来,又不敢上船,听见他老婆在船上叫才硬着胆子走上去。只见他老婆在中舱里,围在被里哩。他汉子走上前把衣裳递与他。众人看着那妇人穿了衣服,起来又磕了两个头,同乌龟满面羞愧,下船去了。丝客人拿了一封银子五十两,来谢凤四老爹。凤四老爹沉吟了一刻,竟收了。随分做三分,拿着对三个差人道:“你们这件事,原是个苦差,如今与你们算差钱罢。”差人谢了。

闲话休提。不日到了杭州,又换船直到台州,五个人一齐进了城。府差道:“凤四老爹,家门口恐怕有风声。官府知道了,小人吃不起。”凤四老爹道:“我有道理。”从城外叫了四乘小轿,放下帘子,叫三个差人同万中书坐着,自己倒在后面走,一齐到了万家来。进大门,是两号门面房子,二进是两改三造的小厅。万中书才入内去,就听见里面有哭声,一刻,又不哭了。顷刻内里备了饭出来。吃了饭,凤四老爹道:“你们此刻不要去。点灯后把承行的叫了来。我自有道理。”差人依着,点灯的时候,悄悄的去会台州府承行的赵勤。赵勤听见南京凤四老爹同了来,吃了一惊,说道:“那是个仗义的豪杰,万相公怎的相与他的?这个就造化了!”当下即同差人到万家来,会着,彼此竟像老相与一般。凤四老爹道:“赵师父,只一桩托你:先着太爷录过供,供出来的人,你便拖了解。”赵书办应允了。

次日,万中书乘小轿子到了府前城隍庙里面,照旧穿了七品公服,戴了纱帽,着了靴,只是颈子里却系了链子。府差缴了牌票,祁太爷即时坐堂。解差赵升执着批,将万中书解上堂去。祁太爷看见纱帽圆领,先吃一惊;又看了批文,有“遵例保举中书”字样,又吃了一惊。抬头看那万里,却直立着,未曾跪下。因问道:“你的中书,是甚时得的?”万中书道:“是本年正月内。”祁太爷道:“何以不见知照?”万中书道:“由阁咨部,由部咨本省巡抚,也须时日。想目下也该到了。”祁太爷道:“你这中书,早晚也是要革的了。”万中书道:“中书自去年进京,今年回到南京,并无犯法的事。请问太公祖:隔省差拿,其中端的是何缘故?”祁太爷道:“那苗镇台疏失了海防,被抚台参拿了。衙门内搜出你的诗笺,上面一派阿谀的话头,是你被他买嘱了做的。现有赃款,你还不知么?”万中书道:

“这就是冤枉之极了！中书在家的时节并未会过苗镇台一面，如何有诗送他？”祁太爷道：“本府亲自看过，长篇累牍，后面还有你的名姓图书。现今抚院大人巡海，整驻本府，等着要题结这一案，你还能赖么？”万中书道：“中书虽然忝列宫墙，诗却是不会做的。至于名号的图书中书从来也没有，只有家中住的一个客，上年刻了大大小小几方送中书。中书就放在书房里未曾收进去。就是做诗也是他会做，恐其是他假名的，也未可知。还求太公祖详察。”祁太爷道：“这人叫甚么？如今在那里？”万中书道：“他姓凤，叫做凤鸣岐。现住在中书家里哩。”

祁太爷立即拈了一枝火签，差原差立拿凤鸣岐，当堂回话。差人去了一会，把凤四老爹拿来。祁太爷坐在二堂上。原差上去回了说：“凤鸣岐已经拿到。”祁太爷叫他上堂，问道：“你便是凤鸣岐么？一向与苗总兵有相与么？”凤四老爹道：“我并认不得他。”祁太爷道：“那万里做了送他的诗。今万里到案招出是你做的，连姓名图书，也是你刻的。你为甚么做这些犯法的事？”凤四老爹道：“不但我生平不会做诗，就是做诗送人，也算不得一件犯法的事。”祁太爷道：“这厮强辩！”叫取过大刑来。那堂上堂下的皂隶，大家吆喝一声把夹棍向堂口一掼。两个人扳翻了凤四老爹，把他两只腿套在夹棍里。祁太爷道：“替我用力的夹！”那扯绳的皂隶，用力把绳一收，只听格喳的一声，那夹棍迸为六段。祁太爷道：“这厮莫不是有邪术？”随叫换了新夹棍，朱标一条封条，用了印，贴在夹棍上，从新再夹。那知道绳子尚未及扯，又是一声响，那夹棍又断了。一连换了三副夹棍，足足的迸做十八截，散了一地。凤四老爹只是笑，并无一句口供。

祁太爷毛了，只得退了堂，将犯人寄监。亲自坐轿上公馆辕门，面禀了抚军。那抚军听了备细，知道凤鸣岐是有名的壮士，其中必有缘故。况且，苗总兵已死于狱中，抑且万里保举中书的知照已到院，此事也不关紧要。因而吩咐祁知府从宽办结。竟将万里、凤鸣岐都释放。抚院也就回杭州去了。这一场焰腾腾的官事却被凤四老爹一瓢冷水泼息。

万中书开发了原差人等，官司完了，同凤四老爹回到家中，念不绝口的说道："老爹真是我的重生父母、再长爹娘，我将何以报你！"凤四老爹大笑道："我与先生既非旧交，向日又不曾受过你的恩惠，这不过是我一时偶然高兴。你若认真感激起我来，那倒是个鄙夫之见了。我今要往杭州去寻一个朋友，就在明日便行。"万中书再三挽留不住，只得凭着凤四老爹要走就走。

次日凤四老爹果然别了万中书，不曾受他杯水之谢，取路往杭州去了。只因这一番，有分教：拔山扛鼎之义士，再显神通；深谋诡计之奸徒，急偿夙债。不知凤四老爹来寻甚么人，且听下回分解。

第五十二回 比武艺公子伤身 毁厅堂英雄讨债

话说凤四老爹别过万中书,竟自取路到杭州。他有一个朋友叫做陈正公,向日曾欠他几十两银子。心里想道:“我何不找着他,向他要了做盘缠回去?”陈正公住在钱唐门外。他到钱唐门外来寻他,走了不多路看见苏堤上柳阴树下,一丛人围着两个人在那里盘马。那马上的人远远望见凤四老爹,高声叫道:“凤四哥! 你从那里来的?”凤四老爹近前一看,那人跳下马来拉着手。凤四老爹道:“原来是秦二老爷。你是几时来的? 在这里做甚么?”秦二侉子道:“你就去了这些时。那老万的事,与你甚相干? 吃了自己的清水白米饭,管别人的闲事,这不是发了呆? 你而今来的好的狠! 我正在这里同胡八哥想你。”凤四老爹便问:“此位尊姓?”秦二侉子代答道:“这是此地胡尚书第八个公子胡八哥,为人极有趣,同我最相好。”胡老八知道是凤四老爹,说了些彼此久慕的话。秦二侉子道:“而今凤四哥来了,我们不盘马了,回到下处去吃一杯罢。”凤四老爹道:“我还要去寻一个朋友。”胡八乱子道:“贵友明日寻罢。今日难得相会,且到秦二哥寓处顽顽。”不由分说把凤四老爹拉着,叫家人匀出一匹马请凤四老爹骑着,到伍相国祠门口下了马,一同进来。

秦二侉子就寓在后面楼下。凤四老爹进来施礼坐下。秦二侉子吩咐家人,快些办酒来,同饭一齐吃。因向胡八乱子道:“难得我们凤四哥来,便宜你明日看好武艺。我改日少不得同凤四哥来奉拜,是要重重的叨扰哩。”胡八乱子道:“这个自然。”

凤四老爹看了壁上一幅字,指着向二位道:“这洪憨仙兄也和我相与。他初时也爱学几桩武艺,后来不知怎的好弄玄虚,勾人烧丹炼汞。不知此人而今在不在了?”胡八乱子道:“说起来竟是一场笑话,三家兄几乎上了此人一个当。那年勾着处州的马纯上,怂恿家兄炼丹。银子都已经封好,还亏家兄的运气高。他忽然生起病来,病到几日上,就死了。不然,白白被他骗了去。”凤四老爹道:“三令兄可是讳缜的么?”胡八乱子道:“正是。家兄为人,与小弟的性格不同,惯喜相与一班不三不四的人,做诌诗,自称为‘名士’。其实好酒好肉,也不曾吃过一斤,倒整千整百的被人骗了去,眼也不眨一眨。小弟生性喜欢养几匹马,他就嫌好道恶,说作蹋了他的院子。我而今受不得,把老房子并与他,自己搬出来住,和他离门离户了。”秦二侉子道:“胡八哥的新居,干净的狠哩。凤四哥,我同你扰他去时,你就知道了。”

说着,家人摆上酒来。三个人传杯换盏,吃到半酣,秦二侉子道:“凤四哥,你刚才说,要去寻朋友,是寻那一个?”凤四老爹道:“我有个朋友陈正公是这里人,他该我几两银子,我要向他取讨。”胡八乱子道:“可是一向住在竹竿巷,而今搬到钱唐门外的?”凤四老爹道:“正是。”胡八乱子道:“他而今不在家,同了一个毛胡子,到南京卖丝去了。毛二胡子也是三家兄的旧门客。凤四哥,你不消去寻他。我叫家里人替你送一个信去,叫他回来时,来会你就是了。”当下吃过了饭各自散了。胡老八告辞先去。秦二侉子就留凤四老爹在寓同住。

次日,拉了凤四老爹同去看胡老八。胡老八也回候了,又打发家人来说道:“明日请秦二老爷同凤四老爹,早些过去便饭。老爷说,相好间不具帖子。”

到第二日吃了早点心,秦二侉子便叫家人备了两匹马同凤四老爹骑着,家人跟随,来到胡家。主人接着,在厅上坐下。秦二侉子道:“我们何不到书房里坐?”主人道:“且请用了茶。”吃过了茶,主人邀二位从走巷一直往后边去,只见满地的马粪。到了书房,二位进去,看见有几位客,都是胡老八平日相与的些驰马试剑的朋友,今日特来请教凤四老爹的武艺。彼此作揖坐下。胡老八道:“这几位朋友,都是我的相好,今日听见凤四哥到,特为要求教的。”凤四老爹道:“不敢!不敢!”又吃了一杯茶,大家起身闲步一步。看那楼房三间,也不甚大。旁边游廊,廊上摆着许多的鞍架子,壁间靠着箭壶。一个月洞门过去,却是一个大院子,一个马棚。胡老八向秦二侉子道:“秦二哥，我前日新买了一匹马，身材倒也还好。你估一估，值个甚么价？”随叫马夫，将那枣骝马牵过来。这些客一拥上前来看。那马十分跳跃，不堤防，一个蹶子把一位少年客的腿踢了一下。那少年便痛得了不得，矬了身子，墩下去。胡八乱子看了大怒，走上前，一脚就把那只马腿踢断了。众人吃了一惊。秦二侉子道：“好本事！”便道：“好些时不见你，你的武艺越发学的精强了！”当下，先送了那位客回去。

这里摆酒上席，依次坐了。宾主七八个人，猜拳行令，大盘大碗吃了个尽兴。席完起身，秦二侉子道：“凤四哥，你随便使一两件武艺，给众位老哥们看看。”众人一齐道：“我等求教。”凤四老爹道：“原要献丑。只是顽那一件？”因指着天井内花台子道：“把这方砖，搬几块到这边来。”秦二侉子叫家人搬了八块，放在阶沿上。众人看凤四老爹，把右手袖子卷一卷。那八块方砖，齐齐整整叠作一垛在阶沿上，有四尺来高。那凤四老爹把手朝上一拍，只见那八块方砖，碎成十几块，一直到底。众人在旁，一齐赞叹。

秦二侉子道：“我们凤四哥，练就了这一个手段！他那‘经’上说：‘握拳能碎虎脑，侧掌能断牛首。’这个还不算出奇哩。胡八哥你过来，你方才踢马的腿劲，也算是头等了。你敢在凤四哥的肾囊上踢一下，我就服你是真名公。”众人都笑说：“这个如何使得！”凤四老爹道：“八先生，你果然要试一试，这倒不妨。若是踢伤了，只怪秦二老官，与你不相干。”众人一齐道：“凤四老爹既说不妨，他必然有道理。”一个个都怂恿胡八乱子踢。那胡八乱子想了一想，看看凤四老爹又不是个金刚、巨无霸，怕他怎的？便说道：“凤四哥，果然如此，我就得罪了！”凤四老爹把前襟提起露出裤子来。他便使尽平生力气，飞起右脚向他裆里一脚踢去。那知这一脚，并不象踢到肉上，好象踢到一块生铁上，把五个脚指头几乎碰断，那一痛直痛到心里去。顷刻之间，那一只腿，提也提不起了。凤四老爹上前道：“得罪！得罪！”众人看了，又好惊，又好笑。闹了一会，道谢告辞。主人一瘸一簸把客送了回来。那一只靴再也脱不下来，足足肿疼了七八日。

凤四老爹在秦二侉子的下处，逐日打拳、跑马，倒也不寂寞。一日正在那里试拳法，外边走进一个二十多岁的人，瘦小身材，来问："南京凤四老爹可在这里？"凤四老爹出来会着，认得是陈正公的侄儿陈虾子。问其来意，陈虾子道："前日胡府上有人送信，说四老爹你来了。家叔却在南京卖丝去了，我今要往南京去接他。你老人家有甚话，我替你带信去。"凤四老爹道："我要会令叔，也无甚话说。他向日挪我的五十两银子，得便叫他算还给我。我在此，还有些时耽搁，竟等他回来罢了。费心拜上令叔，我也不写信了。"陈虾子应诺。回到家取了行李搭船便到南京，找到江宁县前傅家丝行里寻着了陈正公。那陈正公正同毛二胡子在一桌子上吃饭，见了侄子，叫他一同吃饭，问了些家务。陈虾子把凤四老爹要银子的话都说了，安顿行李在楼上住。

且说这毛二胡子，先年在杭城开了个绒线铺，原有两千银子的本钱。后来钻到胡三公子家做篾片，又赚了他两千银子，搬到嘉兴府，开了个小当铺。此人有个毛病：啬细非常，一文如命。近来又同陈正公合伙贩丝。陈正公也是一文如命的人，因此志同道合。南京丝行里，供给丝客人饮食最为丰盛。毛二胡子向陈正公道："这行主人供给我们顿顿有肉。这不是行主人的肉，就是我们自己的肉，左右他要算了钱去。我们不如只吃他的素饭，荤菜我们自己买了吃，岂不便宜！"陈正公道："正该如此。"到吃饭的时候，叫陈虾子到熟切担子上，买十四个钱的熏肠子三个人同吃。那陈虾子到口不到肚，熬的清水滴滴。

一日毛二胡子向陈正公道："我昨日听得一个朋友说，这里胭脂巷有一位中书秦老爹，要上北京补官，攒凑盘程一时不得应手，情愿七扣的短票借一千两银子。我想这是极稳的主子，又三个月内必还。老哥买丝余下的那一项，凑起来还有二百多两，何不秤出二百一十两借给他？三个月就拿回三百两，这不比做丝的利钱还大些？老哥如不见信，我另外写一张包管给你。他那中间人我都熟识，丝毫不得走作的。"陈正公依言借了出去。到三个月上，毛二胡子替他把这一笔银子讨回，银色又足，平子又好，陈正公满心欢喜。又一日毛二胡子向陈正公道："我昨日会见一个朋友，是个卖人参的客人。他说，国公府里徐九老爷有个表兄陈四老爷，拿了他斤把人参。而今他要回苏州去，陈四老爷一时银子不凑手，就托他情愿对扣借一百银子还他，限两个月拿二百银子取回纸笔。也是一宗极稳的道路。”陈正公又拿出一百银子，交与毛二胡子借出去。两个月讨回足足二百两，兑一兑还余了三钱，把个陈正公欢喜的要不得。

那陈虾子被毛二胡子一味朝死里算，弄的他酒也没得吃，肉也没得吃，恨如头醋。趁空向陈正公说道：“阿叔在这里卖丝，爽利该把银子交与行主人做丝。拣头水好丝买了，就当在典铺里。当出银子，又赶着买丝，买了又当着。当铺的利钱微薄，象这样套了去，一千两本钱，可以做得二千两的生意，难道倒不好？为甚么信毛二老爹的话放起债来？放债到底是个不稳妥的事。象这样挂起来，几时才得回去？”陈正公道：“不妨。再过几日，收拾收拾，也就可以回去了。”

那一日，毛二胡子接到家信，看完了咂嘴弄唇，只管独自坐着踌躇。陈正公问道：“府上有何事？为甚出神？”毛二胡子道：“不相干，这事不好向你说的。”陈正公再三要问，毛二胡子道：“小儿寄信来说，我东头街上谈家当铺折了本要倒与人。现在有半楼货，值得一千六百两，他而今事急了，只要一千两就出脱了。我想，我的小典里若把他这货倒过来，倒是宗好生意。可惜而今运不动，掣不出本钱来。”陈正公道：“你何不同人合伙，倒了过来？”毛二胡子道：“我也想来。若是同人合伙，领了人的本钱，他只要一分八厘行息，我还有几厘的利钱。他若是要二分开外，我就是羊肉不曾吃，空惹一身膻，倒不如不干这把刀儿了。”陈正公道：“呆子！你为甚不和我商量？我家里还有几两银子，借给你跳起来就是了。还怕你骗了我的？”毛二胡子道：“罢！罢！老哥，生意事拿不稳，设或将来亏折了不够还你，那时叫我拿甚么脸来见你？”陈正公见他如此至诚，一心一意要把银子借与他。说道：“老哥，我和你从长商议。我这银子你拿去倒了他家货来，我也不要你的大利钱，你只每月给我一个二分行息，多的利钱都是你的。将来陆续还我。纵然有些长短，我和你相好，难道还怪你不成？”毛二胡子道：“既承老哥美意，只是这里边，也要有一个人做个中见，写一张切切实实的借券交与你执着，才有个凭据，你才放心。那有我两个人私相授受的呢?”陈正公道:“我知道老哥不是那样人,并无甚不放心处。不但中人不必,连纸笔也不要,总以信行为主罢了。”当下陈正公瞒着陈虾子,把行笥中余剩下以及讨回来的银子凑了一千两,封的好好的交与毛二胡子,道:“我已经带来的丝,等行主人代卖。这银子本打算回湖州再买一回丝,而今且交与老哥,先回去做那件事。我在此再等数日也就回去了。”毛二胡子谢了,收起银子,次日上船回嘉兴去了。

又过了几天,陈正公把卖丝的银收齐全了,辞了行主人,带着陈虾子搭船回家,顺便到嘉兴上岸看看毛胡子。那毛胡子的小当铺开在西街上。一路问了去,只见小小门面三间,一层看墙。进了看墙门,院子上面三间厅房安着柜台,几个朝奉在里面做生意。陈正公问道:“这可是毛二爷的当铺?”柜里朝奉道:“尊驾贵姓?”陈正公道:“我叫做陈正公,从南京来。要会会毛二爷。”朝奉道:“且请里面坐。”后一层便是堆货的楼。陈正公进来坐在楼底下,小朝奉送上一杯茶来。吃着,问道:“毛二哥在家么?”朝奉道:“这铺子,原是毛二爷起头开的,而今已经倒与汪敝东了。”陈正公吃了一惊道:“他前日可曾来?”朝奉道:“这也不是他的店了,他还来做甚么!”陈正公道:“他而今那里去了?”朝奉道:“他的脚步散散的,知他是到南京去?北京去了?”陈正公听了这些话,驴头不对马嘴,急了一身的臭汗。同陈虾子回到船上赶到了家。

次日清早有人来敲门。开门一看,是凤四老爹,邀进客座,说了些久违想念的话,因说道:“承假一项,久应奉还。无奈近日又被一个人负骗,竟无法可施。”凤四老爹问其缘故,陈正公细细说了一遍。凤四老爹道:“这个不妨,我有道理。明日我同秦二老爷回南京,你先在嘉兴等着我。我包你讨回,一文也不少。何如?”陈正公道:“若果如此,重重奉谢老爹。”凤四老爹道:“要谢的话不必再提。”别过,回到下处把这些话告诉秦二侉子。二侉子道:“四老爹的生意又上门了。这是你最喜做的事。”一面叫家人打发房钱,收拾行李,到断河头上了船。

将到嘉兴,秦二侉子道:“我也跟你去瞧热闹。”同凤四老爹上岸一直找到毛家当铺,只见陈正公正在他店里吵哩。凤四老爹两步做一步闯进他看墙门,高声嚷道:"姓毛的在家不在家?陈家的银子到底还不还?"那柜台里朝奉,正待出来答话,只见他两手扳着看墙门把身子往后一挣,那垛看墙,就拉拉杂杂卸下半堵。秦二侉子正要进来看,几乎把头打了。那些朝奉和取当的看了,都目瞪口呆。凤四老爹转身走上厅来,背靠着他柜台外柱子大叫道:"你们要命的,快些走出去!"说着,把两手背剪着,把身子一扭,那条柱子就离地歪在半边,那一架厅檐就塌了半个,砖头瓦片纷纷的打下来,灰土飞在半天里。还亏朝奉们跑的快,不曾伤了性命。那时,街上人听见里面倒的房子响,门口看的人都挤满了。毛二胡子见不是事,只得从里面走出来。凤四老爹一头的灰,越发精神抖抖,走进楼底下靠着他的庭柱。众人一齐上前软求。毛二胡子自认不是,情愿把这一笔帐,本利清还,只求凤四老爹不要动手。凤四老爹大笑道:"谅你有多大的个巢窝,不够我一顿饭时都拆成平地!"这时秦二侉子同陈正公都到楼下坐着。秦二侉子说道:"这件事,原是毛兄的不是!你以为没有中人、借券,打不起官司告不起状,就可以白骗他的。可知道:不怕该债的精穷,只怕讨债的英雄!你而今遇着凤四哥,还怕赖到那里去?"那毛二胡子无计可施,只得将本和利一并兑还,才完了这件横事。

陈正公得了银子,送秦二侉子、凤四老爹二位上船。彼此洗了脸。拿出两封一百两银子谢凤四老爹。凤四老爹笑道:"这不过是我一时高兴,那里要你谢我!留下五十两以清前帐。这五十两你还拿回去。"陈正公谢了又谢,拿着银子辞别二位,另上小船去了。

凤四老爹同秦二侉子说说笑笑,不日到了南京,各自回家。过了两天,凤四老爹到胭脂巷候秦中书。他门上人回道:"老爷近来同一位太平府的陈四老爷,镇日在来宾楼张家闹,总也不回家。"后来凤四老爹会着,劝他不要做这些事。又恰好京里有人寄信来说他补缺将近,秦中书也就收拾行装进京。那来宾楼只剩得一个陈四老爷。只因这一番,有分教:国公府内,同飞玩雪之觞;来宾楼中,忽讶深宵之梦。毕竟怎样一个来宾楼,且听下回分解。

第五十三回　国公府雪夜留宾　来宾楼灯花惊梦

话说南京这十二楼，前门在武定桥，后门在东花园，钞库街的南首就是长板桥。自从太祖皇帝定天下，把那元朝功臣之后，都没入乐籍，有一个教坊司管着他们，也有衙役执事，一般也坐堂打人。只是那王孙公子们来，他却不敢和他起坐，只许垂手相见。每到春三二月天气，那些姊妹们，都匀脂抹粉，站在前门花柳之下彼此邀伴顽耍。又有一个盒子会，邀集多人，治备极精巧的时样饮馔，都要一家赛过一家。那有几分颜色的也不肯胡乱接人。又有那一宗老帮闲，专到这些人家来，替他烧香，擦炉，安排花盆，揩抹桌椅，教琴棋书画。那些妓女们相与的孤老多了，却也要几个名士来往，觉得破破俗。

那来宾楼有个雏儿叫做聘娘。他公公在临春班做正旦，小时也是极有名头的。后来长了胡子，做不得生意，却娶了一个老婆，只望替他接接气。那晓的又胖又黑，自从娶了他，鬼也不上门来。后来没奈何立了一个儿子，替他讨了一个童养媳妇。长到十六岁，却出落得十分人才。自此，孤老就走破了门槛。

那聘娘虽是个门户人家，心里最喜欢相与官。他母舅金修义就是金次福的儿子，常时带两个大老官，到他家来走走。那日来对他说："明日有一个贵人，要到你这里来玩玩。他是国公府内徐九公子的表兄。这人姓陈，排行第四，人都叫他是陈四老爷。我昨日在国公府里做戏，那陈四老爷向我说，他着实闻你的名，要来看你。你将来相与了他就可结交徐九公子，可不是好！"聘娘听了也着实欢喜。金修义吃完茶去了。

次日金修义回复陈四老爷去。那陈四老爷是太平府人，寓在东水关董家河房。金修义到了寓处门口，两个长随穿着一身簇新的衣服，传了进去。陈四老爷出来，头戴方巾，身穿玉色缎直裰，里边衬着狐狸皮袄，脚下粉底皂靴，白净面皮，约有二十八九岁。见了金修义问道:“你昨日可曾替我说信去?我几时好去走走?”修义道:“小的昨日去说了,他那里专候老爷降临。”陈四老爷道:“我就和你一路去罢。”说着,又进去换了一套新衣服,出来叫那两个长随叫轿夫伺候。只见一个小小厮进来,拿着一封书。陈四老爷认得他是徐九公子家的书童。接过书子拆开来看。上写着:“积雪初霁,瞻园红梅次第将放。望表兄文驾过我,围炉作竟日谈。万勿推却。至嘱!至嘱!上木南表兄先生。徐咏顿首。”陈木南看了,向金修义道:“我此时要到国公府里去,你明日再来罢。”金修义去了。

陈木南随即上了轿,两个长随跟着来到大功坊。轿子落在国公府门口,长随传了进去。半日,里边道:“有请!”陈木南下了轿,走进大门,过了银銮殿从旁边进去。徐九公子立在瞻园门口,迎着叫声:“四哥!怎么穿这些衣服?”陈木南看徐九公子时,乌帽珥貂,身穿织金云缎夹衣,腰系丝绦,脚下朱履。两人拉着手。只见那园里,高高低低都是太湖石堆的玲珑山子,山子上的雪,还不曾融尽。徐九公子让陈木南沿着栏杆,曲曲折折来到亭子上。那亭子是园中最高处,望着那园中几百树梅花都微微含着红萼。徐九公子道:“近来,南京的天气暖的这样早,不消到十月尽,这梅花都已大放可观了。”陈木南道:“表弟府里不比外边。这亭子虽然如此轩敞,却不见一点寒气袭人。唐诗说的好,‘无人知道外边寒’,不到此地,那知古人措语之妙!”

说着,摆上酒来。都是银打的盆子,用架子架着,底下一层贮了烧酒,用火点着,焰腾腾的暖着那里边的肴馔,却无一点烟火气。两人吃着,徐九公子道:“近来的器皿,都要翻出新样,却不知古人是怎样的制度,想来倒不如而今精巧。”陈木南道:“可惜我来迟了一步。那一年,虞博士在国子监时,迟衡山请他到泰伯祠主祭用的都是古礼古乐。那些祭品的器皿,都是访古购求的。我若那时在南京一定也去与祭,也就可以见古人的制度了。”徐九公子道:“十几年来,我常在京,却不知道家乡有这几位贤人君子,竟不曾会他们一面,也是一件缺陷事。”

吃了一会,陈木南身上暖烘烘十分烦躁。起来脱去了一件衣服,管家忙接了,折好放在衣架上。徐九公子道:"闻的向日,有一位天长杜先生在这莫愁湖大会梨园子弟,那时却也还有几个有名的脚色。而今怎么这些做生、旦的,却要一个看得的也没有? 难道此时,天也不生那等样的脚色?"陈木南道:"论起这件事,却也是杜先生作俑。自古妇人无贵贱,任凭他是青楼婢妾,到得收他做了侧室,后来生出儿子做了官,就可算的母以子贵。那些做戏的,凭他怎么样到底算是个贱役。自从杜先生一番品题之后,这些缙绅士大夫家筵席间,定要几个梨园中人杂坐衣冠队中,说长道短。这个成何体统? 看起来那杜先生也不得辞其过。"徐九公子道:"也是那些暴发户人家。若是我家,他怎敢大胆?"

说了一会,陈木南又觉的身上烦热。忙脱去一件衣服,管家接了去。陈木南道:"尊府虽比外面不同,怎么如此太暖?"徐九公子道:"四哥,你不见亭子外面一丈之外雪所不到。这亭子,却是先国公在时造的,全是白铜铸成,内中烧了煤火,所以这般温暖。外边怎么有这样所在!"陈木南听了才知道这个原故。两人又饮一会,天气昏暗了,那几百树梅花上,都悬了羊角灯,磊磊落落点将起来,就如千点明珠高下照耀,越掩映着那梅花枝干横斜可爱。酒罢捧上茶来吃了,陈木南告辞回寓。

过了一日,陈木南写了一个札子,叫长随拿到国公府,向徐九公子借了二百两银子。买了许多缎匹做了几套衣服,长随跟着,到聘娘家来做进见礼。到了来宾楼门口,一只小猱狮狗叫了两声,里边那个黑胖虔婆出来迎接。看见陈木南人物体面,慌忙说道:"请姐夫到里边坐!"陈木南走了进去,两间卧房,上面小小一个妆楼安排着花、瓶、炉、几,十分清雅。聘娘先和一个人在那里下围棋,见了陈木南来慌忙乱了局来陪,说道:"不知老爷到来,多有得罪。"虔婆道:"这就是太平陈四老爷,你常时念着他的诗,要会他的。四老爷才从国公府里来的。"陈木南道:"两套不堪的衣裳,妈妈休嫌轻慢!"虔婆道:"说那里话! 姐夫请也请不至。"陈木南因问:"这一位尊姓?"聘娘接过来道:"这是北门桥邹泰来太爷,是我们南京的国手,就是我的师父。"陈木南道:"久仰!"邹泰来道:"这就是陈四老爷? 一向知道是徐九老爷姑表弟兄,是一位贵人。今日也肯到这里来,真个是聘娘的福气了。"

聘娘道:"老爷一定也是高手,何不同我师父下一盘?我自从跟着邹师父学了两年,还不曾得着他一着两着的窍哩!"虔婆道:"姐夫且同邹师父下一盘,我下去备酒来。"陈木南道:"怎好就请教的?"聘娘道:"这个何妨。我们邹师父是极喜欢下的。"就把棋枰上棋子拣做两处,请他两人坐下。邹泰来道:"我和四老爷自然是对下。"陈木南道:"先生是国手,我如何下的过。只好让几子请教罢!"聘娘坐在旁边,不由分说替他排了七个黑子。邹泰来道:"如何摆得这些!真个是要我出丑了!"陈木南道:"我知先生是不空下的,而今下个彩罢。"取出一锭银子交聘娘拿着。聘娘又在旁边,逼着邹泰来动着。邹泰来勉强下了几子。陈木南起首还不觉的,到了半盘四处受敌,待要吃他几子,又被他占了外势,待要不吃他的,自己又不得活。及至后来虽然赢了他两子,确费尽了气力。邹泰来道:"四老爷下的高,和聘娘真是个对手。"聘娘道:"邹师父是从来不给人赢的,今日一般也输了。"陈木南道:"邹先生方才分明是让,我那里下的过!还要添两子,再请教一盘。"邹泰来因是有彩,又晓的他是屎棋,也不怕他恼摆起九个子,足足赢了三十多着。陈木南肚里气得生疼,拉着他只管下了去。一直让到十三,共总还是下不过。因说道:"先生的棋实是高,还要让几个才好。"邹泰来道:"盘上再没有个摆法了,却是怎么样好?"聘娘道:"我们而今另有个顽法:邹师父,头一着不许你动,随便拈着丢在那里就算,这叫个'凭天降福'。"邹泰来笑道:"这成个甚么款?那有这个道理?"陈木南又逼着他下。只得叫聘娘拿一个白子,混丢在盘上,接着下了去。这一盘,邹泰来却杀死四五块。陈木南正在暗欢喜,又被他生出一个劫来打个不清。陈木南又要输了。聘娘手里抱了乌云覆雪的猫望上一扑,那棋就乱了。两人大笑,站起身来,恰好虔婆来说:"酒席齐备。"

摆上酒来,聘娘高擎翠袖,将头一杯奉了陈四老爷,第二杯就要奉师父,师父不敢当,自己接了酒。彼此放在桌上。虔婆也走来,坐在横头。候四老爷干了头一杯,虔婆自己也奉一杯酒,说道:"四老爷是在国公府里吃过好酒好肴的,到我们门户人家那里吃得惯!”聘娘道:“你看侬妈也韶刀了!难道四老爷家没有好的吃,定要到国公府里才吃着好的?”虔婆笑道:“姑娘说的是,又是我的不是了,且罚我一杯。”当下自己斟着吃了一大杯。陈木南笑道:“酒菜也是一样。”虔婆道:“四老爷,想我老身,在南京也活了五十多岁,每日听见人说国公府里,我却不曾进去过。不知怎样像天宫一般哩!我听见说,国公府里不点蜡烛。”邹泰来道:“这妈妈讲呆话!国公府不点蜡烛,倒点油灯?”虔婆伸过一只手来道:“邹太爷,榧子儿你嗒嗒!他府里‘不点蜡烛,倒点油灯’!他家那些娘娘们房里,一个人一个斗大的夜明珠,挂在梁上照的一屋都亮,所以不点蜡烛!四老爷,这话可是有的么?”陈木南道:“珠子虽然有,也未必拿了做蜡烛。我那表嫂是个和气不过的人。这事也容易,将来我带了聘娘,进去看看我那表嫂,你老人家就装一个跟随的人拿了衣服包,也就进去看看他的房子了。”虔婆合掌道:“阿弥陀佛!眼见希奇物,胜作一世人。我成日里烧香念佛,保佑得这一尊天贵星到我家来带我到天宫里走走,老身来世也得人身,不变驴马。”邹泰来道:“当初,太祖皇帝带了王妈妈、季巴巴到皇宫里去,他们认做古庙。你明日到国公府里去,只怕也要认做古庙哩!”一齐大笑。虔婆又吃了两杯酒,醉了。涎着醉眼说道:“他府里那些娘娘,不知怎样像画儿上画的美人!老爷若是把聘娘带了去就比下来了。”聘娘瞅他一眼道:“人生在世上,只要生的好,那在乎贵贱!难道做官的有钱的女人,都是好看的?我旧年在石观音庵烧香,遇着国公府里十几乘轿子下来,一个个团头团脸的也没有甚么出奇!”虔婆道:“又是我说的不是,姑娘说的是。再罚我一大杯!”当下,虔婆前后共吃了几大杯,吃的乜乜斜斜、东倒西歪。收了家伙,叫捞毛的打灯笼,送邹泰来家去。请四老爷进房歇息。

陈木南下楼来,进了房里,闻见喷鼻香。窗子前花梨桌上安着镜台,墙上悬着一幅陈眉公的画,壁桌上供着一尊玉观音,两边放着八张水磨楠木椅子。中间一张罗甸床挂着大红绸帐子,床上被褥,足有三尺多高,枕头边放着熏笼,床面前一架几十个香橼结成一个流苏。房中间放着一个大铜火盆烧着通红的炭,顿着铜铫煨着雨水。聘娘用纤手在锡瓶内撮出银针茶来安放在宜兴壶里，冲了水递与四老爷，和他并肩而坐。叫丫头出去取水来。聘娘拿大红汗巾，搭在四老爷磕膝上，问道："四老爷，你既同国公府里是亲戚，你几时才做官？"陈木南道："这话我不告诉别人，怎肯瞒你？我大表兄在京里，已是把我荐了。再过一年，我就可以得个知府的前程。你若有心于我，我将来和你妈说了，拿几百两银子赎了你同到任上去。"聘娘听了他这话，拉着手倒在他怀里，说道："这话是你今晚说的，灯光菩萨听着。你若是丢了我，再娶了别的妖精，我这观音菩萨最灵验，我只把他背过脸来朝了墙，叫你同别人睡，偎着枕头就头疼，爬起来就不头疼。我是好人家儿女，也不是贪图你做官，就是爱你的人物。你不要辜负了我这一点心！"丫头推开门，拿汤桶送水进来。聘娘慌忙站开，开了抽屉，拿出一包檀香屑倒在脚盆里，倒上水，请四老爷坐，洗脚。正洗着，只见又是一个丫头打了灯笼，一班四五个少年姊妹，都戴着貂鼠暖耳，穿着银鼠、灰鼠衣服进来，嘻嘻笑笑，两边椅子坐下。说道："聘娘今日接了贵人，盒子会明日在你家做。分子是你一个人出！"聘娘道："这个自然。"姊妹们笑顽了一会，去了。

聘娘解衣上床。陈木南见他丰若有肌，柔若无骨，十分欢洽。朦胧睡去，忽又惊醒，见灯花炸了一下。回头看四老爷时，已经睡熟。听那更鼓时，三更半了。聘娘将手理一理被头替四老爷盖好，也便合着睡去。

睡了一时，只听得门外锣响，聘娘心里疑惑："这三更半夜，那里有锣到我门上来？"看看锣声更近，房门外一个人道："请太太上任。"聘娘只得披绣袄，倒靸弓鞋走出房门外。只见四个管家婆娘齐双双跪下，说道："陈四老爷已经升授杭州府正堂了，特着奴婢们来请太太到任，同享荣华。"聘娘听了，忙走到房里梳了头，穿了衣服。那婢子又送了凤冠霞帔，穿带起来。出到厅前，一乘大轿，聘娘上了轿。抬出大门，只见前面锣、旗、伞、吹手、夜役，一队队摆着。又听的说："先要抬到国公府里去。"正走得兴头，路旁边走过一个黄脸秃头师姑来，一把从轿子里揪着聘娘，骂那些人道："这是我的徒弟。你们抬他到那里去？"聘娘说道："我是杭州府的官太太。你这秃师姑，怎敢来揪我!”正要叫夜役锁他,举眼一看,那些人都不见了。急得大叫一声,一交撞在四老爷怀里,醒了。原来是南柯一梦。只因这一番,有分教:风流公子,忽为闽峤之游;窈窕佳人,竟作禅关之客。毕竟后事如何,且听下回分解。

第五十四回 病佳人青楼算命 呆名士妓馆献诗

话说聘娘同四老爷睡着，梦见到杭州府的任，惊醒转来窗子外已是天亮了。起来梳洗，陈木南也就起来。虔婆进房来问了姐夫的好。

吃过点心，恰好金修义来，闹着要吃陈四老爷的喜酒。陈木南道："我今日就要到国公府里去，明日再来为你的情罢。"金修义走到房里，看见聘娘手挽着头发还不曾梳完，那乌云鬖髻，半截垂在地下，说道："恭喜聘娘！接了这样一位贵人。你看看，恁般时候，尚不曾停当，可不是越发娇懒了！"因问陈四老爷："明日甚么时候才来？等我吹笛子叫聘娘唱一只曲子与老爷听。他的李太白《清平三调》，是十六楼没有一个赛得过他的。"说着，聘娘又拿汗巾替四老爷拂了头巾，嘱咐道："你今晚务必来，不要哄我老等着。"

陈木南应诺了。出了门，带着两个长随回到下处。思量没有钱用，又写一个札子，叫长随拿到国公府里向徐九公子再借二百两银子凑着好用。长随去了半天回来，说道："九老爷拜上爷：府里的三老爷方从京里到，选了福建漳州府正堂，就在这两日内，要起身上任去。九老爷也要同到福建任所料理事务。说银子等明日来辞行自带来。"陈木南道："既是三老爷到了，我去候他。"随坐了轿子，带着长随来到府里。传进去，管家出来回道："三老爷、九老爷，都到沐府里赴席去了。四爷有话说，留下罢。"陈木南道："我也无甚话，是来特候三老爷的。"陈木南回到寓处。

过了一日，三公子同九公子来河房里辞行，门口下了轿子。陈木南迎进河厅坐下。三公子道："老弟，许久不见，风采一发倜傥。姑母去世，愚表兄远在都门，不曾亲自吊唁。几年来，学问更加渊博了。"陈木南道："先母辞世三载有余。弟因想念九表弟文字相好，所以来到南京朝夕请教。今表兄荣任闽中，贤昆玉同去，愚表弟倒觉失所了。"九公子道："表兄若不见弃，何不同到漳州？长途之中倒觉得颇不寂寞。"陈木南道:"原也要和表兄行行。因在此地还有一两件小事,俟两三月之后再到表兄任上来罢。"九公子随叫家人取一个拜匣,盛着二百两银子送与陈木南收下。三公子道:"专等老弟到敝署走走,我那里还有事要相烦帮衬。"陈木南道:"一定来效劳的。"说着吃完了茶,两人告辞起身。陈木南送到门外,又随坐轿子到府里去送行。一直送他两人到了船上才辞别回来。

那金修义已经坐在下处,扯他来到来宾楼。进了大门,走到卧房,只见聘娘脸儿黄黄的。金修义道:"几日不见四老爷来,心口疼的病又发了。"虔婆在旁道:"自小儿娇养惯了,是有这一个心口疼的病,但凡着了气恼就要发。他因四老爷两日不曾来,只道是那些憎嫌他,就发了。"聘娘看见陈木南,含着一双泪眼总不则声。陈木南道:"你到底是那里疼痛?要怎样才得好?往日发了这病,却是甚么样医?"虔婆道:"往日发了这病,茶水也不能咽一口。医生来撮了药,他又怕苦,不肯吃。只好顿了人参汤,慢慢给他吃着,才保全不得伤大事。"陈木南道:"我这里有银子,且拿五十两放在你这里,换了人参来用着。再拣好的换了我自己带来给你。"那聘娘听了这话,挨着身子靠着那绣枕,一团儿坐在被窝里,胸前围着一个红抹胸,叹了一口气,说道:"我这病一发了,不晓得怎的就这样心慌?那些先生们说是单吃人参又会助了虚火,往常总是合着黄连煨些汤吃,夜里睡着才得合眼。要是不吃,就只好是眼睁睁的一夜醒到天亮。"陈木南道:"这也容易。我明日换些黄连来给你就是了。"金修义道:"四老爷在国公府里,人参、黄连论秤称也不值甚么,聘娘那里用的了!"聘娘道:"我不知怎的,心里慌慌的,合着眼就做出许多胡枝扯叶的梦,清天白日的,还有些害怕。"金修义道:"总是你身子生的虚弱,经不得劳碌,着不得气恼。"虔婆道:"莫不是你伤着什么神道?替你请个尼僧来禳解禳解罢。"

正说着,门外敲的手磬子响。虔婆出来看,原来是延寿庵的师姑本慧来收月米。虔婆道:"阿呀!是本老爷,两个月不见你来了。这些时,庵里做佛事忙?"本师姑道:"不瞒你老人家说,今年运气低。把一个二十岁的大徒弟前月死掉了,连观音会,都没有做的成。你家的相公娘好?”虔婆道:“也时常三好两歹的,亏的太平府陈四老爷照顾他。他是国公府里徐九老爷的表兄,常时到我家来。偏生的聘娘没造化,心口疼的病发了。你而今进去看看。”本师姑一同走进房里。虔婆道:“这便是国公府里陈四老爷。”本师姑上前打了一个问讯。金修义道:“四老爷,这是我们这里的本师父,极有道行的。”

本师姑见过四老爷,走到床面前来看相公娘。金修义道:“方才说要禳解,何不就请本师父禳解禳解?”本师姑道:“我不会禳解,我来看看相公娘的气色罢。”便走了来一屁股坐在床沿上。聘娘本来是认得他的,今日抬头一看,却见他黄着脸、秃着头,就和前日梦里揪他的师姑一模一样,不觉就懊恼起来。只叫得一声“多劳”,便把被蒙着头睡下。本师姑道:“相公娘心里不耐烦,我且去罢。”向众人打个问讯出了房门。虔婆将月米递给他。他左手拿着磬子,右手拿着口袋去了。

陈木南也随即回到寓所,拿银子叫长随赶着去换人参、换黄连。只见主人家董老太拄着拐杖出来,说道:“四相公,你身子又结结实实的,只管换这些人参、黄连做什么?我听见这些时,在外头憨顽。我是你的房主人,又这样年老,四相公,我不好说的。自古道:船载的金银填不满烟花债。他们这样人家是甚么有良心的!把银子用完他就屁股也不朝你了。我今年七十多岁,看经念佛,观音菩萨听着,我怎肯眼睁睁的看着你上当不说!”陈木南道:“老太说的是,我都知道了。这人参、黄连,是国公府里托我换的。”因怕董老太韶刀,便说道:“恐怕他们换的不好,还是我自己去。”走了出来,到人参店里寻着了长随,换了半斤人参、半斤黄连,和银子就像捧宝的一般捧到来宾楼来。

才进了来宾楼门,听见里面弹的三弦子响,是虔婆叫了一个男瞎子,来替姑娘算命。陈木南把人参、黄连递与虔婆,坐下听算命。那瞎子道:“姑娘今年十七岁,大运交庚寅,寅与亥合,合着时上的贵人,该有个贵人星坐命。就是四正有些不利,吊动了一个计都星在里面作扰,有些啾唧不安,却不碍大事。莫怪我直谈,姑娘命里,犯一个华盖星,却要记一个佛名应破了才好。将来从一个贵人,还要戴凤冠霞帔，有太太之分哩。”说完，横着三弦弹着，又唱一回，起身要去。虔婆留吃茶，捧出一盘云片糕、一盘黑枣子来放在桌上，与他坐着。丫头斟茶递与他吃着。

陈木南问道：“南京城里，你们这生意也还好么？”瞎子道：“说不得，比不得上年了。上年，都是我们没眼的算命。这些年，睁眼的人都来算命，把我们挤坏了！就是这南京城，二十年前有个陈和甫，他是外路人，自从一进了城，这些大老官家的命，都是他攞拦着算了去，而今死了。积作的个儿子在我家那间壁招亲，日日同丈人吵窝子，吵的邻家都不得安身。眼见得我今日回家，又要听他吵了。”说罢起身道过多谢，去了。一直走了回来，到东花园一个小巷子里，果然又听见陈和甫的儿子和丈人吵。

丈人道：“你每日在外测字，也还寻得几十文钱，只买了猪头肉、飘汤烧饼自己搗嗓子，一个钱也不拿了来家。难道你的老婆，要我替你养着？这个还说是我的女儿，也罢了。你赊了猪头肉的钱不还，也来问我要。终日吵闹这事，那里来的晦气？”陈和甫的儿子道：“老爹，假使这猪头肉是你老人家自己吃了，你也要还钱。”丈人道：“胡说！我若吃了，我自然还。这都是你吃的。”陈和甫儿子道：“设或我这钱已经还过老爹，老爹用了，而今也要还人。”丈人道：“放屁！你是该人的钱！怎是我用你的？”陈和甫儿子道：“万一猪不生这个头，难道他也来问我要钱？”丈人见他十分胡说，拾了个叉子棍，赶着他打。

瞎子摸了过来扯劝。丈人气的颤呵呵的道：“先生！这样不成人，我说说他，他还拿这些混帐话来答应我，岂不可恨！”陈和甫儿子道：“老爹，我也没有甚么混帐处。我又不吃酒，又不赌钱，又不嫖老婆。每日在测字的桌子上，还拿着一本诗念，有甚么混帐处？”丈人道：“不是别的混帐。你放着一个老婆不养，只是累我。我那里累得起？”陈和甫儿子道：“老爹，你不喜女儿给我做老婆，你退了回去罢了。”丈人骂道：“该死的畜生！我女儿退了，做甚么事哩？”陈和甫儿子道：“听凭老爹再嫁一个女婿罢了。”丈人大怒道：“瘟奴！除非是你死了或是做了和尚，这事才行得。”陈和甫儿子道：“死是一时死不来。我明日就做和尚去。”丈人气愤愤的道:“你明日就做和尚!”瞎子听了半天,听他两人说的,都是堂屋里挂草荐,不是话,也就不扯劝,慢慢的摸着回去了。

次早陈和甫的儿子剃光了头,把瓦楞帽卖掉了,换了一顶和尚帽子戴着来到丈人面前,合掌打个问讯道:“老爹,贫僧今日告别了!”丈人见了大惊,双双掉下泪来,又着实数说了他一顿。知道事已无可如何,只得叫他写了一张纸,自己带着女儿养活去了。陈和尚自此以后,无妻一身轻,有肉万事足。每日测字的钱,就买肉吃,吃饱了,就坐在文德桥头测字的桌子上念诗,十分自在。

又过了半年,那一日正拿着一本书在那里看,遇着他一个同伙的测字丁言志来看他。见他看这本书,因问道:“你这书是几时买的?”陈和尚道:“我才买来三四天。”丁言志道:“这是莺脰湖唱和的诗。当年胡三公子约了赵雪斋、景兰江、杨执中先生,匡超人、马纯上一班大名士,大会莺脰湖,分韵作诗。我还切记得,赵雪斋先生是分的‘八齐’。你看这起句‘湖如莺脰夕阳低’,只消这一句便将题目点出。以下就句句贴切,移不到别处宴会的题目上去了。”陈和尚道:“这话要来问我才是,你那里知道?当年莺脰湖大会也并不是胡三公子做主人,是娄中堂家的三公子、四公子。那时,我家先父就和娄氏弟兄是一人之交。彼时大会莺脰湖,先父一位,杨执中先生、权勿用先生、牛布衣先生、蘧骁夫先生、张铁臂、两位主人,还有杨先生的令郎,共是九位。这是我先父亲口说的。我倒不晓得?你那里知道?”丁言志道:“依你这话,难道赵雪斋先生、景兰江先生的诗,都是别人假做的了?你想想,你可做得来?”陈和尚道:“你这话尤其不通。他们赵雪斋这些诗是在西湖上做的,并不是莺脰湖那一会。”丁言志道:“他分明是说‘湖如莺脰’,怎么说不是莺脰湖大会?”陈和尚道:“这一本诗,也是汇集了许多名士合刻的。就如这个马纯上,生平也不会作诗,那里忽然又跳出他一首?”丁言志道:“你说的都是些梦话!马纯上先生、蘧骁夫先生做了不知多少诗,你何尝见过!”陈和尚道:“我不曾见过,倒是你见过?你可知道莺脰湖那一会,并不曾有人做诗?你不知那里耳朵响,还来同我瞎吵!”丁言志道:“我不信。那里有这些大名士聚会,竟不做诗的？这等看起来,你尊翁也未必在莺脰湖会过。若会过的人也是一位大名士了,恐怕你也未必是他的令郎!”陈和尚恼了道:“你这话胡说！天下那里有个冒认父亲的?”丁言志道:“陈思阮,你自己做两句诗罢了,何必定要冒认做陈和甫先生的儿子?”陈和尚大怒道:“丁诗,你‘几年桃子几年人’！跳起来通共念熟了几首赵雪斋的诗,凿凿的就呻着嘴来讲名士。”丁言志跳起身来道:“我就不该讲名士,你到底也不是一个名士。”两个人说戗了,揪着领子一顿乱打。和尚的光头被他凿了几下,凿的生疼。拉到桥顶上,和尚眊着眼,要拉到他跳河,被丁言志搡了一交,骨碌碌就滚到桥底下去了。和尚在地下急的大嚷大叫。

正叫着,遇见陈木南踱了来,看见和尚仰巴叉睡在地下不成模样,慌忙拉起来道:“这是怎的?”和尚认得陈木南,指着桥上说道:“你看这丁言志无知无识的,走来说是莺脰湖的大会,是胡三公子的主人。我替他讲明白了。他还要死强,并且说我是冒认先父的儿子。你说可有这个道理?”陈木南道:“这个是什么要紧的事！你两个人也这样鬼吵。其实,丁言老也不该说思老是冒认父亲。这却是言老的不是。”丁言志道:“四先生,你不晓得。我难道不知道他是陈和甫先生的儿子？只是他摆出一副名士脸来,太难看。”陈木南笑道:“你们自家人,何必如此？要是陈思老就会摆名士脸,当年那虞博士、庄征君怎样过日子呢？我和你两位吃杯茶和和事,下回不必再吵了。”当下拉到桥头间壁一个小茶馆里,坐下吃着茶。

陈和尚道:“听见四先生令表兄要接你同到福建去,怎样还不见动身?”陈木南道:“我正是为此来寻你测字,几时可以走得?”丁言志道:“先生,那些测字的话,是我们‘签火七占通’的。你要动身,拣个日子走就是了,何必测字?”

陈和尚道:“四先生,你半年前,我们要会你一面也不得能够。我出家的第二日,有一首《剃发》的诗送到你下处请教。那房主人董老太说,你又到外头顽去了。你却一向在那里？今日怎管家也不带自己在这里闲撞?”陈木南道:“因这里来宾楼的聘娘,爱我的诗做的好,我常在他那里。”丁言志道:“青楼中的人也晓得爱才,这就雅极了!"向陈和尚道:"你看,他不过是个巾帼,还晓得看诗,怎有个莺脰湖大会不作诗的呢?"陈木南道:"思老的话到不差。那娄玉亭便是我的世伯。他当日最相好的是杨执中、权勿用。他们都不以诗名。"陈和尚道:"我听得权勿用先生,后来犯出一件事来,不知怎么样结局?"陈木南道:"那也是他学里几个秀才诬赖他的。后来,这件官事也昭雪了。"又说了一会,陈和尚同丁言志别过去了。

陈木南交了茶钱,自己走到来宾楼。一进了门,虔婆正在那里同一个卖花的穿桂花球,见了陈木南道:"四老爷,请坐下罢了。"陈木南道:"我楼上去看看聘娘。"虔婆道:"他今日不在家,到轻烟楼做盒子会去了。"陈木南道:"我今日来和他辞辞行,就要到福建去。"虔婆道:"四老爷就要起身?将来可还要回来的?"说着,丫头捧一杯茶来。陈木南接在手里,不大热,吃了一口就不吃了。虔婆看了道:"怎么茶也不肯泡一壶好的?"丢了桂花球,就走到门房里去骂乌龟。陈木南看见他不瞅不睬,只得自己又踱了出来。

走不得几步,顶头遇着一个人,叫道:"陈四爷,你还要信行些才好。怎叫我们只管跑?"陈木南道:"你开着偌大的人参铺,那在乎这几十两银子?我少不得料理了送来给你。"那人道:"你那两个尊管,而今也不见面。走到尊寓,只有那房主人董老太出来回。他一个堂客家,我怎好同他七个八个的?"陈木南道:"你不要慌!躲得和尚躲不得寺,我自然有个料理。你明日到我寓处来。"那人道:"明早是必留下,不要又要我们跑腿。"说过就去了。陈木南回到下处,心里想道:"这事不尴尬?长随又走了,虔婆家又走不进他的门,银子又用的精光,还剩了一屁股两肋巴的债,不如卷卷行李往福建去罢。"瞒着董老太一溜烟走了。

次日那卖人参的清早上走到他寓所来,坐了半日连鬼也不见一个。那门外推的门响,又走进一个人来,摇着白纸诗扇,文绉绉的。那卖人参的起来问道:"尊姓?"那人道:"我就是丁言志。来送新诗请教陈四先生的。"卖人参的道:"我也是来寻他的。"又坐了半天不见人出来。那卖人参的就把屏门拍了几下。董老太拄着拐杖出来,问道:"你们寻那个的?"卖人参的道:"我来找陈四爷要银子。"董老太道："他么？此时好到观音门了。"那卖人参的大惊道："这等，可曾把银子留在老太处？"董老太道："你还说这话！连我的房钱都骗了。他自从来宾楼张家的妖精缠昏了头，那一处不脱空！背着一身的债，还希罕你这几两银子！"卖人参的听了，哑叭梦见妈，说不出的苦，急的暴跳如雷。丁言志劝道："尊驾也不必急，急也不中用，只好请回。陈四先生是个读书人，也未必就骗你。将来他回来，少不得还哩。"那人跳了一回，无可奈何，只得去了。

丁言志也摇着扇子晃了出来，自心里想道："堂客也会看诗！那十六楼不曾到过，何不把这几两测字积下的银子也去到那里顽顽？"主意已定，回家带了一卷诗，换了几件半新不旧的衣服，戴一顶方巾，到来宾楼来。乌龟看见他像个呆子，问他来做甚么。丁言志道："我来同你家姑娘谈谈诗。"乌龟道："既然如此，且称下箱钱。"乌龟拿着黄杆戥子。丁言志在腰里摸出一个包子来，散散碎碎共有二两四钱五分头。乌龟道："还差五钱五分。"丁言志道："会了姑娘再找你罢。"丁言志自己上得楼来，看见聘娘在那里打棋谱，上前作了一个大揖。聘娘觉得好笑，请他坐下，问他来做甚么。丁言志道："久仰姑娘最喜看诗，我有些拙作特来请教。"聘娘道："我们本院的规矩：诗句是不白看的，先要拿出花钱来再看。"丁言志在腰里摸了半天，摸出二十个铜钱来放在花梨桌上。聘娘大笑道："你这个钱只好送给仪征丰家巷的捞毛的，不要玷污了我的桌子。快些收了回去买烧饼吃罢！"丁言志羞得脸上一红二白，低着头，卷了诗揣在怀里，悄悄的下楼，回家去了。

虔婆听见他囮着呆子要了花钱，走上楼来问聘娘道："你刚才向呆子要了几两银子的花钱？拿来，我要买缎子去。"聘娘道："那呆子那里有银子？拿出二十铜钱来，我那里有手接他的？被我笑的他回去了。"虔婆道："你是甚么巧主儿！囮着呆子还不问他要一大注子，肯白白放了他回去！你往常嫖客给的花钱，何常分一个半个给我？"聘娘道："我替你家寻了这些钱还有甚么不是？些小事就来寻事！我将来从了良，不怕不做太太！你放这样呆子上我的楼来，我不说你罢了，你还要来嘴喳喳！"虔婆大怒，走上前来一个嘴巴，把聘娘打倒在地。聘娘打滚,撒了头发,哭道:“我贪图些甚么?受这些折磨!你家有银子,不愁弄不得一个人来。放我一条生路去罢!”不由分说,向虔婆大哭大骂,要寻刀刎颈,要寻绳子上吊,鬏都滚掉了。虔婆也慌了,叫了老乌龟上来,再三劝解,总是不肯依,闹的要死要活。

无可奈何,由着他拜做延寿庵本慧的徒弟,剃光了头出家去了。只因这一番,有分教:风流云散,贤豪才色总成空;薪尽火传,工匠市廛都有韵。毕竟后事如何,且听下回分解。

第五十五回　添四客述往思来　弹一曲高山流水

话说万历二十三年,那南京的名士都已渐渐销磨尽了!此时虞博士那一辈人,也有老了的,也有死了的,也有四散去了的,也有闭门不问世事的。花坛酒社,都没有那些才俊之人;礼乐文章,也不见那些贤人讲究。论出处,不过得手的就是才能,失意的就是愚拙。论豪侠,不过有余的就会奢华,不足的就是萧索。凭你有李、杜的文章,颜、曾的品行,却是也没有一个人来问你。所以那些大户人家,冠、昏、丧、祭,乡绅堂里,坐着几个席头,无非讲的是些升、迁、调、降的官场。就是那贫贱儒生,又不过做的是些揣合逢迎的考校。那知市井中间,又出了几个奇人。

一个是会写字的。这个姓季名遐年,自小儿无家无业,总在这些寺院里安身。见和尚传板上堂吃斋,他便也捧着一个钵,站在那里随堂吃饭。和尚也不厌他。他的字写的最好,却又不肯学古人的法帖,只是自己创出来的格调,由着笔性写了去。但凡人要请他写字时,他三日前就要斋戒一日,第二日磨一天的墨,却又不许别人替磨。就是写个十四字的对联,也要用半碗墨。用的笔,都是那人家用坏了不要的他才用。到写字的时候,要三四个人替他拂着纸他才写;一些拂的不好,他就要骂、要打。却是要等他情愿,他才高兴。他若不情愿时,任你王侯将相大捧的银子送他,他正眼儿也不看。他又不修边幅,穿着一件稀烂的直裰,靸着一双破不过的蒲鞋。每日写了字,得了人家的笔资,自家吃了饭;剩下的钱,就不要了,随便不相识的穷人就送了他。

那日大雪里走到一个朋友家,他那一双稀烂的蒲鞋,踹了他一书房的污泥。主人晓得他的性子不好,心里嫌他,不好说出,只得问道:“季先生的尊履坏了,可好买双换换?”季遐年道:“我没有钱。”那主人道:“你肯写一副字送我,我买鞋送你了。”季遐年道:“我难道没有鞋，要你的？”主人厌他腌臜，自己走了进去拿出一双鞋来，道：“你先生且请略换换，恐怕脚底下冷。”季遐年恼了，并不作别就走出大门，嚷道：“你家甚么要紧的地方？我这双鞋就不可以坐在你家？我坐在你家，还要算抬举你！我都希罕你的鞋穿！”一直走回天界寺，气哺哺的又随堂吃了一顿饭。

吃完，看见和尚房里摆着一匣子上好的香墨，季遐年问道：“你这墨可要写字？”和尚道：“这是昨日施御史的令孙老爷送我的。我还要留着转送别位施主老爷，不要写字。”季遐年道：“写一副好哩。”不由分说走到自己房里，拿出一个大墨荡子来，拣出一锭墨，舀些水，坐在禅床上，替他磨将起来。和尚分明晓得他的性子，故意的激他写。他在那里磨墨，正磨的兴头，侍者进来向老和尚说道：“下浮桥的施老爷来了。”和尚迎了出去。那施御史的孙子已走进禅堂来，看见季遐年，彼此也不为礼，自同和尚到那边叙寒温。季遐年磨完了墨，拿出一张纸来铺在桌上，叫四个小和尚替他按着。他取了一管败笔蘸饱了墨，把纸相了一会，一气就写了一行。那右手后边小和尚动了一下，他就一凿把小和尚凿矮了半截，凿的杀喳的叫。老和尚听见，慌忙来看，他还在那里急的嚷成一片。老和尚劝他不要恼，替小和尚按着纸让他写完了。施御史的孙子也来看了一会，向和尚作别去了。

次日，施家一个小厮走到天界寺来，看见季遐年，问道：“有个写字的姓季的，可在这里？”季遐年道：“问他怎的？”那小厮道：“我家老爷叫他明日去写字。”季遐年听了也不回他，说道：“罢了。他今日不在家，我明日叫他来就是了。”

次日，走到下浮桥施家门口要进去。门上人拦住道：“你是甚么人？混往里边跑。”季遐年道：“我是来写字的。”那小厮从门房里走出来看见，道：“原来就是你！你也会写字？”带他走到敞厅上，小厮进去回了。施御史的孙子刚刚走出屏风，季遐年迎着脸大骂道：“你是何等之人？敢来叫我写字！我又不贪你的钱，又不慕你的势，又不借你的光，你敢叫我写起字来！”一顿大嚷大叫，把施乡绅骂的闭口无言低着头进去了。那季遐年又骂了一会，依旧回到天界寺里去了。

又一个是卖火纸筒子的。这人姓王名太,他祖代是三牌楼卖菜的,到他父亲手里穷了,把菜园都卖掉了。他自小儿最喜下围棋。后来,父亲死了,他无以为生,每日到虎踞关一带卖火纸筒过活。

那一日,妙意庵做会。那庵临着乌龙潭。正是初夏的天气,一潭簇新的荷叶亭亭浮在水上。这庵里曲曲折折也有许多亭榭,那些游人都进来顽耍。王太走将进来,各处转了一会。走到柳阴树下,一个石台,两边四条石凳,三四个大老官簇拥着两个人在那里下棋。一个穿宝蓝的道:“我们这位马先生,前日在扬州盐台那里,下的是一百一十两的彩。他前后共赢了二千多银子。”一个穿玉色的少年道:“我们这马先生是天下的大国手,只有这卞先生受两子还可以敌得来。只是我们要学到卞先生的地步也就着实费力了。”王太就挨着身子,上前去偷看。小厮们看见他穿的褴褛,推推搡搡不许他上前。底下坐的主人道:“你这样一个人也晓得看棋?”王太道:“我也略晓得些。”撑着看了一会,嘻嘻的笑。那姓马的道:“你这人会笑,难道下得过我们?”王太道:“也勉强将就。”主人道:“你是何等之人?好同马先生下棋!”姓卞的道:“他既大胆,就叫他出个丑何妨。才晓得我们老爷们下棋不是他插得嘴的!”王太也不推辞摆起子来,就请那姓马的动着。旁边人都觉得好笑。那姓马的同他下了几着,觉的他出手不同。下了半盘站起身来道:“我这棋,输了半子了!”那些人都不晓得。姓卞的道:“论这局面,却是马先生略负了些。”众人大惊,就要拉着王太吃酒。王太大笑道:“天下那里还有个快活似杀矢棋的事!我杀过矢棋心里快活极了,那里还吃的下酒!”说毕,哈哈大笑,头也不回就去了。

一个是开茶馆的。这人姓盖名宽,本来是个开当铺的人。他二十多岁的时候,家里有钱开着当铺,又有田地,又有洲场。那亲戚、本家,都是些有钱的。他嫌这些人俗气,每日坐在书房里,做诗看书,又喜欢画几笔画。后来画的画好,也就有许多做诗画的来同他往来。虽然诗也做的不如他好,画也画的不如他好,他却爱才如命。遇着这些人来留着吃酒吃饭,说也有,笑也有。这些人家里有冠、婚、丧、祭的紧急事,没有银子,来向他说,他从不推辞,几百几十拿与人用。

那些当铺里的小官看见主人这般举动，都说他有些呆气。在当铺里尽着做弊，本钱渐渐消折了。田地又接连几年都被水淹，要赔种、赔粮，就有那些混帐人来劝他变卖。买田的人嫌田地收成薄，分明值一千的，只好出五六百两。他没奈何只得卖了。卖来的银子又不会生发，只得放在家里秤着用，能用得几时？又没有了，只靠着洲场利钱还人。不想伙计没良心，在柴院子里放火。命运不好，接连失了几回火，把院子里的几万担柴尽行烧了。那柴烧的一块一块的，结成就和太湖石一般光怪陆离。那些伙计，把这东西搬来给他看，他看见好顽就留在家里。家里人说这是倒运的东西，留不得。他也不肯信，留在书房里顽。伙计见没有洲场也辞出去了。

又过了半年，日食艰难，把大房子卖了搬在一所小房子住。又过了半年，妻子死了，开丧出殡，把小房子又卖了。可怜这盖宽带着一个儿子、一个女儿，在一个僻净巷内寻了两间房子开茶馆。把那房子里面一间与儿子、女儿住。外一间摆了几张茶桌子，后檐支了一个茶炉子，右边安了一副柜台。后面放了两口水缸，满贮了雨水。他老人家清早起来，自己生了火，扇着了，把水倒在炉子里放着，依旧坐在柜台里看诗、画画。柜台上放着一个瓶插着些时新花朵，瓶旁边放着许多古书。他家各样的东西，都变卖尽了，只有这几本心爱的古书，是不肯卖的。人来坐着吃茶，他丢了书就来拿茶壶、茶杯。茶馆的利钱有限，一壶茶只赚得一个钱。每日只卖得五六十壶茶，只赚得五六十个钱。除去柴米，还做得甚么事！

那日，正坐在柜台里，一个邻居老爹过来同他谈闲话。那老爹见他十月里还穿着夏布衣裳，问道："你老人家而今也算十分艰难了。从前有多少人，受过你老人家的惠，而今都不到你这里来走走。你老人家这些亲戚、本家事体总还是好的，你何不去向他们商议商议，借个大大的本钱做些大生意过日子？"盖宽道："老爹，世情看冷暖，人面逐高低。当初我有钱的时候，身上穿的也体面，跟的小厮也齐整，和这些亲戚、本家在一块还搭配的上。而今我这般光景走到他们家去，他就不嫌我，我自己也觉得可厌。至于老爹说，有受过我的惠的，那都是穷人，那里还有得还出来！他而今又到有钱的地方去了，那里还肯到我这里来！我若去寻他，空惹他们的气，有何趣味！”邻居见他说的苦恼，因说道：“老爹，你这个茶馆里，冷清清的，料想今日也没甚人来了。趁着好天气和你到南门外顽顽去。”盖宽道：“顽顽最好，只是没有东道，怎处？”邻居道：“我带个几分银子的小东吃个素饭罢。”盖宽道：“又扰你老人家。”

说着，叫了他的小儿子出来看着店。他便同那老爹一路步出南门来。教门店里，两个人吃了五分银子的素饭。那老爹会了帐打发小菜钱，一径踱进报恩寺里。大殿南廊、三藏禅林、大锅都看了一回。又到门口买了一包糖，到宝塔背后一个茶馆里吃茶。邻居老爹道：“而今时世不同，报恩寺的游人也少了，连这糖，也不如二十年前买的多。”盖宽道：“你老人家七十多岁年纪不知见过多少事，而今不比当年了！像我也会画两笔画，要在当时虞博士那一班名士在，那里愁没碗饭吃？不想而今就艰难到这步田地。”那邻居道：“你不说我也忘了。这雨花台左近有个泰伯祠，是当年句容一个迟先生盖造的。那年，请了虞老爷来上祭，好不热闹！我才二十多岁，挤了来看把帽子都被人挤掉了。而今可怜那祠也没人照顾，房子都倒掉了。我们吃完了茶同你到那里看看。”

说着，又吃了一卖牛首豆腐干。交了茶钱走出来，从冈子上踱到雨花台左首，望见泰伯祠的大殿，屋山头倒了半边。来到门前，五六个小孩子在那里踢球。两扇大门倒了一扇，睡在地下。两人走进去，三四个乡间的老妇人，在那丹墀里挑荠菜。大殿上槅子都没了。又到后边，五间楼直桶桶的，楼板都没有一片。两个人前后走了一交，盖宽叹息道：“这样名胜的所在，而今破败至此，就没有一个人来修理。多少有钱的拿着整千的银子，去起盖僧房道院，那一个肯来修理圣贤的祠宇！”邻居老爹道：“当年迟先生买了多少的家伙都是古老样范的，收在这楼底下几张大柜里。而今连柜也不见了。”盖宽道：“这些古事提起来令人伤感，我们不如回去罢！”两人慢慢走了出来。邻居老爹道：“我们顺便上雨花台绝顶。”望着隔江的山色，岚翠鲜明，那江中来往的船只、帆樯历历可数。那一轮红日，沉沉的傍着山头，下去了。两个人缓缓的下了山，进城回去。

盖宽依旧卖了半年的茶。次年三月间,有个人家出了八两银子束脩,请他到家里教馆去了。

一个是做裁缝的。这人姓荆名元,五十多岁,在三山街开着一个裁缝铺。每日替人家做了生活,余下来工夫,就弹琴、写字,也极喜欢做诗。朋友们和他相与的问他道:“你既要做雅人,为甚么还要做你这贵行?何不同些学校里人相与相与?”他道:“我也不是要做雅人,也只为性情相近,故此时常学学。至于我们这个贱行,是祖父遗留下来的。难道读书识字,做了裁缝,就玷污了不成?况且那些学校中的朋友,他们另有一番见识,怎肯和我们相与!而今每日寻得六七分银子,吃饱了饭要弹琴,要写字,诸事都由得我。又不贪图人的富贵,又不伺候人的颜色;天不收,地不管,倒不快活?”朋友们听了他这一番话,也就不和他亲热。

一日,荆元吃过了饭思量没事,一径踱到清凉山来。这清凉山,是城西极幽静的所在。他有一个老朋友姓于,住在山背后。那于老者也不读书,也不做生意,养了五个儿子,最长的四十多岁,小儿子也有二十多岁。老者督率着他五个儿子灌园。那园却有二三百亩大,中间空隙之地种了许多花卉,堆着几块石头。老者就在那旁边盖了几间茅草房,手植的几树梧桐长到三四十围大。老者看看儿子灌了园,也就到茅斋生起火来,煨好了茶吃着,看那园中的新绿。这日,荆元步了进来。于老者迎着道:“好些时不见老哥来,生意忙的紧?”荆元道:“正是。今日才打发清楚些,特来看看老爹。”于老者道:“恰好烹了一壶现成茶,请用杯!”斟了送过来。荆元接了坐着吃,道:“这茶,色、香、味都好。老爹,却是那里取来的这样好水?”于老者道:“我们城西不比你城南,到处井泉,都是吃得的。”荆元道:“古人动说桃源避世,我想起来,那里要甚么桃源。只如老爹这样清闲自在,住在这样城市山林的所在,就是现在的活神仙了。”于老者道:“只是我老拙,一样事也不会做,怎的如老哥会弹一曲琴,也觉得消遣些。近来想是一发弹的好了,可好几时请教一回?”荆元道:“这也容易。老爹不厌污耳,明日我把琴来请教。”说了一会,辞别回来。

次日荆元自己抱了琴来到园里。于老者已焚下一炉好香在那里等候。彼此见了又说了几句话。于老者替荆元把琴安放在石凳上。荆元席地坐下，于老者也坐在旁边。荆元慢慢的和了弦弹起来，铿铿锵锵声振林木，那些鸟雀闻之，都栖息枝间窃听。弹了一会忽作变徵之音，凄清宛转，于老者听到深微之处不觉凄然泪下。自此他两人常常往来。当下也就别过了。

看官，难道自今以后，就没一个贤人君子可以入得《儒林外史》的么？但是他不曾在朝廷这一番旌扬之列，我也就不说了。毕竟怎的旌扬，且听下回分解。

第五十六回 神宗帝下诏旌贤 刘尚书奉旨承祭

话说万历四十三年,天下承平已久,天子整年不与群臣接见,各省水旱偏灾,流民载道。督抚虽然题了进去,不知那龙目可曾观看?

忽一日,内阁下了一道上谕,科里抄出来,上写道:“万历四十三年五月二十四日,内阁奉上谕:朕即阼以来,四十余年,宵旰兢兢,不遑暇食。夫欲迪康兆姓,首先进用人才。昔秦穆公不能用周礼,诗人刺之,此《蒹葭苍苍》之篇所由作也。今岂有贤智之士处于下欤?不然何以不能臻于三代之隆也。诸臣其各抒所见,条列以闻,不拘忌讳,朕将采择焉。钦此。”

过了三日御史单扬言上了一个疏:“奏为请旌沉抑之人才,以昭圣治,以光泉壤事。臣闻人才之盛衰,关乎国家之隆替。虞廷翼为明听,周室疏附后先,载于《诗》《书》,传之奕禩,夐乎尚矣!夫三代之用人,不拘资格,故《兔罝》之野人,《小戎》之女子,皆可以备腹心德音之任。至于后世,始立资格以限制之。又有所谓清流者,在汉则曰‘贤良方正’,在唐则曰‘入直’,在宋则曰‘知制诰’。我朝太祖高皇帝定天下,开乡会制科,设立翰林院衙门,儒臣之得与此选者,不数年间从容而跻卿贰,非是不得谓清华之品。凡宰臣定谥,其不由翰林院出身者,不得谥为‘文’。如此之死生荣遇,其所以固结于人心而不可解者,非一日矣。虽其中拔十而得二三,如薛瑄、胡居仁之理学,周宪、吴景之忠义,功业则有于谦、王守仁,文章则有李梦阳、何景明辈。炳炳烺烺,照耀史册。然一榜进士及弟,数年之后乃有不能举其姓字者,则其中侥幸亦不免焉。夫萃天下之人才而限制于资格,则得之者少,失之者多。其不得者,抱其沉冤抑塞之气,嘘吸于宇宙间。其生也,或为佯狂,或为迂怪,甚而为幽僻诡异之行;其死也,皆能为妖、为厉、为灾、为祲,上薄乎日星,下彻乎渊泉,以为百姓之害。此虽诸臣不能自治其性情,自深于学问,亦不得谓非资格之限制有以激之使然也。臣闻唐朝有于诸臣身后追赐进士之典，方干、罗邺皆与焉。皇上旁求侧席，不遗幽隐，宁于已故之儒生惜此恩泽？诸臣生不能入于玉堂，死何妨悬于金马？伏乞皇上，悯其沉抑，特沛殊恩，遍访海内已故之儒修，考其行事，第其文章，赐一榜进士及第，授翰林院职衔有差，则沉冤抑塞之士，莫不变而为祥风甘雨，同仰皇恩于无既矣。臣愚罔识忌讳，冒昧陈言，伏乞睿鉴施行。”

万历四十三年五月二十七日疏上，六月初一日奉旨：“这所奏，着大学士会同礼部行令各省，采访已故儒修诗文、墓志、行状，汇齐送部核查。如何加恩旌扬，分别赐第之处，不拘资格，确议具奏。钦此。”

礼部行文到各省，各省督抚行司道，司道行到各府、州、县。采访了一年，督抚汇齐报部，大学士等议了上去。议道：“礼部为钦奉上谕事。万历四十三年五月二十七日，河南道监察御史臣单扬言，奏为请旌沉抑之人才，以昭圣治，以光泉壤事一本，六月初一日奉圣旨（旨意全录）　钦此。臣等查得各省咨到采访已故之儒修诗文、墓志、行状，以及访闻事实，合共九十一人。其已登仕籍，未入翰林院者：周进、范进、向鼎、蘧祐、雷骥、张师陆、汤奉、杜倩、李本瑛、董瑛、冯瑶、尤扶徕、虞育德、杨允、余特，共十五人。其武途出身已登仕籍，例不得入翰林院者：汤奏、萧采、木耐，共三人。举人：娄琫、卫体善，共二人。荫生：徐咏一人。贡生：严大位、随岑庵、匡迥、沈大年，共四人。监生：娄瓒、蘧来旬、胡缜、武书、伊昭、储信、汤由、汤实、庄洁，共九人。生员：梅玖、王德、王仁、魏好古、蘧景玉、马静、倪霜峰、季萑、诸葛佑、萧鼎、浦玉方、韦阐、杜仪、臧荼、迟均、余夔、萧树滋、虞感祁、庄尚志、余持、余敷、余殷、虞梁、王蕴、邓义、陈春，共二十六人。布衣：陈礼、牛布衣、权勿用、景本蕙、赵洁、支锷、金东崖、牛浦、牛瑶、鲍文卿、倪廷珠、宗姬、郭铁笔、金寓刘、辛东之、洪憨仙、卢华士、娄焕文、季恬逸、郭力、萧浩、凤鸣岐、季遐年、盖宽、王太、丁诗、荆元，共二十七人。释子：甘露僧、陈思阮，共二人。道士：来霞士一人。女子：沈琼枝一人。臣等伏查，已故儒修周进等，其人虽庞杂不伦，其品亦瑕瑜不掩，然皆卓然有以自立。谨按其生平之事实文章，各拟考语，另缮清单,恭呈御览。伏乞皇上钦点名次,揭榜晓示。隆恩出自圣裁,臣等未敢擅便。其诗文、墓志、行状以及访闻事实,存贮礼部衙门,昭示来兹可也。”

万历四十四年六月二十三日议上,二十六日奉旨:“虞育德赐第一甲第一名进士及第,授翰林院修撰。庄尚志赐第一甲第二名进士及第,授翰林院编修。杜仪赐第一甲第三名进士及第,授翰林院编修。萧采等赐第二甲进士出身,俱授翰林院检讨。沈琼枝等赐第三甲同进士出身,俱授翰林院庶吉士。于七月初一日揭榜晓示,赐祭一坛,设于国子监,遣礼部尚书刘进贤前往行礼。余依议。钦此。”

到了七月初一日黎明,礼部门口悬出一张榜来,上写道:“礼部为钦奉上谕事。今将采访儒修赐第姓名、籍贯,开列于后。须至榜者:第一甲　第一名虞育德,南直隶常熟县人。第二名庄尚志,南直隶上元县人。第三名杜仪,南直隶天长县人。第二甲　第一名萧采,四川成都府人。第二名迟均,南直隶句容县人。第三名马静,浙江处州府人。第四名武书,南直隶江宁县人。第五名汤奏,南直隶仪征县人。第六名余特,南直隶五河县人。第七名杜倩,南直隶天长县人。第八名萧浩,四川成都府人。第九名郭力,湖广长沙府人。第十名姜焕文,南直隶江宁县人。第十一名王蕴,南直隶徽州府人。第十二名娄琫,浙江归安县人。第十三名娄瓒,浙江归安县人。第十四名蘧祐,浙江嘉兴府人。第十五名向鼎,浙江绍兴府人。第十六名庄洁,南直隶上元县人。第十七名虞梁,南直隶五河县人。第十八名尤扶徕,南直隶江阴县人。第十九名鲍文卿,南直隶江宁县人。第二十名甘露僧,南直隶芜湖县人。第三甲　第一名沈琼枝,南直隶常州府人。第二名韦阐,南直隶滁州府人。第三名徐咏,南直隶定远县人。第四名蘧来旬,浙江嘉兴府人。第五名李本瑛,四川成都府人。第六名邓义,南直隶徽州府人。第七名凤鸣岐,南直隶江宁县人。第八名木耐,陕西同官县人。第九名牛布衣,浙江绍兴府人。第十名季萑,南直隶怀宁县人。第十一名景本蕙,浙江温州府人。第十二名赵洁,浙江杭州府人。第十三名胡缜,浙江杭州府人。第十四名盖宽,南直隶江宁县人。第十五名荆元,南直隶江宁县人。第十六名雷骥,北直隶大兴县人。第十七名杨允,浙江乌程县人。第十八名诸葛佑,南直隶盱眙县人。第十九名季遐年,南直隶上元县人。第二十名陈春,南直隶太平府人。第二十一名匡迥,浙江乐清县人。第二十二名来霞士,南直隶扬州府人。第二十三名王太,南直隶上元县人。第二十四名汤由,南直隶仪征县人。第二十五名辛东之,南直隶仪征县人。第二十六名严大位,广东高要县人。第二十七名陈思阮,江西南昌府人。第二十八名陈礼,江西南昌府人。第二十九名丁诗,南直隶江宁县人。第三十名牛浦,南直隶芜湖县人。第三十一名余夔,南直隶上元县人。第三十二名郭铁笔,南直隶芜湖县人。"

这一日,礼部刘进贤奉旨来到国子监里,戴了幞头,穿了宫袍,摆齐了祭品,上来三献。太常寺官便读祝文道:"维万历四十四年岁次丙辰,七月朔,宜祭日,皇帝遣礼部尚书刘进贤以牲醴玉帛之仪,致祭于特赠翰林院修撰虞育德等之灵曰:'嗟尔诸臣,纯懿灵淑,玉粹鸾骞,金贞雌伏。弥纶天地,幽替神明,易称鸿渐,诗喻鹤鸣。资格困人,贤豪同叹;凤已就篏,桐犹遭爨。缊袍短褐,蓬窗桑枢;伐薤粥畚,坎壈欷歔。亦有微官,曾纡尺组,龙实难驯,哙宁堪伍。亦有达宦,曾着先鞭,玉堂金马,邈若神仙。孑孑干旄,趍趍车乘,瞽墓凿坏,谁敢捷径。涩讷槊猡,驵侩市门,中有高士,谁共讨论?茶板粥鱼,丹炉药臼,梨园之子,兰闺之秀。提戈磨盾,束发从征,功成身退,日落旗红。蚩蚩细民,翩翩公子,同在穷途,泪如铅水。金陵池馆,日丽风和,讲求礼乐,酾酒升歌。越水吴山,烟霞渊薮,击钵催诗,论文载酒。后先相望,数十年来,愁城未破,泪海无涯。朕甚悯旃,加恩泉壤,赐第授官,解兹悒怏。呜呼!兰因芳陨,膏以明煎,维尔诸臣,荣名万年。尚飨!'"

词曰:"记得当时,我爱秦淮,偶离故乡。向梅根冶后,几番啸傲;杏花村里,几度徜徉。凤止高梧,虫吟小榭,也共时人较短长。今已矣!把衣冠蝉蜕,濯足沧浪。　　无聊且酌霞觞,唤几个新知醉一场。共百年易过,底须愁闷?千秋事大,也费商量。江左烟霞,淮南耆旧,写入残编总断肠!从今后,伴药炉经卷,自礼空王。"

图书在版编目(CIP)数据

儒林外史/(清)吴敬梓著.—长沙:岳麓书社,2018.8(2021.7重印)

(中国古典小说普及文库)

ISBN 978-7-5538-0931-1

Ⅰ.①儒…　Ⅱ.①吴…　Ⅲ.①章回小说—中国—清代　Ⅳ.①I242.4

中国版本图书馆CIP数据核字(2018)第055222号

RULIN WAISHI

儒林外史

作　　者:[清]吴敬梓

责任编辑:曾　倩

责任校对:舒　舍

封面设计:浙江有观文化创意有限公司

特约插画:田刚强

岳麓书社出版发行

地址:湖南省长沙市爱民路47号

直销电话:0731-88804152　0731-88885616

邮编:410006

版次:2018年8月第1版

印次:2021年7月第6次印刷

开本:890mm×1240mm　1/32

印张:13.125

字数:378千字

印数:32 001—37 000

书号:ISBN 978-7-5538-0931-1

定价:52.00元

承印:北京一鑫印务有限责任公司

如有印装质量问题,请与本社印务部联系

电话:0731-88884129